华南理工大学七七、七八、七九级师资班回忆录

# 梦想 求索 年轮

《梦想·求索·年轮》编委会 编著

华南理工大学出版社
·广州·

## 图书在版编目（CIP）数据

梦想·求索·年轮/《梦想·求索·年轮》编委会编著 . —广州：华南理工大学出版社，2022.7

ISBN 978-7-5623-7060-4

Ⅰ. ①梦… Ⅱ. ①梦… Ⅲ. ①回忆录-作品集-中国-当代 Ⅳ. ①I251

中国版本图书馆 CIP 数据核字（2022）第 085926 号

Mengxiang · Qiusuo · Nianlun

梦想·求索·年轮

《梦想·求索·年轮》编委会 编著

| | |
|---|---|
| 出 版 人： | 柯　宁 |
| 出版发行： | 华南理工大学出版社 |
| | （广州五山华南理工大学17号楼，邮编510640） |
| | http：//hg.cb.scut.edu.cn　E-mail：scutc13@scut.edu.cn |
| | 营销部电话：020-87113487　87111048（传真） |
| 责任编辑： | 黄冰莹 |
| 责任校对： | 梁樱雯　陈纪君 |
| 印 刷 者： | 广州一龙印刷有限公司 |
| 开　　本： | 787mm×1092mm　1/16　印张：34.25　字数：827千 |
| 版　　次： | 2022年7月第1版　2022年7月第1次印刷 |
| 定　　价： | 180.00元 |

版权所有　盗版必究　印装差错　负责调换

## 谨以本书

纪念77级、78级大学生毕业四十周年！
纪念恢复高考四十四周年！
祝贺我们亲爱的母校华南理工大学组建七十周年！

# 编 委 会

主　编　冯穗力
编　委　（以姓氏笔画为序）
　　　　邓学雄　丘百根　丘晓平　李兆南
　　　　杨兆禧　吴少丰　吴仲坚　余　浩
　　　　张东生　陈小玲　陈灵江　陈炽坤
　　　　钟卫星　黄　勒　曾庆敦　曾朝霞
　　　　廖志坚　魏　跃

# 前言

**MENGXIANG QIUSUO NIANLUN**

  四年苦读磨砺，四十年风雨兼程。今天，当光阴的指针划向2022年的时候，1977年高考入学的1977级（下简称"77级"）、1978级（下简称"78级"）大学生，已经毕业四十周年了！

  四十年，如白驹过隙，风驰而过。其间，世界风云变幻跌宕起伏，中国改革开放栉风沐雨，我们伟大祖国的面貌已是焕然一新。我们感慨岁月匆匆，也珍惜岁月留痕。我们回望过去：那些美好的梦想、那些苦苦求索的艰难、那些点滴成功的喜悦，都在我们的人生道路上留下刻骨铭心的轨迹，就像大树中的一道道年轮。

  我们不会忘记，对我们当中的许多人来说，大学曾经是那么遥远。1977年恢复高考，就像一声惊雷，唤起了莘莘学子心头已经沉睡多年的梦想；又像一场春雨，滋润了无数青年几乎干涸的心田。高考的历程，我们刻骨铭心。在我们当中，有青葱年华的高中生，更多的则是经受了多年生活历练的上山下乡知识青年，农村中学毕业的回乡青年、工人、解放军战士、中小学和中专技校教师……当年我们在田间地头、在厂房车间、在工作岗位上收到大学录取通知时的情形，我们永远不能忘怀。

  我们不会忘记，火红年代和炽热生活的洗礼，使我们倍加珍惜学习的美好时光。虽然那时学校的条件还很简陋，但我们对知识改变命运的渴望、对掌握知识建设祖国的憧憬，化作了发奋学习的无尽动力。在大学期间，我们团结友爱、互帮互助、强健体魄，在老师的谆谆教诲下刻苦学习，这些成长的经历成为我们永恒的记忆。

  我们不会忘记，毕业后怀揣理想奔向四面八方，直面新生活和新工作的挑战、创业的艰苦、出国留学打拼的辛酸等各种艰难，我们未曾畏缩。得益于母校培养打下的坚实基础，我们在不同领域描绘精彩人生。在我们的同学中，有蜚声海外的科学家，有著名的企业家，有领导干部，也有教师、工程师、企事业单位员工和其他工作岗位上的普通劳动者。我们深感幸运，因为我们赶上了祖国改革开放的好时代；我们青春无悔，因为我们曾经刻苦学习和坚强拼搏；我们值得骄傲，因为我们是这个时代祖国沧海桑田变化的建设者和见证者。

"文化大革命"结束后，百废待兴，高等学校普遍缺乏师资，尤其是基础课的师资严重匮乏。为改变这种状况，华南工学院（华南理工大学前身）从77级开始，通过高考共招收77级、78级和79级三个年级本科师资班学生，专门培养大学基础课教师。77级设有数学、物理、化工原理、物理化学、制图、电工理论与电子技术、外语、马列理论和体育等共计九个专业师资班；78级设有数学、工程力学、制图、机械原理与零件等四个专业师资班；而79级则有体育师资班。考虑到主要为本校及本地区培养师资，除了部分外省委培的学生外，师资班中的绝大多数学生都是广东省的高考生源。在当年和后来的相当长一段时间中，广东的高考录取率在全国都是最低的，如77级的高考，全国的高考平均录取率约为5%，广东省则只有1.63%。

本书收录的是华工77级、78级、79级三个年级师资班学生和老师写的回忆故事。这些文章：有描写他们上大学前的工作、生活的，有回忆他们当年考大学的梦想实现时的情形和心路历程的，有记录他们孜孜不倦的学习身影和校园趣事的，有怀念和讴歌当年他们可亲可敬的老师的，有回想他们那时的校园欢乐时光的，有追忆他们大学毕业后留学海外生活、工作的足迹的，有述说他们大学毕业后投身社会的成长和奋斗经历的……

2022年，是我们母校——华南理工大学组建70周年。我们谨以此书，表达我们对母校的敬意，表达对当年教导过我们的每一位师长的感恩之情。

编委会
2022年2月12日

# 目录

MENGXIANG QIUSUO NIANLUN

## 第一篇 梅花香自苦寒来

- 我的大学梦 ································ 丘晓华（3）
- 高考历程随笔 ······························ 吴国伟（7）
- 迟到的大学录取通知书 ······················ 张健骏（9）
- 我的上大学之路 ···························· 魏 跃（11）
- 我的无线电情结 ···························· 林朱浦（16）
- 穿越50年 ·································· 林怡青（24）
- 求学往事 ·································· 蔡云庄（40）
- 从农场到大学 ······························ 陈小玲（43）
- 梦境成真 ·································· 华清文（56）
- 无奈的选择 ································ 尤辛基（61）
- 抹不去的往事 ······························ 陈 蓬（62）
- 日记四则 ·································· 谢新民（66）
- 铭刻于心的那些年那些记忆 ·················· 曾朝霞（67）
- 记忆中的几次考试 ·························· 刘 川（73）
- 路在脚下 ·································· 伍 钦（75）
- 上大学前后的几则故事 ······················ 冯穗力（78）

## 第二篇 青春作伴好年华

- 我的华工缘 ································ 薛颂阳（87）
- 老少同学 ·································· 刘 幸（89）
- 时代与时机 ································ 管 宁（91）
- 我和我的同学 ······························ 吴少丰（123）
- 我和我的老师 ······························ 吴少丰（141）
- 四十年前这一天 难以忘怀的那些年 ············ 何 晖（151）
- 大学随想曲 ································ 李中铎（157）
- 忆阿旋 ···································· 吴毓粦（163）
- 我在华工的难忘时光 ························ 侯一钊（167）
- 从小时的业余无线电爱好到大学专业学习 ········ 刘 川（170）
- 大学四年之吃、喝、玩、乐 ·················· 骆小勇（172）
- 给陈冲写信 ································ 袁 兵（177）

1

我的华工运动情结 ·········································· 周伟民（178）
我和我们班的足球趣事 ······································ 李兆南（184）
体育师资班的田径课 ········································ 孙　武（188）
毕业实习花絮 ·············································· 余　浩（192）
我的三位大学老师 ·········································· 林朱浦（195）
照片记录下的岁月中美好难忘时刻 ···························· 黄跃梅（197）
77级物理化学师资班的故事 ·································· 杨兆禧（200）
老师印象点滴及联想 ········································ 冯穗力（206）
于莲老师 ·················································· 余　浩（224）

## 第三篇　直挂云帆济沧海

我在澳大利亚的日子 ········································ 薛颂阳（229）
我在洛杉矶的日子 ·········································· 薛颂阳（239）
我的留学生涯 ··································· 谢建党（菲利普·谢）（247）
四十年人生得失忧　二十载梦想俯仰求——简记陈伟荣同学的人生奋斗历程 ········
　······················································ 霜　梅　周伟民（254）
兴趣、爱和执着成就了他——美国艺术和科学院院士、数学家侯一钊 ····· 陈志宏（260）
启航华园　笃行不怠 ········································ 梁　坤（267）
馅饼是从天上掉下来的吗？ ·································· 曾毅敏（275）
从可能是全国最小的知青到数学师资班学生 ···················· 王　康（287）
育人四十载　难忘华工情 ···································· 张东生（293）
最后的留守者 ·············································· 陈炽坤（303）
那难忘的岁月 ·············································· 李赐云（308）
怀念张必佐 ················································ 余　浩（312）
忆兆湘 ···················································· 李　翔（316）
阿彪 ······················································ 李兆南（319）
我的桥牌缘 ················································ 余　浩（325）
感恩母校　感恩祖国 ········································ 刘焯铿（332）
组织思想教育课程与学科建设的回顾 ·························· 肖伟昌（335）
人生如梦 ·················································· 姚日土（339）
情倾职教　锐意进取 ········································ 姜　蕙（352）
从被赏识到学会赏识——我的职业人生路 ······················ 冯穗心（357）
迎接人生新挑战 ············································ 许怀升（367）
人生幸事　莫若得遇良师——谨以此文纪念我最尊敬的陈世雄老师 ···· 李兆南（374）
情怀浓烈写春秋——回忆在华工读书与科研的岁月 ·············· 王树华（379）
77级，一个时代的名字 ······································ 刘　川（391）
如歌的岁月　精彩的人生——2012年在我班同学毕业30年聚会的致词 ··· 余　浩（393）
从运动菜鸟到骑行达人 ······································ 郭复明（396）
身为华工人，就要为华工争光彩——记广东省林业局纪检组组长肖伟昌校友 ········
　································································ 陈旭静（399）

| | |
|---|---|
| 岁月如歌　人生当存诗意 | 林　练（403） |
| 在那遥远的地方 | 吴毓犇（423） |
| 在境外工作访学的经历与见闻 | 冯穗力（429） |
| 登富士山——记在日本留学时与同学们一起登富士山的故事 | 王树华（454） |

## 第四篇　人生若得如云水

| | |
|---|---|
| 激流勇进·力争上游 | 曾庆雄（467） |
| 师资班同学缘感怀 | 赖洪健（468） |
| 金色的摇篮 | 陈炽坤（469） |
| 百字令·忆同窗——华工78级力学师资班微记 | 李旺祥（470） |
| 咏华园 | 丘百根（471） |
| 圆梦　索求　迅跑 | 陈展强（472） |
| 读稿有感 | 林　练（473） |
| 从"天下无贼"到"草木皆兵"——有感美国机场安检的演变 | 刘　幸（474） |
| 学者自白 | 林怡青（477） |
| 旅途感悟 | 丘百根（479） |
| 阳叠岭弈记 | 吴少丰（484） |
| 周游列国越境记 | 刘　幸（486） |
| 力学的扩展 | 吴少丰（489） |
| 我们一起走过 | 冯穗力　李兆南（493） |

## 附录　师资班同学毕业照

| | |
|---|---|
| 华南理工大学77级马列主义理论师资班毕业留念 | 504 |
| 华南理工大学77级化工原理师资班毕业留念 | 506 |
| 华南理工大学77级电工理论与技术师资班毕业留念 | 508 |
| 华南理工大学77级外语师资班毕业留念 | 510 |
| 华南理工大学77级体育师资班毕业留念 | 512 |
| 华南理工大学77级机械制图师资班毕业留念 | 514 |
| 华南理工大学77级物理师资班毕业留念 | 516 |
| 华南理工大学77级物理化学师资班毕业留念 | 518 |
| 华南理工大学77级数学师资班毕业留念 | 520 |
| 华南理工大学78级工程力学师资班毕业留念 | 522 |
| 华南理工大学78级机械原理与零件师资班毕业留念 | 524 |
| 华南理工大学78级机械制图师资班毕业留念 | 526 |
| 华南理工大学78级数学师资班毕业留念 | 528 |
| 华南理工大学79级体育师资班毕业留念 | 530 |

| | |
|---|---|
| 后记 | 533 |

# 第一篇

梦想·求索·年轮
MENGXIANG QIUSUO NIANLUN

## 根也深，叶也茂

题字：张健骏　作图：陈少锋

# 我的大学梦

77级电工师资班　丘晓华

## 一、梦想成真

1977年是个大治之年，万物复苏，百业俱兴，每天都有新事物、新举措。这年秋天传来了恢复高考的好消息，神州大地一片欢腾。我急忙翻开报纸，只见上面写着"老三届"在报名对象之列，心头一阵欢呼，可一细想，不对！我印象中"老三届"是指当年高三毕业没能参加高考的人吧，可我当时才高一，高中没毕业，心不由得凉了半截。也不知当时脑子为什么这样糊涂，奇怪的是家人和朋友竟没人提醒我可以报名。日子就这样一天天过去，看着"文化大革命"期间高中毕业的妹妹丘晓平报了名，周日还常常有小伙伴到家里来复习，好生羡慕。当时我在广州市无线电中专学校当老师，一天中午，我在学校食堂打了饭和同教研组的林凤冰老师到外面的课室吃时（当时学校只有厨房，吃饭自找地方），看到黑板上写满不同学科的题目，我奇怪地问："这是考什么？"林老师回答说："学生选拔参加高考的题目啊！"我看了看说："这些我也会做"，林老师马上问："那你为什么不去报名考试呢？"我急忙反问："我能考吗？"林老师说："当然能考，你是老三届啊！"我惊讶地问道："不是高三才算吗？"林老师肯定地回答："老三届就是指高一到高三的三届！"这时我才恍然大悟："原来我也可以考，太好了，我可以考！"下午一上班我就马上跑去学校政工组找负责的老师报名，那位老师看了我一眼说："怎么这么晚才来报名？今天是报名的最后一天，上午我已经把名单报到五山街办事处了，你要报自己去报吧。"我倒吸了一口凉气，一下班就骑着单车飞似地奔往五山。到了办事处，工作人员已经准备下班，但仍态度很好地拿出表让我填了。终于在最后一刻报上名，我真是太高兴了！

名是报了，但离高考的日子也近了。当时刚留校任教，第一次上课，备课、讲课的压力很大，没多少时间复习，只能挑灯夜战，就这样匆匆忙忙地走进了考场。数学自觉考得还算不错，但化学就没多大把握，题目中的"原子功能团"闻所未闻。1978年1月终于迎来了放榜的日子，手捧着华南工学院的录取通知书，心潮澎湃，多年来的梦想终于实现了！不由得想起"文化大革命"后辍学，下乡在海南农场时，在胶林里利用割完胶、磨完刀等收胶水的时间读英语、背单词，在茅草房阴暗的灯光下看数学题的时光，读大学对于我来说是遥不可及的奢望，如今竟然实现了，而且还是华南工学院（下简称"华工"），心里不禁一阵欢呼！

## 二、我的华工缘

华工一直是我魂牵梦绕的地方，人生的种种经历和情感都与它有着不解之缘。

我是在华工出生的，华工所在地方那时是中山大学所在地，我家住在东区辽河路28

号的小平房。1949年10月14日广州解放，刚解放几天，新秩序还未建立，社会混乱，人心紧张。这天晚上窗外传来了响声，怀着我的妈妈小心翼翼地走到窗边慢慢地往外望，谁知道外面的小偷也正探头往里望，突然两人四目相对，妈妈惊吓得尖叫起来。由于受惊吓，我提前出生了，就这样，我——晓华，诞生在共和国的拂晓。

小时候受哥哥丘衡的影响，小学五六年级我就鼓捣矿石收音机，到处找不同直径的纸筒绕线圈，提高接收的灵敏度；到了初中在执信中学就参加无线电兴趣组，学做电子管收音机。这时就读广雅中学的哥哥放弃了老师让他考北大中文系的建议，决定报考华南工学院无线电系，顺利入读华工，更引起我对华工的向往。在高考报志愿时，我毫不犹豫地报考了华工，并选择了电类专业。

5号楼（原中山大学文学院）

5号楼上的祥兽和瓦当

当我拿着录取通知书到华工报到时，华工的一切都让我兴奋，更让我兴奋不已的是，我是到5号楼报到，5号楼就是原中山大学的文学院，爸爸丘陶常、妈妈李贵兰曾在这里学习和工作过多年。20世纪三四十年代他们就在这里相识相知相爱、学习报国的本领、参加革命工作，罗培元（原广州市副市长）、孔庆余（原广州市教育局局长）、邓邦俊（中山医科大学马列主义教研室资料室主任）、吴紫风（作家，秦牧先生夫人）等都是他们的同学。毕业后他们留在学校工作，中华人民共和国成立后爸爸参加了中山大学的接管工作，妈妈则成为中大幼儿园（现在的华工幼儿园）的第一任主任，随后又随孔庆余参加执信中学的接管工作。现在我又要在这里开始我的大学生涯,走他们走过的路,一切既远又近,既陌生又亲切,心情很不平静。没想到的是,我毕业后留在华工电工教研室工作,工作地点还是在5号楼,后来一直到退休都没有离开过5号楼。5号楼的红墙绿瓦里记载了两代人的春秋和热忱,我对它一直情有独钟。退休后我仍会不时去5号楼走走,蓝天白云下绿树婆娑,光影洒落在巍峨的红楼上,一只只碧鸟安详地蹲坐在屋脊檐头,一个个刻着"中山大学"字纹的瓦当古老别致,令人不禁追忆韶华流年,沉浸在岁月静好的情怀之中。

### 三、大学生活趣事

盼望已久的大学生活终于到来了,心里想着的就是学习、学习、再学习。每天都分秒必争,白天上课时间基本上都是排得满满的,只有晚上自习时间可以自己掌握。到图书馆自习成了我们的首选,一来在图书馆自习好像只有大学里有,这种情景一直很令人向往,二来在图书馆里大家都安安静静地自觉学习,这氛围对自己也是个约束。但图书馆自习室的位置有限,去晚了就没位了,于是我们常常早早地吃完晚饭,或者找人做"先头部队",急急忙忙地赶到图书馆门口等待开门。那里早已经人头攒动,大门一开,同学们便像《列宁在十月》里的苏维埃战士冲进冬宫一样拥进自习室,"噼噼啪啪"向桌面扔下一本本书占位,后来我们就把去图书馆占位自习称为"冲冬宫"了。过了好长一段时间,我们发现在1号楼的阶梯教室自习也是个不错的选择,于是把阵地转移到1号楼。在阶梯教室里100多号人自习真的安静极了,谁的笔掉地上也听得见。在这静静的教室里大家都在认真地学习,却也发生着一些有趣的事情,比如师资班里的"学习标兵"同学在悄悄地换着女朋友,坐在他旁边的美女换了,可是谁也没有更多的心思去"八卦"。

那几年是改革开放初期,物质供应还不那么丰富,我们的伙食虽然不是很好,但还是天天有肉,"三白"成了我们伙食的固定模式。在人来人往去饭堂吃饭的路上,一路上的对答都是"三白(或全白)?""三白(或全白)。"所谓"三白""全白"就是米饭是白的,一片薄薄的肥猪肉是白的,一勺冬瓜也是白的。尽管伙食单一,但到饭堂吃饭常常是大家在紧张学习之余快乐的事,比

我的5个室友

如一边排队一边欣赏着物理班"一人排队,全家光荣"的乐子,这种乐子也常常在不同的班轮番上演,甚至有时我们自己也参与其中,饭堂是各个系、班认识同学交往的好地方。"三白"维持了很长一段时间,于是我们也想方设法改善生活,每个月我们的粮食指标都吃不完,学校把吃不完的指标以粮票发回给我们,我们就用这些粮票与在宿舍周围兜

售的小贩换鸡蛋，每天早上用电热棒把它们煮熟，大家分着吃。到后来我们还找到了更好的改善途径，就是想办法找路子到教工饭堂搭食，那里的伙食好多了。

我住在西五女生宿舍108室，同室的6个人中鲁慧珍、何小萍、黄惠群三人在制图班，曾毅敏、陈婉华和我三人在电工班。最大的我和最小的曾毅敏相差整整十一岁，除了我已婚，她们都还是青春少女。但我们除了上课在不同课室，其余时间都在一起，相处十分融洽。我们一起早运，一起散步，一起"冲冬宫"，假日还会一起出去玩。一个周日我们相约到我家附近

我（前排左一）和室友们在1号楼前

的流花湖公园去玩，大家穿上漂亮的衣服，在公园里摆尽pose照相，玩得好开心。中午到我家吃饭，一群人兴高采烈，叽叽喳喳地正在上楼，突然听到我在前面和先生打招呼，后面的人"刷"的一下全部趴下了腰，一点声音都没有了，寂静了好一会儿，直到不知谁怯怯地叫了一声"李先生好"，大家才全部抬起了腰，七嘴八舌地叫着"李先生好"拾级而上。午餐自然是用广州特色小吃——煲粥、炒粉招待大家，大家度过了愉快的一天。

四年的大学生活就是这样紧张而愉快地一眨眼而过，现在回忆起来仍是满满的幸福。

# 高考历程随笔

**77 级机械制图师资班　吴国伟**

生长在大变革的伟大时代——那是中国面临传承交接、经济结构调整的艰难时期，各种思潮激烈碰撞，创新发展接连不断，我们这一代人用坚强的意志，顽强的拼搏和乐于奉献的精神，向世人交出了很好的答卷。若要讴歌时代，当有壮怀激荡的场面、唯美唯妙的言辞，但要纪实，无奈本人经历平凡，实在难以挥笔书就，只能随想往事，抬笔简概高考历程。

## 一、时代的洗礼

1973 年，我还是一个懵懂少年，也不知道小学班主任用了什么办法，把我从原分配到的较远的市九中调整到家门口的江门市一中（校在蓬莱山顶，家在山腰），这使我感受到父母般的爱，十分感恩我的启蒙老师。

正值读书关键期，却遇"文化大革命"混乱时。那个年代，校园的许多时间是在学工、学农、学军和"防特""防修""防空"中度过。到校办工厂劳动，学会了不少实际操作技能；在实际的学习中，数学课叫农数课，物理课为农机课，生物课学种子细胞……小小年纪，行军十几公里到分校学习田间管理、施肥、插秧、收割。如果说小学三年级曾到市体委体操队习训一年，培养了不怕伤和痛的精神的话，这时期则是培养了我不怕苦和累的精神，锻炼了坚强的意志。

机缘巧合下，我加入了学校文艺宣传队，排练演出代替了分校劳动。初中三年级学校成立了江门市第一个文艺专业班，由喜爱文艺、乐器、绘画的同学组成。上山下乡去，到工厂去，到驻军部队去。舞蹈排练、音乐乐器、绘画成为主科，其他文化课为次。二十多件西方管弦乐器组成的乐队，阵容强大。每个人一专多能，A、B 角互替。演出中，官兵一声声响亮的喝彩声；"宵夜"时，村民一张张热情的笑脸；夜归时，疲惫地坐在水乡船上，微风吹拂下，仰望着星空，或在军舰上迎着海风，凝视着军港之夜……这些都能让我完全忘记自己还是个在校学生。

在全市军训比赛中，我班表演出色获特等奖，排演的节目《战分校》《红星照我去战斗》《西沙之战》《洗衣歌》等获好评。这让我深感团队精神的重要性，深感集体荣耀高于个人得失……

## 二、时代的召唤

1977 年，教育改革的春雷响起，我国恢复高考。听说在校高中生也可以参加，同时也听说市文工团到校招人，有同学去了，不用下乡当知青啦！学校把学习成绩好的学生组成一个高考复习班，我毅然参加了，从此不再去演出。有时候，只需听从内心的呼唤做出选择就好。

但是，还有很多的课程缺漏，需要补上，而且高二的课程我还未学，要高考成功谈何容易？当时流行毛主席的诗句"世上无难事，只要肯登攀"。我不分昼夜地恶补，由于营养跟不上，出现了头晕、胃疼，更严重的是过敏。每逢考试、久坐、大小便急或精神紧张过度时，就会出现皮肤过敏（神经性皮炎），奇痒难受。每当想放弃时，呼唤声仿佛在耳边响起……

终于到了高考日，第一次看到严格的安保、查核、监督，每人一张桌子，有点紧张，但我告诫自己，正常发挥就好了。

记得做数学那道推理题时，虽然我没有练习过，但还是直接在试卷上一步步推导，也没有打草稿，当推到最后一步时，突然觉得似曾相识——对，这就是椭圆的公式！考完试与同学对答案，简直兴奋极了。

自小语文基础尚可，当看到作文题目时，突然眼前一亮，因为题目与语文老师出过的题目一模一样。沿着自己原来写作的思维，轻车熟路，一气呵成。听父亲说，我的语文老师在20世纪五六十年代曾是市政府秘书，文笔了得，当时被下放到市一中当老师。他上课总是声音洪亮，慷慨激昂，水平确实高，后来还当上了学校党组书记。

等待的日子最难熬。同学纷纷领到了大学录取通知书，而我迟迟未见。在分校锄地开基，愣愣地一直锄在原地，脑海里反复回忆着考试的情景。细心的同学过来开解我："不用多想，你肯定能考上。"果然，过几天我就收到华南工学院的录取通知书。但班主任却来家里叫我父母劝我不要去报到，几个月后再考。也许老师认为我还有潜力？其实我也没去了解考了多少分，更不懂填报志愿的技巧，只考虑"父母在，不远游"，就报了华工和中大。像我这样性格内向、沉默寡言的人，做个理工男也合适的。

## 三、时代的潮流

要到大学报到入学了，那天，众多街坊邻居、亲朋好友、同学、发小前来送行。由家到码头才几百米的路程，但叮嘱、期望、祝福一串串。乡邻意，"汪伦情"，实难忘。到了百年商埠的码头，望着滚滚的河水正向大江奔去，这是时代的潮流。

终于来到了华南工学院，醒目的牌坊映入眼帘，一幢幢大型建筑耸立，远望各式楼阁，红墙绿瓦相互衬托，古树参天，园林成荫。在热情的学长引领下，路过宏伟壮观的图书馆，来到1号楼，更觉气派非凡。就像"刘姥姥进大观园"，感到样样新奇，样样美！

是的，这里孕育着时代的弄潮儿，他们随着奔腾的珠江涌向大海，他们将是时代潮流的引领者！

每个人的经历，都深深刻着时代的烙印……

# 迟到的大学录取通知书

### 77级电工师资班　张健骏

我的家乡是江门市崖西公社，圯（音余）桥里。崖西就是南宋灭亡前最后一战的古战场。相传圯桥之下是先祖张良拾履拜师的地方。家乡是珠三角地区著名的侨乡，可惜我的祖父、伯父及村里的长辈都侨居古巴。

1957年，我两岁多时，父亲被批准前往古巴，因种种原因滞留香港。这也算不幸中之万幸吧。也因此，父亲二十多年都未返乡，我和弟弟由母亲一人抚养成人。在农村落得如此景况，其艰难可想而知！幸好母亲聪慧善良，甚得人和，各邻居帮忙协助。在此家庭环境中，我自小就很懂事。所有放牛、犁田、插秧、收割之农活，我全部都会。上山砍柴，下河捉鱼，夜晚捉田鸡，苦中作乐。

中学时期，每年在生产队出勤超过100天，一天农活只计4工分。记得有一年粮食歉收，全村分红不足10元，贫穷之极，令人唏嘘！那时少年的我，对农村的竹器、木器、电器都熟悉；读书成绩全公社名列前茅，虽然外表瘦弱，但内心意志却异常坚强。或者这就是"千金难买少年穷"，"不经一番寒彻骨，那得梅花扑鼻香"吧！

1972年，我高中毕业后，当了民办老师，至读大学，共五年半。其间从小学一年班到初中几乎所有课程都教过，特别是初中的语文、数理化，全部上过。科目之多，跨度之大，在农村里可算是空前绝后了。

1977年我参加了高考，考试前并无特别认真准备，一则半信半疑，二则工作繁忙——我不能丢下我几个班学生的学习不管。考试后觉得成绩无问题，各科试题基本半小时就可完成。成绩计总分对我有利，因我文理科都喜欢。那时，我对毛主席诗词、毛选四卷是真喜欢，有一定的认识，作文虽不是下笔有神，但通顺达意，难度不大，故语文成绩应该不低。唯一担心的是政审，因我外公是地主。我们都知道，出身和家庭成分，在此之前是影响很多事情的重要因素。

陆续有人收到大学入学通知书了，我同村的兄弟张润森也收到华南工学院的录取通知书。那时的我简直就像掉落地狱一样，伤心至极！公社里不少人都看好我能考上大学，本来自己也信心满满。曾有一资深老师在公开场合讲，如果张健骏考不上大学，全公社都无人能考到。结果是让人大跌眼镜，那老师还找我问为何考成如此，我也只能无言以对了。幸好，苍天不负有心人，经过近一个月的煎熬，迟来的通知书终于送到我手上。翌日，我背起背囊，手挽简单行李，晚上乘夜船从江门往广州。天未拂晓，早春的羊城冷风刺骨。在广州大沙头码头登岸，这是乡下小子第二次入城。我雇了一辆人力三轮车，直奔华工而去，一路上细雨蒙蒙，心情不停起伏，对未来有着无限的憧憬。约一两个小时后，到华工校门口，踏入校园那一刻，喜悦之情难以言表！

行进间，向途人问路。电工师资班——一个陌生的名称，众人皆摇头不知。有人问是何系，我答"无系"，众人皆疑惑：竟然无系？有人目露疑光，估计心想"此人白撞（瞎碰)"。我也无奈,续前行。未几,见一中年汉,忙催前相问,那人即答随他走便是。他很友善地帮我拿了部分行李,途中,他问我是否姓张,我非常惊讶,问对方何知,他答,他是电工教研室负责人之一,电工师资班隶属其下。

我趁机向他打听我迟收通知书的原委,他答曰:"你是天大的幸运儿!"他说,当时招生工作匆忙,一切由省招生办处理,考试成绩评核后,由学校择优录取,再把档案交回招生办审核,再交学校发通知书,如此往返过程中,我的档案不翼而飞。学校发现有遗漏时,向招生办查询,未果!开学后,招生办"无意中"找回我的档案。不管这有些离奇的"档案失而复得"过程究竟如何,毕竟祖国迎来了改革开放的春天,历史翻开了新的一页,我和同学们的同窗之情也由此而来。虽然生活艰苦,设施简陋,时间匆匆,却刻骨铭心,回味无穷,一生受用!

我(右一)和同学周伟民、何萌

1980年8月,暑假,我在乡间收到批准去香港的通知。因我父母、弟弟、妹妹都在香港,只有我一人在内地,为了家庭团聚,免亲人牵挂,我在匆忙中依依不舍地辍学了,没有向同学们道别,深感遗憾!我到了一个非常陌生但又亲情洋溢的地方,开始了新的生活。弹指间,四十多年过去,我已成白发苍苍的耳顺老人,其间苦乐参半,天命已成,一切随缘吧!

几年前已退休了,一直有个心愿:读我未读完的书。我有缘遇到一个国宝级的老师,跟随其学习书画印至今,学点皮毛,自娱自乐,也算是无用之用。

夕阳无限好,晚霞赛朝晖!与同学们共勉!

# 我的上大学之路

78 级机械原理与零件师资班　魏跃

## 一、争取当一个工农兵大学生

我的大学梦的故事是从我高中毕业时开始的。我出生在粤北山区的一个小县城，这里四面环山，风景秀丽，是粤北的粮仓，也是广东省最大的林区。很多人问我老家是哪里的，我告诉他们后，他们都摇头说不知道在哪里。小县城虽然默默无闻，古今却出了两个大人物，一个是写出了"海上生明月，天涯共此时"的张九龄，另一个是北伐"铁军"的军长张发奎。它就是被誉为千年古郡的始兴县。

1974 年我在始兴中学高中毕业，高中毕业后面临的是就业问题。在那个年代，国家实行的是计划经济，城镇高中毕业生由国家安排工作。自从毛主席提出知识青年到农村去接受贫下中农的再教育的伟大号召后，我们县自 1973 年开始，高中毕业后都要下放到农村去锻炼，接受贫下中农的再教育，两年后才能够参加招工、参军或者读大学（那时已取消高考，只能通过推荐上大学）。每家可以留一个人在父母身边，我父母就把我留下来了。这样我就没和同学一起下放农村，开始了我待业的日子，等待招工。这期间我打过铁，做过木工，做过汽车修理工，但都是临时工作，而招工的单位都是二轻企业（集体工厂），我不想去，觉得没前途。就这样游荡了差不多一年的时间，也没找到一份自己喜爱的工作，而且离开了同学，自己觉得孤单，所以心里很茫然，一种前所未有的空虚孤独感笼罩着我，不知自己今后的生活出路在哪里，像一只迷途的孤雁！

日子很快就到了 1975 年的夏天，就在这时，1973 年下乡的知青开始参加招工和受推荐上大学。看到有的同学去上大学，我心里很羡慕，心想：我有机会去读大学就好了！就是这样一个念头，让读大学的梦想在我心里萌发。但是怎样才能实现自己的梦想呢？经过几天的思考，我做出了一个决定，就是放弃自己的留城待遇，加入上山下乡的队伍中去，在农村这个广阔天地里实现自己的理想。说服父母之后，我就到县知青办报名要求当一名知青，在有了读大学的梦想和付之于行动之后，心里的空虚孤独感一扫而空。

1975 年的夏天，我开始了我的圆梦之旅，踏上了一条既艰辛而又充满希望的路，我到了城郊公社社办茶场当知青。茶场离县城有五六公里，坐落在大路边的山坡上，有一座两层楼的泥砖房，楼房是宿舍兼办公楼；楼前是院子，堆放着杂物和木柴；对面是一排平房，那里是食堂、仓库，还有制茶车间。仓库有两间，分别存放稻谷花生和工具。制茶车间里摆着几口大锅，是用来给茶叶杀青的；有一张大大的结实的桌子，是用来揉茶的；靠墙有一条坑道，上面摆满了铁盘，是用来烘干茶叶的。茶全部是手工制作的。楼房的东边就是一片茶园了，整个茶园是在一个东西走向的山谷里，山谷的底部有条大的排水渠与谷口的小溪相连，两边长满了茶树，一排排整齐的茶树由谷底蔓延到山坡顶部，茶叶已经长到要采摘的程度了。时正值盛夏，火热的太阳照射在毫无遮荫的茶园里，散发出阵阵的热浪，烤得人头皮发烫。我们经常在电视里看到采茶姑娘唱着山歌采茶的轻松场面，但是在轻松场面的背后，种茶人付出了艰辛的劳动和辛勤的汗水。种茶是艰苦和繁杂的密集型劳动行业，首先要把山坡上的树木和杂草连根挖去，再挖出一条条水平的深沟，铺上肥料，在春雨到来之际栽种茶苗，茶苗成活后，经过施肥、除草、除虫，才会长成茶树。所以茶场的工作就是挖沟、施肥、除草、除虫、采摘、制茶，一年四季轮回。

在茶场与知青、茶场老职工在一起（后排中间高个子为笔者）

我很快就进入紧张的茶叶采摘工作中。采摘茶叶要赶时间，不然茶叶长老了，就会影响茶叶的质量，而且还要在中午前采摘，每天早上醒来就要出工采茶。由于我个子高，要弯腰才行，每天累得我腰酸背痛的。更痛苦的是采摘完茶叶后的除虫，几十斤重的喷雾器背在肩上，勒得肩膀起血痕。为了除虫的效果好，杀虫要在中午进行，汗水和杀虫药水湿透了全身（好多喷雾器是漏水的），杀完虫之后，我们都要马上跳到小溪里洗澡，不然药水泡过的皮肤过敏，会瘙痒和起水泡。整个夏天我都被太阳晒得像个黑人。采茶的季节一直由夏季到秋天。到了冬天粤北十分寒冷，西北风像刀子一样刮得人脸和耳朵发痛。早晨起来，四周的草木都结了霜冻。茶树经过春天和秋天的采摘，要在冬天施肥才能保证第二年的收成，我们就冒着寒风去茶园里挖沟施肥，每天都要完成茶场下达的每人挖30米长的沟（深50厘米，宽40厘米）的任务。在冬天的茶园里，到处是知青挥锄的身影，个个光着膀子挥汗如雨，劳动的艰辛和繁重可想而知。而生活条件也是一样的艰苦，住的是泥砖房子，内墙未"批荡"（铲平墙面后粉刷），风一吹就掉泥沙，只能用报纸糊起来。最难熬的是吃饭，知青们都是十几岁的孩子，正处发育时期，劳动量大，饭量也很大，每顿半斤米饭都吃不饱，我也是经常要吃一斤米饭，然而粮食指标不够吃。还有就是每天吃青菜，没油没肉，每月只能吃一次猪肉，闻到肉的香味真是流口水！所以有时会抓蛇和田鼠"改善伙食"。我们知青不管男女一到晚上就饥肠辘辘，难以入睡，有些知青忍不住就到附近的农民菜园偷菜吃，经常被农民投诉。后来茶场向公社反映了情况，上面才增加了我们的口粮，饥饿的问题才得到缓解。虽然生活艰辛，但为了心中的梦想，我还是咬着牙根坚持，积极投入其中，脏活累活抢着干，在知青中起到了带头作用，得到大家认可，在年终评比时被评选为先进生产者。在这一年的年末，粤北地区下了一场大雪，那天天气极冷，天色灰蒙，到傍晚时分就飘起了鹅毛大雪，雪花漫天飞舞，飘在院子里、房顶、树上。这是一场罕见的大雪，听老人说还是在20世纪30年代见过粤北下雪。雪下了一晚上，到天亮雪停了，早上走出房间，四周白茫茫的，到处是积雪，有十几厘米深。这场大雪给我们茶场带来巨大的灾难，也预示着来年绝不是平凡的一年！

1976年开始了，那场大雪造成茶场的茶树大面积冻伤，看到碧绿的茶树慢慢变黄，大家心里都很难受，往日满园整齐的茶树变得稀稀落落，将对第二年的茶叶产量影响很大。茶场为了补回损失，马上派人到云南采购茶苗（茶场种的是云南大叶种），准备开春抢种。到了春天雨水一下来，我们就冒着大雨，赤着双脚（茶园满地黄土穿不了鞋，一年四季都是赤脚干活），顶着寒风，去补种茶树了。

在这一年，不单我们茶场受到雪灾，我们国家也发生了好几起重大事件，1月8日的清晨，广播里传来了敬爱的周总理逝世的噩耗，全国人民陷入深深的悲痛中，接着是9月9日伟大领袖毛主席逝世，后又发生唐山大地震，全国人民都沉浸在巨大的悲痛中。当人们心中的悲痛尚未消散之际，10月份传来了打倒"四人帮"的消息，"四人帮"的倒台令全国人民欢欣鼓舞，到处洋溢着胜利的喜悦。国家在发生翻天覆地的变化，人民的心情也随着变化而起伏跌宕，像坐过山车一样！时代在发展，我们的生活在继续。在年中，早我一年下乡的同学陆续被招工和推荐上大学，离开了茶场，望着他们离去的背影，心里虽然很不舍，却没有丝毫落寞感："你们在大学等着我吧！我一定会和你们进入同一个校园的。"茶场艰苦的劳动和生活，磨炼了我的意志，造就了我坚韧不拔的性格，使我实现大学梦的决心更加坚定不移！

1977年，打倒"四人帮"后的第一个春天，全国的工农业生产开始走向正轨。通过一段时间的拨乱反正，各行各业都恢复正常，我们茶场也在前一年的雪灾中恢复过来。我更积极地投入到生产中，并在4月加入了中国共产党，这也离我的梦想更进了一步。1977年时我下乡时间够两年，已经有受推荐上大学的资格了，就在我为实现大学梦而高歌猛进时，国家宣布了恢复高考制度，停止了推荐工农兵上大学的工作。

## 二、第一次高考历程

高考政策的公布，在我们知青中引起了巨大的反响。我的大学梦是否会因此而夭折呢？答案当然是否定的。虽然我们读书期间受读书无用论的流毒影响很深，但我在小学、初中、高中期间，是个非常好学的学生，学习成绩优异，每次考试都是名列前茅。高考政策对我的影响并不大，能够通过考试进入大学，才能显示自己有真本领，所以我很高兴地报了名参加高考。在公布高考到考试的时间只有一个多月，要复习完初中、高中的文化知识，时间很紧，而我还要参加茶场的劳动，于是我就利用休息时间复习功课，茶场领导也很支持我们参加高考，尽量给我们多些时间，我就在边劳动边复习的紧张气氛中，把所学的知识初步复习了一遍。

　　1977年的11月,高考的时间到了,全国千万学子都投入高考的行列中。我怀着紧张又激动的心情进入考场,记得是先考数学,当试题发到手中,赶快粗略地浏览一下试题,看到大部分考题都是在自己复习的范围中,题目并不算难,紧张的心情就放下了,觉得自己要定下心,把题目做好,争取拿个高分。就是这么一想,反而起了不好的作用,结果出问题了,就在我沉浸在解题之中时,监考老师的声音在耳边响起:同学们,离考试结束的时间还有30分钟,请大家抓紧时间做题。老师的声音把我惊醒,我赶快审视自己的考卷,可能由于自己太过淡定,做得较慢,此时才发现还有最后两道题没做,心里一惊便方寸大乱,匆忙地做完题目,来不及检查,考试时间就结束了,无奈只能交卷。考完同学一对答案,才知最后这两道题都做错了,心里后悔莫及。这还影响到后面考试的发挥,其他科目考得也不好,成绩很不理想,大学梦估计要泡汤了,我的心里非常懊恼!看来只能收拾心情,等待明年了。我的大学梦啊!怎么这么坎坷呢?

　　恢复高考后的第一次录取工作开始了,考得好的几个同学陆续收到了入学通知书,并邀请我参加庆祝聚会,看到他们兴高采烈,自己心中的酸甜苦辣可想而知了。就在我心灰意冷之时,命运之神再一次把我推进痛苦的抉择之中。一天我父亲下班回家后,从口袋里拿出了一封大学入学录取通知书,很高兴地给我,原来是父亲上班的地方离县招生办不远,他们就把信给我父亲带回给我。看到这封信,我心里一阵惊喜,赶快把信拆开,才看到是一封佛山兽医专科学校的录取通知书,这让我喜悦的心情马上凉了半截。为什么会有这封通知书呢?原来是省里为了照顾山区考生而扩招的,我的分数进了录取线,所以才有一次补录的机会。收到了通知书,让我忧喜参半,喜的是有大学录取我,令我有了继续求学的机会,能够马上实现我的梦想,忧的是所学专业不合我的理想。去还是不去,心里很矛盾。我父亲认为,考大学这么难,现在有大学录取我,就要抓住机会。但我觉得我是考试时的心态出了问题,发挥不好才导致成绩不好,如果再准备得充分一些,成绩一定会有很大提升的,考上自己喜欢的大学和专业,希望还是很大,而且我这次不去上,明年可以再考(这是当年的政策,后来听说取消了)。一边是父亲的坚持,一边是自己内心的不甘,父子俩各说各理,一时陷入僵局。这时我母亲站在了我的一边,她说父亲要我去读主要是怕我现在不抓住机会,以后就不一定能读大学了,机会难得。父亲平时由于工作繁忙,经常不在家,对我读书时的状况不了解。而母亲一直陪伴我长大,对我的学习情况了如指掌,她觉得我再努力复习一下,还是能更上一个台阶的。问题分析清楚之后,我说服了父亲,就放弃了这个机会,定下心来复习功课。

### 三、第二次高考历程

　　1978年的春节过后,我干脆就跟茶场请了长假,一门心思地投入紧张的高考复习中,到处去找复习资料,尽量多做题目,经常解题到深夜,还报名参加了中学举办的高考复习班,在几次模拟考试中成绩都很好。紧张的复习时间过得飞快,1978年的高考时间又到了,这年的高考时间是夏天,由于自己做了充分的准备,又有了上年的高考经验,进入考场后,端正了心态,考试时发挥得不错。考完试之后复核了解题过程,每科估分有80分左右。当高考成绩公布,得知我的分数过了重点大学的录取线时,心里憋着的一口气终于吐出来了,家里人也非常开心。真是功夫不负有心人,我的大学梦就要实现了!

分数公布后紧接着的就是体检和报志愿,我报了华南工学院的机械专业为我的第一志愿,之后就是怀着喜悦的心情等待大学的录取书,踏上我的大学之路。但是,这次又一次遭到了命运的捉弄,我的大学梦也真是坎坷。不久就开始有人陆续收到大学的录取通知书,首先是重点大学的录取通知书,但我没有收到,心想可能是我志愿没填好,错过了重点大学的录取机会,后来普通大学的录取通知书也来了,还是没有我的,我的心里开始焦急起来了,每天面对亲朋好友的询问,我都不知道如何答复,家人也跟着着急。录取时间都过了,我还是没有收到任何大学的录取通知书。

### 四、"寻找"大学录取通知书

最后父亲说不能再这样等下去了,就找到广州的朋友想办法去查询一下。经过查询,才知我是被华工的机械零件师资班录取了,录取通知书也早就寄出了,听到这个消息,我焦虑不安的心情方才平复下来。但是我的录取通知书到哪里去了呢?没有通知书我怎么去报到呀?于是就开始了寻找录取通知书的过程,首先我们找到县招生办主任,主任说他们确实是没有收到过我的录取通知书,这样就只能又返回广州叫朋友到华工去查询,华工的答复是录取通知书确实已寄出去了,寄的还是挂号信,并出示了寄信存根给我们看。就这样两头都找不到通知书,就只能走最后一步去找邮局了,到县里邮局一查,说是这封信已经给招生办签收了。招生办不是说没收到吗?真让人一时落在了云雾之中了。看来问题是出在县招生办了,再次找到招生办主任,主任就把门口的收发员叫来询问,收发员想了半天后,赶忙跑到收发室打开桌子上的抽屉,我的录取通知书稳稳当当地躺在那里。原来是收发员签收了信后,刚好是打饭的时间,就顺手放到抽屉里,去吃饭,回来就把这事忘了,上次我们来查的时候他又休假回家不在,另外的人又说没收到,所以就这样错过了。真是应了俗语说的"好事多磨",最终我有惊无险地拿到了这封我梦寐以求的由华工

初到华工的我

发出的大学录取通知书。为了拿到它,我花了三年的时间和心血呀,我的大学梦终于圆了!

拿到这封录取通知书时,离学校报到的时间就只有2天了,我急急忙忙地踏上了去华工的路程,终于开启了我在华工的四年大学之旅!

# 我的无线电情结

## 77级电工师资班　林朱浦

### 第一部超外差收音机

56年前的一天，一切都改变了——让我们又期待又害怕的高考突然就没有了。我们不用上学，没有了束缚，还可以免费全国旅行。那两年是我们这些无线电爱好者的"良机"，只是没有多少无线电零件可以买到，也没有相关的书刊杂志出版。我连电烙铁都舍不得买，是用线绕电阻自制的，万用表也是自制的。

当时不用上学，我全部的精力和创造力就集中在打造一台当时市场上还很少的半导体收音机上。当时所有的线圈都是买不到的，也完全没有资料和仪器。我把振荡线圈和中频变压器逐个放进直接放大式收音机的调谐回路里，利用已知的电台频率进行估算，硬是造出了一台有高放的超外差式收音机，灵敏度非常高，还有两个磁性天线，可以调整角度构成电磁波矩阵以抵消干扰，也就是今天手机的 MIMO（即多个天线输入输出），这些都是当时民用品里绝无仅有的。那两年收获颇大，而且数学功课也没有丢。外差式收音机的关键是变频。为什么两个频率在晶体管的非线性状态下会生出新频率？中学的三角函数运算就用了一遍又一遍：

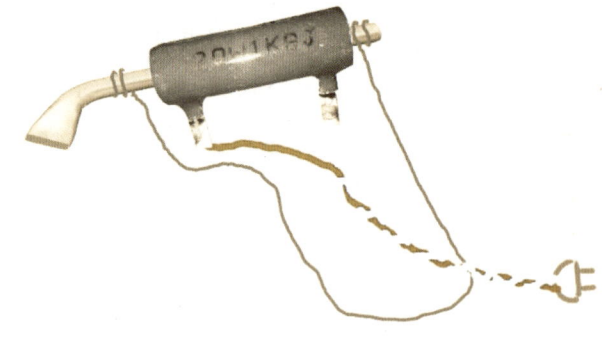

用 1 kΩ 20 W 的线绕陶瓷电阻自制 50 W 电烙铁

$$\underbrace{\cos x}_{\text{电台信号}} \cdot \underbrace{\cos y}_{\text{本机振荡信号}} = \frac{1}{2}\,[\,\underbrace{\cos(x-y)}_{\text{中频信号}} + \underbrace{\cos(x+y)}_{\text{中频镜象信号}}\,]$$

只是，那两年感觉结束太快了。

### 广阔天地

在1968年上山下乡的浪潮中，我来到了祖国大陆的最南端，那里正在组建广州军区生产建设兵团，作为战备的有生力量。当时还有一个非常重要的指示："大力发展橡胶，满足全国人民需要"。

那是一片红土地，有一个个方格形的橡胶林和防护林带，氧气含量高，令人心旷神怡。我们连队离团部和县城20多公里，步行要大半天，路况很差，是今天越野车才能走的那种，下雨的话就只有拖拉机能走。

知青们在连队里难得一见的东方红拖拉机（前排右一为笔者）

连队里有一大群黄牛，主要是母牛和未成年小牛，以及一头凶悍的种牛。雄性小牛早早被去势，所以听话地被我们拉去调教。我们非常喜欢这么大的"宠物"，常常按牛角较劲、拍脸、拉耳朵然后骑上去。

我们连队里最好的牛，走得快，女知青也可以驾驭

连队知青合影（下乡七个月时留念）

"大会战"

雷州半岛的橡胶农场都是1952年由解放军林二师建立的，经常进行"大会战"，就是集中所有人，相互挑战竞赛，吃在工地，晚上用汽灯照明继续干，和"帝修反"抢时间。一口15米口径的灌溉用大井，全凭手锄肩挑，几个星期就可以挖到15～20米深。

很快，手锄肩挑挖大井的消息传到了珠江电影制片厂，他们来人了，但不是来拍纪录片，而是让我们以"大会战"的形式给他们在广州挖了一口大井。

不加班的晚上就开会，开大会就点燃汽灯，也就是打气喷煤油高温燃烧石棉网发光；开小会时就用普通煤油大灯。天空非常清澈，没有光污染，星星非常近，开会时就看着星星浮想联翩。那时并不知道月亮上曾有人类在走动。

十一连的挖大井"大会战"（整个画面大小的井，深近20米，全凭手锄肩挑）

## 没有电的无线电爱好

从大城市到建设兵团,变化是很大的,尤其是电。绝大多数的连队都没有电,和团部的唯一通信联系只靠一根单线,平常是电话线,傍晚就是有线广播。唯一的电器是一台用特大号电池的手摇电话。

不仅没有电,电台也几乎没有。那时能听到的广播只有能听几个小时的海南台,而且一大半是海南话,听不懂。广东台功率最大,但在600公里外,收不到。架天线吧,最有效率的倒L形长天线需要达到1/4波长,太长了。于是我把短的倒L形天线接到一个有调谐回路的独立磁性天线,用调谐回路弥补短天线的自然谐振频率,放到收音机旁,广东台频率就出来了。后来我用这个方法在团广播站转播广东台,连队也有人学着这样收听。这个思路现在的手机都在用,我后来(在创伟力公司工作时)还为此申请过专利呢!

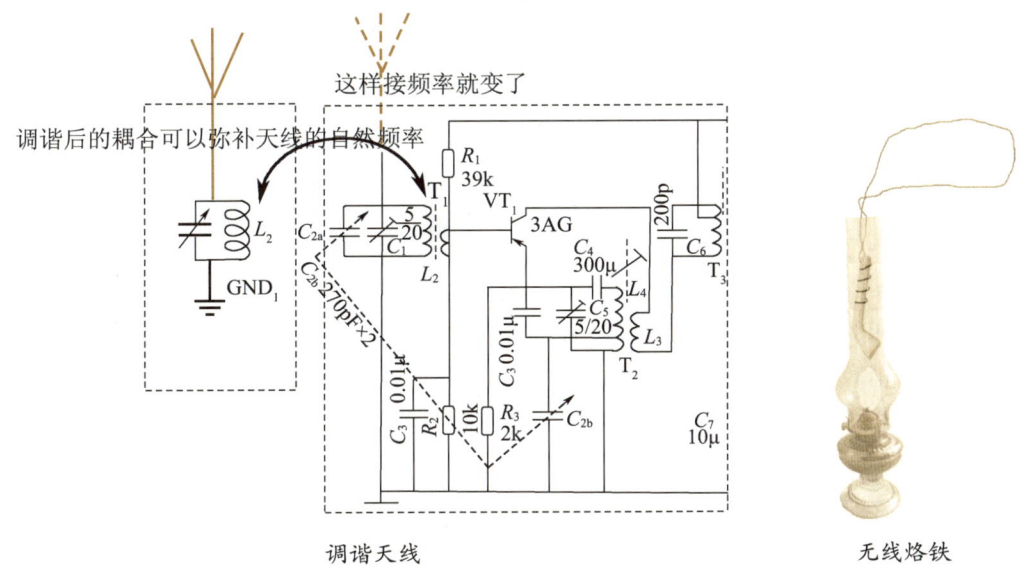

调谐天线　　　　　　　　无线烙铁

因为是无线电发烧友,我的全套工具和零件也带到了建设兵团。线绕电阻自制的电烙铁是带来了,问题是没有电。我就把烙铁芯拆下来,自制了一把"无线烙铁",再把队部的大灯拿过来对烙铁进行加热。想不到效果还不错。

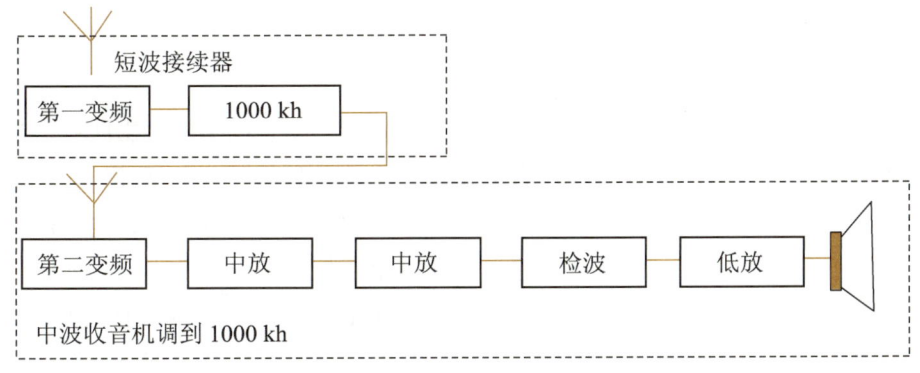

短波接续器

有了焊接能力，就又有了一个新世界。做点什么好呢？我还在继续演算那些三角函数，变频是我的最爱。我做过短波接续器，也就是外加一个单管短波变频器，耦合到普通的中波收音机作为第一中频，这样，两级变频高灵敏度短波接续器就在我的床上诞生了。只要把普通中波收音机放到短波接续器旁边就能收到很多套短波中央人民广播。

还是用这个短波变频器，我用小喇叭作为话筒，后来又用耳塞作为话筒，话筒音频调制射频振幅，居然让附近的收音机听到我讲话。无线话筒就这样在我的床上诞生了。

大家很兴奋，就围在我的床前用团广播站的口气表扬女知青，通过连队的收音机向全连播放出来。

同连队的一个发烧友在我的指点下很快也仿制了一个，他要的是功率，还提着收音机往远处的水库走，发现两公里外的岸边还有信号。这下麻烦大了，会不会是给远处海岛发信息？连队和团部联系了，连里干部就马上找我谈话，又在大会批评，东西全被拆了。

整个东西就只有两节电池、一个晶体管、一个耳塞，可以放在口袋里，是不是可以用于演出呢？当时所有的舞台都只有

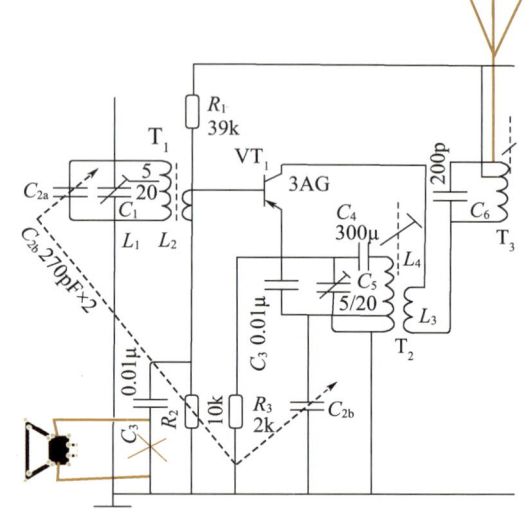

无线话筒线路图

固定的话筒，稍微离开就听不到声音，但也不能把扩音音量调大以免回输啸叫，音效很差，所以很需要一个这样的随身话筒。我心想：要是我继续研究下去，是不是现在的许多无线话筒都要给我专利费？

不过，年轻时没有什么顾虑，我继续坚持着。那时候每个连队开始配有一台半导体收音机了，一些有办法的人也弄到了半导体收音机。我有现成的零件，还能在没有电的地方焊接修理，谁的收音机坏了我很快就帮他免费修好了，所以总体上我的无线电功力在领导眼里功过相当，我就是个"赤脚无线电医生"，不图什么回报。后来我被选入了团宣传队，下连队演出时就顺带修理收音机，也给团广播站修理有线广播，想不到就这样被调进了电影队。

### 电影队

忽然有一天政治处的宣传干事让我到团电影队报到，是真的吗？电影队有汽油机、发电机、扩音机，还有机会开车，每晚还有电影看，《卖花姑娘》可以看30遍，每到一个连队放电影，大人小孩拍手掌，伙房还会准备最好的饭菜。比起宣传队，电影队就更上一层楼了，很多知青都很羡慕，但我从没想过要谋这个职位。在电影队，白天或跟着装着机器的牛车在橡胶林中漫步，或坐汽车、拖拉机颠簸在土路上，一天到一个连队，到了就先保养机器，然后总有一两台收音机要修理。修理收音机时我可没有用到发电机，那时候电是奢侈品。放电影前，孔子、秦皇斩荆轲、宋江招安等故事我都配合幻灯片讲解过。讲解

时大人小孩都很安静，没有人发问，因为没有人明白为什么要克己复礼，周公为什么要周礼，为此我就有了理由阅读政治处的书籍，其中有一套《红楼梦》是应形势需要给高级干部阅读的。管理图书的是广播员，我帮了她很多忙，自然就借给我了，并约好但凡有干部要，我就无条件地交还。我读《红楼梦》是夜以继日，还认真地抄录诗句做笔记。那个特定的环境使我这个年纪轻轻的无线电爱好者竟然如此认真地学习《红楼梦》。我们放的电影除了样板戏，最受追捧的要数《卖花姑娘》和《闪闪的红星》；我们还常备有《南征北战》《地雷战》等经典可以应众要求而加映。很多人是从很远的连队走夜路来看的，也有不少当地的村民（他们讲雷州话，是一种跟海南话差不多的方言）听不懂普通话，但看得懂电影。电影队的到来就是很多边远连队一个月一次的最大娱乐，还有一些人总要我看看他们的半导体收音机有什么毛病。在电影队里我是样样得心应手，在电影队的时光是我一生中最幸福的日子。

电影队太需要我了。有一次样板戏电影大汇演，我们到友团放样板戏，放到一半，"啪"的一声巨响，扩音机烧了，整个广场的几个连队的人都失望极了。连队领导过来问哪天补放，那时候不知天高地厚，我随口说可以马上修好。透过通气孔我看到功放电子管和其他电子管还亮着，屏极也微微发红，高压还在，而功放管是烧不坏的，无非就是烧坏了输出变压器。不就是个高阻变低阻的变压器吗？于是我马上通过他们团的总机找到他们团的电影队，指挥他马上到广播站拿几个有线广播的线间变压器骑自行车过来。当时没有电表，也没有电路图，光凭肉眼就顺利地把变压器替换了。一通电，还是没有声音，旁边的人都沉不住气了，我这才感到了压力。好在我在学校读书时曾有意练习过压力下应考的能力，我排除旁边人的干扰，仔细回想各种扩音机电路，一看强放管屏极没有怎么发红，也就是没有电流。屏极已经通过新的变压器取得高压了，阴极也串有零件到地，怎么会没有屏流呢？原来那个零件只是一个小电容器，应该是要并联着一个负反馈线圈同时提供直流通道。那个替代的输出变压器并没负反馈的线圈啊，

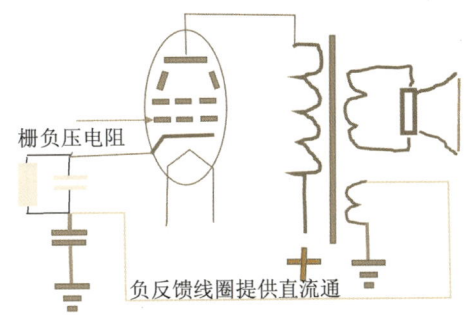

功放电子管电路

于是我马上简单地把这个反馈短路去掉，声音果然就出来了，全场马上一片欢呼。这前后就十来分钟，为此我还立了一等功。这个扩音机后来居然就一直这样用，再没有买过原装的变压器。

### 回城

我在电影队越做越好，而且还是广播站的技术支持、收音机"医生"，但这样就越来越难离开了，回城成了问题。意想不到的是，一个很有实力的青年要进来电影队，他确实是非常有为而踏实，于是就有了一个皆大欢喜的结局。

在广州，电视机已经开始进入平常人家了，我回城读的正是一商局的电视机中专。读书期间我就已经给同班同学甚至电器专业老师家里修理电器了。学校附近有个河沙大队，

每天中午我们还没有起床他们就放广播吵醒我们。有一天我们高兴地发现他们的广播"哑"了。好景不长，没过两天，学校居然派我去救援。到了大队广播站，他们拿出一个电解电容说是阴极电容漏电，已经订购了。这和以前电影扩音机的故障何其相似，电解电容本来就是有一点漏电的，要是阴极电容击穿漏电，功放电子管应该电流很大而看到屏极发红（阴极电阻太小，栅极对于阴极的负压就太小，屏流就太大）。真正原因应该是阴极电阻开路。该阴极电阻中间有抽头，所以简单地把它调个头放回去就马上好了。他们大队负责人当时的表情把我震到了。我回到宿舍还没到起床时间，但他们讨厌的广播又响起来了。

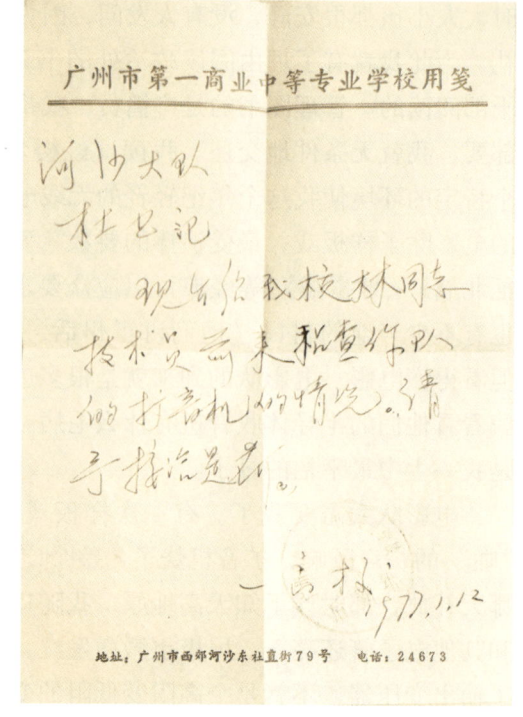

派我到河沙大队修理扩音机的接洽证明

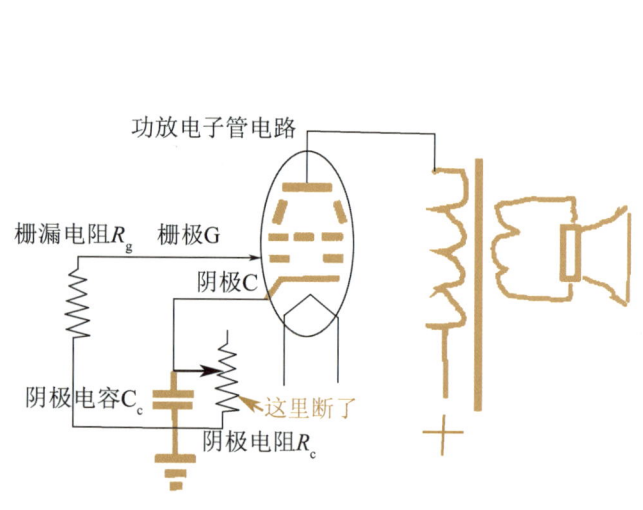

广播站功放电子管电路

当年（1977年）的广州电视机维修中心在这个建筑物里（石室教堂）

有了这些功绩，以及老师、同学们的一致认可，我期待着毕业被分配到最多人向往的电视机维修中心。不错，当时广州的电视机维修中心就设在广州最著名的教堂里。但想不到的是，按人事关系，这还轮不到我。我被分配去当收购大员，与电烙铁无缘。

## 机会留给无线电爱好者

这时候高考恢复了！无线电爱好给了我足够的准备，我顺利地考进了华工，顺利地毕业。留校在电工教研室工作一段时间后，又自费到美国继续读书，后留在了硅谷工作，知青生活的经历也一直在"发热发光"：

在农场时，我有一把短的对数计算尺用于线圈、变压器和串并联计算。在给新开的橡胶地作标记测量时，就顺便算上面积，长（米）×宽（米）×15/10000 总共拉两下就得出亩数。有这么快吗？连队领导不太相信我的结果，把我叫到办公室当场让两干部验算。几个算盘"噼里啪啦"地响了很久，结果只有一次算得的结果对得上。为了收敛一点，我就改用厚一点的纸画上刻度带在身上，得出的结果也足够精确。后来在美国读硕士的时候，有一门最难但是必修的课——概率统计和信息，教师正是课本作者。为了防止出差错，我就像在农场那样针对特定问题用纸做了一个计算尺。期末考试的时候，我首先用它来估算题目的难度。想不到一滑动纸计算尺，居然发现有一道题命题不成立。我马上提问，老师在白板上和我简单互动后宣布该题作废。后来试卷上我得了 A＋，不过成绩单上还是 A。

最让我感触的是，在一次换工作面试时，对方考验我能否给脆弱的 CMOS 负载做出共轭匹配以得到最小损耗，该工作是用比较脆弱但又容易得到的 CMOS 作手机射频功放芯片。我明白他要什么，也明白教科书是如何说的，他也很满意。但这个问题自我在农场制造无线话筒时起就一直在考虑，那时的高频三极管只有区区十几或二十毫瓦，动不动就击穿，所以负载没法共轭匹配，只能匹配到最佳负载线。于是我补充，在现实设计中只能匹配到最佳负载线。他在面谈了所有人之后又找我继续讨论。正是在农场的无线电爱好让我在众多应聘者中脱颖而出。我可以说，青春无悔，在广阔天地的确大有作为。

# 穿越 50 年

**78 级机械原理与零件师资班　林怡青**

2018 年 11 月 9 日，时间的年轮刚好转过了整整 50 圈。50 年前的这一天，我们乘坐万吨级客轮"建华号"，从广州到湛江，登上农场派来接我们的解放牌货车，站在敞篷车厢，一路南下，来到现在的雷州市英利镇附近的国营幸福农场，时间是 1968 年 11 月 9 日。

如今，六七十岁的我们又来到了当初十六七岁生活的地方。小汽车沿着国道 G207 线慢慢行驶，在那个熟悉而又陌生的路口，我们一行四人下了车。

## 一、在那片开阔地上

50 年前，国道两侧是开阔的草地，现在已经种上一大片甘蔗……深深地吸一口气，感受到的是久违的草香，还有熟悉的泥土味……时空隧道在眼前徐徐展开，一直伸展向远方。

国道旁的开阔地

粪箕和牛屎耙

隧道的那一头，站着一位小姑娘。格子上衣，草绿色军裤，草绿色解放鞋；头上戴一顶草帽，帽檐下露出两条小辫子，像两把黑色的毛刷；肩上挑一担粪箕，还架着个牛屎耙；手里拿着一条树枝做的赶牛鞭。她就是 16 岁的小翠。

今天是她成为劳动者的第一天，两个人看管几十头牛，不能丢失，也不能让牛吃了橡胶苗，否则是要挨批评的。

体壮的老牛在前面带路，母牛和小牛跟在后面。穿林带过草地，牛一边吃草一边走。小翠一边收集牛粪，一边不停地数：1、2、3……一只也不能少。牛屎满粪箕了，就倒在沿路的肥池里。几个小时过去了，来到了这一片开阔的草地。没有树木遮挡，每一头牛都看得见，终于可以歇歇脚了。

天上的白云飘来，一会儿像牛，一会儿像茅草房，一会儿像花……

牛吃饱了，静静地瞧她……"小翠？怎么没听说过？"

她看着牛……"不要问我从哪里来……"

牛伸出舌头舔她的手,眼睛里满是温柔……

人与牛的缘分从此就开始了。

这里位于雷州半岛中南部,土壤呈红褐色,很肥沃。土壤的颜色与远古火山活动有关。雷州半岛共发现火山76座,火山岩分布面积达3136平方公里,约占整个半岛总面积的38.5%。农场于1952年建立,取名"国营幸福垦殖场"。1969年4月,农场改编为中国人民解放军广州军区生产建设兵团第七师第五团,实行军事化管理,当时我们都成了兵团战士。1974年10月,农垦建制恢复,农场改名为"广东省国营幸福农场"。

## 二、队部会议室

当年我和其他20多位下乡知青被分配在当时的第十二生产队。由于地势平缓,这里也被称为"平林队"。连接国道G207线和平林队的是一条泥土路。我们朝着队部走去,迎接我们的是老工人兰姐,她的音容笑貌依旧,就像昨天还见过。她告诉我们,很多老工人现在都搬走了,有的住在场部商品房,有的随子女迁往珠江三角洲。

现任生产队干部在队部办公室接待了我们。办公室隔壁是可以容纳几十人的会议室,整齐地摆放着桌椅。阳光透过玻璃窗照射进来,眼前跳动着刺眼的光芒,跳动着、变幻着,炽烈的白光从时空隧道那一头照射过来……

平林队召开欢迎广州知青联欢会。会议室主席台上方挂着煤油汽灯,它"吱吱"地喷着气,发出炽烈的白光。主席台上摆满了青皮甘蔗和水煮花生,主席台后面是首长座位,首长背后挂着毛主席像。

煤油灯

小翠一边吃甘蔗和花生,一边仔细打量周围的环境。会议室的地板是红泥土。主席台、首长座和听众座的结构都相同,四条较粗的树枝打进泥地里作为脚,上面钉几块板形成一个平面,再钉几根用来加固的木条。会议室的房顶用茅草来做,墙是泥墙,门框和窗框是泥墙上的窟窿。一块木板铰接在窗窟窿的上沿,用一条木棍支起,就是开窗;把木棍卸了,木板盖住窗窟窿,就是关窗。泥墙与房顶的茅草之间有大约20厘米的间隙,雨飘不进来,但是风可以吹进来……

曾经遍布雷州半岛的茅草房(选自高峰纪念册照片)

散会了。会议室隔壁的茅草房就是女生寝室,小翠和另外8名女生,一共9朵金花住在这里。草房里,在北、西、南三个方向上排列着半腰高的架子,是用几根树干打入泥土作为床脚，上面铺几块木板做成的，这就是她们的床。

雷州半岛的海风徐徐吹来，小翠进入了梦乡，坐在小学堂里写作文，题目是"美丽的四季"。怎么写呢？"春天，板凳和床脚发芽了；夏天，白蚁、蜈蚣、蚊子、蝎子在一起开舞会；秋天，屋顶的茅草长出了沉甸甸的稻穗；冬天，北风从屋顶与墙之间的阔缝吹进来……"

一觉醒来，已是凌晨2点。可能是甘蔗吃多了，要上厕所。开门出去，公厕在西边几十米外，周围一片漆黑。小翠拿着手电筒朝西边走，脚下的枯枝败叶发出沙沙的声响……还有几步就到了，忽然传来一声嚎叫，厕所里冲出一条黑影，把手电筒撞出10米之外！小翠吓了一大跳，幸好脑袋还清醒，从声音判断这是一只到厕所觅食的流浪猪。

公厕用石块围成，男女两边分隔，里面砌着倾斜的水泥坑，排泄物顺着斜面流入下面的粪池，用来浇菜。这里是流浪猪和流浪狗经常光顾的地方……

昔日的公厕（选自高峰纪念册照片）

天终于亮了。起床的第一件事是抖落蚊帐顶上的泥，这是从屋梁上的白蚁巢掉下来的。然后提着水桶到井边打水洗刷。新的一天开始了。

### 三、水塘的前世今生

住在队里的几个老工人闻讯赶来了，其中文广叔是当年我们的组长；住在场部的学良叔坐着女儿的车也来了，他是当年同组的老职工。缘分跨越50年，再次把我们紧紧地连在一起……他们是我的人生导师，在我如白纸一张的脑海里描绘了第一幅图画，颜色深深地渗入心里，永远不被覆盖。"生活以痛吻我，我却报之以歌"的生活态度伴随我的一生，使我在克服困难中能够体验快乐，在艰难困苦中能够品味生活的美好……

听说水塘已经今非昔比，我们立刻动身前往。队部南面不远就是水塘，50年前是一片低洼的开阔地，大部分时间是干涸的，长满了杂草，只是在多雨时才会积水。兰姐告诉我们，近年来水塘深挖了两次，修了堤坝和护栏。今年雨水比较多，估计能维持全年不干涸。

50年前，水塘边的菜地是集体伙房的蔬菜基地。雨季期间菜地被淹，只能外出采购蔬菜，或只吃萝卜干，越吃肚子越饿。"大会战"的时候一顿八两陈米饭，体重不满百斤的女生也能吃完。现在回想起来真的不可思议……

哇，这就是水塘吗？出落得如此美丽！水面扩大了不止十倍，微风吹来波光粼粼，鸭子在水面游荡，鱼群在水里追逐，好一派美丽乡村的景色！

秋风习习，吹拂着脸庞……远处传来了歌声，越来越近，越来越近……

昔日水塘边菜地（选自高峰纪念册照片）

如今美丽的水塘风景

"五一"节，集体伙房杀猪了！自从春节后就没有开过荤的知青们欢呼雀跃！雪白的肥肉切块，拌白砂糖和黑芝麻做成馅，蒸出的冰肉包子每个劳动力2个，小孩每人1个。猪油渣炒粉皮可以用饭票多买，太好了！

集体伙房做的粉皮有3～5毫米厚，除了盐水还有点酱油，翻几下可能会找到一块猪油渣，很久没有吃到这样的美味了……糟了，肚子太胀，要躺下，动不了了！怎么办？先缓口气，消食去。9朵金花手拉着手，在水塘边散步，一边大声唱歌，歌声回荡在水塘上空……

当时农场不允许存在自留地和自留畜。一个家庭最多可饲养一斤重以上的成年三鸟不超过3只。一个生产队按照人口的一半左右配给牛口数目，按照人口的三分之一左右配给猪口数目。猪和牛属于集体财产，集中喂养。牛是战略物资，宰杀要报团部（场部）批准。

记得有人问我："你下乡每星期能吃到几次肉？"我说："你最好问我每年能吃上几次肉。"元旦、春节、"五一"节、国庆节，这4个节日是可以保证的，有时"八一"建军节也会杀猪，其他时间就别想了。

## 四、人和牛的友谊

50年前，水塘西南方向的坡地上建有牛栏，养着公牛、母牛和小牛。队里出生的小母牛继续养着，小公牛阉割后作为苦力，是谓"工牛"。经验丰富的老工人火乾叔负责掌管牛群。当年来到平林队几天后，我被分配到积肥组，经常要用牛车把落叶和杂草拉到牛栏、猪栏，经猪、牛踩踏并与粪便、尿液混合发酵后，再挖出来运到大田作为橡胶树的肥料。我的亲密战友名叫"黄肚仔"，我们之间建立了深厚的友谊。它个子偏小，角短，黄褐色的毛，肚子圆溜溜的，是一头特别温顺的牛，眼睛里总是流露出善意的光。我想，是火乾叔有意把它留给我的。

现在这里荒芜着，除了相同的地势，还有些草稀疏地生长着，已经完全没有了昔日的痕迹。前面有一大一小两头牛，它们是某个家庭的私有财产。顺手拔一束牛爱吃的那种草，看着它悠闲地咀嚼着……这体型，这毛色，这似曾相识的面孔，"哞——"一声高亢的长鸣从时空隧道那边传来……

国道旁的防风林带边上，昨天铲的草堆成一堆堆。小翠挥动草叉，一叉一叉地把草挑起，堆放到牛车厢上。草很轻，牛车厢很小，装得少会浪费牛力，要在不到两平方米的牛车厢板上堆砌出体积七八个立方米、上大下小的倒锥形草垛，用绳子拉紧后运输。

牛车路坑坑洼洼，牛深一脚浅一脚，牛车摇摇晃晃……小翠的两只脚一左一右站在两边的车辕上，背靠着草垛，左手牵牛绳，右手举牛鞭，随着牛车摇晃，仿佛行驶在大海上，风在吹，浪在打，船在摇……

背后的草垛里，藏着挑草的时候躲在草堆中来不及逃走的生灵。蜈蚣、蛇、蚱蜢、蚂蚁、蠕虫……随着牛车的颠簸纷纷择路而逃。忽然，左边面颊被湿冷的东西擦过，缓缓降下来……蛇！全身僵住，屏气，不能让它发现！凉凉的，继续贴着脖子下滑，到达前胸……心脏怦怦地跳，越过执牛绳的手臂……糟！今天穿着短裤……经大腿，落地，进入草丛。阿弥陀佛……善哉，善哉……

突然，牛脚绊了一下，牛车向前倾倒，小翠倒在牛背上，牛跪在地上，头枕着红泥土，眼睛在流泪……她奋力抬起车头，牛站起来了！扔了牛鞭，她在车后费力地推，牛终于向前迈开了一步，它艰难地前行，是因为知道她在后面推，她也知道，它的脚一定很疼……

与牛栏隔水塘相望的是香茅地。据说当时香茅是经济价值很高的化工原料。当然，价值与我们无关，队里的任务只是种植、收割，然后运走。春节前后，寒风刺骨，小雨纷飞，是种香茅的季节。种香茅要光着脚，在湿土地上拉一条绳指引方向，左手拿勺，右手拿苗，平行绳线走一步插一棵，浇一勺肥水，脚趾头压几下苗根附近的泥土。一天下来，手脚冻得红肿，嘴唇发紫……提着空的肥水桶路过牛棚，黄肚仔会从里面冲出来，"哞哞"叫着，像是在慰问我……

雷州半岛的牛车

## 五、被遗弃的水井

为了寻找凝聚着当年青年突击队汗水的大水井，我们从水塘向西北方向走。听说上次回农场聚会的知青因为时间紧只是在远处眺望，发现大水井周围长满了杂草，无法进入。这次我特意带了一双中帮水鞋，穿了最厚的那条牛仔裤。

远望大水井，果然杂草丛生。走近一看，有条踩踏过的草径。沿草径走近水井，井口几乎被杂草和灌木覆盖了，在一个角落透过树叶还能看到砖块砌的井壁。

当时平林队缺水。从水井打上来的水浑浊，呈土黄色。不到一个月，知青们的小腿就长满了水泡，又痒又痛。队医说是水土不服，煎了草药汤给我们喝，三个月后才适应了这里的水质。当时队里有4口小水井，都分布在水塘周围，水质较好的用作饮用水，其他的用作洗涤。大部分井有十几米深，用轳辘打水，打一桶水要摇动把手三十多圈。

洗澡房是一个用石头砌成的高1.6米左右的掩体，没有屋顶。肥皂盒、干净衣服和脱下的脏衣服都放在掩体上方的石头平面上。用后的废水流向水塘方向，因为干旱，往往流到半路地就干了。天气冷的时候,在旁边支起一口大锅,井水打上来,烧热了再用。洗澡的时候,热水浇在身上热乎乎的,北风一吹,又像掉在了冰窟窿里……如此高强度的特种桑拿堪称世界第一。

为了改善用水条件,领导决定建一口直径10米的机井。以知青为主要力量的青年突击队承担这个任务。每天下午放工后,只要不下大雨,就能看见水井那边有人在工作,少则五六人,多则十几个。一开始用推土机推个坑,然后人挖肩挑。井越挖越深,工程就越来越艰难。挖到深处就在井旁搭龙门架装个滑轮,用绳索绑个铁钩置于滑轮上,五六个人用力把装满泥土的箩筐拉上地面。为了早日完工,晚上也挑灯夜战。工程施工是没有报酬的,但每个人的劳动热情都很高涨,是今天的人很难理解的。

曾经的大水井(选自高峰纪念册照片)

如今,水井完成了它们的历史任务,已被遗弃或者填埋了。

## 六、职工生活区

知青来到的时候,这里只有由苏联专家设计,用来养牛的两栋瓦房,大家称它为"牛房"。苏联专家撤走后,牛房改为职工宿舍。在牛房内部修若干间隔,每个家庭占一个间隔。牛房只住人,不能煮饭。集体伙房不能满足家庭的需要,职工们就在自家门口附近盖了茅草房作为伙房。如今牛房和茅草伙房都已经铲除了,建起了18座砖瓦平房,一共102间,每间自带厨房和洗手间,通过下水道排污。

生活区东边是托儿所。当时职工产假是56天,产假休完后妈妈要出工,婴儿就送托儿所了。每月的托儿费是1元人民币,开饭的加1元,若要洗澡、洗衣服的再加1元。一些男生乐了,调侃说:很想入托,喂饭、洗澡就免了,交1元包洗一个月衣服就行,哈哈……

高高的避雷针还在原来的地方耸立着。雷州半岛雷多,避雷针是每个村落必备的安全设备。仰头望上去,30多米的高空中,

苏联专家设计的牛房(选自高峰纪念册照片)

避雷针尖直指天空……一朵云飘进视野,时空隧道的那一头传来"隆隆"的雷声……

天气很好,小翠独自在林带边铲草。忽然,一道强烈的光闪过,即时一声巨响。魂魄差点掉出来了,锄头一扔,以平生最快的速度,跑!

躲进宿舍,开一条门缝向天上望。低空翻滚着五色云,红的、黄的、蓝的、黑的、白的,翻滚着,搅合着……赶紧关起门来,吸一口气,安定一下怦怦乱跳的心。

噼噼啪,噼噼啪……屋顶、窗户到处在响。打开门一看,哇!一地冰雹!小的像黄

豆，大的像鸡蛋。捡起来，冰凉冰凉的。

惊魂未定。室友给打回午饭，嚼之无味……

下午，艳阳高照。蹑手蹑脚回到那地方。距离锄头十来米处，一棵强壮的小叶桉被劈成碎片，每片1～2斤，散落在方圆5米之内；剩下一段高约2米的树桩，光秃秃不见了树皮。

雷州半岛流传阳雷和阴雷之说。阳雷主生，行云化雨，造福人世。阴雷主杀，专事惩办恶人。走在林带间，经常看见半截枯焦的树，那是被雷惩罚过的痕迹。雷击留下的树桩有的以后会长出新芽；有的被烧焦，直到树根，遭虫蚁施虐，霉烂，被菌类吸收，轮回再造。

## 七、功不可没的防风林带

中华人民共和国成立初期，我国受到经济封锁，禁运各种国民经济建设必需的物资，其中包括了天然橡胶。橡胶树原产巴西，适合在热带气候下生长。橡胶树的树干比较脆，容易被风吹倒。我国地域纬度较低的地方大多是沿海区域，受台风影响，种下的橡胶树屡屡被台风折断。后来经多方研究决策，以种植防风林带的方式改变局部小气候，为橡胶树移植到亚热带地区创造条件。

平林队地域的防风林带沿东北—西南和西北—东南方向排列，把大地分割成一块块的方形，中间种植橡胶树。由于台风途经此地的风向是东南—西北，东北—西南方向的林带是挡风的主力军，称为主林带。主林带通常宽20米以上，中间部位种6～8排高大的乔木，大多数是小叶桉，其次是木麻黄，这些树用来阻挡高层的风。两旁各种2至3排比较矮小的树种，大部分是台湾相思树，具有柔韧的树干和枝条，用来挡下层的风。东南—西北方向的林带是辅林带，通常宽度在10米以下，种植矮小的树种。

小叶桉林带

当年的林带，乔木挺拔，矮木婆娑，橡胶树在它们的庇护下成长。工间休息的时候，人们在树荫下乘凉。林带里有很多种蘑菇，其中一种可以吃的灰白色蘑菇，名叫鸡肉菇，味道鲜美。有一种蓝色的蘑菇是小牛的最爱，每次赶牛群通过林带，总是有几头小牛赖着不肯出来，在林带里找这种蘑菇。还有其他各种颜色的蘑菇，都是不能吃的。林带里栖息着各种鸟类，不时有打鸟的人扛着鸟枪在林间游荡，鸟枪挑着一个竹匾，竹匾上挂着打下来的鸟，记得当时4毛钱就可以买到一只鹧鸪。

台湾相思树（前排）和木麻黄树（后排）

随着国际关系的缓和，国际上对我国橡胶禁运的历史终结了；由于石化工业的发展，天然橡胶替代品不断涌现；改革开放后，农场经营以市场经济为导向……种种因素使得雷州半岛橡胶种植业日渐衰落。经过几十年的砍伐，之前的防风林带所剩无几，剩下的也稀疏单薄，已经不具备抗风能力了。

未被砍伐的小叶桉树

从生活区出发沿着东北方向的小路，我们一行人继续向前走，右边是昔日的橡胶田。在这条小路上，曾留下割胶工人密密麻麻的数不尽的脚印……放眼望去，原来的防风林带消失了，遍地种着甘蔗和剑麻。

附近的小坡上有几棵挺拔的小叶桉树。随行的老工人告诉我们，这些树是知青在此的时候就有的，一直没有被砍掉……这几棵树大约有三十多米高，树干最粗的地方直径大约30厘米，看上去不像有超过50年的树龄，也没有防风林种植的规律，既不成行又不成列。估计它们是由被砍掉的母林剩下的幼枝长成的。

如今它们傲然挺立，见证着这里的沧桑。树叶在风中摇晃，发出"沙沙沙"的声音，轻声呼唤……时空隧道那一头，母树在回应，"呜——呜——"……

"全体人员请注意，全体人员请注意，五团进入紧急状态！五团进入紧急状态！根据台风实时预报，2小时后台风中心将正面袭击我团，台风中心将正面袭击我团！请抗风突击队员立刻执行芽接树修冠任务！请抗风突击队员立刻执行芽接树修冠任务……"高音喇叭不停地播放着。

小翠与其他队员一起，迎着风雨爬到五六米高的树杈上，猛砍树冠枝条……修冠就是丢车保帅，把招风的树冠砍下，主干就不容易被风吹倒了。

不能戴斗笠、穿雨衣，免得招风。扎一腰带，腰带上别一把镰刀，腾出手来爬树。光脚站在树干分叉处，脚趾紧抓树杈。左手扶一树杈平衡身体，右手举镰刀砍树枝。牢记修冠要领：脸朝下风，树倒是人压树；不能脸迎风，倒下就是树压人……

风越刮越大，雨越下越大，狂风夹着暴雨把皮肤打得生疼……不好！树干"哗啵"响，要折断了！赶紧扔了镰刀，两手紧握两根树杈，随树冠顺风倒下。还好，小腿肚擦伤了点皮，轻伤不下火线……

忽然，风向变了。这是台风眼快到了！赶快下树！躲林带边去！狂风大作……忽然，风平浪静，骄阳高照，橡胶园里静悄悄。台风眼正在经过！

争取时间，又一阵猛砍……

风又来了，快躲起来！台风眼过去以后，风转向相反方向，吹得更猛。这个时候已无计可施，只能听任来不及修冠的橡胶树被狂风拦腰折断。

一场浩劫！满地是砍下的树冠和被折断的橡胶树，还有动物的尸体，小鸟、黄猄、老鼠、兔子……

虽然防风林抗风的作用很大，但是如果遭遇台风中心的正面袭击，橡胶树也会损失惨重。通过抗击台风，当时生产建设兵团的军事化管理可见一斑。

## 八、胶园夜生活

18岁那年，队里的橡胶树陆续进入开割期。我是队里第一批割胶工，上岗前在场部进行培训，老师是马来西亚归侨，一个接近五十岁的和蔼大叔。也许是得到了师傅的真传，在后来团部举行的割胶技术交流会上，我在现场比拼中取得优异成绩，加冕"割胶辅导员"称号。

胶乳在黑暗中淌流
（选自高峰纪念册照片）

昔日橡胶田（选自高峰纪念册照片）

每年的4—11月是割胶季节，清晨3点多开始割胶，7点前完成。割完胶，吃了早餐，就开始磨胶刀。一把锋利的胶刀很重要，刀口越锋利，切割乳胶管的速度越快，切口出胶就越顺畅。胶刀磨好后，太阳出来了，挽起胶桶去收胶。收集后的乳胶水很容易变质，要立即送场部胶厂进行初加工。乳胶产量大的连队用拖拉机或牛车运输胶水，平林队产量小，要人工挑担。

50年前，这里有一条小路从橡胶田跨过国道G207线通向场部。我每天要把两桶胶水挑到加工厂，然后匆匆赶回，刚好到午饭时分。吃过午饭，小睡一会儿，下午又要出工，铲草、施肥、喷洒农药……此刻，我们站在水塔附近的位置，这里曾经是我负责的地段，包括4块橡胶地。寂静之中，传来"唧唧"的虫鸣声，回头向后望去，时空隧道的那一头传来了"沙沙"的脚步声……

全副武装的小翠手上拿着胶刀，头上戴着胶灯，背一个挎包，蹬一双高帮水鞋，在集体伙房吃完面条后，朝自己负责的地块走去……

夜漆黑。橡胶园里，另一个世界登台表演。最恐怖的是一种不知名的夜鸟的叫声。实际上，发声的都不可怕，例如夜鸟、蛤蟆、蟋蟀……它们只是在做自己的游戏。可怕的往往是不发声的动物，例如蛇，据说还有狍子。当然，最可怕的是"阶级敌人"，时刻想破坏社会主义建设。

割胶工们分散在黑夜中，每人负责三四块地。四周黑洞洞的，同伴的胶灯在百米之外,像一粒萤火虫,时隐时现。小翠正在割胶。她抬头一看,发现被几十盏小灯包围了,这是牛的眼睛发出的幽光。它们安静地站了一会儿……"是来看我的吗?很抱歉,没有草,只有胶水……"它们慢慢转身走了,幽光一点一点减少,消失在黑暗中。

近处,只有自己的呼吸声、脚步声、胶刀切割声。

胶灯的照程约7米,弯腰割完一棵后,抬起头向另一棵橡胶树走去。忽然发现前面蹲着一个人,吓了一跳!定睛一看,原来是一顶草帽扣在了一段树桩上,肯定是哪个男生的恶作剧……终于割完一块地,接着穿越林带,到第二块地去。

林带是个阴险的地方。无论遭遇人或兽,对方在暗处,自己在明处。小翠右手紧握胶杯,发现情况随时可扔出去;左手握紧胶刀,准备搏斗;心怦怦地跳,环视一下,快速通过。

虽然从来没有发现"阶级敌人",但黑夜的恐惧难以消除。有一次,俯身割完一棵树,抬起头,冷不防看见附近林带处站着一个人,凭着胶灯微弱的光,看到是一个衣衫褴褛的流浪汉。毛骨悚然!顾不上这块地了,急转身奔向靠近同伴的那块地,先到那块地割胶……天蒙蒙亮的时候,转过来这边割胶,那人已经不知去向。

从此,夜里出工的小翠身上就藏着一把锉刀做的小匕首……"会用匕首?""没用过,带着壮胆……"她想,也许会遇上最后时刻,没有带会后悔的。

当年割胶的行头有胶刀、胶灯、围裙、挎包、水鞋、胶桶。胶刀长约半尺,弯弯的像一条细细的香蕉,安装在木柄上;胶刀的横截面呈V形,一侧磨成刃口,用来割树皮;另一侧磨成钝口,保护割面不被割伤。胶灯上的喷嘴通过软管与挂在腰间的电石反应筒连接;电石像灰白色的石头,化学名称是碳化钙,遇水产生可燃的乙炔气。点燃喷头处的乙炔气,燃烧发出亮光,在反射镜的作用下照亮夜间割胶的场所。围裙用来防止工作服沾上胶水;但是工作服还是沾满了胶水,越穿越厚。挎包用来收集前一天橡胶树

割胶知青(右一为笔者)

伤口上凝结的固体胶条;胶条撕开后,再割一刀,乳白色的胶水又会流出来;太阳出来,伤口又会被凝固的胶水封住。水鞋保护工作裤不被杂草上的露水打湿,保护小腿免受蛇的攻击。铝合金胶桶用来收集胶水。

每年冬天寒潮到来之前要给橡胶树的割面涂"面脂"。这种面脂的主要成分是牛屎,掺和一定比例的红泥土,加少量细干草。干草的作用同钢筋,泥土的作用如水泥,牛屎是有机能源,发出温度保护割面。

这种牛屎面脂密度很高,如果说挑一担水有100斤,那么一担面脂至少有150斤。挑起一担牛屎面脂,依次走到每一棵橡胶树前,用手把面脂涂抹在当年割胶留下的割面上,涂层七八毫米厚,与割面四周的原树皮接合。一天工作下来,一双手腌得白里透红。

## 九、消失的肥池

雷州半岛干旱，地下水源分布得很少，远程运水成本太高，给橡胶树浇水施肥靠收集雨水来解决。在每块橡胶地选择一处地势低洼的地方，挖一个长约5米，宽约3米，深约1.5米的坑；四壁和坑底用石灰掺沙夯打结实；在一个角落砌个梯级，方便汲取池底的肥水；顺地势在池的周边修几条引水的小泥坝。下雨的时候，珍贵的地表水顺着小泥坝流到池里储存起来。平时铲些青草、拣些猪牛粪放进去，沤熟了给橡胶树施肥。

有时从海边运来小杂鱼倒进池，大部分是一种名叫"剥皮牛"的小鱼，鱼头上有一条坚硬的刺。撒上一种不知名的白粉末，发酵二十多天，然后倒满一池水，搅拌均匀，用木桶舀出，挑到橡胶树下施肥。这种肥滑溜溜的，我曾几度滑进池里，脚板扎满了鱼刺……

我们一边走一边寻找昔日肥池的痕迹，脑海里浮现着它当年的模样——池水碧绿，水面漂浮着正在发酵的烂草和牛粪，烂草上面爬满了苍蝇，蝇蛆在牛粪里蠕动。烂草和牛粪下面躲藏着各种两栖生物，最吸引人的是蛙类，有很多品种，丑八怪癞蛤蟆、苗条的"青鲜"、气鼓鼓的"奀昂"……最上等的是肉多鲜美的本地蛤蟆！当年油水少，正在长身体的我们总是饥肠辘辘，几次尝试要抓几只解馋，未遂。人的反应速度太慢，还没有靠近，蛙们就闪电般跳到岸上草丛里，逃之夭夭了。

曾经遍布橡胶田的肥池（选自高峰纪念册照片）

当年那么多肥池怎么都不见了踪影？脚下，茂密的杂草丛，蚂蚁在爬，蚱蜢在跳……忽然，时空隧道的那一头传来了朗诵毛主席语录的声音……

晚饭后，指导员敲响了树上挂着的铁犁头。大家拿着小板凳，聚集在树旁的空地上，以班组为单位排列坐下，听完新闻广播后，开始"天天读"。

3点钟就起床割胶，太困了……小翠趴在膝盖上昏昏欲睡……"抓住主要矛盾""纲举目张""其他矛盾就迎刃而解了"……惊醒！……有了！蛙总是往林带方向逃，草丛做掩护，人就无计可施了。主要是要把蛙困在池里！回到宿舍，小翠把战略战术一说，大家都连连点头。

第二天早上割完胶，小翠绕橡胶田转了一圈"踩点"。下午收工了，迅速行动！四个人一伙，挑个桶，拿着锄头……远远望见那边肥池上长了草，蔓延开去，与岸上草丛连接，橡胶地一角郁郁葱葱。这说明肥池里的牛粪和烂草已经充分发酵，上浮至水面，形成了浮岛，草籽落在岛上已经发芽生长，这池里一定有蛙。

把鞋脱了，绝对不能有脚步声；草帽脱了，戴着目标太大；猫着身子，不能让影子落在池边；屏住气，逐步缩小包围圈。

"哇"的一声大吼，四个人同时出现在肥池边，每边一个。蛙们见来不及逃了，忽的一下都沉到池底避难去了。太好了！

四把锄头同时伸进水里。"轰"的一声，无数花生米大的绿头苍蝇腾空飞起，撞到身上、脸上、头上……挥舞锄头顺着一个方向拼命地搅，不一会，整池水飞速旋转，牛粪烂草上下翻滚。

发酵牛粪的气味、烂草的酸臭味蒸发在大气中……一只蛙伸开四脚肚皮朝天浮上水面，随着水流打转，它被转晕了！紧接着第二只、第三只……哈哈！尽情拣吧，不好吃的不要！

凯旋！"……没有吃没有穿，自有那敌人送上前。没有枪没有炮，敌人给我们造……"

剥皮、去肚、摘葱、拍姜、起镬（下锅）、爆姜、溅水、加柴、下葱、下盐，大功告成！呵呵，从来没有吃过这么美味的东西，绝世佳肴！

## 十、危机四伏的竹仔地

我们一行人一直走到铁路边，这里是平林队开割橡胶地的边缘。过铁路再往北走将经过当年的橡胶苗圃，然后通往接邻的第十六生产队。当年参加在十六队举行的挖大骨草"大会战"就走过这条路，收工时途经一处溪流，在一个水坑洗木桶，脚一滑掉进了坑里，水深超过人头。水流一下子把不会游水的我冲出很远，我拼命抱住木桶，终于在对面坑边上被卡住，爬上了岸。真的太危险了！

从铁路边转头，想沿着当年收工的路线往回走，已经没有路了……沿着既定的方向，我们披荆斩棘穿过甘蔗地，脖子和手臂上划了一道道血印，终于来到了生活区北边的集体自留地。我的很多生活和劳动经验是从这里得到的。

当年这里有一小片"经济林"，种着不同的树种，用来满足建筑和柴火的需求，我在这里学会了砍伐的技巧。经济林附近是竹仔地，生长着毛竹和小黄竹。成年毛竹有十多米高，可以用来做建筑材料、家具、农具等。小黄竹只有一人高，枝条纤细，硬度很高。取材于这片竹仔地，我曾经编织过簸箕、小箩筐等日用器具，还编织过一个用来捕捉水生物的小竹笼……

当年这里的昆虫很多，春暖花开的时候，各种蜂在"嗡嗡"地飞。我们有时也在这片地铲草，被蜂蜇是免不了的。黄蜂的毒液比较温和，被它蜇后痒痒的不是很痛，症状大约半个小时就消失了。最可怕的是昂蜂，个子大、毒液强，蜇口多会要命的。

有一次在这里铲草，没看到前面台湾相思树下，齐胸高的茂密草丛中有一个篮球大的蜂窝。一锄头铲下去，几十只昂蜂倾巢而出。我急忙蹲下逃走，大部分蜂朝着刚才我的脸的方向飞驰而去。那天穿着短裤、短衫，大腿、手臂被蜇了几处，有一只还钻到我的衣服里面，在腰部狠狠蜇了一口。当时就剧痛，下午我开始发烧，蜇口疼痛难忍，涂什么药都不管用。无法入睡，白天黑夜都坐在床板上受煎熬……妇女主任玉秀姨煮了红糖水给我解毒，隔两三个小时来看我一次，或者派人来看一下我，判断是不是要送医院……三天后，毒液慢慢被消化掉，我终于痊愈了。

当年这里有个小便处，地面铺盖着落叶，土壤含盐量高，是蜈蚣出没的地方。那天下小雨没穿鞋,收工的时候路过此处,一条半尺长的蜈蚣忽然爬上我的脚面叮咬了一下,非常痛……卫生员拿出一瓶药酒,里面浸着几条蜈蚣,据说这药酒以毒攻毒,专治被蜈蚣叮咬。涂了几次药酒,感觉没有一点作用。老工人秀珍姨抱着她家大公鸡来了,用公鸡的唾液来涂,涂一次可以减痛约大半个小时,第二天就可以出工了。从此以后,光脚路过此地一定是快步疾行,不给蜈蚣从落叶下面爬上脚的机会。

从竹仔地往生活区走,右侧是当年的胡椒地,路边有一狭长地带长着茂盛的杂草。这里有一种名叫"棺材钉"的飞蛾幼虫,浑身是黄绿色的茸毛,人的皮肤一旦接触,会立刻产生难以忍受的强烈的针刺感,延续约半小时。每次来这片草地劳动几乎都会受到它的袭击。

所有这一切,如今只能存在记忆中。映入眼帘的是一片剑麻,远处是一片甘蔗。平林队的土地实行承包制,土地的使用权归租客,而租客不一定是住在平林队的人。

## 十一、路边的小黄竹

继续往前走,就到了原来晒场所在地,现在变成了一条可以通车的泥土路。当年的晒场用水泥、石灰和沙夯实,表面平整,两边各建了一个篮球架。晒场空闲的日子,业余时间知青和老职工们在这里打篮球。晒场旁边有两个茅草房仓库,用来储存晒干的农作物,以及农具和肥料。

记得当时运磷肥的解放牌汽车经常深夜到达,叫醒我们去下肥。我们在车上用铲把肥料装入箩筐,车下的男劳力把箩筐扛进仓库。下一车肥要大半个小时,然后还要把刺鼻的磷肥洗净才能休息,有时洗完澡就到了割胶的时间。

可能是水土和气候的关系,平林队的蔬菜品种很少,一年365天吃包菜加咸萝卜干。萝卜种在橡胶树苗行间,收获的萝卜堆放在晒场上,切片后晒到七八成干。搬出1米多高的大缸洗干净,放一层萝卜撒一层盐,再放一层萝卜,再撒盐。放了三四层后,人站上去用脚踩,把萝卜干压实。如此反复一直到装满。几缸萝卜干放在仓库,可以管一年。

路边的小黄竹

忽然,在泥土路边看到一簇小黄竹,小黄竹长得矮,只有齐胸高,茎叶的颜色和形态表明它已经成年。走近捏一捏它的茎,好硬朗!就像当年的那一棵……

小翠手里拿着一枚长铁钉,在竹仔地转悠着,脑子里思考着昨天晚上看到的物理书上讲的道理……毛细管?毛细作用?"毛细管通常指的是内径等于或小于1毫米的细管"。到哪找这么细的管?如何控制流量?"钢笔尖部的狭缝、毛巾和吸墨纸纤维间的缝隙,都可认为是毛细管"……哦!制造缝隙!怎么控制缝隙的大小呢?

她想自己制造一盏胶灯,正在找一段尺寸合适的竹子,铁钉放进竹子中间的空腔可以形成环状缝隙,通过毛细作用把水缓慢地引导至放有电石的容器中,生成乙炔气。难点是要获得宽度合适的缝隙,从而控制水的流动速度不太慢也不太快,产生的乙炔气刚好满足胶灯照明的需要。

合适的目标真不好找，直到路边一簇黄绿色映入视野。这是一棵小黄竹，它长得矮，只有齐胸高，褐黄色的茎上伸展着深绿色的叶子，靠近根部的叶子已经变黄，说明它的生长年限已经超越成熟期，这样的黄竹硬度最高。它矮小，竹节内腔直径也小，与铁钉配合产生的缝隙也许可以满足要求。

材料准备好了，开始加工零件，玻璃药瓶去掉盖子用来装电石。锯一节毛竹用来做水箱，水箱顶部开两个孔。找一块橡胶片用来隔开药瓶和水箱，橡胶片上开两个孔，一个孔用来下水，另一个孔用来出气。截取一节黄竹，把铁钉头磨成锥形插进黄竹中间的空腔，移动铁钉，铁钉与黄竹内腔的缝隙宽度就会发生变化。呵呵，可控阀门研制成功！

开始装配，仿照正版胶灯的结构，把阀门装进橡胶片下水孔，把水引向玻璃药瓶，另一头从水箱顶部的一个孔伸出来，在外面可以用手调节铁钉的位置。把一节黄竹插入橡胶片出气孔，另一头从水箱顶部的另一个孔伸出来，与软管连接引出乙炔气。软管通向用注射针头做的喷嘴。用粗橡皮筋把玻璃药瓶、橡胶片、毛竹节压紧在一起，山寨版胶灯诞生了！可以代替正版胶灯哦，不过有时会出些故障……

那一年，达到开割标准的橡胶树越来越多了，培训合格的割胶工数目也增加了，但缺少两盏胶灯，场部通知要到下半年才能补充。当时平林队割胶工很少，缺两个人相当于缺三分之一，产量标准达不到怎么办？身为割胶辅导员的我觉得应该干点什么。

场部下发的胶灯用耐腐蚀的铜合金做外壳，像个圆柱形的杯子。杯子分上下两层，下层装电石，上层装水，两层用螺纹连接。中间有一条管子，管子里装有控制水流量的阀门，水经过阀门进入下层，与电石发生化学反应产生乙炔气。下层有一出气口，乙炔气通过软管引至头顶的喷嘴，燃烧发出亮光。

"文化大革命"前我初中一年级都没有念完，听念过高中的同学说，物理知识可以解释胶灯的结构原理，就向玉秀姨在场部教书的丈夫曹老师借了一本物理书，研究了两个星期，山寨版胶灯的雏形逐渐形成……试验成功后，做了两盏，把自己和另外一个熟练割胶工的正版胶灯给新手割胶工用，我们背上山寨版的胶灯，直到新的正版胶灯发下来。

知识的力量在自己的实践中得到证实，极大地开阔了我的眼界，提高了我的自信心。恢复高考时我已经回城，在一家汽车装配厂当工人。我没有像一些"上岸"了的青年那样无动于衷，而是毫不犹豫地投入了高考备考中，白天上班，夜里复习。当时距离1977年高考只有三个月，鉴于当年读初中一年级的时候物理和化学课程还没有开，只能放弃一无所知的化学，重点复习数学、物理，文科就顺其自然了。

半年后，我以26岁的高龄再次参加了1978年高考，以高出几十分的成绩被华工录取了！感谢我的爸爸，他千方百计给我买了一台9寸黑白电视机，用来收看中央电视台的高考辅导节目，才让我能在这么短的时间里补上了初、高中课程……如今我已经从教授的职位退休了，我没有辜负爸爸的期望。

## 十二、新旧场部

第二天，我们在原来场部的位置找到了当年的供水塔、橡胶加工厂、小卖部、医院、榨油厂和农机修理厂的遗迹。记得第一个月工资是 18 元，买一个月的饭票用了 9 元，在小卖部买了一双布鞋寄给奶奶，价格 2 元，寄费 2 毛。这是我给从小把我带大的奶奶唯一的礼物，我欠她太多了……

兵团管理参照军队规章，战士入伍满三年才允许探亲。妈妈思念女儿心切，曾经到这里探望我，夜里就住在简陋的场部招待所。妈妈回到广州后不久，奶奶就过世了。因为当时长途公路交通的治安很差，爸爸、妈妈没有把这个消息告诉我……每当想起 1968 年 11 月 7 日登上"建华轮"的那天早上，奶奶给我做了我爱吃的鸡蛋炒饭，把我送出门的那一刻，那就是我们永别的时刻，眼泪就止不住流下来……

我和妈妈在团部合影

20 世纪 80 年代，农场在原来的场部附近修建了颇具现代气息的新场部。办公楼、体艺馆和招待所建得很是辉煌，与旧场部相比是天壤之别。其中体艺馆是举行职工大会和进行文体活动的地方，在附近看到有退休职工在练习广场舞。

50 年前，与体艺馆功能相似的是露天电影场。职工大会、文体活动、大型批斗会一般都在那里举行。平时难得有电影放映队到场部，哪天有消息说要放电影，我们吃过晚饭就会赶路到场部，看完电影披星戴月，一脚深一脚浅地回队。当时革命战争题材的电影比较多，《地道战》《上甘岭》《铁道游击队》……如今露天电影场已经填埋了，变成了小学操场。

新场部大门牌坊和办公大楼（陈万军供稿）

现在场部还有一个不对外的饭堂，只有节假日或招待来宾的时候用。我们的晚饭都在这里吃，第一晚是我们请平林队老职工，第二晚是老职工请我们。饭后，我们去场部附近住的老工人家拜访。总的来说，农场人现在的生活条件都改善了，特别是住场部的老工人，家里的摆设与广州近郊不相上下。这些老工人是目前农场最有地位的人，他们是体制内退休的，退休金比很多在职干部工资都高。

第三天早上，告别了来送行的老工人，汽车在通往湛江的公路上急驰，两旁的树木飞快地向后倒退，仿佛行进在时空隧道中……再次洗涤过的初心跳动着，焕发出更加绚丽的光彩。

再见！挥洒了青春和汗水的幸福农场！人生经此一段，汲取社会底层地气的精华，生长出了不惧艰辛的精神、披荆斩棘的勇气、荣辱不惊的淡定、甘为孺子牛的情怀……

# 求学往事

77 级物理师资班　蔡云庄

时光荏苒，日月如梭，自 1981 年 12 月毕业离开华南工学院至今 40 年，光阴已悄悄地流逝。回首往事，千头万绪，仅以自己的求学之路为主线，对往事做个追忆。

海南岛西北部的澄迈县有一个滨江小城，名字叫作金江镇，这地方虽不繁华，但气候宜人、风景秀丽。海南知名的南渡江由西向东从这小镇穿流而过，江面上有一座古色古香的木桥横跨江岸南北。旭日东升的时候，朝霞满天，江岸边炊烟袅袅；夕阳西下的时候，晚霞映照，江面上波光粼粼。

小城故事多，充满喜和乐。1958 年 5 月 26 日我出生在这个小镇，我 3 岁的时候我们家是一个六口之家，父亲、母亲、外婆、我姐姐、我和我妹妹。

我父亲从事公务员工作，他闲暇时会带我去镇上唯一的一家新华书店，购买他喜欢的小说和我喜欢的小人书。几年下来，我的连环画足足装满 3 个大纸箱，以至于后来我们远程搬家时，因搬家的汽车运载量有限，不得不把我的连环画送给了邻居的亲戚。

外婆、母亲、姐姐、我、妹妹（1960 年合影）

我母亲在医药公司工作，她既要去公司上班，还要做家务活，整天忙个不停。她的文化程度在当时不算低，是海南岛刚刚解放那年澄迈县几位女初中毕业生当中的一员。在我上小学的时候，母亲就对我说："你要好好学习，将来考进大学深造，争取当工程师、科学家，成为国家的有用之才。"

我外婆没有工作，主要任务就是做家务、带小孩，她总是对我倍加关照。还记得那年夏天，外婆晚上经常带我姐姐和我上楼顶的露天阳台去纳凉，躺在凉席上仰望星空。外婆是文盲，不识字，但会讲故事，喜欢给我们讲嫦娥与玉兔、牛郎与织女、观世音菩萨等故事。在我的记忆中，小时候这段时光温馨美好。

1963 年我父亲工作岗位变动，我们家搬到了距离县城将近 30 公里的白莲公社安居。这里的生活学习条件比起之前差了很多，公社没有幼儿园，我才 5 岁就开始上小学。那时候的小学有早读课，早读就是黎明前太阳还没升起来的时候，学生要从家里拿着煤油灯走到学校的课室里去朗读课文，天亮以后才回家吃早餐，吃完早餐再到学校上课。我读完一年级的时候，校长对我母亲说"你儿子最好留级再读一年"。我年纪小提前上学跟不上学习的步伐,所以安排我重读了一年级。这位校长的名字叫刘青汉,他为人正直,是位待人和蔼可亲、关心学生的校长。

1966年我上三年级,当时"文化大革命"已经开始,刘青汉校长受到批斗,这件事在我幼小的心灵里留下了严重的阴影。从小学三年级一直到初中毕业,学校大部分时间是开展劳动,那时候学习资料匮乏,学习条件、学习环境对于学生系统地学习文化知识非常不利,但是,在好奇心的驱动下,我无畏艰难地行走在求知和探索的路上。

1972年是个好年头,我们家随着父亲的工作调动又回到县城安居。我在澄迈中学就读高一,当年有一批非常优秀的老师,他们是从广州下放到海南澄迈中学改造锻炼的,我们的语文、数学、物理、化学、英语等课程的任课老师教学能力都特别强,我们的学习条件得到非常大的改善。那一年,校园里播放的歌曲《美丽的哈瓦那》,图书馆里收藏的苏联爱情小说,电影院里放映的朝鲜电影《卖花姑娘》,给青春年少的我留下难以忘记的美好记忆。那一年,我的学习突飞猛进,校园生活充满阳光。

1973年高二开始的时候,教学改革,高中分专业班进行上课学习,我选自己喜欢的电工班学习。记得有一天下午上课的时候,我的好朋友王彦被公安局的警察从教室里叫了出去,当时老师和全班同学都不知道为什么,但我已猜到可能的原因:我和王彦当天中午在他家里调试无线电发射机,可能影响了他家旁边的电信局的无线电通信。事后,我看到王彦的时候,他告诉我:"警察叔叔说,无线电爱好者组装无线电发射机要报备,而且业余无线电发射机必须在不影响正常秩序的情况下才能使用。"

1974年7月我16岁,从澄迈中学高中毕业。我们那时候接受的教育,小学没有六年级、中学没有初三和高三,读到高中毕业一共只有9个年级教育,与改革开放后有12个年级教育相比,那个年代的教育学习质量存在很大的差距。但是,和所有热爱学习的小伙伴一样,我千方百计克服困难,积极创造条件开展学习,除了学习课本知识之外,还想方设法收集自己爱好的学习资料,陆续收集了《十万个为什么》《收音机原理》

我的高中毕业证书

和《无线电》杂志等一批书刊。我自制过电烙铁,也自制过万用表(但没有成功)。在那个学习艰难的年代,我主动拜师学习,结识不少热爱传播知识的师傅,他们当中有在照相馆上班的摄影师、在公社广播站上班的技术员和在海南通什无线电厂当工程师的表哥等师傅。

在到华南工学院上大学之前,我曾经在3个单位参加过不同的工作:1974年8月,高中毕业后我响应上山下乡的号召,到位于山区的澄迈县商业畜牧场当农民,在那里种水稻、种甘蔗、放过牛、养过猪。我们的农场在一个小山沟里,集体宿舍的旁边有一条河沟,我和小伙伴们曾经将电动机改造成发电机,想利用小河的水力发电,但没有取得成功。看到有优秀的员工当年被推荐上大学,我也做起了上大学的梦。1975 年 8 月,据说是因为我高中数学成绩好,我被分配到白莲公社食品站当出纳员,在那里工作之余,我曾经成功地组装过一台五灯电子管收音机;1977 年 7 月,我被调到澄迈县百货公司当修理工,从事钟表和收音机的修理工作,这份技术工作大概持续了 3 个月。

1977 年 10 月,教育改革锣鼓响起,从发布恢复高考通知到全国高考开始,只有不到 2 个月的准备时间。澄迈县的领导非常重视高考工作,要求澄迈中学从所有符合参加高考条件的历届学生中,优选出两个班人数的学生,组织集中辅导复习,为高考做好准备,我幸运地成为参加辅导班复习的其中一员。经过艰苦的复习备考,加上运气,功夫不负有心人,我参加高考并取得好的成绩。当收到华南工学院的录取通知书之时,我还不敢相信自己的大学梦真的实现了!

1996 年通过考试,我取得高级工程师任职资格,被所在工作单位聘为高级工程师,初步实现了母亲的愿望。

古希腊哲学家亚里士多德有一句名言:求知是人类的本性。我想追问,求知的动力来自哪里?为此,专门上网探究并得到了答案:心理学认为,好奇心是个体遇到新奇事物或处在新的外界条件下所产生的注意、操作、提问的心理倾向。好奇心是个体学习的内在动机之一,是个体寻求知识的强大动力。

我(左)和海南老乡(77 级无线电陶瓷专业的许小南)

在求学的路上,我得到伟人精神的鼓舞,心中常想起:世上无难事,只要肯登攀。

在求学的路上,我受到先辈们的教育培养,他们的恩情在我的心中,永世不忘。

在求学的路上,我有小伙伴们的帮助陪伴,他们的友情在我的心中,永不相忘。

感恩老师!感恩同学!感恩一切我应该感恩的人!

# 从农场到大学

### 77 级马列理论师资班　陈小玲

我从 15 岁开始在海南岛的热带雨林里呆了 10 年，从此雨林就成了我的第二故乡。雨林的夜晚很美，尤其是晴天的夜晚，白月光真是白啊，满山遍野一片银白。那时候我常在夜间走大半个小时回老队十一队找同学玩，半夜再一个人走回来。满眼银色的月光一泻千里，平日里幽森的林

热带雨林

子，蜿蜒的山路，全都被月光抹平了、抚淡了，梦幻般地组合成一幅超现实的画卷……一个傻傻的 17 岁小姑娘，静静地，脚步浮浮地，走在流动的画卷中……偶尔抬起胳膊，发现本已晒成漆黑的皮肤银白、发亮，似能滴出水来……这不是梦，而是真实的。无论走到哪里，东南亚、太平洋群岛、印度洋群岛、南美亚马逊丛林，一进雨林就觉得回到了家……

### 我们的茅庐

1. 第一间私有草房

1968 年刚到农场时，我们住在老连队为知青腾出来的老房子里，是瓦房。老工人也是住这种低矮的砖瓦房，是由队里统一分配的。但是每家每户都有一个私有的"小伙房"，大多是自己盖的草房。

到农场几个月后，有一天工间休息时，工人老梁比手画脚地说："你们见过四根柱子上面能搭两面斜的茅草屋顶吗？"老李等老工人马上回应："不可能吧……""真的，你们收工回去注意路口，鲁子就盖了那样一间房子，人家读的书多就是不一样啊！"老工人大多仍然不相信。收工了，我们在连队路口山坡上果然看到了鲁子的小草房。总共四根柱子，上面盖着两面斜的几片茅草片作屋顶。哇！还真

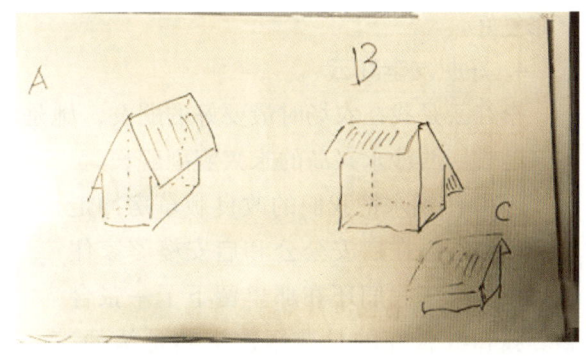

四根柱子茅草房示意图（A 是正常的草房，要盖金字塔形的两面斜屋顶，一般需要树六根柱子以上；B、C 是鲁子小草庐的正反两面）

是，老工人们赞叹不已。鲁子的茅庐小小的，但是能摆上个小书桌，点上小油灯，形成一个相对私密的个人空间。我们则在想，哎呀！之前还没有知青想起可以为自己建个小茅屋呢。鲁子是我们学校"老高三"的同学，附中老高三的校友们其实在1966年夏天已经一只脚踏进了大学校门了。

2. 改良茅庐

从1969年建十二队新队开始，到1977年离开十二队，我住了8年茅草屋，都是自己动手盖的。刚开始考察我们队苗村的小草房，其实就是简陋的草窝棚，茅草屋顶一直铺到贴地，没门没窗，没床没椅。钻进房子，三块石头算垒了个灶，地上铺条长树杆就是矮凳。主要是屋内黑暗，大白天也乌漆麻黑的。我们决定给自己盖个改良的草房，有门有窗，搭了架子用稻草和泥搅拌糊泥墙。窗户还要开得大大的，明亮宽敞还通风透气。

海南夏季台风不断。台风一来，苗村的草窝棚优势就突出了，三角形金字塔结构的窝棚风吹不倒，没门没窗风刮不进。反观我们的改良草房，在风雨飘摇中挣扎，狂风骤雨中泥墙迅速化为泥浆。洪水到来还会把我们的房子整个拔起冲走。我们吸取教训了吗？没有。因为我们知青确实需要窗户的光亮，要读书的呀。所以，风刮倒，扶起，水冲走，重盖。多的时候一年搬几次新家（草房）。

3. "白天治坡，晚上治窝"

这是当年大寨经验之一。意思是当自然灾害摧毁了房屋和田园之后，大寨人白天全心投入到修复梯田等集体劳动中，只有在晚上才用业余时间来修补自己的小窝。当时全国农业学大寨，我们当然也不例外。因此每一次台风过后，我们的所有工作时间都是上山继续开荒、清理胶林，有时候还要每天去附近的老连队支援扶树，就是把被台风刮倒的老橡胶树扶起固定。那些几十年的老树有水桶般粗，要拿砍刀把树倒翘起的浮根砍掉，把树抬起扶正，再填土打实。总之白天只能干集体的活，自己住的房子就得业余时间才来修补。老工人住的瓦房瓦片碎一地，晚上用几片茅草片暂时盖着。而我们白天累得筋疲力尽，晚上根本就懒得去管被台风刮歪刮倒的草房，有一段时间我们的草房都歪成45°角以上，门扇了都关不上了，我们仍然每天就那么钻进去苟且过夜。后来用了好多个周末才把我们的草窝修复好。

4. 好朋友李红云

李红云是我在农场时最要好的朋友，她是姐妹俩1968年一起下乡到农场的，她们的父亲是收回西沙永兴岛的永兴舰副舰长。

1970年洪水把我们的改良版草房冲走后，我和红云在启安公公和启安婆婆家住了一个多月，我们还在那里留下了一张合影。我和红云穿的是苗服，头帕是绣的，绑带和腰带是手工织的，筒裙下摆的白色花纹是手工蜡染的。现在再没有这种原始手工制作的苗族服饰了。

右图是1987年暑假我重返连队和启安

1987年暑假我（左）重返连队和启安公公的合影

公公仍在这个房子外面照的。当时婆婆已过世,公公在照完这照片之后不久也去世了。

红云(右)、红兵姐妹俩
(1968年刚到农场时在胶林合影)

我(右一)与红云(左一)
和启安公公、启安婆婆的合影

## 村花桂花

我们十二队的苗村有个"村花"叫李桂花。为什么在苗村她会成为公认的"最漂亮的姑娘"呢?我观察过,她皮肤白净,但眼睛不大,还有点胖乎乎,远不是苗村里最美的女孩。后来才知道,她性格好,很娴静,更重要的是她绣花、编织和蜡染的手工最好,也就是说手特别巧,而这个才是苗村判断姑娘漂亮不漂亮的第一准则。桂花与我同年,又会一点普通话,我俩就成了好朋友。一有时间我就会过苗村去看她。真的就是"看",我们很少交谈。我主要是在她身边近距离欣赏她做手工。有时候我也能笨手笨脚地帮点小忙,比如拿块瓦片帮她烧融山蜂巢的蜂蜡,然后静静地看着她削一小小竹片做镊子,一滴一滴地把蜂蜡滴到白粗麻布上,很神奇,没有打底稿,也没有样板,就凭自己的想象和喜好,就能滴出一幅幅漂亮的花边图案。只有亲眼看到了,你才会明白,她真是苗村最漂亮的姑娘!画好蜡画的白色麻布接着放入大锅,用能煮出蓝靛的一种小権木煮成蓝布,晒干

2018年12月,我与桂花的妹妹桂英合影

后把蜂蜡揭下来，蓝布上就呈现一圈白色的花边图案，这样就可以做筒裙了。

桂花结婚后我就很少过去苗村了，直到1978年我回广州上大学，走之前到苗村看她，仍然与她没有怎么交谈。她低着头，我默默地看着她身边的两个孩子，抱抱她，无言以对。

再过40年，知青下乡50周年时我回苗村，桂花早已作古，只见到她妹妹桂英。听桂英说桂花的小儿子在外打工，娶了个我老家的姑娘，也许这就是我们缘分的延续吧。

## "大会战"

所有海南知青都会记得兵团成立第一年的"开荒大会战"。在"迎接火红的七十年代""早日实现橡胶自给"等口号的鼓舞下，短短几个月，多少荒山僻岭被我们修成环山行（环山行类似梯田，隔3~5米宽，修山一行行种橡胶树的平台，像一条条带子环绕着大山，当地人形象地称为"环山行"）。种上橡胶苗。若干年后当我被一群年轻的大学生问起海南的知青生活时，我说："就是一群无知而热情的孩子付出鲜血和生命的代价，破坏了珍贵的原始热带雨林……"可那时候我们是那么年轻，像所有不同年代的年轻人一样尽情挥霍着青春，挥霍得那么痛快，当时真没有觉得很痛苦……

当年农场的女知青

当年农场的男知青

1. 另类的加菜

1968年我刚到农场时，山里还有很多鹿与狐狸，黄猄更是满山跑。听苗胞说偶尔还能抓到猴子，见到狗熊（那种瘦小的马来熊），各种毒蛇、蟒蛇则是出没于我们茅草房的常客。可是，随着"开荒大会战"的步步深入，成片成片的深山老林消失了。那些动物跑啊逃啊，经常在我们砍岜烧岜时一会儿蹿出只黄猄，一会儿蹿出只狐狸……这些"会战"中的意外收获就成了人们饭桌上的菜。印象最深的是一条20多斤重的大蟒蛇，因为那是同队的男知青开荒时抓到的，几十个知青都得以分享。广州老话说吃蛇能排毒解毒，还真没错，第二天干活我可是流了一天粘黄的汗，把一件浅色衬衣全毁了，所以印象深刻。30年后回去，不仅鹿和狐狸几乎绝迹了，连蛇都很少了。40年后再回去，苗村的老人说现在连老鼠都没有了。

2. 另类的睡觉

小时候看《红旗飘飘》，红军小鬼回忆边行军边睡觉的事，觉得不可思议。到我自己16岁这年可尝到走路睡觉的滋味啦。在"开荒大会战"的高潮中，每天早上5点多上山，天黑才下山，可我们知青还自己加码，常干到晚上9点多才走（老队长多年后还老是回忆起苏拉同学和他一起在收工路上，谎称鞋子漏在山上，跑回去又干两小时的事。那时候真是那么自觉疯狂加班的）。我们当时才十六七岁，正是睡不够的年纪啊，更何况白天全是高强度的体力劳动，怎么睡得够呢？所以经常在半夜被叫起来时，迷迷糊糊地边走边睡。也许是每天上山的路走得烂熟了，甚至连河上一条长长的独木桥我都能在睡梦中安然走过。上山路上偶尔醒来，迷迷瞪瞪地看着前边同伴的身影，又放心地继续睡继续走……

3. 1个和20个

"开荒大会战"中没人给我们定工作量指标，可是我们都自觉地向高标准看齐。记得有一次一个男知青创下了一天挖穴24个的最高纪录。这是在砍伐一大片山林，砍碎枝叶晒干烧掉的基础上，用炸药炸掉大石头和千年老树的大树根，再用锄头在山坡上挖出一行行两米宽的环山行（类似窄梯田），然后每隔两米挖出一个0.8立方米的穴准备种橡胶。修环山行和挖穴时，遇到山坡陡、石头很多时，工作量可是会成好几倍增加。有几天我平均每天挖一个橡胶穴，不到一个星期就要换一把锄头。因为天天撬石头，锄头很快磨成耳挖了。

当年我所在的十二队的姑娘们（广州知青李红云、陈小玲、伍丽珍；潮汕知青林淑云、李秀英；忘记名字的淑云老乡；职工子女曾春梅）

总算开荒开到河边山坡上一块松软的茅草地。虽然要挖干净那些深至一米多的茅草根很费事，但是松软的泥土激起了我冲纪录的雄心。记得那天我几乎不舍得直起腰来休息，哪怕是1秒钟，埋头挖啊挖，最后挖了20个！这是我此生的最高纪录。

无论1个还是20个，我都一样尽力了。在"开荒大会战"中，每天我那套衣裤，从上到下、从里到外都找不到一条干纱，从早到晚都给汗水浸透着，在大太阳暴晒下……

30多年后，我回到了河边那块苗圃地（因为土质更适宜作苗圃，开荒后并未成胶园，所以我那20个橡胶穴其实是白挖了，就像白白挥霍掉的16岁那年一样）。看着四周山上农场职工们开荒种的一片片果树林，听着独自在山上看管自家果林的老胡谈荔枝行情，恍若隔世……

## 老工人们

在 1968 年我们到农场之前,我们的中建农场已经建立 15 年了,第一批建场的有广东广州、惠州、潮汕的支边青年,还有 1952 年成建制转业的军人。1958—1960 年,又有一大批军人就地转业进入农场,他们祖籍河北、山东、安徽、江苏、湖南、湖北、广东、广西。这前后几批复退转业军人就是农场的"老军工",我们下乡以后连队的老工人主要就是他们,当然还有他们从全国各地带回来的家属。时过 50 年,只能捡起一点点印象最深的了。

### 1. 老队长和老劳模

我们的老队长张清池是琼崖纵队老革命。他的老伴林爱英阿姨是割胶标兵,全省(当时海南岛属广东省)省级劳动模范。老队长话不多,但很实在。"现在阶级斗争很复杂,三家村整个村都变修了……""现在阶级斗争很严重……台风要来了……"更重要的是,他处处以身作则,埋头领着我们开山辟地,我们都很尊敬他。老林阿姨这个割胶标兵到我们十二队新队就没有用武之地了,但是她在开荒工地上仍然以自己瘦小精悍的身体拼了命地干。她真的就是我们这些女孩子当年的标杆呢!

多年以后,老队长离休了,场部在他老家即二十五队盖好房子让他颐养天年,可是老林阿姨可一点也没闲下来。有一年暑假我回去看他们,居然看到老林阿姨拿着锄头簸箕挖金。那段时间我们场的山上发现了黄金,直接用锄头可挖到。我知道老林阿姨其实不是为了黄金,完全就是劳模习惯使然。

### 2. 老莫和老陆

老莫是我们知青的忘年交。他聪明、正直,不随波逐流,所以几上几下,时而当干部时而当工人,但他始终是连队许多工人心中的主心骨。建队时老莫是十二队书记,后来调场部供销社,负责把职工生活副业抓好。

老莫(前排左一)和他的战友

我深受影响,后来有机会短暂主政某个偏远连队,就积极组织挖鱼塘搞副业,卓有成效。老莫的老伴老陆阿姨在女职工中也很有声望,她家小伙房则是我们知青和老莫谈天说地、交流国内外及山内外信息的地方,小伙房的灯光照亮了我们的心胸。

### 3. 大老唐和小老唐

两个老唐是一家,湖南人。他们长相也相似,瘦俏、个子高、脚长。可他们日常生活中天天"家嘈屋闭"(家无宁日),打个不停,打完又和好如初,两人一起去抬回新水缸换打烂的旧水缸。所以我那时候就知道女强人长啥样了。小老唐就是当年的劳模,永远的学毛著标兵、先进工作者。而大老唐就是个普通人,中不溜秋的甚至有点滑向"落后"的样子。

### 4. 老梁和老罗

老梁是跟他大哥（十一队老军工梁祖联）来农场的，后来在十二队。老梁和老罗两口子就像我们的兄嫂兼死党。他俩都高大健壮，聪明能干，还很有幽默感。多年以后我的许多有趣的回忆几乎都有老梁的影子。在连队打砖班时我和老梁短时间搭档，他是班长，我是班副，但那是后期了。早期大开荒，老梁就带几个男知青点炮、放炮，炸大石，炸大树根，为大家攻坚开路，开荒前上山定标（定水平标以指导环山行的开挖）这种技术活也少不了他。老梁懂的草药偏方很不少，至今我柜里还收着一块他送的木头疙瘩，治牙痛的。在连队时其实我多数和老罗搭档，砍树时她教我怎么使劲，树倒时教我怎么躲避；冬天教我胶林防寒时如何看风向烧烟堆，春天教我细心有序的芽接技术；灭茅时，她背药、喷药，我来回跑下山挑水，合作默契。直到现在，每次梦回农场，总是和老罗在一起干活呢！

## 雨林白日梦

### 1. 海岛沉没

1969年夏季某一天傍晚，海南岛传说会有12级地震。连队开大会要求都到草房里待着。会后我在瓦房里看毛虫同学慢悠悠地炒面粉。炒熟的面粉拌上糖又甜又香，像我们小时候吃的饼干。

"我们就待在这好了，别去草房""好啊，12级地震躲得了吗？那时海南岛肯定就沉没啦。大家都只能在水里漂着啦！""就是。我们俩在水里还有炒面吃哈哈哈……""哈哈哈……哈哈……"笑得停不下来……

### 2. 幻想出油

有段时间我在打砖班当班副。我们队因为三面环水，每年台风天都会被山洪淹到，就决定搬到对面山坡上。我们打砖班几个强劳力负责为连队新址打井。

没有机械，全靠人力挖井，大家都累成狗。中途喘口气休息时，我给大家聊起从广州探亲听来的世界时事。听着听着，老梁突发奇想："哇，要是我们挖着挖着挖出石油来就好了！那我们打砖班就可以到处介绍经验。我就会讲，阶级斗争是个纲，其余都是目……""哈哈哈哈哈……"我们都笑得前仰后俯，笑到肚子痛。这个梗别人不会明白，领袖原话是"阶级斗争是个纲，纲举目张"，传到下面转成了老队长的解说：其余都是目。那段时间政治学习的主题就是这个。

## 养猪

1970年，我的好朋友红云成了新连队的饲养员，负责养猪。兵团领导说养猪是重要的革命工作，是实现橡胶自给的重要保障。之前已有8位同学被抽调去团部的养猪场。红云养的只是连队的一小群猪。

20世纪70年代，经常进行"开荒大会战"种橡胶，猪饲料是一无所有，饲养员自己满山遍野地去找树叶、野菜，偶尔找到一担番薯藤那真是开心死了。后来他们找到了《解放军报》介绍的经验，学习解放军饲养员叶红海的做法，用大缸搞发酵饲料。看朋友起早摸黑每天十几个小时在猪栏忙碌，我收工后也常去帮忙（当然也顺便蹭点猪食）。有一次一大群小猪染了肺炎，此起彼伏地咳嗽。苗村的老人教我们去找来美丽的曼陀罗花煮水，喂了几天还真治好了。小猪稍大一点，我们还得学着阉猪，红云手脚麻利，很快成了快刀手。我则搞成个"命案现场"，好恐怖。

小猪们经过我们努力喂养，仍然瘦骨嶙峋。不过错有错着，这些家伙虽然不长肉却照样长了智力和体力。它们在运动方面简直十项全能：奔跑、跳高、跳远、跨栏（木栏抬高至一米多也没能拦住它们）、游泳、跳水、登山……我们队三面环水，河对岸山上大家用业余时间好不容易种出来的玉米、番薯、花生、蔬菜等常常被它们拱得乱七八糟。我当时就说，怎么不办个动物奥运会呢，我们的小猪就可以上场竞技啦（若干年后在知青网上看到还不止我一个人这么想过呢。看来所有农场小猪都差不多，当然这是指连队散养的，场部猪场的猪饲料还是有点保障的）。它们的生命力极其顽强，有一天我正推石磨磨玉米，一只小猪突然跑来偷走我身边的小铁锅（锅里有喂小小猪的粥），它还把锅挎在肩上，像小学生背个书包，然后撒开腿狂跑。我又好笑又好气，追上去一扁担打在它腰上。小猪一下子坐地上瘫了似的，但还在疯狂挪动。我心一凉，"完了，打断脊梁骨了"。还没等我顾得上伤心，小猪挣扎着居然又站起来了，仍然背着小铁锅奔逃。噢，我可真服了它。

一年后我们连队已养成了大大小小八十多头猪。但是在一场台风山洪的扫

连队的饲养员

荡下，猪全被冲走了。我们在洪水中奋力追捞，最终捞回 11 头猪，大多是小猪，集中一锅煮了。当晚全队无家可归（我们住的草房也给冲走了），这一锅猪肉帮我们度过灾后几天的艰辛。

### 亲情

1. 甜蜜的惦记

在农场的 10 年，每个月妈妈都会给我写信，她自己在粤北山区干校劳动，除了关心、鼓励我，聊聊她在干校的工作和生活，有时候也应我要求寄一些我们在农场买不到的生活日用品。好朋友红云的妈妈则会时不时地寄来好吃的东西（北京、上海的糖果），红云总是拿来给大家分享。有一次远在山西的大姐给我寄了一只塑料电筒（当时是

哥哥来看我时的合影

很稀罕的），打开一看，装电筒的小木箱里，包裹着电筒的是满满一箱棉花糖！久违的棉花糖啊！我开心得合不拢嘴。总算我也有可以与大家分享的东西啦，就是我大姐甜蜜的惦记啊……

1971年，哥哥到海南出差来农场看我，兄妹时隔四五年，难得一次见面。

### 2. 五岁的小"知青"

十二队1970年初来了"6个半"广州知青。6个16～20岁的，一个才5岁，这是黄凤珍带在身边的小妹妹。凤珍兄弟姐妹10个，上面3个哥哥，下面一群弟弟妹妹，除了大哥读中专准备工作，几个读中学的都下乡了。父亲是个火车司机常年不着家，母亲又要工作又忙家务负担太重，她这个长女只能尽量为父母分忧，所以她自己下乡时就把年纪最小的小妹带上。

这时候兵团战士过的是集体生活，种菜养殖也是集体副业，不允许业余时间像农民一样种自留地，肥沃的土壤"宁长社会主义的草，不长资本主义的苗"。结果一年到头只有在重大节日才能吃上一顿猪肉，集体的菜也总种不起来。酱油水拌饭是常事，托儿所的孩子也是酱油水拌稀粥。何谓酱油水，我当过炊事员可清楚：先舀一勺（汤勺）花生油往大锅里放，再舀一两勺盐进去，倒半斤至一斤酱油，最后倒一桶水，烧开，搅匀，这就是全连队上百号人的菜了。连队里那些带孩子的妈妈为了孩子们的健康成长，只有想尽办法补充营养，有人会悄悄养鸡下蛋（政策时松时紧，总有空子钻），有人会利用工作中一切便利为孩子找点吃的。比如连队收花生以后，地里会遗留很多已经发芽断在土里的花生，未发芽的也有些会掉在土里，在我们收工后，妈妈们就会到刚收完的花生地里慢慢找，运气好的，一个中午休息时间可以找回一簸箕的花生芽，够吃几顿。想想看海南岛中午的大太阳，我们从草房往外望，整个地面像揭盖的蒸笼一样升腾着热气，连小草都蔫蔫地摊软在地。屋里潮州妹子拖着潮剧的花腔叹着："苦啊！"可是凤珍同学这时就和那些妈妈们一起，顶着烈日为孩子刨食呢。这就是亲情的力量。当时连队的老妇女（妈妈们自称老妇女）总说凤珍"不像个知青，像个老妇女"，现在想来，其实是她们遇上个竞争对手了。

十二队女知青（前排右一是黄凤珍，前排中是5岁的凤珍的小妹小洁珍）

### 3. 不是家人，也是亲人

从少年到青年，十二队老工人看着我们长大，他们就像长辈一样，对我们有着割舍不掉的亲情。他们的孩子即农场的农二代对知青也如自家叔叔、阿姨一样亲切。

知青平时在河里洗澡，但天太冷的时候（海南岛除了南部，中部和北部还是有冬天的）我们会各自去老工人家洗澡。我和红云在农场的家是老莫、老陆家。陆宁等男生的家是老梁、老罗家。此后几十年我们之间就总有牵挂和惦记。1987年和1995年老莫两口子都到过广州探望我们,他们3个女儿都读了大学或中专,当年热泪盈眶地听我讲故事的小女孩已经成了医生、会计等专业人士,早已不用操心,所以他们退休后有空就过来转转。

4. 永远的同学情谊

1968年我们学校500个老三届同学(初中三届和高中三届一共六届一起毕业)分到屯昌县5个国营农场,一年后分属生产建设兵团六师的6个团。之前的两年间,我们在学校没有上课,每天"球球棋棋"(随便)过日子,打乒乓球、下象棋或军棋,每天下午穿过暨南大学走路到员村江边游泳,同年级同宿舍几个班的同学玩得很熟,成了好朋友。到不同的农场后,我们仍然会找机会去互相探望。有一个星期天,我们十一队

1987年我(右一)与红云(左一)和老陆在广州越秀公园

几个同学去附近的晨星农场找同学玩,来回几十公里:连队到场部8公里+场部到屯昌县城16公里+县城到西昌镇12公里+$n$公里到同学所在连队。这七八十公里全是用脚走的,所以一大早就出门,中午到了目的地吃个饭聊聊天又启程,晚上回到家,第二天一早还得开工。若干年后听到各地的知青都有走几十里地去同学处串门的回忆。可见好朋友之间聊聊天是多么重要。

1972年我因为胸膜炎在场部医院住院,素琦同学从几十公里外的晨星农场来看我。右图是在场部球场与同班同学(也是一辈子的好友兼死党)的合影。

左起:和平、我、昭桦、素琦、小虹

## 老乡老乡泪汪汪

我的老乡是潮汕青年,这些潮汕青年有些是汕头市、潮州市知青,但更多的是从潮汕地区农村召集的青年。甚至不一定是青年,为了农场一份稳定工资,农村一些四五十岁的单身汉也会报名加入这个青年移民队伍。我们队就来了几个这样的老"青年"。

潮汕农村青年到农场后其实也很不适应。他们那儿地少人多,干活总体上不比农场辛苦。更主要是农村的约束松,不像兵团的军事化管理。那些在家不用下地的潮汕姑娘到农场后更加苦不堪言。老工人一开始总觉得他们吊儿郎当,自由散漫,干活不如广州知青努力。但他们其实是很能干的,也很讲义气,如果认为领头的信得过,他们一样可以拼命

干，轻松地把我等抛在后面。他们族群认同感强烈，所以一旦与其他地区的青年闹矛盾，"胶己人"（自己人）就一起上。有段时间他们不满连队伙房的炊事员，集体闹着要民主直选炊事员（吃大锅饭时每餐分饭分菜掌勺的那个人好像确有点权力，我们以前还真没注意到），队长指导员同意了，连队开大会一人一票选炊事员，我就被选上了，因为我被"胶己人"认作老乡（我在潮州出生，半岁到广州，但长期在家跟奶奶讲潮汕话），又是广州知青，是老工人眼中单纯的孩子。从此我坐镇伙房，有些潮阳青年一进伙房习惯性骂娘，一见我赶紧收声："哦，你在啊……"

干伙房的活，半夜两点要起来煮稀饭给割胶的人吃（我们队从附近老连队划了一些老胶林过来割）。碰上"开荒会战"，一天要挑四顿饭上山（两顿干两顿稀），大伙就在山上吃饭。有段时间肩上长了个痈，每天挑担上山送饭都换不了肩。过段时间积了一胸腔坏水（后来用针筒抽出来 800 CC），发低烧也没发现，直到有一天劈柴时发觉手抬不起来了，去医院才知道是结核性胸膜炎。送去海口农垦医院后转送到新建的六师番响医院。

在番响医院的肺痨科，我是病情最轻的，所以很幸运地有药吃，每天吃雷米封，偶尔打针链霉素。那时大山里缺医少药，真正重症的结核病人就没西药吃了，每天试验吃各种草药。长年低烧的病友总是脸色红润，但是不久就会吐血，吐着吐着然后就"走"了。我病轻，每天病区里乱转，下象棋、打桌球。有个潮阳老乡，病已很重，每次一见我就眼泪汪汪："小玲啊……你真好啊……"护士说他们喜欢我的笑脸，我觉得他们是看着年轻与生命的好，想着将要远行而不甘呢……

离开番响医院以后，我曾想也许今后能够活到 30 岁吧。

30 年后回农场，看到大多数当年的潮汕青年都回老家了（潮汕地区开放早，他们大都过得不错），只剩几户在连队或场部开小店，极少数搞养殖。队里当年的几个老"青年"有两个已在屯昌县养老院终老，真像他们当年念叨的那样了："海南窟，海南窟，有得入，无得出……"

在兵团六师番响医院的大山里，那时候每天傍晚散步时最爱唱《航标兵之歌》："歌声迎来了金色的太阳，双桨划破了千层波浪，我们在海上架桥铺路，让航行的朋友们一路顺畅……年轻的航标兵用生命的火花，点燃了永不熄灭的灯光！"后来在老鬼的《血色黄昏》中看到北大荒知青也爱唱这首歌。看来天下知青一个样，不过是为自己燃烧掉的生命找一点意义。

### 关于学习的零星记忆与高考

1. 草房里，油灯下

我们号称知识青年，但实际上拥有多少知识是很可疑的，总之水平参差不齐，比如老高三的同学都读 12 年书了，而我们"初一鸡"（初一学生）只读了五六年。《科学画报》和各种科技杂志大家都有看，但隔壁十队的李桓同学就从苏联杂志里学会西伯利亚地区用木头造水电站的技术，在我们中建场也造了个木头水电站。而我们则看了也白看，但书总归是要看的，有没有用另说。在草房里的油灯下，我们孜孜不倦地看书学习，完全凭自己兴趣，没有任何外在标准和要求。毛虫同学持续学英语，陆宁同学把大三、大四的理科课本学完，各有各的兴趣。早期月工资22元时，每月至少花五六元买煤油。

在十二队建房子时，我们住在临时草房里，没有桌椅。有一次，小虹同学晚上在蚊帐里点油灯看书，后太累睡着了，结果烧着蚊帐还差点殃及整个草房，把大家吓得够呛。不久后，附近三十三队的知青就因为点油灯看书烧了草房，想想都后怕。

2. 怎么办？掉下去了

有一段时间我回广州找了一些列宁的原著回连队看。虽然列宁的书比马克思、恩格斯的著作好懂一点，但那时候年纪小，阅历有限，根本是一知半解。《列宁杂文选》翻完，只记得两句："世界上好笑的事情真不少，真的不少。""理论是灰色的，生活之树长青。"后来才知道，后面这一句其实是欧洲谚语。搞半天从列宁那儿好像就没学到啥，其实这两句话也是终身受用的，一是学会对许多事一笑置之；二是从此不再迷信任何既有的理论，哪怕是曾被证明的，只因现实本身在流动啊。

有一天晚上在看列宁的《怎么办》（不是车尔尼雪夫斯基的小说《怎么办》，是列宁讲理论重要性的那本）看得打瞌睡，结果书掉下床底，靠近红云的床，我想让她帮捡："《怎么办》掉下去了！"红云说："什么掉下去了？"（她听成"怎么办？掉下去了！"，她要搞清楚掉的是什么才好捡呀）我说："《怎么办》啊！"红云回答："你就说是什么掉下去吧！"我说："《怎么办》！"一来二去搞得两个人快崩溃了才知道岔哪了。红云最后把书捡起来，看了一眼，说："还真是《怎么办》。"然后大笑。

3. 读书班

1976年，海南农垦局在加来干校搞了个为期10个月的读书班，读马列原著：恩格斯的《反杜林论》《费尔巴哈和德国古典哲学的终结》《自然辩证法》，马克思的《哥达纲领批判》《法兰西内战》，列宁的《国家与革命》，等等。每个农场派一人去学习，中建农场派了我去。虽然半年后我没等毕业就跑了，但是毕竟有了很长一段时间的脱产学习机会。在读书班我还自己加码，每天熬夜把《资本论》啃完了。回想起来在读书班的最大收获其实是与已经回广州的同学们的各种思想交流。读书班里我的信件最多，每天都能收到好几封。其中有许多是家信，家人那些年七个人六个地方分布4个省，信肯定多。但更

读书班的女生

读书班的男生

多的还是与朋友们的思想交流。那是个时代交接点，也许还是20世纪80年代思潮汹涌的前奏。所以每天在信里交流信息、交流对书本的学习理解、交流对社会现实的分析思考，在信里争论不休，都是令人兴奋、令人陶醉的事。后来我中途离开了读书班，半年多的幸福生活戛然而止。

### 4. 复习高考的诀窍

1977年恢复高考了，这回考试来真格的了。这时候留在农场的知青已经不多了，大多是在场部中学教书的原老高中知青，他们都开始积极备考。我这时心里很没底，平时尽看些"唔等使"（无用）的书，兴趣广泛但是没有基础知识，尤其数理化的基础。语文、历史、地理自认好混，毕竟看过的大量闲书里就有各种历史书、地理书，但报文科也得考数学。复习时间只有一个多月，还只能用晚上或周末的业余时间复习。面对哥哥给我寄来的一大摞（12本）北京初一到高三的数学课本，一筹莫展。

周末，在场部二中教高中的叶轼灵老师（原广州执信女中高三的大姐姐）过来和我一起复习，她教我一个诀窍，千万不可刷练习题，没有那个时间，但是要从头开始，认真看每一条例题，看例题解析，掌握每一步的内在逻辑联系。看明白后，盖住解析自己做一遍，做对就过，不对就再学一次，再做。等学完一个单元，回头再做一次例题。做完一本再一本。总之就是只看例题、只做例题。方法真有效，至少一个月内我就把12本书的例题都做过了。考数学时一道20分的证明题由于和课本上某道例题一模一样，我照做即可。最终100分的数学卷子我考了74分。结果居然还考上了华南工学院的师资班，还与好友兼死党昭桦和毛虫时隔多年又成为大学同学同住一栋宿舍，真好！

回头看，这种捷径其实是不可复制的……

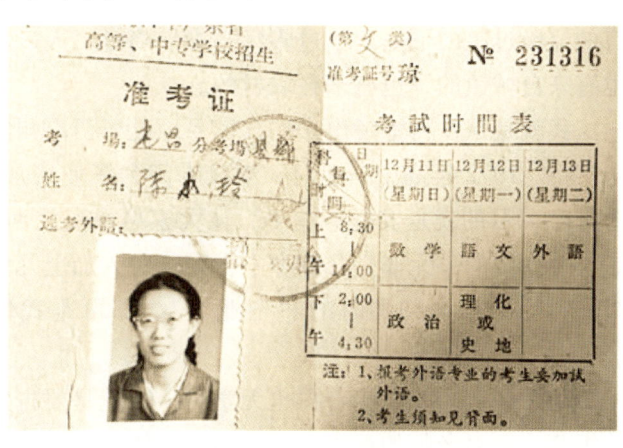

我的准考证

# 梦境成真

### 77级化工原理师资班　华清文

我们这些77级的同学，今年刚好毕业40周年。40年前还是有理想有抱负的热血青年，一晃眼，已经退休了。入学前后的一些趣事，还常常浮现眼前。

## 彷徨　难得一梦

由于历史的特殊原因，我们这一届同学，很多方面都不一样。最明显的就是年纪不相仿、经历不相同。大的已三十四五岁，小的才十五六岁；有的刚高中毕业又进大学校园；有的经历过上山下乡、当过多年知青、当过工人、当过农民、挖过矿山、干过农场；当然也有来自城镇的，也有来自农村的。

我就是从乡村里考出来的，家乡地处粤西高州的山村。那时家乡很穷，就是现在也并未富裕。1972年高中毕业时，学校专门为毕业班加菜聚餐，用现在的话说就是"毕业宴会"吧，目的就是安抚毕业生，让大家尽快离校回乡务农。其实那时的"毕业宴会"也是十分寒碜的，无非是几碟萝卜青菜，每人加上几块猪肉而已。当然，你千万别用现在的眼光和标准去评判那时的"毕业宴"，那可是我们高中两年来最丰盛、最美味的一顿饭了。

高中毕业，就意味着再也无学可上，就是要告别学生生活，回乡当农民了。面对满桌的饭菜，面对老师的祝福寄语和同学的依依不舍，大家都不怎么动筷子，没有同学慷慨激昂，夸夸其谈，也没有人舒怀心曲。大家都心情沉重，忧心忡忡。还有一些同学眼圈发红，泪水涌出，甚至失声痛哭。当时那种忧心、那种哭泣，不只是对两年高中同窗离别的不舍，更多的是对未来的彷徨，对日后前景的无奈与担忧。难道我们高中毕业后就只有一条路——回乡当农民，跟祖祖辈辈一样，面对黄土背朝天过一辈子？尽管心有不甘，那又有什么用呢？

在彷徨中，我回到了农村，从此开始了无尽的艰辛，起早摸黑拼命干活。在那些日子里，在茶余饭后，有时也会邀几个小伙伴聊聊天，排解苦闷。一些消息，如某村谁最近去参军了，某村谁被招工了，某村某人今年又被推荐上了中专或大学了，等等，就成为我们谈论最多的话题。自己也经常想，当一辈子农民吧，心有不甘；参军吧，恐怕条件不符要求；盼招工吧，且不说名额少，就是有更多名额，也未必轮到自己。还有什么出路呢？按照当时的政策，高中毕业经过两年劳动锻炼，表现好的每年也有一些名额被推荐上中专、读大学。对！读书，或许就是彷徨中的我可能的出路，虽然是种虚无缥缈的前景，还是会让我越想越觉得前路光明，越想心情越愉快，越想干活越有干劲，我的工作表现也受到越来越多好评。想着乐着，乐着想着，我真的进入了一所大学。这所大学比我的中学大多了，校园有小山有湖畔，路边是参天大树，绿树成荫，路两旁有一排排的石椅，石椅上坐着读书看报的同学，那里有一幢幢大楼，楼房又多又漂亮。校园的一切让我感到新奇。正当我眼花缭乱之际，忽然，见到一位学究范十足的老师从前边过来，于是我马上迎向老师，正要躬身向老师问好，突然，咚咚咚，生产队开工的钟声响了，原来南柯一梦。现实的我又要进入新的一天继续做苦力劳动了。但这个梦却从此成为我盼望读书上学的念想。

## 纠结　众人相助

大概回乡劳动了一年左右，我被安排到当地学校当民办教师。民办教师，首先就是民，即身份还是农民，靠工分吃饭；其次是师，为人师表，教书育人。

学校分配我教初中各年级的数学课，还有一些低年级的课程。上岗前没有什么培训，如何上课，怎样教学，全凭自己领悟。我上的第一节课是代数中的"有理数"，我试图把概念讲清楚，把做题方式讲明白。但面对与自己年龄相仿的学生，站在讲台上的我，心里还是挺紧张的。一节课四十五分钟，我不停地讲，不停地板书，不停演练习题，生怕时间不够。结果不到半小时，课讲完了，习题也做完了，就不知道接下来要干什么了，只好提前下课。究竟那节课我有没有表述清楚，学生有没有听懂听明白，至今我也判断不准。

日复一日，春去秋来，很快就到了1976年秋天。那时刚好打倒"四人帮"，国家发生巨大变化，国家的中心工作已转到经济建设上来。我们学校的中心工作也迅速转到狠抓教学质量上。作为学校数学科组长，我更加热心教改，配合校领导抓教育质量。时常和学科老师一起组织公开课，研究改进教学方法，提高教学质量，有时还带领科级老师到邻校学习交流。

回想起来，那几年"民师"没白当。要教好学生，首先得充实自己，教学相长；还要言传身教，示范带领。既要巩固和增长知识，也要修行品德。这些都对我日后的成长起了很大作用，也为我追求那个梦打下了基础。那个时期，社会上学校里时不时传来恢复高考的消息，我那个无法忘却的梦，也时时浮现出来。

1977年10月，国家正式公布，恢复中断了十年的高考制度。1967年至1977年高初中毕业的学生都可报名参加当年高考。我马上加入报名的大军中，很快也得到从学校到大队，到公社，到县教育局的审核同意。

当时我们都面临两大困难，一是复习资料缺乏，有的人甚至连初高中的课本都丢了；二是复习备考时间短，从报名到考试仅一个月左右的时间。对我来说，第一个困难还好解决，有学校和老师同事的帮助，总可以找到一些课本和资料。关键是第二个问题不好解决，我每天都要备课、上课、批改作业，有时还要对表现不好的学生教育批评谈话，很难找出完整的时间静下心来看书复习。

这个时候，我们原来就读的高中学校——新圩中学正筹划办补习班，为考生辅导。高中班主任还专门托人带话让我去报名参加。

我很纠结。毕竟参加高考是一次改变前途命运的机遇。不去参加补习班吧，对复习必有影响，去参加补习班吧，意味着要放弃"民办教师"的岗位，考上犹可；如果考不上呢，"民师"岗位也没有了，那岂不是得不偿失。

对能否考上，我心中没底。在纠结中，在举棋不定、犹豫不决之际，同校的同事们向我伸出了援助之手，纷纷给我出主意，他们要我不放弃当时的岗位，一边给学生上课，一

边自己复习。需要集中时间看书时，他们帮忙调课；遇到难题时，他们帮助研究破解；复习资料不够时，他们帮忙查找。总之全为我开绿灯，使我给学生上课和自己复习时间两不误。在同事的热心帮助下，我的复习进度一直很顺利。不知是上天有意眷顾，还是受到老师的感染，那段时间我的学生都特别乖巧，平时调皮捣蛋的不再惹事，安静下来学习了，平时表现不错的更加勤奋、更加专心于功课了。我也不用为此分心，赢得了更多的时间和更好的心境去看书做题备考。

虽然我没有去参加补习班，但我还是对我的高中学校和老师充满敬意。现在很多人一定对那个补习班不理解，因为开办那个补习班的话所有学生是不用交费的。那时，老师请缨上课，全心全意设法为学生补习知识；学校无偿提供课室、校舍，甚至还提供晚上汽灯需要的煤油和学生复习所需的资料。老师乐呵呵地上课，为学生解惑释题，他们不求加班补助，唯一希望得到的回报，就是多几个考生考出好成绩，多几位考生能上大学、读中专。的确，老师的心血没有白付，汗水没有白流，那年我们公社考上大专以上学校的学生共有8人，其中7人出自补习班。此外还有不少考生考上了中专学校。

### 等待　迟来的通知书

一个多月，不知为煤油灯添了几盏煤油，也不知身上被蚊子叮了多少包包。

12月中旬，我们到公社中学参加考试。这一次是开卷考试，独立完成。在考场里，我同大家一样，完全进入忘我境地，眼睛中、脑海里只有试卷和所带的书本。据说，当时主考官也就是当时的公社副书记，还专门到我座位旁观察了几分钟，看我如何答题，而我专注做题，对此一无所知，全无感觉。你说，这能不能说我"目中无人"呢？

随后不久，我和同考的几位考生接到通知，要到县教育局参加体检和填报志愿。这无疑是一个好消息，起码证明我考试不差，离那个梦又近了一步吧！

如何填报志愿，自己不懂，也没有人指点。当时自己的想法是什么学校什么专业都不重要，重要的是能上大学，口粮能从每年分配稻谷转为每月领到大米就行。因此我是按广东化工学院（现华南理工大学）、华南师范学院、中山大学的顺序填报的。这样填报志愿，你是不是觉得可笑呢？

再后，就是等待。元旦过了，没有消息。春节又到了，还是没有消息。

大约到了二月中旬，一起去县里参加体检和填报志愿的考生开始陆续收到入学通知书。

等待，我在漫长时间中等待，天天盼着邮递员到来。上午见到了邮递员，没有我的通知书；下午邮递员又来了，还是没有我想要的消息。

到了二月底，我们公社参加体检的考生都领到了入学通知书，有广东工学院（华工）的、广东化工学院的，有华南师范学院的、华南农业学院的、广东矿冶学院的，还有湛江医学院、佛山兽医专科学校的。唯独我没有得到任何消息。

三月又到了，在无言中等待的我还期盼着希望。

那时的日子过得很漫长，我唯有等待，痛苦地等待。又过了两天，我还是没有得到任何消息。这时，我感觉已经有点失望了，不，是完全失望了！见到这种情况，学校的领导和老师都过来陪伴和安慰我，失望中我也感受到了温暖。

3月3日，学校领导安排一名同事陪同我一起外出采购学校用品，其实就是让我到集市走走，放松心情，不要再做无谓的等待。本来那时正值春暖花开时节，路边的小草正悄悄变绿，青蛙、小虫正欢快鸣唱，但那时的我，哪有心情去欣赏春色，哪有心思去吟咏春意？我垂头丧气，骑着自行车往前走，走着走着，远远见到有一个人急匆匆地向我们走来，他一边走一边向我们招手，让我们停下来。我们认识，他是相邻大队的支部副书记。见面后，他告诉我，刚刚大队接到电话，通知我立即到县教育局领取大学入学通知书。学校要求两天后报到，时间紧急，不要耽误。

不是做梦吧？不是！是真的么？是真的！从惊呆中醒悟后，我相信这不是恶作剧，没有人会拿这个事开玩笑，何况他是一位大队干部呢！

为什么我的通知书要比同校其他同学迟几天呢？很久以后，我们才知道，原来学校一直未明确我们的专业名称是"化工原理"还是"化工原理师资班"。以至通知书已经准备发出时，学校才决定将通知书收回，重新填发，这样一来一回就延迟了好几天。学校对通知书是否加上"师资班"三个字在纠结，这一纠结不要紧，要紧的是通知书迟来了好几天，使我增加了一个漫长以至痛苦的等待过程，经历了一个从希望到失望，再从失望到惊喜，犹如坐过山车式的心境历程。

### 圆梦　校园胜于梦境

我高兴地接到入学通知书后，只用了两天时间，便把粮食迁移、户口迁移和教学工作移交等手续办好。第三天一大早，我坐上长途汽车，一路颠簸，一路风尘，坐了13个多小时，晚上7点终于到达广州。

到校第二天一早，报到后，我便迫不及待地去参观校园。那时，学校的一切对我来说都是陌生的。于是，我走走停停，这里瞧瞧，那里瞅瞅，感到十分新鲜。

先到课室看看，山顶上的12号楼，要爬上百步梯才能到达；1号楼从西边课室走到东边课室要老半天，课室大楼真有气势。

百步梯

再到湖边走走，西湖中的金银岛上有很多同学在看书学习，东湖边的湖滨路上也有不少同学在散步、在慢跑。在林荫大路边，在参天大树旁是一幢一幢的宿舍楼、教学楼和实验大楼，还有宏伟的建筑，如图书馆、体育馆等。

走着看着，看着想着，本来陌生的校园，怎么似曾相识？正苦思冥想，忽然，灵光一现，对呀，眼前的校园不就是当年那个梦境里的校园？只不过这里比梦见的校园更大、更美，各种建筑物更多、更高、更宏伟。这里比梦更真切，更实在，这里不是美梦，胜于美梦！从此我便在比美梦更美的校园里学习和工作了7年。

毕竟自己是从山村考出来的学生，基础知识薄弱，知识面不宽等问题是显而易见的，注定了自己要用更多的时间和精力去拼搏，才可以跟上同学的步伐。记得第一节英语课时，汪老师用一半英语一半中文的方式授课，也就是用中等水平标准上课吧。课程结束了，他问我们：这样上课是不是太简单了？是否以后要加快进度？我只能摇头，并说了真心话：您用中文讲的东西，我听懂了一点点，您说的英语，我一句也未听懂。是啊，我们当时在农村读书，小学肯定没有英语课；中学连英语老师都没有呢，又怎能开设英语课？我这个连26个英文字母都未念得准的学生，又怎能听懂那接近全英语的授课呢？正是看到差距，4年里，我和其他同学一样，迟睡早起，多争取时间，恶补英语，苦练习题，钻研书本，动手实验。为了有好的环境自习，常常跑步去课室、图书馆占位；为了争取多些动手机会，常常早早到实验室占位，然后又迟迟不肯离开……

华工校园的4年学习生活既紧张，又愉快。在这美丽的校园里，正因为有敬爱的老师的亲切教诲，亲爱的同学的热情帮助，所以才成就了77级同学的未来！

学校、老师、同学永远占领我们心中的重要位置！我想这也许是我们这些老同学的一种情怀吧。

# 无奈的选择

### 78 级机械制图师资班　尤辛基

我中学就读于长沙市明德中学（原长沙市三中），这所男校是中国近代史上第一所西学学校。近代民主革命家黄兴曾被聘为该校教师，并在此与宋教仁等人一道发起成立了华兴会（后兴中会、华兴会、光复会合为了同盟会）。故有"北有南开，南有明德"之说。

明德中学素有院士摇篮之称，我是该校 67 届高中毕业生（老三届），读书时就想追随前贤考清华、浙大等理工大学。因为过去高考报考分一类理工，二类文史，三类医农，少不更事的我总以为一类大学总比二、三类大学好。谁知我的高考却是一波三折。

高中毕业恰逢"文化大革命"，高校停止招生，于是只好上山下乡接受贫下中农的再教育。1973 年在县城第一次参加高考，成绩尚可（数学 129 分、理化综合 128 分，满分为 130 分）。考后县招生领导小组组长很快找到了我，动员我报读湖南师范学院，因为那时教师队伍青黄不接。我对"臭老九"这一称呼尚心有余悸，就立即婉言谢绝了。一个月后，公社书记在路上遇到我，心存疑惑地问："你怎么还没走？"我心中明白我们早已被"白卷英雄"顶替了。第一次高考无疾而终。

1977 年恢复高考，已顶职进了中国人民银行郴州市支行的我再次参加了高考。不料湖南省招生办有规定，25 岁以上考生必须有公开发表的论文或发明创造的图纸和鉴定书才能被高校录取。刚参加工作 4 年的我面对银行严格的规章制度哪敢越雷池一步，又怎能破旧立新呢？上大学的梦想再一次破灭。

才过了半年，郴州市招生办找了我们行长，要她动员我再次参加高考。行长在招生办大发牢骚：考试成绩过了重点大学分数线，政审也过了，体检也过了，又不让人家去，这是哪门子事嘛。回到银行却对我说，不要去考算了，在银行工作也很不错。我一心想继续读书上学，坚定地表示一直要坚持考到不让我高考为止。后来我才知道行长的苦心，原来她想培养接班人。行长退休前到我家跟我父母聊天时说："副行长的人选有了，就缺一个正行长的接班人，小尤不走就好了。"

又重过了一遍高考程序，填写志愿时我看到华工制图师资班对"老三届"优先录取，尽管心里仍不愿意当教师，却毫不犹豫地将它填写成第一志愿，还画蛇添足在特长中杜撰了会制图和会拉小提琴（只会画画线和拉得琴乱响）。恰逢时任中国工程图学学会理事长的朱福熙老师对高校制图师资青黄不接十分忧虑，准备在广东再培养 10 名高校制图师资生，湖南和广西立刻就搭上顺风车，各代培了 5 名学生，我也就有幸成为这 20 人小集体中的一员，终于圆了大学梦。于是社会上少了一个无足轻重的"管钱人"，却多了一个合格的人民教师。

鬼使神差，一个不想当教师的人却成为人民教师光荣队伍中的一员。当年填报志愿时无奈的选择，却是我至今无悔的最正确的选择。

# 抹不去的往事

77级外语师资班　陈蓬

"文化大革命"结束后通过首次高考迈入大学校门的人们，有相似的幸运，且各有各的喜剧故事。

当年我在广州广播设备厂当了5年机械工，三角函数是日常的应用，自以为是读理工科的料子，于是报考大学时把华南工学院（华南理工大学）列为首选。一同在车间报名高考的，还有与我同开一部机床的工友李兆南。李兆南也是1972年高中毕业的，曾经当过一段时间的知青，入厂比我晚许多，但他一直是无线电爱好者，理工知识基础较好，报名也首选了华工。果然，高考放榜时，兆南工友入榜了。当年的高考分数是不公开的，我不知道自己的分数，更不知道兆南工友的分数，但相信他的排名肯定较前，而我，却遗憾地落入了"孙山"之外的人列——高考总分不上线。录取兆南工友的是华工的电工师资班，作为日日相处的同事，向他道喜是必然的，只是心中难免为自己落榜惆怅。

或许有人疑惑：考试总分不上线的怎么后来也进得了大学？那年的高考虽说是考生竞争最为激烈的一年，但是在人们普遍轻视知识的年代，若然在某一方面稍微比别人多一丁点的努力，能考上大学的概率或者运气却有可能被放大许多倍。当年的高考与后来不同，英语不属于考试科目，除非主修外语，无论报读文理科都不是必考，而想加考的须多报读一门外语专业，但分数只作参考，不算进总分。正是由于当时这种特殊情形，我便报考了英语来碰碰运气，心想，即便成绩不算进总分，但相同的条件下多一门英语分数总该是一种优势吧。不过，说来惭愧，其实我的英语水平并不怎样，只是比不懂的人懂多一些罢了。"文化大革命"期间上的4年中学基本只学会了26个英文字母和音标，以及"万寿无疆""苏修美帝"之类少许具有时代特色的词汇和句子，后来又随电台开播的英语讲座三天打鱼两天晒网地算是打了点英语基础。

这天上班不久后，我就接到厂部的通知，说我高考进入录取线了，让我速去体检。约一个月前说不入线，怎么忽然又入线了？了解之下，原来读外语专业的考生总分达标者不足，须专门降低分数线来满足招生计划。虽然读外语并非我的首选，但能读上大学终究也是初衷。突如其来的惊喜令我忘乎所以，于是揣着杜甫那种"即从巴峡穿巫峡，便下襄阳向洛阳"的兴奋，骑车直奔市内的体检地点。设备厂坐落在广州北郊的新市地区，我平时从市内骑车上班，一程便要花一个小时，现在激动之余又匆匆赶去做体检，结果可想而知。医生说，你的心跳每分钟100多下，恐怕入不了学。尽管我极力安下心来静坐了几个小时重做检查，但无奈结果依旧。我清楚自己的身体绝对没有什么问题，但既无法改变体检结果，又不能另外择日重检，怎么办才好？除了沮丧，我只能回工厂，请厂里给我开张证明，说我是厂里的体育活跃分子，心脏没有问题云云。相信没人会以为这样的证明有用，可后来入读华工后班主任王剑琴老师告诉我，招生那阵子正因为在档案中看到了这张证明才没有将我放弃。

就这样,经过一波三折,我最终进入了华工校园,就读于专为华工培养公共英语课教师的外语师资班。

1978年外语师资班全体同学在华工5号楼前合照

在华工十多个师资班当中,我们外语师资班是除体育师资班之外学生人数最少的一个班,不过,说它是五脏俱全的麻雀也好,是全豹之一斑也好,看看我班的人员构成便大概可以了解到当时广东77级、78级文科学生的统计状况:全班16人,男女比例10:6;年龄最大的是出生于20世纪40年代末的两位"老三届"知青,最小的是出生于20世纪60年代初的两位应届高中毕业生,其余的分别出生于1953年至1960年之间;平均年龄应该就是像我这样出生在1955年的人,时年23岁。16位同学当中,有四五位都是入学前在中学教书的教师;对着这么多几乎都是与我同届高中毕业的教师同学,我当时暗忖,要不是阴差阳错,我或许也和他们一样来自教师队伍呢,可不该自卑。

我是1972年高中毕业于广州39中,当时,事有凑巧,负责学生毕业分配的班主李胜玲老师是一位青年华侨,她丈夫是"文化大革命"前中山大学毕业的学生,而我母亲在中大数力系工作,曾帮助他们从外地调回广州,故李老师对我颇好,况且我在班内的学习成绩也属前列,李老师便打算分配我去当教师。可是,李老师后来告诉我,我的档案因我被列入"机要分配"而抽离了学校,由上一级"北片"部门(当时广州的学校分"片"管理)负责分配。就这样,我与中学教师这一职业失之交臂,不然,多会走出一条大不相同的人生轨迹。说实在的,我在广州39中的前两年,因为在文艺界工作的父亲被关进"牛栏",我在学校是被划为"可教育子女"的,现在父亲"解放"恢复工作了,我也被"机要"化了,只是这个"机要"并没有让我珍惜,因为它把我分配去当时正待开张的"涉外"单位广州流花宾馆,而服务员的职业却并非我所向往,于是才兜兜转转去了工厂。

1982年外语师资班其时的全体同学摄于广州麓湖畔（因为有些同学已出国留学了）

师资班内除了一两位应届生和四五位教师之外，其余的几乎都是工人和知青，而且大多出自有知识的家庭，老早就盼着能读上大学，现在凭着体制的改进和自身的努力能成为大学生的一员，都不免怀有圆梦般的喜悦。比我年长两年，入学前在煤矿场工作的陈青同学，曾在回忆当时的情形时，在同学圈中发文道：

"人生大转变的起点，是原来可望不可及之事的实现。至今还记得77年高考前几年我在煤矿报名上大学，随后公布的报名名单连我的名字都没有，以后几年我再也不报名了。至今还记得我在香港的外祖母知道我被华工录取后表达的喜悦：'我比中了六合彩更高兴！'至今还记得用自行车推着从煤矿带来的仅有的一个箱子走进华工正门的情景。那一年我25岁，从17岁开始在矿上工作了整整8年，1978年终于迎来人生的转折点，至今感慨万分。"

比我年少两年、现居住在加拿大的贾谊声同学对当初入读华工的回忆也是令人感叹不已，他曾经用英文写下他的故事，我据此摘译：

"每次回广州我都会去母校华南工学院走一圈，因为这所大学在我的人生中是如此的特殊。我上小学的第一天，外婆帮我背上书包，对我说：'你要用功读书，像舅舅一样，日后上华南工学院。'从此，能上这所大学便成了我儿时的梦想和目标。这是世界上第一和唯一一所我当时认识的大学。老实说，得承认我那时是个调皮仔，是那种喜欢街头斗殴的顽皮仔，但是我还是挺认真地读书，因为要实现进入华工的梦想。"

谊声同学的外婆是康有为的女儿，谊声的父亲早逝，小时就只能以舅父作楷模，母亲在华南农学院工作，他自小就长住广州东山的外婆家。

"高中毕业后，因为'文化大革命'，我搁置了梦想，但我还是偶尔会到华工的校园内骑车遛达以重温旧梦，寻求慰藉。最记得我还曾爬上图书馆大楼一个教室的窗外，去观望里面的学生听老师讲课;望着望着,强烈的愿望竟然转为:我终有一天会进来,不是作为听课的学生,而是讲课的老师!"

"忘不了打开录取通知书的刹那间,那是迄今我人生中最激动的时刻——我儿时的梦想实现了!我悄悄地推起单车走出车间外,然后骑上车在厂内的道上飞驰而去,张开双臂,仰望天空,大声喊道:'我考上了!'可我的激动几乎以悲剧收场,放了双手失去控制的单车带着我重重地摔倒在路上,幸运的是我没有受伤,当然,我也没有感到痛,一点都没有。"

"岁月如梭。冥冥中也许真有定数:我成为大学教师后执教的第一堂课,竟然就在图书馆大楼内那个我曾经在窗外偷看人家上课的教室内;我默默地走进课堂,没有看一眼教室里坐等着老师来讲课的众多学生,而是望着教室后端那扇我曾经爬在外面往里看的窗户……"

往事如云难散去,花开花落又一年。可能是因为有英语优势上的便利,我们十多人的班上后来有超过半数的同学都出国去了美国、加拿大。就我本人来说,当然有多种原由,但主因还是对自己英语的写、说、听各方面都始终不满意,觉得既然自己对语言不太敏感,倘若不去泡泡"洋水",英语水平恐怕也就只能到此为止,"唔汤唔水"(进退两难)了。无奈的是,"人在江湖,身不由己",自20世纪80年代末来到美国,这"洋水"一"泡"便"泡"足了余生。尽管此时我仍是中国公民,但是,种种内在和外在的因素难免不会令人心生放弃的念头;所幸即便如此,文史渊远、词汇丰盛的中文里面,绝不缺少能让人聊以解嘲而又并非"高大上"的成语:身在曹营心在汉。

# 日记四则

77级电工师资班　谢新民

### 日记1

1978年×月×日

　　今天,生产队会计到生产大队办事,顺便拿回一封信,是华南工学院给我的录取通知书。当时的邮政派信人是从来不到我们这个小乡村的,所有信件只是从公社派到生产大队,我们村离生产大队部还有几公里,只是当村里有人到大队办事时才把信件拿回,可见当时乡村邮政通信的不便。

　　接着,很多乡亲都知道了。晚上,我屋里坐满了人,凳子不够,不少人还站着。人们都为我考上大学而高兴。

### 日记2

1978年×月×日

　　今天,我要往广州到大学报到了。村党支部书记组织了四五十个学生,举着红旗,敲锣打鼓送我出村。大约送了有2公里。很是感动。

### 日记3

1978年×月×日

　　开学已一个星期了,我也渐渐习惯了学校的生活。我们被安排住在1号楼的顶楼。1号楼原设计是课室,因宿舍不够,所以课室也安排学生入住了。

　　早上起床是不用调闹钟的,因为每天一早学校的广播喇叭就会在某一个时间响起来,大声得很,无论谁都会被吵醒。

　　学校的治安很好,晚上睡觉时门也是不锁的,因为几十人住一个课室,不可能每人有一条门匙,也没有发生掉东西的事,可见学校治安还是可以的。或者其实我们也没有什么值钱的东西,小偷也不会来光顾,或者小偷也没有想到课室内竟住了几十个人。

　　尽管条件简陋,同学们都没有怨言,每天都是热情高涨地走着去上课。

### 日记4

1982年×月×日

　　今天,将要毕业了。4年的大学生活将要结束。班里组织了照毕业相,还有座谈会、聚餐,非常热闹。回想同学们共度4年,朝夕相处,互相帮助,还有各位老师对我们的细心教导与关怀,真是非常感谢与怀念。

　　若干年后,当我们满头白发,再细看毕业照时,该会有一种多么幸福的感觉。

# 铭刻于心的那些年那些记忆

77级化工原理师资班　曾朝霞

1977年恢复高考是中国实行全面改革开放的一个前奏,是我人生轨道上遇到的一个极其重要的扳道岔,而扳道岔前后的一段人生轨迹永远鲜活地存于我的记忆中。当年的"双十二"是我高考的最后一天,也是我人生道路的拐点。时光荏苒,45年间,每当回想起当年高考前后及上大学期间的一些事,就会触及其背后折射出的那个时代特有的色彩烙印。

从小学到中学,我的学习成绩一直令父母很欣慰,但我从未有过大学梦。每年的毕业季后,总可以见到敲锣打鼓欢送应届生入伍喜洋洋的场面;也见过父母们追着解放牌大卡车目送子女离开校园上山下乡远去依依不舍的场景;还见过顶替父母工作岗位到工厂入职的年轻人的窃喜笑脸,唯独不曾见过送子女高考、上大学的场面,我的大学梦无从构成。

高中毕业后,毫无悬念,我成为上山下乡知青队伍里的一员,当时的梦想就是能在下乡两年后顺利回城,所以,在知青农场的开荒、砍柴、春耕、秋收等所有农活中,我都尽最大努力去干好,一年后被评为一等劳力,这似乎离回城梦的实现近了一步。不曾想,也就是这个时候,我的回城梦被大学梦取代。

1977年秋,我的知青生活刚满一年之际,恢复高考的小道消息在知青间不胫而走,传得亦真亦幻。我所在的知青排是由韶关地区文教卫生科技单位的干部职工子弟组成的,春江水暖鸭先知,一些来自教师家庭的农友已利用国庆节回城机会,悄然带课本回农场了。随着1977年10月21日官方消息的播出,600多人的农场有三分之二的知青报名参加高考,

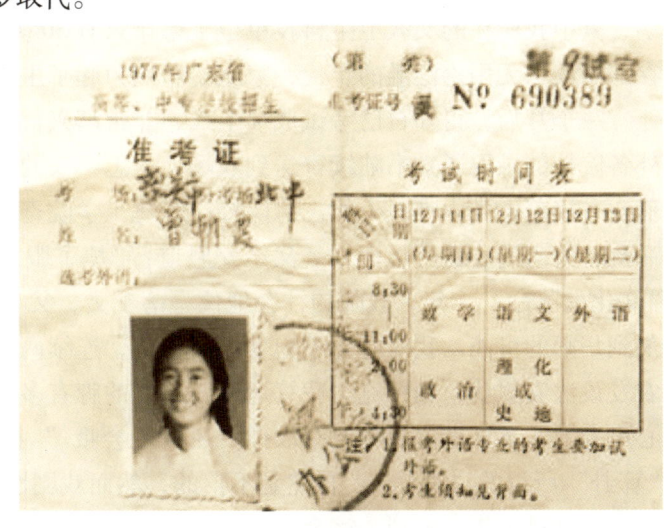

我的准考证

大家都将这次高考看作人生难得的机遇,铆足劲去拼搏。而此时距离广东省公布的开考日只有一个月时间(后来调整考试时间,推迟至1977年12月11—13日)。对于缺乏复习资料白天还要在田间劳作,晚上用电有时限的知青们而言,备考时间就只够将课本内容走马观花地看一遍,顺带背一些公式、做一些题而已。

报考后,兴奋、紧张和期盼之余,我对一年前与父亲之间的一次争执追悔莫及。那是下乡前夕,父亲要求我"带上高中课本,劳动之余多温习,莫使课本知识日渐淡忘,有机会获得推荐上大学需要考试的话,就能把握到机会了"。平时极少逆父亲之意的我,极

力与之争辩，逆其意而行。最终的妥协结果是我答应先带高一的英语课本下乡，因为我们的英语课程在高一开学一个月后被取消了，对于自己喜爱的课程被取消，我一直心有不悦与不甘。面对父亲的强硬要求，我只好耍了个缓兵之计，回应道"自学完高一英语内容再说"，算是给僵持不下的父女双方一个下台阶。而突然其来的高考机会，令我再见到父亲时最怕他旧事重提，其实，父亲从未再提旧事，倒是为我四处收集高考复习资料，借到"文化大革命"前的数学和物理复习资料各一本，都是32开、100页左右的例题习题集。

农场400多名知青报名参加高考，一时间，似乎整个农场弥漫着勇往直前的紧张备考气息，知青们四处托人找高考复习资料，叮嘱城里父母抢购新到复习资料，购买煤油灯深夜挑灯熬夜复习、互帮互学，也有知青在完成定额劳动任务后，到公路上搭"顺风"货车回城参加母校晚上和周末组织的复习大课。这种备考场景与当今的高考备考场景真是天壤之别呀！

高考首日，我走进韶关市北江中学第九考室，环顾那不到50个座位的考室，联想到坊间流传的"报考人数是招生人数的百倍以上，考上就是百里挑一"的说法，心想，百里挑一平摊到这考室能上大学的还不到一人呢！心里不免一紧。令人惊喜的是，那间考室最终考上大学的比例远高于1%，就我认识的考生中，那考室有5位考上大学。后来有参与改卷的老师说："第九考室是北中考场里上线比例最高的考室。"1977年的高考，广东报考人数近90万人，最终走进考场的是53万人，而考上大学的只有8千多人，相对于报考人数，能考上大学还真的是百里挑一呀！我们农场报考的400多人中，有10人考上大学，其中我所在的文教卫生科技单位子弟排只有30多人，就有3人考上大学。如此看来，在那个读书无用论泛滥的年代，家庭的影响力起了主导作用。

一个月后，得知自己考试成绩上线，非常高兴，但也不感到特别意外，倒是随着省内外各院校的录取通知书陆续寄送到农场，忐忑不安的心越来越紧张。先是填报的省外院校落空，接着，省内唯一一所志愿院校广东化工学院寄来的两份录取通知书也各有其主，那一刻，失落的心情可想而知。父亲安慰道："填了服从调剂，还有华南师范学院可期呢。""文化大革命"十年，教师的社会地位一落千丈，父亲认为师范学院是冷门，估计还有调剂到华师的可能。我对此并不抱太大的希望，连续两晚都与农友打牌排遣失落的心情，有农友设法安慰我，用扑克给我算运程，见发的牌有多张七和八的牌，调侃道："教授此时心里七上八下在考虑要不要录取你，还有机会哦。"我笑笑，心领农友的好意，内心对这"算卦"所得的"爻动"① 自然是不信的，然而戏剧性的一幕就发生在次日。

次日早上7点未到，宿舍外响起急促敲门声，应声开门，见是母亲大人，甚惊讶。母亲道听途说得知我被录取，且几天后就是学校报到日，便火速赶来农场。"广东化工学院？录取通知书不是已派送完了吗？没有我的呀？"刹那的惊喜之后，我满腹疑虑。母亲告知消息源自我中学的一位老师，我选择了相信。回过神来，我三下五除二将所有行李打包，匆忙与农友挥手告别，与母亲一道急匆匆走向农场边的国道，向每一辆路过的货车招手示意要求捎带。好不容易终有一辆轻型空载货车靠边停下，我们母女俩便上了敞篷的后

---

① 爻动，易经术语，爻是易经里卦的符号，爻动为解卦过程中算出来事物会发生变化的那一爻。

车厢。一路上春风劲吹，向南飞驰，我心里默念：再见了，知青农场！这一别，再见已是十多年后。

赶到市招生办时，狭小的办公室挤满了心急如焚前来查询的人，工作人员扔给我一本录取名册，在不到两页的广东化工学院录取名单表上，我翻来覆去却始终查不到自己的名字，顿时两脚发软，头冒大汗。如果消息有误，我如何重返农场？不敢想象那尴尬场面。再追问，工作人员又递过另一份录取名单本说："广东化工学院后续寄来的录取名单在此。"这回我看后，递回名单本的同时兴奋地报上自己的名字和录取通知书的取件编号。入学后，就广东化工学院录取通知书分批寄出一事，负责那年招生的曾惠典老师解开了谜团。当时学校所有专业的录取通知书都已装入信封准备寄出，考虑到其中的"化工原理"和"物理化学"两专业的培养方向之一是相应学科的师资补充，须在录取通知书上注明"师资班"，因此，两个班的录取通知书信件被暂留了下来，加注"师资班"后才寄出。我没有被调剂到师范学院，却在理工学院进了师资班，4 年后留校，从此结下一生的教师职业缘。

1978 年 3 月 9 日，惊蛰刚过，南方已是一派春光融融景象。我用下乡时使用的扁担挑着两件行李，搭乘绿皮火车从粤北山城到省城，在大学报到首日进入广东化工学院校园，4 年的大学学习就此开始。

与考生仓促应考相似的还有大学的仓促迎新，大学中断规模招生太久了，校园年久失修，宿舍高低床缝隙的尘垢显示出其在仓库沉睡多年了，窗外晾衣架"缺胳膊少腿"，我的那根扁担正好派上用场。课室的教学设施还没有修理配置完全，桌椅不足，且部分还是残缺不全的，课室里不少窗户缺失的玻璃还没来得及更换，校园的大小道路破损比较严重，几个篮球场还算维护得不错。只有校园内教工和新生脸上呈现的热情、欢欣、兴奋、新奇的笑意最能体现迎新的气氛。

大学四年，我们班的院系归属一再改变。入学一个学期后，广东化工学院回归并入华南工学院，我们班从原属的基础部归入化学系；大四最后一个学期，又归入新成立的化学工程一系。有同学戏称：我们是以一个专业在两个院校的三个系里读了 4 年。班上 35 位同学，同学间年龄跨度很大，入大学那年，我们班既有 31 岁成熟练达的老三届同学，也有 17 岁稚气未脱的在校高中生同学，这种情况在 77 级是普遍现象。入学后不久，我了解到班上大部分同学与"教师职业背景"有关。20% 的同学是五山、石牌地区五大高校的教职工子弟，另有超过半数的同学，或父母或兄弟姐妹或自己从事过教师职业，其中有大城市、小城镇的公办老师，也有乡村的民办老师和代课老师。有中师毕业从教的，也有高中毕业就当初中老师的。看来，当初师资班的招生条件里，除了分数这个硬条件外，软条件中很可能含有"教师职业背景"这一条。而我被招进师资班可能是填写了服从师范院校调剂这一条吧？感恩没被错过！

尽管 77 级大学生是经过高考筛选进大学的，但"文化大革命"期间的中学教学受到很大的影响，导致文化知识传授不系统不全面。入学后，在开始学习微积分课程前，数学老师给我们补了一个月的中学数学（解析几何），物理和无机化学课程也做了摸底测验。而班上同学间的英语基础水平差异就更大，那个年代，省城的小学在三年级或四年级就开设英语课了，县市是初中才开设英语课，而一些农村学校可能就从未开设过英语课。英语课的汪老师决定分快慢班分别教学，通过一次小测验作为分快慢班的依据。当得知被分到快班，我坐立不安，我的英语基础与广州同学的差距也很明显，就向汪老师提出调到慢班的想法，汪老师解释道，虽然有少数同学英语基础还可以，但总体水平很低，不管是快班还是慢班，实际上都要补基础，只是进程快慢有所不同。听罢，只能逼自己加码努力学。一系列的测验之后，入学初的兴奋心情悄然退去，取而代之的是每天紧张专注的有序的学习节奏。

那个年代能考上大学是很值得庆幸的事，所以大学生们都非常珍惜来之不易的学习机会，表现出了高度的学习热情，如饥似渴地学习。入学第一年，不少课室的照明昏暗，所以晚自修的首选地方是图书馆，但图书馆自修室座位有限，僧多粥少，抢占座位是常见的场景，图书馆还没开门，门外就挤满了学生，待大门一打开，学生们就像洪水般涌入，以百米冲刺速度冲向图书馆的自习室。显然，图书馆满足不了学生的自修需求，不少同学只好自备带有一根长长电线的灯泡到课室，将电线一端裸搭到电闸开关或课室灯泡头接线端子上，再将连着灯泡的另一端拉到课室某一处挂上，就着一张单边带写字板的木椅子进行晚自修。琅琅读书声多常见于小学的校园，但20世纪70年代末至80年代初的华工校园里，清晨时分至上课前这段时间，学生们陆续来到教学楼周边，开始背外语单词，朗读外语课文，琅琅读书声此起彼伏。直至今时今日，我散步到百步梯上面的12号法学楼广场时，往往有一种穿越时空的幻觉，再见到当年那里的晨读场景，耳边仿佛又响起此起彼伏的读书声。

大学期间我进了学校田径队，下午4点后基本在田径场训练或到球场打球，不具备晚上去图书馆或课室抢占座位的时间优势，去时往往已座无虚席了。同宿舍6位女生中有4位常去图书馆或课室晚自修，宿舍反倒成了安静的自修室，我的晚自修也就大多在宿舍进行。一张书桌临窗，一张书桌近门，留在宿舍的两女生背对以自习，相向以交流。

学习刻苦专注是77级大学生的普遍学习状态，而大学老师对这届学生也倾注了极大的热情。我们无机化学的梅老师是位老教授，他的每一节授课都显得特别急切，特别想将他一生积累的知识尽快传授给我们，他总是一再确认同学们是否都理解他所讲的知识点。梁应昌教授是一位特有耐心的高数老师，课间和课后总被好学好问的同学团团围住问问题，有些同学会拿着苏联的高数习题集中的难题请教他，他都仔仔细细一一作答，每周半天风雨无阻到学生宿舍答疑。到了大二专业基础课和大三专业课时，袁孝鹍教授和陈仲言教授更是想方设法对这届师资班学生加以锤炼。作为工科院校的师资班，培养目标之一是为大专院校提供专业学科师资，袁教授在考试环节上，采取同学随机抽考题，准备半小时后上讲台解题和答辩的方式对我们进行测评。虽然是师资班，但毕业后，有部分同学会被分配到科研单位、企业或行政单位工作，作为系主任的陈仲言教授深知培养必须是全面的，而大学期间，学校的实验室和科研现状不足以让我们在校内跟教授老师进行科研学习，陈教授就在他授课的课时内，要求我们学习写小论文。令人铭记于心的老师还有许多许多。除了老师们的倾心教导之外，系里也安排了不少的参观实习机会，在广州，我们参观过广州溶剂厂、广州石化总厂、广州造纸厂，还到广州化工厂见习了一周，到南海大沥化肥厂生产实习了两周,而一个月的毕业实习则安排在上海溶剂厂,在上海期间还参观了上海金山石油化工厂、上海儿童食品厂,每一次的工厂参观实习都有具体的目标要求,真是难忘而又受益良多的学习经历。

在我三十多年的教师生涯里,有一些学生以为我们那个年代的大学生就只是埋头刻苦读书的一群人,其实77级、78级大学生的文体生活丰富多彩。入学初期,我心里只有一个念头,就是两耳不闻窗外事,一心只读大学书,但大学四年,有太多机会被吸引参与到文艺、体育和郊游活动中去,这些活动贯穿4年的大学生活。

大一(1978年)军训晚会

大二(1979年)班级白云山游玩

大二一次800米测验后,我被体育课的崔红老师举荐到学校田径队,跟随体育教研室的王玉照老师训练中长跑,一开始,我担心学习时间被占用影响了学习,并不愿意加入校田径队,礼貌性跟练了两周后,发现我下乡时的腰伤旧患逐渐好转,而且学习效率得以提高,此后的大学生活里就有了学习之外的田径日常训练和赛季比赛。对于我这种业余队员,王老师给出了极大的耐心以科学施教,使我的中长跑成绩在短时间内不断提升,多次在校运会和广州高校田径运动会的中长跑项目上名列前茅和破纪录,大学的田径队经历也深深影响了我大学毕业几十年来的体育活动习惯。

大四（1981年）校运会接力赛化工系队员（右二为笔者）

我（左一）在1980年第22届广州地区高校运动会上的留影

在录取率超低的年代，班上不少同学是学习牛人是预料中的事，倒是没想到同学中多才多艺的不在少数，在我们班，篮球、排球、田径、冬泳、举重等各类运动都不乏高手和爱好者。最令我意想不到的是，大三系里的一次文艺演出晚会上，我们班男生表演的节目是乐器小合奏，班上近半数男生操各种乐器上台，乐手涵盖来自大中小城市以及乡村的同学，有梁坤（扬琴）、朱光骏（小提琴）、唐奕群（小提琴）、庄国雄（大提琴）、李帆（手风琴）、伍钦（高胡）、张木全（二胡）、朱德怀（笛子）、叶少华（沙锤）、卢小平（吉他）……众人合力上演了一出中西乐器合奏的压轴好戏。随着首曲《金蛇狂舞》的奏起，听众席不再有窃窃私语，全被台上的演奏深深吸引住了。当第二首《喜洋洋》演奏完最后一个音符时，全场沉醉其中，几秒钟后，雷鸣般的掌声才响起，久久不息。就那个年代的条件与氛围，即使是在城市，年轻人掌握一种乐器也并不具有普遍性，我们班居然有那么多来自城乡的乐器高手，真是大大出乎我的意料！

流年匆匆，青春如轻轻云烟消逝，回首过往激情岁月，心怀感恩，那些年那些事永远鲜活，铭记于心！

# 记忆中的几次考试

77级电工师资班　刘川

考试对于读书人来说是很平常的事，无不是身经百战经历过无数次考试的，但在几十年过后还能够留存在记忆中的只有那些不一般的考试。1977年冬季的那场特殊的高考，就是一场让我们这代人刻骨铭心的考试，必然永存记忆中。

1977年我国恢复高考，这个影响一代人命运的大好消息传来，我却没资格报名，当时政策是中专技校在读学生不能报考，我只能看着别人备战高考。直到离高考大约不到一个月的时候突然接学校通知说有新政策可按比例推荐参加高考，于是我成为学校推荐参加高考的6人之一，高考的机会失而复得。那时对高考完全陌生，也没人辅导复习和指导填报志愿，应考全靠中学时期打下的功底，填报志愿只凭自己的喜好首选华工电子类专业。

转眼间高考的日子来到了。首场考试是数学，拿到试卷后习惯性地先快速浏览了一遍，感觉难度不大，然后就埋头做题答卷，很快全部基础题和附加题都顺利做完了。我通常预留一定的时间做最后的验算复查。前面的复查都没问题，只是最后一道附加题验算似乎有点问题，这一纠结时间很快就到了。尽管最后这道附加题未能确认对错，但总体上算是顺利的，有了好的开头，考好后续的几科考试也自然顺利了。当时考试时我和同校的陈同学座位相邻，监考老师经常长时间停留在旁边看着我们做题，有时还是几位老师一起围观。陈同学比较细心留意到这一情况，同时还注意到老师收试卷时总是最后才收到我们这里。考完试之后陈同学问监考老师，老师说了一句话：这个考室里只有你们2人才有可能考上。后来我们学校只有我们2人考上，而同考室的其他人就不得而知了。

记不清什么时候开始陆续传来同学和亲友收到大学录取通知书的消息，家里也来信说姐姐被广东化工学院录取。同校的陈同学也收到了大学录取通知书，而我是很迟才收到录取通知书。当我来到华南工学院办理入学手续时与姐姐不期而遇，此时她才知道我考上了华南工学院，既意外又不意外，没想到的是一个学期后两家学校合并为华南工学院，我们姐弟俩又同校了。在我们考上大学的影响下，几个月后应届高中毕业的弟弟参加了恢复高考后的第二场高考并考上中山大学，在这一年里我们三姐弟都成为大学生了。

入学后马上感受到的是前所未有的学习气氛和压力，班里既有老三届的也有高中未毕业的同学，年龄跨度相差超过15岁，但有一个共同点就是同学们的学习热情高涨。而我们的任课老师几乎都是学校最好的老师，特别是数学课陈世雄老师高超的讲课艺术更是深深地感染了我们，也进一步激发了同学们的学习热情和兴趣，同学们都普遍自己加码扩大学习面，选用数学专业的教材作为参考书，用吉米多维奇的《数学分析习题集》做习题，这样一来工科的《高等数学》课本学起来就太简单了，于是老师也相应增加了讲课内容和难度，陈老师说我们班考试题目难度将会比学校其他班级（当然是除了数学专业）更难，要取得高分不容易。于是我给自己定了一个小目标，期末正式考试的科目都要努力达到优秀或90分以上。尽管"高等数学"课程的要求和难度提高不少，但对我们班的同学来说都没什么大不了的，但是接下来"工程数学"课程学习终于遇到了大学期间最难的一次考试。学校发的《工程数学》教材比较简单，老师就给我们增加一些数学专业的教材，如北京大学编的《高等代数》等，学习的要求和难度自然又提高不少，其中"复变函数"课程最难。期末考快到了，同学们纷纷提出能否推迟考试多给些时间复习，老师为照顾同学们的情绪就说是开卷考试。谁知到考试时老师宣布只准用学校的《工程数学》课本，其他教材和笔记全部不能用，这几乎是与闭卷考试差不多了。有些试题看似简单但实际上很容易丢分，例如写出复数的数学定义，写出某复变函数的定义域、开区间、闭区间和奇点，这些都是很考验人、很容易出错漏的知识点。下午考试一直延续到 5 点半过后才有人交卷，我也随之交卷然后就去饭堂吃晚饭。当回到宿舍时只见同学们都陆续回来了，正兴奋地议论着这场考试可能哪里做错或做对了，个个忘了吃饭（其实这时饭堂已关门），据最后交卷的一位同学说是考到晚上 7 点钟才交卷，老师也没催促交卷。

大学毕业后我留校任教，在学习硕士研究生课程中，又遇到了一门很难学的课程。这是由欧阳景正老师讲授的研究生专业课程"编码理论与技术"，几乎和学高等代数一样难学。期末考时同学们又自然是要求推迟考试多些时间复习，于是老师干脆宣布推迟至下学期开学时考试。这样一来整个暑假就只好乖乖地待在宿舍里埋头复习，以应对新学期开学时令同学们恐惧的这门课的考试。经过一个暑假的努力，我终于把课本完全吃透，功夫没有白费，终于顺利通过考试并取得了好成绩。

人生的每一个阶段都是对自己的一次次考试。改革开放恢复高考是我人生中最重要的考试，读硕士又是上一个台阶的复试；留校任教是如何为人师表的考试，而后来离开母校进入政府机关工作又是一场技术、业务和管理的综合考试。我人生的每一次考试取得的好成绩都要感谢母校的培养、老师的教导和同学的帮助。这一切，将永远留存在我的记忆中。

# 路在脚下

77 级化工原理师资班　伍钦

当接到学校发来"退休"的提示通知时，觉得自己倏然地就老了。回望过往，前行时只觉得路难且悠远，如今反觉得人生只是短暂的一瞬。一路走来，有甜酸苦辣，也有快乐惊喜，人生本是如此。经历的人和事有些早已忘却，有些则深烙于心，不可磨灭，偶尔会激起我对往昔的追忆。

如今，高考是大学招生的必经之路。可是，20 世纪 70 年代的大学招生则属另类。1970 年停止了大学招生考试，彼时的高考招生只需群众推荐、领导审批，无须考试。1971 年开始，社会上就有传闻要恢复高考，它无疑为我高中阶段的学习提供了莫大的动力。然而，1973 年刚刚要恢复高等学校的入学考试模式，一个叫张铁生的考生的一封信，骤然地给"升温"的高考"浇了一瓢冷水"。对我而言，大学只是可望而不可及的海市蜃楼。

没有了上大学的那份期盼，生活仍旧一如既往地向前。幸运的是，在我的高中阶段，由于文化成绩尚可，校长让我高中毕业后留下当教师。然而，那时的教学活动并不正常，教科书、笔记本和纸墨不是学生的必备学习工具，粪箕、锄头才是必备工具。农村中学的教师要经常带学生参加农田基本建设、挖地开荒和烧砖建房，教学则成了调味品。随着时间的流逝，我的知识水平、教学技能没半点提高，倒是练就了强壮的体魄。

世事往往难料，当你全力追求某一事时，它总是飘忽不定，难以捉摸，而当你把这事淡忘了，机会却又难以置信地突然出现，1977 年恢复高考制度对我而言就是一个突然再现的机会。那年深秋的一天，在城里当工人的同学特意回村里来告诉我，有消息传大学招生制度要改变，必须通过高考才能进大学，让我有所准备。我难以相信，尽管如此，深切的期待还是从心底被唤醒，开始关注着电台和报纸的新闻，直到 10 月底有媒体报道才信其为真，此时考试日期已经近至咫尺了。必须抓住这难得的上学机会，抓紧时间刻苦学习接受考验。接下来就是炼狱式的高考复习，这可能是一生中最勤奋、最艰苦的学习经历，一天中除了工作、吃饭就是学习，睡觉则成了次要一环，只有脑子累到不能接收信息时才休息一会儿，这种学习精神完全能与孙敬、苏秦的悬梁刺股相提并论。

一个多月的时间眨眼就过去了，也仅仅学了一遍要应考的 5 门课——语文、政治、数学、物理和化学。随着考期的临近，自己觉得对于应考越来越没信心了。记忆是如此刻骨铭心，以至于多年后做梦时，还有考试不佳的噩梦。

高考的第一天终于在焦虑和期待中来临，考场就设在公社的中心小学，该校是教室与教师宿舍围成方形结构，8 个课室用作考室，足可容纳几百考生。学校的东面和西面各一个门口，有持枪警察看守，其威严令人生畏。

高考结束，考生们自然地议论着考题和考况。不知出于自尊还是别的原因，许多考生都说题目简单，考得很好。我感觉除数学发挥不理想外，其余几门科目发挥正常，能否考上大学只能静待结果了。

　　高考过后一段时间就接到体检通知，地点是县教育局。骑着自行车走在去县城的田间小道上，我想：体检意味着什么？体检要检什么？思来想去难究其然，十几公里的路程在不知不觉中就走完了。体检时有惊无险，体检过后，就是填报志愿了。填报志愿表时，可谓三缺乏——缺乏思想准备，缺乏相关学校详细信息，缺乏亲朋好友建议。就随意地填报了广东化工学院和上海化工学院的有机化工专业。

　　填报志愿之后，对能否上大学依然心怀忐忑。恰逢学校已放寒假，春节也将要来临，闲来无事，我流连于乡间小道，看着落日的余晖和夜归飞鸟，以此排解着心中的忐忑心绪。一天，在大队代销店做店员的邻居通知我，县教育局来电话，让我马上去县教育局领取入学通知书。第二天清晨，骑上自行车赶往县城，也许是消息来得太突然，一路上还一度怀疑这消息的真实性。

　　到教育局领取了一张小白纸印的入学通知书，专业写着"化工原理师资班"。我有点愕然，因为报志愿时写的是有机化工，怎么会被录入"化工原理师资班"？不由得使我顿生疑问。疑问虽有，但是入学通知书是真真实实的，而且教育局还通知我们，凡是考上学校位于广州的大学生，均于1978年3月9日晨在教育局门口集中，有车免费直接送到广州，体现地方政府对学子们的重视和关怀。

　　我终于能上大学了，最开心的莫过于父母及姐妹。过去的这些年，我在升学问题上曾屡受打压。今天，在全公社数百名考生中，我能脱颖而出考入重点大学成为佼佼者，着实令人刮目相看，也让亲人们扬眉吐气。父母还在我临上学前一天（正好是3月8日妇女节）摆了两桌酒席请邻居以示庆贺。

　　3月9日一大早，考上省城各大学的学子们，兴高采烈地乘上县教育局租来的大客车向广州出发。汽车在颠簸不平的泥土路上行驶，尘土飞扬，然而并不影响学子们的激动心情，他们一路上高谈阔论。而我一个土生土长的农村仔，见识少，没有什么谈资，因而坐在车内只想着大学会是什么样子，以及如何去应对未来的新生活。想着想着，就在颠簸中昏昏入睡了，醒来时已经到了南方的大都市——广州。

　　大学生活既紧张又平静，4年的时间流水般匆匆而过，其中的大多数事情已淡忘，可仍有些琐事牢记心中：最琐碎的事情是每个月为同学退饭菜票，退菜票的金额要精确到分，粮票精确到两；最烦恼的是英语课程，刚学会A、B、C等字母就升级到学专业的化工英语，既乏味且进步慢，在日后的研究生备考中，花了许多时间和精力才得以修补；最令我感动的是在申报助学金时本班同学表现出的高风亮节，在评助学金前，班中有几个同学主动提出不要或者少拿助学金，这样一来一些家中经济不佳的同学就可以拿到更高的助学金（其中包括我），靠这些助学金完成4年的大学学业；最烦恼的是每到考试时间，都难以"抢"到图书馆或教室的座位进行自习，于是，我常常到12号楼搬出一把凳子到该楼后面看书，深受蚊虫叮咬之苦；最惊心的是班上的徐才同学在大三时因患有先天性脑蜘蛛网疾病突发脑出血去世，现在回想起来，那时但凡懂一点医学知识，及时提醒他注意，他也不至于因此英年早逝；最疯狂的一次是当时女排取得冠军时，晚上烧扫把、敲铁桶脸盆以示庆祝……

4年时间期间，我们班同学互助互爱，建立了深厚的感情。4年的大学时光有如短暂一瞬间，虽则留恋然而毕业总是如期而至。毕业分配时，部分同学留校任教，部分被分配到工厂，我被分配到无锡轻工学院（现在的江南大学）化工系化工原理教研组。为了未来各奔前程，正是所谓"东飞伯劳西飞燕"。我办好离校手续，按规定到火车站托运好到无锡的行李，接着打道回乡过春节，节后到新地方迎接新挑战。

江南是古往今来文人墨客笔下的人间天堂，对于无锡这个鱼米之乡，我想象着，春天一到便是"春风杨柳水一色，绿荫琴瑟满梁溪"的怡人景象，因而，没带上御寒衣物。当我来到了无锡才知道，二月的江南似乎还没从隆冬中苏醒，马路边还堆着被泥土污黑了的残雪，北风掠过秃枝发出"呜呜"的啸叫，异常萧瑟，我因为衣着单薄被冻得瑟瑟发抖，手脚开裂。这里的环境与四季如春的广东形成鲜明的对比，这是我在异地生活的第一课。3月开学了，学生的回归给校园带回往昔的生气，春风也重新给江南披上了绿装，到处郁郁葱葱，充满生机。按学校规定，新教师必须在实验室调试实验设备，听老教师讲课并帮忙批改学生的作业，给学生辅导答疑等，非常忙碌。我在工作中结识了分到该校的5位同届校友——制糖专业的刘华和麻建国，化机专业的应捷成，机械专业的袁明如，有一位至今已忘记其姓名的自动化专业校友，还有从中山大学有机化学专业分配来的周爱民。后来刘华、麻建国考上本校研究生，都出国留学了，刘华现在定居美国，麻建国回国任教几年后调任无锡市教委主任，之后任江苏省政协副主席；应捷成考上母校研究生，毕业后被分配到中国石化仪征化纤有限公司；自动化专业的那位校友考上清华研究生；袁明如被委派出国进修，据说定居加拿大；周爱民考上中科院研究生；我则考上浙江大学化工系研究生，在著名化工热力学专家指导下，完成"真实气体的PVT关系"的研究。当初被分配到无锡轻工学院的几个77级华工校友在踏入工作后又进一步深造，提高学业水平，这也体现了我们本科学业的扎实，没辜负母校的教育和培养。

我研究生毕业后被分配到江南大学任教几年后，应父母的要求于1995年调回华南理工大学任教。那是1994年初，食品学院的彭志英教授出差到无锡，约我们几个华工校友见面。我向彭老师提出想调回华工，后来，在彭志英和黄少烈两位教授的努力下，母校很快就发出商调函。此时，正值我的副教授职称评定，江南大学人事处提出，调离和职称评定两者需择其一，我选择前者。然而即便如此，江南大学还是把我卡住不放。通过多次交涉，一直到了当年的年底，学校才同意我的调离申请。但是，到了年底，广州有关调动事宜已告结束，要等来年。

时间到了1995年5月，终于办好调动手续，重回母校。当我们到达广州时，曾朝霞同学开一辆皮卡车与黄少烈老师一起到火车站接我们一家三口。由于学校还没来得及为我们安排好住房，曾朝霞同学又腾出她在学校的宿舍给我们，直到我们把学校分配的房子布置妥当才搬出。同学之情难以言表，这是金钱买不到的。

重回母校27年，不知不觉已近古稀之年。几十年来，从本科到硕士，从助教到教授，本着教书育人的理念培养新一代，编教材、做研究，从中提高自己，路就如此这般地走过来了，所幸的是，自己所做的是自己喜欢的。

# 上大学前后的几则故事

*77 级电工师资班　冯穗力*

## 一、高考·上大学

1966 年"文化大革命"开始时我在读小学四年级，那时还没有什么读大学的概念。"文化大革命"期间，我读完小学，接着是两年初中、两年高中。升高中时，我 15 岁，懂点事了，在高中时期，我们学校有 4 位同学被选送上大学。那时据说招收的"工农兵学员"年纪偏大，基础相对较差。而培养外语人才，特别是培养口译的外交人员需要更年轻和具有较高文化素质的学生，所以特别从中学中选拔了一批人去读外国语学院，同学们当时都好羡慕。当时中学的领导为了保证政治上的绝对可靠，选出的同学中有两位是现役革命军人的子女，另外两位则是中华人民共和国成立前参加革命的转业军人的子女。我那时还是一个"可以教育好的子女"，自然不敢奢望有这样的机会。

高中毕业后我作为上山下乡知识青年到乡下务农，在我落户的生产大队甚至整个公社，好像从来就没有听说有选派工农兵大学生的。应该说在农村两年，连做梦都没有梦过能够读上大学。那时对绝大多数上山下乡知识青年，回城有一份工作就是理想，哪里还敢想读什么大学？

在农村插队生活两年后，我被招收到广州纺织技工学校读书，我上的这所学校实际上是由广州纺织技工学校全权委托给一个工厂负责去培养技术工人的。我在广州纺织技工学校本部连一天都没有待过，从入学到毕业，只是由于丢失了学生证，才到过广州南石头那个学校本部一次去补办证件，其他的时间全部都是在工厂度过的。后来才知道，一旦进入了技校，身份就被定格为工人了。在技校的生活和在工厂做学徒差不多，我学习的"棉纺保全"专业，实际上就是为棉纺厂的各种纺织机器的平车整修培养技术工人的。在厂办的技校里除了到车间实际操作实习和干一些工厂里头特别艰苦的活外，也会学习一些最基本的技工数理基础、制图和机械零件，以及一些棉纺机械维护维修等方面的课程。毕业后我被分配到了广州第二棉纺厂，这是一个具有两千多近三千人的大厂，偶尔也会有人被推荐上大学，去的一般是与纺织专业有关的高校。那时"推荐"工农兵上大学已经变得比较微妙了，普通人是很难企及的，因此我也没有想过还有机会上大学。

1977 年 10 月，我正好 22 岁，此时距离自己高中毕业已经过去了 5 年。国家恢复高考的消息传来，我的内心自然非常激动，激发起了我读大学的梦想。高中毕业后走向社会的经历，使得我少年时优柔寡断的性格发生很大变化，做事也变得比较果断。我几乎没有任何过多的想法，就下决心参加高考，一定要抓住这个可能改变自己命运的机会。

在此之后到考试前的日子里，我白天上班，下班后就拼命地复习。在"读书无用论"横行的中学时代，许多人都没怎么读书，但我还是非常认真学习的。或许是这个原因，我的成绩在那时的初中和高中，在班里很多时候都是名列前茅。虽然"文化大革命"期间毕业的初中、高中学生，据说学历都不被承认，但我当时还是比较有信心的，我自认为在中学阶段学的东西还是比较扎实。那时在单位经常需要加班，在考试前我已经攒下了有一周多的补休时间，这些宝贵时间必须用在刀刃上。考试前一周，我对领导说，再过一周就要高考了，我请假补休一周准备最后冲刺。我的理由很充分，领导也非常通情达理，这样我在关键时刻，就有了这最后完整一周的宝贵复习时间。

  1977年12月11日，考试的日子终于来临。我之前还从来没有过晚上睡不着觉的经历，或许是太过兴奋了，考试前的一个晚上，我整个晚上在床上翻来覆去，是在迷迷糊糊中度过的。但那时因为年轻，还很能扛，早上起来准时奔向考场。我高考的考场就设置在当时市东郊员村的广州市第44中学内。第一天考试完下来，感觉不算太差。但这天的晚上却在想白天考试的事情，晚上又几乎是一个不眠之夜。第二天我依然努力振作，依然像第一天一样，背着一大包书进入考场。我们那届的高考是可以带课本和参考书进去的，书虽然带去了不少，但考试期间好像只是象征性地翻了两页。两天考完试下来，我精疲力竭，但也已经完全解脱了。第三天是加试考外语，我那时大概只记得26个字母和几句口号，自然无法选择加试考外语科目。

  那时高考都是先填报志愿再参加考试的。为了稳妥起见，我报考的学校志愿依次分别是华南工学院、北方交通大学、广东矿冶学院。北方交通大学就是现在的北京交通大学，广东矿冶学院就是现在的广东工业大学，后者那时还在粤北的韶关。我那时读大学的愿望是如此的强烈，已经不顾及大学的位置在哪里了。

  那时我在工厂以工人身份被抽调到工厂团委，工作性质是"团委干事"，但这一称谓针对的是国家干部编制的人员。我们这类"以工代干"的工人，在工作证上只能填写"团委工作人员"。我们这个近3000人的工厂，很大一部分人员是青年女工。估计那年报名考大学的应该有300多人。放榜阶段的

乔欣（左）和我

某天，我们厂接到广州市郊区教育局员村和东埔片区办公室的开会通知，我因为正在做青年工作，被领导叫去开那个会。到会后得知会议的内容是通告每个单位考上大学人员的名单，我看到我的名字赫然在册。我考上大学了！我被录取到了华南工学院。我当时内心的激动可想而知，但我还是强装镇静，好像我不是当事人一样。我们厂总共有3人考上大学，除了我之外，还有一位叫乔欣的厂部办公室青年干部，他来自广州乐团的音乐世家，是"文化大革命"前华师附中的老三届高中生，他考上了广州外国语学院，还有一位是车间的里青年纺织女工，但她的名字和考到哪所学校我已经不记得了。

  在离开广州第二棉纺厂去上大学前，厂里专门为我们这几位考上大学的青年开了一个座谈会，会上领导和同事们做了热情洋溢的讲话，给了我们很多的寄语，虽然已经过去了

40多年，当时的场景现在还记忆犹新。

## 二、"偷电"

2018年11月间，华工开展了一系列的有关纪念国家教育改革和恢复高考40周年的活动，其中有一项是在学校体育馆大会堂举办的华工77级、78级毕业生交流会。会上77级毕业生、家电"大咖"黄宏生同学的"偷电"一事又被会场主持人提起。黄宏生因为成功地创立了创维公司而声名鹊起，很长一段时间内，与TCL李东生和康佳陈伟荣一道，成为华工77级享誉全国的电视产业界的"三剑客"。由此黄宏生通过"偷电"来发奋学习的经历，就成为华工学子中比较有名的励志故事了。

其实，在我们77级和78级的同学中，这样的"偷电"是一个很普遍的现象。那时的华工，就是全国高校的一个缩影。"文化大革命"刚结束不久，学校的许多课室和教学设施都破烂不堪，大多数课室只有一两支昏暗的旧光管在那里"苟延残喘"。与此成为鲜明对照的是，那时的大学生的学习热情却无比高涨，在青年数学家陈景润忘我拼搏精神的激励下，每个人都十分珍惜来之不易的机会，倍加勤奋地努力学习，晚上课室里可以看书学习、非常有限的灯光位置常常早早被人抢占。

慢慢地，有些同学发明了占座的技巧。他们干脆在下午下课之后，或者去吃晚饭之前，就用一些作业本、旧书什么的，摆放在课室有灯光照耀的位置，晚饭后再去课室自习时就有保证了。久而久之，有些迟来的同学忍无可忍了，趁着课室人少，他们会把这些摆放在桌面上占座的书本一扫而光，收集起来全部堆放到课室的讲台上。然后自己大模大样地坐在这些上好的位置上学习起来。原来占位的同学进来后见此情景，却也无可奈何，因为无法认定究竟是哪位同学"收拾"的这些占位的书本……

因为晚上自习时课室里头可用的地方非常有限，因此许多学生被迫自力更生，晚上去自习，除了带书包外，还要带上一根很长的电线和一盏台灯。晚上到了那些安静但缺乏照明的"黑麻麻"（昏暗）的课室后，摸索着找到可接上220 V电源的裸露电缆处，用小小的鳄鱼夹小心翼翼地将电线接上，将电线一直放到桌子上接好自带的台灯，这样才能开始"挑灯夜战"。这就是所谓的"偷电"。

那时在这些教室里很容易就可以发现，不仅男同学在"偷电"，许多女同学也在"偷电"。硕大的一间课室，许多盏小台灯在黑暗中闪闪发光，很像一堆堆火地岛上的小篝火。这些"小篝火"点燃了多少我们77级、78级同学们为实现理想而奋斗的希望。

那时的校园环境，没有多少人打理，杂草丛生，晚上蚊子肆虐。好在我们那时的学生，许多人都是在艰苦的环境里历练了相当的时间，进了大学犹如进了美好的殿堂，哪里还惧怕这些。但不少女同学，还是想了许多办法保护自己……我印象深刻地记得，在图101课室里，经常会看见一位"偷电"的女同学，用个自制的小铁环架子，把蚊帐布撑开，放在脚下，用这样一个小小的"蚊帐"把腿部小心保护起来免受蚊子的叮咬。现在回想起来，那位同学防蚊子的小发明或许可以申请一个实用新型专利。

我们班里的何萌同学是军人家庭出身，他浓眉大眼，身体健硕挺拔，是班里的美男子。他赶上了好时光，是以应届高中毕业生的身份考上大学的。有很长一段时间，我是与何萌同学一起"偷电"的。我们"偷电"的地点大多数也是在图书馆的图101课室，有时也会到5号楼旁的大阶梯课室。

何萌脑袋灵光，每天一到课室完成"偷电"操作后，很快把书看一遍，就对老师讲课的内容理解得七七八八了，接着开始做作业。而像我这样"文化大革命"期间毕业的高中生，本来基础就十分薄弱，加上毕业后已经在社会上混迹多年，学习理解速度哪里比得上何萌。我不得不严格按照数学课陈世雄老师的教导，仔细地阅读理解笔记和书本的内容，不时还会盖上书本，尝试着看看是否能够把其中的一些定理证明出来。显然这样学习是要花很多时间的，因此每每何萌同学早就做完作业了，我还在那里看书……

因为通常课室里我们班的同学只有何萌和我两人，何萌是个急性子，常常因在课室里做完作业后，找不到人及时与其讨论作业上的问题而"火冒三丈"，但却因为周围都是专心致志学习的其他同学，不好"发作"而无可奈何。他只得老是小声地埋怨我：怎么做得这么慢呀？我则在常常感到抱歉之余，又觉得有些好笑。

往往等我也做完作业时，就已经快到回宿舍睡觉的时间了。这时我们就得抓紧时间，赶快把"偷电"的设备卸下，要在宿舍统一熄灯前赶回去……

## 三、实习

到了大学四年级，各个学校77级各专业的同学陆续进入了实习阶段。大学实习是大学生到国内比较有名的与本专业有关的工厂实践的过程，自然也是一项学生外出见见世面的重要活动。那时广东的工业相对还不是那么先进，我们了解到，其他专业毕业班的同学，有些到北京、有些到上海，稍差的可能也会到南京或武汉等地方。那时差旅费对普通人来说是一个大数字，学生们也可以借机外出旅行一趟，见见世面，看看祖国的大好河山。因此对我们来说，实习是重要的活动，而且都是祈盼实习的地点离学校越远越好。

有关实习，开始我们班却一点动静都没有。在我们读书的那个年代，每个专业都是由系里的专业教研组负责培养的，实习是大学培养学生的一个重要的阶段，自然是有计划、有安排的。到了我们大学三年级，学校的基础部已经弱化，原来属于基础班的许多教研室已经归属到其他的系或新成立的系，相应的由教研室管理的师资班也被划归到相应的系。如数学师资班被划到了数学力学系，物理师资班被划到了物理系。但那时电工教研室还在基础部，或许基础部的教学环节的安排并不像系里那么井然有序。据说开始教务处并没有安排我们班去外出实习。我们愤怒了——我们的大学阶段怎么可以少了实习的环节！我们把实习的要求和愿望反映给了电工教研室的领导，强烈要求去实习。那时电工教研室的主任是王显荣教授，王教授非常同情和支持我们，记得他对我们说，教务处这样做，肯定有他们的道理，你们要说服他们，最好写一份报告，说明你们需要实习的理由。那时我是班里的副班长，我立马写了一份报告，陈述我们实习的必要性和强烈愿望，最终我们如愿以偿。

当时有位叫杨明康的老师是电工教研室副主任，他是从清华大学调到我们学校的，在我印象中，杨老师给我们班讲过好几次话，讲的是基础课老师肩负的重要责任，还有就是诺贝尔获得者科学家成长的故事等。有关实习，杨老师比较有自己独立的见解，他认为通

常大学生实习都是到某个企业,在生产线上工作一段时间,体会一下未来的工作。虽然学生得到了实践的锻炼,但对于开发学生的视野作用有限。因此电工师资班的实习,应该到我们国家最重要的电器和电子工业基地——上海,广泛地参观各种电力设备和电子仪表企业,让同学们对我们国家电气工程领域的状况有比较完整的认识。由此教研室领导制定了我们的实习计划。后来杨老师又调回北京,到了教育部的教学研究所工作,此是后话。

带我们去实习的共有3位老师,为何笑评、黄万宁和严震皆老师。何老师资格最老,经验丰富,是领队,黄老师是班主任,严老师则是熟悉当地情况的上海人。严老师带着侯跃生和我打前阵,主要任务是落实班里同学临时住宿的地方。那时实习的经费不可能支持我们住旅店,我们是带着行李、卧具等出发的,好在是在暑假期间,除了衣服,带上席子和被单之类的就行了。

我们实习的第一站是到杭州,在这里是短暂停留,主要参观了杭州仪表厂和浙江大学的有关实验室。杭州仪表厂生成当时国内最流行的万用表和示波器。在浙江大学,浙大的一位实验室的老师带着我们参观,我们感到纳闷的是他居然没有听说过"文化大革命"前就是国内"四大工学院"的华南工学院,其实华工虽然建校时间不长,但在1960年就已经是隶属于教育部的重点大学。

上海,是我们实习的主要地点,我们住在长沙街一所小学的课室内,床铺是由小学生的桌子拼成的,在街道办的食堂搭伙。给我留下最深印象的是这里食堂的菜都是煮的,大白菜煮得烂熟,与广东菜的烹饪方式似乎大相径庭。另外一件事是每天早上都听见一种"刷、刷、刷"的声音,长沙街的街坊们家家户户都在刷洗一种特制的木桶,原来这里的家庭的洗手间没有化粪池,每天方便后都必须由掏粪工人清理,这木桶就是马桶。一开始我们都感觉非常惊讶:这大上海还要这样洗马桶吗?后来想想就感觉不奇怪了,其实每个地区都有一些相对落后的地方,北京那时也还有很多掏粪工人,其中时传祥就是著名的全国劳动模范。

在上海,我们真的是领略了当时中国在电气工程方面的风采了。为了方便我们的参观出行,老师为我们每一位同学都买了一张公共汽车的"月票",那时有一张几块钱的月票就可以随便乘公共汽车了。

在上海汽轮机厂,我们看到了中国当时功率最大、最先进的双水内冷汽轮发电机组,这个发电机组我们之前只是在新闻中听说过,当时世界上也没有几个国家可以造出这么先进的巨型设备。

在上海高压电器厂,我们看到了某个电器设备在做耐压测试时的震撼场景,工厂的工程师告诉我们,为了防止实验过程中过高的电压损坏被测试的设备,并联在耐压测试设备两端有两个巨大的金属球,调整两球之间的距离可以调整保护电压的大小,一旦电压达到保护值,高压电就会击穿空气放电使得电压瞬间下降,此时会发出像燃放一个大鞭炮那样的巨大声响。

最使得我们意想不到的是我们参观上海长征仪表厂时,看到那时高级的测试仪表的表盘居然是人工用手画出来的。开始我们感到非常不解,这么有名的上海长征仪表厂怎么连杭州仪表厂都不如,这指针盘面还要用手工来画?工厂的工程师向我们解释,因为做仪表的电子元器件有很大的离散性,同样"标称值"元器件做的电路与理论上计算的差异还是比较大的,做普通的低端设备还可以调整一下来对付,但对于要求精度很高的仪表就不行了。故必须逐个仪表根据标准的电阻值、电压值等进行对比,根据指针摆动的真实位置来确定表的读数,而每块表都有差别,因此必须单独画表盘,或者说那时只有这种用手工来画表盘的仪表,才真正是高级的。由此我们也间接地了解到,对于这种类型的万用表,一旦损坏了重新修理后,因为没有标准的测试件比照,就很难保证其精度了。

通过这次实习,我们真切地实地了解了那时中国电器和电子工业的基本概貌,确实受益匪浅,至今印象深刻。

在上海实习完毕,我们班的这次实习活动就地解散,同学们各自组织旅游,我和之前一起"偷电"的何萌同学一起先到苏州,然后是无锡、南京,再从南京乘坐长途汽车直奔黄山,接着上九华山,从九华山下来后到九江上庐山,每到一处只能挑最经典的地方去看看。因为何萌的弟弟刚考上华中工学院,我们又决定乘船从九江沿着长江溯流而上到武汉华中工学院,最后是从武汉返回广州。在回广州的火车上,我们连坐票都没有买到,是在车厢的过道上半蹲半站回到广州的。全程下来,自己旅行部分的费用,好像就花掉了130多块钱,那时的人民币,真是经用呀!

何萌(左)与我在黄山上

# 第二篇

梦想·求索·年轮
MENGXIANG QIUSUO NIANLUN

## 青春心伴好年华

题字：张健骏　作图：陈少锋

# 我的华工缘

**78 机械原理与零件师资班　薛颂阳**

1978年10月，我跳级考入华南工学院（华南理工大学），从一个普通的中学生，成为一名大学生，开始了崭新的人生。在四年的大学生活和学习中，我认识了同班40多位同学和许多华工的校友和教师，此外，我还进入了华工围棋队，代表华工参加了1981年广东省高校围棋赛，为华工争得了荣誉。

## 一、伯乐三访我动心

1977年10月，我偶然看到父亲订阅的《参考消息》里刊登的"恢复高考公告"，公告一文"允许高中一年级的学生参加高考"令我十分兴奋，跃跃欲试。我父母得知我想跳级高考后，全力支持我参加。父亲找了培英中学的物理教师辅导我，母亲找阿姨让我看电视上的高考辅导。1977年底，我在分校务农的时候，参加物理老师为所有参加物理竞赛的同学开设的辅导课。

次年初，我向学校（广州第十三中学）申请参加78级高考，校领导不但表示支持，并且向全校发出公告，让有意参加高考的高一学生进行一次数理化考试。当时共有12位高一的学生报名，经过考核，我和另一位同学脱颖而出，获得了学校推荐参加高考的资格。学校还允许我俩去高二的课室旁听或者自习高二的课程，我选择了后者，在家自习高二的数理化课程。为了高考，我放弃了几乎所有爱好和活动，全心读书学习，常常至深夜。

我高考的分数虽然超过重点大学的分数线，但达不到我想读的计算机和无线电专业的录取分数线，在填学校和专业志愿的时候，我惆怅了，我不甘愿放弃，打算来年再考，于是依次填了华南工学院的计算机、中山大学的计算机和华南工学院的无线电三个专业，并且申明不服从分配。

如我所料，第一批入榜名单上没有我，我落选了。高二开学了，我来到理工科重点班，这里有来自18个班约1000名同学里的尖子，当我看到一位同学在玩耍一个只有加减乘除的计数器时，又勾起了我的大学梦。开学没几天，校长接待了华南工学院招生办的厉以京老师，说我被华南工学院的机械系相中，问我是否愿意读机械原理与零件师资班，我没有答应。隔了两天厉以京老师一早来到我们学校，亲自找我谈转读机械专业的事。我向厉老师讲述了我想读计算机或无线电专业的意愿，打算明年再参加高考。第二天放学回到家，惊奇发现父亲已在家中，平时他是很晚才下班的，今天发生了什么事？父亲笑眯眯地叫我坐他身边，我挺纳闷的，原来是厉以京老师请校长约父亲下午去学校谈话了。

显然，厉老师已经把我父亲说服了，而且，父亲回到家后把母亲也说服了，我心里仍然梦想着计算机和无线电专业，不甘愿放弃。但父母的分析也有理：华工是全国重点大学，读师资班毕业后将被分配当教师，而且有机会留在华南工学院当教师。妈妈是小学老师，因此父母都喜欢教师这个行业，另外我参加明年高考的结果是个未知数……经过两天的思考，我终于同意服从华工的专业分配。几天后，我收到了华工的录取通知书，告别同班两周的高二同学、培育我的老师和校长，怀着喜悦的心情准备入宿华工的行装。1978年10月，我踏入了华南工学院，开始了大学生涯。

## 二、校园学习与生活

华工的课堂时间明显比中学的少，使我有更多的时间自习广泛的知识和从事各种爱好与活动。一年级的时候，我班的全部男生住在一间大宿舍里，这让我和同班的39位同学有更多的互动机会。课余，我和同学们一起踢足球、打篮球、跳高、看电影、散步等。在寒暑假期，我还和同学们去郊游。4年的大学生活使我和同学们建立了深厚的感情。

我入读华工第二年，中日围棋对抗赛掀起了围棋热潮，我迷上了围棋。同班同学刘波是围棋高手，在他的指导下，我的围棋水平得到了迅速的提高。在华工机械系围棋赛中，我获得了第二名。三年级的时候，我被华工围棋队吸收为队员，首战华南师范学院，华工取得4:1的胜利。随后，我在高手如林的广东省高校围棋赛中获得了乙组亚军的好成绩，为华工争得了荣誉。在读大学三年级那年，喜爱踢足球的我成为华工机械系78级足球队的队员，为战胜机械系77级、79级和80级的足球队出了一分力，挥洒了热情的汗水。

我非常感激厉以京教授当年不辞劳苦地做我的思想工作，把我领入华工。在华工4年，厉老师多次帮我购买下一个学期的课本和教工饭堂的饭票，让我在寒暑假自习和节省排队买早午晚餐的时间。在此，向厉老师表达我内心的感激之情。

# 老少同学

78级机械制图师资班　刘幸

在我的印象中,从小学到中学,我一直是班里年纪最小的一个学生。当年全家被下放到一小山村,家中老人无法同去,我就成了无人照看的儿童。由于乡下没有幼儿园之类的设施,父母只好提前让我入读小学。因此,从小学到中学,我都是班中年纪最小的一位学生。

1978年我应届考入大学时,毫无悬念地我又成为班中年纪最小的一位同学。当时我还未满16岁,而我们班中,年纪最大的同学已是31岁。入学时,我在宿舍看到一个戴着厚厚眼镜的中年人,我还以为是老师来查铺。搞了半天,我才发现他原来是室友,一个比我年长近一倍的同学。更巧的是,我们这对老少同学居然是

老少同堂,上下铺友

同睡一张"碌架床"(双层铁架床)。我们一老一少就这样做起了"异床同梦"的铺友。

当年为了省下理发钱,每班都会凑钱买一套理发工具,好让同学们相互理发。可是从来没有同学会叫我帮忙理发,也许没人好意思让我这小弟弟帮忙,也许没人信我这毛小子会理发。由于我每次都得求人帮我理发,我却无法还回这人情,找谁帮我理发,成了我最大的心病。也由于这个"历史原因",使我到现在也没有掌握理发这一备用技能。现在连我儿子也不信我能帮他理发。在新冠肺炎疫情期间,理发店关门,我儿子无法去理发店理发,他宁可自己对着镜子给自己理发,也不愿意让我帮他理发。

老少同学住一起,自然多少有点事儿。老同学常常忘带饭票就去打饭,然后就近向同学借,常常是"大虫借猪——有借无还"。后来我人到中年要到处找眼镜时,也就明白这其中原因。

不管是什么原因,老同学欠我至少一张饭票。下次我们见面时,得请我吃一顿午饭去还债。当年伙食费每月约15元。现在可得花上当年半个月的伙食费,才能吃上一顿午饭。看来我是能占便宜的了。

当年改革开放,推行民主,学校要民选学校中某一岗位,给每个同学发了一张写有几个候选人名字的选票,要我们投票选人。我想,这都是谁呀?他们有什么政见?我怎么去选?幸好,我很快得知,我没有投票权,因为我未满18岁。我赶紧扔掉这选票,打篮球去了。可是等我满18岁后,再也没收到过选票。

1978年秋入学时，还有不少工农兵学员在校，那时他们的蓝色工人工作服还是学生最时髦的服饰。而我发现，老同学中大多数也有一两套蓝色工作服，令人羡慕。他们许多人是从工厂考进来的，当然有这行头。后来我也想办法搞来一套。虽然穿在我这未发育成熟的瘦小身上不太合身，但这件蓝色工作服，我却引以为豪，是我最爱穿的服装。

老同学老说我们这些少同学是幸运儿，没有像他们那样，上过山，下过乡，吃了不少苦头。这当然是事实。但我总觉得，我们这班少同学，也吃了另一种苦头。当年受"白卷英雄"的影响，广东学校里大搞什么"学屯昌"。初、高中生每星期两天，要步行去一个多小时路程的学校农场种甘蔗。我们冒着烈日，在荒山野岭下挖战壕大小的甘蔗坑，还要去几十分钟路远的地方挑塘泥作基肥填坑。这种沉重的劳动，让我们这班未发育好的小孩苦不堪言。唯一觉得好玩的事是野炊，我们必须自带食材和炊具，中午自己挖灶，生火煮饭。

由于每周只剩下4天上学的时间，我们自然学不到什么东西。如历史知识就只知道"党的十次路线斗争"，外语老师改教政治，不学物理化学课，改学农业常识、水力发电和电动机的三线接法等。

1977年恢复高考，学校响应"早出人才，快出人才"的号召，推荐我跳级参加1977年的高考。考数学时，我看见$|-a|$，心想：这是啥，怎么没见过？由此可见当年的教育水平之低。

教育局意识到这点，急忙组织学校办"尖子班"，突击应对高考。我们只花了10个月的功夫，补读初、高中未学的课程。我们这班77级、78级应届考入大学的少同学，是先天不足，数理化和语文水平远没老同学那样扎实。应届生唯一的优势是有更好的记忆力。

印象中，每次寒暑假，老同学总是第一个离校，最后一个返校。毕竟，老同学家有漂亮的老婆、可爱的女儿等着他。

到将近毕业，老同学觉得上大学的梦已成真，就到处找走私电视机、雨伞和尼龙袜子准备带回家。而我这少同学，却在忙着读吉米多维奇的《数学分析集题解》。这好像暗示，我们这老少同学的"异床同梦"奇遇将要结束。

# 时代与时机

78 级工程力学师资班　管宁

## 缘起

2021 年 6 月 17 日，班长在微信群里转发了"华工 77 级、78 级、79 级师资班回忆录启事"。由各班代表组成的回忆录编委会在 23 个提议书名中确定了书名为《梦想·求索·年轮》，这个书名带有那个年代的气息。

时间是一列单向行驶且永不停歇的列车，带着我们到达一个又一个未知的新站点。回忆起自己几十年前的命运转折点，恍如隔世，那些经历也是那个年代的一个缩影，重新展现出来，也许对后人了解那个年代有点帮助。

真实的历史充满偶然性，大多偶然机会都是在前进途中相遇的。而能否抓住机遇，又与选择和能力相关。为了真实地反映当时的事实和思想，我翻出了尘封的日记，在时光游走的缝隙里穿越，返回那难忘的岁月中……时代的一小滴水，落到普通人的身上，就是一片汪洋大海，有人能在其中遨游，有人会在其中沉没。

## 远方、召唤

1977 年 10 月上旬的一个清晨，我如常在蜿蜒的山区公路上晨跑。东面逶迤的皂幕山峰峦起伏，挡住了初升的太阳，山背后的天幕染满一片胭红，连绵的山岭满目苍翠中散落着一簇簇黄色，像挂着秋日的标签。山谷间淡淡的雾霭浮游于半山之间，带着一丝神秘感。

公路穿越于丘陵地势之间，路边没有村落，只有一行行种满了木薯的红土垄田，红红的枝干和翠绿的叶伞分布在野草疏落的贫瘠土坡中。一大早路上也极少车辆和行人，只有山风拂面而来，清凉中夹带着山草的气息和路边桉树幽幽的桉油香。

一切都安静如斯，途中我只听到自己粗重的呼吸声和鞋底与路面泥沙"唰唰"的摩擦声。然而，我并不能像往日一样享受晨跑独处的诗意和宁静，脑海里一直回旋着昨晚小东透露的内部消息："要恢复高考了。"

这突如其来的消息是真的吗？我要怎么选择？要报考吗？又要如何准备？双脚机械地匀速向前跑着，脑子里却是乱哄哄的，"怦怦"的心跳声也好像比往日更快。

"是真的吗？"上一晚睡觉前我们几个人听到小东偷偷说的内部消息时都十分震惊，他那当地区教育局局长的父亲告诉他："中央决定恢复已经停止了 10 年的全国高等院校招生考试，不再采取推荐选送工农兵学员了，要以统一考试、择优录取的方式选拔人才上大学。正式通知将会很快公布。"而且小东还说他父亲已经开始为他准备复习资料了。

又见到公路右侧的第三个里程碑了，每天晨跑我到了这个里程碑就开始折返。"我若报考是不是走回头路了，是背弃了扎根农村干革命的理想吗？"我一边往回跑一边想道。

我下乡的"堂马知青果场"位于广东省贫困山区高鹤县宅梧公社，当时场里100多个知青都是来自佛山地区公检法、科教文、供销商贸和卫生医药系统的干部职工子弟。平时我们在果场开垦荒山种植果树，每到水稻种收的农忙时节就分散到各个挂钩生产队帮忙抢种抢收。平时生产和生活模仿生产建设兵团的半军事化管理。

知青果场是专门为了安置知青而创办的，政府还给每个知青每月8元的生活补

我们农场的知青

助金。那时当地的主要传统经济作物是红烟叶，大面积种植果树还是新的尝试。创办果场的愿景是希望能把荒坡野岭变为赚钱的水果基地，可以自负盈亏地安置知青，也为多种经营、改善当地经济面貌做出尝试。当时广东省有很多这样的知青安置点，有的是林场，有的是茶场。这种安置点取代了之前知青下乡分散插队的方法，减少了基层生产队的负担。

我们场长由当地颇有威望的老农担任，又从当地抽调了十几个年轻人做生产骨干，从高州柑橙产区借调了一位果树技术员做技术指导，佛山地区机关每年还委派一名带队干部驻场配合领导工作。

有组织、有纪律的知青果场集体生活虽然也艰苦，但相对安全稳定，十几二十岁的年轻人一起生活，没有家庭负担，血气方刚，争强好胜，倒也能释放出较强的生产力，业余生活也相对丰富一些。

由于那个年代所受的教育和家庭背景，果场的知青大部分下乡时都充满革命激情和带着理想主义色彩，强调个人的理想必须适合于革命的需要，一切都听从党和政府的号召。保尔·柯察金是我们崇拜的英雄偶像。

白天艰苦的劳作结束后，晚上还经常开会进行政治学习。还自发组织学习小组，学习中央精神、学习鲁迅文章、学习果树栽培技术、讨论个人理想与国家前途。在年初，针对开始蔓延的知青回城思潮，果场开展了一场"'扎根'还是'拔根'"的大讨论。1977年7月十届三中全会召开后，党中央重新确立解放思想、实事求是的思想路线，工作重心转移到经济建设上，大家更是激情洋溢，决心把果场经营好，为经济建设添砖加瓦。

我属于理想主义者，立志做一个有文化、有觉悟的劳动者，也是场里有意培养的果树种植技术骨干，也表达过愿意扎根农村，以我当时的工作和学习状态，相信不久我会成为一个很好的果树栽培技术员，也可能会被推荐上农学院继续深造。

如果消息是真的，如果我要报考，则意味着我计划离开果场，这是理想的转变还是背叛呢？一边往回跑，我一边继续着思想斗争。

要报考！我仿佛听到了远方的召唤。少年时妈妈就常跟我说，"自古百艺好傍身，学好数理化，走遍天下都不怕"。我从读初中起就喜欢拆装闹钟、单车，做家具，组装收音机，立志长大后成为一个工程师，做一个对社会有更多贡献的人，只是下乡后的现实把这扇理想的门给堵上了。而高考恢复的消息，把我内心这扇已经关闭的门又敲开了。

拿破仑曾经说过："我只有一个忠告给你——做你自己的主人。"鲁迅也说过："走自己的路，让别人说去吧。"

很快，10月21日的《人民日报》头版头条发表了重头文章《高等学校招生进行重大改革》，正式宣布恢复高考，考试时间是12月初，因时间紧迫，由各省自行组织报名、命题和考试。

很多时候，行动比观念更诚实。正式报名开始时，果场里平时爱学习、求上进的知青几乎都报了名参加高考和中专考试，包括两位知青副场长。况且，这也是中央新时期的政策和号召，我的心坦然了。

只有一个多月的时间准备考试了，文理科都要考政治、语文、数学，文科另考历史和地理，理科另考物理和化学，非外语专业不考英语。但一下子要准备这么多科目的复习资料，谁也备不齐，只好互相借阅和转抄，将就着拾遗补缺。

除了资料缺乏外，另一个大问题是复习时间。这段时间正是秋收农忙时节，场里近一半知青报名考试，如果大家都停工复习，势必影响生产，没报考的农友也有意见，于是场领导小组不批准请假复习。大家只好白天下地干活，晚上才有时间复习。

正所谓"屋漏偏逢连夜雨，船迟又遇打头风"。那段时间又经常停电，煤油、蜡烛也是稀缺品，大家只好用饭堂盛咸菜的小钢碟装点花生油，再放进一根小棉绳，做成了照明用的小油灯。每个停电的傍晚，大家在离开饭堂时都互相调侃鼓励，"今晚记得'加油'！"晚上宿舍里，油灯发出"吱吱"的燃烧声，油香满屋弥散，黄豆大的灯头火焰飘忽不定，忽明忽暗，却点燃起我们新的希望。在油灯微弱的光照下，我们如饥似渴地复习。

只有一个多月的工余时间重拾中学课程，复习参加高考，十分仓促，史无前例。还好广东省是开卷考试，但仅可带初、高中课本和十一大文件，但这也减轻了熟背公式定理的压力。把初、高中数理化课本翻阅一遍，一个多月的工余时间就差不多过去了，根本没有多少时间做练习题，政治和语文不知道怎样综合复习，对怎样高考更是完全陌生，只能靠以前的基础去碰运气了。

我们是"学制要缩短，教育要革命"的体验者，小学五年，初中两年，高中两年，九年制高中毕业。即便是努力学习的好学生所学内容也有限，还有一部分时间"学工、学农、学军"。但我初中担任工业（物理+化学）科代表，高中是物理科代表，数理化基础比较好一点。凭这，我的信心增强了一些。

在12月10日晚上，提早上床睡觉的我难以入睡，激动？担忧？祈望？翻来覆去，干脆坐起来写点东西。"新的浪潮蜂拥而来时，旧的泡沫显得多么渺小，旧的将被人们逐渐遗忘，新的却使人为之兴奋，人们都为这兴奋而兴奋。一定要充满信心，对每一件事，要是没有信心，还有什么必要去做呢？要么不去做，要做的事情就一定要充满信心。"写完这些，心里好像安静了些，又看了一会儿书才躺回床上。

就这样，匆匆忙忙在12月11日、12日两天参加了1977年的高考。第一天上午考数学，下午考政治，第二天上午考语文，下午考理化（物理+化学，各占50分）。考完也不知道考得如何，只觉得像做了个梦一样。

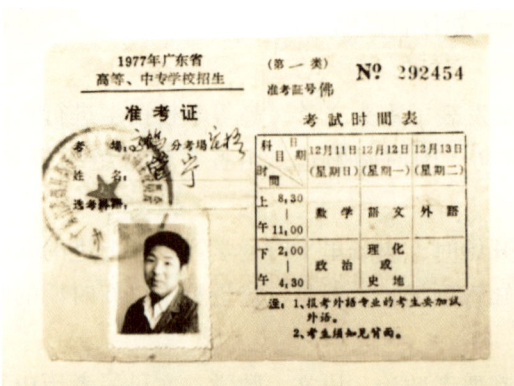 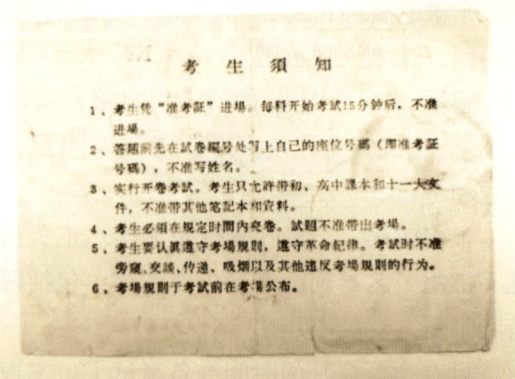

1977年高考准考证

### 夜长、梦多

一晃一个多月过去了，1978年1月16日得到了初选通知，我们果场报考大学的34个考生有5个达到平均分，及格入围，分别是11级3个、9级1个。我是7级，总分296.5分，成绩最好，我大喜过望，心想着很快就会进大学了。

广东省1977年高考满分是400分，11级是250～259分，11级分数以上的本科初选入围，8级以上分数可报读重点大学。我所在的宅梧公社考得最好的是3个7级（290～299分），另外两个是附近营顶劳改茶场的干部子弟张同学和李同学。

初选入围的考生被统一安排到县城沙坪医院体检后，大家便开始了忐忑不安的等候，等候录取通知书，等候那远方的召唤。

等待中的冬末，是我们苗圃组忙于嫁接柑橙树苗的日子。当时正值全县推广种植柑橙，苗需求量大，场里除自用的苗外，还对外预售了不少。为加快完成任务，场里又从其他生产组抽调了几个人由我安排。每天双膝跪在那湿冷的苗圃上，猫弓着背，低弯着腰，小心翼翼地在只有几毫米直径的砧木苗上削开树皮与木质部之间的形成层，再切下优良品种强壮的秋梢芽嵌入，用薄膜布条包扎紧，露出芽眼。这工作既费神又费体力，还没有挥锄舞铲来得痛快，比挖果树坑更辛苦。作为组长和技术骨干，每天我要带头完成最多的数量，又要指导检查刚抽调来的农友的工作。每天收工，站起来时眼冒金星，腰膝酸疼得几乎不能行走，手指也很快磨破了一层皮。

艰苦的劳作冲淡了等待的烦恼，身体的疲倦也让我能安然入睡，但等待却把时光拉长。

也许很多部门对这仓促的招生政策改变没有准备，录取工作进展很慢，知道分数后一个月过去了也没有消息通知。

2月26日，带队干部带着我到附近的营顶劳改茶场，协商调剂农药的事。在那里遇到李同学，得知她也还没有被通知录取，但同是7级的张同学已被上海交通大学录取，只考了9级的盘同学也已赴上海另一院校，都在2月28日报到。听到这些，我的焦虑感又冒出来了。

3月1日，果场里隆重地欢送3位农友应征入伍，锣鼓喧天，鞭炮齐鸣。我感觉到那三位农友的希望在锣鼓声中升腾,而我的希望在爆竹声中幻灭。惘然中我又期待着那幻灭中的再生。

送别入伍的农友后,刚从佛山休假归来的关同学走过来说:"有消息说你被华工录取了,祝贺你!"我面无表情,答道:"不可能吧,我都没有收到通知。"但心中又希望这消息是真的。两天后,收到家信,说到过地区招生办了解仍无录取信息,内心更忧。

3月5日,得知营顶劳改茶场的李同学也被中山大学录取了,而我的仍然毫无音讯。看着别人一个个前往大学报到,我心里更不是滋味。夜里,常被一些离奇古怪的梦缠绕。

为什么我成绩达到重点大学录取分数线,但普通大学都没有录取我呢?有人说录取工作有黑幕,但我比较能接受的说法是我第一志愿报了热门的南京工学院无线电专业,没被录取后档案转回广东太迟,广东高校已录满人数了。确实,这次招生流程也很匆忙和混乱。

3月10日,果场有15人被通知中专体检,按当时的录取顺序,中专开始录取意味着大学录取已基本结束。我亦被告知,若未被大学录取,可转报中专学校,会被优先录取。傍晚,郁闷的我饭后走上小土岗,独坐看夕阳西坠,一直看到一点点余晖都消逝没了。经过这两年多的农作,我体会了一分耕耘一分收获,也明白了在努力播种和耕耘之后,也并不能保证一定收到满意的结果。但我还是郁闷,有些道理,明白了并不代表接受了。带队干部黄姨打着手电走来找到我,原来有女生报告说我走上土岗跌倒了很久没起来,恐怕出事了。我感觉好笑,但也感动。

若我愿报读佛山的中专学校,则肯定会被优先录取,而且妈妈认为我是家中独子,能回佛山读中专也不错,毕业后留在佛山工作,可以回归家庭,一家团圆。

不!我不要报读中专,那不是我的理想。太阳明天会照常升起,照亮这山谷,照亮这山谷的人,我要映出更亮的光来证明自己。这次未被录取也许有填报志愿不当和档案送递拖延等原因,但也说明自己还不够优秀,未被第一志愿录取。这次我成绩是公社前三名,下次我要考到全县前三名。我暗暗发誓。我就不信我进不了大学的校门。

调整心绪后,我检讨了自己,近日复习放松了,认为7级上了重点线肯定会被录取,就没有了压力,是该加压了。

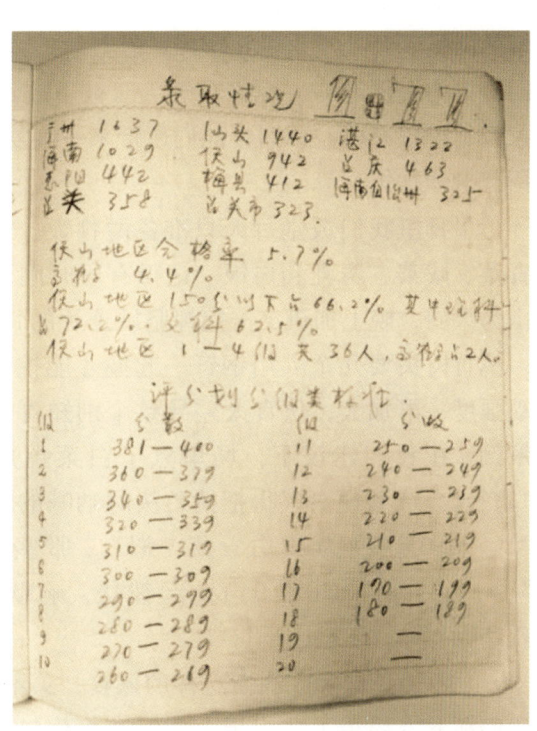

1977年广东省高考53万人,仅录取了8千多人

1978年的考试时间安排在7月,这时也只剩下4个多月的备考时间,但总没有1977年高考那么匆忙了。现在仍是春天,我应以"愿与梅花俱自新"的姿态,尽早调整好复习计划,播下勤奋的种子,"莫待秋来斗无

情"。要更好地领悟"怠倦者不及"这个平凡而深奥的道理，要从碎布烂麻中，结出一条登山的粗绳来!

3月底，又传闻广州几所高校要扩招，便写了一封信给招生办，得到的答复是4月8—12日可填表申报走读生，但要证明广州有住宿的地方。

4月9日下午，场长榕叔送来一小纸条，说凭条11号到县城招生办报到。我内心的死灰又复燃了，以为走读有消息了，希望又现在前方。可到了招生办才知道，佛山技工学校复办了，通知我们这些高考入围未被录取的考生可以优先选择入读。每一次新的消息都像一个梦，醒来却是一场空。

4月26日，走读生一事尚无声息，连日阴雨，加上果场里的一些闲杂事，使人更加烦闷。在下饭堂过小桥时，正好见一枯叶落入溪水中随流而去，眨眼不见踪影，不禁感叹，在潮流涌挟下，人若无力控制自己，便只能随波逐流而去，前面遇到的也不知是什么。

"五一"节过了，仍无任何消息，终于死心了。

1977年高考，我们果场5个入围考生无一录取，而附近营顶茶场3个入围考生全部入读。有人说我们果场入口路边有一个小坟场，风水不好，我是不信的。

### 柳暗、花明

5月下旬，场里鉴于考生多次提出的意见，也为表示支持国策，终于同意联系公社中学的两位老师抽空来讲几次课，教数学的是李老师，讲物理的是钟老师，他俩原来都是江门一中的资深老师，反"右倾"时被下放到这山乡学校任教。他俩上课讲的复习内容大家都觉得很有收益，而且他们还带来一些复习资料供我们抄用。我们都很感恩，想着怎样招待老师吃饭。

平日里我们饭堂每天只准备两顿饭，通常是青菜、咸菜、腐乳和白饭。记得有段时间改造竹山为果园，晚上加班突击挖掉坚硬连片的竹树头，一丛竹树头要几个人用钢钎一起撬才能挖起，劳动强度一再加大，伙食太差导致个别知青低血糖晕倒。在我们建议下，场里煮了白菜粥加餐作"宵夜"，大家便高兴得把撬竹头时呐喊的号子声"1、2、3"改为"白、菜、粥"。那些夜晚，"白、菜、粥"的号子声此起彼伏，响彻山谷，震荡人心。

总不能让老师吃我们这样的伙食，买不到肉，我们私下凑钱买了些鸡蛋，请饭堂煎荷包蛋给老师加菜，为此饭堂还有员工有意见，说不应该搞特殊化。我们也不好说什么。

离7月考试的时间愈来愈近了，前段时间招

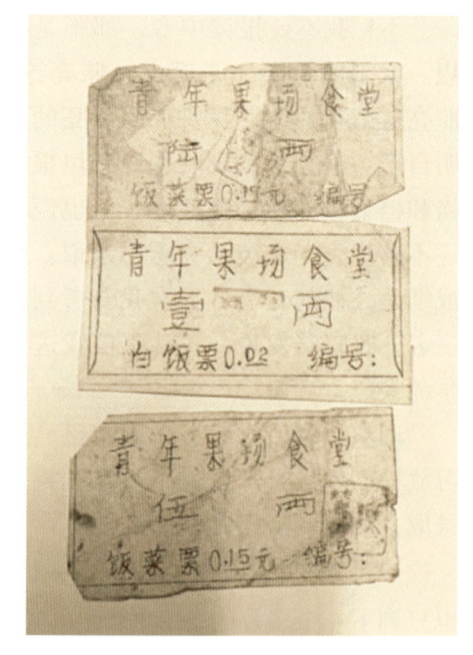

当年知青果场饭菜票

兵、招工、招生走了一部分人，1977年停止了上山下乡运动，这年没有新知青来，剩下的人工作更繁重了，又要干活又要复习，很难兼顾。有个别知青无故旷工，也有的借口有病请假，只为多点时间复习。在田间休息大家围着抽水烟筒时，以往闲谈八卦的话题也变成有关考试复习的内容了。

我是苗圃组组长，又是连续两年的先进工作者，那奖状既是鼓励也是鞭子，干活自觉要积极带头，内心也认为既然还没有离开，就有责任做好本职工作。这样复习的时间就少了。下大雨是我最开心的时候，可以停工回宿舍，又可以复习了。

由于我上年考的成绩最好，自然成为高考复习带头人，大家有什么数理化难题都来问我，我解不了的再去找李老师和钟老师，虽然这样也对我的复习有帮助，但自我安排的时间就又更少了。

7月2日，场领导召集我们几个组长开会，说经研究同意安排早上考生复习备考，不用出工，但下午须提早一小时开工，到16日开始全天放假复习。我们终于能有多点时间复习了，但时间实际也所剩无几了，考试时间已通知是7月20—22日三天，这次是全国统一命题，闭卷考试。

会后带队干部单独找我谈话，告诫我说："现在是考验时期，你刚入团，要时刻注意影响，各方面要带好头。"我自然明白，入学申请表和个人档案都必须有场领导的审批和鉴定的。

7月20日，上午一进入考场，心就怦怦乱跳，也许今年志在必得，心情更加紧张。拿政治科试卷时，手也不自觉发抖。还好，政治试题很快答完了，时间还有多余。下午考物理，时间安排得不好，前面做题怕错，过于细致，用时过多，到后面发觉时间不够，便匆匆解题，自觉多有错漏，但也无可奈何。

7月21日，上午考数学时头痛，考得很不理想。下午考化学很顺利，感觉得心应手，分数应较高。

7月22日，上午考语文还算顺利。下午考英语就随便应付了，我知道自己英语基础很差，但这次英语不计入总分，只做参考。

终于考完了，这时我记起了诗人郭小川的诗句，"呵，多么长久的艰巨劳动，才能接来一次美好的出钢时候……"而我这次会不会出废钢呢？

正确的思维方法，丰富的想象能力，熟练的计算技巧，这要求中学生达到的三项标准，我做到了吗？这次考试又是一次检验。

8月初，我请假回佛山探亲，其实主要是想回去打探消息。

回去的第三天，去地区第三招待所找到了参加物理改卷的钟老师，卷已改完，他透露了一些改卷情况，说普遍考得很差，整个高鹤（当时高明、鹤山合并）县物理卷只有21个考生及格，90分以上仅一人，其余均不超过80分，考生基础真是差啊。听到这结果，我顿时脸红，内心很觉惭愧。

过了几天，听说内部可查分了，便到小东家里打探情况，他父亲是教育局局长。小东说已托人查过分数，还是我考得最好，考到4级，他们有几个6级。但又说我的数学只有28分，当时懵了，虽然我数学考得不好，但也不至于这么低分吧。

又过了两天，副场长阿凡来告诉我，经再查明，我数学是52分，总分352，那个28分是他的。我的心终于安定了些。

该回果场了。回到果场不久，便收到了通知，我这次考到四级，总分355.5分，其中政治65分、语文73.5分、数学52分、物理75分、化学90分。两天后又要到县城体检。

我提前一天到了县城，下午没事到街上逛逛，走到教育局门前看到一大群人挤在大门边的公告栏前，我便好奇地走过去，挤进去看到是一张大红榜，公示了全高鹤县这次高考的入围名单，我的名字赫然排在第二位。榜上没有具体分数，只按分级公示，在顶部只有我们3名考生名字列在4级里，那是这次全县考得最高分的3个幸运儿，我立下的誓实现了。

"喧喧车马欲朝天，人探东堂榜已悬"，我隐约记起这两句唐诗。

得意洋洋的心情刚浮起，忽然就想到1977年高考录取的结局，内心又开始忐忑不安。今年不会历史重演吧？我心中默默祈祷。

鉴于1977年的高考教训，这次填报志愿我只报读广东省内的大学，重点大学第一志愿是中山大学激光、半导体物理专业，第二志愿是华南工学院无线电、力学专业，第三志愿是华南工学院自控、机械制造专业。一般院校只报了广东矿冶学院工业自动化和华南师范学院物理系。

又经过了一段难熬的等待时间。

1978年9月的一天，我收到了一个黄褐色信皮的小信封，拆开是华南工学院的录取通知书，我一下子兴奋得原地跳了起来。我终于可以上大学了，而且是全国重点大学。

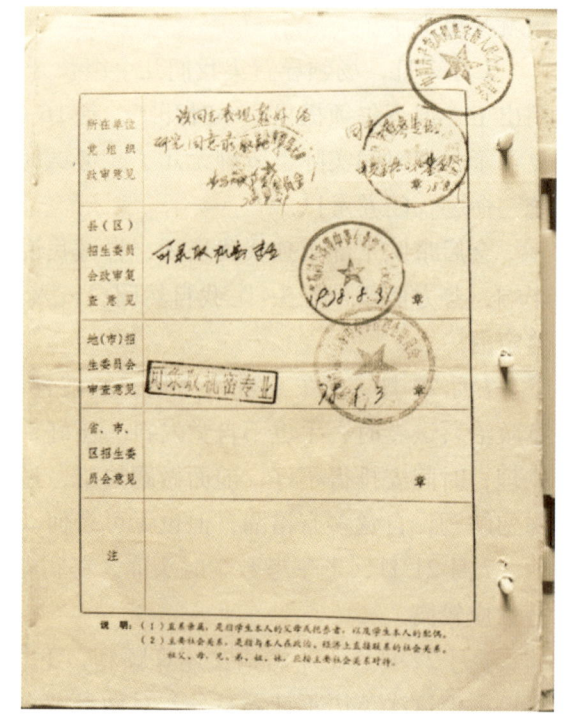

录取政审意见

兴奋过后，我又不禁黯然，随着一批批知青农友的离开，这挥洒过我们青春汗水和播种下希望的知青果场，前景是愈来愈黯淡了，但不管怎样，它是承载我们这一群知青的方舟，已安全载着我们驶过了一段特别的航程。

曾经，烈日下一起挥锄舞铲，开山，劈岭，引水造园；寒风里一起浇肥打药，种收拣扛，接枝剪叶；工余时高谈阔论，嘻笑怒骂，拉扯打架；水电站决堤时跳进洪流手挽手，以身挡水；邻村火灾，大家前赴后继，舍命扑火……

这一切，都即将成为过去，即将成为历史。但就像《红灯记》里的一段台词："有了这杯酒垫底，什么样的酒都能应付。"

就要离开了，这个我离开家庭进入社会独立生活的第一个地方。它使我真正认识了农民是什么，知青是什么，领导和群众，人情世故，诸如此类。

忽然有点不舍,感慨多多。又记起几天前看的辛弃疾故事和文学史,其中词句:"渡江天马南来,几人真是经纶手。长安父老,新亭风景,可怜依旧……"

## 幸运、新生

命运常会眷顾坚持努力的人,我也是幸运的,1977年、1978年高考,我们果场108名知青,仅我一人考进大学。我高中班里50多人,也只有两人成为大学生。

1978年10月5号上午,我带着简单的行李,坐顺风车到广州人民南路停了一会儿后就转到了华南工学院报到,我是基础部力学师资班新生。

这是我离开家里独立生活的第二个地方,全新的环境,全新的伙伴,全新的要求。新生,一切都将重新开始。

在我过往的经历中,佛山地区政府大院是我见过的最大府院了。但一进入华南工学院,才知道校园有3000多亩之大!真有点刘姥姥初进大观园的感觉。

学院方方正正的大门顶上"华南工学院"五个大字鲜红醒目,左边门墙是更大的4个红字"团结紧张",右边门墙是"严肃活泼"。这八字方针是毛主席当年为中国人民抗日军政大学制定的校训,作为优良传统被广泛用于教育行业以作为训诫或指导。

华南工学院正门

走过校门楼,宽阔的大道两旁绿树成荫,有高耸挺拔的桉树,伞形伸展的仁仁树(南洋楹,我一直把它与凤凰木混淆)、满地落针的木麻黄、一枝独秀的大王椰子树、绿叶婆娑的绿芒果树、枝干脱皮露骨的脱皮树(白千层)等等,各种树木令人赏心悦目。

在绿树的掩映中,入大门后右侧是学院的图书馆,门前4根粗大的圆柱撑起两三层高的门面,庄重大气。正门入口是一层楼高的宽大步级,使我联想到"好好学习,天天向上"的毛主席语录。

再往前走，是一个宽阔的广场，广场前面耸立着雄伟的1号教学楼，是我当时见过的最长建筑物，目测长度150米左右，有4层楼高。我当时就在想，这么大的教学楼，找课室会不会很难找？

在1号楼左侧道路向下走三两百米，便到了东湖的西端，再往北走百多米，左侧就是我们男生的临时宿舍11号楼。听说11号楼原来是用作实验室用的，由于恢复高考招生人数增多，学生宿舍未能及时调整安排，我们就被安排先住进这些大房间里，二十几张两层"碌架床"在长方形的房间排列成几行，几十人陆续报到搬进各自对应的床铺。这里的住宿条件不

当年的日记本

是我想象中的大学宿舍，比知青场的条件还差，我有点失落感。但迅即我便在内心告诫自己，我是来读书的，不是来享受的。

到学院的第一天晚上，也许逛了半个学院也累了，在大通铺似的宿舍床上看了一会儿书就安然进入梦乡。

10月的五山晨风真凉，还不到5点就把我冻醒了，又或许是陌生床睡不踏实，我起来看了一会儿书就走出去跑步。

下了宿舍楼转个弯，就到了长方形的东湖边上，早上跑步的人真不少啊，正是"莫道君行早，更有早行人"。我融入了围着东湖跑步的人群中。

晨风中，东湖水波荡漾，粼光熠熠，湖边参天古树下一排小柳树柔软的垂枝随风翩翩起舞，给人带来一丝丝碧绿的凉意。湖两边都是斗拱飞檐、红砖绿瓦的仿古建筑，形态优美含蓄，好像内里都藏着无数我们要探究的知识……

入学前跑步锻炼少了，绕东湖一圈仅八九百米，我已觉有点气喘，脚步也慢了下来，一拨拨人从我身边越过，我向西慢跑着转到了西湖边上。西湖比东湖更大，呈不规则长条形状，湖中从北岸边延伸出一个小半岛，岛上有一小片挺拔的水杉树和其他杂色树，相距不远有一条曲廊连着一个小凉亭。早上的湖面水波潋滟，凉风锁住了水面淡淡的雾气，远远望去，小岛和凉亭在湖面若飘若立，令人心悦神怡，我不禁驻足痴望。

太阳出来了，这红彤彤的火球是多么的灿耀，早上的太阳，大有希望。我在华工校园的第一个早晨，就这样在晨光中开始了。10点多，我坐上校门边上的22号车，计划去北京路科技书店买些书，车上有几个讲"阿拉"的新生（上海人），不熟悉广州城区，想去买点生活用品，与司机语言沟通也有点困难，我就主动提出可带他们去想去的地方，虽然耽误了我一点时间，但我觉得能帮人就帮是本分，也由此认识一个化工系的上海同学高岚。

下午回到学院，傍晚饭后在东湖边与同班的两个小兄弟杨同学、黄同学坐在石凳上闲

聊。他俩一个来自台山县，一个来自海丰县，都是以高一学生的身份考进来的，年纪较小，之前也没有出过远门，我想我应该多关心帮助他们。虽然我也是新生，但毕竟比他们大三四岁，算是兄长，也在社会上历练了几年。我信奉"我为人人，人人为我"的处世观，当然，能自我把握的只能是"我为人人"。

10月9日上午举行了开学典礼，介绍了学院领导，学院党委副书记讲话对新生提了几个要求：①要积极投入揭批"四人帮"的运动中去；②要又红又专；③树雄心，立壮志；④养成良好风格，培养良好的道德观念；⑤搞好团结。最后希望我们勤奋学习、思想猛进。

第二天上午，副院长冯秉铨教授讲话，讲得生动感人。他以自己的亲身经历和感受告诉我们，中国人最聪明，要树立自信心。他举了个例子，说他在美国哈佛大学任教期间，班上有5个中国学生，而后来在美国发明和创办了"王安电脑"的王安是当时其中成绩最差的那一个。冯教授又提到他参加了3月份召开的全国科学大会，大会鼓励科研创新，科学的春天到来了。冯教授要求我们刻苦学习，树立为"四化"学习的思想，掌握正确的学习方法，锻炼身体，在20世纪末把历史赋予我们的重任担起来。一再强调主要的是开放思维、学习方法。

两个下午都是分组讨论领导讲话精神，我被指定主持一个组讨论，由于大家还不熟悉，很多年纪小的同学怯生生的，不说话，讨论会遭遇冷场，只有我和刘同学、李兄、魏同学几位较年长的相继发言多点。

正式上课了，第一天只有数学和体育课。教我们高等数学的是卢老师，他当时只是讲师，但课讲得很好，条理清楚，逻辑分明，不多废话。他讲课时一副腼腆的样子，常常侧脸向着我们，头微微低垂，眼睛看着黑板或地上，好像总是沉醉在他的数学海洋里。

同学们也前后陆续到校报到，班里一共到了46个男生和6位女生，合计52人，广州市的同学有32个，而其中华工、华农子弟有11位之多。不久，又转来了一位娇小玲珑的女生小胡，据说也是华工子弟，6朵金花就变成了7朵。全班总人数53人，比较学院其他多数专业30多人一班，我们是少有的大班。

除了广州同学外，其他同学来自广东省各个地区——佛山、湛江、肇庆、韶关、汕头、海南，都是当地考生中的佼佼者，有些是县、市里的高考状元，有些入学前父老乡亲敲锣打鼓十里相送。刚刚踏入广东省工科唯一的重点大学，大部分人充满激情，雄心勃勃。

相对而言，广州同学自我感觉更好一些，他们离家近，有地缘和社会关系优势，而且中学教育基础较好，见闻也更广一些。入学时我19岁，已当了3年多知青。其他同学的年龄相差很大，年纪最大的30岁，已踏入社会工作逾10年，而最小的才15岁，高中还未读完。同学性格也各异，张扬外向、孤僻腼腆、稳重平和、老实巴交、圆滑老练、慢条斯理、小气易怒、敏感多愁、执着较真、调皮捣蛋……各种性格的同学都有。但有一点是一致的，就是大家都很珍惜难得的大学学习机会，如饥似渴，暗中比劲，学习都很认真刻苦。

## 三点、锐角

第一个学期有五门课，分别是工业英语、体育、中共党史、高等数学和化学。时隔多年重返课室，明显感觉学习压力比中学时大多了，除了上课要认真听讲外，下课后需要更多的自学及做习题才能赶得上，生活基本上是三点连线，宿舍—课室—饭堂，不断循环。从几何学看，三点连线即可形成一个稳定闭合三角形，而其中至少两个内角为锐角——进取的形状。

每天下课后或饭后，都匆匆忙忙去找自习课室或去图书馆阅览室抢占位置自习，一般晚上10点多才回宿舍。

在那几门课里，我的体育是靠本能和往日的锻炼应付，中共党史就死记硬背，高等数学和化学由于中学的基础浅薄，学好不容易。英语更不用说了，几乎零基础，几十个数字单词和星期一至星期天七个单词都记不全。但我渐渐了解到，我们班里是藏龙卧虎，有些同学在某些科目超前很多。有人感到压力很大，我却认为这正好给我提供了良好的外部氛围，除老师外，我常向能力强的同学请教作业中的难题，交流讨论使自己学得更全面和扎实，讨论中确认自己正确时又能增强自信心。我要求自己的学习目的不是跟别人比，而是充实自己，让自己有足够的知识和才华撑起理想。成绩排名那是努力后的自然结果，不必过于纠结。

宿舍隔壁床的李兄是印尼归侨，入学前在海南岛当老师，精通英语，有时我向他请教学好英语的方法，却发现无从模仿，印尼英语相当普及，李兄十几岁才回中国，自小便有"童子功"。有天李兄夸口说我的袖珍英语词典里随便抽一个单词他都会，我便随意翻页找了两个单词，李兄都随口译出，但我成心要刺激他一下，就打赌说下一个找的单词一定可以难倒他。然后我翻来翻去选了一个生长于西双版纳植物的学名，字母挺多的一个冷僻名词，果然，李兄想了一会儿还是译不出来，但他依据构词法猜说那应是一种植物。哈哈，也算对了一半。

课后自习找地方是那时的难点，77级、78级这么多学生，且大都是如饥似渴、自觉学习的，学院的课后晚间自习地方就明显很缺乏了。后勤工作未能及时跟上，除图书馆阅览室外，其他晚上开放自习的课室很有限，我们的大通铺宿舍根本不具备自习条件，同学们去找自习地方通常都走好几个地方才能找到。为了有位置自习，有的同学下了课先去自习课室用书本、书包，甚至报纸包裹的红砖，放在座位上占位；有的则一对一互相帮助，一人先去占位，一人负责去饭堂打饭拿到自习课室吃；有的找到不开放的黑暗课室，不顾危险，用自带电线偷接上各式台灯，创造条件自习……

刚适应了重返课堂的学习，社会活动又多起来了，接着几个周末都被邀回佛山市，市团委和红代会组织我们这些考入重点大学的同学开交流会、与招工回佛山的一帮农友相约聚会，互贺和交流学习资料。能考上重点大学的人太少，回去总有众星捧月的感觉，有点飘飘然。

基础部也开始要重组新的学生分会，我与班里的其他学生代表到部里参加组织会议，会议宣布解散上学期的临时学生分会，重新组织新的学生会。陈老师代表部里宣读新的学生会委员候选人名单,开始叫到其他班的几个候选人以为是每个班一个人,我便想,我们班肯定是老李同学,他是班长又是党员。果然,一会就听到读出他的名字。但出乎意料,到了最后,我的名字竟然也出现了。经过无记名投票,9个候选人全部当选,会后当选委员留下,商量一下,便分好了工作,我担任生活委员,并约定下一星期再碰头开会,商量具体工作。

被选进部里学生会,开会自然会占用时间,特别是担任生活委员,繁琐的工作挺多。不久,我又作为学生代表参加学院学代会。这又使我愕然,班里有好多年长的同学,党员也有几个,为什么是我?但想想这可以锻炼自己的工作能力,也能为同学们做点事,何乐而不为呢?虽然会占用学习时间,但时间挤一挤还是有的嘛。

时光飞逝,很快就到第一学期期末了,工业英语、体育、中共党史3个科目不按百分制考试,只是考查,我顺利通过了。高等数学这次是全校摸底统考,我得了90

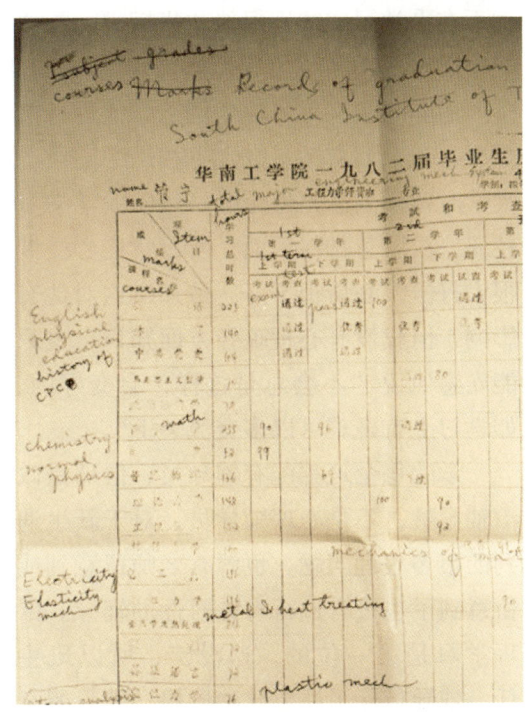

毕业成绩表

分。化学考卷发回时评分是89分,但我复检后发现其中一道占10分的题我没有做错,只是与老师课堂上讲的方法不同。于是我就找化学老师讨论做这道题的不同方法,证明我没有做错,最后老师同意了我的意见,更改了评分,由89分改为99分。这一次经历,增强了我学习的自信心和批判性思维,也让我佩服老师开放、包容的胸襟。

我在华工的第一个学期就这样结束了,考试取得不错的成绩,学生会工作也得到好评,身体也由于坚持长跑和打羽毛球保持得不错。自我评价"又红又专",太顺利了。

第二学期开始了,在上学期末基础部拆解,我们力学师资班归属数学力学系。

经过一个学期的共同生活,同学们都彼此熟悉起来,特别是我们住学院宿舍的学生,就像一个大家庭。大家学习上相互交流,生活上互相帮助,有共同兴趣的也会抽时间一同进行打球、游泳、打太极拳、打牌、下棋等活动。

周末没课的自由时间,大宿舍也时常响起口琴、手风琴和小提琴的琴声。很多同学多才多艺,音乐素养不低。悠扬的琴声里时有苏联歌曲的旋律,《喀秋莎》《山楂树》《莫斯科郊外的晚上》《红莓花儿开》《小路》……这些也是我们知青时期流行传唱的歌曲,听到时感到亲切,勾起回忆,有时也会随着琴声哼唱起来。

渐渐地同学之间的学习能力也开始分出了差距,性格差异也造成了一些矛盾冲突。有的同学考试成绩优异,志得意满,傲气张扬;个别同学成绩不佳,自尊受损,心灰意冷;还有的同学不在意考试成绩,我行我素,按自己的意愿分配学习时间和进行其他活动。

某天傍晚饭前在东湖边散步,碰到翁同学,坐在湖边石凳聊了起来,从人与环境到哲学、观察与反应等杂议一通，发觉很多观点我们是一致的，这使我很愉快，发觉多了一个在学习课程外可以高谈阔论的朋友。翁同学在我班也被视为一个"怪人"，他经常缺课，也不在乎学习成绩，但他才华横溢，画功了得，琴艺高超，思维反应敏捷，多才多艺，还醉心研究气功和"治疗无病之病"。也许他进工学院并非自愿，其志不在此。

而陈同学又是另一个例子，他近日情绪很低落，和我聊天时翻出一叠照片，都是彩旗飘飘，乡亲们敲锣打鼓十里相送的记录。他曾是县广播站的通讯员、学习尖子，考入重点大学时踌躇满志，但历经一年的大学学习，相比很多同学才知自己基础较差，考试能力也较弱，成绩总排在后面，所以自信心受到很大打击，心情很不好。虽知道这对他有影响，但我没有心理疏导方面知识，也只能安慰他说"不会总是这样，会变好的，如学习上有疑难可以多交流一下"。

学院每个班都配有辅导员，但那是政治辅导员，不是心理辅导员，对于新生遇到的很多心理问题，也鲜有老师留意到或留意到了也没有进行有针对性的辅导。课程学习是第一位的，这没错，所以班主任、辅导员除了注意政治思想，就只留意学习成绩。

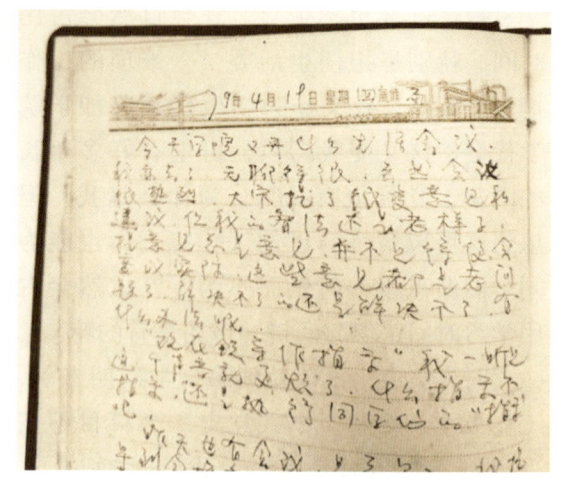

我的1979年日记的一页

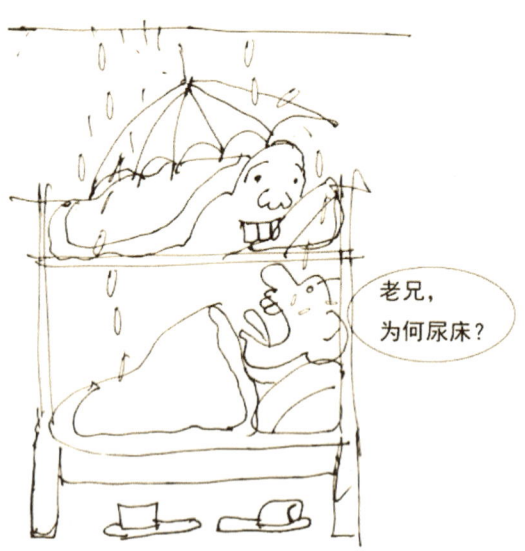

小勇插图

每晚去找位置自习经常要走几个地方才能找到，这样白白浪费了不少时间。有段时间，我发现在通往天台的楼梯平台上有一个小隔间阁楼，是清洁工平时用来放置扫帚等清洁工具的，平日里我有时帮忙打扫一下楼梯，跟清洁工熟悉了，便提出能否让我们使用小阁楼作自习用途，我会协助搞好卫生。清洁工同意了，给了我一条钥匙，从此，我把不多的几件清洁工具摆好在一角，搬了几张椅子进去，小阁楼便成了我和吕同学、袁同学的自习小空间。虽然条件没有图书馆、自习教室好，但位置得到了保证，不用跑来跑去浪费时间，也相对安静，这地方我们使用了相当长一段时间。

在2号楼（学院行政办公楼）南面广场的黑板报是学生会发表意见的园地，有一幅漫画格外逗人，但清晰表达了宿舍屋顶漏水的问题，给人印象深刻。

另一个深刻的记忆是冲凉房的歌声。我们很多男生经常没有热水洗澡，在大冬天洗澡，打开花洒，淋到冷水那一瞬间，光身子一哆嗦，会不自禁放声高歌或高叫，这样能促进血液循环，抵御寒冷。这些声音有的高亢悦耳，有的走音如鸡叫，在冲凉房随着青春躯体冒起的热气向外飘散，绕楼回响。

初夏到了，天气开始转热，我们的大宿舍是在顶层楼，每天太阳照射了一天的屋面板吸收了太阳能，热得烫人。根据能量守恒定律，到晚间天气稍为降温时热能又释放出来，整个大房间非常闷热。宿舍大楼旁边草木茂盛，蚊虫滋生，打开窗户通风时又飞进很多蚊子和小飞虫。据说咬人的蚊子都是母蚊子，一群血气方刚的大小伙子正是蚊子的最爱，它们纷纷扑上来伸出长长的小嘴，给小伙子们脸上、手上和腿上留下一个个红色印记。想偷点懒不去自习课室和图书馆留在宿舍楼自习也是难以坚持了。

又开始去图书馆和自习课室抢位置。还好，学院晚上可自习的课室多开放了一些。

数学科目我们班的要求比其他专业要高（除了数学班），学完高等数学课本后，又要学数学分析，我和很多同学都买了吉米多维奇著的《数学分析习题集》，这书差不多两英寸厚，我准备把它全部做完。

也许天气的炎热影响了我的思维，那段时间脑海常常不得平静，专心不了，经常杂乱地思索着问题。有时脑海像录像机和录音机，总是浮起过去的经历和回响过去的声音。回佛山与中学同学、农友一起活动时也受到影响，开始思考以后的职业规划和生活规划，思想杂念多了，学习就不可能专心。

我这个生活委员就是同学们的勤务兵，每个月都要登记发放全班50多人的饭菜票、热水票，给合资格的同学发放"人民助学金"。甚至校徽都要一一发至每个同学手上，周末也会给留校的同学剪个头发……虽然我乐于为同学们服务，也由此得到同学们更多的友谊和支持而获得满足感，但也因此花费了自己的学习时间和精力，多少对学习有些影响。

很快又到了7月期末考试了，由于思想混乱，物理科考试时浑浑噩噩的，居然一边看试卷还一边想别的事情，待做到后面的题时才发现时间不够了，赶紧急急忙忙做完，感觉有点不对，但也没时间改正了。时间到了，只好交卷，自己知道这次糟了。

物理考砸了把我刺激醒了，考高等数学时打足了十二分精神，顺利做完所有题后还有时间复核检查，确保无错漏才交了卷子。结果是意料之中的事，物理只得69分，而高等数学是96分。

大学第一年结束了，由于物理考砸了，拉低了我所有考试科目的平均分，只有88.5分，即使我积极做好学生会干部的工作，体育考查也以优秀成绩通过，但也无缘评上"三好学生"，因为"三好学生"的考试平均成绩须90分以上。

1979年的这个学期也是国际形势和国内形势变化颇大的一年，元旦时中美正式建交，随后邓小平访美，正式拉开了中西方大交流的序幕，自由思潮和科技文化相拥而至。2月到3月，我国对越南进行了自卫反击战，一个月内长驱直入又迅速撤出，我有好几个中学同学和农友参战，历经生死。中央决定平反历届运动中的"冤、假、错"案，落实各项政策，为四类分子摘帽；设立深圳、珠海、汕头、厦门4个经济特区，开始探索改革开放的新道路。

学院学生会也开始了涉外交流，香港理工学院和香港浸会学院学生会组织部分成员到华工交流联谊，也打开了我们窥探外部世界的一个窗户。在联谊交流中浸会学院的一名学生会干部送给我一本小册子，悄声对我说："你好好读这本小册子，有不懂的问题写信问我。"我翻了几页看明白是宣传基督教的小册子，他真是一个虔诚的基督教徒，随时不忘"传播主的荣光"，只可惜遇到我这个坚定的唯物主义者。

大学生活的头一年过去了，思想经历了一段时间的波动，逐渐趋于稳定和成熟。学习方法也初步适应了以自觉学习为主的大学模式。

## 东六、西五

终于可以搬到正式的宿舍楼了，我们班男生和数学78级男生同被安排到了东六宿舍四楼。

东六宿舍坐落于东湖的东南角南边，每层平面是一个东西向长方形，中间是内走廊，南北两边分别是隔成单间的房间，每间房摆放4张两层"碌架床"，每层有公共卫生间和大浴室，相对原来的大通铺，住宿条件好了一些。我被分配住在北边的一间，在冬天开窗北风会冷一些，但能看到东湖和建筑红楼，窗外景色不错。

女生仍住在西五宿舍，靠近西湖的东南端。据说西五宿舍的混凝土楼板内没有钢筋，是用竹筋代替的，有时我们也瞎操心，担心西五的楼板会不会开裂塌下来。

学习仍一如既往地紧张，每天早早就醒来，不用闹钟，叫醒我起床的是学习压力和责任。

同时，一大早就有炒沙河粉卖早餐的在东六楼下叫卖。那卖炒粉的个体摊主是个年轻男子，戴着深度的近视眼镜，一侧眼镜腿与镜片框接合处缠着沾满污渍的白色胶布，他推着大篷车，车上安置了炉台，旁边放着湿湿的沙河粉和备好的酱料、配料。

每有人点买，他必用木杆秤称好粉的分量才倒入碗中，"多除少补"，有点理工男的精确和执着。常见锅里的油烧得滚热着起火来他才把粉和酱配料倒进去炒，一瞬间油水混爆，噼里啪啦，香气四溢，诱得旁人口腔内溢满口水。他解释这种"镬气十足"（火候足）是一种焦化反应，化工上叫美拉德反应（非酶褐变现象），看来在工学院里摆摊也得有点学术知识。

在卖炒粉的同时，他声称证明了牛顿第二定律是错的，叫板学院老师要求辩论。有一次还在东湖边用自制的烟花火箭做实验示范，差点引起火灾。有人说他因未能考进大学受挫后精神有点问题，但我们觉得他那执着的自学钻研精神值得学习。

在数学家陈景润的影响下，大家学数学的热情越来越高，但数学是越学越难，有时我们同学做课外题证明不一致,互相讨论无果,急起来就直接去教工宿舍找卢老师讨教。

卢老师住的教工宿舍与我们东六相似,也是一条内廊两边房间,卢老师一家自住一间房。不同的是走廊上摆满了生活杂物,木架子、铁架子到处都是,还有炉台和锅盆在上面,看到老师们的住宿条件,我心里既佩服又有点伤感,再也不敢抱怨学生的住宿环境了。

我与班上的华工子弟关系不错,周末有时会一同学习或到他们家串串门,偶尔还能蹭顿饭。他们的家长都是资历较老的教授和行政干部,住单层别墅和多层单元房,条件还不错。只是中青年讲师和助教住的集体宿舍楼条件太差,据说是因扩招增加了很多新教工,一时设施条件跟不上。

我的宿舍有两个华工子弟,他俩基本不住宿舍,故此相对室内人少安静一些,偶尔还能在宿舍学习。我喜欢植物,种了云竹和满天星等几种小盆栽放在窗台上,倒也多了几分生活气息。

翁同学住的房间就更"多姿多彩"了,床底下放了很多瓶瓶罐罐,培养红茶菌和一些别的东西,还养有乌龟。他把那间房叫作"无病之病研究所",还钻研气功,故同学们都改称他为"所长"。

有段时间我经常容易打喷嚏和流鼻水,出现类似感冒的症状。去医务室就诊,校医给开了些抗过敏药,对我说,这是过敏性鼻炎,以后毕业工作了就会好的。我问为什么,校医说,毕业后压力没那么大了,营养也跟上去了,自然就会好的。后来才了解到,人在压力下会不知不觉持续分泌较多的皮质醇,容易引起身体过敏症状。但毕业后压力就会减少吗?未可知也。

班委要重新选任了,课外便多了一些议论。新班委采用同学提名、全班同学无记名投票的民主选举方式选出。除了原班委成员自动成为候选人外,增加了几个提名候选人。

我并不太在意这次选举,心想选上了继续为同学们服务,选不上则正好有多点时间用于学习。选举投票那天,我有事要去饭堂联系工作,有意无意避开选举现场。待回到宿舍时,选举结果已出了,原班委成员有两人落选,选上了两个新成员。

这次票数最高的是林同学,得43票,他有点得意地说"这是民意"。我和余同学票数并列第二,同为41票。我仍做生活委员,余同学则任班长(原老李同学任系学生会和党组织领导,已不再兼任班长)。

其中一个原班委的落选使我感觉有点意外,他非常乐于助人,学习也很认真勤奋,但也许是平时说话太耿直了,会让人不太舒服。

几天后班主任周老师约我到她家里谈过一次话,说这次选举有点不正常,有些人搞小动作。她抱歉说教学工作太忙,对我关心不够,说有些同学对我有两点意见反映,一是去西五女生宿舍较多,二是近期这次人民助学金补助作为生活委员也给自己申请了。周老师劝说我不用急于谈恋爱,待高年级更成熟时谈较好。

周老师在家做教案准备工作也很忙,还要照顾两个小孩,我聊了一会儿就告辞离开了。一边走一边想"我真冤枉",去西五多是因为我是生活委员,经常需要送票证和收表格。在我这个年纪即使动春心也正常,但我对住西五的女同学真没有动过这方面心思,即便有这个意思，又妨碍了谁呢？学生守则里是有一条规定大学期间不准谈恋爱，但我班男女同学间的关系也太过疏远了，甚至有些男女同学一年里也没有互相说过一句话。至于申请补助金，我按要求如实填表，并无谎报，这是每一个同学的权利，是否是生活委员又有何关系呢？

我只好用一句名言来告诫自己，"有则改之，无则加勉"，也不去猜谁会对我有这些意见。有时候，别人误解你，不理解你，也不必去解释，也许会越描越黑，你只需继续做好你自己便是。

自学习惯形成后，觉得有些大课老师照本宣科，上课讲得枯燥无味，便开始悄悄旷课，自己看书自习做题。我认为老师是我们跋涉在学习路途中的拐棍，总有一天我们要离开拐棍独自前行。

课程科目开多了，学习更加紧张，为了早上多点时间预习，晨跑也不坚持了，生活基本上仍是三点连线，宿舍—饭堂—课室，不断循环。只是在下午饭前饭后，晚自习前的一小段空隙，有时在宿舍楼门前空地打打羽毛球，周末不上课时，则可以痛快地打久一点，大汗淋漓之后，可有效缓解学习的精神紧张。

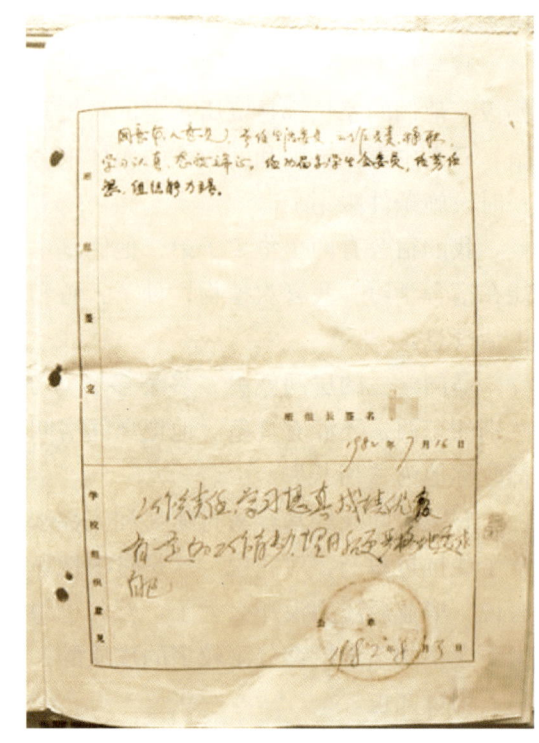

学院毕业组织鉴定

穷学生囊中羞涩，羽毛球经常打到羽毛全烂了才舍得扔掉，有时烂了几根羽毛的球用胶水粘插上其他烂球拆下来的羽毛，又变成一个好球继续打。

一个周日，我和李兄在宿舍窗前又聊起羽毛球，同时觉得附近没有一个好点的球场，在宿舍门楼前打球人进人出，互相干扰，建筑红楼前的泥地球场也很烂，我们商量后，觉得东六宿舍后面的空泥地是做羽毛球场的好地方。

说干就干，我和李兄测量过空地的尺寸满足做球场的条件后就想法借来了锄和铲等工具，再叫上宿舍里喜欢打羽毛球的魏同学和陈同学，一起挥锄舞铲，找平有点高低凹凸的原地面，捡走碎砖和小石头，碎砖还正好用来在球场的各个边线转角点嵌入土中做标记。后来又有一些同学加入帮忙，很快球场就基本成型了。

后来我回佛山在一建筑工地求人做了两个水管柱混凝土基墩，托顺风车运来学校，这样网柱也稳定了。这球场四周基本由建筑物挡着，风较静，是室外打羽毛球相对好的地方，我们好像有了一个私家球场，一直用到毕业（毕业后三十多年聚会回学校时，发现该球场仍在使用，不禁感叹）。

又努力了一年，总体成绩还不错，各考查科目顺利通过，考试科目除了马克思主义哲学考了80分外，工程数学、理论力学均在90分以上，使我意外惊喜的是英语我居然考了

100 分，那当然是死记硬背和有点运气的结果，我自知自己的英语水平很差，也因此体会到大学的考试成绩并不总是能准确反映考试者的真实水平。

考完试可以轻松一下了，同学们有时相约去华南师范学院串串门，看个电影。吕同学在外国语学院有中学同学，能带我们去看外国（外语教学）影片，也算是开了洋荤。这两所院校的电影放映都比我们工学院多，影片类型也多一些。况且，工学院男生占比例太多，到这两个学院能见到更多的靓女（漂亮女生）。

### 素纸、征帆

毕业分配是很多同学的焦虑时刻。入学时我们都以为师资班是为培养留校师资而设立的，但变化比计划还快，分配方案出台时却发现基本上是"哪里来，哪里去"。即广州的同学都留在广州，外地的同学除了几个成绩特别好的留校任教外，基本上是分配回原籍地。

早在 6 月份，我计算了入学以来总共 17 次记分考试的平均成绩为 89.3 分，虽不算差，但也不是最好的。在完成了毕业论文答辩后等待分配方案时，获知留校名额很少，已自觉留校无望，又经历了感情的挫折，便以"大丈夫四海为家"自我安慰，也动了心思"远走高飞"。

在校等待期间，宿舍窗户有时传出《红河谷》的幽怨调子，有时响起"年轻的朋友来相会"等激情四射的歌声。惆怅间，我学着按"江城子"词牌，填词作了一首"毕业抒怀"："几年窗下度清寒，望墙外，意阑珊。漫漫书海，素纸造征帆。备就神舟心跃跃，迎早日，欲启航。说时容易做时难，野苍苍，水茫茫。为索真谛，岂自较西南？少壮胸怀高远志，思奋进，振东寰。"

写完向院刊投了稿，竟被采用了，团委书记廖军文约我面谈，指出我第二、三句意气消沉，建议改为"望河山，志如钢"较好。我觉得没必要向他解释我填词时的内心状态，也觉得改成这样更有气势，有革命精神，也就同意了。改动后刊登在院刊 6 月号。

那时段看不进书，买了一本《量子力学》也看不明白，便利用这段时间看些文学期刊和无线电杂志，其中看到一张 FM 发射机线路图挺简单，就回家搜寻了一些中学留下来的电子器件，试着拼装了一台，用我的微型收录机做接收机，配成一对单向收发机，没想到在东六宿舍和东湖边试机时发现每次近距离开启发射机时，数学班宿舍的电视机屏幕就出现一片雪花，画面凌乱。本来一帮同学看足球正看得兴致勃勃，突然断开，便大呼小叫，有的叫着上天台检查天线，有的骂电

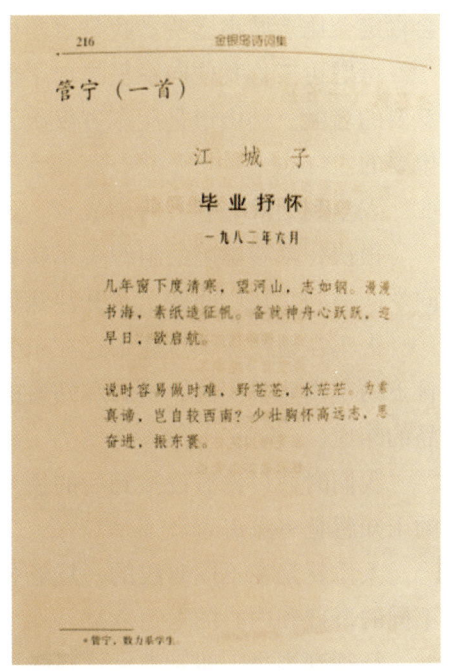

《毕业抒怀》在院刊发表

视台信号不好，却不知原因是我手中的小小的发射器。看到那雪花，有点小小恶作剧的快感，只是不敢持续太长时间。

在那期间，辅导员张老师曾征求我意见，"中国人民解放军第二炮兵工程学院"需要老师，说我的条件可以满足要求。但我考虑部队纪律严格约束，并不符合我自由闯荡的内心向往，便表态不予考虑。结果给我的分配指标是"回老家"，去佛山大学（筹建办）报到。

我并不想回到原点，虽然那样熟悉的地方路会好走一些，舒适一些。

分配过程又让我想起当知青时的春种抢插，播种在苗田的稻种已长成秧苗，可以铲起来投到各片大田里插秧种植了，当然，那些被投到肥田生长的秧苗是比较幸运的。但日后肯定就能丰收吗？我会被扔到山坑田吗？想到这些比喻，不禁觉得好笑。

有个陌生目的地的分配指标是没什么人感兴趣去争取的，那就是深圳市建工学校，共有3个名额。

深圳市原来是惠阳地区下辖的一个贫困县——宝安县在1979年改设的，1980年在其中的边防小镇设置中国的第一个"经济特区"，1981年升格为副省级市。由于是突然建起来的新城市，又要边防通行证才能进入，深圳对于绝大多数国人都是陌生的。

77级数学师资班的叶班长入学前是宝安县的一名教师，据说其父亲是宝安县的教育局局长，他已于半年前分配回深圳市工作了。叶班长待人热情、健谈，我们交往中也有谈及宝安县和深圳特区，但没有深入了解，只知道相比广州、佛山这些城市还是有很大差距，基础太差，边防管制也很严。

"一张白纸，没有负担，好写最新最美的文字，好画最新最美的画图。"伟人的这一段语录这时候给了我一些启发，一个新城市应很缺人才，因而也是最需要人才的地方，机会肯定会比老城市多些。我是否争取去深圳这个新生城市闯荡一下呢？

考虑再三，我便向系里提出了放弃回佛山市的名额，决定去深圳，接受那没什么人愿意要的名额。佛山市是广东省仅次于广州的城市，名额是好几个来自较落后县市的同学都想要的。

人生到处谁非客？所谓故乡，不过是前辈流浪的最后一站罢了。

很快，拿着学院的组织关系转移证明，办好了边防通行证，带着简单的行李，我和黄同学、翁同学在广州踏上了开往深圳的火车。

火车在通往深圳市途中还在东莞好几个小地方停站，车上大部分乘客是到东莞的，夏日下的车内非常闷热，坐着和站着的每个人都汗流浃背，车厢充塞着汗臭，夹杂着农副产品的味道。

我们时而讨论假设报到后的情景，对开启人生的又一段新旅程充满了憧憬，也对太多的未知感觉有点忐忑。

人生就是在不同时段的一场场相遇下展开的，相遇不同的地方，相遇不同的人，相遇不同的事件和内心的七情六欲。

行驶到半途，叫卖汽水饮料的声音唤起了我的口渴感，这时才感觉到咽喉干得火辣辣的。叫卖的饮料中有从未喝过的 Coca Cola（可口可乐），很想试一下是什么味道，一问价钱，一元一瓶，摸了一下口袋，囊中羞涩，咽下了冒出来的口水，买了3瓶国产沙示汽水，每人一瓶，三两口便喝完了，打嗝散发的二氧化碳带走体内部分热量，感觉凉快了一些。

快到深圳了，又被检查了一次边防通行证，可见特区人员流动管制还是很严格的，这又使我增多了一点紧张感。

到达后我们被接送到建设办报到，沿途所见多是粗略推平的红土场地和农田夹杂着工棚，报到处也是简陋得像工地工棚的临时办公室，办完报到手续后又被告知，我们的住宿安排还未确定，要临时住进市政府对面还没有竣工的住宅楼里。临时住处是一幢多层住宅的一楼，是处于临时停工等待下一道装修工序的状态。门窗都还没有安装，屋内墙壁和天花也还没有粉刷，裸露着批荡层的水泥暗灰色掺杂着黄泥土的暗红色。四周还散落着一些散包水泥、红砖和一盒用作弹灰线的红白粉笔，一根搭棚用的竹竿撑着红绿两条电线靠在墙角，支起一个照明灯泡。

把简单行李铺开到铁架床上，夜幕便已降临。折腾了一整天，也累了，虽然住宿是这种环境，但也沉沉进入了梦乡。

第二天天刚亮，便被附近"砰、砰……"的打桩声震醒了。到工棚讨了一瓶开水，就着干面包吃完了早餐，上午就坐在床上等待安排领导见面。等待中，翁同学捡起红粉笔，一阵龙飞凤舞，在裸露的墙壁上挥笔狂草，"大江东去，浪淘尽，千古风流人物。故垒西边，人道是，三国周郎赤壁。乱石穿空，惊涛拍岸，卷起千堆雪。江山如画，一时多少豪杰……"读着苏东坡的名句，我们三人也似乎有一股英雄之气充满胸间，有大干一番事业的冲动。

深圳市建工学校的高校长约我们在他螺岭的家里见了面，表达了他的欢迎，同时告诉我们一个比较突然的消息，说学校正在筹建，连他都还没有一个正规的办公室，暂时也还不需要那么多老师，而筹办中的建筑设计院则很缺人手，建设办要我们3个人中统筹两个去设计院，学校只留一个，要我们商量考虑一下。

回到住处后，我们3个都主动表了态，我和黄同学愿到设计院，翁同学则表示可留在建工学校，皆大欢喜。我和黄同学揶揄翁同学：肯定是在高校长家看上了他那漂亮的女儿啦！

一切都很临时和简陋，但过程都很顺利。建工学校和设计院都是建设办下属单位，所以也不用再办调动手续，我和黄同学就直接去建筑设计院了。我们二人到了设计院也是临时住在东门市场旁的一幢居民楼里，小小一个房间，还堆着图纸档案，旁边是设计办公室。

深圳市建筑设计院虽然在1982年3月已批复成立，但筹办过程中办公场所和人员都缺乏。设计院选址在黄贝岭村靠深南东路的北侧，办公楼和宿舍都在抢建中。人员基本班底是原宝安县建筑设计室编制人员，中专毕业的原室主任陈工是唯一的工程师，其余都是助理工程师。套用样板戏的台词，就是"只有十几个人，七八条枪"。

为了适应深圳火山爆发似的建设需求，好几个部属设计院也拉队在深圳驻点开展设计工作。在筹办中的深圳市建筑设计院，也有中航七院、武钢设计院等8个设计单位派人组

成的临时设计机构"深圳市联合设计工程公司",配合原宝安县建筑设计室应付繁重的设计任务。他们派来了建筑、结构、给排水和强弱电各种专业工程师,晒图室是由武钢设计院搬过来的,取代了原来效率低下的平板玻璃紫光灯晒图箱,他们的大型滚筒晒图机和操作人员一同到了深圳。

另外,中国建研院结构所高层规范编写组的几个骨干也驻在这里,正在起草拟定全国第一部高层建筑结构设计规范,在深圳各个设计单位调研和征询意见。

相对而言,这些临时支援特区建设的设计人员,都是各设计单位挑选出的专业水平较好的人才。我从中看到了学习机会,便主动地接触他们,经常向他们请教。由于我不是工业与民用建筑设计专业毕业的,有时提的问题很白痴,但不管问什么,他们对于一个虚心求教的小年轻,总会热情解答。

我心里只想一定要尽快进入角色。一个没有显赫背景的人,自然更明白没有什么救世主和神仙会来帮助自己,心底总会有不安全感和相随的自卑,虽然害怕失败,但表面常表现出满满的自信心,也渴望通过努力得以成功来证明自我。

### 势能、动能

在东门居民楼暂住了不久,位于黄贝岭村的设计院集体宿舍楼建好了,我们就搬过去住进了新居。集体宿舍楼是一幢长条形的五层建筑,平面布置为单边走廊并列分间,南端是公共卫浴间和楼梯间;住宿条件和工学院的学生宿舍差不多,一个房间摆四张双层铁架床;四楼是女生宿舍,五楼是男生宿舍。我们四个单身汉住一间,除了同班的黄同学外,还有一个广东省建筑专科学校建筑学专业毕业的胡同学,一个从惠阳建筑公司调来的预算员朱仔。

4个小伙子身高身形差不多,经常一起进出,有些人就称我们为"四条汉子"。

由于办公楼还未竣工,宿舍楼的一、二、三层就成了临时设计室、办公室,上下班就是楼上楼下,倒也方便省时。

办公楼还未竣工,还没有集体饭堂,在晚饭时间,我们这帮单身汉在一楼的小房间厨房取了饭菜后,常跑上天台站着吃饭,一边吃,一边闲聊,一边看风景。从天台四面远眺,东面是深圳最高的梧桐山脉,延绵相连着香港新界山脉,山那边是海,梧桐山把罗湖与大鹏湾重重隔开,只有一条砂石公路盘山而上,绕过山岭才能到达海边。在盘山公路的入口莲塘村设有关卡,要有更高一级的特许边防通行证才能通过。南面是连片长着野草的荒废水田,是我们饭后散步捡田螺的地方。往西看,初具雏形的国贸大厦、罗湖大厦和南洋商业银行大厦耸立在一片工棚中,血色的夕阳在这几栋在建高层建筑之间慢慢沉下,天边的云像是被火烧起来,灰蓝色烧成火红色、紫色、橘红色、金黄色、色彩斑斓,变幻无穷。楼下边刚压好路基的深南大道向西延伸看不到尽头,好像通到绚丽的晚霞云海里了。往北看,是近在咫尺的黄贝岭小山头,红土坡上疏疏落落长着一些松树和杂树杂草。周边是那么荒凉,没有公园,没有球场,没有泳池,要消耗那青春的过剩体能只有早上跑步,那刚做好的路基是很好的跑道。在一个下大雨的周日,我们互相打赌冲进雨中,登上北面黄贝岭小山头,转了一圈湿淋淋地回来,互相傻傻地指着笑。

工业与民用建筑设计的几个课程我没有学过，如混凝土结构、砖石结构、钢结构、建筑施工、土力学、建筑材料、建筑学等。我必须尽快把这些缺课补上，于是托人在广州购买相关书籍，买不到的教材书就想办法借。晚上的办公室不像学院的自习课室限时关灯，通常晚上可以在办公室看书到12点才回宿舍休息。

深圳市建筑设计院宣布正式成立，暂定原宝安县设计室主任陈工任院长，顺德县设计室陈主任为副院长，另一个副院长是从内地一个大院调来的，两个副院长都是"文化大革命"前华南工学院建筑学专业毕业的建筑师。

我被分配到设计一室，黄同学被分到设计二室。一室室主任利工是华南工学院工农兵学员毕业的，工程实践经验丰富，人也很好相处，每当我主动请任务时总是说："唔使急（不用急），磨刀不误砍柴工，先准备好，以后功夫做唔晒（做不完）。"另一个业务科的华工校友严师兄就个性张扬，在我们这些小兄弟面前经常是训话式地说："我哋老臣子都未讲嘢，点轮到你哋开声呀（我们这些老员工都没开口，什么时候轮到你们发话了）？"同室还有另一个华工师兄聪哥，也是华工75届毕业的，总是闷声埋头画图，听说保送入学前是生产队长，所以老同事也有尊称他"队长"的。

我的第一个设计任务，是画两跑钢筋混凝土楼梯。那天，利工走过来说："给你一项任务。"我一下子兴奋起来，终于要开始设计工作了。哪知道利工递给我一张图纸说："这个是沙头角医院的改造工程，要在室外增加一层两跑楼梯，尺寸要求在这图上，你把结构图画出来。"只是画两跑楼梯板哦，虽然有点失落，但毕竟开始参与设计工作了，我还是兴奋开心的。

到资料室借了一份楼梯结构图作参考，照样画葫芦，很快我便完成了一张两跑楼梯板加一个休息平台的平面、剖面配筋图。这虽然是我第一次画钢筋混凝土结构配筋图，但我制图课学得不错，只需熟悉一下建筑结构制图要求和方法就很快上手。

对于我们半理科毕业的，转做具体的工程设计工作，设计院没有补课培训的安排，只有靠自己恶补。还好，我们所学的理论力学、材料力学、弹性力学、塑性力学、结构力学、振动力学、断裂力学、流体力学、有限元法和实验应力分析为我们打下了坚实的力学计算分析基础，对于抗拉的钢材、抗压的砖石混凝土等建筑材料的受力和破坏机理就很容易理解。而一般建筑结构分拆开无非就是梁、柱和剪力墙杆件和楼板，连接部位不是铰接就是固接。杆件应用结构力学分析受拉受压和挠度状况很简单，而闭上眼睛用薄膜原理就可以想象出楼板的形变和应力分布。

我分析了自己的长处和短板后，把补课精力主要集中在土力学、建筑施工上，并多看大院来的工程师所画的全套图纸，学习图面布置和线条符号表达，同时熟背设计规范。这时候，在校四年学习打下的良好基础逐步显示作用，就像内在蓄积的势能，一点点转化成外在的动能。回想毕业离校时教研室主任顾老师给我的毕业赠言"行是知之始，知是行之成"，颇有感悟。

每到周末休息日，我都会约上几个小伙伴骑单车去看各种工地，在施工现场能最直观地了解结构布置和施工工艺。为了看著名的国贸大厦的施工现场，我们通过朋友请质检站的一位工程师喝了个早茶后，由他带我们进入了工地，坐施工吊塔电梯直上已浇筑到20

层的楼面，在上面第一次看到三天一层楼的滑模施工设备，居高远眺界河对岸绿水青山中散落着三两个挂着英国旗的哨楼，不禁感触良多。高谈阔论时间易过，到想要下去时才发现吊塔操作室没人在，人应是吃午饭去了，也不知道操作工什么时候回来，我们只好尝试沿着核心中筒旁的消防梯往下走。中筒没有外窗，梯间内黑漆漆的，半路还有一些脚手架和带钉的木方模板横竖摆着，幸好有人带着打火机，打着一下看一下，我们慢慢摸索着一级一级往下走，在又黑又闷热的梯间也不知走了多久才到达了地面，一出门洞就看到阳光，那从黑暗走到光明的感觉真爽。

这一年，边学边干，有点像赶鸭子上架，也没有指定工程师带我们这些新毕业生做徒弟，不懂的只能自己主动去请教。就这样，从设计深圳水库派出所砖混结构宿舍开始，到设计多层大跨度框架轻工厂房，我们逐步能独立完成一般用途的民用和工业建筑结构设计。

这一年，联合设计工程公司临时支援人员分批撤走。设计院从全国各地招聘了一批工程师，我们这些年轻人除了日常设计工作外，还兼作搬运工，帮助新调来的工程师搬家。我被院里任命为搬家队队长，带着一帮小兄弟赤膊上阵，把一个个工程师从外地搬来的全副家当卸下汽车，搬到市里统一安排在通心岭的住宅，最高的要扛到六楼，要搬的东西有床、柜子、桌子、椅子、书籍和其他杂物，甚至有小院子的木门和北方烤火用的铁炉子，炉子里还带着煤球……

这一年，设计院的综合办公大楼和家属宿舍楼竣工，一楼做了正式的集体饭堂，但还没有城市自来水，用水仍需在西北角的大水井抽上屋顶水箱。朱仔曾在水井旁的杂物堆端了一窝白花花的初生小老鼠，把它们全泡了酒，说是治风湿的好药酒。我们一室搬进了办公大楼的二楼整层，有了较开阔大空间的办公场所，但设计桌仍是用旧式的两抽屉办公桌，在桌面前端加两块包着报纸的红砖斜架起绘图板做成，制图时仍需站立躬身向前哈着腰画线描字。

这一年，设计院成立团总支，说是民主选举，全体共青团员无记名投票，我获最高票数当选书记，黄同学当选为委员。但后来才知道民选出的只能当副的，第一书记由党总支委员、人事干部黄大姐兼任。为了增加单身青年对集体大家庭的归属感，我积极组织团员和青年集体活动，一个周末就把办公楼前走廊的空花槽全部种上花草。外出活动去银湖度假村游湖烧烤、到竹园宾馆相约饮茶，在联谊交流的同时也参观了园林式新建筑的外观设计和室内装修，既欢乐开心又有专业得益。还有小梅沙露营、登梧桐山、小型舞会……各种活动中，照相机拍下了很多有趣的瞬间和青春的笑脸。

这一年，毕业后第一次回母校参加校庆，是华工发来了邀请函。我的毕业论文是班里唯一自主选题的，也是唯一被选评登上当年学院的毕业生优秀论文集的。由此学院邀请我参加校庆期间举行的论文交流研讨会。回校期间，有幸参与大师钱伟长的论文宣讲会，虽然听不懂他讲的有关地球物理的内容，但以此激励自己继续努力，学习钻研。得知顾老师是钱伟长的学生，便在休息时间找顾老师和钱伟长一起合了照，沾点大师的光。校庆过后又留多了几天，借用了力学实验室做了一个环氧树脂片的开洞剪力墙应力分布实验，较直观地了解了开洞剪力墙洞边的应力集中状态，对日后的高层设计颇有帮助。

这一年，三次继续深造的机会都泡汤了。赴美留学由于美国的亲戚担保没有落实而没了下文；考同班何同学父亲何教授的结构力学研究生，计划招生6人，提前得知自己专业成绩是第三名，以为有希望了，最后总分不够，铩羽而归；第三个机会是深圳市向清华大学要了4个建筑规划代培生的名额，分给建筑设计院一个，管人事的黄大姐问我愿不愿意去，我问清楚只是进修一年，也没学位，自己原本也不是学建筑学的，没有基础短短一年难以学好，便主动放弃了。

这一年，我很努力，但想法太多，最终发现自己的能力和精力不足以四面出击。虽然继续深造做科研是我的理想，但立足眼下提高设计水平也不错。应先静下心来，力求做事尽心尽责，做工精益求精。

由外地调来的老工程师水平参差不齐，有的在大设计院承担过大型工程设计，水平较高；有的在小地方连多层框架结构都很少接触，连弯矩分配法这类框架计算方法都不会。结构设计最主要还是计算，算出结果查对结构设计手册里的截面配筋表便可设定各种构件的截面和配筋。我们这帮毕业不久的年轻人，计算能力强和精力旺盛，又加上有前期"联合设计公司"和中国建研院结构所高层规范编写组的专家可以请教，渐渐成为结构设计的生力军。

PC1500 微机

1984年年初，我们设计一室承接了深圳市眼科医院大厦的设计任务，建筑方案是13层，这是室里第一个高层设计，结构设计室里安排结构组组长罗工总负责，何工和我负责计算和制图。我们手头仅有的微型计算机是SHARP牌PC1500，内存只有3.5K，只可编程计算多层框架，对高层结构计算无能为力。我想到了广东省建筑设计院，知道他们做过几个高层设计，有可用的计算程序，于是提议去省院计算，我可通过校友和亲友联系。

室里同意了我的提议，我便与罗工、何工启程去广州。到了广州等了一天，却被告知计算机房出了故障，不能提供服务，不知道何时能修复重启。这下我们急了，下一步怎么办呢？焦虑中打听到省煤炭设计院有个电算室可以计算高层单片构架，而电算室的负责人是华工78级数学师资班的焦同学。这让我舒了口气，在校时我与焦同学就很熟悉，找到他提出我们的请求，他一口答应全力支持。就这样，住在招待所里的一间三人房，我准备数据，何工复核，罗工负责去买香喷喷的广州煲仔饭，三人配合默契，花了一周多时间把

计算完成了。

很快我们合作完成了眼科医院大厦的结构设计,我做了大部分的工作,却只能在制图、计算签名栏里签名,不能在设计那一栏签名,因为我只是助理工程师。

通过这次完成第一个高层设计,自己的设计水平得到进一步提高,也增强了自信心。没隔多久,院里接到附城医院新院大楼的设计任务,陈副院长征求几个建筑方案,我一时兴起,说也想做个方案试试,开明的陈副院长同意了,估计也是让我凑凑热闹。没想到我刚完成眼科医院的设计,对医院有了较深入的了解,我做的方案虽然效果彩图画得不大好,但布局合理,外观设计也不错,结果被选中了。他们笑说我"捞过界(工作越界),结构佬抢了建筑佬的饭碗"。的确,这次我把七层框架的附城医院大楼建筑设计和结构设计全包了。

偶然的帮忙,开始了我的"炒更"(业余时间赚外快)业务。一天傍晚,预算室的郭工请我到他在东门的家里吃饭,饭后他说有个相熟的工头有个3层的私人住宅图纸想请人画,但设计院不接这些没手续的小工程,所以看我能不能帮忙出个图。平时我俩关系颇好,自然不会推却。

此后几天,下午下班后都跟着郭工回家,饭后在他家饭桌上支起绘图板就画起图来。累了中间休息时,郭工用小电炉烤好香味四溢的小鱿鱼干给我伴着啤酒吃,喝完啤酒精神爽利,又可继续画图。图纸完成后,郭工给了我几百块钱的红包,说是那工头给的酬劳,一人一半。几个晚上就赚了几百块,比我月工资还多。此后,郭工隔不久就会给我找单类似业务,我对他说:"哇,这样不就很快成万元户。"

后来了解到,像利工、叶工等本地人,经常有亲朋好友找他们帮忙做私人房设计,他们在家里也常做这种业务。

### 雨后春笋

一山不藏二虎。1984年底,陈副院长离开了建筑设计院,依附建设集团创立了"深圳市设计装饰工程公司",是全国第一批设计与施工资质一体化企业之一,同时拥有建筑设计与施工甲级资质,陈副院长任总经理。

1984年12月底的一天,陈总(原副院长)回到设计院办完其他事后,悄悄把我拉到宿舍楼边一个没人的角落,问我能不能帮他一个忙。原来他刚接到一个20层高的商用综合楼"东方大厦"设计项目,是刚创立的公司接到的第一个高层设计,他自己亲自做建筑方案,但刚调来的七八个结构工程师没有一个有高层设计经验,故他请我帮忙做个结构方案,如果愿意最好是调离设计院到公司帮他,他可以提供单间住宿,待遇从优。

这个机会突如其来,我完全没有思想准备,便答应先帮忙做结构方案,调动的事再考虑考虑。

花若芬芳,蜂蝶自来。能力得到认可,我内心沾沾自喜,也觉得陈总好似伯乐,又一次大大增强了我的自信心。十年浩劫,青黄不接,现在也正是我们这些恢复高考后的毕业生施展才华的年代。根据建筑方案的要求和地质条件,我利用业余时间很快做好了"东方大厦"的结构方案,基础采用钻孔桩,主体电梯筒加框支剪力墙。

调动的事我考虑再三，觉得调过去有更多的可能性，陈总也更看重我，住宿单房也准备好了，表示了拳拳盛意。调！做出决定后，因为同在建设系统内，手续倒也很快办妥。1985年4月初我便调到深圳市设计装饰工程公司，任结构设计师和共青团书记，从设计院的集体宿舍四人间搬进了红岭住宅区的单间。

刚调过去，就继续进行"东方大厦"的结构设计工作。由于建筑功能要求首层大空间，故除了两端山墙采用开洞全剪力墙，中间各跨均采用框支剪力墙布置，因此首层大梁要承托19层的剪力墙。墙与梁的接合处应力分布计算比较难，要用到有限元法计算，我的工程力学专业知识基础这时就派上了用场，将塑性力学、断裂力学和实验应力分析等各种知识综合在一起，对承托梁的应力分析就比较全面。

"时间就是金钱，效率就是生命"，在"摸着石头过河"的思想影响下，深圳建设工程普遍存在"边设计、边施工"的情况。在市政府正式批准了这个项目后，甲方和施工单位急着早日开工，我在初步手算出了结果后，也先行完成了桩基础的设计图交付施工。

因为一直与中国建研院结构所高层组的那些高层结构专家保持着联系，得知他们已编写了全国第一个整幢全杆件输入计算高层结构设计电算程序，并已在建研院的计算中心投入使用，面向全国开放。请示陈总后，决定赴北京进行东方大厦的结构电算。由于人手和资金都紧张，只好独自前去。

1985年5月的北京，风沙弥漫，灰蒙蒙的天空仿佛是一片剪不开的天幕，还夹洒着丝丝冷雨。因为几年前来过北京，环境不算太陌生，很顺利便转坐公交巴士到了朝阳区，刚在站点下车，就看到所长助理小皮撑着伞立在站边等我，瞬时我心中就涌起一股暖意。小皮带着我步行了几百米就到了建研院结构所，安排我在院里招待所住下。

放下行李，小皮又带我在大院里转了一圈，了解了饭堂和计算机房的位置，并在饭堂购买了20天的饭菜票，饭菜票是固定配比例的，20%是米饭，40%是精面食（标准二两馒头、面饼、面条等），20%是粗粮（小米粥、玉米窝头和高粱面饼等）。小皮怕我是南方人吃面食和粗粮不习惯，换了一些米饭票给我，还关心地说："如果米饭票不够，再找其他同事换点。"

下班前，小皮又给我送来了电算程序数据输入和结果输出说明书，并说道："您先看看，有问题明天沟通。这是目前全国唯一的高层结构运算程序，前段时间已为全国各地运算了27个项目，运算顺利，您这是第28个。"言语间，自豪得意溢于言表。的确，结构所高层组主导编写了全国第一部高层结构设计规范并出版了国内最早的高层结构设计书籍，绝对是权威。

根据电算程序的输入要求，我花了两天时间把结构构件截面尺寸和荷载整理好。只身来京，没有人给我校核这些数据，我只有不断告诫自己"要认真细致、严谨再严谨"，设计失误可是人命关天的事。

前面柳州铁道设计院副院长带着几个人在做的一个高层项目还未算完，要多等一天机房才可让我使用。利用这个空隙，我去了一趟小黄庄中国建科院，受朋友之托给他的前同事宋大姐送点东西，也正好向她的丈夫王工请教一下近期如何创立新中国第一家建筑设计事务所——北京建筑设计事务所。

宋大姐是中共元老宋任穷的女儿，王工曾在贝聿铭建筑师事务所工作学习，并负责贝聿铭成名作香山饭店的施工图设计。中午到访宋家时略感意外，他俩与小孩挤居在一户两室带厨房的住所。不像南方的两居室带一个厅，他们的两居室就是两间房，没有厅，也没有独立卫浴间。午餐是饭堂打的标准二两馒头配肉丝咸菜。分享了他们的馒头午餐后，聊了一会香山饭店，我说很欣赏保留原生树木做园林的设计，窗口处理有中式园林的移步换景手法。

谈到民办建筑事务所的有关情况，王工说创立事务所首先要有个愿景，清楚自己要追求的是什么，为什么要这样做。因为下午他们还要上班，没聊多久就告辞了，他答应改天给我事务所的组织权责架构图，我说改天请他吃饭。

终于轮到我上机了，计算室主任蔡工简单交代了一些注意事项，待我能正确操作后就离开处理别的事了。偌大一个计算机房，只有我一个人在操作台输数据，旁边几个大型的机柜嗡嗡作响。这种机房需要恒温恒湿，气温倒也比其他地方舒适。

经过十余天日以继夜地输入数据和自我检查，确认无误后终于可以打印输出计算结果了，我终于松了一口气。原计划 20 天完成任务，现离订好的回程票时间还有 3 天空闲，可以休息一下，再去逛一下天安门广场和王府井大街，再登一次长城多做一回好汉。

计算结果打印出来，厚厚一叠打印纸。拿回招待所，我先把重要节点的结果数据与我先前在深圳手算的数据做对比，却看出一头冷汗，电算结果的首层柱轴力是我手算的两倍，这怎么可能？

我对自己的手算是有信心的，上一次计算 13 层眼科医院时手算与电算结果只差 3% 左右，毕竟计算原理是一样的，只不过电算速度更快更精确一些。我挑了一跨构架核算了一遍，怎样倒荷载加弯距调整算出的轴力都不可能这么大！又复核了一些输入数据和步骤，也没发现错误。

问题出在哪儿呢？我挠头了！

两倍啊！两倍……忽然，脑海里浮现出一个大胆的猜想，这猜想使我有点惶恐，可能吗？但有办法可验证。每晚都加班，机房门匙在我衣兜里，我顾不上吃晚饭，赶回机房开机，然后抽出最后计算结果前的中段数据检查，结果与我手算的很接近，晚上终于可以睡个好觉了。

天刚发白，我就从梦中惊醒了，但怎样也想不起梦中内容，只是觉得梦里有点恐慌。匆匆擦了脸赶去食堂吃了一个油饼和一大碗小米粥，顿时胃里暖胀胀的。"肚里有食心不慌"。我知道我的判断今天会有结论的。

上班时间我找到蔡工，把我的发现和判断告诉了他，然后一同在机房演了一遍，果然是程序在最后汇总计算存在问题。在初始数据输入时，已同时输入了 X 轴、Y 轴的垂直荷载，但程序在最后汇总时又把 X 轴构架和 Y 轴构架同一垂直杆件的轴力相加，结果就是多了一倍。这是编程后段出错了。

发现程序出错后，常常脸带笑容的蔡工面容也僵住了，立刻去和高层组商量处理此事。他们临时开了一个紧急会议，确认了这个错误，认为是结构专家与编程人员沟通失误造成的，他们会立即修改程序，估计第二天可以重新打印正确结果数据。

小皮晚上来招待所向我通告了他们的讨论结果，认为这种错误对于之前已完成的20多个项目基本不存在结构安全风险，也请我不要对外讲这件事。

怎么会出现这种低级错误呢？这可是全国最高权威的中国建研院结构所哦，那么多人研发的高层计算程序，还有之前计算20多个项目的各地设计单位来人也没发现这个问题？我膜拜的权威专家在脑海里形象模糊了。

两天后，修改好的程序重新打印了正确的结果数据，我不用改回程票了。临走前一天的傍晚，我设答谢宴约请了高层组的徐所长、赵工、郝工、小皮等，同时也约请了王工。饭局设在景山西街的"小三元"粤菜酒家，"小三元"号称是京城粤菜第一家，是广州"大三元"酒家在北京的合资店，酒家被故宫、景山、北海三大皇家园林所环绕，皇家建筑尽收眼底。而生猛海鲜、粤港食材、岭南瓜果等都是每日由广州空运送到。席间大家轻松闲聊，聊到贝聿铭设计的香山饭店，赵工直白地说："我不喜欢这个设计，素色外墙与松柏树园林组合看上去，感觉像殡仪馆。"我觉察王工有点不悦，场面有点尴尬，赶紧扯开话题，让大家比对一下脆皮乳猪与烤鸭、清蒸石斑鱼与酱烧鱼，探究一下南北菜系与地理环境和传统文化的关系。又说到"三元"指"福、禄、寿"，本是吉祥之意，怎么选址在崇祯皇帝自缢的景山边上呢？大家各抒己见，倒是热闹得很。

回到深圳，马不停蹄，加班加点赶工，在同事的配合下，很快完成了东方大厦的全部结构设计图。虽然疲惫，但我内心充满了成功的满足感，毕业不到3年，便担纲设计20层的高层大厦，独立完成结构计算、绘制大部分结构图纸。只是心里还有一些不舒服，就是还只能在计算、绘图签名栏里签名。因为职称改革还未有出台新的评审政策，我们这一批毕业生只有助理工程师职称，还未被评上工程师，是不够资格在设计栏签名的，只能让一个老资格工程师签署。现实规矩就是这样，也不是我们能改变的，只能接受。

这期间，深圳市进入第一个快速发展阶段，在改革开放的春风吹动下，新建筑如雨后春笋，在全市各处工地拔节而起，我们的设计任务也是一个接一个，让人无暇多想，只是不停地计算、绘图。我的绘图速度是越熟练越快，设计水平也随之节节拔高。

### 眼阔、心野

通过朋友关系，我除了完成设计工作外，也为公司承揽设计任务。陈总当初曾口头许诺我能接到设计业务可按设计费的1%拿提成奖金，但一直都没有兑现。

虽然我觉得陈总这样有点不讲信用，但也没有太过计较。毕竟接了朋友介绍的设计任务能尽快配合完成，也算是帮了朋友忙。况且，我的经济收入更多是来源于"炒更"。

电信公司第一批固装电话放号全市仅500个号码，初装费每台500元。我申请在我房间安装了一台，与北京的校友通电话时他们都以为我升官了，因为在北京只有处级干部以上才可能在家里装电话。另外，我又花了5000多元购买了一台本田125摩托车，可以拉风飞驰，也方便快捷下工地。这两样工具配合我专业快捷的出图和良好的服务态度，使我的"炒更"业务纷至沓来，但出于职业操守，我只用业余时间"炒更"，力求不影响在公司的日常工作。我在公司完成的工作业绩也是最高的，有大宗的设计任务也拉回公司承接。

1986年春天的一个中午，吴川建筑队的工头和施工员一同来找我，说他们挂靠在深圳市第三建筑工程公司（下简称"三建"）名下，在河南省安阳市承接了一个15层的商业楼项目，施工刚做完基础。原图纸是采用现浇钢筋混凝土框架加装预制楼板的设计，经施工前读图发现存在很多问题，例如预制楼板跟现浇框架结合部尺寸对不上，锚固也有问题，这种组合设计施工也很不方便，进度很难保证。他们想修改设计，但甲方与设计单位闹僵了，因此来找我帮忙。

简单沟通后我看了一下他们带来的图纸，这时候我对十多层的框架设计已是轻车熟路，觉得修改设计不算太难，下午就一起回公司与陈总商谈。

商谈的结果是公司同意接下这单业务，由我一个人用一个多月时间去完成，包括修改图纸和到工地现场指导施工。修改设计费3万元整，去工地的路费和食宿费由施工方负责。

我刚好已完成了手头上的设计工作，可以马上着手做这项业务。第二天上午，我如约去三建签合同。三建的办公室是一座外墙刷白灰的单层砖房，坐落在原工程兵的营地"竹子林"，周边散落着一幢幢低矮的工人宿舍，大部分是竹子搭的棚屋。"竹子林"并没有竹林，只是一个地名，房屋外面多是裸露的红土，表面被刷出薄薄一层砂子，偶尔见到几棵歪歪扭扭的小松树，在红土坡上倔强地伸展着弱小的树枝，在清凉的春风里轻轻舞动。

在简陋的办公室内，三建的张总热情招呼我们落座，并递上冒着热气的绿茶。这个东北汉子爽朗地说："我们这里条件不好，招待不周，请别见怪。"的确，比起我们在红岭大厦里的条件，这办公室太简陋了，但我也见惯了众多的工棚办公室，倒也不觉什么。只是看到那些竹棚子工人宿舍，有点心酸，毕竟这不是工地的临时工棚，是转业战士的长期住家。

三建是支援特区建设的基建工程兵刚集体转业改组分立而成的，由部队建制改为地方企业，进入建筑市场寻揽工程业务，自负盈亏，自主经营，角色转变太大，他们一下很难适应。早就听说他们经营困难，资金紧张，有时发不出工资，甚至有工人家属到农贸市场捡菜叶过日子，昔日的光荣与今时的尊严，情何以堪！不过我直觉张总是个干实事的人，定能带领员工走出困境，再创辉煌。

与三建签好合同，没两天便启程北上。从深圳到广州，从广州到郑州，从郑州再到安阳，没有直达落站车次，只好转车。

安阳，中国八大古都之一，有"七朝古都"之称。只是我对中国历史知识贫瘠，只知其附近有个"殷墟"，有些香港古董商人会来搜集一些古钱、甲骨。

郑州到安阳的车是每站必停的慢车，在停站时，窗外都有提着篮子叫卖饮料和食物的，"道口烧鸡"是当地特产，一元钱一只，我买了一只当晚餐，吃得饱饱的，满嘴是油。

到达后就住进工地旁边的工棚，第二天下工地很方便。检视了地基土质，复核了基础设计图，与施工员和三建的技术员沟通讨论了半天，决定把原设计框架加装预制楼板的设计改为钢筋混凝土框架楼板全现浇，这样整体性更好一些，工序更简单，工期更快，建筑质量更容易保证，而且总体造价也不会增加。取得了甲方的委托授权，统一意见后，我又登上回南方的火车。他们先施工首层柱子，计划一周后我修改好设计再来现场指导施工。

回到深圳，我先把原设计图纸全部校对审核一遍，竟然发现了大大小小57处错误，有些节点构造设计根本不符合结构规范要求，若发生地震时可能会散架。

说是修改设计，但几乎要把基础以上的结构图重做一份。还好建筑平面是一个规则的四方形，从一楼到顶楼没什么变化，计算复核相对简单，但还是要绘制几个结构平面和填好几份梁柱表。

我给自己立下"军令状"，一定要完成这项设计，于是一周没日没夜地做。公司同意我在住处赶图，在完成最后一张图纸那一天，我工作了一个通宵，在上午7点左右写最后的修改设计说明时，平时工整的制图字体笔画变成水波形，手是颤抖的。

第二次去安阳为节省时间，改乘广州到安阳的飞机。这条航线使用的是老掉牙的苏联图式螺旋桨客机，起飞后"轰隆隆"响的噪音震耳欲聋，机身也震动得像会随时散架似的。乘坐这种飞机体验比火车更差，只是时间短了很多。

到了安阳仍是住在工棚，快速做了图纸会审和说明后，施工队立即布置进行二层楼面的模板安装和钢筋制作，几天后便放置钢筋绑扎，确认了按修改图纸设计施工没有问题，大家才松了一口气。

工棚住处简陋，但伙食专门给我开小灶。安阳的物价很低：一只烧鸡一元钱、一个红烧肘子一元钱、一斤黑鱼（广东称生鱼）一元钱，大白菜和白萝卜不到一毛钱一斤，每顿不需花费很多钱就能吃得很好。只是广东人最难受的是"无得冲凉"（不能洗澡）。

快10天没洗澡了，我实在受不了，跑到附近的一个公共澡堂去泡澡。大浴池是一毛钱一次，再问一下有单独泡澡的，五毛钱一次，挂着塑料布帘的隔间内置一个浴缸，每次换水，更换一张透明薄膜，干净卫生。我躺坐在浴缸热腾腾的水里，好不惬意，也不知泡了多久，想要回去了，刚站起来，忽然两眼一黑，脑海一片空白。片刻之后发觉自己仍坐在浴缸里，内心好不后怕，明白是大脑短暂性缺血，还好是一屁股跌坐回浴缸，如若跌回浴缸时水淹过头，后果不堪设想。人生意外无处不在，谁知道明天和意外哪一个先来？想做什么就赶紧去做。

又过了几天，作为甲方代表的安阳地区建设银行行长请我吃饭。他派他的秘书兼司机来工地接我到安阳最好的酒店，一开席行长就用他带去的60度汾酒敬了我3杯，我从来没喝过这么高度数的白酒，只觉得火辣辣的感觉从口腔延伸到胃里，直呛得我眼冒泪花。

席间行长说感谢我做了这个修改设计，使他们避免了建设中出现大问题，并说已拿着我指出的原设计57处错误去起诉了原设计方。听到这个我心里有点不安，我只是就事论事，从设计的要求来校正原设计的错误，并无意损伤同行，真是"我不杀伯仁，伯仁却因我而死"。交谈中也了解到原设计方是河南省建委属下一个设立不久的设计单位，也不知资质是什么级别，但这么差的设计图纸也能够通过审核出图，可见这个建筑市场的管理水平。

饭后行长秘书在单独送我回工地的路上跟我说："我们行长是老红军，老资格干部，我从未见过他请小年轻吃饭喝酒，您是头一个。"带着酒意，我听到这话，心里美滋滋的，虚荣心态又浮上来了。

在顺利浇灌第三层楼面后，我在安阳已待了20多天了，订到了安阳直飞广州的机票，我又登上了那老旧的图式客机，飞在空中仍是震动得像要散架。我心里想，飞机要是散了架，从这高空落到地面会是怎么样？我不禁又联想到澡堂里发生的事情。

"想做什么就赶紧去做吧！"我仿佛听到一个声音。是要有点紧迫感了，下海创业是应该纳入日程了。

下海创业的追求是什么呢？我又想起在北京请教王工怎样创立事务所时王工的回答和问题。是要逃离体制内的机构？是要抗议论资排辈的各种不公平？是要成就感和自我实现的需求？是要赚大钱成为富翁？答案不是单一的，也许各种因素都有一点。

既然所有生命都要死亡，那么生命的追求是什么？我的认知是，人活着是为了感知和体验这个世界，并繁衍生息，在追求美好生活体验的同时也为下一代创造更好的生活环境。而学科学知识，是为了更多地了解自然规律和事物的因果，使得人类在这个世界更加文明和幸福，只要是为了这一目的，科研以外的其他工作也是同样有意义的，可以说是殊途同归。

# 我和我的同学

### 77 级物理师资班　吴少丰

## 一、入学

1978 年 3 月，惊蛰、龙抬头过后某日清晨，潮州西车站有派往广东化工学院和华南工学院的两辆长途客车专车，中山大学的专车也在同一天出发，我跟我班林健雄、马列班谢树浩等同乘一辆，与谢树浩的座位近邻。我们一路听谢树浩不时迸发出来的灵感笑话以及讲潮州民间故事《夏雨来》，路上他表演他发明的"外语"——一种混杂着潮州话的荷兰还是西班牙语语调的话，一路笑声就没停过，不知道谢树浩哪来的那么多笑话。

到华工的时候，大约近晚上 10 点了，到处黑咕隆咚的车停下来后，可能是在学校大门图书馆的附近，车灯亮着，我们各自拿着自己的行李不知道往哪去，笑声没了。这时有个声音从车灯光束的暗处发来了："有物理师资班的同学吗？"我立刻回应："有！物理师资班在这儿。"接着，这个声音的方向上来了一个个子跟我差不多的人，马上就到了我的身边，帮我拿了大部分行李，说："跟我走。"我问他："老师，您贵姓？"他回答说："姓肖。"摸黑走了不到 5 分钟，见到了一片开阔地，有盏太阳灯，投射在广场还没完工的工地上。不远处，隐隐约约见到一幢宏伟的大楼，我觉得很兴奋，因为在潮州就没见过。我问"肖老师"这座楼叫什么楼，他说"1 号楼"。而后就右拐，再左拐走到 1 号楼的东侧，再"噔噔"上了 4 楼，进了 1402 室，只见里面没几个人，但已布满了"碌架床"。我随意找了一个靠北的床位，粗略清理了一下，就将铺盖蚊帐弄好了睡到第二天，9 点多陆续进来好些讲粤语的同学，从他们谈话的神情中，觉得他们是一伙老相识的熟人。刘慕健、伍尚英、徐柏洪、林泽生等。林泽生跟我说，我这个床位是徐柏洪的，而伍尚英转了两圈，找不到自己的床位，挠着脑壳。我问正在啃馒头的"肖老师"，"肖老师"说到隔壁 1401 室看看，结果我从 1401 室西门进去逐个找床位上的名字，到最后从东门出来的时候找到了，是 1401 室靠东门的 101 床，大吉大利。伍尚英也转到了自己的床位前，高兴了。

10 点左右，班主任丘月明和辅导员覃江帆来了，先是点名对号，而后分组，再就是任命班干部了。班长为李中铎，副班长为刘炎豪、申军；学习委员为林泽生；共青团支部书记为邓恭民；生活与劳动委员为黎中焕；文娱与体育委员为曹一平。接着就是组长任命，其他组组长是谁也忘了，但第四组组长伍尚英是忘不掉的。但为什么在点名时，"肖老师"也喊了声"到"？哈！原来"肖老师"叫肖克波，跟我一样也是个"新兵蛋子"而已。当干部的大部分是党员或者工作多年的，这样几乎一半是干部了，而我当了"革命群众"。我自小就被安排惯了，从没做过什么干部，没有任何"不服""不公平"之类的反应，觉得他们在为我这个从来不经心的人做事，该感谢他们才是。会后，我跟着肖克波"浩浩荡荡"地到学生四饭堂打饭了。

## 二、我们的宿舍

印象中，电工师资班与物理师资班第四组大部分住在 1401 室；物理师资班大部分住在 1402 室；外语师资班住在 1403 室；数学师资班和马列师资班住在 1301 室；制图师资班住在 1302 室。1402 室与 1403 室中间是楼梯，并有一间卫生间，下一层也是如此。1401 室与 1402 室中间南面有一楼梯，1 号楼的西半截是广东化工学院，东半截才是华南工学院。1 号楼当年住了多少师资班就不清楚了。

1401 室的床位布置大部分都忘记了，但周边的床位我基本还记得。我睡 101 床下铺，曹一平睡上铺；102 床黎中焕下铺，黄少潮上铺；103 床苏佳伟下铺，林德纬上铺；104 床伍尚英下铺，李苏上铺；105 床陈允熙下铺，钟伟桐上铺；201 床陈伟荣下铺，何萌可能是上铺；202 床郑敏华下铺，李建东上铺；203 床下铺梁炳钊；等等。戴文彪、旋永南、张红兵、刘川、丘百根等都在 1401 室的中部。宿舍虽大，但"碌架床"密密麻麻的，加上蚊帐，弄得白天也非常昏暗。

1401 室我们住到 1978 年 10 月军训后才搬到东四一楼，电工班搬到东二一楼，数学班搬到东三一楼，制图班也搬到东四一楼。1979 年 9 月前，物理班与制图班一起从东四搬到东三二楼。各个师资班的女生大概都住西四（过后西四被拆除了，在那里新建了建筑学院制图大楼）。

40 多年过去，1401 大教室（宿舍）的事情，许多都已经遗忘，但毕竟是亲身经历，总是有些记忆的。

我在 1401 睡 101 床，床边大门朝南，阳光空气均好，但却成了"门卫"，老乡来找同学，我就要帮忙往里"吼叫"，或者说不是住这，住在什么地方之类的。我所住的"巷道"是最热闹的，东北角附近，不时爆发阵阵笑声，总是有搞笑的小品、相声在那里"演出"，郑敏华、李建东这对电工班的天才少年，成了这喜剧中哈哈大笑的观众，简直就是笑声放大器、回音壁！他们笑什么呢？现在大部分的趣事遗忘了，唯有笑声还留在我的记忆中。

## 三、掰手腕

记得当年，李苏和钟伟桐比邻上铺，两个都是壮实的小伙子，"手瓜"（手臂）都很粗。李苏的下铺是伍尚英，他在入学前已经是中学老师了，见李苏常常在笑语中有些"离谱"，有点"冒犯"了自己的"师道尊严"，就挑起了李苏和钟伟桐之间的"格斗"。伍老师说两人的"手瓜"都那么大，就不知谁的更大，结果那两人就憋着气比起"手瓜"来了，不分伯仲。伍老师就进一步"挑拨"说："'手瓜'大也不能完全代表手劲大，既然'手瓜'差不多，不如掰手腕比比，三盘两胜看谁赢。"喜欢比赛的李苏来劲了，马上对钟伟桐提出挑战。伍老师看到两个"傻瓜"中计了，开始笑了。钟伟桐收起了笑容说："谁怕谁呀！"说罢便伸出手腕摆在桌面上。李苏立刻迎战，将周围的桌子、椅子摆好后就名副其实地较上劲了。伍尚英自然是做裁判，开始围观的是陈允熙、梁炳钊、郑敏华。我和陈伟荣、黎中焕等就坐在原地看热闹。两个对手摆好姿势，拇指相互一扣，伍老师一声令下:"开始!"两个肥仔粉嫩的脸立刻变红,僵持了1分钟左右,不分胜负。两个人的臂力都不错,但李苏耐力更强一些,钟伟桐最后还是败下阵了。得胜的李苏立刻忘形了。梁炳钊看钟伟桐败下阵来,把衬衣脱了,将钟伟桐请开一边,坐下来对李苏招了一手,说:"来!"李苏谁也不怕,马上"迎敌"接招!

扣上拇指后,梁炳钊示意先延迟一下,而后他深呼吸了一下,开始了,李苏水蜜桃般的脸刹那像是多了一个括弧,额头上多了个V形的皱褶。而梁炳钊两道浓黑的关刀眉向上扬了起来,像水牛的弯角,牙关咔咔作响!是势均力敌?还是耐力不及李苏?梁炳钊败了,李苏连胜,笑得更加放肆了。

1401室各个角落的人几乎全都探过头来围观了。这时,大块彪(戴文彪)笑嘻嘻也来了,看上去大块彪应该是比肥苏(李苏)要重一个级别,可肥苏连胜之下,面对大块彪一点也没有胆怯!不知是谁学着化州话对肥苏说:"你真是无有识死了!真是无有知死!"(指肥苏不知天高地厚)大家看好大块彪,觉得肥苏这回"死"定了。

肥苏对大块彪之战,肥苏开战之初已是满身汗,大块彪没有热身,一开场就大喊了一声,一使劲,眼睛就睁得牛眼般的大,一股泰山压顶之势,就像两只蛮牛对顶僵持了好久。肥苏的手很多汗,滑溜溜的,不好抓,不好使劲,第一局大块彪败了,但他说肥苏的手滑溜溜的,不算!大家一阵哄笑,就不玩了。

肥苏还没败过,一时觉得在这个居室可以称王称霸了。这时伍老师发话了,对李苏说:"敢不敢跟我玩一把?"李苏说:"切,来呀!"伍老师将衬衣放至一边,亮出了手臂,也不见得比肥苏的大。李苏说:"谁输谁帮忙打饭!"伍老师笑笑说:"没问题!"

两张水蜜桃般的脸,凑在一块,一声"开始"后,同时变成了两个大红桃。李苏的太阳穴附近开始爆出了蚯蚓样的血管,大汗淋漓,吼声一阵一阵,气势空前,但伍老师的脸还挂着笑。任凭李苏百般闹腾,没能让伍老师的手臂有丝毫的动摇。

"团结就是力量!团结就是力量!这力量是铁!这力量是钢!比铁还硬,比钢还强,向着法西斯蒂开火,让一切不民主的制度死亡!向着太阳,向着自由,向着新中国,发出万丈光芒!"李苏的"死敌们"正在使劲鼓噪着!伍老师的手臂就是铁!就是钢!比铁还硬,比钢还强!但这时伍老师的手臂竟然被李苏掰成了钝角,眼看李苏要赢了,大家很紧张,歌声也戛然而止了,但伍老师的脸还是笑着。使劲掰了好久,李苏还是不能将伍老师的手臂掰到桌面上,这伍老师其实是在玩"猫玩老鼠"的把戏,眼看着李苏上气不接下气的样子,伍老师稍稍一发力,又将手臂恢复到开始状态。大家又唱起了"团结就是力量"!恨不得李苏立刻完蛋!

1401室的动静太大了点,1402室的同学也赶过来看热闹了,也跟着大家高唱着"团结就是力量",李苏被折磨了好久终于"中盘"认输了。伍老师说:"毕竟年长你几岁,赢了你不奇怪。"李苏作揖回复:"佩服!佩服!"伍老师说:"说话要算数,今晚你帮我打饭!"

但"无有知死"(不怕"死")的还大有人在,黄悟生坐上了李苏的位置,笑着说:"来一局。"伍老师兴致未退,悟生兄一上来就使上蛮力。伍老师的手臂眼看要被掰倒了,大家正在目瞪口呆之时,伍老师坚持了下来,而后,正了正身子,发力!又回到初始状

态！真牛！定了定神，只见伍老师的手腕在逆时针转动90度，而后再将手臂往身边靠拢，再往桌面一压，悟生瞬间就败了。应该说悟生不知道掰手腕还有技巧，手劲是有的，但不会用腕力，而且腕力也不及伍老师，失败是肯定的。

悟生兄输了一局，还没过上瘾，就跟少潮兄对上仗了，蔡云庄也轮着上来，1401室到处都在掰手腕，"军阀混战"起来了，乱成了一锅粥。我跟李苏他们笑嘻嘻去打饭去了。

看官们，别以为我在杜撰，当然，时间久了，难免有些失真，但当时真实的场面可能更加激烈、更有趣。

### 四、宿舍自习

我在1401室的床位位置不错，但是，也不胜烦扰。除了要应对来访者，平日进进出出的同学也不少，出来透气、晾衣服、收衣服、抽烟……干什么的都有。这样，这个人跟你礼貌地点点头，那个人对你笑一笑，你就无法静下来看书了。加上我习惯山区原野的宁静，在这种环境就特别容易被干扰。我只好在自习的时候跑到图书馆或者其他教室找个地方做作业。

到夏天后，我的床位变成全教室最凉快的位置，而住里面床位的同学常常热得受不了，晚上走廊的灯光又不足。我的床位是全教室最好的位置，通风、阳光充足，面朝南，一出门口就是个大阳台，东侧还是个比较僻静的地方，总之我的床位应该是四楼各个大课室宿舍中最佳的位置。

但人一多，各种突如其来的事情也多了。有的时候，里面大叫："谁放臭屁！"三两个同学就捏着鼻子，笑着从里面钻了出来跑到门口。有的时候，三两个人约出来门口一块抽烟。我的床位附近变成两个班同学最热闹的地方，常常出现打闹搞笑的场面，我又感觉我的位置无法坐下来看书做作业，风水也不那么好。

旋永南看我常常不在床前的书桌上自习，他就成了代替我的"看门人"了。我喜欢宁静的环境，他则相反。他自幼住在西关，兄弟又多，热闹惯了，不怕干扰，嘈杂的环境对他起不了太大的干扰。我从教室自修回来，有时也看见他坐在我的桌子前看书、做作业之类的。无论东北角那边发生多搞笑的事情，他最多也是笑笑而已。

陈伟荣也是个很有定力的人，就坐在旋大哥的对面，两人常常在专注看书做作业，无论环境多嘈杂对两人的影响都不大。

我回来宿舍，经常见到旋大哥静静地坐在我的桌子前看书，写写画画的。有时见到他的样子很好笑，铅笔横插在耳孔，或插在鼻孔，还在全神贯注，木然不知。看他在背单词，我对着他，学"鬼佬"（外国人）吼了一声："Go back to your hole！"他可能听错了我蹩脚的英语发音，或者认为我的读音不对，笑着说："My home is right here！"他根本不在意我的粗鲁。除了我们的英语课本，他还常常拿着我在五山书店买的《工科英语》苦读。平时，我不时到五山新华书店购买新书，都摆在桌面上，但大部分我都没有耐性看，都是翻一翻就摆在那里，这样我买的新书就成了旋大哥课余翻阅的读物。后来，我们各自搬到了东区宿舍，那本《工科英语》被旋大哥借走了，到还给我的时候已经不知道什么时候了，但这本被旋大哥翻阅遍的书，还像新的一样！我心里就感觉到他是一个了不起的人。我做不到这一点，我读过的书，几乎都残旧不堪！

## 五、洗澡

1号楼本来就是教室，不是宿舍，连浴室、盥洗间都没有，大家只好轮流到厕所取水盥洗，早上习惯方便的，就要排长龙了，我有时自己跑到后面的4号楼一楼解决问题。

有一次，学校停电了，1号楼的水也停了，大夏天的，浑身热得发臭。个个着急冲凉，到处找水，我在宿舍傻等，晚上9点多的时候，庄友科、刘川笑嘻嘻从外面冲洗回来，友科说着："舒服！"刘川说："凉快！"

我问他俩到哪舒服凉快了。友科说："楼下后面，人少。"我赶忙也拿了水桶、肥皂、毛巾、内衣裤下楼了，只见1402室到1403室的楼道间挤满了人，个个在排队洗澡，原来我们当中有个"消防专家"，将消防栓拧开了，还接上了消防水枪到处乱喷，大家见了水都很高兴，在过"泼水节"呢。三楼、二楼的消防栓都被打开了，楼梯道全是水！人也很多，我一直下到了1号楼地下后面，也见到了一个消防栓在冒水，人不多。我也就在那里过"泼水节"，舒服，凉快了。

校方没有追究消防栓打开的事情，大概是理解了同学们的洗澡困难，原谅了我们滥用消防设施的错误。

过后不久，那些天，校门口22路车站的柱墙多了不少"牛皮癣"，是一些小诊所、游医的广告。写着什么"老华侨专治淋病、梅毒、湿疣、疱疹，什么"老军医专治各种性病"，一直到石牌三院（中山医科大学附属第三医院）周围。这些游医消息真灵通，可能很多同学到三院就诊！

我就看见1401室有人大热天将蚊帐密封了，里面还盖着被子，而后，躲在被窝里，时而怪叫，时而呻吟，正在涂抹药水呢。我不经意看到了他的病历，竟然化名就诊！可能怀疑中了什么毒了！这些毒是什么？我们大多数人不懂，大概的理解是"裤裆里的毛病"。

上课的时候，常常见到有些同学不时将手伸进裤兜而后装着认真听课的样子使劲猛抓，瘙痒难忍，难以启齿。幸亏女生都坐在讲台边，后面都是男生，有的同学抓痒时被其他也有毛病的同学看见了，也忍不住抓了起来。我的天！都在干嘛？

每天晚上，洗澡后，四楼晾的衣服滴水到二楼晾的衣服，如此这般，股癣一直传到我们搬进东区宿舍。不少同学染上了股癣，但大多不久就痊愈自然免疫了。

消防水其实是很脏的，因为天台上的消防池是专用的，而长期不用的水就是死水，水中滋生了大量微生物、细菌，结果不少同学中招了。有的是红眼病，有的是皮肤病，有的两者兼有。什么梅毒、性病？大家都没毒、没病！每个入学新生都经过地方医院的二次严格体检，入学后都年年体检。仅仅是股癣瘙痒而已。可惜有的人忌病讳医，疑神疑鬼，造成心理阴影不少。

## 六、偷窃事件

1978年暑假刚结束，好多同学就急着回家了，但有好多同学也不忙着回去。跟往常一样，我将洗好的背心晾在四楼的晾衣架上。晚上关灯，大家很快就呼呼入睡。第二天早上6点多，有人在呜呜大哭，我被吵醒了，起来问发生什么事情，原来张红兵大早起来想去跑步，看看几点钟，结果手表找不到了。他说："明明天天晚上都放在枕头边的手表，今早醒来就找不到，到处找都找不到！"不知道是谁拿了，大家正在疑神疑鬼、相互猜忌。结果好多同学也起床了，又有人喊"谁拿了我的裤子""谁拿了我的衬衣"……大家都在同一天晚上丢了东西！最后大家都得出结论，昨晚宿舍遭贼了。1402室等也同时遭到了洗劫，很可能是1号楼所有宿舍都遭到了洗劫，但具体也没有统计，可能也没有报案。我丢了什么东西呢？找了老半天，好像什么也没丢。我正在侥幸着，同时没心没肺地觉得张红兵大哭好笑。这时，门口不知谁喊了一句"衣架上的衣服全都没了"，我出来一看，二楼晾的衣服也全都没了，真可恶，这大部分是内衣裤呀！我心疼我的青色背心，很漂亮，是我三姐送给我的珍贵礼物，还亲自在背心的上沿处绣了个小小的"口"字。这回，轮到我差点变成张红兵那样了，心情不好，郁闷着。大家往日的笑声也没了。

想到那些丢失的内裤，我忽然觉得恶心又好笑，这些窃贼真变态，莫非是盘丝洞出来的变态女妖？穿这些内裤定会得股癣！准会跳起世间最骚的"舞蹈"来。于是我的内心来了一阵坏笑。

什么人如此不讲卫生？带着坏笑的我，联想启动了，一阵"贪心算法"的运作，初步有了破案的方向。首先是对失物的调查，绝大部分是衣物，只有张红兵的手表最值钱，周边的居民一般不会偷这么低档的东西，张红兵的手表是窃贼这次偷盗行为的意外收获，应去掉这个偷盗目标"最小值"可以确定偷盗的目标是衣物。但连内裤都要，这是偷盗的最为重要的特征指标。

周边的居民不会这么做，而且，失物可能有几麻包袋，搬运、藏匿都有困难。那会是些什么人呢？外来小偷？重点怀疑的方向指向了"临时户"，因为当年华工校园内也有其他人临时居住，活动不会容易被怀疑，所以这些人中藏匿着小偷是可能的。

有了怀疑的目标，只是破案的第一步，东八住有一二十个人的临时户。早上到第四学生饭堂打早餐的时候路过，我专门拿着早餐登上东八全楼侦查，其中有外来户在里面休息，或者是瘫在床上睡着或者在抽烟坐聊。有大包小包的，但我不敢进一步搜查，就装作找不到人溜出来了。中午打饭的时候，我又路过了东八，在朝北的二楼楼梯窗门晾衣台上，我看见了晾着一件漂亮的青背心，我一阵激动，但我很快冷静了下来，等打完饭回来的路上，边吃边走，像找人的样子走到了二楼的窗台上，一眼我就看到了青背心的口字，激动的心快要蹦出来了！我强忍着，从另一个楼梯门下来了，后慢慢走回半山东路，而后快速跑回宿舍，立刻将情况告诉1401室和1402室的同学们，而后大家就抄家伙，准备去捉贼、"剿匪"了。但我想了一下，心想：不行！不能贸然行动，会酿成严重的后果的。应该马上报告学校保卫处，同时马上组织人到东八周边监视，目标是青背心。记得王辉脸色刹那间变白，眼露"凶光"；黄少潮摘下眼镜，露出通红的怒脸，手拿了一截带着铁钉的椅子腿，到东八前的草堆盯着青背心。到东八监视的还有谁，我忘了。我吩咐他们千万不要贸然行动，一定要等我"报警"回来。我立刻跑到2号楼一楼保卫处，只见一个人在那里躺着睡大觉，我叫醒了他，他坐了起来，还在打哈欠，没有完全醒过来，我将事情跟他汇报了，他只是说"知道了"。不知道那个睡大觉的人是什么人，后来觉得他不应该是保卫处的负责人，可能是个门卫之类的。

"敌情"瞬息万变，刻不容缓，我立刻赶忙跑往东八方向与同学们汇合，报告情况。但我在半山东路跑的时候，就听到一声尖叫，跟着一群人呼啸着朝着东八的西门冲了进去。我还没来得及跟他们汇合报告情况他们就自行组织起战斗了，真是"武工队"的作风！差点没酿成"腥风血雨"，血淋淋的斗殴。

原来少潮和王辉都是近视眼，看不清楚，迷迷糊糊看见青背心忽然间被一个人影摄走了，目标丢了，捉贼捉赃眼看成了泡影，一时焦急就大喊了。不愧是"天之骄子"，能及时冷静下来，幸而没有酿成血淋淋的大祸。大家只好耷耳朵，垂头丧气往回走了。

真窝囊！回到宿舍，大家就拍桌子泄愤，静下来后，大家想起丢失的内裤，又不由自主地挠起痒痒来，他们丧气地说："内裤没了"，我说："要腌咸鸭蛋了！"大家被我逗笑了。

晚上大家还在想着白天的事情，我说："要是中午的时候事情闹大了，可能会出现斗殴，伤到谁问题都不好办了。红楼梦上说：'忍得一时忿，终身无烦闷'，那些蟊贼已经受到惊吓，一时又不可能逃逸，那些赃物这么多，很容易暴露，必定会找地方藏匿。保卫科的人会进一步去调查的，正所谓'跑得了和尚，跑不了庙'，就算赃物被藏匿了，但盗贼、学生、保卫处的人，长期在一起，时不时打个照面，所谓做贼心虚，那些蟊贼会得惊弓的毛病的，只要见到我们，他们内心都会瑟瑟发抖的，一个眼神就会让他们吓得够呛！不用焦急，他们是逃不出如来佛的手心的。今后晚上睡觉不用关门也没人再敢来偷了。"

果然不出我的所料，一年后，我们已经搬到了东四，某日被通知到1号楼一楼认领失物，到了1号楼，只见大厅楼道上摆满了花花绿绿的衣物，我的漂亮青背心很醒目，很快我就找回了，领沿上有个口字，确认无疑！黎中焕领回了还是新的西裤和皮带……我笑了，还是应该感谢那些保卫处的"睡佛""如来佛"，所谓"法网恢恢，疏而不漏"，恰如其分也。

原来那些赃物都藏匿在防空洞里，由于每年学生都有参加挖掘防空洞，后来麻包袋就被人发现了。

几天后，1号楼还有很多花花绿绿的内裤、背心之类的，没人要。后听说又给那些临时住户"合法地"打包弄走了。内裤终归是送给了那些人，想象到那些人穿上我们得股癣的内裤的后果，觉得很搞笑。

## 七、周老师的力学题

当年我们班和基础部其他班，许多基础课程是一块上的，有些课程甚至是4个班160多人一块上。普通物理的"力学"是我们班和数学师资班合班上的，任课老师是周佐平、丘月明。那个时代的华工，师资的确非常欠缺，丘月明老师是我们的班主任，另外还兼任其他班的物理课程，所以，160多本作业本大部分都是周老师亲自批阅，想想周老师有多辛苦！加上我们当年都是读"天书"，根本没有教辅，没有习题解等书，每道作业题其实就是一篇小论文，每个人的破题观点、解答方法都可能有所不同，因而作业的批阅工作量会巨大。力学课教室是图书馆的101室和5108室这两个阶梯大教室。

周老师上课基本上不用对着讲稿，声音洪亮，板书飞快，行书流畅，图表清晰。普通物理的力学课程我们在中学接触过，但大学普通物理阶段的力学比中学力学的要求高了一个档次，如果没有读普通物理的《力学》（顾建中）的课程，一些普通物理力学的题目就做不出来。记得力学课程考试的时候，周老师出了一道漂亮的试题，我记忆犹新，这道题目是这样的：

如题中的图所示，一水平放置的直角三角形楔形滑块，其斜面倾角为 $\theta$，质量为 M，在其斜面上放置一滑块，其质量为 m，滑块之间和平面的接触面的滑动摩擦系数均为零，求 M 的加速度。可能表述有点出入，但大意内容如此。现在中学的物理要求高了，优秀高中生可能做得出来。可在当时，是不容易做得出来的，只有少数人能做出。我能做出来，所以得意了，记到现在。

解题的步骤是：①首先是受力分析，作 M、m 的独立受力图，并作参考坐标，研究其几何关系，分为水平方向和垂直方向的力的分解；②将 M、m 视作一个系统考虑，由于系统内没有耗散力（摩擦力），根据机械能守恒原理，系统的机械能守恒，列出系统的机械能守恒式子；③在水平方向上系统的合力为零，故水平方向上的动量守恒，列出其式子；④解方程，便得到结果。于是我顺利做出来了。

考试当日，数学班马国胜、王康、侯一钊等同学都坐在我的后面，大家交卷后，得意洋洋的我立马跟他们对答案，王康马上"气愤"地将他草稿上的答案拿来给我看："别那么得意好不好？"看了王康的答案，我的笑容立马少了一半，因为他们也做对了。马国胜和侯一钊也跟着王康在笑话我，"真系大乡里！未见过大蛇屙屎"（指我是乡下人，见识少）。

明显，高考前，我是做不了这种题，是周老师教会我的。

## 八、同学们的琴声和歌声

当年，在我的眼里，王康是数学班中最有灵性的"叻仔"（聪明人），周末或是空余，总是不时在1302室和1303室中间的走廊前与制图班班长许怀升弄个手风琴和小提琴合奏。数学班还有个罗达理也会小提琴，有时也参与合奏。王康的小提琴已达到职业小提琴手的演奏水平，当年流行的芭蕾舞《红色娘子军》《白毛女》《沂蒙颂》等小提琴伴奏曲，《梁山伯与祝英台》《新疆之春》《冰山上的来客》等很多经典电影插曲、小提琴演奏曲目，王康都能出色演绎。看得出，他在少年时代，有一段时间的小提琴的演奏练习，更重要的是他个人的天赋。当时常常有些女生被楼梯台小提琴美妙的琴声吸引过来，如痴如醉地聆听王康激情四溢的演奏。

但这个师资班的音乐之声演奏台也太靠近了洗澡房了。傍晚时分，好多同学就去澡房洗澡了，小提琴、风琴谢幕后，轮到我们这些"大声公"在洗澡房忘情吼着："……风在吼，马在叫，黄河在咆哮……"但也有非常出色的男高音，我班曹一平的歌声就不得了，简直就是胡松华、蒋大为等国家级演唱家的水平。曹一平一开口我们就跟不上，开始的时候跟着哼，后来只有听的份了，他的歌声实在是太出色了。记得当年曹一平常常唱《冰山上的来客》《西沙，我可爱的家乡》《洁白的羽毛寄深情》，日本歌曲《邮递马车》，俄罗斯民歌《三套马车》，等等。天才！难得的真正的声乐天才！但竟然是我的"上弟"，每天晚上就睡在我的上铺。

## 九、军训生活

1978 年 9 月开学我们就进行军训了，华南工学院 77 级学生云集在学校东区运动场上，整装列队，接受点阅，同时，武装部鲁部长宣布华南工学院民兵师成立。师资班物理、数学、制图三个班不足 120 人，组成了一个民兵连，我班组成了一个战斗排，排长梁经锐，我的第四组变成一个战斗班，霎时我们全部变成了军人。班排长喊口令："腰杆挺直，立正！稍息！向右看齐，向前看！报数！齐步走！一二一！立定！"大操场的阳光很猛，广东的仲秋还是那么的热。上午 9 点左右我们的衣服基本上都被汗浸透了，太阳一晒，就形成了一圈圈白花花的盐渍。像我这种人，皮肤变得黑一些，问题不大，但有些"水蜜桃型"的同学就够呛了，面部变得红彤彤，还会"蜕皮"！不管怎么说，军训不用上课做作业，像我这种人就很开心。苏佳伟、李苏、曹一平、吴少丰、黄少潮、陈伟、伍尚英、陈向红、唐穗安是一个战斗班的，班长就是伍尚英，如果论战场战斗力，我看我们连队是最强的。伍班长铁臂钢腕兼张口闭口唐诗宋词，还兼我班流行歌粤曲的歌王；李苏是足球霸王，是电工班的头号足球死敌；曹一平是男子 100 米短跑全校冠军，兼"国家级"男高音；加上我和佳伟几个"大声公"，虎虎生威、杀气腾腾一点也不假，确实是"声势浩大、阵容鼎盛"。队列训练到一定程度后，全师在东区运动场接受检阅，鲁部长一身戎装、威武严肃，站在检阅台上。我们班光荣地成为排头兵，手握钢枪威风凛凛。党委书记张进向我们挥挥手说："同志们好！"我们就回应："首长好！"他又说："同志们辛苦了！"我们回应："为人民服务！"吼声震天！学校领导和部队首长们热烈鼓掌表示很满意。接着，我们师的队伍浩浩荡荡出了校门，前往石牌折向天河机场（现天河体育中心），而后再往瘦狗岭方向折返，步伐整齐，一路高歌。

军训除了队列测评，还有实弹射击打靶，靶场是火炉山的腹地，从华工步行到火炉山腹地有 7 公里左右。我班女生谢超然打出了 9 发不同射姿满分的好成绩，名列全师第一，当即奖励了 50 发子弹射击。如果当年谢超然参加射击训练，说不定华工会冒出一个奥运冠军，神射手！华工民兵师的柳德米拉！只可惜当年没有及时留下韶光倩影。

后来，我们连组建了一个射击精英武装排，然后代表华工参加广州市的民兵比赛，并荣获第一名，无愧于天之骄子的威名。

军训最后的一个节目是在体育馆举行的联欢晚会，我和苏佳伟、李维刚、李苏组成了男生小组唱，化了妆，一脸油彩，穿上白衬衣，步伐整齐地走到舞台上，表演了歌曲《西沙，我的可爱的故乡》；曹一平表演男高音独唱《小小的羽毛寄深情》《小小竹排江中游》《花儿为什么这样红》；我连部分女生表演了《洗衣舞》；数学班与制图班合作的节目是王康、罗达理的小提琴合奏；许怀生手风琴伴奏《花儿与少年》《卖花姑娘》。其他还有长征组歌等。全师表演节目丰富，直到晚上 11 点多结束。

## 十、东区宿舍安排

军训过后，1978 年 10 月份我们班男生和制图班男生也搬到了东四学生宿舍楼一楼，我住正门左拐左边第二间，同宿舍有吴少丰、肖克波、林德纬、黎中焕、张启芳、孔龙、周浩生共 7 人。周浩生变成我的"上弟"，但从没来住过。我的床位在进门右手边第一个床铺。正门右拐左第一间住第一组：曾仕勤、蔡云庄、林建雄、李中铎、黄悟生、刘慕健、李维刚（不常住校），共 7 人。正门左拐右第一间住第四组：伍尚英、李苏、苏佳伟、曹一平、刘岳超（不常住校）、陈伟、黄少潮，共 7 人。正门左拐左第一间住第二组：温卫国、邓恭民、许棠、×××（忘了名字，潮阳人，后退学）、刘炎豪、郑晓明（不常住校），共 6 人。正门右拐右第一间住第三组：梁经锐、关中、申军、林涛、王启豪、林泽生、徐柏洪（不常住校），共 7 人。

制图班也分得东四正门左拐其余 5 间房子，其中右边最后一间只住制图班同学一人，据说是健康有点问题。还有两间是洗澡房和厕所。数学师资班搬到东三宿舍一楼，电工班搬到东二宿舍一楼。大概情况如此。

1979 年暑假后，我们搬到了东三宿舍二楼的五间宿舍，其中靠东面南侧有两间，西面南侧有三间，我住在东边南侧楼梯口左拐第三间，伍组长等住东边南侧楼梯口左拐第二间。各宿舍的人员组成基本不变。这些事情都是班主任丘月明老师跟校本部争取来的，我们住上了学校最好的宿舍。

## 十一、一个足球，两班"烂瘾鬼"

搬到东四宿舍后，一出东四宿舍大门，走出斜坡就是一个小型运动场，下课后很多人在踢足球，或打排球、羽毛球。远一点的湖滨路北面，当年没有那么多建筑物，是一大片篮球场、排球场、网球场。这里简直是球类运动爱好者的天堂。

我的记忆中，我班男生球类爱好的情况如下：林泽生（乒乓球），王启豪（羽毛球），肖克波（乒乓球、篮球），苏佳伟（篮球、足球），李苏（足球、排球），林德纬（篮球），吴少丰（篮球、乒乓球），申军（足球、羽毛球、排球），许棠（篮球），张启芳（篮球），黎中焕（篮球），曹一平（羽毛球、足球），黄少潮（篮球），邓恭民（篮球），温卫国（足球、排球），陈伟（羽毛球），刘慕健（足球），李维刚（足球、排球、乒乓球），孔龙（羽毛球），郑晓明（羽毛球）。

我们和电工班经常一块上课，只见下午上完课，几个家伙就拼命往宿舍赶，不知道干啥。原来他们都是足球狂，怕场地被别人占了，要是那样就麻烦了，需要另找其他地方玩，说不定白折腾，找不到位置就玩不成了。

我们两班常常对垒，杀个天昏地暗。我班踢足球的主要同学是：李苏、温卫国、林涛、申军、曹一平、刘慕健、李维刚、苏佳伟（后补）、许棠（后补）、吴少丰（偶尔）；电工班足球的主要人物是：李兆南、郑敏华、戴文彪、吴毓舜、孙令泉、谢新民、冯穗力、丘百根、黄智聪、周伟民、旋永南、李建东、梁耀基、黄信、侯跃生。电工班爱好足球的同学多些。

基本上每周都上演三两次比赛，我们班总是赢多输少，因为我们班有个"马拉多纳"肥苏，电工班常常要两人以上紧身盯着肥苏，但还时常抵挡不住。有一次，我班足球缺人，就拉我就去滥竽充数地上场了，我从来没踢过足球，进了场，就满场瞎跑，看见哪里有球就跑到哪里，毫无全局观念，不懂战术，没有章法，更没腿法。我跟着李苏周围的人后面跑了老半天，都没踢到过半次球。足球在他们的脚下穿来穿去，就是传不到我的脚附近。踢到快结束，我们班已进了球，看来赢定了。李苏跑到我方球门附近，以防守为主，对方球员一射门，就被李苏截下，将球大脚踢往温卫国、林涛那些人，让那边踢，而后又被电工班的李兆南、华仔抢走了。电工班抢到球后，就打了几个折传，踢到阿彪的附近。眼看大门空着，阿彪正准备临门潇洒地大脚射门。我急了，球也离我很近，于是起脚抢踢，难得踢一脚。结果，我踢到的不是球，而是阿彪肉乎乎的小腿。"啪"的一声，阿彪当场大叫了一声，他也没踢到球。眼看快要进门的球出界了，我立刻向阿彪道歉，阿彪满场都是笑嘻嘻的，被我踢了一脚还是笑嘻嘻的，跟我说"没事"。很快时间到了，我觉得要不是我那一腿踢到阿彪，可能也就是一场郁闷的平局，我们是有点胜之不武。过后，阿彪好些天脚一跛一跛的，我查看他的小腿，在被我踢的地方一块青黑的淤斑，我内疚了好久。后来我再也不踢足球了，一是怕再伤到同学，二来也觉得没趣，干着急，满场瞎跑，老半天踢不到一次球。像我这种人，难体会到踢球的乐趣。

## 十二、我班篮球队

自从我踢了阿彪一脚后我就不敢再上足球场瞎跑，尽管他们可能会被别人踢断了腿，躺上十天八天的，也笑嘻嘻不在乎，但我在乎。

每天下午下课后，广播就开始了。大喇叭播报了一些国内外大事新闻简报后，就播学校的各种通知，而后就播放当年的流行歌曲或者西方经典音乐，什么圆舞曲之类的，天天如此，也很快麻木了。只感觉广播一响，大家就发神经了，立刻往宿舍飞跑，而后将书包衣服丢了一床，换了衣服穿上球鞋，抱着球就往外拼命往湖滨路狂奔。我看其他东区的哥们也一样，迟了就没球打了。住东四宿舍的时候，我班打篮球的主要成员是邓恭民、许棠、肖克波、林德纬、苏佳伟、张启芳、黄少潮、黎中焕、吴少丰。人数正好占一个篮球架，分三组共9个人比赛轮换。我们班也时常跟其他班打5人对5人的全场比赛，但基本是输的多，因为跟我们打篮球的大多不是师资班的，大多是外省的"大只佬"。我们班也是有高个子"大只佬"的，如郑晓明、徐柏洪、申军、林涛、曹一平，但他们几乎不打篮球。除了邓恭民个子较高外，我们几个个子几乎都不超过1.67米，"吨位"也不够，最多是55公斤。我们都是出生在困难时期，吃地瓜、喝稀饭长大的，在童年生长发育时期几乎没喝过牛奶，缺乏生长营养。明显，我们的体格健壮度比不上广州出生长大的同学，自然，打篮球就吃亏了。许棠、林德纬做边锋，腾空投篮技术不错，是得分手；而佳伟、少潮、张启芳的拼劲十足，常常在人堆里抢到球；邓恭民其实个子也就1.72米左右，所以他就常去抢篮板球，做中锋，因而体力消耗最大。

可能是天天打篮球的刺激，而且个子不高，当年我常常做梦，那些梦境至今还不时出现过，一是带球过人，腾飞突破人群防线，二是摸篮板，甚至单手抓到篮框。这些都是我白日强烈的愿望而实际做不到的行为，在梦里得到了补偿。屡战屡败、屡败屡战，但精神不败。

## 十三、崴了脚

我家族堂表的兄弟姐妹，个子一般很高，不单是"海拔"高，"吨位"也足够。表妹当年还是广东女篮的中锋，可能他们小的时候都喝了牛奶。所谓牛高马大也，我羡慕不已。

我个子大致就那个样了，不会再长多少了，唯有弹跳可能可以增强些。我平时不时练腿劲，在课室或宿舍练弹跳摸高，但训练不够专业，收效不大。为了加强弹跳，我积攒了些钱在五山百货商店买了一双白色有护踝的篮球鞋，穿起来感觉高了一些，弹跳似乎也高了一点，有些快意的感觉，比平日光脚或穿解放鞋打球感觉强多了。于是，我在球场上也敢到人堆里拼抢了，有时还像在梦里那样跟人抢篮板球，也带着球左冲右突，似乎动力大了许多匹。但由于球场大多是泥地，加上不透气，没穿两天就弄得很臭、很脏，老要清洗，洗了又不容易干，麻烦。但更大的麻烦是我过去打球都不穿篮球运动鞋，穿上后，胆子就大了，各种过去不敢做的动作都敢做了，结果就时常会伤到别人或者伤到自己，最糟糕的是我崴了脚。当时学人家抢篮板球，下地瞬间"哒"一声，脚崴了，当即疼得要命，不能行走。我被黎中焕和肖克波搀扶着回了宿舍，晚饭是肖克波帮忙打的，吃了晚饭后，我就到了学校医院，但医生都下了班，不是急诊就只能明天再来，跌打损伤之类的伤科一般是上班时间才有医生。据说国公酒不错，我又到了五山药店买了国公酒和正骨水，回到宿舍，我就用正骨水使劲搓脚，痛得要命。同学说，要喝点国公酒活血祛瘀，于是我就喝了一小杯，平生第一次喝酒，没想这国公酒的酒力这么强。

## 十四、平生第一次喝酒

我喝一口国公酒就醉了，没一会儿，我就醉意熏熏，昏昏欲睡，但还没有擦洗，浑身发臭，我又一跛一跛地拿着肥皂、毛巾和水桶到了卫生间，强忍伤痛去清洗了一下。但从洗澡房出来的时候，我大脑的空间感知弱化了，上下、左右、前后的意识忽然混乱了，没两步就一头撞在墙上，幸而手上还拿着水桶，"咣当"一声，声音巨大。制图班的陈炽坤正好在洗衣服，听到巨响后他立刻跑了出来，看着我说"没事吧"，我说"没事，就是脑袋晕"。我双手贴着墙挣扎着，要爬起来，但空间感没了，觉得是上了太空，站立起来谈何容易。正要站立起来的时候，不知道是暗物质还是暗能量的作用，忽然又将空间的上下方向颠倒了。这时，陈炽坤一个箭步将我扶了起来，但我感觉他的动作是将我的脑袋颠倒朝下，我就按脑子的感觉努力"朝上"。陈炽坤一个人扶不住我，就大喊："出大事了，吴少丰喝醉酒了！"肖克波和黎中焕立刻就跑了出来将我架了起来往宿舍走。我边走边怼："喊什么，喊什么，回你的大寨背粮食去。"还没到我的床，我就睡着了。也不知道睡了多久，醒来的时候，宿舍一个人也没有，空间的意识恢复了，"暗物质暗能量"的作用也消失了，只是左脚脚踝疼得厉害，而且有点热，还红肿了。昨晚喝醉酒的难受劲毕生难忘，反正，没法去上课，我干脆就赖在床上胡思乱想了，觉得昨晚对空间的错乱感觉很奇怪。我想，今后要是从事机器人事业，第一件事是建立机器人的时空意识，不然所有的动作都会混乱。这国公酒真是神奇，喝了就跟陈炽坤扯在一起了。这个陈炽坤虽然远祖是从山西洪洞县老槐树下来广东做大生意的，但跟大寨的陈永贵五百年前可能是同一个宗祠的。陈炽坤是名字不好记，也不好写。而我的名字是既简单又好写，跟他的相反。其实，是那天在洗衣物的时候他跟我聊起来了。他问我贵姓，我说我姓吴，他说："哦，是渡江侦察记的吴老贵那个吴？"我说"是的"。后来他也懒得记我叫什么名，人太多，就开口闭口见了我就笑嘻嘻叫我"那个渡江侦察的吴连长"。真是神奇，这句话传播力超强，结果一下子制图班人人都认识了我，人人见了我的面，就打个招呼"吴老贵"地叫。搞多了，我就有点憋火了，一见到陈炽坤就大喊"陈永贵"，希望他跟我一样，人人见了他就大喊"陈永贵"，但可气的是没人跟我喊。

这样，一叫就叫了几十年。喊他叫"陈永贵"的，一直也只有我一个人，偶尔"火滚"（生气的时候）时喊，成不了气候，后来也忘了。但我这"吴老贵"的威名却名声在外，哥们可以不知道我的真名，但一讲到"吴老贵"，大家就有当年在华工的快乐回忆，笑意难消。无论你是在国内还是在北美，时间远去了近半个世纪，神奇的是我的名字一直刻在你的双手，不信？你打开双手看看，那些掌纹上多半分明是写着我的名字。我与你情同手足。

当年在我空间意识混乱的时候，身边立刻出现了有关三维空间的最强专家——陈炽坤，后来他搞XYZ搞了一辈子，几乎成了这个行当的国内权威人士，真是离奇。

毕业多年后，陈炽坤太太送来一瓶洋河大曲，是她家乡的美酒，当时我就想起了当年的国公酒。当年的国公酒就是用洋河大曲泡药制成的，怪不得那时我有这么大的反应。

打篮球难免受伤，跟踢足球受伤不同，打篮球的受伤往往是所穿的球鞋造成的，而且鞋越新越容易出事。那天晚上疼得要命。

## 十五、阿彪、旋兄之谊

毕业后，阿彪时常跟我联系，几十年来，他还是以前那般笑嘻嘻的模样，有什么事情总是直说，没有半点藏着掖着，绝对没有因为个人位置的变化而生半点隔阂，同学之情格外亲切。旋兄留学回来后，阿彪即时来电说"阿旋回来了，大家一块聚一聚"，结果那天后，我们不时相约聚首，到处走走。

旋兄早些年带我到过他在流花湖公园南门附近的家玩。当时，他父母都在，其兄弟四人我都见过，他是老大，老二当年读公安学校，我们在1号楼住的时候来过一两次找他。旋兄和我在流花湖边的湖天宾馆聊起他姓氏的事情，他说旋这个姓很少，他的远祖祖籍是福建，为了逃避朝廷追杀从福建迁来广州，可能以前是姓施的，后又刻意改成姓旋，因为两字相像。我觉得有道理，但我从旋兄的面相、气度、格局来看，觉得他的祖先非同凡响。被人追杀是何种追杀？很可能是被朝廷满门抄斩的那种，他的祖先有人逃出了那次灭门的追杀，可能坐船南下了。我想了想，姓施、姓旋，都隐含个方字，我灵感一来，立马对旋兄说："既然你说祖上曾姓施，施字，拆开就是'方人也'！你祖上在逃出朝廷追杀之前很可能是姓方的，可能后人害怕姓施太浅白了，就再改成姓旋，含有'方人走'的意思，即方家人逃避追杀之意。"我立刻想起了明朝建文年间，朱棣车裂方孝孺、灭十族的惨烈历史，当时我忽然觉得很难过，旋兄也没了笑容，两只大眼睛泛着泪光，同在难过，半响无言。

我对明史基本是没有什么概念，只是曾听过我家大人谈及过方孝孺的一些事迹，我父亲曾聊起过方孝孺，"杀孝孺，天下读书种子绝矣"。据说当年方孝孺"全家"被朱棣所灭，但很可能还有遗漏嫡传，即旋永南一脉。方孝孺的家人嫡传遗族，在朱棣后的明朝一直被追杀，直到清朝，乾隆对方孝孺"正统"一派的政治态度也持"否认"的态度。惶惶然，数百载，惊弓鸟，欲何奈。

究竟旋兄是否是方孝孺的后人？其实现在可以通过DNA查证。但就算是或者不是都无关紧要了，已经过了600多年了，一切江湖恩怨都成了过去。他祖先能留下来的是血脉以及过人的毅力和智慧。

旋兄跟我讲起他在英国留学的往事：学业和成就。他在英国做过当时最先进的微波集成电路，如何将微波信号变换成数字参数，而后依据参数，形成集成电路。他曾跟我说，数学上能成立的（微波信号数字化），物理上就能实现，结果他做到了。我听懂了他如何苦苦求索，如何形成"微波"集成的设计思想、方向，而后严密求证，再按电路设计具体施工制造、调试，最后获得成功，达到设计的目标，体会到了整个过程奋斗的艰辛和成功的喜悦。他说那些电影中出现的部队士兵的无线步话机，可压缩成指甲片大小，预言当时流行的BB机、手机将很快更新换代，变得很便宜，人手一机，"砖头手机"不再是大款的象征。听起来令人兴奋！他的博士毕业典礼还得到英国皇家成员的召见，和安妮公主合影，怪不得旋兄跟以前大不一样，变得更加彬彬有礼、斯斯文文、幽默有趣、意气风发。他讲他的"威水史"（威风事迹）给我听，知道我听得明白，更重要的是我会为他真心喝彩，而后反射到他的内心精神世界，那份喜悦、兴奋会感觉更加踏实一些。

再说戴文彪同学，阿彪毕业后到了物资局，后做起了国企大买卖，后那个物资局也改了，人员多也下海了，开始是在"物之海"做各种电器销售，后干脆单干了，做志高空调的广州地区总代理，一晃就过了30年。

旋兄到美国后联系就少了，阿彪也就是年节发个信息、打个电话相互问候一下，大家都很忙，可以理解。

后旋兄生病了，不久也病逝了，我觉得他就是在外拼搏得太辛苦了，没有顾及身体。阿彪2020年也忽然心梗离世了。我班刘炎豪、曹一平都是很拼搏，压力大的人，都相继离世了。对于我来说，对他们有多少的喜爱、多少的同学之情，就有多少的不舍、多少的哀伤。泪流满面。

近日，我班的微信群有贴视频《寒窑赋》，音含感慨，诉说人间的无奈：

天有不测风云，人有旦夕祸福。

蜈蚣百足，行不及蛇；雄鸡扇翼，飞不过鸦。

马有千里之程，无骑不能自往；人有冲天之志，非运不能腾达。

文章盖世，孔子厄困于陈邦；

武略超群，太公垂钓于渭水……

听罢万分感慨，随也吟哦几句：

世态炎凉，风水轮转，幼长老衰，概为天算。人生际遇，身外之乱，唯诵经典，心静不倦。

## 十六、奔腾和漫跑

在华工读书的日子，每天拂晓，一到六点，高音喇叭准时就广播《东方红》《大海航行靠舵手》了，一听到喇叭声，全宿舍就立刻像"跑地震"那样，第一时间就往楼下奔去。当我跑到楼下的时候，真是"莫道君行早，更有早行人"。外面的情景很是震撼，到处是跟我一样跑步的人，这种状况简直就是原野上的万马奔腾！我们一般是绕湖滨路跑一圈，而后到盥洗间、卫生间"办事"，再到饭堂买早餐。记得体育教研组的老师常常在湖滨路的东侧查看我的晨运情况，面对我们的晨运场面也觉得很震撼。

下午下完课后，找不到球场或不打球的同学大多也去跑步，这种跑步就不是跑湖滨路了，大多有点逛风景的意味。我和肖克波、林德纬、苏佳伟、黄少潮、许棠几个跟着张启芳、黎中焕等几乎跑遍了五山各条大路、小路，有时跑得远还跑到岑村、植物园、银河公墓等。

跑步能使得疲惫的脑筋得到休息，学习的日常变得更有活力。四十年后，我回忆华工的跑步，一番感慨写了两首词：

### 采桑子·华工校园今昔感

时空四十年回转

此处朝朝

人海滔滔

峰谷飞腾气势豪

湖光山色今胜昔

花草娇娇

群木乔乔

绿瓦红墙广厦潮

### 如梦令·百步梯

气短并非孬种

叹息实为心痛

此处百寻高

屏息冲冠顶紫

恁纵 恁纵

梯陡晖光万重

## 十七、图书馆逸事

由于77级、78级、79级陆续入学，学校到处是人，做什么事情都要排队，但自修课没有安排课室,所以找个地方看书做作业就变得跟当年春运买火车票似的,紧张得很。图书馆位置最多,而且大家都很安静,气氛极好,所以,大家都喜欢往图书馆跑。如果早上有自修课,早上有时喇叭一响,我们就往图书馆冲,但我从来都不是第一个到图书馆门前的,我跑到图书馆大门前的时候,那里早已有几十个人拥挤在门前了,都在背英语单词等门卫开门,我也挤到了大门的边侧。人流陆续到来,道路上挤满了黑压压的人群,一听到里头门卫的动静,人群就骚动起来,大家就一块往大门拥挤。大门由多扇门组成,一开始只是中间的两扇,门卫一打开锁就一个箭步闪到一边,他怕被人"踩死"!但在门前的那些人早就被人挤到双脚不能自主,甚至悬了空。门前个别人力气很大,加上后面的人拼命往里推,就挣脱了两边的束缚力,我一个踉跄进了中门,但书包还在人群中夹着,拔了老半天,这时又有些人进来了,书包才被裹挟进来了。捡起书包后,我立刻往一楼的阅览室冲锋,只听大家喊着"冲啊……"像苏联红军攻陷冬宫那样。我跑进阅览室后立刻冲到最理想的位置,每个位置放一本书,立刻占了十来个位置,坐等班里委托占位的同学带来馒头。有时忘了叫其他同学打早餐,占位后就自己到五山茶楼买布拉肠粉吃。我记得有一次占位后走出图书馆,一路上有很多鞋子和散落的书和作业本之类的东西。还见过一些女同学在哭,被挤得很不堪。

回到图书馆后,我班委托我找位置的同学都坐下做功课了,我也坐了下来,但由于我占的位置多,数学班的同学也来了,马国胜等常常是姗姗来迟,估计是"叹完"早茶,梳完靓妆才出门,笑嘻嘻地就坐在我的身旁写作业了。

### 十八、体育馆的记忆

2018年11月17日,我和同班部分同学回校参加入学40周年庆典,庆典活动在体育馆举行,但体育馆的内部装修早就焕然一新,但感觉不是很好,新不如旧。我们在体育馆参加会议,欣赏文艺表演,看电影。室内体育课练习和考试的地方是当年体育教研组的地盘,是我们当年常常光顾的地方。

常常一起打篮球的几个同学,也常常在周末到体育馆看电影。当年在体育馆播放的电影有很多,其中有美国电影《百万英镑》《罗马假日》《摩登时代》《淘金记》,日本电影《追捕》《望乡》《狐狸的故事》《华丽的家族》,国内电影《小花》,等等。《百万英镑》是我们看的第一部美国电影,主演是好莱坞老牌明星格里高利·派克,主题曲是当年无线电广播的美国之音电台的主旋律……派克英俊潇洒的形象令人难忘。《罗马假日》中派克也是男主角,女主角是奥黛丽·赫本。我领略到了西方的文化艺术。对于我们这一代人来说,当时这些电影带来的精神上的效果是震撼的。但最感震撼的还是卓别林的喜剧系列,体育馆播放了《摩登时代》后,华工校园就常常看到学卓别林走路的,笑声多了很多。那个年代的校园生活,我相信大家会有共鸣,是一辈子最快乐的时光。

记得,一天傍晚,大喇叭里传来通知:今天晚上在体育馆放映美国喜剧片《摩登时代》。我一时没有留意,在宿舍待到七八点钟的时候,只见有些同学在路上着魔似的笑个不停,还学着鸭子走路,样子挺滑稽。我和肖克波立刻行动起来冲往体育馆,赶第二场,赶到体育馆东墙的窗口,一个小小的开口就是售票窗口。当时华工的大师真会设计,把售票窗口弄得这么小，原来是为了防拥挤的时候伸进窗口的手太多容易闹出乱子。

这时的售票处外面已经挤满了人，我拉着肖克波就往人群里拥挤，但没有办法挤进去，肖克波在外使劲地推我，但也没办法前进一步。挤得实在难受，我就往外退了出来，想了办法，沿墙边挤，结果好多人也跟着我往墙边挤，但我后面有肖克波，他使劲将我托起来，让我的手能靠近窗口，加上我的手已经能抓到窗口的边沿了，再使劲一阵，我就将手伸进去了。将钱递进去后，零钱和票抓在手上，我的手马上想往回抽，这下可糟糕了，变成贪心的猴子，握紧的拳头导致很难将手拔回来了，下面的同学只好将手先抽出来，这样我才勉强将拳头抽了出来，但手背掉了点皮，身子要出来也不容易。我双脚使劲往东墙一蹬，后面的同学被我挤开了，我这才立刻闪身出来。肖克波在一边笑得不行，我不停激动地说："搞到了，搞到了……"

场面混乱拥挤不堪，也不守次序，虽然大家是有失斯文，但不会动粗。相互挤压变成一种开心的活动，只有"咔咔"的大笑声。弄了一身大汗，身上滑溜溜的，怪不得叫华工了，原来没有"滑功"（谐音），休想买到票。

晚上第二场电影8点半开始，我和肖克波进场找到位置坐下后电影就开始了。那些美国电影的音乐我是第一次听到，觉得很特别。没一会儿全场就爆笑了，笑卓别林拧螺丝的滑稽动作，接着一个连着一个笑话让人大笑。这是我平生第一次笑得那么疯狂，感官第一次受到如此震撼的冲击！

看完《摩登时代》后，回宿舍的路上全是止不住大笑的同学，还一路走一路学卓别林的鸭子步和拧螺丝的动作。要是卓别林有生看到我们这般情景肯定也很开心。可惜他1977年12月就去世了，我们看他的戏的时候，他已在天堂。查理·卓别林是伟大的喜剧大师。后来，我们不时也学着卓别林走路、逗乐，卓别林的戏剧带来了影响我们一生的欢乐。

除了体育馆的电影，我们班一些同学，如张启芳、黎中焕、肖克波、林德纬、苏佳伟、黄少潮、许棠，一听到周边的单位，比如五所、农垦局、华师、军医大（暨大）、华农有电影看，就几乎不会落下，华工看电影的队伍浩浩荡荡。我们这些爱看电影的同学，也看不出对学习有多大的影响。肖克波常常打瞌睡，有时课间换课室的时候，连同走路也似乎睡眼惺忪，手搭着我的肩膀，眼睛好像没有睁开。他上课的时候也常常这样，我问他上课的时候有没有听课，他说："有啊！"但我不信。不过，到了晚上自习做作业，他就来精神了。尽管他作业的文字表达看上去不清不楚，但方程、算式、答案基本不会错，考试成绩还很好，真是天才！

在体育馆难忘的事情不少，但最难忘的是一次听学校领导的报告，当时华工分为华南工学院和广东化工学院，党委书记讲了一大通国内形势和学校的情况，接着，轮到学校革委会副主任、副校长、一级教授冯秉铨讲话了，我们当初不知道什么是一级教授，同时，认为其校长、革委会委员主任都只是个副手，认为不是什么大人物。

冯教授看见我们很开心，他没有讲稿，呷了口茶，就开讲了。年代已久，原话是什么我已记不清了，讲的事情我大概还记得一些，他说他年轻的时候曾在哈佛留学，后还当了教授，还跟驰名世界的杨振宁、李政道等都是旧时相识，还是当年美国无线电领域一流的人物。我们立刻对冯教授肃然起敬,他讲的是他个人真实的历程、人生的经验、读书的要诀,是在鼓励我们这些后人如何读书、研究、成才。原来他在清华读过书,他老家是白洋淀的,也是讲方言的,但他讲得一口麻溜的京片子,这不奇怪,但讲到广州的生活,他立刻切换了粤语,又是满口标准的粤语,还能讲五山、石牌土话,令人惊讶。当然,他的英语是顶呱呱的,还会俄语,真是个天才!

他手上还拿着烟,兴来的时候,还吸一口烟,惬意、亢奋、意气风发。他讲他读书的时候,曾经由于太过专注,喝过一瓶墨水。他还教我们如何将书读厚而后再将书读薄。他讲了许多有趣的逸事,如同对待自己的孩子那般,谆谆教诲,恩宠无限。我们感动了,掌声一波又一波,不时为他倾情、真心的精彩演讲喝彩,终生难忘。我人生中见过的最有才华、最能演讲的人是冯秉铨(华工体育馆关于77级开学演讲)、钱三强(中大礼堂与李政道等关于基本粒子量子场论的演讲)、习仲勋(广州中山纪念堂关于广东改革开放的演讲),他们讲的内容能打动人,最大特点是真心坦诚、讲述精彩、条理清晰,把握大方向、振奋人心、激励斗志,其次才是语言艺术。

虽然我只听过冯秉铨教授的一次演讲,但足够使我受益一生,就像《西游记》里孙悟空的师父菩提祖师也没跟孙悟空讲几句话,但关键是指明了方向,传授了练功的要诀、信念。进入门道,其实主要是自我修炼,要诀、信念是关键的。

# 我和我的老师

### 77级物理师资班  吴少丰

大学四年,教过我们班的老师有许多,比如,电工:何笑评;制图:江厚祥;政经:黄海潮、鲍启诚;党史:冯海燕;马列理论:冯敬阳、冯向阳、冯淑文;英语:赵小兰;光学:林万荣;原子物理、激光:邝志雄;电子技术:林鼎彝;固体物理:周佐平;理论力学:刘有延;数学:陈世雄、巫观发(线性代数),助教湛宏伟;量子力学:黄卓璇;普通物理(力学、气体、液体、流体、固体、电磁学等):周佐平;普通物理(力学):丘月明;普通物理(振动与波):张近伟;热学与统计物理:曾德安、莫光辉;电动力学:苏曾燧;物理实验:温坤麟、麦咏贤(全息);普通化学:许德选;体育:孙允雨;高级物理实验(北大):林舒、赵凯华;等等。

老师们的循循教诲,我一直铭记在心;老师的容貌、神态,经常还出现在我的脑海中……

### 一、周佐平老师

周佐平老师是上我们的本科物理课程最多的老师,主讲力学、电磁学、分子物理与热学、固体物理等。记得在5号楼的课室,周老师给我们上分子物理课程的时候,他弄了个木箱放在讲台上。木箱前有块玻璃,箱子的板壁大致有一寸厚,箱子上部钉了很多钉子,在大致三分之一的下半部有很多竖直的隔板,箱子顶上中间部位有个小开口,这个箱子的装置叫作伽尔顿板。本来讲台都接近1.5米高了,加上箱子有1米左右高,加起来有两米多高,周老师还要朝木箱的顶部开口处灌黄豆,不好弄。周老师踮着脚尖有点费劲,但总算没有撒落一地,黄豆"叮叮当当"地灌进了箱子,而后在储豆子的多个槽子上出现一条曲线,周老师说这条曲线叫正态分布曲线,而后用实验讲经典力学的分子统计原理。随机性是什么、统计规律是什么,被直观地表达了出来。接着,他讲了分子运动的能均分定理,导出概率密度分布函数,指出平衡态的系统的温度与分子的平均速度有关,导出分子平均速度概率密度函数曲线(麦克斯韦分布曲线)。周老师讲得很详尽。

周老师从分子运动的角度还讲到什么是系统的平衡态、理想气体是什么、其状态方程的由来、平衡态的内能是什么等,我印象比较深的课程是非理想气体的内容,非理想气体有多种,其中重点讲了范德瓦尔斯气体,讲其与理想气体有何不同、微观的本质是什么。周老师讲范德瓦耳斯气体与理想气体的不同是考虑了分子力,解析了表达分子力的力场分布曲线(范德瓦耳斯力)。考虑到分子占有空间,即存在排斥力、分子之间存在吸引力,从而从理想气体状态方程对压力、容积做了修正,形成了范氏气体状态方程,通过实验证实其状态方程的存在,证实分子之间的确存在排斥力和吸引力。我问周老师这些分子力本质上是否是电磁相互作用力,周老师说是的,理想气体就是忽略了分子间相互作用力的气体。后来我自己想,如果是中子"气体"呢?中子之间是否还存在类似范氏力的力?中子不带电，相互碰撞出现的排斥力就未必是电磁力了。中子之间的吸引力如果存在的话，又会是什么？显然不可能是电磁力了。引力是存在的，但太弱了，一般状态下不会做考虑的。这些问题断断续续在我的脑海里萦绕了几十年，直到现在。我当时想，如果通过将中子气体当成范氏气体看待，如果实验可测定容积、压力修正项，这个中子气体的排斥项如果不是电磁性的，那会是什么性质的呢？显然，跟强子（强相互作用）关系不大，是弱相互作用？也可能关系不大，那剩下的就是跟质量有关的力，只是与引力作用方向相反。当年的实验室经费有限，即使有想法，实验条件也不允许。要是当年条件允许的话，设计一个寻找中子气体修正项的实验，说不定就找到了与中子质量相关的排斥力（暂且简称质量斥力），弄个诺贝尔奖也是有可能的。我后来的力学研究，理论上推出质量斥力有存在的可能性。看到我这个关于质量斥力可能存在的"猜想"的后来人，如果感兴趣且有条件的话，可以开展相关研究，说不定真的能找到其存在的证据，这将会是力学领域的拓展性的大发现。

周老师一家当年住在 5108 阶梯课室的讲台后面的仪器房，我们常常路过他家，总是看到他在忙个不停。当年的物理课老师很少，他同时负责 4 个班的课程，还要亲自批改作业本，起码有 150 多本，工作量巨大。特别是大热天，蚊子很多，又没有空调，灯光下，周老师往往是满身汗，满脸通红，真是辛苦。

## 二、邝志雄老师

邝志雄老师是我的激光、原子物理等课程的老师，也是关注我一辈子的老师。奇巧的是，他的伯父邝基发竟然是我伯父的老师。

他们的家族是天主教亚洲教区重要人物，全家基本都是教授。抗日战争时期，日本人惨无人道地屠杀东南亚华侨，他们一家从印度尼西亚、马来西亚、菲律宾回到祖国。

我毕业后那些年，我住在梅花村附近的单间，邝老师几乎每周在华工上完课后，会路过我的住所，顺便会进屋坐坐。他一般就进屋，不用请就坐在那张招呼客人的椅子上，有时他滔滔不绝，有时也一声不吭，有时就是打瞌睡。反正我这里是他下班骑车回家的"中途岛"，我没请他吃过一顿饭，但喝点水是有的，他也常引着我到他家里坐坐。他很迟才结婚，生育有两个男孩，当年大概读小学一两年级。他常到我住处可能是为了躲避唠叨的母亲。他妈妈年纪很大，但仍旧弹一手好钢琴，且能歌善舞，看得出来是那个年代难得的知识女性。师祖母见到邝老师依旧还是对孩子那般。有一次，邝老师叫我去他东川路的家，去见一个人，这个人就是他的亲弟弟，我见到邝老师的弟弟的时候，有点吃惊，我的天！这不是陈景润吗？比陈景润还像陈景润！装束和挎包还是"文化大革命"时代的类似军装或红卫装的行头，一副陈景润款的深度眼镜掩盖了大半个鼻梁，可他真是与陈景润同个单位的，也是个数学家，名为邝志全，只是知名度不及陈景润。邝老师想让他弟弟跟我说说相对论之类的话，因为他弟弟的研究工作中有相对论的几何问题，邝老师跟我谈过相对论力学的问题，可能觉得我跟他弟弟可以学点东西。

邝老师留给我的印记很多。有一次在我住处，他讲起当年日军入侵东南亚以及印尼排华的惨状，一时失控，眼泪就掉了下来，后高声唱起抗战时代的歌曲——《我的家在松花江畔》，边唱边掉泪。我仿佛也在被屠杀的人群之中，一时也止不住眼泪。

邝老师说："无论这里有这不好那不好，但毕竟是我们的祖国！"他当年的无助、苦难的经历给我影响至深。

邝祖师母是个性刚强、感情浓烈、有教养的知识女性，但毕竟是经历了战火纷飞，劫后余生，我更感受到她过去的痛苦。遗憾的是我没有机会聆听她老人家讲邝老师一家在东南亚的苦难历程。

邝老师在家几乎都不作声，见了母亲就毕恭毕敬，我也跟着弓着身不敢造次。有一天，祖师母可能认为我也是教徒，就在她东川路的家唱起教堂的颂歌，还演奏了钢琴，钢琴上还摆着沁人心脾的洁白的姜花，使我真切地感受了信徒的真情、圣洁和温馨。在她老人家的心里，我就是她老人家所宠爱的大孙子。她跟我倾诉她近些年的痛苦，她得了皮肤癌，可能因她是在东南亚赤道附近的时候受到过强烈的太阳辐射而造成的。她说，医院为她做了手术切除，她说："那就是活扒皮，真惨呀！上帝呀！"这番话，对她恭恭敬敬的儿子可能是听腻了，没有表情，没管我就独自上楼去了，我就陪同祖师母，顺着话讲起太阳辐射，讲起辐射与医疗，话题支开了，痛苦也减少了。讲起我伯父和她家的老二一样都是研究数学的，都是为学术献身一辈子的人，她说现在中国的数学主要起源于几百年前的天主教的传教徒利玛窦，《几何原本》其实也是一本经书。而后她滔滔不绝，回到她的本行，讲起神学、天主、耶稣，讲起博爱、仁慈……神情凝重，眼有泪光。讲着讲着，在3楼待了良久的"老大"下楼了，似乎根本没听到自己母亲神采飞扬的倾诉。后邝老师叫我上楼搬东西下来清洗，我跟着他到了楼上，又见到一个分外慈祥的老太太，是邝老师的岳母，端坐在床沿，双颊泛红，但见到我还是满脸笑容。我在床底下拉出一个箱子，忽然，我见到师岳老太太的一只小腿只有半截！令我惊愕不已。搬着箱子到楼下后就准备清洗，这时2楼阳台门窗上传来了祖师母的女高音，叫我老师将刚才"那个小孙子"（指我）还给她，她还没讲完呢！老师立马叫我赶紧别吭声，说："她能一直讲到明天这个时辰！"

过后，邝老师像往常那样，一进我屋依旧坐那张椅子上，翘着二郎腿抖着，他说他岳母辛苦劳作一辈子，没有半句怨言，近些年，糖尿病发作，锯了半条腿，再辛苦也没有吭一声。其实这两个老太都有难以遣散的痛苦纠缠，一是身体上的病痛，二是精神上的创伤、孤独。师祖母的精神痛苦尤为强烈，见到她，我感觉到她心灵与我共鸣着。

邝老师的往事还有很多。其实邝老师有的时候也是很滑稽，很搞笑的。那年冬天的晚上，我路过东山的教堂，见到教堂里面很多人，夜幕中，高耸的教堂传来歌声，大门外有圣诞树，圣诞树上挂满了雪花的纸样，周围布置得灯光闪闪，很漂亮。我急着赶回去，就没有进去。又隔了两天，邝老师来了，手上提着礼品之类的盒子，脸上带着喜悦，说是回学校拿的东西。想起大前晚东山教堂的情景，我问："今晚是平安夜吗？"他说是后天晚上。我又问："那些信徒在教堂唱的是什么呀！教堂里面点着蜡烛，'黑嘛嘛'（一片漆黑）的，传来一阵阵歌声，'哎呀，路呀'，打开点灯不就行了吗？"他被我逗笑了，他说："可能有东西吃吧，哎呀……"我也没大没小了，我说："不是哦，可能'黑嘛嘛'还捞了很多东西！""哎呀，捞嘢！哎呀，捞嘢！"邝老师还手舞足蹈，手上的礼品盒子变成他漏夜捞到的"么嘢"（东西）！师生俩大笑不已。我口中的茶水喷了邝老师一脸，笑得够呛！就这样师生俩提前进行平安夜狂欢了。

邝老师平时一本正经，可能是自幼在教堂长大，一脸牧师传道的神圣模样。他讲课有些啰嗦，"口水花喷喷"，板书也不咋地，但他的激光、原子物理课里会不时闪烁出难得的智慧灵光，让有心的人感受到深邃、暗黑的物理世界中有片刻的亮丽的风景。在讲激光的应用时，他说："有可能利用激光进行远距离的物质传送，也有可能利用激光制作原子等粒子镊子、钳子类的，等等，前景极为广泛，极为神奇，至今已经过去了40多年，但激光领域的宝藏仍然极为丰富，极为活跃。盖伯（Dennis Gabor）在1956年发明了全息术，一直默默无名，但激光器出现后，全息术变得光芒四射，神奇无比，盖伯在1971年也获得了诺贝尔奖。"

我和王启豪（豪仔）、张小明、孔龙、黄穗萍等同学的毕业设计都是选激光全息，我和王启豪研究激光全息储存，指导老师是麦咏贤和邝志雄。我们做的毕业设计，应该说，在当时算是接近该领域的世界前沿了。

当时18号楼刚建好没两年，物理系物理实验室也进了很多设备，其中就有光学器具、全息平台等，做激光全息实验已经具备一些基本的条件了，但对于全息储存，仍欠缺专门的器具。麦咏贤老师没有上过我们的物理课程，他主要是负责物理实验室建设的。但他对激光全息的神奇很感兴趣，所以就做了我们的毕业实践的指导老师。麦老师是沙坪人，跟豪仔算是同乡，所以跟豪仔聊得更多些，显得格外亲切和蔼，但对我似乎是另一副面孔。操作全息实验要求器具的平稳度很高、镜头不能摸等，因为稍稍有点震动就可能引起光具的位移导致实验的失败，他常神情严肃地对着我说："轻点、轻点！"弄得我很紧张。欠缺实验用的镜头、快门，不知麦老师跟豪仔讨论了什么，想办法弄来了一部老旧单反照相机，后拆了，将拆开的镜头、快门装上光具加上，后发现还差半透镜和反射镜，这个必须专门定做，别以为随便弄个镜子就能代替反射镜，实验要求是比较严格的。正好温坤璘老师擅长电真空那套路，并且物理系有电真空的设备，他在一楼的电真空实验室开机了，我们裁剪了几片光学玻璃给他，弄了两天。温老师先是开抽气机抽气而后加油气，再将油气抽干，制造出达标的高度真空环境，而后加热银块直至熔化、气化，气化的银离子扩散到光学玻璃上而后一层层均匀地沉积，接着再进行冷却等工序，费了不少功夫，终于制成符合全息实验条件的光学反射镜和半透镜。接下来是光路的调试，怕麦老师的"警告"，我也的确是毛手毛脚的，所以，光具台上的操弄主要是豪仔负责，我做副手。这样又弄了一个星期，终于可以尝试照相了，底片出来后就进行显影定影冲洗，底片的效果仍不尽人意，又折腾调试了一段时间，终于达到了比较理想的效果。底片在全息再现光路上，开关一开，一道一级衍射光束投影到屏幕上，清晰明亮地显示出一张报纸的全部信息，完全是那张报纸的放大、立体的再现！我跟豪仔都很兴奋，两个人连续打着响指，手舞足蹈的。麦老师听到动静就进来实验室，见到墙上明亮的报纸再现，氦氖激光的紫红色叠加在他的脸上，他得意地笑了，还特别童真。麦老师也是个"大声公"，他大声叫楼下的温老师来看看稀罕物。温老师来了，也很高兴，他也是第一次看到激光全息的神奇。"哇！"他发出了一声惊叹！邝老师随后也不知从哪儿钻了出来，他的兴奋很不同，他没吭声，而是赶紧关闭激光光源，而后拿着照相机对着试验台拍了很多照片，作了实验要图，然后就拿了尺子反复丈量各器具的方位、尺寸的布置，后就回他的办公室整理、完善实验资料了。

邝老师的兴奋在于理论得到实验的证实，他对全息台上的成功实验忙着详尽记录整理，生怕以后难以再次重复，是对高科技工作的特殊的敏锐直觉。因为科学原理在很多书刊文献中，人人都可以看到，但要通过技术实现则是另一回事，有些技术的细节不公开的话，外人就很难重复成功实验。邝老师的行为是对我们实验的肯定，他的兴奋藏在心中。实验做出来了，毕业论文写得不要太离谱就行了。毕业后，可能有一年吧，豪仔又被麦老师叫回实验室做全息指模什么的，说是跟省公安合作，但后来就没了下文。豪仔后来跟华师的校花结了婚，到了纽约州立大学。再过了十来年，听说林涛也从事过指纹这方面的工作，后他也到了美国。后来又听说原半导体77级还是78级的校友也在研究指纹。

我觉得豪仔是摆弄实验、解决具体技术问题的难得人才，而邝老师是激发技术人才的导师。回看那些物理实验，距离诺贝尔物理奖是有一定的距离，但并不遥远，比如1997年朱棣文获诺贝尔物理奖，如果当年华工物理系有财力购买一些仪器设备，各级领导足够重视，经过10多年的持续努力，华工学子获得诺贝尔奖是有可能的。今天，激光领域还有许多机会，奇迹或许是会出现的。

邝志雄老师为我们班的激光课程专门编写了《激光与激光器原理》教材，在钢板上铺上蜡纸刻字制版、油印，而后装订成册。共有多少册呢？不得而知，可能不出百册。邝老师肯定是翻阅浏览了激光问世以来的海量国内外科技文献，提取了其中的精华，收集大量资料后，还要读懂、浅析、综合归纳，花了多少功夫、费了多少心机，才编成我们的教材，而邝老师的这本教材很可能只给我们班用过，后来可能没有人再用过，现在，可能找不到了。学完邝老师的这本激光教材，我们已领略激光科技领域的世界前沿。

我不是教徒，我自幼懵懂就不喜欢烟雾缭绕、充满神秘的各种庙堂，一听到木鱼声，没"笃"几下就昏昏入睡如被催眠了，但我读起来自西方教徒的科学，即邝祖师母所说的"经书"，却被深深地吸引、折服，愿随邝老师家族做科学"上帝"的仆人、殉道者，像邝家老二那样，像我伯父那样，像暗黑深海中的小虾，无畏生死，伸缩潜行。

邝老师在我毕业后的那些年常常路过我住所，也常常进屋跟我无所不谈。一则是他的精神世界里，回家后是妈妈的乖孩子，是丈夫，又是两个顽皮小孩的爹，上班时是系领导的部下、学生的老师，而在我这儿，他说的专业也好，或者时事也好，或者情感也好，都有共鸣，都能得到精神上的欢愉、舒缓。二则是他有高得有点可怕的血压，他来我这"中途岛"歇歇，是降血压的需求。三则是他弟弟常年在中关村，他常常思念他，所以兄弟间的感情或多或少就转移在我的身上了。

有一天傍晚，单位来了电话说华工物理系有电话找我，我接到电话后，对方自称是物理系办公室的，说邝老师在石牌中山三院附近出车祸了！我一时无法接受这种残酷的噩耗，眼泪顿时倾泻，失声痛哭。

### 三、林万荣老师

林万荣老师教我们光学课程。当年光学的教材是母国光、战元龄所编，由于数学和力学教材逻辑系统比较有条理，理工科学生一般会觉得好读，但这本教材跟数学、力学的"风格"不同，令人感觉逻辑系统比较凌乱，相当一些内容像一本工具书。由于光学基本实验做得少，学生对一般的光学直观概念都比较模糊，比如，知道平面镜反射的虚像是光线的反向延伸线的交点，能看得见，但对于实像是光线的交点是否也具有"可视性"就模糊了。实验少了，对光具有的特性的理解就自然缺乏思维的"抓手"了，所以光学这门课程我们都觉得不好学。但林万荣老师的教学看得出是经过认真备课的，这一点，从他漂亮的板书作图就可以看出来。林老师花了很多心血，但教学效果不佳是一件遗憾的事情。我觉得原因之一是我们的中学欠缺光学的内容，第二是光学基本实验演示课程欠缺，第三是教材未能改编以改善学生的阅读理解。林老师在我们的光学课程中还增多了一些当年比较先进的科研成果，比如增透膜的理论。林老师的光学课程给我留下了深刻印象的是关于光的衍射原理。当年，我读到惠更斯－菲涅尔原理中关于子波的概念引入光的衍射分布公式，成为一个定律，但我觉得既然光是电磁波的一种，光的衍射规律应该可以由电磁理论推导出来，光的衍射定律应该是定理才对。于是我被这个问题缠住了，花去了我很多宝贵的时间，由于在学期间条件不允许，折腾不出什么结果，日后成了我一个挥之不去的心结。后来，有空余时间了，我对这个问题有了个比较清晰的看法，即有很大可能性是现有电磁理论仍有包容性不足之处。明确了方向后，我对麦克斯韦方程组的包容性方面开展了扩展性的研究，并得到了我想要的结果。我认为我是完成了电磁理论的一个扩展，了结了当初的"心结"。

早几年，我们相聚在华工，我们事先通知在1号楼集中。林老师穿着整齐，早早就在1号楼大门等着大家，他见到大家，马上就开心起来了，尽管一时叫不出所有人的名字来，但知道我们都是他的学生。他一辈子都惦记着我们，我感受到林老师对我们的关爱。我感激他，是他引发了我对扩展电磁理论的思考。

## 四、许德选老师

许德选老师是我们的化学老师，身体瘦弱，是肖克波的老乡，除了"普通化学"课程教学，还带我们做实验，一个人全包了。他无论是讲学或是实验水平都是一流的，亲批作业，兢兢业业，是个尽责的好老师。许老师有3个儿子，大儿子叫许少波，老二跟我同名，老三忘了叫什么。少波大学毕业后在杨箕村张建好属下的外商服务中心做工程部领导。老二听说在石牌开店，生活不愁，早早买了房子自立门户了。老三继承父业，是个高材生，在华工读了博士，现在华工从事教研工作。早些年我思念许老师，打电话去许老师家的时候，接电话的是师母，她说许老师过世了。20世纪80年代中后期，许老师从东七搬到南秀村的新教工宿舍楼，我到过他家探望他。师母记得我，亲切叫我"同名"，克波当年还在华工，她没有问到，问的是德纬、佳伟、阿刘、健雄的情况，她非常惦记他们。

化工是华工的强项，原华南工学院副院长、著名教授罗雄才就是国内著名的化工泰斗，现在我国不少化工领域的重要人物是他的徒子、徒孙。而我们的许老师就在罗雄才的门下从事化学教研，水平绝对是一流的。当年我校早早就有了光刻制版技术，属于国内先进，许老师是这个科研组的主要人物，还专门带我们到他的光刻制版室参观。

化学是一门实验性很强的学科,实验操作是化学实验的基本功,故许老师要求很高。我清晰地记得我们在实验室做实验,记录数据,写实验报告,最后是清洗器皿,不同的实验过后的洗涤剂有所不同。一般在化学实验室待过的人都会养成习惯,家里的碗碟都会洗得特别的干净,衣服、地板等也会弄得干干净净的。

### 五、苏曾燧老师

苏曾燧老师是我的电动力学课程的老师,电动力学是近代物理学中逻辑系统最优美的学科,是苏老师带我们进入这个物理殿堂,是他引导我们欣赏其中奥妙。

电动力学的发展是一段人类认识自然的精彩科学历程,通过学习电动力学,我体会到了人类科学的真实历程。通过实验、观察总结出基本电磁现象的基本规律,再通过数学的推理归结为麦克斯韦方程组并有所发现。麦克斯韦电磁方程组揭示了:①光速是常数,可以通过介质常数计算出来;②预言电磁波的存在;③为拓展新时空理论奠定基础。

由于麦克斯韦方程组中有达兰贝尔方程的形式,即波动的形式,经典的波动观念认为有波动就必定存在承载其的介质,即宇宙空间中存在以太,但寻找以太的实验失败,说明电磁波不是经典意义上的机械波动。另外,经典的时空变换即伽利略变换,并不适用于电磁波方程,而适合电磁波方程的时空变换是洛伦兹变换。洛伦兹变换在低速的情况下逼近伽利略变换,也可以说,洛伦兹变换是伽利略变换的扩展,或包容。爱因斯坦依据公理化的格式,从光速不变性和惯性系的等价性作为两个基本原理建立了闵可夫斯基空间,通过几何的办法构建了新的时空概念。由于牛顿力学适用于伽利略变换,而洛伦兹变换则应该有其所适用的力学,爱因斯坦就创立了一门新的力学——狭义相对论力学。爱因斯坦继续探索,将力学引入了非惯性系,创造了广义相对论,对狭义相对论做进一步扩展。由简单的假设,通过几何的方法,让力学逐步升级、扩展,其逻辑体系精彩绝伦!苏老师将爱因斯坦的逻辑体系完美地展现在我的面前,让我如同得到爱因斯坦的真传。

虽然我非常崇拜爱因斯坦,但我并不迷信权威。爱因斯坦"玩"了一生的几何,笃信客观世界是决定论,但我认为客观世界本质上是随机的,必然事件是偶然事件的累积,必然蕴含着偶然。所以,我认为爱因斯坦的力学仍有扩展的后续。这件事情,我算是惦记了一辈子。我毕业后,找到工作,在做好本职工作的前提下,工作之余我就思考这些问题,学着爱因斯坦的方式,尝试建立一套新的力学逻辑体系。不经不觉,断断续续,就到了现在,时不我待,我要将我的力学扩展留存于世。

苏老师课堂的板书规范,字体工整,解析透彻,引人入胜,展现了电动力学的魅力,使我终生痴迷此道,乐而不返。

我们毕业后,时任广东省委书记的叶选平亲自到苏老师家里邀请他任广州大学物理教授。若干年后,邝老师又跟我说苏老师的眼睛出了问题,我就到苏老师家探视。苏老师很高兴,我跟他聊起养鸟怡情的事情,没想到多年后,他竟然成了广州"鸟王",真了不起!退休后,苏老师还玩古董,收藏了很多古玩字画,常常在微信中跟我聊天,展示他多年的藏品。为苏老师的藏品我还写了很多诗歌,某天他发来一幅牡丹图,我为这图写了一首绝句:

### 七绝·说香玉
#### ——为苏老师牡丹贴题

庚子年三月廿四日

荒园青冢葬黄郎，香玉灵眸泛泪光。

夜夜伤心倾怨恨，此生不再播芬芳。

（注：香玉——聊斋故事《香玉》）

和苏老师的故事还有很多，可惜微信上精彩的对话许多没有及时保留下来，不然日后也可编辑成书了。

## 六、何笑评老师

何笑评老师是我的电工课程的老师，是一个上课非常认真细致、对学生非常关心、忘我工作的好老师。在学校的时候，由于打球受伤缺课，加上我爱钻牛角尖、胡思乱想的毛病，我落下了电工课的一些课程，但我自己看书做题还是可以过关的，但何老师还是担心我没有学好，就约我到 5108 课室单独给我补课。我的老师们的品格、德行都是那么高尚，都是真正的为人师表。后来，我听说她得了胃癌，后及时做了手术，生命是保住了，但没了胃，她说："现在是'直肠直肚'了。"病后的何老师吃饭得改成一日多餐，她变得精瘦，但精神尚在，身体逐渐恢复后对学校的事情依然还是那么的热心，对学生依然还是那么关心，像慈母一般时常牵挂着、惦记着我们。这两年，新冠肺炎疫情紧张，她还不时嘱咐我要小心提防。前几天她发了个关于香港疫情的帖子给我，但我由于忙于其他事情，没有及时回复，她后来就打电话给我，问我的防疫情况。我说我已经打了三针疫苗，很少出门。她说，她的香港朋友平日就不出门，但也中招了，叫我千万要小心，在家也要做好防疫措施，防止家人外出后带回病毒，要戴口罩、勤于洗手、洗热水澡，还要每天加强必要的营养，早睡早起，加强个体免疫力……何老师的声声叮嘱让我切实地感受到了她对学生的关怀和爱。

## 七、陈世雄老师

陈世雄老师是我们的数学老师，他于 1954 年从广雅中学毕业后留校任教，1957 年考入北京大学数学系，概率论、博弈论是他所擅长的。苏曾燧老师曾跟我讲起陈老师，他跟我说年轻时代的陈老师还是一个运动健将，是学校的田径、篮球主力。

陈老师是我们班和电工班两班的数学老师，从入学上课的第一天开始，一直到三年级期末，虽然具体的课时忘了，但我记得比起任何一位任课老师的课时都要长。

当年的数学课程内容包括初等数学、高等数学、线性代数、积分变换、复变函数、矢量分析与场论、概率论、数学物理方法与特殊函数。陈老师给我们上初等数学的课程。我们这群学生当中最大的年龄差距为 10 多岁，经历了"文化大革命"的特殊时代，故数学起点水平有所不同。可能是考虑到我们的实际情况，陈老师为大家补习高中的课程，同时也为高数教学夯实起步的基础。那本《初等数学》教材是当年广东工学院（"文化大革命"时，华工一度改名为广东工学院）印刷厂所印，没有作者署名，当中的习题难度、深度其实比高中的题目要深，有些题目的难度甚至比大学高数的题目还要大些。初等数学考试是对我们的数学水平的素质检验，而我们当中大部分人都通过了考试，达到重点大学理科学生的入学水平，那次考试，是陈老师对我们的实力的一次摸底。他对我们的实际水平充满了信心，开始高数课程后，他就知道我们大部分人听得懂，能领会到那些晦涩难懂的数学语言。从思想引入、基本概念、公理系统建立到定理证明的整个逻辑系统的展开，陈老师以一个数学大家的姿势，充分展示了数学特有的严密、优美的特质。在我们的心目中，在不同的数学课程内容当中，他精彩地再现了牛顿、莱布尼兹、欧拉、高斯、贝叶斯、辛钦、希尔伯特等的精神风采，为我们打开了科学的大门，在我们的脑袋植入了现代科学的主体思想。我们经过数学的学习后，感觉到个人的思维能力升级了，处理客观自然的思维不再是过去的水平。

从课堂的精彩演讲和流畅的板书中可以看出，陈世雄老师的备课一定是非常充分的。除了备课外，大部分科目的难点、关键点、要点的课程作业他都是亲自批改的。我们是他数学教学生涯中最精心培育的一届。

陈老师最拿手的科目是概率论（博弈论），他亲自编写教材、刻蜡板、油印并将他对概率论的心得写在书中，把秘诀、要领传给了我们。概率论的思想在统计物理、量子力学中起到了很大的作用，比如统计物理中的麦克斯韦统计、费米统计、玻色—爱因斯坦统计，让我学这些课程能得心应手，理解深刻。在后来我个人的力学探索中，概率论的思想也起到了重要的作用。根据我的理解，这个客观世界本质上是随机性的，一切客观的规律性是建立在随机性的基础上的。

陈老师的最后一节课是对我们未来的学术研究方向性的指导和殷切的期望，激情洋溢，感人至深。演讲的大意是：高数课程完成，我们仅仅是获得了未来科学研究的数学基础，同时，在一定程度上获得了严密科学思维的素养。今后继续地深入研究是离不开数学的，仍要继续深入学习数学，不断提高。科学事业是人类最伟大、最崇高、最神圣的事业，历史上的王公贵胄都是过眼云烟，唯有科学家和他的成果是永恒的。大胆假设，小心论证，无畏艰难，勇于探索，独立创新，克勤克勉，矢志不渝。其实，这也是陈老师的写照，他一辈子就是为了数学，心无旁骛。

2011年11月17日，我们参加毕业30周年聚会。大家回校后，泽生安排我们到华师南大门的宾馆会客大堂，任课老师、系领导和我班大部分同学都到了。陈老师在人群中搜索张望着，他向我招了招手，叫我坐在他的身旁，亲切地拉着我的手，我很感动，热泪盈眶。他说，我二伯吴怀素是他在广雅中学的数学老师，他非常敬慕我二伯。这让我想起了我二伯，他跟陈老师一样，是一辈子为数学而活着的人。

陈老师亲自编辑刻制的教材《概率论》对我后来的研究起到了很大的作用，我"捡到"了其中的珍宝。我自作的力学扩展，有着陈老师的教诲勉励和技法师承。永远感激亲爱的陈老师。

前些年，冯穗力和李兆南邀我一块写关于歌颂老师的诗，要求写七律，七律本身难度就很大，还要求前四个字是成语，要求押韵、平仄、对仗。我创作了一首，体裁上接近七律，以赞美老师：

### 七律·恩师赞

寸草春晖不忘本，尊师重道教之魂。
循循善导行规律，默默无闻讲献身。
博古通今能力强，德高望重善缘深。
门墙桃李多鲜亮，郁郁葱葱树有根。

想起我的老师高尚的人格和敬业的精神，我又特意写了一篇骈文：

### 骈文·师尊

#### 辛丑年秋

六合微光，天地鸿蒙，星野寂寂，宇宙永恒。世道多舛，悲喜常闻，人间百态，无尽红尘。征途坎坷，沧桑年轮，潮起潮落，镜湖渔人。梦回五山，师出名门，良言金玉，铭塑吾身。引诵数理，天工启蒙，不辞劳苦，润泽无痕。伏夜斗室，萦灯烦蚊，蒸汗批阅，累牍凌晨。不为斗米，而为子孙，万般甘苦，此乃师尊。浮光心怯，掠影情真，浪荡徒子，涕泗泪奔。帝王将相，过眼烟云，唯有真理，方可称神。大胆假设，小心求真，无畏权贵，鹤立不群。吾师结语，此乃师训，一生铭记，笃行至今。卅年聚会，难得面君，亲唤徒名，眼浅情深。破解两暗，循道献身，洪荒万象，誓还天恩。泉下会晓，天上同伦，齐呼骄傲，意气干云！

# 四十年前这一天  难以忘怀的那些年

### 77级数学师资班  何晖

历史不一定都能清晰地记录每一年的高考，但1977年的高考，却一定能够让历史深刻铭记，并且一定会用浓墨重彩大书特书。

时光倒流40年。1977年10月21日，一条重磅消息"高等学校招生进行重大改革，恢复高考"传遍大江南北，国人欢呼雀跃、奔走相告。

1977年华工师资班专业介绍

1977年12月11日，那是一个值得纪念的日子，一场被停了11年的考试，一场个人可通过公平竞争改变自己命运的考试开考了，就是这场具有里程碑意义的冬季高考，彻底改变了被称为"77级"的我们的人生轨迹，才让我们有了后来华工求学的那些年！

回过头看，当年的高考题目绝对不难，用现在的标准看简直就是"小儿科"，现在的高考生随便都可以考个好成绩甚至满分。但在那个特殊的年代，却难倒了很多人，这从1977年高考全国录取率为5％、广东录取率仅为1.63％就可见一斑。我们当年可是"百里挑一"的人才啊！

  1978年那个春天，我们圆了大学梦。几十年过去，那时的青葱岁月、那些如烟的往事仍难以忘却，记忆如初。

难忘一九七八的春天，难忘华工一纸通知书。<br>
难忘东三楼前紫荆花，难忘西湖岸边红棉树。<br>
难忘五号楼红墙绿瓦，难忘金银岛林荫小路。<br>
难忘课前百步梯登高，难忘饭后湖滨路散步。<br>
难忘汪国强老师幽默，难忘邓韵秋教授①严肃。<br>
难忘大部"吉米多维奇"②，难忘概率与高等代数。<br>
难忘极限发散和收敛，难忘复变泛函与拓扑③。<br>
难忘"将失去时间补回"，难忘"把青春尾巴抓住"。<br>
难忘课堂上求知若渴，难忘校园里挑灯夜读④。<br>
难忘"老三届"老成持重，难忘"小字辈"初生牛犊。<br>
难忘侯一钊年少聪颖，难忘赖洪建勤奋朴素。<br>
难忘游泳池劈波斩浪，难忘运动场生龙活虎。<br>
难忘几十人同住教室⑤，难忘手摇扇子斗酷暑。<br>
难忘不时缺水又停电，难忘自习占座拼速度。<br>
难忘五山街新华书店，难忘"华工校巴"22路。<br>
难忘远赴大上海实习，难忘沪东船厂老师傅。<br>
难忘苏步青校长教诲，难忘国产大飞机蓝图⑥。<br>
难忘快速傅里叶变换⑦，难忘计算机纸带输入⑧。<br>
难忘实习后结伴穷游，难忘祖国好山河处处。<br>
难忘朝夕相处同窗情，难忘华工四载求学路！

  注：①邓韵秋教授，早年留学法国，全国政协委员，全国"三八红旗手"，我们的"数学分析"老师。②吉米多维奇［苏］编的《数学分析习题集》是一部著名的很有代表性的习题集，是学习"数学分析"必须啃下的"大部头"。③"复变函数""泛函分析""拓扑"均是课程的名称。④我班赖洪建、陈志宏等几个同学，自制了用电池的小灯，晚上关灯后在校园各处"挑灯夜读"。⑤入学时，我班和马列师资班、英语师资班几十个男同学同住1号楼东侧二楼的大教室。⑥1981年7月，我们赴上海实习，曾到研制国产"运十"大飞机的上海飞机制造厂参观学习。⑦在上海实习时，复旦大学教授给我们讲授"快速傅里叶变换"。⑧穿孔纸带是早期计算机的储存介质，它将程序和数据转换二进制数码，带孔为1，无孔为0，经过光电输入机将数据输入计算机。

 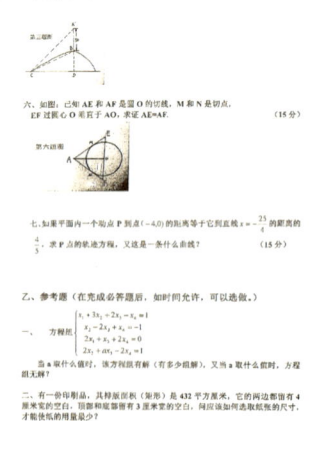

当年高考的数学试题

我们的合照

大学，我们来了！华工，我们来了！1978年3月，我们开始了华工四年的求学之路。77级数学师资班共有48位同学，有应届中学生、知青，更多的是入学前已参加工作的，入学前是教师或曾经是教师的超过了10人，其中5位（3位还是同班）毕业于广州市师范学校74届数学科。一个班有3个同学在大学又成为同班同学，这在全国高校恐怕也是少见吧。上图是我们班的第一张合照，邓韵秋教授上公开课后摄于1号楼六楼。

1977年高考时年仅15岁的天才少年侯一钊和佛山帅哥卢永全在校园合照。听卢永全讲，当时他和侯一钊亲如兄弟，拍照时穿的皮夹克还是借钊仔的，还挺合身，像度身定做一样。

侯一钊，从华工77级数学师资班走出的世界著名数学家，美国艺术与科学院院士，全球顶尖大学加州理工学院应用数学系主任、终身教授，曾获中国科学院冯康科学计算奖、美国工业与应用数学学会数值分析与科学计算Wilkinson奖以及被誉为"华人菲尔兹奖"的世界华人数学家"晨兴数学奖"应用数学金奖等众多大奖，2012年当选国际科学基金会数学与应用研究所的科学决策与行政管理委员会主席。

侯一钊（左）和卢永全合照

侯一钊重返当年的宿舍

2005年侯一钊重返母校，带领全家回到当年住过的东三宿舍，旧地重游，感慨万千。他在"77数学师资班30年聚会"PPT中写道：

三十年如一梦，回首往事感慨万千。
永怀恩师教诲，追求卓越有梦真美。

四位台山大哥在苏州的合照

我们班的同学入学时年龄相差悬殊，最小的侯一钊年仅15岁，最大的"老三届"们大都已年过30岁。"老三届"们基础知识扎实、社会阅历丰富，理所当然成为了我们班的带头大哥，同学们都尊敬地在他们的姓前加"老"，比如照片中的老甄（左一，1977年高考广东省状元，我们班的学习委员）、老邝（左二，班党支部书记）、老雷、老马，还有老洪、老赖、老苏、老廖……个个都是"棒棒哒"！

上图是4位台山大哥1981年上海实习时在苏州的合照。记得当年老雷还为实习后的旅游专门购置了一台相机拍彩照，这在当时也算"土豪"之举，我们很羡慕。

师恩难忘。入学时基础部的领导讲，因为我们是恢复高考后的第一批学生，也是基础部第一次办师资班，所以为我们一年级的课程精心配置了责任心强、业务精、教学水平高的师资力量：班主任凌志英老师、"数学分析"邓韵秋老师、"解析几何"汪国强老师、"高等代数"罗家洪老师，还有李德前老师和教我们班不到一年但令我印象深刻的姚起元老师。"数学分析"的主讲老师是曾留学法国、德高望重的邓韵秋教授，当时年富力强的姚起元老师则是协助邓教授的助教，负责课后答疑、辅导、批改作业、上习题课和复习课、测验考试等工作。每次邓教授上课，姚老师都早早地在教室后面坐着，课

姚老师批改过的数学作业

间和课后不厌其烦地为我们答疑,非常认真细致地批改我们的作业,还送批改完的作业到各宿舍并耐心地进行辅导。可惜这位非常优秀的老师,在我们一年级的下学期却因急病永远离开了我们,英年早逝。

1981年暑假,我们远赴上海,在复旦大学、沪东船厂、上海飞机制造厂等单位实习。实习结束后,同学们结伴"穷游"祖国大好河山,77级、78级数学师资班部分同学在无锡喜相逢。

77级、78级数学师资班部分同学在无锡合影

1982年,又是一个春天,我们毕业了!当年没有毕业典礼,也没有学士袍。所幸的是,2012年华工举办了"77级、78级校友回校活动",我们补穿上了学士袍,满满的仪式感弥补了30年前的遗憾。

毕业30周年,2012年回母校再度与老师合照

毕业 30 周年后,补回我们当年没有穿学士袍的缺憾

2009 年部分同学在深圳邓小平像前合影

时光荏苒,岁月如歌。2017 年,还是一个冬天,改变我们生命轨迹的 1977 年高考已经过去整整 40 年。

> 四十年过去青春不再,
> 未来四十年值得期待。
> 感谢四十年前的机会,
> 把握机会命运我主宰。
> 感恩四十年后的现在,
> 珍惜现在夕阳也精彩!

(本文修改于 2021 年 5 月,原是 2017 年 12 月 11 日为纪念 1977 年高考 40 周年创作的"美篇",后发表于"新三届"公众号)

# 大学随想曲

**77级物理师资班　李中铎**

一晃我大学毕业已经40年了。每逢路过大学，看到莘莘学子脚步匆匆地奔走在校园里，朝气蓬勃地活跃在球场上，我都不禁会想起自己读大学的那些日子，仿佛就像昨天一样历历在目，那种紧张而又快乐、辛苦而又愉悦的生活难以忘怀。

我是在而立之年才上大学的。从读小学开始，我就觉得自己读大学是件必然的事情，一来父母都是知识分子，学习、生活条件还不算差，二来学习成绩不错，总是得到众多老师的夸奖。

命运总是喜欢与人开玩笑，尤其对生活处于顺境的人，所以古话告诫我们：要居安思危。果然，读到高中的时候，就遇到史无前例的"文化大革命"，经过几年的停课闹革命，我和绝大部分中学生一样，像一粒在沙滩上的沙子一样被时代的浪潮卷进上山下乡的大海，被称为知青，去农村、边疆接受工农再教育。我去的地方是海南岛军垦农场。

农场的劳动是比较繁重的。每天半夜两点就要起床去割胶，直到中午才收完胶水回来。冬天气温低不能割胶，就干其他农活，遇到开荒"大会战"，都是天不亮就出工，太阳下山后才回来。我们这些自小就生活在城市的年轻人，在慢慢适应的过程中，从肉体到精神得到了很大的锻炼和磨砺，以至于后来的几十年（包括读大学），不管遇到什么困难和挫折，都能扛得住。

我从小喜欢阅读，在那段艰苦的日子里，我还是习惯性地看书，每逢探亲回家，都买一大摞书带回农场看。能找到的多是些技术性的书籍，我自小喜欢无线电，如《半导体收音机》《农村有线广播》等书还是能找到的。此外，如《赤脚医生手册》《中医辩证施治》等书我也看了不少，自学当然比不上到大学专门学习。从1970年开始，每年有很少量的工农兵学员名额，经推荐后有机会上大学，但这种好事是轮不到我的。

几年过去了，我有时难免会暗暗思考：难道一辈子就这样吗？何时才能结束这样的生活，回去读书呢？

1977年，国家出台了一个可以称作历史性重大决定的政策：恢复高考！一石激起千层浪，这个消息一下子传遍祖国大地。千百万人为之欢呼，我们这些"老三届"学生，更是摩拳擦掌，挑灯复习，希望考上心仪的大学，圆少年时代的那个大学梦。

但实际上，并不是所有的知青都会去报考大学。许多人不是不想，而是不敢……

我们这批知青，上山下乡的时间短则三年五年，长的已有十年八年，好不容易才回到原来的城市，找到一份较稳定的工作，部分人已经成家。如果上了大学，毕业后是由国家计划分配工作的，完全有可能分配到遥远的地方，再次离开家乡。而且"冰冻三尺非一日之寒"，离开学校多年，很多书本知识要复习甚至重新学习，考大学谈何容易。所以，一想到这些很现实的问题，不少人就忍痛放弃了这个机会。

我也曾思想斗争过。那时我已经在一所中专学校当老师，工作稳定，收入中等，也符

合自己的性格，就这么过下去也未尝不可。但我从小就想读大学的愿望总是挥之不去，觉得没接受过高等教育将是一件终生遗憾的事。思来想去我还是报了名，心想如果真的分配到外地，也认了。更何况，如果大学毕业后被分配到科研单位，每天在实验室搞研究，不正是自己小时候的理想吗——长大后当科学家。那是一种多么美好的情景啊！

到了真正报名的时候，我还是采取了一个比较稳妥的办法，那就是第一志愿填本市的华南工学院（华南理工大学）。听别人说，即使是面向全国分配的教育部重点大学，在分配的时候也会优先考虑将本地学生留在广州。

填报专业的排序，第一专业毫不犹豫是无线电系。我小时候就喜欢无线电技术，读小学时已学着装配矿石收音机，和几个小伙伴比赛谁的收音机声音响，收到的电台多。

经过考试、体检，终于收到了华南工学院的入学通知书，但专业却是填报靠后的物理师资班。有过知青经历的人，一般比较容易满足，对于不合心意的事情也容易接受。不管怎样，能上大学，已经谢天谢地了。

到学校报到后，才知道师资班是怎么一回事。恢复高考后重新按以前的形式办大学，非常缺老师，尤其是基础课的教学老师，于是国家教育管理部门根据实际情况，批准一批非师范类的大学开办培养教师的专业，班级称为师资班，为国家培养急需的基础课教师。故华南工学院在77级与78级积极地开办了多个师资班专业，一来为国家输送教师人才，二来可以"近水楼台先得月"，把优秀的毕业生留在本校任教。为了挑选较好的生源，据说学校对师资班的报考人员赋予优先权：成绩优秀者，只要填报过师资班专业的，不管排第几个志愿，就可以优先提档。

华南工学院是个典型的工科院校，设有机械、计算机、建筑、造船、无线电、半导体、电气等多种学科，覆盖了国家建设的大部分工业技术。而所有这些专业的学习都离不开诸如物理、数学、电工、制图等基础课程，当然还有政治、外语、体育等必要的科目。学校有一个叫"基础部"的部门，专门负责全校这些课程的教学任务，师资班就理所当然地由基础部来管理了。

大学的生活既紧张又快活。由于有过上山下乡的经历，这两届的学生特别珍惜4年的学习机会，大家都像海绵一样，如饥似渴地汲取着各种丰富的知识。上课前抢占课室最好的位置，下课后冲去图书馆找个安静的地方看书复习。我对无线电技术情有独钟，若上课时间没冲突还去听无线电系的有关课程。记得那时该系的冯秉铨教授开了一个用英语讲授的系列讲座，以满足部分同学的要求。他的讲座很有特点，无论你是高年级还是低年级的学生，听后都很有收获。

有一次，学校邀请了曾获诺贝尔物理奖的杨振宁教授来学校给学生做报告，介绍他的人生经历。整个体育馆座无虚席，有些人甚至站在窗台上，大家都想听听这位著名科学家的故事。最后一个环节是回答听众的问题，有张纸条被送到他的面前："杨教授，请问您在大学是怎样过的？"他只回答了一句话："一天一天过的。"全场大笑。

是的，大学四年确实是一天天过的，但每一天其实是不同的，每一天都在奋发，都在积累，都在收获。多么值得怀念的四年大学生活啊！

作为学生，最有印象的自然是老师。教过我们的老师多达20多位，在我心里最难忘的有以下几位：

### 1. 陈世雄老师

对于物理学科来说，数学是一门非常重要的基础课。尤其是学到理论物理阶段，离开数学根本无法看书。有一门数学课程叫"数学物理方法"，就是专门为研究物理而编写的。我还看过一本书名叫《分析力学》的教科书，全书研究牛顿力学，竟没有一幅受力分析图，全部都是微积分。

大学授课时间共三年半，最后半年是毕业设计。而陈世雄老师一直讲授了两年半，可见学校对数学的重视程度。

陈老师个子高高，瘦削，平易近人，笑容可亲，讲一口流利的带浓厚粤语口音的普通话。他有一段传奇经历：当年从广州的著名学校广雅中学高中毕业后，没读大学，就因为成绩优异被学校留下当老师，几年后才进北京大学数学系学习。

陈老师是学通了高等数学的，能够把很复杂的数学概念用很简单通俗的语言表达出来，清晰准确。比如函数的"连续性"是整个微积分学最基础的概念，由于陈老师讲得十分透彻，我们在后来的微积分学习与应用中没遇到什么困难。

对我们的学习，陈老师要求很严格。大一的时候，一开始他便要求大家，最好把厚厚的那本《数学习题集》的全部习题都做完，以熟练地运用微积分这个工具。事实证明，这些作业的完成确实对我们以后的数学以及物理学习有很大的帮助。

一次下课后，陈老师在回答完我们几位同学的问题后，忽然问了我们一个问题：如何求一个函数的最大值？这太简单了，不就是求出它的一阶导数，并令它等于零呗。陈老师回答："只能给 60 分，因为你们少说了一个前提条件。"我们这才想起来，还要二阶导数不为零。陈老师接着说："严密的叙述是学数学最基本的要求，你们在大学除了学习数学知识外，还要培养这样的思维习惯，以后在工作中才能少走弯路。"俗话说，"细节决定成败"，这与陈老师要求的思维与决策必须严密有着异曲同工的意思。

一直从事教育工作的陈老师，教学经验非常丰富。在推导一些数学公式时，他有句口头禅："于是人们就这样去想……"很亲切，让我一直记到现在。他在推导演绎公式的同时，引导我们如何用科学的思维方法、合乎逻辑的推理去处理问题，真正"授之以渔"。

由于我们班与电工师资班在大一、大二时期的数学教学内容相近，基本上都是在一间很大的阶梯课室里合班讲授。那时没有扩音设备，全靠老师大声"喊课"。陈老师身体不是太好，两节课下来，十分累人。后来我们才知道，他是含着人参讲课的，只有这样才有足够的力气，让最后一排的同学听得清楚。

2014 年陈老师去世，我们班与电工师资班以及部分同学都以个人名义送了花圈，寄托哀思，久久缅怀我们敬爱的老师陈世雄。

### 2. 周佐平老师

周佐平老师是物理系的资深教师，严谨的治学态度和耐心细致的教学给我们留下深刻的印象，在学生中威信很高，被称为"没有解答不了的问题"的老师。他基础扎实，业务能力强，是物理系的"台柱子"。当时给我们讲授普通物理中的力学、分子物理学、电磁学，以及固体物理学等。

一心一意为了学生，忘我工作的态度，是那时充盈于大学校园的教学氛围，周佐平老师在这方面尤其突出。有一件小事直到今天还清晰地留在我心里。

　　那天晚自习结束后，我和两位同学积累了几个弄不明白的难题，约好去周老师家请教。说明来意后，周老师热情地请我们到一件像是饭桌兼书桌的"多功能"家具旁，非常耐心仔细地逐条解答我们的难题，足足讲了一个小时。离开时我们表示感谢，周老师笑着说："看到你们皱着眉头来，舒展眉头走，我是很开心的。"他刚送我们到门口，就听到他夫人在卧室喊："佐平，孩子发烧越来越厉害了。快收拾一下，我们赶紧去医院吧！"这时我们才知道，我们来之前，他们夫妇是正准备带孩子去看病的。

　　我们都很感动，心情好久不能平静。有这么好的老师，我们还有什么理由不好好学习，辜负老师的一片心意呢？

　　周老师在我心中是永远的老师。前几年，我读到有关量子纠缠的一些文章，有很多不明白的地方，利用一次校庆聚会的机会，我请教了周老师。他很清晰地解答了我的问题，还举了一些例子，让我有了初步的概念，还提醒我量子纠缠是一门还未完全弄清楚的科学，还在不断研究中，因时间太短，这次只能讲最简单的量子纠缠形成的现象。我原想以后找另外的时间再去详细询问，后来因工作忙，此事就搁置下来了。

### 3. 温坤燊老师

　　负责物理实验课的温坤燊老师，在我记忆里是真正做到"没有条件，创造条件也要上"的开拓性老师。中级物理实验是一门条件要求较高的课程，不少高校没有安排。但温老师觉得作为工科院校的物理学生，动手能力是非常重要的，于是他与几位实验室的老师千方百计想办法，因陋就简，甚至自己动手制作设备，搭建系统，终于开成了这门课。我们亲手做了X光粒子散射的实验，通过对照感光底片的黑斑点，分析出某个样品的结构。有的同学利用激光光源，制作出全息照片，看到底片上那些复杂的线形和圆形的干涉条纹，很难想象这是一幅非常精美的照片。真空系统的高真空度测量实验也让我们接触到平时没见过的仪器和方法。

　　经系里多次联系，我们得到了去北京大学物理实验室做实验的机会，利用对方暑假放假的空档，我们整整在那里待了近一个月。实验室的老师非常热情，水平很高，边看着我们做实验边提出问题，不少问题都是要想一想才能回答的，有的同学答不出，老师就仔细地给我们讲解。这次在最高学府的学习，进一步巩固了我们学过的知识，提高了我们的动手能力，增强了善于观察与思考的意识。不用说，这也是温老师的精心安排。

　　我们班是一个很团结的班，凝聚力强。现在建的微信群，除了一直没联系上的几位同学，大家都入了群，即使有些人远在异国他乡生活工作。有的老师也加了进来。

　　由于历史原因，在同一个班里，大家年龄相差很大，那时有的已过而立之年，成家并有了小孩，也有还在读高中二年级提前高考入学的小青年。但这一点也不妨碍我们沟通交流，真诚相待。来自五湖四海、方言各异的我们亲如一家，团结互助。

　　说到我们班的同学，最让我痛惜的是邓恭民。他还没读到毕业，就因身患癌症不幸去世。

　　邓恭民家乡在粤北阳山，那是个贫困地区。当年被贬为阳山县令的唐朝文学家韩愈，曾叹道:"阳山,天下之穷处也。"刚入学时,邓恭民的身体看上去还不错,也爱好体育锻炼,篮球场上经常能看到他的身影。他学习很刻苦,虽然英语之类的科目基础较差,他却十分努力地去学,紧紧跟上教学的节奏。

一天下午,邓恭民找到我,说他去学院的医院看病,医生建议他到中山三院去做腹部检查,结果出来了。当他把检验单给我看的时候,那里提示的结果是"肝Ca",我心里一惊。他接着说,Ca是化学元素"钙"的符号,可能是肝硬化。看来他不知道,他患的是肝癌。他又说,这种病可能要休学,等身体恢复后才能继续学习。他不想耽误时间,宁愿在学院医院住院,有空拿同学的笔记来看,以便到时候能够参加学期末的考试。他说最担心休学后,学校不让他复学,那他读大学的愿望就彻底破灭了,全家唯一的希望也就落空了。

我一时不忍心道出实情,也非常理解他的想法和决定,只好对他说:"先别着急。你还是要多听听医生的意见,如果他们同意你的方案,我会约班里几位同学来帮助你,不让你掉队。"

邓恭民真的做到了让学校的医生同意他住院治疗。我们去看他,带去了上课的笔记,他挺开心地说"谢谢"。再过几天,我又去看他。他却心情沉重,说家人让他回阳山,那样照顾会周到些,而且家乡有位名中医,治疗肝硬化很有办法,他还说不要告诉同学们。我不知该说些什么,只希望能出现奇迹。那个周日,邓恭民没有惊动其他同学,乘一部家乡来的车悄悄地回阳山了。

学期快结束时,系领导通知我,说安排一位老师和我利用暑假时间去阳山探望邓恭民,我回到班里告诉同学们,并提议大家尽自己的能力捐些钱给他。结果一个下午,全部同学都捐了,居然有345.50元,完全出乎我的意料。这是一笔不小的捐款啊!那时老师们的月工资也只有60多元。我们班大部分同学都是拿助学金的,最高级次每月也只有13元,平时的余钱不多,但正好前两天发了助学金,手头较宽裕,才有这个结果。我看到那0.50元的数字,相信是一个生活很困难的同学捐的,他肯定尽力了,我既感动,也有一阵隐隐的难过,因为这些同学太不容易了。我们把捐款包好,上面写着:"邓恭民同学收,345.50元,物理班全体同学捐。"

学校一放假,我和老师就踏上旅途。汽车颠簸了大半天,又步行了好久,才找到邓恭民的家。开门的是他父亲,半个月前他就知道我们要来探望。小院子很多人,我正奇怪,抬头却一眼看到邓恭民的遗像。他父亲告诉我们,邓恭民是三天前去世的,并讲述了他回到阳山后的治疗情况。他一直盼着治好病早些回去读书,可最终还是……看着遗像上邓恭民那熟悉的笑容,我不由得泪水盈眶。代表系里与全班同学向遗像鞠躬后,我拿出那包捐款,交给邓恭民的父亲。他接在手里,看着上面的字泪流满面,哽咽着说:"谢谢你们,你们真好,好人会有好报的。"那一刻,我的心很痛,我想告诉邓恭民:一路走好,你的大学梦,我们替你圆!

新学年开始,我们向系里汇报了邓恭民同学的情况,我又在班里说了当时的情景,也把他父亲的感谢带给了大家。同学们沉默着,都为邓恭民的去世感到悲痛,为他的理想不能实现深深遗憾。这件事也让我从此更加珍惜大学的学习机会。

4年后，已毕业的我们各奔东西，开始了人生路上新的跋涉、新的奋斗。我当时留校当了老师，后来因工作需要被调到省科技厅，然后又转调到省知识产权局。对于新的工作内容与专业知识，我都是凭着在大学学到的基础知识，以及在校形成的自学能力，还有严谨而科学的思维方法，迅速熟悉、掌握，因而工作起来得心应手。

退休以后，我的阅读和学习一直没有停止，视野也更广阔，除了科技类，经济、医学、历史、哲学、文学等都是我阅读的范围。有些书水平很高，能开阔我的思路，提高分析归纳能力。如美国作家凯文·凯利撰写的《失控》，多达50万字，介绍了许多新的思维方式以及科学试验，我读了两遍，还做了记号与眉批并推荐给其他人。

大学生涯圆了我童年种下的梦想，也成为我走向成熟的催化剂。它告诉我：学习永无止境！

大学四年与老师、同学在一起的学习与生活，在我心中留下了美好的回忆。我们有欢笑，也有泪水；有争吵，也有关爱；有激情，也有深沉。它宛如生命交响曲里的一个华彩乐段，是那么的激昂、那么的精彩、那么的难忘。这乐段由我们全体师生一起谱写、一起演奏、一起欣赏，并永远回响在每个人心中。

# 忆阿旋

### 77级电工师资班　吴毓燊

提起阿旋，我们班的同学都知道是旋永南同学。旋姓在我们这里比较少，称阿旋，也可算是昵称。

离开华工校园生活已很多年，从离开的那一天起，就没见到阿旋，也没有任何书信联系，只从一些公众信息上略知一二，大致是高才硕学、经历丰富、成就卓著之类。我对阿旋的印象，就只是停留在大学期间。他个子不高，头发微卷，前额饱满，双眼有神，举止儒雅，勤奋好学。

## 一、初进校门

汕头市教育局包了一辆客车，把被广州高校录取的学生送到广州汽车总站。车站外竖了一些写有校名的牌子，我找到了华南工学院的牌子，遂上了一部没有座位的货车。这是我第一次到省城，夜幕里不知道东西南北，只知道汽车没走多久就一路是荒郊。

我进华工之前，对于什么是大学，一点概念都没有，对于将要学习的专业是干什么的，也一无所知，就连宿舍应该是什么样子也不清楚。直到把行李拎到1号楼四楼的那天，我才知道原来大学的宿舍也很大，宿舍都这么大，那肯定要学很多东西。同班的几十个男生都住一起，我期待着这种生活一定很有趣，因为我去过军营。

不久，我留意到靠近通道窗户的一排床，中间上铺有一位看起来比我年长好几岁的同学，身材瘦小，常穿着黑色背心，行动敏捷，说话文雅，是个学长的模样。下面说的一件事，让我知道他叫旋永南。

一天晚上，大家在做当天数学课留下的作业，三三两两在讨论一道证明题。慢慢地，大家都围在这位学长模样同学的桌子周围，等到我也凑上去想多多少少听一点时，只能隔着人墙，透过缝隙看到一支笔在纸上移动。我对推导的过程似懂非懂，讲述过程讲的粤语我也似懂非懂，但从自然运用语言的轻重缓急上，直觉认为这位同学像是当过教师。最后这位同学写了两个流畅的中文字，我看明白了：证毕。

## 二、操场上

我记不起中学体育课学什么，好像是劳动代替体育，小学的体育课倒记得清楚，拿着红缨枪练刺杀。到了大学，至少对我来说，体育课总算有可以称为田径和球类的项目了。我属于矮胖的一类，不喜欢田径，无论跑多少米，心里都发怵，没跑几步就喘气，见了要记分的赛跑，那就大气都不敢喘。当然也有例外，比如推铅球，我还可以推出能说得过去的距离。这其实是天生占有的优势，因为同等技术水平，肥壮的比瘦弱的要好一些。

终于有一天，体育课有3000米的比赛。我忘了跑道是800米一圈还是400米一圈，这没关系，反正要跑好多圈。面对跑道，我别无选择，当然不能对前途望而却步，但途中

步履艰难是可以预见的。

我很欣赏班里几个耐力好，跑得快而且跑姿美的同学，本来可以把他们当作我的追赶目标。但是，当他们比我多跑了一圈，又从后面超过的时候，我没有信心继续向前。我给自己退出跑道找了一个简单的理由，就是已经有人退出了。这是典型的脆弱。

但阿旋不是这样。我在跑道边无所事事多时，偶然抬头看见空荡荡的跑道还有一个人，穿着黑色背心，跑步不像跑步，竞走不像竞走，最后带着小小的瘸到达终点。

体育老师迅速迎上去，用手势表示了一种肯定和赞赏。我还是停留在中学生的思维，脑海里迅速翻到鲁迅的名言："优胜者固然可敬，但那些虽然落后而非跑至终点不止者……"

这场面，多少给我看到什么叫坚韧不拔。

## 三、东二宿舍

在1号楼四楼大概住了半年，我们就搬到东二宿舍。住宿环境好很多，红色砖的墙，黑色铁框的窗户，窗外是绿色的树、蓝色的湖水。五六个人一个房间，楼梯转弯处还有一部公用电话，不时听见路过接电话的同学高声叫喊：某某房间某某人电话！

阿旋住在106号房间。每到周末，很多广州市的同学都回家，宿舍里很安静。有一次阿旋没回去，中午我和他一起到食堂打饭，边吃边往回走。那天吃鱼，他看着碗里一条鱼说，整条鱼在碗里，人只顾吃得香，可它原本是活生生的。我说，是的，原本活生生的，从活生生地吃，到香喷喷地吃，人类早期经历了一个漫长过程。这是极为家常的闲聊，可我到现在还能想起。这虽然和我现在的素食习惯没有直接的前因后果关系，但隐隐约约能回味到当时言语中的慈悲。我们回到106房间继续吃饭，边吃边聊。最后聊到了阿旋自己手抄的贴在墙上的一首诗：

### 春夜喜雨

好雨知时节，当春乃发生。
随风潜入夜，润物细无声。
野径云俱黑，江船火独明。
晓看红湿处，花重锦官城。

我问阿旋最喜欢哪一句，他说都喜欢，但"润物细无声"一句特别好，接着反问我："你知道'上善若水，水利万物而不争'吗？"我笑了笑含糊地说了几句，其实我不是很清楚，后来才知道是出自《老子》第八章。我们接着聊了一下"平仄"，阿旋说"黑"字是平声，似乎有点不对。这回我明快地回答了："老师说，这里的'黑'是入声字，应读'鹤'音，属仄声。潮汕方言保留了入声字，普通话没有。"

## 四、课室里

我还是习惯于中小学上课有固定教室的做法，而且还有固定座位，甚至习惯老师上课前挨个点名。进了大学这些全变了，上午在东面上课，下午在西面上课，进到课室随意找座位，偶尔旷课好像也没人留意。束缚被解开，反而无所适从。

上课和课间可向老师提问题,在中学期间是几乎没有的。中学时老师偶尔会提问学生,学生要站起来回答,还要等待老师说"坐下"的指示。习惯于被动,前进的障碍就是自己设置的。

在大学的课室里,给我印象最深刻的是阿旋在电工原理课的一次课间提问。很遗憾,我没法描述提问的具体内容。就是当时,我也未必能看得清楚。我从未在课间请教老师,也许是问题太简单,又生怕多说几句会荒腔走板,也许是我连简单的问题都没有。没问题就是最大的问题。

阿旋的问题我只能说成和这样的几个名词有关:矢量函数、二维坐标、平方根号里的变量、变量的取值范围、矢量的方向……

场面我倒记得很清楚,任课老师在考虑阿旋的问题,良久,慢慢地有点急,随着脸色微微泛红,突然眼神一亮,我以为是有答案了,原来那是看见王教授坐在后面。王教授也迟疑了一下,但很快就开始解释,说区间定义包含负数,方程式仍然成立,并用坚定而有力的惯用手势,将矢量指向另一个方向。

还有一个印象深刻的记忆是上机械制图课。我忘了这门课是我们的必修课还是选修课,虽然这课程不是我们的主课,但我还是每课必到,就像一个修炼没到家的小和尚,要天天念佛。我忘了阿旋是不是每堂课都有参加。

机械制图考试的那一天,每个人桌面上都放了一块制图板,阿旋的位置很靠前,在我的左前方。一切都在正常地进行着,突然听到老师向阿旋做了"善意提醒",接着,包括老师在内,大家都会意地笑起来。这笑声给人感觉是轻松而自然,我甚至闻到了当年吴晗数学考零分被清华大学录取而成为高材生的味道。

### 五、在中山大学附属第三医院

我没有对哪种球类运动特别有兴趣,中学时期,除了拔河会叫我参加,其他都和我无缘。我唯一忙的,就是每天下课后到学校的美术室,去画那些工农兵宣传画。上了大学后就变了,我几乎天天下午都去踢球,开始仍不能说对足球有兴趣,只是感觉踢球过程身心放松,甚至找回童年的天真活泼。但慢慢地我对足球有了兴趣,那是因为天天踢球,对物也能日久生情。随着多少懂得一点球的门道,兴趣倍增,我们是天天有球天天快乐。但是,有一天却出现了例外。

那是某一天的下午,地点在东湖路边的篮球场。我们只有几个人,到那里随机找伙伴,开场了也还不知道对方是谁。当时的情形是这样:我靠近己方球门,阿旋在前面,离我有六七步远。突然球从对方球门边急速传出,阿旋快速平行向右侧移动,并用大跨步的动作去拦截,在接触球的时候,整个身体重心已经右倾,但落脚踩在了球上。这瞬间球往前转,失去支撑力,阿旋向后仰倒,背部和头部重重落地。如果球往后转,人就会向前跌倒,这不会有事,最多手擦破点皮。可那瞬间球就是往前转,祸福谁能测,成败在瞬间。

我记不清是当天还是第二天,阿旋出现呕吐和间隙性的昏迷,被紧急送往中山大学附属第三医院。班里安排两个同学在医院值夜班,我是其中一个。经过急诊室医生检查和打针后,阿旋被送到一个单间的观察室。医生说,没什么事就不用报告。我说:"医生,什么叫'没什么事'?"医生回答:"安静躺着,呼吸正常。"是的,这话对谁都适应。

我通宵坐在没有靠背的椅子上,观察阿旋是否"安静躺着,呼吸正常"。天亮了,阿旋微微睁开双眼,缓缓把头侧向我,轻轻地说:"你那么早就来了。""是的,我很早就来了,想吃点什么吗?"他说"肠粉吧"。肠粉?我自然联想到汕头的小食"猪肠胀糯米",因为粤语习惯用简称,比如牛肉炒河粉叫牛河。于是我问:"是猪肠做的吗?"阿旋笑出声了,说:"你怎么肠粉都不知?"

我端着热气腾腾的肠粉,看着他一口一口地吃完,连汤汁也吃完,我心情也好了起来。我当时想,醒了,说话了,有笑容了,能吃饭了,就没事了。我不会去多想,今天没事,明天没事,明年也没事,十年后,几十年后呢?

阿旋再也不在乎这些,也无须看到,昔日同窗40年后还在回忆当年的一鳞半甲。然而这些却像长河上浪花,而浪花下面的流水绵延不断,通向永恒。

# 我在华工的难忘时光

**77级数学师资班　侯一钊**

1977年，对于经历过"文化大革命"，第一次参加全国高考的学生来说，是一个特殊的年份。作为华工77级数学师资班最年轻的一员，我感到无比幸运。4年的华工大学教育为我日后成为一名应用数学家奠定了坚实的基础。回首在华工度过的时光，以及与老师、同学的互动，我心存感恩。这是我一生中令人难忘的时光。

从1969年起，因为父母的海外关系，我全家被下放到广东省化州县镇安公社的偏远农村接受再教育。我到化州的时候才6岁，那时公社没有幼儿园，我6岁提前上小学一年级。当时小学老师没教拼音，所以我至今仍然不知道如何使用拼音，这是一个很大的遗憾。我年轻时经历了许多磨难，包括因家庭背景而受到歧视。我因此感到很孤独，在学校没有多少朋友。书成为我可以与之无声交流的好朋友，读书成了我最快乐的事。它是我看到外面世界的一扇窗。我的父母，特别是我妈妈，总教育我学习的重要性，并希望有一天我有机会上大学。当时这是一个遥远的梦想，似乎遥不可及。但我心中仍然有这个梦想，并且非常努力地在学校学习。

1977年初夏，我刚刚读完高中一年级，我的三姨给我们写信。她说听到传闻有可能恢复高考，并提醒我们为这种可能性做好准备。虽然我意识到我能被允许参加高考的机会很小，但我仍然对这种微乎其微的可能性感到兴奋，并花了一个暑假复习了从初中到高中的所有课程。当我的一位同学得知我在暗中准备高考时，他好心地提醒我，千万别做梦了。他说他看过我的家庭背景资料，我是不可能通过政审的。我知道他所说的是事实，但我还是没有放弃。我觉得如果我没有准备好，以后我有机会参加高考时是我的损失。如果我做好了准备但被剥夺了参加高考的机会，我也没有损失，以后我也不会后悔。

关于恢复高考的新政策很快就公布了。这个牵动着数百万考生命运的好消息，举国为之振奋。新政策允许像我这样家庭背景的学生参加，更不可思议的是，竟然让3%的在校高中生参加高考。我幸运地被选为代表我所在高中参加1977年高考的三名学生之一。

从新政策公布到全国高考，只有不到2个月的时间准备考试。高中老师主动给我们上了补习课，为高考做准备。我要特别感谢我的数学老师曾芳振老师，是他激发了我对数学的热情，使我在这么短的时间内学到了很多新的知识。幸好1977年的高考题还是比较基础的，我能答对大部分题，数学考得很好。当我收到华工的录取通知书时，我简直不敢相信自己的眼睛。我小时候想上大学的梦想终于实现了。

1978年初，当我第一次踏入华工之时，我的人生开始了新的篇章。众多来自社会各界的优秀学生一起来到华工学习，我从我的同学那里学到了很多。当时我才15岁，同学们对我表现出了极大的关爱和爱护。虽然这是我第一次离开家人独立生活，但我从这个集体中感受到了巨大的爱和温暖。当时每个同学都怀着极大的热情学习，有些同学课外还尝试学习更高深的教材。我知道我的数学基础和其他同学相比较为薄弱，所以我决定补一些初等数学的基础知识。头一两个月的大学生活相当具挑战性，抽象的数学概念和我在高中学到知识的完全不同。我还清楚地记得邓韵秋教授的数学分析课，她用"粤语普通话"来解释极限和收敛的概念，我们大多数同学都对这些新的抽象概念感到非常困惑。我们花了很长的时间才能完全消化它们的含义，并能够运用这些新的抽象概念给出严格的数学证明。那时我们学生和老师的关系非常密切。学生在每节课前都会为老师擦黑板，并在课堂上提出有意义的问题。老师会在课后留下来单独和我们交谈，甚至来到我们的宿舍看望我们。当时，老师们没有办公室。因此，来到我们的宿舍是帮助我们回答课堂上可能遇到的一些问题的一种方式。生活在这样好的学习环境中，学习上我们都在稳步前进。虽然当时的生活条件比较差，但我们内心感到非常开心和充实。

除了紧张的学习生活，同学们还抽出时间参加各种娱乐和体育活动。大多数同学早上在西湖周围跑步。傍晚时分，我们会打篮球或羽毛球。羽毛球是我最喜欢的运动，我的同学黄达文是我们的教练，这成为我们班最受欢迎的运动之一。我们之间进行了一些友谊比赛。运动后，我们会在宿舍共进晚餐，我经常会和我的室友卢永泉下中国象棋。他的棋艺非常出色，我经常输给他。虽然大多数同学更喜欢在图书馆或教室里进行晚间自习，但我们三个人：卢永泉、方伟棠和我，更喜欢在我们的宿舍里学习。我们三个人成了非常要好的朋友，一起玩得很开心，还学会了如何在嘈杂的环境中学习。

77级数学师资班有很多优秀的学生。我们的副班长赖洪建被认为是最优秀的学生，也是最勤奋的学生，而沈文雄被认为是最聪明的学生。那时已有同学开始写一些理论非常深奥的研究论文。我也是班上优秀的学生之一，但并没有特别突出的表现。我总是循序渐进，稳步前进。不时会有同学来和我讨论作业和课外的习题，我经常将这些视为巩固学习成果的机会。通过向他人解释这些问题，我也加深了自己对相关数学概念的理解。同时我花了很多时间来提高我的英语水平。在进入华工之前，我连一个英文单词都没学过。通过自己的不懈努力，我的英语阅读、听力和写作能力有了很大的提高。我为自己取得的进步感到非常高兴。

时间飞逝，转眼我就完成了在华工的第三年学习，于是我就开始思考毕业后的打算。我的同乡李德前老师推荐我去考卢文教授的研究生。卢教授是早年留学法国的著名数学家，是邓韵秋教授的丈夫。如果能在卢教授的指导下攻读研究生，将是我莫大的荣幸。那年夏天，我放弃了和全班同学一起去外地实习的机会，留在华工准备考研。我在卢教授家度过了许多个下午，向他请教相关的数学和力学问题，并通过电视一起学习英语口语课程。他还经常给我讲很多著名数学家的故事，并激励我将来成为他们其中的一员。这些精彩的故事非常有启发性，给了我很大的鼓励，在我的脑海里种下了一颗颗种子。虽然我意识到他们就像天上的一颗颗闪亮的星星，但我觉得我有了未来可以仰望的榜样。

不幸的是，我没有通过研究生入学考试。除了力学，我在所有课程中都考得很好。我当时全神贯注地准备更多理论力学方面的材料，但考试问题集中在应用力学方面，而我没有相应的知识。这是我一生中考得最差的一次。我为此感到非常沮丧和难过，认为这是一个重大挫折。但人生难料，回想起来，这对我后来的职业生涯来说是最好的结果。这是因为如果我顺利通过研究生入学考试，我的留学计划就会推迟几年。但如果我不参加研究生入学考试，我毕业后就很可能就不能留校任教了，这是后话。

在华工的最后一学期，我在卢教授的指导下做学士论文。我论文的主题是基本拓扑的不动点定理。我们还参加了卢教授的微分几何研讨班。当时我不知道如何做原创研究，也没有花太多时间去思考教科书中提出的证明背后的想法。我基本按照教科书上的证明思路，扩展了原证明中的一些细节，就把学士论文交给了李德前老师。李德前老师看完我的论文草稿后十分失望，把我叫到他的宿舍。他严肃地批评我，指出我的学士论文缺乏独创性，并告诉我他对我的表现是多么的失望。我为自己的论文缺乏创意感到深深的难过，李老师花了这么多时间培养我、对我寄予厚望，而我却令他失望。我感到很对不起他和卢文教授。这一事件对我的研究生涯产生了深远的影响，我第一次意识到进行原创研究的重要性。后来，做原创研究成了我的强项，我没有受其他著名数学家的影响，形成了自己的个人研究风格，走自己的研究道路。借此机会，我要感谢卢教授和李教授为我的研究生涯播下了良好的种子。

1983年8月，我来到加州大学洛杉矶分校攻读应用数学研究生，并在著名应用数学家Bjorn Engquist的指导下获得博士学位。获得博士学位之后，我在1987年去了著名的柯朗研究所（Courant Institute）做博士后，有机会与多位世界一流的应用数学家合作。这让我大开眼界，对我的研究生涯产生了根本性的影响。我于1989年成为柯朗研究所的助理教授，并于1993年成为加州理工学院的终身教授。在过去的30年里，我有幸在应用数学的多个领域做出了原创性工作，包括流体动力学、多尺度问题和Navier–Stokes方程（克雷数学研究所7个"千禧年"数学问题中的一个），也获得了多项荣誉和奖项。回想起来，我的应用数学家生涯始于华工。非常感谢华工给我打下扎实的基础。

# 从小时的业余无线电爱好到大学专业学习

77级电工师资班　刘川

当年高考没有放榜公布成绩和位置排名,加上对学校和专业信息了解甚少,很难想像那时我们填报志愿时的困惑,是否靠谱也不得而知。当时我填报的志愿现在很多朋友一听就觉得很可笑:第一志愿是华工,清华排第二,专业只选无线电和电子技术类。那时根本没想过能否考上,也不知道学校录取是按成绩档次来分先后,完全是出自于对华工的向往和对无线电技术的兴趣爱好。回想起当年玩无线电还是挺有意思的,从爱好到专业学习电路理论与电子技术,没想到小时的兴致对大学的课程学习有非常大的帮助。

和很多无线电爱好者一样,我也是从小时对收音机的好奇和兴趣开始的。中学时期学校图书馆有关电子线路和烙铁焊锡的书籍能找到的都借来看,但初期只能是纸上谈兵,知识不足,缺乏实践环境和条件。经过一段时间的探索学习后,我才慢慢地对电子管收音机、矿石收音机和晶体管收音机电路有了初步认识。

电子管电路对刚入门的爱好者显然不合适,一般都是从成本最低的矿石收音机入门,但矿石收音机的缺点是要长天线和高阻抗耳机,灵敏度低,距离电台较远就可能收不到信号,于是我把起点瞄准晶体管来复式二管收音机,一是电路简单,成本也不高,二是有电池供电可以放大信号通过喇叭发出更大的声音。首先是要解决焊接工具烙铁。那个年代玩无线电的人通常都有自制烙铁的经历。找块铜块打磨一下钻个孔,用粗铁线穿过去拧紧,另一头扎一截木头作手柄就成了一把烙铁,用炭炉或煤油炉加热当然最好,但那个年代木炭和煤油不是随便能买到的,在家里还是用煤炉加热最实在,但煤炉的高温和硫对铜的腐蚀很容易烧死烙铁头,只能将就着用。

有了焊接工具,接下来就是购买电子元件。但小小的县城只有一家交电商店,无线电元件品种少得可怜,很难买齐,好在邻居是从中山医学院下放来的医生,在他回广州休假时托他购买了元件,于是我的收音机梦终于实现了。

高中毕业后我下乡当知青,仍继续保持着对无线电的爱好,只是热源没了就没办法玩,忍不住就偷偷用电炉加热烙铁,但危险且不被允许,于是同宿舍的一位老职工主动把他自己的煤油炉贡献出来给我烧烙铁,然后在旁边聚精会神地看着我焊接和调试电路,这也成了他的一种乐趣和"享受"。

那时煤油算是奢侈品,不好意思老是用别人的煤油炉。于是我和爱好玩无线电的同学又一起探讨能否利用电炉丝制作低压电烙铁,按理应该可行,值得验证一下。根据功率和电压按比例计算需要的长度,剪出一段电炉丝自制出一把低压电烙铁,然后用几个淘汰的旧日光灯镇流器改造成一个变压器。镇流器的铁芯是口字形,2个口字形铁芯拼一起就成为一个日字形的变压器铁芯。为了获得更好的效果,我把变压器次级设计成多组电压输出,再加上几个双掷开关配合,低压电烙铁终于可以实际应用了,这比用煤油炉烧烙铁好用多了。只是变压器比较重,放假回家时携带很不方便,有一次把变压器放书包里带回家后挂在衣挂上,没想到衣挂承受不了变压器的重量在半夜时掉了下来,"啪"的一声很响,结果第二天被父亲骂了一顿。于是我下决心买了一把内热式电烙铁,取代笨重的变压器低压电烙铁。

为了扩大视野,我开始订阅《无线电》杂志,对电子电路的知识和视角逐渐提升,对收音机的灵敏度、音质和输出功率等也有了新的追求,于是把升级到带功放的四管机作为新的目标,选好电路照单买元件,电路板和机壳则自己设计制作。用一块三合板作底板画好电路布线,钻孔打上铜铆钉就可以焊接元件和线路,再用三合板制作外壳并用木头胶水粘好;面板雕刻简单的图案再刷上清漆,一台有模有样的收音机就制作完成了。那时还买不起万用表,调试电路是凭感觉"盲调",有时用舌簧喇叭加一节电池充当万用表的电阻挡使用,根据接通瞬间喇叭声音的大小来估计元器件电阻值的相对大小,这可用于判断半导体二极管和三极管的好坏、管脚电极和放大能力等。其实玩无线电这种难以预知结果的探索"盲调"正是无线电爱好者的乐趣。

上大学之后开始紧张的课程学习,班里很多同学的学习水平很厉害,使我深感压力,于是先把时间集中在课程学习上。此时高等数学的奥妙已经深深地吸引了我,我给自己定下目标,学期正式考试成绩优秀或90分以上才可放手玩无线电。虽然暂停了我的这一爱好,但心里还是一直寻思着如何将手头的收音机升级为性能更好的超外差式六管机。

此时在广州购买电子元件已经方便多了。已经具备升级条件,在静默一段时间后终于在一个假期里开始了收音机的升级计划。按原来的机壳重新设计制作线路板,原机的元件大部分还可继续使用,而此时我已拥有一个万用表,调试电路更方便快捷了,很快就完成了超外差式六管收音机的升级,性能有了很大的提升。为了能收听短波电台,我又寻思在原电路上扩展一个波段,电路只需增加短波天线和波段开关等几个元件,问题是要把新增加的元件塞到原电路板上,好在原来的电路板上元件密度低,还有点空间,而新增的元件也不多,但短波天线只能用较短的80毫米磁棒了。用这简单的方法扩展到二波段之后效果很好,这台收音机就一直陪伴着我读完大学。

再后来我从杂志上看到一个电视伴音接收电路,这是一个集接收、差频、发射为一体的单管小电路,可实现将接收到的电视伴音调频信号差转为收音机可以收到的中频调幅信号,其中的小难点是要制作一个合适的电感线圈。于是买来高频管制作一个小电路,仔细调整电感(其实就是一段不到2厘米的导线)和微调电容,终于使收音机捕捉到电视伴音信号,实现收听电视伴音。

当年玩无线电的经历虽然很初级,也花了不少课外时间,但丝毫不影响我各门功课的学习,这也对大学阶段学习电类等的课程很有好处,从直观的实践上升到理论的领悟,又可以进一步指导实践,使我从原来懵懵懂懂地认识到现在能清楚明白其物理的机理。课程学习没有了压力,考试也自然很轻松。有一学期的期终考试,其中三门电路电子技术课程我的成绩几乎都是满分。

上实验课也是轻松自如,遇到问题可以马上知道如何排查和解决,还可帮助同组的同学。课程学习是爱好,没压力,于是在学习低频电子线路课程之后,我又挤时间选修了高频电子线路和计算机等课程,多年之后计算机成为我工作中涉及的主要技术领域,是爱好无线电培养出来的技能和动手能力使我终身受益。

# 大学四年之吃、喝、玩、乐

### 78级工程力学师资班　骆小勇

## 吃

　　大学四年的吃，那时好像没有多少下馆子的习惯，基本上离不开学校的饭堂。生活委员管宁的最大任务，就是替大家张罗饭票①。

　　有一次在去饭堂的路上，常志刚打趣地问黄林波：吃饭叫"jet-bong"（潮汕方言），那饭票可不可以叫"bong票"？

　　早期饭堂里的菜式极为单调，东区、西区的饭堂都差不多。开始时因为男生宿舍在11号楼，所以去西区的食堂多一点，并由此在西区传出了力学班因插队打饭酿成纠纷的臭名声。

管宁，读书时是生活委员，
军训时又成了司务长

吕涛一次打饭时意外多了一个
"马小涛"的外号

　　男生宿舍搬到东六宿舍后，一日三餐基本都在东区饭堂解决。那时饭堂的桌子、板凳少得可怜，尽管离宿舍近，但考虑到餐余垃圾的处理和吃饭家伙的洗刷，大家还是以待在饭堂用餐为主，天气好的时候，蹲在饭堂外的空地用餐成了常态。有一次不知谁提起了东南亚国家手抓饭的传闻，李旺祥二话不说，当场做了示范。

　　有一年大米供应紧张，饭堂不时要以馒头为主食。某天东区饭堂出品的馒头，充满了煤油味，难以入口，大家只好纷纷跑去五山街，一时间五山街的大小饭馆都人满为患②。

可爱的李兄李旺祥，
是位印尼归侨

## 喝

大学四年的喝,好像没有喝酒的习惯,只是毕业前大喝了一回。这里只能说说喝开水了。大多数同学入学时的行李中,都会带上一个暖水壶。当年的饭堂,除了供应饭菜外,还在用餐时间(免费)供应开水,用餐时间所看见的长长的队伍,不是排队打饭,就是排队打开水了。那时宿舍的洗澡间是没有热水的,怕冷的同学会趁机打点开水洗个热水澡。

东六6410室有个好习惯,就是安排同学轮流值日,除了打扫房间外,最重要的是早晚负责拎着宿舍里的所有暖水壶去打开水,以保证大家随时都能喝上开水。别的宿舍有没有这个习惯我不清楚,倒是经常有别的宿舍的同学走进来讨开水。

有些爽快干脆的,一句"有没有开水"直奔主题;有些却扭扭捏捏,明明手中拿着空杯子,却要扮作偶然过门拉家常,还不管上铺、下铺地直打招呼,没话找话地瞎聊一通。肖杰会瞪圆两眼说:"讨开水就讨开水,哪来那么多废话!"

魏南滨大嗓门的一句
"有没有开水",言犹在耳

肖杰

## 玩

大学四年的玩,离不开体育运动。以我经历过的小学中学,华工的体育场地简直无以伦比,除了上课、自修,大家更乐意享用这样的场地去运动。

体育运动好玩之处,还在于场内奋力拼搏和场外呐喊助威相互辉映,热闹非凡[3]。

力学班高大威猛的男生不少,面对同系的两个数学班,篮球、排球占尽了优势,倒是足球稍逊风骚,让数学班捞到了一点"大胜力学班"的资本。

早上和晚上,东六宿舍的天台就成了"武林圣地"。有体育委员林练主导的太极拳练功班"群魔乱舞",还有数学班的一位硬气功高手"虎虎生威","铁掌"所到之处,天台隔热层的大砖块"纷纷甘拜下风"。

东六宿舍的后院,有一幅杂草丛生的空地。以李旺祥为首的一帮羽毛球发烧友,动手清除杂草垃圾,又从饭堂拉来一车又一车的煤渣平整地台,硬是把这片空地变成了羽毛球场，不知道现今的学弟学妹们有没有继续发扬光大④。

林练看似文质彬彬，却在太极拳和游泳等运动造诣颇深　　棋牌高手黄广中

体育运动不光有出力流大汗的项目，还有斗智斗勇的棋牌。大一时住的 11 号楼的宿舍是由大课室改造的，空间宽敞，不常留宿的黄广中一回到宿舍⑤，就是领衔主演围棋、桥牌"大战"。晚上关灯后，意犹未尽的刘宝森和肖杰，偶尔还会来一场盲棋对攻延续辉煌。

刘宝森的博学强记，令人瞠目结舌　　"围埋砌几圈，论啊论英雄"（在宿舍打麻将论英雄）

搬去东六宿舍后，玩棋牌的氛围弱了很多。岂料自从我拿了一副麻将牌回宿舍后，"打雀英雄传"在不同的房间轮番上演。这项"运动"竟然成了毕业后维系留校同学和校外同学的纽带。

## 乐

大学四年的乐，我个人认为，最大的乐是去看电影。

"文化大革命"期间，几乎所有的电影作品都被禁演了，"文化大革命"结束后，又几乎所有的电影作品都恢复了上演。一时间老片、新片轮番上阵，从没啥电影可看到看不过来，那种心情是现在无法言表的。

露天临时拉起大屏幕的电影场，是我们免费大享电影"美餐"的场所⑥。

华工的露天电影，基本是周末在东湖边放映⑦，反而华工周边的十六所（电子研究所）、一九七医院、军医大等，好像没有时间限制。于是大一、大二晚饭时打听周边各单位的电影放映消息成了很重要的话题。得到确切消息后，放下饭碗，一支又一支看电影的队伍扛上坐椅、板凳就陆续出发了。

那时华工正门的前面，还只是一个两边绿树成荫的长长的斜坡。斜坡边上，华师大有一个大铁门，被称为"师院后门⑧"，从华工去华师大、暨大或军医大串门，基本都从这个门进出。有一次去军医大看电影，回来时可能时间太晚了，这个"师院后门"竟然大门紧锁，于是一众华工弟子，不分穿裤子的还是穿裙子的，只好纷纷翻门而过。

当年，电视机开始进入家庭、进入校园，看电影的方式、渠道多起来了。曾经轰动一时的日本电影《望乡》，我们是挤在西区食堂门前的空地看的央视直播。后来听说这部电影重播时，剪掉了一句台词："大姐，麻烦你了！"

关于电影的放映消息，常志刚也是一个热心的传播者

在曾经住宿过的东六男生宿舍前留影（现在已经变成女生宿舍了）

注：

①饭票是计划经济年代的产物，当年购买饭票，除了钞票还要有粮票。除了饭票，我进华工前后，还使用过饭卡。当时的饭票，是每月一版，像邮票一样逐一按日期按餐次撕下来使用，饭堂按饭票不分男女、不分胃口大小一律定量供应。月底，没有用餐的饭票可以退钱、退粮票。随着饭堂供应的逐渐改善，有了可以用即时付款的方式加点小菜。

②我们进入华工时的年代，恰逢开放改革的开端，从华工到五山的东门旁边，多了一个以粥粉面为主的小吃摊档，成了大三、大四学生吃夜宵的一个好去处。掌勺的老板听说是位学长级的人物，据传其因为在大球场做推翻牛顿定律的实验，出了意外，导致后脑勺留下了一大块光秃。

③当年国家队的体育健儿在国际赛场渐露头角，尤其女排成绩斐然，全民振奋，也为校园的体育运动注入了动力。有一天晚上传来女排在世界大赛中晋级的消息，东六宿舍有人往宿舍前的空地扔了一床棉被，被点燃后成了篝火，一大群同学围着火光敲着锅碗瓢盆欢雀跃，这就是当年家常便饭一样的"喜大普奔"。据说棉被的主人一直兴

奋到最后才发现被烧的竟然是自己的被子。

④近期有同学回校才知晓，当年住满男生的东六宿舍，如今成了女生宿舍。

⑤班上有不少华工子弟，家就在校园里，课余回家的居多。

⑥当年上大学有很多免费：上大学不用交学费、不用交住宿费、不用交水电费……居然那么理所当然。

⑦当年的新闻传播，除了收音机、校园广播外，就是在故事片放映前插播纪录片或新闻剪辑。当年的华工团委、学生会，有专人拿着照相机在校园四处抓拍，用的还是当时相当高级的正片（幻灯片），照片冲洗后经过剪辑，于是在周末的电影放映前，多了一段校园一周见闻的幻灯片播放。

⑧一眨眼，几十年过去了，华工和众多大专院校，已经升级换代了。当年的华工还只是华南工学院；当年的华师大，还只是简称"师院"的华南师范学院。

# 给陈冲写信

78级工程力学师资班　袁兵

陈冲是当时最走红的国产影星。电影里那首"妹妹找哥泪花流"可把吕涛迷死了。因为君不见满校园里都是"哥哥找妹泪花流",而陈冲是"妹妹找哥泪花流"。

那时"追星"还非常难以启齿,只能看你情不自禁时是怎么唱的。吕涛最喜欢唱的歌就是"妹妹找哥泪花流",黄林波则最喜欢唱"在哪里?在哪里见过你",而我只知道唱:"姑娘你好像一个瓜,蛤蟆一样的眼睛人人夸。你把我骗到了床底下……"

"时尚"的概念是什么?那时大家都不清楚。现在谈"解放思想,改革开放"似乎并不难,因为已经谈了40年;而那时准确地说,"解放思想,改革开放"还未开始谈。我们是1978年9月入学的,中央是1978年12月才正式开始谈"解放思想,改革开放"的。思想僵化是我们现在对老一代的形容;而对我们这一代就只能说是思想愚昧了。

大学四年,我们经历了中国现代思想最急剧变革的大时代。

曾庆敦是我们班敢于明目张胆追星的第一人,而陈冲又是那时第一个有明星照放出的影星。吕涛兴高采烈地告诉我,曾庆敦买了一张陈冲照片挂在他床前。

"真的?我们去看看!"

吕涛带我来到曾庆敦床前,可是什么都没看见。吕涛赶紧说:"昨晚我还帮他把陈冲照片挂到蚊帐里的(好让曾庆敦睡觉时躺着也能看到陈冲),怎么今天没了?"

我们找了半天,终于在席子底下找到了"陈冲"。可能是吕涛把"陈冲"给弄皱了,曾庆敦为了重新压平就把照片放到了屁股下。

曾庆敦同学

由于照片已经被曾庆敦压平,我们还主动帮曾庆敦把陈冲照片重新挂回到床前。看着楚楚动人的陈冲,我们都感到她缺了点什么,于是又主动帮"陈冲""美容",即描粗一点点眉毛、画上一点点胡子……

画着画着,曾庆敦回来了。他是惊是喜,我们已经记不得;只记得他说不要"陈冲"了,还把"陈冲"送给了吕涛。

吕涛把"陈冲"带回自己宿舍,黄林波说:"你带她回来干啥?让她自己回去。"吕涛说:"对呀,我们何不把她寄回给陈冲?"我说这主意不错,可就是没有陈冲的地址。吕涛则说,听说她考取了上海第二外语学院。"那上海第二外语学院在上海哪里呢?""让邮局自己去查。""那陈冲又在上海第二外语学院哪个系呢?""让上海第二外语学院自己去找。"

陈冲在电影《小花》的剧照

计划一谈即妥并开始实施了。吕涛说,大家都要有贡献。于是黄林波出信封,吕涛出邮票,地址则由我来写:上海第二外语学院,陈冲收。

# 我的华工运动情结

77级电工师资班　周伟民

## 一、引言

执笔之前,看了曾毅敏、冯穗力、李兆南、吴毓燊等人的回忆文章,既为他们的故事喝彩,也激发起自己对大学阶段生活的各种回忆。总感觉自己那段时间走过的路太过平凡,拿不出什么可圈可点的故事,怕讲出来让人乏味。再说自己作为班里的小字辈,还是欣赏一下"大咖"们的故事就算了。但班长却操起昔日"领导"的口气,突然给我发微信,言辞中还略带有"领导给下属分配任务的口吻":伟民,你必须完成一篇故事,在深圳片区的同学中带带头,打开一片天地!好笑之余,这下可真是让我抓破脑袋了。论学习成绩,轮不到我,讲生活经历,又没有那些当大哥大姐的同学的阅历丰富,写什么呢?在我为难之际,或许我在大学阶段骄人跑步的成绩给班里的同学印象太深刻了,他直接给我定了一个题目:"我打破了学校尘封23年的800米中长跑纪录"。这题目有些张扬,虽说也是实实在在的事实,题材不错,这标题也颇能够吸引眼球,但与我内敛的性格不符。我想了想,还是低调点好,就用"我的华工运动情结"这个题目吧。不管写得好不好,也算是为我们师资班的同学回忆我们那段难忘岁月,增加一些谈资吧。

## 二、我是如何与跑步结缘的

跑步,曾经是我为继承父业的理想而强身健体的一种运动。我出生在一个军人的家庭,父亲是我国第一代空军飞行员。在我读小学的时候,偶然一次看到父亲穿着飞行服站在飞机旁的照片,头顶祖国的蓝天,脚踏着东北大地,威风凛凛,真是帅呆了。我那时就朦朦胧胧地想着,长大了要像父亲那样,做一名飞行员。

父亲告诉我,做飞行员身体是要非常棒的。他是当年在潮汕地区选拔出来的仅有的两名飞行员中的一位,我知道父亲小时生活很苦,是什么造就了他这么好的过人体质和意志呢?他告诉我,就是劳动锻炼,跑步和游泳。那时我们家住在吉林四平,东北的冬天天气很冷,没有条件游泳,但跑步的场地在空军大院是有的,那里有很大的一个操场,还有溜冰场。那个年代早起运动的人挺多,锻炼身体的氛围很好,我就是怀揣要当飞行员的梦想加入了那跑步的队伍的,久而久之,就形成了习惯。父亲转业到广州后,我也将此习惯带到了广州,还好,在广州居住的大院内,有三个大哥哥也爱好跑步,

父亲当年的英姿

每天清晨我们四人结伴而行,沿着沙河大街跑一圈,跑个五六公里长的距离应该是有的,长年累月的大运动量跑步,练就了我强大的肺活量。若干年前的一次体检,在吹气测肺活量时,结果显示:45岁。我对医生说:"你们是否搞错了,我已经50多岁,且已多年未参加什么激烈运动了,还如此强壮?"再做一次,结果还是一样,说明年轻时的长期锻炼为我保持良好的体质奠定了基础。

话说回来,在我读高二的时候,空军到我们学校招收飞行员,让我着实高兴了一阵子,心想梦想将要实现了,然而,不是像我想象的那样,只要坚持锻炼身体就可以满足飞行员的要求了,要"过五关斩六将",看身体各方面的情况。体检进入第三关,五官科检查中,说我有轻微的鼻炎,于是我被刷了下来。至此,虽然梦断了,中学时代也结束了,然而,多年养成的跑步习惯却没有因此而中止,就连在等待下乡的日子,我还是坚持每天晨运跑步。

## 三、初战告捷

很幸运,恢复高考的时点落在了我这届高中毕业生的头上,书本的余热尚未散尽,停了十年的高考又来临了,凭借应届生的优势,我顺利进入了华工。也就是在华工四年的学习生活中,我的运动天分得以很好地发挥。平时的跑步运动是一种健身的运动,大学期间每当校运动会举行时,它就变成了展示能力的竞技活动。

入学初期,习惯晨跑的我和许多同学一样,围着东湖的湖滨路绕圈跑,人很多,非常热闹,很有当年在东北空军大院内锻炼的气息,并不觉得枯燥和寂寞,看着身边不断被我超越的男同学、女同学,在他/她们羡慕眼光的注视下,感觉脚下的步伐特别地轻盈爽快,遇到下雨天无法出去还颇有些失落。记得在大学一年级的下学期,正值秋高气爽,班主任黄万宁老

我在华南工学院门口留影

师来宿舍宣布学院将开运动会,要求大家积极参与,为班争光。我起初对参加比赛的热情不高,中学时运动成绩不拔尖,有"陪太子读书"的味道。所以,一开始没有报名,室友何萌鼓励我参与,他了解我。何萌也是晨练的积极参与者,与我同在湖边跑步,知道我的耐力,说我可以的。看着报名表上焊哥(刘焊铿)参加跳远,有大哥的带头、何萌的鼓励,我鼓起勇气选了两项中学时曾参加过的400米和800米赛跑项目,抱着参与的心态,好运的话为班里挣点积分。自此,为准备一个月后的校运动会,针对性的训练是少不了的。首先是柔韧性提高和力量增强的训练,每天拉拉韧带,做做俯卧撑,做加速度跑,在那段时间,每天环湖跑10圈是自己固定的任务。

在备战了一个月后,运动会终于开幕了。我的第一个项目是 400 米跑,检录时,旁边一位身材突出的同学映入了我的眼帘,修长的一双腿,身材匀称,体格健硕,高出我一个头有多,一看就是天生的跑手。一了解,原来是体育师资班的一位学生,刚好安排和我在同一组。一上跑道,他在第 4 道,我在第 3 道。看着前面这位体育专业的猛将,仿佛是上天想告诉我什么是龟兔赛跑,我的信心一下子跌到了谷底,但既然站上了跑道,说什么也都要坚持跑完。我自己给自己打气:尽最大努力,把平时锻炼的水平发挥出来就好了,名次不要多想。体力上一定要分配好,我想就按体育老师说的,不要一开始就拼命跑,避免"前半程兔后半程龟",欲速而不达。

短跑是这位对手的强项,果然,枪声一响,他就像脱缰的野马,箭一样地向终点冲刺,把我和其他选手远远甩在后面,最长时估计有近 40 米。当时在想,这没法比,就看他把我们拉下多长距离而已,还好,他的冲刺没有乱了我的阵脚。我依旧按照自己的节奏放松跑,按所习惯的自然动作,逐步加力,当跑到约 200 米时,希望的曙光开始出现了,体育师资班的这位同学虽是短跑好手,但耐力是他的弱项,看着他在慢慢降速,就知道他的体力已经快消耗殆尽。这时我的信心上来了,我保持节奏,增大步幅,奋力追赶,看着与他的距离越来越近,信心越来越足……跑了 380 米之后,在最后的 20 米,终于与他齐头并进了。这时自己的体力也将耗尽,但我咬紧牙关,心里只有一个想法:超越他,一定要超越!有时信心的确会激发起巨大潜能和超乎自己想象的动力,就凭着这股劲,我率先撞线,冠军"到手"了!

后来一了解成绩,真不敢相信自己的眼睛,原来在高二时测过一次成绩,1 分零 3 秒已是自己历史最好的成绩了,没想到这次跑出了 55 秒。不知是发育长大了,还是训练刻苦带来了好成绩,但有一点,就是还要感谢这位体育师资班同学的领跑,是他激发起我的潜能,带起了我的速度。

400 米的跑步成绩为班级赢得了宝贵的 7 分积分后,我第二天还参加了 800 米跑。这也是考验速度和耐力的运动项目,凭着每天 10 圈围绕东湖跑的耐力,过程很顺利,除开始 200 米有几个同学冲在我前面外,中后程我一枝独秀,遥遥领先,没有费太大的劲就拿到了冠军。一看成绩,与学校的历史纪录还有 6 秒之差,这时心中暗暗有了一个想法,要创造新纪录。因为对于距离长的项目,要提高几秒还是非常有可能的。在那届运动会上,加上其他同学的努力,我们电工师资班作为独立的参赛单位,赛后听广播宣布排名,第几想不起来了,记得还是比较靠前的,至少在我们 77 级那一届的众多师资班里头,排名应该是数一数二的。

赛后 400 米跑冠军与季军合影
(左为笔者)

## 四、足球与跑步

有了第一次运动会的经历后，知道了自己的跑步水平，因此，对竞技运动有了更大兴趣，除了早晨运动的加速练习外，在运动量上也加码，经常在下午与同学们一起踢足球。记得那时我们班很有足球氛围，足球队长当仁不让属于我们班里的李兆南，他对踢球的热爱无人能比，这在班外也算是较为罕见的。他除了要见女朋友的日子外，几乎每天都召集大家踢球，虽然选址劳神劳力，但他不亦乐乎，正是在他的积极组织下，班里的足球之风日渐强劲。铁杆球员有吴毓磷、孙令泉、戴文彪、李建东、郑敏华等，这帮同学几乎每次都全程参与；积极性次一等的则有谢新民、侯跃生、黄智聪、黄信、冯穗力等。每天下午4点后，大家就蠢蠢欲动，换上短裤背心，脚踏难得清洗一次的臭鞋子，开始了足球对抗赛，虽然水平不怎样，但很享受过程，锻炼身体，乐在其中，往往每次都要踢到天黑才"鸣钟收兵"。

这里还要特别说一下，为了支持我们的足球活动，我们的后勤保障也是很出色的。我们101房住着7人，有刘焯铿、吴建伟、陈允熙、李建东、何萌、郑敏华和我，大家都形成了一种习惯，谁去打球，在宿舍的同学就帮助其打饭。我们的老大哥吴建伟是最热心的，经常帮我们打饭，还很细心，有时怕饭凉了，还用热水给饭菜保温，正是这贴心的照顾，足球运动才可持之以恒，我们的身体也在运动中得到了锻炼，感觉我们那时都身体很好，很少感冒什么的。

## 五、打破纪录

时间来到了1979年秋，入学后的第二次运动会，我还是报名参加400米和800米赛跑，一年来滚爬的效果如何，拉出来溜溜就知道了。先进行400米比赛，由于没有预赛，小组赛就是决赛，用时间来说话，也就是在争取小组名次靠前的同时还要拼时间，因此，用竭尽全力来形容都不为过，这次组里由于没有体育班同学的领跑目标，只能靠自己掌握节奏和水平的发挥，相比其他书生，贪玩的我还是稍微有一点点优势，我顺利地蝉联了400米冠军。

第二天进行800米的比赛。一穿上钉鞋，我就特别兴奋，由于前期被选为学校田径队的成员，体育老师很重视，因平时训练时成绩很接近学校纪录，希望这次通过比赛能提升成绩，打破历史纪录。老师给我制定了单圈的完成时间，要求第一圈保持在1分钟内，才有可能打破纪录，记得当时体育老师在我跑完一圈后喊着"57秒"，我一听时间，觉得快了点，主要是其他同学在前面的瞎领跑，枪响后，一个个争先恐后，好像100米跑似的，一下子把整组的速度提上来了，这对于要创造好成绩是很有帮助的。国际大赛往往也是这样的，长距离项目为提升竞赛水平，还会专门安排一两个人做领跑员降低风阻，过半后才退出。但由于第一圈跑得太快，消耗了我太多的体力，在离终点40米左右时，是最艰苦的时刻，虽已独步跑道，但体力行将耗尽，感觉身体是在发软摇晃，脚想迈开却不听使唤。此时听到终点处的同学们在高声呼喊："加油！加油！"这里还是女声居多，男性荷尔蒙的作用促使自己迸发出身上所有的能量，重新迈出坚定有力的步伐，二次加速，完成最后的冲刺。到终点后累得瘫坐在地上，此时，体育老师拿着秒表过来冲着我大声在说：破纪录了！你破纪录了！尘封23年的学校纪录就这样被我改写了。后来学校学生会还奖励了我30元，这可是我们当时两个月的伙食费啊，着实让自己高兴了一阵子，至于有没有请同学们出去吃饭庆贺一番，已经不记得了。

### 六、挑战自我、完美收官

大学的四年生活，由于集体生活很有规律，早上跑步，傍晚踢球，我一直保持着良好的身体素质，在整个大学期间，参加的400米和800米赛跑项目中，冠军从未旁落他人。最后一年，有了一个挑战自己的新想法，放弃400米，跨界挑战比赛项目最长距离5000米，此项目我从未尝试过。在我心中，长跑队的同学很了不起，他们天天下午自习后都围在操场上跑个不停，很刻苦，令人敬佩，我想检验一下与他们的差距，凭借每天的运动量，我想应该也是可以跑下来，只要能跟得上他们不掉队，最后没准还可以跟他们拼一拼，最担心的是第一天跑完800米后，第二天身体恢复不过来。

人生能有几次搏？在我参加的最后一次校运会上，我放弃了400米的项目，报名参加了5000米跑。那次运动会上，我在跑完800米后，还特地少有地洗了个热水澡，加强血液循环，消除疲劳，年轻真好，经过一夜的休息，第二天起来感觉好很多了。

下午在西区的操场上进行最后一个田径项目5000米跑，由于在西区，离我们住的东区较远，也许也因为是快毕业了，大家事情都很多，我们班同学基本都没有到场，陪我去参加比赛的只有侯跃生同学。到了现场，看到一些夺标热门的同学的班里来了一群群的助阵的"啦啦队"，那阵势感觉是志在必得。咱们只能在一旁默默地祈祷，跟住他，博一把。起跑后，我死死盯住领头的，不能让他拉下自己，否则后程追赶恐怕就很困难了。果然，那位"热门同学"很有经验，他采取了途中变速跑的战术，忽快忽慢，想要甩掉我们。这对于没有经过这种方式训练的我，身体一下子难以适应，2000米左右我就出现了极点，感觉上身隔膜难受，步伐也慢了下来，有了要放弃的心思，这时刚好经过侯跃生身边，听到他势单力薄的声音在喊："加油！跟上！"我心里一热，不能就这样放弃了，要对得起陪我来跑的同学啊，起码要跑完

我参加广东省第一届大学生运动会获得的季军奖章和校田径运动会得到冠军的纪念品

全程。就这样咬牙坚持跑了有半圈后，才感觉身体慢慢适应过来，缓过劲来之后，信心也上来了，一步一步地追赶，逐步跟了上去。后来，前面就只有我和那位"夺标热门"的同学在竞争了，这时我们要克服被套圈跑同学的干扰，要蛇形超越，不时还会有肢体碰

撞，但此时已全然不顾，紧紧咬住他。咱不领头，就采取跟随策略，这样相对轻松些，跟着跑就是了。在跑的过程中，我还听到他的教练喊"不要领头"，他放慢脚步，想让我领头，咱对此项目是陌生的，最后阶段的表现是怎样咱不清楚，若是在咱熟悉的800米项目，我是一定会领头的。我也不超越，你慢我也慢，就是跟随。几次来回后，他看我不愿领头，就加速跑，咱也紧跟不被甩开，当进入最后一圈直道冲线时，是真正"刺刀见红"的时候到了！只听到终点处声音此起彼伏，响声雷动。同学们在大声呐喊"加油！加油"，这应该是为这位夺标热门的同学呐喊的，管他们是为谁喊的，我就当是为自己喊的。这个时候，拼的就是意志，在两人体能都快耗尽的情况下，齐头并进的双方只要一方咬不住，就有可能泄气。难呀！相持的这100米感觉就像万里长征，老跑不到头啊！大家都在用尽最后的一点力气拼，幸运的是，胜利的女神还是眷顾了我，天平逐渐倾斜，凭着最后咬牙的坚持，我拼下了这项付出分量最重的冠军，为我在学校四年的校运会竞赛生涯画了一个完美的句号，也算对得起侯跃生同学的支持了。现想起来，唯一后悔的是，当时怎么会忘了把奖励给我的毛巾送给侯跃生同学呢！

# 我和我们班的足球趣事

**77级电工师资班　李兆南**

人人都有梦想，我当然也不例外。儿时千奇百怪的白日梦大多已经褪色淡忘，随时间飘远。奇怪的是，仍有一些梦想的痕迹，顽强地残存在已经日渐狭隘的记忆内存，怎么都抹不去！比如我的足球梦。

我的足球梦很简单：天天有球打。这个白日梦源于童年。在古老的西关小巷，相距二三十米的两个沙井盖上并排摆开两个书包，就是一个小龙门。然后几个乳臭未干，甚至还拖着两行鼻涕的小街坊就可以踢得天昏地暗，不亦乐乎，常常还会为球儿是从书包上过还是从内侧过争得面红耳赤的。那时，足球不但带给我们满足的快乐，也带给我无限的遐想，以为总有一天，自己也可以成为专业球员，每一天都在球场上开心度过。那时不知天高地厚，分不清业余与专业，以为天天打球就会打出水平。每天放学后从不回家，把书包往路边一扔就加入"混战"。即使夕阳西下，路灯微明，依然在昏暗的灯光下，奔跑于沙井盖之间追逐球儿。直到脑后勺突然被人用指关节狠狠一敲，才知老爸已归，于是抱头狂窜回家。

后来，接踵而来的"文化大革命"开始，在广州郊区上中学、下乡，唯存一份对足球的痴情，偶尔在内心发出几下喘息。

重新燃起足球的热情，竟然是踏入华工大门以后。大学，给了我全新的生活，也带给我极大的惊喜：自由地支配时间，可以无所顾忌地把时间挥霍在自己的兴趣中，这是极其惬意的享受（那时还不知爱情为何物，"少壮不努力，老大徒悲伤"更是废话）。更幸运的是，同学中不乏足球爱好者，水平在自己之上的比比皆是。老天也有眼，垂顾爱球人，华工、华农有足够的场地让我们自由驰骋。于是，我又重新捧起了足球，庄重地放在脚下。

告别了1号楼四楼的大教室"宿舍"之后，我们住进了东二宿舍。宿舍外面就是篮球场，我书桌上面的窗口正对这块令人神往的宝地。每天午睡起床后，室友们早就烦透了我的收音机，各自去了课室和图书馆，宿舍就剩我一个人。下午4点之后，眼睛就会不时瞥向窗口，一旦看到有篮球砸向篮板，我马上就合上书本，从桌下拿出足球，到各间宿舍找人踢球了。足球的魅力不言而喻，每次总有几位同学愿意放下书本与我同行，奔赴球场。

所谓球场，那时可能就是一块烂地。最初，东二宿舍前面废置的篮球场并没有太多人在意，自然就成了我们的足球乐园。俗话说，"瘦地无人耕，耕开有人争"。随着华工体育运动的日益蓬勃，打球的人多了，这地就成了"松软喷香的叉烧包"。常常还没到下午4点，就有人在那里占地盘，我们只好另寻他处。记得有好几次，我们抱着球跑遍了校园，都没有找到一块空地可踢，只好扫兴而归，好不郁闷。万幸天无绝人之路，华工土地资源稀缺，旁边的华农却是十足的"地主大土豪"！那时百废待兴，华农空置地多的是。

只要有片几百平方的平坦地，就够我们尽情放肆了。不多时，我们已在华农建立了几个根据地，从此不再烦恼没有场地踢球了。可以说，大三、大四，我们很多美好的时光是在华农度过的。至今回首往事，对华农依旧一片深情！可惜，几十年的巨变，加上老朽痴呆症状渐现，那几片球场的具体地点已经不知在何处，无法"凭吊"了。

快要毕业的时候，我们几个铁杆球友专门找了个135黑白照相机（那时还是奢侈品），在华农的烂地球场，傻傻地大摆POSE拍照留念。可见万物皆有情，留恋华农"烂地"的非独我一人。遗憾的是，几次搬家，照片不知为何就搬丢了，心痛呀！

当然，我们也不都满足于在"烂地"上踢。偶尔聚集的同学多了，就会跑去华农的大球场踢，让自己也豪一把。与华工不同，抢占华农大球场的同学远比抢占华工球场的人少得多，记忆中我们总能在上面占有一席之地。华农的同学，总体上对我们是友好的。不知是他们地大物博，场地宽松，不在乎分享这一小片球场，还是我们外貌上就和华农学生没有什么不一样，两年时间，甚少与他们发生冲突。

不过凡事总有例外，有一次我们就被华农的老师硬生生地赶出了球场。

那是一个晴好的下午，我们兴冲冲在华农球场"开波"，正踢得不亦乐乎的时候，突然听到一声吆喝："你们是哪里的？"在人家地盘踢球，我们也是早有准备。于是，自信满满地答道："老师，我们是华农林业系的学生。"自以为可以瞒天过海。谁料那老师根本不吃这一套，继续扯开喉咙："一看你们就不像我们华农的学生！你们把学生证拿出来我看看！"我们一副嬉皮笑脸的样子说："打球，没人会带学生证吧……""你们拿不出证件就赶快离开球场，这是华农学生活动的地方。"这老师看来是有备而来的，没有半点情面可讲，我们只得灰溜溜地离开了，

我（中间坐者）和同学们在白云山上备战下一场球赛

十分沮丧！事后想来，可能有华农学生投诉，说华工学生常来占地盘，老师不得不出来维护他们学生的权益。无论如何，被人赶走的滋味不太好受，自是"记恨"了半辈子。原以为只有我鼠肚鸡肠，今天发现，冯穗力同学也和我一样，也为此事"耿耿于怀"几十年了，细节还记得清清楚楚。上面与华农老师的对话，全出自他在这件事情上的超强记忆。

足球在我们班很有群众基础，据吴毓燊同学的不完全统计，在绿茵场上曾经留下青春轨迹的同学（排名不分先后）分别就有：郑敏华、戴文彪、吴毓燊、孙令泉、谢新民、冯穗力、丘百根、黄智聪、周伟民、旋永南、李建东、梁耀基、黄信、侯跃生等。要是都上场，莫说7人制的小型场，打个标准的11人制都没有问题。

不过那时实现"四个现代化"任重道远，很多爱好足球的同学把主要精力都放在学

习上了，花在足球的时间有限，所以每天能召集到的人并不多。好在足球的魅力之一就是人多人少都可以踢：四个人可以二打二，六个人可以三打三，一样踢得兴高采烈。

打球的同学中，旋永南同学给我留下比较深的印象。阿旋的球艺相当不错，脚法娴熟，身形灵活，在球场上给人穿花蝴蝶的感觉。后来在一次对抗赛中突然"倒地不起"，被送去中山大学附属第三医院急救。他虽然没有大碍，但从此告别了球场，让人觉得非常可惜。如果此后的比赛有他加盟，我们班的外战成绩应该可以改写。

那时除了我是球场上的常客外，郑敏华、戴文彪、吴毓燊、邱百根、谢新民等同学出现的频度也比较高。冯穗力班长也是好球之人，虽然事务繁重，为了支持群众体育运动，也会定期抽时间"与民同乐"。坦白地说，我们的水平算不上高档次，但对足球的热情铸就了个人特色：敏华跑位飘忽不定，常在对方意想不到的位置出现，容易让人想到意大利的罗西；文彪同学外号"老虎"，人如其名，体型强壮，作风彪悍，令人畏惧；吴毓燊小提琴拉得优雅，在场上也是作风沉稳，颇有儒将风度；百根兄平时一表斯文，球场上却是判若两人，作风勇猛。对了，还有中长跑冠军周伟民也不时加入，常常为拦截他，把我跑得半死。那时的足球生活，真的很美好，现在偶尔想起，也会忍不住偷笑几声。

有句话好像是这样说的：是驴是马，拉出来遛遛。时间长了，我们免不了也要打几场班际赛。若论在基础部，除了体育班是例外，数学师资班的足球水平是最好的，他们人高马大，技术又好，而且配合上乘，我们远远不是他们的对手。而经常与我们混在一起上课的物理班同学，倒真是冤家对头。我记忆中与他们有过几次交锋，我们相对处于下风。但冯穗力同学却毫不含糊地说，他们曾是我们的手下败将，说比赛中他自己还打进过一球，而毓燊同学则认为我们只打过一场比赛。众说纷纭，我都对自己有点怀疑了。但最后一场与物理班的对决，我们三人不约而同都记忆犹新，直如"刀割"一样深刻！

这是一场终生难忘的比赛！临近大学毕业，同学们将要各奔东西，以后恐怕再难重聚华工一起踢球。我们与物理班同学两年同窗，好歹也算是半个同班同学，四年下来结下的"足球恩怨"，是时候找个机会了结了。于是，我们相约来一场告别赛。对于这场比赛，我们是有期待的。冯穗力同学希望趁此再"收拾"一下物理班，让他们留下一些难忘的记忆。

此战意义重大，我们的"班领导"之一冯穗力同学亲自披挂上阵，身先士卒。我自然不敢怠慢，跟随在后，权充边锋角色。阵中还有周伟民、吴毓燊、丘百根、戴文彪、侯跃生等一众"好波"（爱好足球）之人。如此阵容，我们信心满满，自以为胜券在握，未免有点轻敌。我们开始以

我（左一）和班足球队队友冯穗力、周伟民爬山时合影

为，这不过是两班球友的约战，又是临近毕业，各自为前途奔忙着，物理班不会太过在意。谁料我们失算了，物理班的班委显然是把此战看成是名誉保卫战，不但非常重视，战意甚

浓，竟然还破天荒地动员全部女同学到现场助阵，现场尖声惊叫不断，在气势上已先声夺人。这里，不得不提到物理班的一员悍将李苏，虽中等身高，却膀阔腰圆，精壮孔武，江湖上赢得雅号"肥苏"。此兄足球素养颇佳，脚法上乘，盘带穿插，抢断拦截，足球的十八般武艺都拿得出手，可以说是物理班球场上的灵魂。此"战场"上没有盯死此人，是我们的一大失误。

闲话少说，"银鸡"（哨子）一响，大战拉开。物理班兄弟在同班美女热切期盼的目光注视下，表现欲极其旺盛，个个精神亢奋，犹如打了鸡血般奔"杀"过来，李苏更是左右穿插，频频制造机会。一时间，我方阵地一片混战，杀声震天，门前更是险象环生。众将士只好全线撤回，在半场与敌纠缠。其实，我们场上的实力并不弱，只是平时欠缺配合训练，在对方的冲击下自然队形不整，三线脱节，各将士只能单兵接战，自己寻求战机。这样，既不能组织有效的进攻反扑，向敌方施加压力；也无法层层设防，拒敌于大禁区之外，陷入十分被动的局面。艰难支撑了30分钟后，局势才开始改善。终于哨响，上半场结束，我方以两球落后。

易边再战。经过半场磨合，我班战将的配合水平大大改善，敌方的气势也被压了下去。双方在中场呈拉锯相持状态。此时，物理班为保住胜果，果断改变战术，收缩防线，退守半场。为保大门不失，李苏干脆自己做起了守门员。完场前30分钟时间内，主战场基本上落在物理班的半场内。但面对铁桶一般的防守，我们也没有太多办法，虽频频压住对方来攻，却未能创造有威胁的进球机会。直到接近完场，才终于出现一缕希望。我在边路一个空档接到队友的传球，挑过了对方最后的一个后卫，物理班的大门就在我的前面洞开，门前只剩李苏一人。李苏知道这种形势下大门是很难守住的，于是就在我面前手舞足蹈，"大跳街舞"来干扰我的视线。我也是进球心切，把全部力气都集中在脚外侧，大脚一挥，足球高速直奔龙门，打在门楣上弹了出来。我当场目瞪口呆，继而气得搔首顿足，恼恨自己意气用事，错失一个必进之球。因为这球原本不必用力，向旁边轻轻一挑就必进无疑。

一声哨响，全场结束，我们班以0:2完败！众将士不禁仰天长叹，悲壮之情令人动容！因为我们都清楚，已经再没有"复仇"机会了，我们班的足球"战绩"，将会被物理班永远钉在"耻辱柱"上。

回头看看物理班，只见李苏同学兴奋得在球场打滚，满身泥巴，狂笑之声恐怕已入云端。我恨恨地骂了一声，悻悻离场。

这场球，我们败于轻敌；败于准备不足，配合不够；败于情报收集不足——不知道物理班女同学在场可以让他们的队员水平提高几个档次。吴毓舜同学后来一语中的：物理班有女同学到场支持，我们没有，这是失利的主要原因之一。

几十年后的今天，当我和冯穗力、吴毓舜两位同学聊到我们班的足球时，大家都不约而同地提起这场告别赛。吴毓舜说，我们的球队最后很悲壮；冯穗力说，这是一场终生遗憾的球赛。是的，相信当时在场的我班同学，都不会忘记这场球。

不久，怀着深深的遗憾、不忿和内疚，我毕业离开了华工。

可能是后来打球的机会少了，也可能是告别赛留下的阴影，更可能是中国足球队的快速堕落，我心中曾经狂热的足球之火在慢慢消退。后来，甚至连球赛都懒得看了。或许这点火星并未真正熄灭，只是蛰伏在内心深处的某个角落，静静地与我相伴余生。因为在与孙儿嬉戏时，我真的很享受他追逐我盘球时发出的悦耳笑声。

# 体育师资班的田径课

体育师资班班主任　孙武（老师）

1978年，32岁的我刚从海南岛调入华南工学院工作，即被委任为华工体育师资班77级的班主任，并担任该班的田径课教师。对于一个刚进入高校教学岗位的见习助教，我面临着巨大的挑战！"文化大革命"十年，全国教育基本停顿，刚一恢复，我连用什么教材都不知道，摆在我面前的是千难万难，我决定硬着头皮上。田径是一切运动之母，是一切运动的基础，每一名体育教育专业的本科生，必须很好地掌握田径运动全面的知识、技术及教法。我决定以十项全能教学为切入点，全面推进田径课教学。十项全能包括三跑（100米、400米、1500米）、三跳（跳高、跳远、撑竿跳高）、三掷（铁饼、标枪、铅球）和110米跨栏。要学会学好这十个项目，对没有什么基础的同学，是一个巨大的挑战。

我的近照

77级体育师资班只有8个同学，但他们个个十分珍惜这来之不易的学习机会，因为他们是停顿了十年高考后的第一届大学生啊！一年后，学院又招收了79级体育师资班，这届学生19人，他们的田径课也是由我任教。在教学上，我对学生的要求十分严格。要掌握十个项目的技术谈何容易！没有超越常人的付出是不可能做到的。可喜的是，他们两个班总共27条汉子，个个不负我所望，在课堂上学时很认真，反复积极练习，不懂就问；下课了大家都不愿离开，直到学懂弄通为止。而他们在课外亦利用早练时间和下午课外时间，加班加点地复习技术动作，因此学习效果显著。而我的教学着重以直观教学为主，即老师多做，反复做示范动作，让同学们清晰地了解技术动作的结构，从而加快领会并掌握。当然了，这对老师也是个挑战，因为我当年可是和他们这班学生天天一起跑、一起跳、一起掷、一起跨栏的，甚至连去参加广州市运动会也是一同参加，我和吴秋富、何应凯、黄勒等都一起参加过

我当年带队参加广东省第二届
大学生运动会时的留影

十项全能比赛的。我们是师生，也是队友。在 4 年的田径课教学中，我对学生有以下的规定：

（1）每学年每人都要计时跑一次 1 万米，以检验每个人的有氧运动能力，因为我认为这是以后继续加运动量及加强度的基础。

体师班学生在做跳高训练

体师班学生在做撑高训练

（2）每学年的田径课考核，必须完成一次十项全能比赛，以总分评定学年成绩。

由于这两项规定，同学们早上 6 点起床就自觉去跑越野跑，而更多的时间去苦练十项中自己的弱项，因此同学们的成绩进步很大。想当年，在华工东区田径场上，天天早上五六点钟就跑满了早练的人群，其中不少是普通班的体育锻炼积极分子，而下午，田径场上基本都是体育师资班的同学和学校田径队的队员们。那时的训练条件比现在差多了，跑道是黑黑的煤渣跑道，每次训练前都要做 2 件事，一是洒水，否则满天灰尘；二是用白石灰划跑道线和各个项目的标志线，这些当然是我们当教练的事了。其实练十项全能最难学的有几项：一是 110 米高栏，栏架本身 1.067 米已经相当高，栏间距离 9.14 米要三步过栏，没有很好的跨栏技术绝对很难取得好成绩；二是撑竿跳高，这个项目更考验人的胆量、全面素质、灵敏性和协调性；三是铁饼背向旋转掷饼，这个项目亦十分考验人。因此，我的学生们在这些项目上下的功夫最多，练得也最苦。就拿练撑竿跳高来说，首先要解决训练场地和训练器材问题，我将撑竿跳的插斗安装在华工老体育馆的旁边，即原小东门前的校道旁，开始时没有海棉垫就用麻袋装稻草，堆起来代用，没有尼龙竿就用铝金属竿和竹竿撑。那时我们的训练往往到下午六七点，下课下班路过的同学和老师们看着我们个个满头大汗，持竿助跑—举竿插穴—起跳摆体—摆体腾飞过杆—推竿落地，一系列令人眼花缭乱的技术动作瞬间完成。围观的师生们都被我们的精彩表演吸引住了，总能听到一阵又一阵的赞叹声，这使我们的训练更来劲了。这样直练到天快黑看不清横杆了，我才带领队员们拖着疲惫已极的身子，一起抬着各种器材送到器材室。保管员老宋叔总说一句："又是你们最迟收摊。"艰苦的学习训练带来了丰硕的收获，我们田径课的教学效果得到了师生及领导的一致好评，从以下几点就不难看出：

一是，我们体育师资班两个年级总人数 27 人，经过两年的田径课教学，有 20 位同学有幸代表华工参加了 1980 年在华师举行的第一届广东省大学生田径运动会，他们是：林杰、何应凯、汤小康、李汉强、罗志尧、胡活伦、黄泉博、吴秋富、刘伟鸿、叶声、黄勒、魏平、卢汀、温兆安、伦海宁、刘理、祁桂亮、胡骥、罗小玲、任跃舟。在这20位参赛者中，有12位根本不是田径专项的，能有资格参加正式的省级大赛，只能说明他们的田径课学得比较好。到了1982年正值第一届全国大学生运动会在北京举行，经过层层选拔，我们79级体育师资班18人中，有9人入选广东省大学生体育代表团，赴京参加全国大学生运动会，令人高兴的是，竟然还获得了一金一银的骄人成绩，吴秋富勇夺男子撑竿跳高冠军，伦海宁夺得了男子标枪的亚军，为广东代表团做出了贡献。

二是，我们田径课四年级的毕业考试，内容是考十项全能。我制定的考核评分标准，参考了包括广州体育学院在内的好几所体育专业院校的评分标准，制定的评分标准一经公布，一片哗然！为什么呢？原因是我们的及格标准定得十分高，十项全能总分4800分才及格，而这个总分，在其他的一些专业体育院校中，已经是满分的标准了。尽管个别同学对这么高的评分标准提出异议，但我仍坚持不降低标准。我跟大家讲：你们苦练了4年，难道对自己这么没信心？而我却对你们绝对有信心。最后考核的结果，证实了我是对的。最后，我们体育师资班2个年级共26人（1人中途退学）中，总分超过5100分满分标准的有6人，其他20人均达到80分至95分，最高分是吴秋富、黄勒和何应凯，他们都超过了5700分，以这样的成绩参加省级比赛都可以进入前三名了。

我（后排左一）带队参加全国大学生运动会

回想当年我们体育师资班在田径课的教与学，至今我都回味无穷。我和学生们真是亦师亦友，我们一起教与学，一起跑、跳、投，一起流汗付出，换来同学们个个在田径场上"周身刀"，据说他们大多在各大学的体育教学与训练中都有十分出色的表现，受到广大师生的欢迎。一次，79级体育师资班的校友温兆安跟我说："师父，当年我毕业分配到华师做体育老师,刚好碰到华师开校运会,我一时兴起报名参加了跳高比赛,原本我的专项是体操,谁知跳高一下跳过了 1.84 米,我的身高才 1.6 米多,竟然夺得了教工组的冠军。观众纷纷点赞,说这位老师跳得太好看了!跳高技术太好了!"我听后十分欣慰!

学生毕业 35 年后师生重逢(前排左三为笔者)

# 毕业实习花絮

### 78级工程力学师资班　余浩

1982年夏天，我们全班50名同学雄赳赳、气昂昂地赴江苏无锡七机部的702所进行毕业实习。我和张兆湘、吕涛作为先头部队打前站，为大家"搭桥铺路"。后续的主力大部队则由班主任谭维平、系政治辅导员张洪礼以及系学生会主席李东升带队，两天后浩浩荡荡地从广州乘火车奔赴上海，再转向无锡。

毕业实习期间，同学们在游遍了无锡的湖光山色之余，又把"贪婪"的目光投向了邻近的姑苏城（苏州）。俗话说，"上有天堂，下有苏杭"，大家都期盼着有一天能亲临苏州的蓬莱仙境并亲眼目睹闻名天下的苏州美女。为了满足同学们的奢望，我班在一个周末组织了一次"苏州一日游"活动。

出发苏州的前一天晚上，兴高采烈的男生们在宿舍里七嘴八舌，议论纷纷，憧憬着明天的苏州之行，更向往着那随处可见的"姑苏靓女"。

出发那天，我们包了一辆公共汽车从无锡开往苏州。上车时，有一位男生突然压低着嗓门对我说："你有没有发现我们班的几个女生与平时有何不同？"我往那几个正在上车的女生扫了一眼，觉得她们的穿着与平时差不多，没有什么特别的打扮。我说"我看不出来"。再追问之，那位男生说，他发现有些女生的嘴唇的颜色比以前红了，肯定是偷偷地涂了淡淡的口红。我心想，见怪不怪，有道是"爱美乃人之常情"，要到"遍地是西施"的姑苏城，有谁又愿意被人看成是东施呢？！

部分师生在苏州四大名园之一的留园留影

部分同学在苏州四大名园之一的拙政园留影

一晃40多年过去了,可"她们那天到底有没有涂口红"仍是一个悬而未决的迷。"解铃还须系铃人",40多年后的今天,也只有期望我班当年的女生能对此说yes or no了。

现在回想起来,那次苏州之游令我印象最深刻的倒不是女生是否涂口红的事,而是有的男生回来后骂街大叫上当受骗,抱怨说在人流熙熙攘攘的苏州大街上逛到腿都快要断了,也没看见一个美女。显然,在他们的眼里,还是我们班的女生比苏州美女更漂亮。

转眼之间,我们的两周毕业实习结束了。承蒙谭老师的通情达理,学校与系里对同学们的信任,按原定安排,大家就地解散,自由组合成小组,各自游玩后按时返校。由黄一山、丁克义、吕涛、梁耀凤、伍建平、曹洁英和我组成的7人"黄山游"小分队就像飞出了牢笼的小鸟一样,立即离开了无锡,取道上海转往杭州,再乘公共汽车直奔黄山。其他的同学,有的到南昌—九江—庐山,有的到杭州,还有的猛逛大上海,等等。

黄山游小分队合影1(左起:丁克义、伍建平、余浩、曹洁英、黄一山、梁耀凤、吕涛)

黄山游小分队合影2(左起:黄一山、吕涛、卢伟光、丁克义、余浩)

虽然秀丽的黄山风光让我们流连忘返,但无奈必须按时返校,大家只好依依不舍地告别黄山到杭州,准备乘次日的火车回穗。

第二天到杭州火车站买票,只见售票处人山人海,水泄不通。看了铁路局的布告,才知因粤北山洪暴发,铁路不通了,我们只好怅惘地在杭州找旅店住下。大家合计了一下,决定一边打电话向系里报告铁路不通的情况,并请示是否允许我们绕路返校;一边在火车站张贴启事联络我班滞留杭州的其他同学,以便共同行动。

长途电话打到了负责力学专业的岑副主任家里,也许是怕实习经费超支,他不同意我们绕路。很快,我们先后联络到萧杰、张兆湘等一批同学,约定大家到杭州

滞留杭州的3位同学在马路旁的惆怅表情

西湖一间饭店吃饭，一起商讨"逃出杭州，返校复学"的大计。因为大家囊中羞涩，继续呆在杭州也不是个办法，后得知杭州的火车仍可通到湖南衡阳，我们就决定马上向衡阳进发，尽可能地靠近广州，"马死落地行"，到了衡阳再想办法。估计开往衡阳的这趟车会有很多乘客，为保证每个同学都有座位，我们预先策划，分工负责，有条不紊地进行"实习大逃亡"……

  一进杭州火车站，所有的乘客都发疯似地奔向列车，争先恐后地向车门拥去，眼看车上的座位马上就被占光了……说时迟那时快，只见我班几位身手矫健的男生把随身携带的行李撂给其他同学，按"既定方针"冲向列车，一个鹞子翻身就从车窗上窜进了车厢内，占了一堆座位。后续的同学则从容不迫地把大家的行李从车窗外一件件地递进来，然后再慢慢地从车门上车。就这样，我们成功地实现了"实习大逃亡"计划的第一步，十几个同学"同是天涯沦落人"，幸运地坐在了一起，一路笑声一路歌地向着西南方向"逃窜"。

  到了衡阳正值傍晚时分，张兆湘热情地邀请大家先去他家歇脚，再由他那在铁路局工作的父亲帮我们打听返穗火车的消息。到了兆湘家，我们十几号人一下就挤满了那不大宽敞的客厅，兆湘的父母给我们买来了可口的面包、饮料，我们这帮颠簸了几天几夜，疲惫不堪的"逃亡者"大肆地嚼着面包，就像回到了自己的家里一样。

  因不知何时通车，我们得准备"持久战"。按原定计划，我去找我的一位在衡阳铁路学校任教的中学同学，希望能在该校免费借住一间课室。当时正值暑假，我那同学在与校领导商量后，就同意了我们的请求。真是"得来全不费工夫"，原来那位校领导就是他的妻子。我的中学同学留我在他家吃了顿便饭，我就匆匆地赶回兆湘家与大家汇合了。此时，兆湘的父亲打听到了好消息：粤北铁路刚好通车了，我们可以连夜出发返穗。大家好不兴奋，正在酝酿着是否要故计重演"杭州扒火车"的惊险镜头时，兆湘的父亲自告奋勇地答应提前带我们从一个"后门"进站上车，大家闻讯后喜出望外。

  记得是晚上9点多的时分，我们趁着夜色蒙蒙，在兆湘父亲的引领下，悄悄地从一旁门溜进了车站，率先乘上了铁路通车后第一趟南行的列车。顺利上车后的我们谈笑风生，一路欢声笑语，终于安全地在学校规定的时间内回到了广州，胜利地结束了这令我们终生难忘的实习"大逃亡"。

  时隔多年的今天，我已无法确切地记得每一位曾在一起经历过这次"大逃亡"的同学的名字了，谨希望当年的您能补上您的名字，也不枉我们在40年前曾有幸结为"难友"的一场缘分。

# 我的三位大学老师

77级电工师资班　林朱浦

### 陈世雄老师的出场

我进大学的第一堂课,就是陈世雄老师的数学课,印象特别深刻。

陈老师的出场非常特别,他首先简要地回顾中学数学。同学们那时热情很高,都是10年以来首次骄傲地凭考试成绩进入大学的,就向陈老师提问了许多数学难题,有点像顽徒初次拜见师父,要给师父出难题。当时我感觉这个数学老师好难当。想不到陈老师竟然笑呵呵地把难题一一接下,当天晚上就展示了他的天才和勤奋,第二天就一一给出合理而精彩的解答,没几天工夫,同学们就一个个都对陈老师心悦诚服了。大学的学习环境和中学是很不同的,而且我们同学的组成十分复杂,有高中考进来的,有工作多年,甚至有工龄长达10年的。陈老师一出场,一下子就把相差甚远的一众同学的心绪收拢过来,带领到大学的学习环境中。在大学的第一、二年里,陈老师奠定了许多同学的往后学习和工作的整个成长过程,许多同学的文章都有具体的回忆。我后来在美国的继续学习和在硅谷的拼搏都得益于陈老师奠定的方向。对陈老师的深刻印象是正能量、天才、勤奋,教好书又教好人。

### 赵世老师的教学引人入胜

赵老师教我们基础物理,在我们眼中是一位值得尊敬的老先生。赵老师讲课的语气没有多少抑扬顿挫,在推导的讲解中有时还会"误入歧途",但我们都很有兴致地紧追其思路,因为最后赵老师都能绕回到正确的结论,确实很不简单。他那没有眉飞色舞的讲解和推导往往能引人入胜。

记得有一次讨论到光速,不知不觉中赵老师就在我们眼前推导出了 $E=mc^2$。"喂,我证明了爱因斯坦的质能方程。"赵老师平缓地说,我这时才醒悟到刚才赵老师不多的10来行推导竟然如此顺利而精辟,马上抄写了下来。后来赵老师也是用了不多的演绎就在黑板上推导出了时间的相对性,让我们不得不相信当速度足够快,时间就会变慢。有的同学可能早就有所思考,这时有人发问:"要是有个孪生兄弟中的一个高速旅行回来,因为速度是相对而言的,到底哪一个会更年轻一点呢?"问题马上引起了同学们一片讨论,这时赵老师不慌不忙地指出,"因为这种去和回的旅行涉及加速度和非线性,我们要用广义相对论来讨论"。就一句话,同学们马上就静了下来,对赵老师的话深信不疑。

又有一次,讨论半导体珀耳帖(Peltier)效应——两个电结之间传递热量,赵老师指着等式说:"要是一边放在这个教室内而另一边放在窗外,我们是不是就没有那么热?"当时是夏天,我们是在5号楼的第一层,此楼是老式建筑,窗口较小,也没有空调,听赵老师这样一说,很多同学都坐不住了,感觉更热了,恨不得马上就去创业生产这种未来的制冷设备。

还有一次讨论到热力学的黑体——热的最有效吸收源和反过来也成立的热的最有效放射源。当时也是夏天，在5号楼第一层的赵老师指着等式说："这就是为什么我们夏天晚上要穿黑胶绸。"这把我们都笑翻了，因为用黑胶绸做的衣服只有老年人的唐装啊。这时马上有同学说见到过赵老师穿过黑胶绸。赵老师学术渊博而扎实，讲课很平缓但课堂气氛很活跃，是一位在基础教学中很有贡献的好老师。

### "必修课都是必需的"——政治老师苏梅珠

和中学非常不同，大学的学习全靠自己努力。华工很大，课间转换课室往往要走一两公里。基本上所有同学都会在转移课室时拼命地跑，是真的跑，以便抢占前排座位，能更好地聆听老师讲课。77级同学年龄跨度较大，我属"老人家"，自然跑不过那些小青年，每次都只能慢慢地走，边走边回想刚刚上过的课程，也欣赏一下东湖美景，反正无论如何我都只有坐最后一排的资格。我还为此买了一个望远镜。但声音较小的老师，比如化学老师，我就往往听不清楚。好在，大学的学习是靠自己努力的，所以我学会了如何看书和独立思考。

但是，上政治课却相反，我都只有坐最前一排的资格。所以我很认真地听苏梅珠老师的课，和她互动也多。苏老师是年轻老师，热情高，讲得也多，总是带着一瓶水，答疑时间她都亲力亲为。我听课认真，当然问题较多，就常去答疑教室，往往看到只有苏老师一个人而没有学生前来发问。我去了她就大为感动，主动给了我额外的辅导，所以每次考试我的政治课成绩都是很好的。苏老师传递给我的信息是：必修课都是必需的，这让我受益匪浅。在毕业前班主任黄老师找每一个同学谈话，黄老师告诉我，我的总分数是全班最高的。我很明白这里面就有苏老师政治课成绩的分量。其实在黄老师找我谈话前就有同学找到我，说要是只算主科成绩的话他才是最高的。难道政治课不算主科？无论如何，这都是我很珍惜的一份荣誉和鞭策。我很感谢苏梅珠老师。

# 照片记录下的岁月中美好难忘时刻

78 级数学师资班　黄跃梅

1978 年,我考入华南工学院,成为 78 级数学师资班的一员。四年后如愿成为一名大学教师,直到退休。岁月悠悠,有太多值得回忆的美好,选择几张新老照片,回顾那岁月中美好的时刻!

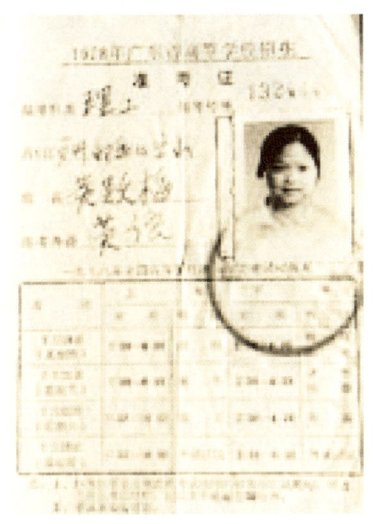

我的高考准考证

我参加全国第一届大学生运动会,获得 4×100 米接力赛第六名

1982 年夏天,第一届大学生运动会在北京召开,5 月我在华师参加全省高校的选拔赛,选上后又到了体院集训。7 月是大学生毕业离校时间,我是在大运会结束后,8 月回广州后才去广东机械学院报到。当时省里专门发了文件,我的工龄还是从 7 月起算。

78 级数学师资班和力学师资班
参加军训文艺演出剧照

女同学在校门口的留影(从左至右:李大红、吴颖映、钟小慧、黄跃梅)

因为1979年初中越边境上的自卫反击战事,我们的入学军训推迟到大二才进行,军训后的汇演以训练连为单位出节目,我们的舞蹈节目是"洪湖水浪打浪"。回看照片,我们当年的舞姿毫不逊色于当今流行的广场舞。

在校期间,我们女生都想在美丽的校园留下青春的倩影,加上我有过高中同学拍毕业照向五山照相馆租相机的经历,就提议大学同学去租相机。那次,我们几位女生在校园各处拍拍拍,一卷菲林留下了不少以校园作背景的靓丽美照。

右图这张是一张弥足珍贵的照片。在毕业30周年纪念活动日那天,1号楼前广场有一面照片墙,我在浏览照片时看到这张照片,感觉照片中跑在前面那位像是我,但我却没有这张照片,后来从校友会那儿得知照片是由78级502班提供的。几年后,远在澳洲的照片提供者温小冬同学辗转找到我。我俩当年虽同在田径队训练,但分属短跑组和跨栏组,相互不熟悉。这张校运会同场竞赛的照片是50278班的辅导员宁一海老师拍摄的,当时我在比赛中抢先一步,就有了与温小冬

1980年学校田径运动会,我在短跑竞赛中(宁一海老师拍摄的照片)

同框入镜的瞬间记录。也因温小冬寻找照片上的"我",我俩在毕业几十年后有了再聚并同框入镜的机会,谢谢小冬。

下面这几张照片是毕业后同学老师聚会时的留影。常忆美好,愿美好长长久久!

78级数学师资班部分同学与老师合影(2012年4月29日77/78级毕业30周年纪念活动日)

当年的田径队员东莞相聚（从左至右：温小冬、曾朝霞、江其华、我）

78级数学师资班部分同学于百步梯留影（2012年，毕业30周年纪念活动日）

# 77级物理化学师资班的故事

77级物理化学师资班　杨兆禧

光阴似箭，日月如梭，不知不觉77级物理化学师资班已经毕业40年，回忆起我们班的人和事，有些还历历在目，有些已模模糊糊。为了有个交代，我认真又勉强写下以下叙事式故事，请各位同学一同回忆分享。

### 故事人物

77级物理化学师资班毕业时有33人，其中女生9人。因为十年"文化大革命"的影响，当时高校基础化学科师资严重缺员，师资班招生目的是培养一批高校化学科教师。据我不完全统计，我们毕业时大多数被分配在高校任教，其中当教师17人（华工留下了13人）、读研2人、机关事业单位就业7人、进入公安系统2人、企业就业4人、出国1人。随着我国改革开放深入发展，后来有一批在高校任教的同学因出国留学、下海经商、到企业发展等，调离了高校，至近年退休，最后在高教系统退休的有6人，可以说，师资班毕业生完成了当时的历史使命。

在校期间，班里有党员4人，毕业前又发展了党员2人，系里主要学生干部中有系学生会主席1人、副主席1人、系团委副书记1人。

### 学习故事

当年入学后大家学习铆足干劲，认真听课学习，自觉晨读、晚修，到课室、图书馆自修学习，为了保证自修有位置，通常还要提前用书包或作业本在课室、图书馆占座位。在校学习期间，化学系十分重视，为师资班配备最好的师资，班主任是郑忠老师，十几门专业课程的教师中有全国物理化学学术名望很高的誉文德教授、莫之光教授，有授课条理清楚的霍瑞贞老师及其他资历较深的老师上课，同学们的专业学习受益匪浅，为毕业后的事业发展奠定了良好的基础。在课程学习中，令我印象最深的有：课程最有新意是化学热力学，邹敏孺老师授课用半英文口语推导公式，虽然费神难学但大家还是感到新鲜，学习兴趣很浓；课程最难的数结构化学，罗慎宏老师虽然每节课认真推导及验证公式，但一大堆公式推导确实难记；还有熟悉业务、滔滔不绝的政治课沙东迅老师；一支粉笔就能精彩熟练地授课的物理课陈老师……

### 活动故事

四年同窗学习时间空隙，班里与团支部也组织了不少的活动。在我心目中仍然记忆犹新，有白云山登高、火炉山野炊、华南植物园观赏植物、烈士陵园扫墓、东湖公园划艇、中大化学系参观交流、观看电影《庐山恋》、交谊舞学习晚会、学习交流会、参加系篮球赛和排球赛等活动，这些班集体活动使大家在紧张学习中得到调整，同时增强了集体的凝聚力。

白云山登高活动合照

烈士陵园扫墓活动合照

## 实习故事

在校期间,我们进行了两次印象深刻的工厂实习。第一次是到南海化肥厂实习,该厂主要生产合成氨化肥,是由陈仲言、罗慎宏老师带队,与77级化工原理师资班一起去的,当时这两个师资班同属学校基础部,后来才分开由化学系与化工系管理。第二次是到上海金山石油化工总厂实习,前面时间由李海清老师带队,后由胡可锦副书记带队。到上海金山石油化工厂实习时间为一个月,该厂当时地处上海边缘,靠近杭州湾,离上海市区有一段距离,在休息日同学们可以到上海市区逛逛。实习结束后刚好是暑假,同学们分别结队到周边城区景点游玩了一次,到杭州西湖、苏州园林、无锡太湖等景点游了一圈,留下了一堆黑白照片和无限的留恋……

物理化学师资班、化工原理师资班南海化肥厂实习合照

## 事业故事

我班同学毕业后在各自工作单位努力工作,分别取得不错的成绩,有一批高级职称的教师、工程师和个别行政职务至副厅级的干部:有全国优秀教师刘业望、获国家科学技术三等奖公安人员杨高;有下海经商成功之人、在著名企业及机关单位默默奉献的人员;还有一部分在海外安家乐业的优秀人才。

杨高(教授级高工,享受国务院政府特殊津贴)

刘业望(全国优秀教师、
南粤优秀教师)

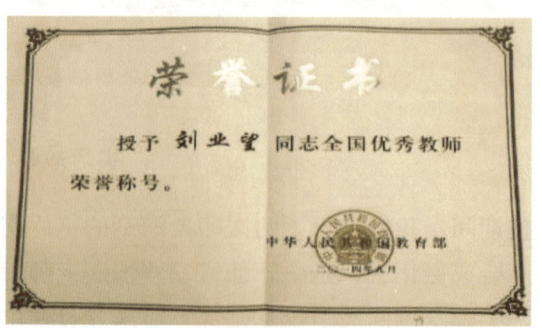

刘业望的"全国优秀教师
荣誉证书"

刘健伟同学当年毕业留校后，于1984年正式调动到深圳环保局，于2006年6月从深圳环保部门提前退休后先后担任惠州东江威立雅环境服务公司总经理、TCL环保资源有限公司CEO，以及分别在数家上市公司受聘为专家顾问、董事或监事等；2013年在上海自行创业，组建深圳境成环保集团；旗下6间法人公司分布在广东省各地，服务当地发展经济与环境保护工作，为社会建设继续发挥能力。

还有海外留学的黄颖文，他当年毕业留校后，于1986年留学美国南伊利诺大学，1991年获博士学位，后到美国圣路易斯华盛顿大学做博士后，先后在美国《生物化学》等杂志发表学术论文十多篇，研究工作结束后在美国公司工作，现与夫人姚敏安居于美国。他热心中华文化在海外的传承与宣传，利用业余时间开展中华文化在海外的教育和传播工作；义务任教于美国圣路易现代中文学校并被任命为学校总校长及董事长，带领学校转型发展为圣路易中华教育文化中心。该中心是美国中部地区最大型的华人组织

刘健伟接受广东广播电视台采访

刘健伟投资南雄的环保公司的揭幕仪式

黄颖文持"华文教育示范学校"牌匾

黄颖文主持圣路易中华教育文化中心竣工庆典

之一，被中华人民共和国国务院侨务办授予中国海外"华文教育示范学校"称号；黄颖文个人荣获美国总统颁发的终身服务奖。2020年1月20号，惊悉武汉暴发了新冠肺炎疫情，黄颖文带领该中心团队迅速组织展开抗疫募捐大型活动，共筹集善款30万美元，全部用来购买呼吸机并捐给武汉及周边的20多家医院，热情援助国内同胞渡过难关，收到武汉等地区医院由衷的感谢："万个感恩给你们"。

### 聚会故事

在同学平时聚会中，我班不算多，但在毕业周年关键时间、海外同学回国或外地同学来穗时，同学们都有快乐的聚会。其中毕业20周年聚会是最多同学参加的一次，2002年1月，绝大部分同学回到学校集中，后到莲花山玩了一天，还拍了视频和照片。

毕业20周年师生合照（华工西湖苑前）

毕业20周年合照（华工2号楼前）

我班同学还有两次阳江之行。李朝杰老班长热情帮忙，安排了闸波与阳西海边出海一游。其中阳西一游就是 2012 年 4 月底毕业 30 年的纪念活动。2016 年 2 月 27 日也安排了一次较多同学参加的聚会，见到出国后一直未谋面的陈小春同学，大家欢聚一堂，很开心。还有其他小范围欢聚就不一一表述。

阳西海边出海一游（渔船上）

由于本人写故事能力有限，故事内容写得不够详细、不够生动，而收到各位同学故事题材有限，77 级物理化学师资班故事只好暂此为止，以后有待各位补充修订，下回再续。

# 老师印象点滴及联想

## 77级电工师资班　冯穗力

从孩提时代开始，小学、中学到大学……每个成长的阶段都有许多的老师给我留下了深刻的记忆。下面是我脑海中不时会回想起的一些读大学和研究生时的老师的印象及联想……

一

陈世雄老师是我大学时的数学老师。陈老师是在大学阶段教过我的老师中给我的印象最为深刻的老师。可以说，陈老师的教导影响了我和班里许多同学的整个成长过程。

陈老师的经历既有些"传奇"的色彩，又颇为坎坷。陈老师年轻时酷爱田径，身体素质很好，早年在广州广雅中学高中毕业后，即被学校留下当了体育老师。或许教中学生体育不是陈老师的志向，工作约两年之后，陈老师竟然神奇地考入象牙塔顶上的北京大学数学系，这样的经历，恐怕很难再找到第二例。陈老师毕业后到了华工当老师，我们这才有机会与陈老师结缘。在"文化大革命"中，陈老师的家庭遭到了冲击，但陈老师在我们学生面前却从来没有抱怨过什么，他把全部的心血投入他所挚爱的教学工作中。我脑海中，还不时会浮现

陈世雄老师

陈老师身着有些旧但整洁的中山装给我们上课的情形，用他那既睿智深邃，又充满期盼的目光看着我们……

那时老师上课教具只有黑板、粉笔和粉笔擦。那时不少课室的黑板仍然是木头做的，上面刷的油漆很光滑，不仅经常会反光晃眼，而且粉笔在上面不好写字。陈老师为了使我们班和物理师资班合班上课时，在近百人的大教学班中每个同学都能看清楚黑板上的字，通常下笔写得很重，字也比较大，两节课下来，不知道要擦多少次黑板，这样上课的劳动强度很大，同时难免会吸入大量的粉笔灰。陈老师晚年患有尘肺病，我想这与他上课的认真态度和那时比较差的教学环境不无关系。

我们班里每个同学都记得陈老师给我们讲过的"12个馒头的故事"，他用这个故事勉励我们这些莘莘学子，在大学阶段要刻苦学习，珍惜美好的时光。他跟我们说：他在北大数学系读书时，班里有南方和北方来的同学。一开始南方籍的同学大多表现得头脑灵活、聪明伶俐，给人感觉悟性很高。而北方籍的同学则表现得比较憨厚，感觉理解问题慢半拍。但是许多北方的同学学习异常刻苦，每天在食堂打12个馒头，外加一些咸菜等装入

书包，除了上课和宿舍熄灯睡觉前，其他时间均难觅其身影。大学五年下来，平均来说，北方同学的成绩和对数学深刻内涵的理解程度明显超过了南方的同学……

我至今非常清楚地记得陈老师常常跟我们说的一段话，大意是：定义是讨论问题的前提，只有合理性可言，不能证明，是充分必要条件，必须牢记。而定理则是在定义的基础上通过数学的方法推导出来的。因为定理的证明过程都是严格遵循数学逻辑的，必须反复思考方能真正领会，如果没有真正理解，合上书本，你很难完整地把定理的证明准确地背下来。陈老师点明了在学习过程中哪些东西必须牢记，而哪些东西必须深刻思考，方能真正领悟和理解。我们班里的同学也一定都会记得陈老师教导过我们，在读经典的教材内容时，首先要不断地思考和提出问题，把书"读厚"；在深入领会和融会贯通的基础上，掌握其最核心和本质的东西，最后把书"读薄"。在我后来给学生上课时，不时还会向学生陈述陈老师的这些至理名言。

我读小学时，有一位叫刘如琴的老师，她是从遥远的内蒙古调到广州的，她教我所在那个班的语文课，讲一口标准的悦耳动听的普通话，当时给我们这些广东的小学生耳目一新的感觉。从小我就有这样的印象，普通话讲得好的老师，通常上课的效果都比较好。陈老师的普通话发音并不十分标准，个别字眼有很重的广州话口音，但陈老师的课，声情并茂，引人入胜，完全颠覆了我过去的观念。

## 二

王显荣教授是在大学阶段教过我们的老师中资历最老、级别最高的教师。王教授是电工教研室的主任，毕生都站在教学和科研的第一线，退休之后在家依然做研究，其敬业精神令人动容。相比之下，我们这些后辈感到惭愧和自叹不如。

王教授上课时声音洪亮，有板有眼，中气很足。他在课堂上画电路图很有特点，遇到有电阻的部位，就在横线上或竖线的侧面加一个长形小方块，既简单便捷又不会影响理解。他总是边画边说，电阻这样画就行了。在说明有关电在导线中传播的速度时，他总是从物理本质上给我们以启示，他强调：注意，电流在导线中有如此快的、接近光传播的作用速度，并不是电子的移动速度，而是场作用的结果，沿着导线作用的电磁场导致了信号和能量的传播有了这样的速度。

有部分电路课的内容，我们班用的是王教授自己编写的油印教材，里头有王教授许多解析电路原理的独特思想。这本书许多内容可能主要是针对"文化大革命"期间起点较低的工农兵学员编写的，该教材最终没有对内容做进一步加强后正式出版，很可惜。

我还记得王教授教我们怎样在学习一门课时对待课外的参考书。王教授说，学一门课最重要的是要选一本好的教材，手

王显荣教授在伏案工作

上同类的教科书千万不要贪多。否则往往会出现这样的情况：你看这本书的某些部分没有看懂，去找参考书，看参考书时原来的问题没有弄明白，又出现新的问题，又找其他的参考书解决新的问题，这样没完没了，耗费了大量的时间和精力，最后的结果是最初的问题可能还是没有搞懂。我记住了王教授的这个教导，在我后来编写《数字通信原理》等教材时，尽量地做到在学生的知识基础能够接受的范围内，内容尽可能完备和详尽，以避免学生在学这门专业基础课时，为找参考书解决基本内容的概念问题花大量的时间。因为按这种指导思想编出来的教材公式很多，物理概念解释详尽，因而篇幅比较大，书的价格高可能不好卖。电子工业出版社高教分社谭海平社长对教科书的出版发行极富经验，几次与我交流时都希望我改变一下方式，但我都不为所动。王教授留给我的宝贵遗训是经过实践检验过的有效方法，哪里是可以随随便便更改的？或许正是因为这样编撰出来的书有些新的特色，后来谭社长还主动推荐我主编的这本书去报奖。

## 三

王定中教授毕业于清华大学雷达专业，来到华工教书本来与我们学校无线电工程系雷达专业是非常对口的。但是据说因为他父亲被错误地划为"右派"，家庭出身问题导致他失去在当时属于机密领域的雷达专业上发展的机会。在那非常讲究出身成分的时期，这种事情在全国高校恐怕不会少，伤害过不少老师的心，但王老师还是一心一意地做好本职工作。王老师也给我们讲过一段时间的课，内容是关于图论在电路方面应用的。王老师专业基础扎实，上课非常认真，还编著出版过一本论述电路基础理论专门问题的小册子。

但王老师给我留下最深印象的还是后来的一件事情。我研究生毕业后再度留校当老师，系里给我安排了当研究生班主任

王定中老师（右二）与我一起观看研究生田径比赛

的任务，当然这是一个兼职的工作。那时华工无线电工程系和无线电与自动控制研究所是分开的。系里研究生并不太多，每年大概只招收十来人。研究生班主任是个没完没了的工作，每年都有老研究生毕业，又有新研究生入学，但却只有我一个班主任。

王老师那时是系里分管教学和研究生的系副主任。一次系里有一个男同学想和另外一个女同学谈恋爱，20世纪90年代初学生公开谈恋爱已经不是什么奇怪的事情了。这位女生还没有下决心是否要与该生确定恋人关系，男生因为年轻也不太懂事，很着急却也颇有心计，他向女方示意如果不答应他就要退学"出走"了，大有一些向这位女生施压的意味。我根本不明就里，很着急，心想如果该生退学，岂不是自己的工作失误，辜负了组织的信任，国家还很可能损失一个"高级人才"？我有些六神无主，马上向王老师汇报。王老师对我说"我们一起找那位同学谈谈，看看是什么情况"。没谈几句，王老师就明察秋毫了，非常平静地对那学生说，你打一份申请退学报告过来吧，系里明天就批准你退学。

那学生貌似可怜兮兮、哭哭啼啼的样子马上消失得无影无踪，一句话都不敢再多说……事情就这样圆满解决了，我恍然大悟之余，对王老师敏锐的判断能力佩服得五体投地。

王老师的这一招我在指导学生的过程中还真的用过一次，我知道对一些学生不能一味简单地呵护，有时要直接给他们警醒。我的一个学生，不知道什么原因迷上了学禅念佛经，别人学也没啥事，他却不经意地有些走火入魔了。一天他找到我说："老师，我不想读下去了，我要退学到××深山去拜师学经。"我问他："你父母知道吗？"他说没有告诉父母。我又问："那大师承诺接纳你了吗？"他说也没有。我跟他说："以后你以什么为生呢？"他不作声。我对他说："好的，你自己先想清楚明天晚上你自己睡哪里后再回来找我。"我正色地告诫他："一旦你打了退学报告，你明天就不是我的学生了，学校也没有了对你要承担的任何义务（自然就没有宿舍他睡觉的铺位），你走吧，想清楚了再来找我。"这个学生经我这么当头棒喝，就不敢再胡思乱想了，后来也顺利完成研究生学业，顺利毕业。

## 四

制图不是我们专业的主干课，但教我们工程制图的陈育丽老师依然让我印象深刻。她的形象在我脑海中依然十分清晰。陈老师很有特点，她发批改过的制图作业给我们时，从来不让学生代劳，每一本都是由她亲自交到作业本的主人手上。这样一来二去，很快她就把我们班里每一位同学的名字都记住了。在发作业本的同时，如果我们的作业有比较大的问题，她顺便也会给我们指正。可谓既认真负责，又细致入微。

这使我联想到另外一个故事。在我后来继续求学的过程中，一位英语口语课老师是学校请来的外教，是位美国老太太，同学们都直呼她的名字 Julie。Julie 十分和蔼，也很认真。她期末给我们口语课成绩打分的依据很独特，主要是看我们在她的教导下口语水平的进步幅度有多大，取相对成绩。因此我们班里头几个年纪偏大的"50 后"、英语口语基础相对较差的学生，如自动化专业的许同学（1954 年出生的）、金属材料专业的李同学（1958 年出生的）和我（1955 年出生的），最后都取得一个不错的成绩。这里要提到她，主要是她发本子的方式和大学时制图课的陈育丽老师一模一样。每本练习本都要亲自交到学生手中，如果这个学生因故没有上课，她就干脆把本子带回去，下次再发。她虽然上的是口语课，却每周要求我们写一篇作文交给她，题材和内容没有任何限定，自由发挥。她从来不改作文中的语法问题，她说她不会改，让我们语法问题找中国的英语老师去解决。她要求我们写作文主要是想跟我们交流思想，每次她都会对我们作文的内容进行评论，给出她自己中肯的意见或者看法。我那时是在职读博士学位，学习工作加起来压力有些大。有一次写作文时，就跟她讲一些自己"废寝忘食"，兼顾学习和工作，尽力做好方方面面事情的事例。本以为会得到她的赞许，但她却并不认同我的做法。她在我的这篇作文上的留言是：You can not please everyone！我仔细想了她写的这句话的内涵很久，突然发现我对生活和工作好像有了新的领悟。

英语老师张本慎教授（第二排左一坐着者）、Juile（抱着小朋友者）和同学们（后排左一为作者）

为什么这位老太太要刻意面对面给学生发作业本呢？她实际上是要保护每一位同学的隐私，这样每一位有意愿跟她交流思想的同学都会跟她谈自己的心里话，而不会有太多的其他顾忌。我想这位有心的老太太回国以后，一定会将她与她的中国学生的这段交往写成故事。

五

陈贤瑞老师给我们上"模拟电子技术"课，据说陈老师的教学水平在原来无线电工程系的老师中有"小冯秉铨"之称，这不得了，冯秉铨教授上课水平之高那是全校公认的。有人回忆在"文化大革命"前，冯秉铨教授上课时，有些行政干部偶然进课室坐下一听，居然也听得津津有味，忘记了自己该干嘛了。陈老师上课时神采飞扬，口才和板书确确实实都是一流的。

陈贤瑞老师近照

但是我一开始在这门课程的学习上却陷入了困境。陈世雄老师给我们打下的数学基础，一切都是严谨的，但到了对模拟电子技术的电路做分析时，在某种情况下这个大的电阻可以不予考虑，在另外一种情况下那个小电容在做某些分析时又可忽略，搞得我一头雾水。特别是有深度负反馈时，放大器放大倍数的计算究竟可以忽略哪些因素，更是把我搞得晕头转向，好长一段时间过去后，才使得我慢慢适应过来。

那时通常老资格的老师都配有助教，实验也专门由实验室的老师负责。陈老师是电子技术教研组主任，工作很忙，却依然挤出时间亲自批改我们的作业，还常常过来指导我们做实验，非常难得。我毕业留校任教后，陈老师成了我直接的领导，给了我很多的帮助。

## 六

我大学时的"脉冲数字电路"课是由计算机科学与工程系的钟诗勤和魏才贤两位老师上的,带我们这门课实验的则是当年还很年轻的许老师,这个系应该是派出了他们上这门课最强的阵容了。整个大学阶段,我觉得上课最潇洒的就是钟老师和魏老师了。钟老师身材魁梧,有些高血压,身体不好时就由魏老师顶上。钟老师应该是把这门课上得滚瓜烂熟了,虽然拿着讲稿,但好像从来不用看,无论讲解或

钟诗勤老师

是板书时都没有任何的停顿,给我们学生以十分流畅的感受。不知道这是不是计算机系老师的一贯风格,他们都有着如同计算机般超强的记忆。

魏老师上课时,他首先会笑笑对我们说,今天钟老师血压又有些高了,由他来给同学们上课。他上课则手上根本连讲稿都不用拿,讲稿就搁在裤子的后兜里,讲解脉冲电路原理,在黑板上画数字逻辑电路图、推导公式等一概不用看讲稿,通常只是在黑板上写到具体某个计算例子的最后一个答案时,才习惯性地从后袋中掏出讲义瞄一眼,"核实"一下数值……

## 七

黄万宁老师是我们的班主任,四年的大学生活,黄老师自然给我们留下了不少记忆。我觉得我们班的同学之所以自始至终是一个团结友爱的温暖大集体,与黄老师领导有方有密切关系。黄老师后来当了无线电工程系的总支副书记、总支书记,后来再上升到负责学校监察部的工作,足以说明黄老师是很有领导才能的。

可能黄老师很早就深谙如何保持学生班集体和谐的奥妙,对学生特别是学生干部的心理活动洞若观火。黄老师曾经对我们班委会的同学说,许多大学生班级,在大学四年生活的后半段都出现了"团结问题"。特别是班干部中很可能出现那种你不服我、我不服你的明争暗斗的情况,搞得大学快毕业时与一些同学都结下"梁子",最后不欢而散。这最主要的就是班长的原因。因此长期当班长的,到头来往往没有好的"下场"。黄老师所指的"下场",主要是指同学们对他的看法。黄老师的做法是,每一届班委会改选,班长的人选一定要换,不管有多大能耐都要"下台",而且最好是每年一换,所以我们班大学四年前后有过三届班委会。

在黄老师的领导下,我们班先是刘转州当班长,接着是我,最后是刘焯铿。果不其然,在班委会、团支部和党小组的共同努力下,我们班里班风良好,同学们之间一直相互提携、团结友爱。实践也证明,黄老师和班里的同学选班长还是颇有眼光的。在三任班长中,刘转州毕业后成长为广东城建规划设计院副院长,刘卓铿更是官至深圳教育局、文化

局副局长，深圳传媒集团党委副书记，他们都成为企业和省市的栋梁之材。当然难免也有例外，唯独我还是一介教书匠。

## 八

赵世老师在我们眼中似乎是一位老先生，其实赵老师年纪不太大。后来听物理师资班的同学说，赵老师是研究爱因斯坦的相对论的。赵老师老成持重，慢条斯理，讲课时语速和板书都比较慢。他教授我们大学物理学。我们一开始感觉赵老师讲课进度很慢很慢，好像连续几节课讲的内容都差不多，在黑板上画的作用力的矢量分解图都是一样的……但突然有一天，我感到赵老师讲课也很有独到之处，他是力图把一个问题彻底讲深讲透，等到你充分理解其奥妙和掌握其规律后，以后对类似问题的分析方法就一通百通了。

据说在华工教授大学物理课的老师，鲜有获得好口碑的。你想想，那时教大学普通物理课采用的是包干制，一个老师要讲授的内容，从力学、电学、光学、热物理学，到现代的量子物理学，一个老师很难精通这么庞大复杂的知识体系内容。所以大多数教普通物理学的老师都"忍辱负重"，虽然可能已经竭尽全力，却难得学生们的全程认可。不知道当年和我们一起上过许多课的物理师资班的同学，留校之后是不是有相同的感受。

## 九

我们大学时有一门理论性很强的课程叫电动力学。我们与物理师资班除了一起上很多门数学课之外，还一起上的就是这门课了。上我们这门课的是苏曾隧老师，我们用的教材是中山大学郭硕鸿教授编撰的《电动力学》，据说苏老师是郭硕鸿教授的学生，我们听了都有些兴奋。特别是得知苏老师还在高等教育出版社出版过一本教材《普通物理思考题集》，我们肃然起敬了。当时能够正式出版书籍的人是极少的，我们将迎来一位有著作的老师。苏老师果然不愧为出过书的，讲课很有条理。通过学习这门课，除了对电磁场规律有了更深刻的理解外，还建立了有关相对论的初步概念……

## 十

刘泰章老师和叶昌国老师那时是学校电力系电机教研室的主任和副主任，应该说电力系为电工师资班学生的培养也算是不遗余力了。这两位老师配合得很好，但风格却迥异。叶昌国老师是位非常传统敬业、责任心很强的老师，上课时采用经典的教学方式，按部就班，循序渐进，把定义、定理讲解得非常准确到位，我们回去稍复习他讲的那部分内容很容易理解并能掌握。

刘泰章老师则采用完全打破人们习惯的教学套路。刘老师毕业于华中工学院，那时国内电机专业的龙头老大可能就在华中工学院。刘老师给我们讲过一个示例，他碰到一个有关电机工程方面的难题，请教清华大学的老师依然束手无策，到了华中工学院请教老师就迎刃而解了，刘老师特别引以为豪。刘泰章老师当时是大学里少数一直坚持在做研究的老师之一，因此特别多关于科研的一手故事。在我印象中，刘老师上一节课的话，往往有半节课都在讲故事。刘老师是广东兴宁客家人，普通话讲起来也不是那么准，但对讲课效果一点影响都没有，他讲的故事大都是他自己在一线科研中的经历，自然引人入胜。

刘老师结合他的研究心得给我们讲电机学，他说他在研究工作中发现某种类型的电机运行起来都会发热，而且这种热并非机械摩擦所致，因此一定有电磁能量不合理地损耗在其中。刘老师致力于把这些能量转换成了电机的励磁电流，取得了相当好的效果。刘老师很自信，对那时西方发达国家的电机学的教材颇不以为然。他说：外国电机学教材中的电机过于抽象，电机被画成若干电感和电阻构成的等效电路，整本书看下来还不知道电机是什么形状和模样，这如何能够培养出一个真正的电机工程师？

刘老师一直致力于电机的研究，申请了很多的国家发明专利。他退休以后干脆在家里建立了一个小实验室。有一次他还向我展示了他的一个新的降低电机启动电流的方法。我觉得在华工可能真的没有人能够比刘老师更深刻地理解电机工作的原理及其物理本质了。电机学是一门工程实践性要求非常强的学科，或许华工的平台太小了，没有足够的人力和财力给刘老师以足够的支撑，否则刘老师绝对会有更优秀的研究成果。

有些可惜的是，在刘老师、叶老师教我们电机学的阶段时，我刚好一度出现神经衰弱的现象，常常晚上难以入眠。结果是虽然有刘老师和叶老师这么好的老师，电机学我也没有怎么学好。

## 十一

隋文英老师上课非常认真严肃，是一位认真负责的好老师。隋老师原来是教俄语的，俄语是20世纪五六十年代初风靡中国的外语，但在六七十年代中国与苏联交恶后，慢慢地俄语在国内开始被淡化，许多俄语老师便开始转教英语。教过我们班英语的老师有好几位，隋老师教授我们班的英语有比较长的时间。

因为我们在中学时学的英语非常简单，除了字母之外主要是一些口号短句，基础非常薄弱，所以我们那时大学的英语是从字母和音标开始学起的。隋老师对我们的学习要求很高，不时会在课堂上做些小测验。华工外语课的小测验很有特点，有些像小学的做法，常常会随机抽几个同学到黑板上做测验。一次我和几个同学被抽到上黑板前做音标听写，前面几个音标我和其他同学一样，都很顺利地写出。当隋老师念完最后一个齿间擦音"/θ/"后，大家写完都回到自己座位了，我就是听不出来，站在台上很尴尬。那时大家学习风清气正，我自然不敢偷看黑板旁边同学写的结果。隋老师比我更着急，一连念了几遍，我都没听明白，隋老师很温和地说："我都快把舌头吐出来了，你怎么还听不清楚呀！"我有些面红耳赤了……幸亏在最后快要下不了台的前一刻，我终于把"/θ/"想起来了，这才保住了颜面。

一次课间，我好像在和几位同学在讨论广州的风土人情，我凭借一些道听途说和广州本地的情结侃侃而谈，说广州这个地方包容性特别好，每个从外地来此工作的人，都不愿意回老家了。刚好被经过的隋老师听见了。"胡说！"隋老师喝了一声，吓了我一跳，我的无知使我陷入尴尬的境地。但很快隋老师和声悦色地补充道："我们上海籍的来广州工作的老师都在排着队等着回上海呢。"直到我们在大学的第七个学期，去杭州、上海实习时，我们才真正领略上海的"高大上"，以及上海人和"江浙人"的厉害。那时上海和江浙地区的工业产值可能占中国产值的一大半，他们确实有理由骄傲。

教过我们英语的还有几个老师，其中有位王老师，现在只是记得他姓王了。王老师个子比较瘦小，教我们班的英语时间虽然不是很长，却也给我十分深刻的印象。王老师课堂教学全程用英语上课，这是我在整个大学阶段遇到的唯一一个上课时用英语讲课的老师。

## 十二

我的本科毕业设计是钱涓老师指导的，此外参与指导的还有广东省科学院实验工厂的王少才高级工程师，钱老师是我们的校外指导老师。我记得钱老师同时指导我们班5位同学做毕业设计。除了我之外，还有李兆南、庄友科、孙令泉和张国良。我记得钱老师是湖北人，具有湖北人那种风风火火的性格，讲话快言快语。钱老师又是一个入乡随俗、很接地气的人，一看到我们广东的学生立马改用广州话跟我们交流，她的广州话虽然达不到地道的程度，却也能够准确地表达，给我们一种亲切感。

钱老师早年毕业于华中工学院，来华工之前在中科院广州电子研究所下面的一个测试所工作。长期在科研实践第一线工作的钱老师给我们选的毕业设计题目，都是涉及要解决的工程中的实际问题。做毕业设计的那段时间，我们大约每两周就由钱老师带领我们坐27路公交车到省科学院实验工厂与工程师们交流一次。在学校实验室，我们则搭建了实验电路开展工作。钱老师给我们制定了一些指导原则：从研究开发一个产品的角度，在保证技术指标要求的前提下，所选器件越经济越好。

由于钱老师的得力指导，以及我们认真的学习态度、坚持不懈的精神和富有成效的工作，得到了王少才高工和他的同事们的高度赞赏，认为我们的毕业设计解决了他们仪器的精准信号源中稳定度和失真度这两个最关键的技术问题。我们的工作成果最终应用到了YP型应变仪频率特性测试仪的系统中。毕业答辩是在中科院广州电子所的实验工厂内进行的，我至今还记得，答辩地点在一个小会议室内，布置得很整洁规范，桌面覆盖着浅绿色的桌布，比现在许多硕士、博士研究生的答辩会还要庄重。答辩委员会中除了钱老师外，还有学校电子技术教研组的主任陈贤瑞老师、王高工和实验工厂的其他工程师。我们的答辩很顺利，老师和工程师们对我们的工作都很满意。

## 十三

我读研究生时，已经30岁出头了。曾经作为"文化大革命"后恢复高考的第一批学生进入校园时的那种豪迈的气概早已荡然无存。看到与自己同级但年轻好多的研究生同学风华正茂、青春飞扬，不仅羡慕不已，而且颇有些惭愧，自然是不敢张扬，且"夹着尾巴"做人。

那时我们有一门叫"随机信号与噪声"的研究生课，由尹俊勋教授负责上这门课，尹老师有很高的学术水平和丰富的研究开发经验，他主持研究的炮兵指挥系统曾经获得中央军委的科技一等奖。这门课我们是和85级的研究生一起上的，尹老师上课语言风趣生动，很受同学们的欢迎。就在这门课考试前的一个晚上，年龄比我小很多但高一届的"学兄"章峰在自习的课室遇到我，说他在另外一本相关的教科书中看到一道有关"随机信号与噪声"的习题，涉及的概念性很强，有一定的难度，看看应该如何解。我们两人讨论了一阵，终于找到了解题的窍门。

第二天上午考试时，尹老师一发完试卷，我习惯性地把题目浏览一遍，发现我和章峰昨天讨论的那道题赫然在目，心中一阵"窃喜"，我想章峰一定和我的感觉一样，一定是暗自会心地笑了。这是一道大题，相对还是比较难的，有了这道题的保障，我自然信心大增，自己有限的水平也就得以充分发挥。

公布成绩时一看，我得了 97 分。尹老师因为不时会到我们的实验室和我的导师叶梧教授讨论问题，所以我们也比较熟悉。这次考试我给尹老师留下了深刻印象，他的嗓门很大，老远看见我就对我说："不错不错，你这次考试成绩是 No. 1。"我只能支支吾吾地说"是老师教得好"。我心里当然明白，自己如果不是考试前一个晚上与章峰"卓有成效"的讨论，是很难超越我们系、所里这些年轻有为的同学的。

后来尹老师又给我们上过另外一门叫"微机原理"的课，他选用清华大学周明德教授编写的《微机原理与应用》作为教材。有关微机的教材当年也有不少，这些教材往往把大量的篇幅用在介绍机器码上，看完之后往往不知所云。尹老师选择的这本书，用一个算术计算单元和几个寄存器构造出一个简化的微处理器模型作为开篇，一下子将其他教材中看上去云里雾里的内容解释得像 1 + 1 = 2 这么简单。特别加上尹老师丰富的微处理器开发的实际经验，上课时有理论且有实际，一下子捅开了微机原理的大门，再度给我很大的教益。

我听尹老师的"微机原理"课，自然不敢怠慢，加倍努力学习。尹老师和崔振声老师把这门课安排得极好，这门课的考试除了笔试之外，还要做一个大的实验。实验的要求是：用一片 Intel 的 8088 - CPU，加上一片 1/3 占空比的时钟发生器和一片 RAM 等外围元器件，以小组为单位设计制作一个小系统，控制 5 个发光二极管以特定的模式发亮。我和杨晓牧、赖国燕同学三人组成小组，从用油漆在覆铜板上画电路、腐蚀电路板、焊接、编程到反复地调试，最后成功地实现了所有的功能，这门课又取得了优秀成绩。

尹俊勋教授

尹老师的"微机原理"课确实使我受益匪浅，不仅使我搞明白了微机原理和其各种基本的应用，还为我后来的硕士论文的实验工作打下了良好的基础，同时也使得尹老师和我的师生情谊保持不断，一直延续至今。

## 十四

我的研究生导师是叶梧教授，叶老师早年毕业于清华大学无线电工程系，主攻电视工程，来到华工后先是在物理电子教研组工作，教授和研究电磁场、电磁波和物理电子领域的问题，后来他到国外做访问学者时研究的是计算机网络。叶老师在学校跟着老一辈的著名教授冯秉铨和徐秉铮等做过不少研究，学术造诣高、知识面广。

我做的论文课题是叶老师承担的一个广东省的重点科技计划项目：扫描电镜图像处理系统。20世纪七八十年代的扫描电镜通常都是靠直接观察屏幕或拍照来了解样品的表面结构。如果样品是导电的金属件，一般都可以获得清晰的图像。如果是非金属样品，如动物或者植物的样品，则通常要对样品的观察面镀金之后才能观测，这样观测的成本相对较高，镀金是一种不得已而为之的方法。对于半导体样品，因为这种材料的样品处于导电与不导电之间，如果镀金，成本较高；如果不镀金，得到的图像模糊，这种"模糊"，呈现出的图像表现为受某种噪声干扰影响。随着半导体样品的增加，需要考虑高性价比的观测方法。叶老师和学校测试中心的张大同教授等经过调研分析，认为采用多帧图像叠加的递归滤波处理方法可以有效地解决这一问题。当时的电镜都没有配备图像处理系统。我们要做的课题是要研制一个具备图像采集和实时递归滤波功能的处理系统。

项目立项后完全还是一张白纸，需要根据降噪处理的要求，分析如何实现相应算法，在此基础上设计制作电路，并完成整个系统组装和软硬件调试等复杂工作。经过大学毕业设计的训练，毕业后又指导过不少学生实验，读研一年级上尹俊勋老师的"微机原理"课时，又完成过一个小的微处理器系统设计与实现。接到叶老师布置的这个研究课题时，自己还是信心满满的。特别是当时教研室中还有从国防科技大学研究生毕业后到华工无线电系工作的张凌老师一起做这个项目，自然没有太大的压力。

因为那时没有中大规模的可编程阵列器件，除了随机存储器（RAM）之外，所有的电路，包括数字滤波的功能实现，都要靠74LS/74S/54S这类的小规模TTL集成电路来搭建。整个系统总共由帧存储器、地址信号发生器、数字滤波器、AD/DA转换器、锁相环电路、计算机接口板等多个模块组成，由一个Z80单板机控制，要使整个系统协调工作还是相当复杂的。帧存储器刚设计制作好电路板尚未调试，张凌老师就接到去英国学习的任务出国去了，我的压力陡然增加。

黄贯光教授经常到我们实验室找叶老师，黄老师是无线信号发送接收方面的专家，尤其擅长大功率的无线发射电路的研究。他虽是一位大教授，却十分随和，讲话很风趣诙谐。我们见面多了之后，关系自然变得非常熟了。他每次看到我实验桌上立着四五块电路板，每块电路板上有密密麻麻几十块集成电路，都是轻轻地摇摇头，不太相信我能够把系统调试出来。但叶老师却非常淡定，表现出对研制成功不容置疑，我悬在半空的心也慢慢放了下来。

20世纪80年代中期的电路板设计软件还很原始。逻辑图和电路板图没有关联。不要说逻辑图的设计可能会有问题，即便逻辑图设计正确，电路板也可能画错。因此在调试中难免经常要更改电路。在实验过程中除了示波器和信号发生器之外，主要的工具是刻刀、烙铁和万用表。电路板的背面最后被我改得几乎完全没有了原来的模样，上面花花绿绿"飞线"纵横交错，可谓蝶彩纷呈。黄教授的担心并非没有道理，如果没有叶老师的指导，最后一定是乱了套的。

叶老师给我的招数简单有效：第一，调试实验电路实验的桌面上必须整洁干净，不能有乱七八糟的东西，多余的备份元件和暂时不用的工具必须放置在别处。第二，一旦调试完成某个局部的电路，必须立刻做完整的实验记录，绝对不能够太自信，简单凭脑袋去记忆。一个复杂的系统，上面可能有几十甚至过百处的改动，时间一长，一定是记不住的。第三，对电路或程序进行改进时，一旦发现改动后不能工作，不要轻举妄动，盲目更改尝试，必须立刻直接退回到前面有初步结果的一步，恢复已经获得的工作成果，然后再分析新的问题所在。

在研究工作中，我一直遵循着叶老师给我的这些教诲，循序渐进，一步步稳扎稳打地前进。遇到棘手的问题，反复思考后如仍然不得其解时就和叶老师讨论，从叶老师处往往能够得到很好的启示。叶老师那时是教研室主任，各种事情很多，因此有些非常细节的东西不一定非常清楚。每次我在跟叶老师报告问题时，实际上都在我脑海中把问题详细梳理了一遍，很多时候讲着讲着，会突然冒出一个解决问题的新思路……

在叶老师的指导下，在我读研进入实验室的后面两年里，一年365天，几乎每天早、午、晚我都是在实验室度过的。终于在我毕业答辩前夕，实现了预定的视频信号实时降噪功能。学校测试中心只有一台扫描电镜，平时要做各个系所样品的测试，我们只能在他们空闲的时间才能做点实验。在进入学校的测试中心，与扫描电镜信号对接进行联调之前，我们在自己的实验室搭建的环境是这样的：通过一个摄像头产生视频信号，我们自己研制了一个高斯噪声信号发生器。通过

叶梧教授

一个加法电路将噪声叠加到视频信号上，送进我们的系统。随着噪声的增强，视频信号的画面几乎被完全淹没，屏幕呈现一片雪花状。此时一按我们研制的图像处理系统的运算启动按钮，可以看到视频信号逐渐显现出来，此刻展现在人们面前的就像是一种化腐朽为神奇的景象。当时那种成功的喜悦无法言状，至今难以忘怀。

我们的项目后来顺利通过了验收。因为有很好的演示度，在后来相当长的一段时间里，这个图像降噪系统成为无线电系经常向来访者展示的一个设备。记得有一次在学校召开广东省内电子信息领域的学术研讨会，中山大学的年轻老师和研究生观看了我们这个系统的演示后有些吃惊：华工无线电系居然做出来一个这么复杂的图像处理系统！

叶老师的许多教导，我一直牢记在心，成为我研究工作的座右铭，后来又传授给我的研究生。

十五

罗家洪老师上过我研究生阶段的好几门数学课，包括"矩阵分析""近世代数"和"图论"等，我至今还保留部分罗老师当年给我们上课时记下的笔记。罗老师身材不高，头发有些稀疏，上课时神采奕奕、目光炯炯，特别是他声音洪亮，偌大的一间100多人的课室，在最后一排也能听得清清楚楚。讲到兴起时，罗老师干脆撸起袖子。两节课下来，

常常看到罗老师满头大汗、衣服上沾满了粉笔灰。当年的课室是没有什么麦克风、投影仪之类的，更谈不上什么计算机和音视频多媒体设备。长时间保持同样的音量音调，加上不停地板书，脑、口、手都在不停地运转，那时的老师上课实际上劳动量是很大的，现在的老师已经很多感觉不到这一点了。

早在读大学时，就听数学师资班的同学说罗老师专攻代数，是我们学校数学系中这个领域的第一人。罗老师讲课逻辑性很强，概念叙述非常清晰。但我猜想他的讲义中记的应该都是课程内容的要点，并不需要特别完整详细的证明步骤。上课时基本上边讲、边写，一气呵成。偶尔罗老师在课堂上的推导过程中也会突然停顿，感觉推演不下去了，此时整个课室鸦雀无声……罗老师凝神片刻，又重新找回思绪，继续证明下去，大家此时才松下一口气。后来人们谈起不少老师都出现过这种情况，特别是比较有名的老师，这些老师上课都特别自信，手中的讲义内容不会准备得太细，上课时偶一分神，讲义上恰好没有此内容细节，就会出现这种情况，但很快他们又能接续过去。

罗老师讲的"矩阵分析"，是大学阶段的"线性代数"课程的延伸，做研究工作的人都知道其重要性不言而喻。而"近世代数"中引入的群、环和有限域等概念，则是通信系统中纠错编码等技术的理论基础。罗老师上的"图论"，对我们学电的人来说，原来只是电路和信号流分析的一种工具，没想到它现在是互联网技术的核心之一，我们现在天天在用的网络路由器中的路由选择算法、极大流分析等都源自图论的原理。罗老师的课对我后来的学习和工作有着极大的帮助。

罗老师给我们上课期间，一度他父亲病重濒危，那时大学老师的工资还比较微薄，很难有条件请人专门照看其父亲，罗老师则边在医院照顾父亲饮食起居，边给我们上课，两头跑，心力交瘁，这样坚持了好长一段时间，直到他父亲病故。罗老师对待工作和学生的态度令人感动，罗老师后来深有感触地跟我们说，料理完父亲的后事后自己感觉就剩下半条命了。

## 十六

马维祯教授是我读研究生时的无线电工程系主任，也是我的"数字信号处理"这门课的老师。我考研究生的那一年非常特殊，取消了政治课这门考试，这是历年考研中绝无仅有的一次。当年通信与电子系统专业研究生的入学初试就考四门：数学、外语、电路及信号与系统、通信原理。我三个科目的考试成绩都挺好，得的总分也不错，但本应比较擅长的电路及信号与系统这门却考砸了。本来以为那年读研已经"泡汤"，正准备来年再考，却意外地接到了复试的通知书。后来过了好长一段时间才了解到，是马老师力争，才使得我得以录取。在此之前，我没有找过马老师，情况一点都不知道，马老师真的是我人生路上的恩师呀！

马老师是20世纪80年代我们国家最早开展数字信号处理理论研究的学者之一，那时数字信号处理尚没有像现在这样广泛地应用到信号处理的各个领域，还在基础研究阶段。因为那时计算机的处理能力还非常有限，所以减少信号处理运算过程中"加""乘"，特别是"乘"运算的次数就特别重要。那时马老师在数字信号处理方面的研究，很多工作就是集中在如何降低信号处理过程中运算的复杂性上。

马老师给我们发的教材是他亲自编撰的，不光是自己编写，而且还是手写刻印的，很有特色。

马老师上课也很有特点，每次上两节课，中间不会下课休息，两节课一气呵成。马老师的板书异常地快，边讲边写，又工整又漂亮。给我们同学们的印象是：上课铃一响，必须迅速准备好笔记本，开始记，马不停蹄，从上课开始一直"唰唰"地记到下课。手慢是不行的，一慢就记不下来了。我们一直都很纳闷，为什么我们在自己的笔记本上记，开足了马力，还比不上马老师在黑板上板书的速度呢？

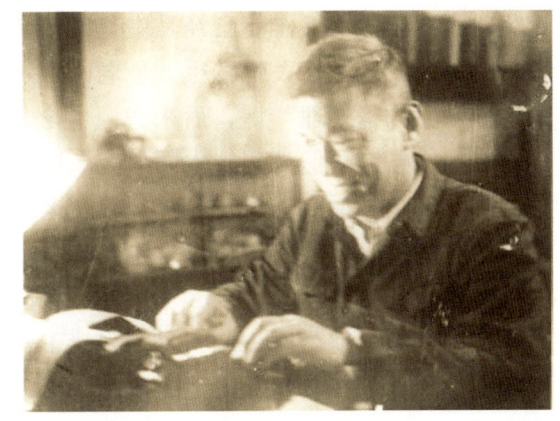

马维祯教授在工作

马老师这门课考核方式主要是完成练习题和编程的大作业。布置给我们的作业题大概有100道，现在回想起来，那些题太难了！我们一同上这门课的两个年级的研究生中，好像只有马老师名下自己带的一个研究生能真正独立完成了全部的练习题，包括我在内的其他同学嘛，就是八仙过海——各显神通了。编程的大作业我们当时都是用FOTRAN语音完成的，必须实现程序正常运行将运算结果交给老师审核。因为当时计算机的内存还非常有限，编程时大量的心思花在如何腾出运算过程中中间结果占用的内存空间上。完成了马老师的这门课的学习，大家都长长舒了一口气。

我研究生毕业之后，再度留校任教，作为当时的青年教师，一直都得到马老师的教导和关怀。

## 十七

在教过我的老师中，不乏老师和同学们心目中的大牌教授，这些老师之所以能够成为大牌教授，也并非是偶然的，在他们接受教育的背景中可以发现，他们很多都是"文化大革命"前的研究生，徐秉铮教授更是中华人民共和国成立前从岭南大学毕业的研究生。现在读研究生已经不足为奇了，2022年我们国家招收的全日制的硕士研究生将达110万，博士研究生也将达10万之多。目前在全国双一流的高校中，许多学校每年研究生招生的数量普遍已经超过本科生。要知道，"文化大革命"前那时国内的研究生，真的可以说是凤毛麟角呀！有关我们学校的这些著名教授，已经有很多相关的介绍，所以这里只是主要讲一些在我脑海中的印象。

徐秉铮教授在当年的无线电工程系中是除冯秉铨教授外最具盛名的教授。徐秉铮教授教我们"信息论"课，并兼有学校许多重要的职务，工作很忙，主要给我们讲绪论和前面一两章，希望能给我们一把开启信息论奥妙的钥匙，后面的章节则主要由他指导的当时刚毕业不久的研究生梁耀荣博士接着讲。徐老师上课时我们都正襟危坐，我记得最清楚的就是他在上第一节课时的开场白：你们之前谈的什么经济信息呀，社会新闻信息呀，那统统都是经过泛化意义后的信息，今天我们开始学习香农定理的严格意义上的信息论……

余英林教授是早年中国科学院培养的研究生，到我们学校工作前已经是中科院某研究所的研究员，也是大牌教授。余老师教过我的"数字图像处理"课，后来我硕士论文做的是扫描电镜图像处理技术的研究，图像信号降噪、图形锐化、直方图变换等余老师教授给我的知识直接就派上了用场。

余老师特别注重理论的深度和严谨性，说话特别直，一就是一，二就是二，从不转弯抹角，体现了一个学者正直的风范。据说

徐秉铮教授在指导研究生

余老师对校外送过来的论文的问题，评审时也毫不客气。余老师太直白的评语表述，得罪了某个学校的老师，其居然做一些"报复"的举动，因为余老师研究生论文的质量过硬，不好否定，他就在余老师学生的论文评语中进行挖苦，其中有句话大致是这样写的：本来此论文的水平是有欠缺的，不过既然是华南工学院学生的论文嘛，也就算了。看了之后真是令人哭笑不得。

我完成硕士论文后，叶老师也让我把论文送给余老师审。因为我大量的时间都花到繁复的硬件电路的开发和调试上了，理论上的创新有限。余老师通过了我的论文，同时严肃地给我指出了这一不足。在建议修改的意见中，整整一页提了十几个问题。我硬是用小规模集成电路硬件实现了一个简化后的卡尔曼滤波器，当然理论上卡尔曼滤波器的思想和方法确实早就被人研究透了，我工作的难点在于如何在当时还没有数字信号处理器（DSP）芯片的条件下实现这种这种高速的递归运算。我有些垂头丧气地把结果给叶老师看，叶老师看了后笑了笑，对我说："没事，答辩时解释一下就行了。"

### 十八

不知道从什么时候开始，博士生课程中的第二外语必修课的要求被取消了，也不知道是不是国人现在自信心提高的一个表现。在20世纪90年代初，我读博士学位的时候，外语的地位是很高的。记得所要修的课程只有6门左右，但必修课中就有两门外语课。那时我的英语课就有精读和口语两部分，分别由张本慎教授和Ms. Julie给我们上，我们那一级的博士生全校加起来可能也就50～60人，分成两个班上课。另外一门就是二外，那时对二外可以说也是极其重视，每位博士生都必须在法语、德语或日语中选一门，是必修课，而且还是一门大课，要修近两个学期。

那时必修课如果考试不及格，是没有补考机会的，立马会被学校除名。曾经有一两位博士生，上二外课时不好好上，以为老师在关系到学生学籍去留命运的试卷评分时刻，不敢轻易痛下"杀手"。因为上课时班上学生都不多，谁经常不来上课老师自然心中明了。对这些学生老师本来心里就不痛快，结果考试卷面又不及格，这一次彻底激怒了老师，他

把总评成绩不及格学生的名单往研究生院一送，结果这些学生直接受到了退学的处理。

因为自己那时已经不再年轻，且还有日常教学科研工作，我考虑二外选课的时候想了很久，主要想的是如何能够容易通过考试。想想这么多年下来记英语单词是如此的艰辛就不寒而栗，看来看去还是选日语吧，因为毕竟里头有比较多的汉字，单词记不住的话至少可以猜猜呀。

教我日语的是朱琳老师，他中等身材，偏瘦，戴着一副度数较高的眼镜，很儒雅。他第一节上课就给我们敲响警钟，对我们这些选修日语的学生说："你们要记住：千万不要以为日语好学哈，学英语的人是哭着进来，笑着出去；而学习日语的人，则往往是笑着进来，哭着出去的；日语是一种越学感觉越难的语言。"听老师这一说，加上有了之前学生被退学的前车之鉴，我自然是不敢怠慢，对待每节课都极为认真，用心去听，认真地做练习，心想先争取一个好的平时成绩再说。

学日语最深的体会就是终于明白了为什么外国人都感觉到学习中文很难了。之前自己一直都在想，一般只要记住 2000 个汉字左右，就大致能够使用中文了，而记住英文的 2000 个单词，可能还是非常初级的水平。学日语的过程中才发现，日语与汉语类似，都是以句子形式出现的，你如果不知道如何在句子中断词的意思，不仅句子无法理解，连查字典都有些困难。字的排列组合是如此之多，你说难不难？而西语就不同了，每个单词在句子中都是独立分开的，每个单词的意思搞清楚了，句子的意思大致也就明白了。

日语虽然对我来说很难，但朱老师的教学很得法，上课有板有眼，一个半学期过去了，我感觉对于自己专业领域的日文文章，基本上能够看明白大概意思，想想我们学英语学了多长时间，就知道老师在这么短的时间教人达到这个水平是多么不简单了。除了平时的测验成绩外，日语的最后考试是文章翻译，不过日文的原文老师提前一两天就发下来了，可能每个人的文章都是不太相同的，都得自己完成，那时还很少听说有学生请枪手的事情。原文很长，我记得我们带着初步翻译好的译文在考试的课堂上连续不断地抄在试卷上，等到我们抄完，考试结束的时间也就基本上到了……

第二外语终于通过了，我松了一口气。朱老师的课结束后，他还专门给我们发了一个通过日语学习的结业证书，胶皮的，有外语系的公章。其他的课，包括英语课从来都没有，这很是特别。原来以为这个证书也没有多大用处，后来却派上了大用场。我提交博士论文送审时，不知道哪个记录环节出了问题，研究生院居然说我的二外还没有成绩记录，因为没有修满学分，不能办理送审手续。这么可能，我急忙把我的日语结业证书交到研究生院的有关部门，他们接过来一看，说："你这个是什么培训班的证书？能够作为我们博士研究生必修课的成绩吗？"我没有办法，只好去找朱老师，朱老师一看我的证书，自然明白了什么情况，亲自到研究生院加以解释，这才解决了问题。

朱老师那时很尽心地教，我自己也很用心地学，应该来说，对日语已经开始有些入门了。但在后来我做论文的阶段和以后的工作中，基本上都没有去查阅日文的文献。很可惜，因为没有去使用，时间一长，所学的日语基本上已经忘得一干二净了。但是，朱老师给我们上课的情形，在记忆中却依然还是那么的清晰。

## 十九

欧阳景正教授在当年的无线电工程系也是久具盛名的教授之一,据说他是"文化大革命"前钱学森先生在中国科学院培养的两个研究生之一,另外一位是中国科技大学自动化系的主任图其冽教授。欧阳老师研究相关理论的造诣当时在通信学术领域蜚声中外,其研究的编解码器很早就应用到我国研制的卫星通信系统中。

欧阳老师教授我们的"纠错编码理论"课,用的教材是美国 R. E. Blahut 教授编著的《差错控制编码的理论与实践》,当时中译本还没有出来,用的是翻印的英文版教材。我想,可能欧阳老师读研究生时钱学森先生正主持国家重器的研究,一年恐怕也难跟学生见上几面,课程的知识很多可能只能通过自己看书学习掌握,所以也要求我们要培养自己独立的学习能力。欧阳老师的课是要点式的,虽然我们专门选修了编码理论的数学基础课"近世代数",但如果不进行课前预习,基本上课堂中他讲的内容是很难听懂的。你只有先预习上课的内容再来听课,才有可能在欧阳老师的课中获得纠错编码理论的真谛。

欧阳老师从来不担心课程的进度,如果他今天计划讲完第三章,下课铃一响,不管讲到哪里,他都会说,这章剩下的内容大家自己回去看,下节课开始讲第四章。欧阳老师上课很有特点,有时上到一半,他会突然停下来对大家说,平时太忙没有时间批改大家的作业,现在出道题做个小测验……期末考试中欧阳老师出题也极有特色,他出的题共 120 分,可挑选你做得最好的 100 分中的题目给分。同时在考试的题目中,有些步骤十分简单,但需要很好的想象力;有些题不难但步骤繁复,但你若有足够的耐心硬着头皮也一定能够做出来。这样就给了学生充分的回旋余地,要通过考试,你够聪明,行,你够刻苦,也行。我研究生毕业留校后,虽然教授了很多年本科生的"通信原理"和"信息论及编码",但到现在为止,我依然认为要真正掌握纠错编码理论中略为深入的知识依然不易。

欧阳景正教授

欧阳景正教授在工作

欧阳老师对自己的研究生要求特别高,大家都有些怕他,别的老师的学生一般三年准时毕业,他却有好些学生三年半才完成学业。有口皆碑的是,欧阳老师培养的研究生理论水平行,动手能力也行。那时我们讲的动手能力主要是指开发硬件电路的能力。

我 1993 年开始读博士,是欧阳老师名下的博士研究生,可惜的是欧阳老师那时大多数时间都在国外，所以无法得到欧阳老师的直接指导。论文工作基本上是叶梧教授协助指导完成的。尽管如此，欧阳老师每次回国，还是很关心我们，都会让韦岗师兄召集他名下的研究生与他见见面，聊一聊，吃顿饭。我最后一次见欧阳老师是在1996—1997年间，他讲的一句话我依然记忆犹新。那时学校正在加紧建设中国教育科研网，我那段时间也兼职在学校的网络中心参与有关工作。欧阳老师回校到网络中心参观，他看到学校的互联网已经初步建立起来了，有些感慨地说："现在做理论研究，国外是一台计算机、一张互联网，现在国内也具备了一台计算机、一张互联网的条件。"言下之意，世界已经被拉近，信息已经很容易共享，现在我们坐在学校里，几乎可以通达世界上各个重要的期刊和学术会议论文的资源库，从这个意义上来说，国内、国外已经没有多大的区别了。

每当有人提起欧阳景正教授，我都会想起叶梧老师常常跟我讲的一句话："欧阳景正教授，是系里我最服的两位老师之一。"

从本科、硕士到博士研究生的各个阶段，以及后来的日子，教过我的老师还有很多很多，包括许德选、巫观发、刘文彪、苏梅珠、王善松、张秋维、蔡汉添、张本慎、罗达铿、吴亚森、金云程、陈其津、甘集增……此外，谈起老师，还使我想起我下乡当知青回城后在广州纺织技工学校就读时的老师：温纯香、黄少祥、刘玉堂、汪汝言等，他们都在我的成长道路上给予了我很多的教诲和极大的帮助。有些名字虽然已经记不起来了，但一路走来，每个老师言传身教的师恩，我都定将永生不忘。

# 于莲老师

## 78级工程力学师资班　余浩

在华工教过我的众多老师中，于莲老师是很特别的一位。第一，她是英国人；第二，她是我大学毕业当了老师后的老师；第三，她是我的邻居。

时光穿越到几十年前的1981年，华工东区新搬来了一家人住在我家的斜对面。这家的男主人名叫余燊，是我就读的华工工程力学专业新聘请的一位副教授。余燊先生是广东省梅县人，他在梅县老家上小学，后到广州、香港读书。1958年，他到国外求学，获得博士学位后在英国的一所大学任高级讲师。1981年，怀着科学报国的情怀，余燊博士带着他的英国妻子于莲和年幼的儿子一起来到华工。

虽然余燊博士是我们专业的老师，但我只听过他用英文演讲的一次学术讲座而从未修过他的课。在我的印象中，余燊博士个子不高，戴着一副黑框眼镜，手里经常拿着一个烟斗，不苟言笑，一副学者风范。

余燊博士的妻子于莲女士是英国白人，蓝眼睛、高鼻梁、樱桃小嘴，皮肤白皙，一头栗色的秀发，身高1.6米左右。初到中国，因为人生地不熟，加上要照顾刚出生不久的儿子，于莲女士在家当家庭主妇。她儿子的中文名字叫余云凯，邻居们按照广东人的习惯都叫他"阿凯"。因为互为邻居，我经常在我们家附近以及东区通往华工校园的路上遇见于莲女士。她总是面带微笑，彬彬有礼地向我微微点头致意，仿佛在说"邻居，你好"。礼尚往来，我也同样向她报以善意的点头和微笑。

于莲女士虽然是英国人，但她热爱中国文化。每年春节，她都穿上中国传统的唐装，高高的领子，闪闪发亮的绸缎上绣着红花绿叶，娇小玲珑的她呈现出小家碧玉般的清雅和中国淑女的风范。

在东区住了没多久，于莲女士生下了第二个儿子，取名为余云峰。不知道为什么，邻居们却不再遵循广东人的习惯称她的小儿子为"阿峰"，而是叫他"云峰"了。有了第二个孩子后，于莲女士雇了一位住家保姆帮她照顾两个儿子和做家务。

1982年我大学毕业并留校任教。次年，华工外语培训中心开办了一个为期一年的教师全脱产EPT（English Proficiency Test）培训班。其目的是提高教师的英语水平，以通过国家面向出国留学人员举办的EPT考试。该培训班在全校教师中招收30名学员，报名者必须得到有关领导同意后再参加英语笔试、口试和听力测验3项考试。我在征得教研组领导批准后参加了这次考试，并幸运地被录取了。

在往后的一年里，我们每周上26节英语课。第一天上课时，我看到了华工77级高等数学师资班的侯一钊同学和冯百明同学。因为同属数力系，以后上课时我们3人经常相邻而坐。

在培训班任教的6位老师中，有两位中国老师教英语语法和托福考试，他们是华工77级外语师资班的郭小刚同学和贾谊声同学；有一位从英国来的查普曼夫人教英文阅读；

有一对来自美国的年轻夫妇讲授"美国社会概况";而让我始料未及的是,还有一位英文老师竟然是我的新邻居——来自英国的于莲女士。

于莲老师讲课认真负责,她那正宗的英国英语口音和爽朗的笑声不时在我们的课室里回荡。下课后,她总是留下来耐心地回答学生们的问题,面带微笑,和蔼可亲。

随着于莲女士和我的关系从纯粹的邻居变成了邻居+师生,我们之间的交流也不再仅仅停留在礼貌式的点头和微笑了。当我和她在上、下课的路上相遇时,我们会一起边走边聊;当她在我们的住处附近看到我和我的妻子一起散步时,她会走过来和我的妻子打招呼、拉家常,而我则成了她俩之间的翻译。我们两家人的关系亦从一般的邻居变成了好朋友。

1983年,于莲老师的丈夫余燊博士当选为第六届全国人大代表。一次,我正好有事上于莲老师家找她,我半开玩笑地对她说,您的先生现在是"议员"了。听了我的话,她愣了一下,我马上补充解释道,他现在是全国人大代表啦。她立刻反应过来了,只见她微微地耸了一下肩摊开了双手,不无幽默地笑着对我说:"我要问我的丈夫'你认识你的选民吗?'"话毕,我们都彼此会心地互相望了一眼,哈哈大笑起来。

不经意之中,于莲老师的儿子阿凯和云峰都长大了,讲得一口流利的广东话。那时,我的姐姐们的孩子小莹和小亮经常来我们家,小莹的年龄与阿凯相仿,小亮则与云峰差不多大。因为是熟悉的邻居,阿凯和云峰常到我们家找小莹和小亮玩。

阿凯和云峰很快就和附近的小孩子们玩成一片,常常不着家。每逢吃中饭或晚饭时分,邻居们经常会看到于莲老师家的保姆到处寻找阿凯和云峰,还不时听到她站在马路中央大声喊道:"阿凯、云峰,快回家吃饭啦。"

小亮、阿凯、云峰、小莹合影
(由左起,1983年摄于于莲老师家的前院)

余燊博士在华工任教几年后转到了中国科学院北京天文台就职,他们家也搬到了北京。当我站在我们家门前望着斜对面那栋人去楼空的住宅,联想到再也听不到那家人的保姆发出的"阿凯、云峰"的喊叫声时,我才意识到,也许以后再也没机会见到他们了,心中不免感到有一丝惆怅。

1985年初,担任工程力学81级班主任的我到北京出差,联系、落实有关我班学生的毕业实习事宜。到达北京后,我抽空到玉泉路的北京中科院校区探访我的大学同班同学钟建甄。钟同学大学毕业时考上了余燊博士的硕士研究生,从他那里我得知北京天文台还没有分配住房给余燊博士,余燊博士和他的家人暂时住在北京友谊宾馆。知道了于莲老师一家的消息后,我有点喜出望外,马上让钟同学转告于莲老师,如果方便的话,我想登门拜访他们。于莲老师接到我的信息后很高兴,立刻和我约好了见面的时间。

在一个寒冷的夜晚,我在晚上7时左右如约来到于莲老师一家在北京友谊宾馆的住处。我刚一进门，于莲老师就笑容满面地迎上来热情地和我握手，并让我坐下聊天。余燊博士也从他的书房来到客厅，非常有礼貌地和我打了个招呼，简单地聊了几句就回到书房忙他的事了。

我和于莲老师一起无拘无束地海聊，谈到了她在华工英语培训班的学生们以及一些老邻居、老朋友、老熟人的情况……接着，于莲老师叫她的儿子阿凯和云峰来见我。差不多一年没见，阿凯长高了、长壮了。也许是因为北方的阳光不如南方的厉害，他的皮肤比以前更白了。于莲老师告诉我阿凯已经上小学了，并叫阿凯把他在学校画的画拿来给我看。阿凯兴奋地跑过来递给我一张画，上面用铅笔画了一个菜市场，有几间铺子和一些买卖东西的人，菜市场的大门上写着"五道口菜市场"。哇，连菜市场的名字都带着北京味呢，这是我感受到的阿凯的第一个变化。我请阿凯给我讲解他的画，他竟然操着一口字正腔圆的北京话滔滔不绝地说了起来，该卷舌的地方卷舌，音色音调与一个土生土长的北京人完全没有两样！阿凯的变化之迅速让我感到震惊，他怎能在如此短的时间内就从一个小老广变成了一个小北京呢？我对于莲老师说，阿凯现在说的可是一口地地道道的北京话啊。看到我吃惊的样子，于莲老师微笑着用平静的口气说："是的，小孩子可以很快地学会任何一种新语言。你赶快和阿凯说说广东话吧，我担心他把广东话都忘光了。"于是，我马上改用广东话和阿凯聊天。真是"知子莫如母"啊！在闲聊中，我发现阿凯的广东话已经开始有点结巴，发音也不那么地道了。阿凯的变化让我看到了小孩子在适应新环境方面的无限潜力。而云峰在那天晚上倒是说话不多，所以我感觉不到他有什么太大的变化。我在晚上9点左右就向他们告别了。

几年后，听说于莲老师一家离开北京回英国了。

时光飞逝，一眨眼几十年又过去了。屈指一算，昔日的小云峰和阿凯现在应有30多或40岁了，而于莲老师和她的先生也应过了古稀之年，可人们再也没听到他们一家人的音信，我曾多次在网上搜寻，也没有找到关于他们的确切消息。

于莲老师，别来无恙，想必您和您的家人一切都好吧？

# 第三篇

梦想·求索·年轮
MENGXIANG QIUSUO NIANLUN

## 直挂云帆济沧海

题字：张健骏　作图：陈少锋

# 我在澳大利亚的日子

78 级机械原理与零件师资班　薛颂阳

我在澳大利亚墨尔本生活、学习了短短的 11 个月，这些日子中酸甜苦辣的滋味，总是令我回想。2021 年 9 月 8 日，是我离开墨尔本的 33 周年，回首那段日子，令我难忘又怀念，虽然苦涩，却是我成长过程必须付出的努力与艰辛。

## 一、天时地利人和

1986 年，我在中山纪念堂旁边的广东科学研究所进修科技英语，班上大部分同学都是准备出国的。开明的厂长让我修的课程还有电脑和工业设计，而且是半脱产白天上课的。科技英语和口语的老师有广外的讲师、英美的留学生，最后那个学期还请来了美国领事馆驻广州领事的夫人教我们口语。记得美国领事馆夫人曾邀请全班同学到她的住所——东方宾馆看英文录影带《北非谍影》(*Casablanca*)，当时领事也在。后来，班上的部分同学顺利获得留美签证。我虽无缘留美，但内心已经有了出国深造的念头。

次年，处于改革开放的中国掀起留学澳大利亚、新西兰的热潮，广州有许多人成功办理到澳大利亚或新西兰留学的手续，华工同班同学陈均宝成为首批中国留澳学生的一员。均宝的来信使我对澳大利亚有了初步的认识，特别是澳大利亚允许留学生工作，更使我感兴趣。和我一起玩乐的中学同学在聚会时，留学已成了必谈的话题，大家还一起参加留学澳大利亚和新西兰的展示演讲会。接下来是自己联系学校和申请入学。

澳大利亚人办事挺快的，一个星期后我收到了三间学校的入学申请审批表和简介，它们都要求申请者预先支付学费和生活费，我挑了一间"学生报到后即刻交生活费"的语言学校。两个星期后，我收到了入学通知书，然后体检、领护照、邮寄驻京的澳大利亚领使馆申请签证。很快，签证就批下来，一切颇为顺利。

1987 年 10 月初，我告别家人和女朋友，经深圳到达香港，第一次踏上出国的旅途。

## 二、孤单是人类最大的天敌

在香港过了中秋节后，亲戚送我登上飞往墨尔本的飞机。机上的其他乘客没有一个是东方面孔的，宛如已经到达了墨尔本，我心里感到莫名的兴奋，憧憬着美好的前景。

下了飞机，我按照均宝的指示，打的士直奔他的住处。三四十分钟后，的士停在几栋高层住宅楼旁。一位唐人面孔的路人好心地带我上电梯，那天刚好是周末，均宝正在住处等着我。我和均宝四年大学住同一间宿舍，毕业后常有来往。彼此半年多没见面，在异国他乡相会格外地兴奋。均宝肥瘦高矮没怎么变，看上去混得还不错。

我刚到人生地不熟的墨尔本，多亏有大学同学陈均宝收留我。隔天，我去学校报到，学校已经开学了，我成了插班生，全班清一色都是华人，大部分来自中国内地，也有香港和台湾地区的华人。上课的教室是在墨尔本大学里，原因是学校突然大量地招生，没有及时扩展校园和增加教室，学校于是向墨尔本大学租借了五六间教室。墨尔本大学是澳大利亚顶尖学府之一，校园内布满欧式的建筑大楼，有着优雅的林园和大片大片的草坪，我一来到就享受墨尔本大学的校园，感到非常幸运。教我们英语的教师是半个中国通的Alfred，据说他曾在中国教过英文呢。

我和陈均宝合影（右为陈均宝）

我课间休息与语言班的同学合影于墨尔本大学校园

快乐的日子过得特别快，眨眼间3个星期过去了。一天，我发现房东有点不对劲，起初的笑脸不见了，我找其借用电话，他也不乐意了。我问均宝怎么回事，均宝叹了声说公寓是政府的廉价租屋，房东怕出入的人太多被发现分租，当初只答应让我住两个星期。我恍然大悟：原来给房东添麻烦了。

第二天上课，在free talk（自由交谈）的时候，我放话租房，老师Alfred马上接口说他认识一个正在招租的房东。课后，Alfred开他的SUV（多功能运动车）载我去看房子。

房东是个老翁，眼睛和耳朵已经不太好了。房子是间半旧的一层公寓，老房东说这种房子叫cottage，意思是"和多间房子共用一条主梁的公寓"，这还真是名副其实，这个单词就是这样学会了，至今不忘。准备搬走的房客是来自上海的留学生Benjie，成熟稳重又健谈，是个见过世面的小妞。后来我才知道这位上海妞曾经是Alfred的学生，Alfred是通过她认识老房东的。

过了几天，我高高兴兴地搬进了cottage。它虽然旧了些，但房间大多了，还有前后院。才住了两个星期，我发现cottage太"大"了，"大"到看不见人、听不见人声，和原来热闹的住处截然不同，有种荒凉的感觉。我还没找到工作，除了上学就呆在cottage里，老房东总是躺在房间里，偶尔出来露露面。寂寞感侵蚀着我，我渐渐地感到迷茫，开始怀疑自己出国是否错了，离开家人、离开亲戚朋友，来到这个孤岛，前途茫茫。

在 cottage 大门前留影（1996 年我兴奋地回到曾经住过的 cottage）

与均宝乘火车到悉尼旅游

### 三、孤岛求生

一个学期 3 个月一晃就过，又要交学费了。澳大利亚和美国不一样，留学生必须交了学费，凭着学校的入学通知书（acceptance letter）才能领取逗留签证，换句话说，不交学费就等于"黑掉了"。学校大部分的学生和我一样仍没找到工作，也没有钱交学费，个个都是愁眉苦脸的。

第二个学期开学了，原有的学生少了三分之一，虽然有新的学生，校长仍然不满意流失了这么多的学生。于是，校长约见各班的"班头"，这些"班头"是各班替英文不好的同学与学校交涉的学生，我也是其中的一员。校长了解了是经济原因后，决定辞退现有的清洁工人,把清洁学校的工作交给学生做,大家听了顿时一片欢呼声。

这就是我在奥大利亚的第一份工作,每天(星期一至星期五)课后工作两个小时,工钱每小时3.6澳元,虽然不多,但起码每星期35澳元的房租有着落了。除了"班头"之外,有几个和"班头"关系好的也被吸收进来一起做。那个年头,3.6澳元时薪的清洁工也必须靠人事关系,可想而知,求生多不容易啊!

我尝到了赚钱的甜头,琢磨着多找份工作。多次打电话、寄履历找工程师、设计画图职位,对方不是说不招留学生,就是说只招有当地有工作经验的。我心想:你不给我工作,我哪来当地工作经验?现在好了,我总算有了当地清洁工作的经验。

在坐车上学的路上,我看着路两边一家接一家的商店、餐厅、旅店,如果在这附近找到工作,近学校、近住处,多好啊!于是,放学后我干脆走路回家,沿路上逢店便问,一来省下车钱,二来碰碰运气找工作。头一天没有结果,但我不气馁,回家的路有两条,一天走路的一边,4天走完总有机会的。4天后还可以走别的地方,我越想越兴奋。

第二天,有一家小餐厅对我说请厨房帮手(kitchen hand),问我做不做,我当然做了,既赚钱又积累当地的工作经验。工作很简单,是削马铃薯皮。我来澳大利亚前特意去学了个烹调课程,做一桌酒席都没问题,削个马铃薯能难得到我吗?但万万没想到,我只削了一个小时,老板就"炒"了我,说我削得太慢了。

我不服气,和他理论:"这马铃薯的'眼'那么多(坑坑洼洼的地方叫眼),哪能削得快?"那老板也不跟我吵,拿起一个马铃薯咔咔几下不出十秒钟就削好一个了。那些"眼"被他连皮带肉一起削掉了,巴掌大的马铃薯削成只比拳头大一点点,我不禁笑了出声:"你这样削不行,太浪费了!"老板听了气得瞪圆着眼:"你的工钱是多少,这马铃薯是多少钱,你知道吗?"

为了省钱就可以浪费食物?资本主义社会

墨尔本的夏日圣诞

真可恶。我不但有理无处申,为了生存还得学着做,这是否就是:If you can't beat them, join them(如果你不能打败他们,就加入他们)?

## 四、清洁女工要"妓女"

第三天在回家的路上,我继续沿路找工作。在一家小旅馆里,我问前台的接待员:"Good afternoon. May I see your personnel manager?"(下午好,我可否和你们的招聘经理见面?)

"Do you have an appointment?"(你有预约吗?)

"No."（没有。）

"Are you looking for job?"（你在找工作吗？）

"Yes."（是的。）

"What kind of job are you looking for?"（你在找什么样的工作？）

"What do you have?"（你有什么空缺呢？）

"Right now, we only have an opening for a part-time helper. Are you interested?"（现在，我们只有一个兼职帮手的空缺。你有兴趣吗？）

"Yes."（有的。）

接待员递了张表格给我填，然后把人事经理唤了出来。

这家三层高的小旅馆要雇一个星期一和星期天上班的杂工，工作很简单，包括换灯泡、搬活动床、修水龙头等，基本工钱每小时7澳元，星期天加倍。我毫不犹豫地答应了。人事经理非常高兴，像这样的工作当地人不愿做，原因是他们每周赚这168澳元比坐在家里领政府的救济金还少。

那个星期天，我开始上班了，每个员工的制服上都挂个名字牌，像小时候上幼儿园那样，怪别扭的。这家只有三层的小旅馆，事情还真多，搬这搬那，东修西补地忙个不停。快下班的时候，当班的经理叫我去他的办公室，我七上八下担心自己做错事被"炒"。原来是发薪水，看着106澳元的支票，我的眼睛有点湿润：这一天的薪水比我在广州一个月的工资还多。我很开心，我选择来墨尔本是没有错的。星期一我请了个病假翘课上班，当天学校的清洁工作无法兼顾，于是请了个同学当替工。

有一天上班，我正在客房换灯泡，领班的在门外叫我帮清洁女工玛莉找个"妓女"。我出国前已经听说澳大利亚性很开放，但万万没想到是如此开放：清洁女工也找妓女，而且是光天化日上班的时候！但我不敢贸然行动，决定当面问个清楚。我去到玛莉正在清洁的房间，问她需要何物。玛莉怕我听不清楚，一字一眼地说了两遍："我需要一个'妓女'。"（I need a hooker.）

我傻愣住了，呆呆地看着她满是皱纹的脸，她该有50岁了，找什么妓女啊？她见我不明白，连连摇头地领我进洗手间看啥是"妓女"。我心里嘀咕着：已经有一个了，嫌不够要两个？

原来是浴缸的挡水胶布少了个钩子！她需要的是一个钩子，"hooker"的另一个意思是钩子！

## 五、翘课打工

有钱赚的日子过得真快，心情也开朗多了，但这种好日子只过了一个月，学校就发现我有规律地翘课，向我发出警告：如再继续翘课，将通知移民局取消学生签证。

其实班里翘课最多的不是我，老师也知道学生翘课打工，大部分老师了解和同情学生的苦处，睁一只眼闭一只眼，没告诉学校。谁知邻班有位学生两个星期没露脸了，也没请假，于是被报上了校务处。校长一听大惊，若被移民局知道学校纵容学生翘课，小则罚款，大则学校的牌照会被吊销。他马上向所有常翘课的学生发出警告，隔天学生们都回来了，把学校挤得满满的，校长脸上又有了笑容，他安慰学生们一番，说只要大家不再翘课，就不追究了。说到底，校长也是个商人，学生是他的"米饭班主"，他犯不着得罪学生，所以很多时候他都是向着学生的。

我不敢再翘课了，星期天上班的时候向当班的经理请假，说学校接连两个星期一都要考试，当班的经理听了马上联系做全工（星期二至六）的阿 Jack 星期一来顶班。我千恩万谢，觉得自己真幸运。两个星期后，学校放假了，我又继续上我的班了，我这缓兵之计还真管用。

学校有我的翘课记录，对我非常不利，我打算转校。我找了家商务英文学校，介绍资料说学生可以边读商务边学英文，学费也相当，英语只是个语言工具，我该学点实用的知识。这间商务英文学校里的教室摆设和原来的学校不一样，它像一个会议室，中间是张大桌子，学生分坐在两边，每人面前有台打字机，讲坛旁边还有台模拟的电话总机。

星期一开学那天我撒谎说旅游没去报到，隔天星期二学校也没多问，刚开学嘛。学的东西很新鲜，打字啦、接电话啦……原来这个班是专门培养接待员的（receptionist）。这所学校相当于国内的技工学校吧，我这个堂堂的大学生此时只有无奈，乖乖地坐着听课，下了课还得赶回原来的学校做清洁工作。

紧接着的星期天，在旅馆上班的时候，当班的经理在午饭后对我说我的班改了，以后的星期天都不用来了。原因是做全工的阿 Jack 想多做一天工作。我想了一下，做星期一一天才五十来块钱啊，而且还要翘课，太不值得了。于是我没答应："只做星期一的收入太少了，我得找别的工作。如果只做星期天，我可以接受。"

当班的经理马上和上层的经理商议，结果同意让我只做星期天，阿 Jack 做星期一至六。我因祸得福，再也不必为这个工作而逃课了。

## 六、夜夜留连夜总会

好日子总是不长久，两个星期后，语言学校通知我，学校的清洁工只能给本校的学生做，我转了学不可以继续做了。我无话可说，告别旧同学，另找工作吧。

几天后，运气又一次来到我身边，我找到了一份厨房杂工（kitchen hand），上班时间为星期一至六下午 3 点至晚上 11 点半。学校下午 2 点半放学，从学校坐 20 分钟火车去上班，刚好来得及。上班的地方是个大餐馆，厨房供应的沙拉就有 8 种，我的主要工作是削、切沙拉的材料：马铃薯、红萝卜和南瓜。马铃薯的皮是用一个密封的桶形机器来削的，我这个学机械搞机器设计的第一次见这种专用机器，我没想到被资产阶级搞机械化搞到厨房里了。

我偷闲对它做了番研究，原来它是利用高速的转动和振动，使马铃薯互相撞击去皮。去了皮的马铃薯只稍微挑去那些眼，然后切件就完事了。但红萝卜就只能用手工削皮，然后切成火柴支那样大，幸好澳大利亚的火柴是超大型的，它比我们国内的大五六倍。南瓜最难搞了，它的皮又硬又滑不好削，得首先用烤炉把皮烤软了才好削。我开始不了解状况，把大大小小的南瓜一起放入烤炉，结果小的全烤熟了大的仍然是硬邦邦的。外面的客人催着要南瓜沙拉，可是厨房就是做不出来。大厨气得脸都绿了，亲自向我示范一次。

澳大利亚人最喜欢吃牛肉，这家餐厅供应的牛肉就有10多款。3个厨师预先把各种牛肉拿出来，他们忙不过来的时候就叫我去冷冻房取。冷冻房的铁架上放满了不同品种的牛肉，它们用透明的保鲜纸包着，外表看没多大的差别，我往往拿错。后来我干脆用个纸皮箱，各样拿两块捧出去让他们挑，这样虽然慢了点，但也算完成了任务，厨师只好苦笑叹气。

忙过晚餐，约晚上9点钟，餐厅的玻璃窗拉上窗帘，中间的餐桌被搬到一边，腾出了木地板的舞池，灯光变暗，响起震耳的迪斯科，餐厅顿时变成了夜总会。我又忙着准备下酒的小吃。熬到11点半下班，我跑着赶搭最后一班火车回家。

从此，我开始了全时上课、超时工作，每天都忙忙碌碌、快快乐乐的。

### 七、闭目听课

自从做这厨房杂工，我每天睡眠的时候锐减至6个小时，早上很不愿意起床，但又不能迟到和缺课，这所商务英文学校比语言学校严格多了。我羡慕周总理生前每天只睡三四个小时。我为何睡6个小时还睡不够？我不明白。

我常常在课堂上打瞌睡，左手托腮挡住老师的视线，假装在看前面的课本。但这个姿势却骗不了老师，她常常停下来不讲课盯着我，两旁的同学踢我把我踢醒。

有一次，老师在解释单字，我又睡着了。不知多时，旁边的同学又踢我了，我实在是太困了，只是动了动没睁开眼睛。过了一会儿，老师突然喊我的名字，显然她已经是忍无可忍了。我应了声缓慢地睁开双眼，她用教鞭指着黑板上的一个单字，问我它的字意。我想都没想就把她刚刚讲述的一字不漏地重复了一遍，顿时全班的同学愕然地看着我，老师没抓着我。

从那以后，我打瞌睡老师也不管我了。

### 八、硕士梦

全澳大利亚约有二十来所授予硕士的大学，外国留学生读硕士的学费每年约12 000澳元，SST成绩优良，或者有本科以上的入学通知书的留学生可以向澳大利亚政府申请6000元的学费资助。SST是澳大利亚的大学的英文入学考试，相当于美国的TOEFL（托福）。我询问了几间在墨尔本的大学，它们回信都说承认华工的学士学位，只要我有SST的成绩和交学费，就发入学硕士的通知书。

我意识到SST是我当前必须克服的障碍，我为自己制订了一个入学硕士的计划，先考过SST，然后申请澳大利亚政府6000元的学费补助，最后申请学校。但这个SST考试，三个月才有一次，而且比TOEFL难，要考过不容易。有很多留学生被SST拖垮了，后来不得不"黑"掉。

我考了一次SST，可惜没过。我不甘心被这个SST卡住，打电话约见各大学的机械学院院长，要求他们免除SST。但是Monash University（蒙纳士大学）、RMIT（皇家理工大学）和墨尔本大学都坚持要收到SST的成绩，不肯让步，原因是学校为确保学生入学后能跟得上课程并能够写论文。

最后，我和Swinburne University of Technology（斯威本理工大学）的机械学院院长见面。他看着我的成绩单，仔细地问各门课的名称和其内容，谈了半个小时，他便说我合乎入学硕士的要求，叫我马上向学校招生部递交申请和学费，招生部一个月内发入学通知书，9月就可以入学了。自始至终，他都没提SST。我问他："我还没考过SST，学校会录取我吗？"他说："我和你谈了这么久，我明白你说什么，你也明白我说什么，这足以说明你的英文听讲和理解能力没有问题。审查入学资格的是我，我说行就行，学校招生部只负责收学费和发入学通知书。"

我听了非常高兴，自己四处奔跑总算没白费工夫，来澳大利亚前读的四年业余英语，使我通过了这次的"面试"，免考SST是一个大捷径，省钱、省时间。回想当年日夜读英语，并没有想着出国念书，当年的努力学习是值得的。

我高兴了没几分钟，就发愁了，每年12 000澳元的学费数目可不少，我手上既没有入学通知书，又没有SST的成绩，没法申请澳大利亚政府的学费资助。于是我向院长说了我的经济情况，要求他开一张入学通知书，给我申请澳大利亚政府的资助。他想了想说，入学通知书是学校招生部颁发的，他答应帮我问问招生部可否没有收学费就发入学通知书。

我回到家寝食不安，上班、上课的时候老走神，但没想到过了两天斯威本理工大学果真寄来入学通知书，我的努力成功了。

我虽然最终还是没有入学斯威本理工大学，但这封入学通知书后来却变成了我取得旅美签证的"救命草"。

## 九、美国梦

1988年初，女友终于获得新西兰留学签证。自她抵达奥克兰，我便不断地写信叫她来墨尔本与我会合，但她却说她想去美国，还说她的一个同学已经拿到了旅美签证。均宝的一个中学同学阿东，在美国科罗拉多洲留学，假期带着陪读的太太来墨尔本旅游。他们租了辆小轿车，载着均宝和我到处逛，阿东说周末常常踢球不用打工，生活轻松愉快。他说着说着不小心把车子开到了对面，吓得我们一身冷汗。阿东的留学生活是多么的惬意，这对我刺激甚大，我心中又起了去美国的念头。

于是，我去了趟美领馆查阅美国学校的资料，向身边的和远在其他城市的同学朋友，打听是否有澳大利亚的留学生去了美国。澳大利亚有上万名留学生，如果有人去了美国，总会有人知道的。但是，所有认识的人都说没听过，从帕斯转来墨尔本的大卫还说："我此生的愿望就是去美国，如果有路去，我早就去了。澳大利亚是个死岛，没有出路，归路倒有一条，你想都不要想了。"连均宝这个老"留学生"，也说从未听过有留学生去了美国。

冷水一盆一盆地浇向我火热的心，我只好认命了。在接到斯威本理工大学入学通知书的那天，我马上打电话给女友，告诉她好消息。但没想到，她有更好的消息：她同班又有一位同学成功获取旅美签证。她正在申请旅美签证，叫我暂缓申请入学和澳大利亚政府的资助（申请费不少钱呢），等她的消息。她说在新西兰能办到签证，在澳大利亚也一定行。我听她的，把入学通知书放一边。

一个多月后，她成功抵美，我非常高兴她终于实现了梦想，于是我决定去申请美国签证，但当我去旅行社托办旅美签证时，却发现旅行社不能代办旅美签证。

原来，驻澳大利亚的美国领事馆致函给各旅行社，声明不允许旅行社替持社会主义国家护照者代办旅美签证，而且旅行社不接受还没得到旅美签证者报名参加旅美的旅行团。我读完那份美国领事馆的公函，脑袋一片空白地走在大街上。我是否注定要和女友分开？我漫无目的地走着，心里感到一丝丝的悲哀。

### 十、"救命草"

我在大街上走着走着，突然看见一面星条旗在不远处迎风飘扬，原来自己不知不觉来到了美国领事馆。那刻我明白了美国领事馆公函的含义：持中国大陆或其他社会主义国家护照者，必须亲自办签证。

我不禁大喜：天无绝人之路啊！我快步走入美国领事馆大楼，先做个观察。一楼的大堂内，有数张椅桌供人填表，架子上放着一叠叠的空白申请签证表格。大堂最里面靠电梯的地方设有一扇安全门，警卫是一个光头黑人。我拿了张表坐下来一边填一边观察。约莫坐了半个小时，前去签证的什么样的人都有，但门卫都是问同样的三个问题："Do you have your passport with you？"（你有带护照吗？）、"Do you have your photo with you？"（你有带你的照片吗？）、"Have you filled the application form？"（你填了申请表了吗？），根本没有问持哪国的护照！连答三个"Yes"（是），就可以过安全门进去。

第二天我带齐资料，下午翘课溜去美国领事馆。光头警卫仍是问那三个问题，我连答三个"是"，光头警卫就让我过安全门乘电梯上三楼的签证室。我把申请递上去，然后心"砰砰砰砰"地跳着，那时真正尝到了什么是坐立不安了。轮到我的时候我已经平静下来，领事看了一遍我的申请资料，开始发问："你去美国干嘛？"答："了解美国的文化和历史。""去多久？"答："两个星期。""怎样去？"答："参加旅行团。""参加了吗？"答："没有，因为旅行社不接受没签证者参加旅行团。""旅行之后呢？"答："回中国工作。"我说完便递上香港公司的聘函。但他却说："不行，你要有回来澳大利亚的证明，这是回中国工作的证明，你只能在中国申请！"我顿时傻呆了，愣在那一句话也说不出。领事很和蔼地叠好我的资料，递还给我，他的友善使我完全镇静下来，我突然想起那封入学通知书！我急忙说："我回中国工作前会先回来澳大利亚读硕士研究生，我已经拿了入学通知书，但没带来，我以为您只需要我出示回我本国的证明。"领事听了就说："你把入学通知书和这些资料一起拿过来。"啊，我终于看到了一线生机。

隔天一大早，我干脆不上学，直奔美国领事馆。领事似乎还记得我，他没多问，捧着那封入学通知书，看了一遍又一遍。他一声不哼，我无法知道他在想什么。过了一会儿，他吩咐我回座位等。情况似乎有好转，起码他没有像昨日那样把文件当面退我。

几分钟后，一名女职员唤我名字，把资料全交还给我，唯独少了护照。她说："下星期来取护照。"我心头一振："您是说来取签证吗？"但她却面无表情地说："你下星期来了就知道。"我心想还要等一个星期，赴美之路多么漫长呀！

我焦虑地熬过那个星期，第三次走入美领馆，领回盖着签证的护照。我捧着护照看了又看：美国，我来了！

## 十一、告别第二故乡

我身边的朋友对我去美国看法和态度不一，Alfred 不断地劝我要再三考虑："你在澳大利亚有稳定的工作和经验，已经扎下根子了，数年后念完硕士就会开花结果的。你丢下这些去美国，太可惜了，所有的事情都得从零开始。"老房东插口说："他的女朋友在美国，我觉得他应该去。"

第二次世界大战末期，老房东随交响乐团做环球演出，苏俄侵占并吞了他的国家——佐治亚，屠杀当地的反对派，老房东没敢回国，孤独一人留在澳大利亚，几十年没和妻儿见过面。他觉得和亲人团聚是最为珍贵的，所以他鼓励我去美国和女友团聚。1988 年 9 月 8 日，我告别生活了 11 个月的墨尔本，踏上了飞往美国洛杉矶的飞机，开启崭新又温馨的人生旅程。

# 我在洛杉矶的日子

78 机械原理与零件师资班　薛颂阳

1988年9月8日，我从澳大利亚墨尔本乘飞机，同日抵达美国洛杉矶，开启崭新又温馨的人生旅程。这33年来，我完成了人生大事——和相恋多年的女友结婚，也实现了两个心愿——取得机械工程硕士学位和进入美国大公司任职机械工程师。

## 一、踏入美国洛杉矶

墨尔本是澳大利亚的第二大城市，洛杉矶是美国的第三大城市，但这两个城市却有巨大的差别。洛杉矶机场广阔，熙熙攘攘的人海和车辆呈现出世界大都市的风范。我顺利获得半年的旅游签证，领取托运的行李后，步出航楼。女友已在出口处等候我，11个月的隔洋之恋终于画下了句号。

离开机场，车子在高速公路上奔驰半个小时，来到了挂着很多中文招牌的阿罕布拉市。女友和同学已经租好了一栋两层公寓，楼下是客厅、饭厅和厨房，楼上是两个房间，一间男生一间女生，宛如大学年代的宿舍。

洛杉矶市位于美国的大陆地区西边和太平洋东岸，我居住的阿罕布拉市和洛杉矶市同属于洛杉矶郡（又称"县"），洛杉矶郡之大常常被华人称为"罗省"。洛杉矶郡和邻近的6个郡组成了南加州，著名的迪士尼乐园、环球影城、荷里活、比华利山庄、加州理工大学坐落于南加州。南加州有发达的高速公路网，为通勤和旅游观光带来了极大的便利，大部分居民都拥有私家车。

抵达洛杉矶不久，我坐飞机到美国第一大城市纽约旅行。第二年，我和女友驾车到北加州美丽的旧金山旅行。我发现这两个华人聚居的大城市和洛杉矶截然不同，当地的居民非常依赖公共交通，而且人口密集，经济兴旺繁荣。

## 二、圆梦硕士

半年的旅游签证，让我有充分的时间了解洛杉矶和美国的移民制度。洛杉矶拥有20多所高等学府、市区学院，以及众多的语言学校，它们提供硕士和博士学位，也有专门为外国学生补习英文的机构。美国是一个移民国家，有友善的移民制度，而且允许持旅游签证者申请转为学生签证。我物色了一间靠近我居住地的专门招收外国留学生的语言学校，在我的旅游签证到期前一个月申请入学托福班。在亲戚的经济担保帮助下，我的学生签证很快就批下来了，于是我满怀喜悦地攻读托福。

约莫3个月后，我考了一次托福，但成绩不理想，没有达到入学硕士的分数线。这次失败经验让我认识到学校和师资的重要性，我决定转读加州州立大学洛杉矶分校的语言班。这个语言班是专门为入学加州州立大学洛杉矶分校的留学生而设的，而且是小班制，其中一位老师的教学方法非常奇特，他每次上课都带个迷你CD音响，当同学们听课昏昏想睡的时候，老师就打开音响，带领同学们唱英文歌！两首歌下来，同学们又精神抖擞地听课了，这招真管用。我的英文能力得到迅速提高，3个月后考过了托福的硕士分数线。

我拿着托福成绩和华工的成绩单，先后约见了南加大（USC）和加州州立大学洛杉矶分校的计算机系、机械系和电工系的系主任。这两所大学的机械系承认和完全接受华工的成绩单，我符合它们的入学资格。我不禁感叹：我们华工不仅是全国重点大学，而且是世界闻名，我感到非常自豪和骄傲！

然而，两校的计算机系和电工系只接受我成绩单里的一小部分课程，换句话说，我必须补修两三年的本科课程才能进入计算机系或电工系的硕士课程。经过两天的思考，我决定读机械硕士，用最短的时间和最少的费用拿下硕士学位，然后找工作、办绿卡身份。于是我向南加大和加州州立大学洛杉矶分校寄发申请机械硕士课程，两个星期后，我先后收到了这两所大学的入学硕士课程的通知书（I-20）。我了解到，南加大的师资、教学条件和毕业后的就业前景，均比加州州立大学洛杉矶分校的好。于是我选择入学南加大的硕士课程。

当我第一天报到，南加大的校方却突然宣布：所有新生必须考一次校内的英文试（English Language Assessment）。它竟然不参考托福成绩，英文试后我被评定为：必须修两门英文课，而且这两门英文课不可以同时修，也不算硕士学位的课程（学分），这意味着我要多花两个学期（一年）的时间和学费补读英文。

出国前我读了4年的业余英文，在墨尔本和洛杉矶共读了一年半的全时英文，而且还有托福成绩。我不甘愿再读一年英文，于是第二次约见加州州立大学洛杉矶分校的机械系主任，询问入学该校硕士课程是否也需要补修英文。

我在加州州立大学洛杉矶分校工程技术学院大楼前硕士毕业留影

"加州州立大学洛杉矶分校是一所多元文化的大学学府，学生、教授和员工来自世界各地，我们机械系有全美著名的太阳能车项目和先进的教学设备。你有托福成绩，而且在本校已经修过英文课程，欢迎你来读我们的硕士课程！"系主任的一番话，让我坚定了转学的信心。次日,我回到南加大办退学,然后到加州州立大学洛杉矶分校的机械系办入学手续,我非常高兴当初申请了两所学校,也觉得自己的选择是对的。

1989年9月,梦想的大门终于向我开启。出国后经过两年时间的不懈努力,我踏入了美国的高等学府,开始了硕士课程的学习。和我一起读硕士课程的还有两位华工的校友——陈琦璋和林柯,他俩都是机械系79级的。1992年6月我以优良的成绩完成了45个硕士学分,拿到硕士学位,在学校的毕业典礼上,我怀着兴奋的心情,穿上硕士学位的礼服和礼帽!

### 三、进入美国19强企业

我抵达洛杉矶时就了解到,美国是一个小费盛行的国家,换句话说,小费是美国的文化和传统之一,它表现着消费者对服务行业的尊重和回馈,因此,服务行业中的侍者(Waiter)的收入非常可观。虽然侍者的工作非常辛苦,但它的报酬可以支持我读硕士的费用,而且比较容易入手。

我完全没有侍者的工作经验,于是决定从零开始。首先找了一份送外卖的工作,虽然收入低了些,但使我有机会学习。在送餐之余,我帮忙准备茶水、收碗碟,留意观察餐厅的侍者是怎样工作的。机会终于来了,有一天,侍者请假,老板娘一个人忙不过来,她叫我帮忙兼做侍者。我满怀喜悦地工作了一天,老板和老板娘对我的工作非常满意,我实现了零的突破。

有了这个侍者工作经验后,经华工校友何乐(建筑79级)的介绍,我来到华工校友陈长河学长当经理的福临门酒家当侍者,当时还有一位华工校友林军雄(机械79级)在那里工作。这间福临门酒家位于洛杉矶市中心的五星大酒店——西丁文德(Westin Bonaventure)内,平日它的午餐时段非常忙碌,常常需要左手托着一个大托盘(tray),右手拿着一个架子,穿梭于餐堂内。在短短的时间里,我的工作能力得到迅速提高。

1994年我在芝加哥的国际制造技术展(IMTS)参展留影

由于工作和学习的时间都在工作日，不易协调，于是我转到一间在洛杉矶市西区靠近海边的海港海鲜酒家做侍者，大部分的工作时间是晚上和周末，我把上课时间选在上午和下午，这样我的工作和学习的时间就得到了协调，我又开始了全时读书和全时工作的生活。

我在海港海鲜酒家工作了一段时间后，慢慢注意到有两个亚洲人时常来吃午餐，每次都是点一份蛋炒饭。餐馆里的其他侍者对他俩不满，不乐意接待他们。我觉得每个客人都有权利选择和得到同样的待遇，于是当他们俩来吃午餐的时候，我就主动招呼他们，久而久之他们认识了我。在餐厅空闲的时候，我偶尔和他们聊聊天，得知他们是越南来的杜先生和印度来的卡塔先生，他们在同一个公司上班。

有一次，他俩很好奇地问我："你这么年轻，为何不念书在餐厅工作啊？"我笑着回答说："我正在念机械硕士课程，快毕业了，现在是全工全读赚学费。"他俩顿时对我肃然起敬。隔天，他俩又来吃午餐，杜先生问我："你找到工程师的工作了吗？想不想去我们公司工作？"我一听大喜！然后了解到他们公司是设计和生产提款机的，我连忙说想去。杜先生接着说："你写一份履历给我，等公司有空缺就通知你。"我听了高兴得不得了，下午休息的时候去附近的文具店买了一台镭射打印机，回家把履历写好并打印出来。过了几天，在他俩来午餐的时候，我把履历交给了杜先生。

时间过得飞快，转眼我已经硕士毕业，求职信也发出了很多，面谈了几次都没有回音，杜先生那里也没有消息。我觉得等待不是办法，不如先进入机械行业。我面试了一份机械安装技师的工作，该公司的老板亲自和我面谈，他看了我的履历，说让我做安装技师是大材小用，建议我做销售经理，我欣然答应了。从此，我开始了白领生涯。

我不知不觉工作了两年，学到了许多销售和机械方面的知识，取得了可贵的经验，销售成绩更受到老板的赞赏。但我仍不忘初心，不断寄发履历去应聘机械工程师职位，但都石沉大海。那两年美国正值经济萧条，而且1994年洛杉矶郡内的北岭市发生了大地震，很多企业都往外地迁移，各行各业的空缺职位越来越少。正当我全心做销售经理的时候，杜先生来电话了，他问我正在做什么工作，是否愿意到他公司面试机械工程师的职位。原来杜先生没有忘记我，身处异乡的我，竟然有一个朋友惦记着我、关心着我，我当时感动得眼眶湿润。

1995年我在花旗集团属下的交易技术公司大楼前留影

过了几天，我走进挂着花旗集团（CitiCorp）招牌的大门面试机械工程师职位。我了解到，这间交易技术公司是花旗集团的一个子公司，专门为花旗银行（Citibank）设计和生产提款机，当年花旗集团在美国的企业里排行第19位。

经过重重考核与多次面试，在1995年10月，我被花旗集团交易技术公司正式录用为机械设计工程师，参与设计和生产自动提款机（ATM）。我来洛杉矶短短的7年，不但获取了硕士学位，而且成为美国第19强公司的工程师，我感到非常自豪，我多年的努力和辛劳终于收获了丰硕的成果，令我感到非常欣喜！

## 四、创业

1992年底，我们认识了一位从事进口高尔夫球具组件的朋友，同时我们也了解到美国人非常喜好打高尔夫球，光是洛杉矶就有几十个高尔夫球场。于是我和妻子商量之后，成立了一个私人公司，专营高尔夫球具组件的批发，销售对象是全美国各地的高尔夫球具商店。我们与当地几间高尔夫球具商店建立了良好的关系，给他们免费送货和免费交换货品，他们非常乐意向我们订货，而且向我传授了如何制作高尔夫球具的技术。我从小就喜欢动手装拆自行车，来洛杉矶后车子的维护和小修也是自己动手做，所以制作高尔夫球具对于我来说是轻而易举。

我制作了几套高尔夫球具，开始在露天市场销售。露天市场是美国的传统文化之一，它的商品有新的和二手的：食用品、电器、运动器材、艺术品、汽车、房产、古董等等包罗万象。它的特点是商家可以日租、月租或年租，租金廉价，而且有良好的管理和设施。露天市场的经营时间通常是周末的早上7点钟至下午1点钟，商家必须在早上五六点进场摆设摊位和货品。这种运作方式和时间非常适合我们，我们只需要周末早些起床，预先在周五把货物和摊位用具装上车子。

我太太一直在默默地支持我，平日她有自己的工作，周末与我一起起早摸黑地经营露天市场。她还从朋友那里进了些日用品，使我们销售的商品多样化。美国人逛露天市场似乎也是一种传统文化，廉价的物品不但吸引消费者，而且露天市场内有吃的、喝的和玩乐的，因此非常适合一家大小的活动。然而，高尔夫球是属于高端体育运动，在露天市场几乎没有贩卖高尔夫球具。在头几个星期里，虽然有不少人来我们摊位看球具和询问，但我们一套球具也没有卖出。我相信万事开头难，而且我做的是量身定做的球具，需要时间取得客人的信任。

一个月后，有一位来我们摊位两次的客人说要买一套球具，我问了他的资料后，推荐了一套现成的（已经做好的）球具给他，他考虑了一下就接受了，我们终于卖出了第一套球具。从那以后，我们的生意越来越好，有些客人用了之后，不但再来购买，而且还介绍他们的朋友来订购，我们的球具价廉物美，品质优良，受到客人的青睐。

随着万维网的兴起，我开设了一个网店，销售量身定做的高尔夫球具，收款方面委托货运公司UPS。头几个月，网上接到的订单不多，加上货运公司把我们的利润吃去了一部分，我们的收益不大。于是我们增加了信用卡收账服务，让顾客安心订购。果然，信用卡收账服务的效果非常显著，网上和露天市场的订单成倍增长，我开始忙不过来了。我及时

购买了电动工具，把制作球具的时间缩短了一半。

## 五、私家车不只是代步

不同于其他大城市，洛杉矶拥有四通八达的高速公路网，私家车是主要的交通工具，这正是我喜欢在洛杉矶定居的原因之一。我刚抵达洛杉矶的时候，全新的小轿车虽然只是6千多美金，但对于我来说是一笔大数额了，于是我打算先买一辆二手的。看过几辆日本牌子的小轿车，都没有触动我的购买欲。有一天，我看了一辆福特的野马跑车，当它的主人向我展示了它的性能——漂移和甩尾，我动心了。

小时候我曾梦想过长大后当一名赛车手，这福特野马跑车重拾回我的梦想。我做了几份送外卖的工作，开着野马跑车奔驰在洛杉矶的大街小路上，偶尔来个漂移、甩尾，每天工作都非常愉悦。

两年后，我换了一台日产的 200SX 轿跑，继续享受跑车的乐趣。直至有一天发生的事件，我决定放弃这种危险的活动。那天华灯初上，我吃过晚饭匆匆赶去学校（加州州立大学洛杉矶分校）考期末试。在路上，我脑海里翻滚着学习的内容，疏忽了路面和车速。当我意识到车速有点快的时候，下意识地踩了一下刹车，当时路面刚好是轻微的右弯，若是平常路不湿的话，我的轿跑漂移一下就过了。但当天刚下了雨，路面仍有水迹，轿跑的后轮完全打滑，拖着前轮在高速公路上顺时针转了一圈半。万幸之一车子没有翻滚，万幸之二后面没有车子紧跟着我，不然的话，后果不堪设想。尖厉的轮胎和路面的摩擦声吓坏了后面的车子，而且我的车灯是对着他们的，他们远远地停住，我当时也吓呆了，过了一会儿，一辆小车在我旁边小心翼翼地开过，我顿时惊醒，在空空的高速公路上打了个回转，继续开到学校参加考试，我突然觉得生命是多么的宝贵。从那以后，我换了好几辆私家车，跑车和轿跑已经不在选择的范围内。

## 六、工作中的满足感

在花旗集团两年半的工作期间，我接触了众多的工程技术人员，从他们的身上学到了丰富的专业知识和取得可贵的实践经验，更让我有机会学习和运用二维与三维的机械设计软件。我设计和组装了一个存款机构，它是专门用在日本的自动提款机里，它的挑战（设计要求）是能够存一张支票至25毫米厚的现金。我使用公司小车间里的车床和铣床，对设计用料进行了多次的加工更改，终于完成了任务，受到部门经理的称赞。

1998年初，花旗集团决定缩减开支，把设计和生产自动提款机的业务外包，其子公司交易技术公司只留服务和维修部门，我和其他约70%的员工一起被迫离开花旗集团。

花旗集团提供了良好的再就业辅助，我戴着花旗集团的光环和三维机械设计的经验，顺利找到一份在一个电子公司的机械工程师职位，这个电子公司专门生产航天和航海用的显示器，而且它使用军方（military）的设计和生产标准，使我受到了严格的技术训练。

受到苏联解体的影响，公司的规模慢慢缩小，裁员不断发生。2004年1月，裁员终于又一次发生在我身上。我回到家，把履历更新，投寄几家猎头公司后收拾行装乘飞机回广州探亲访友。抵达广州后的某一天，我和太太通越洋电话，太太说有个猎头公司来电话并留言，叫我查看电邮（Email）。当时还没有智能手机，上网完全靠电脑。我用妹妹的电脑上网查电邮，原来是一家猎头公司相中了我，要约我面谈。我回电邮说我现在在中国广州，暂时不能面谈，但可以通电话。隔天下午6点，我的手机响了，猎头公司来电。电话中我了解到招人的公司也是生产显示器的，而且也在洛杉矶，现聘请一位首席机械工程师（Lead Mechanical Engineer）。猎头公司知道我有兴趣应聘后，把我的电话号码转给了显示器公司。经过两次电话会谈，显示器公司说愿意聘任我，要求我回洛杉矶后到公司报到。

我设计的42吋等离子显示器（Plasma Display）

时间过得飞快，我任职机械工程师不知不觉已经10年了，也有了丰富的工作经验，对三维机械设计软件的应用更是得心应手，在公司里常常向同事传授软件的操作使用技巧。我联系三维机械设计软件公司SolidWorks，建立洛杉矶首个使用者群，定期举行群聚，分享使用其软件的技巧。SolidWorks公司把我的联系信息放在它的网页，方便洛杉矶的使用者联系我和加入使用者群。

有一天，一位技术培训学校的校长联系我，要求我推荐优秀的工程师给他当讲师。我觉得这是一个极好的机会去认识更多的工程师和设计师，向他们分享和学习，而且还可以增加我的收入。于是我毛遂自荐，校长看了我的履历后非常满意，从此我开始了兼职讲师的工作，授课时间是晚上。来听课的大部分是初级工程师/设计师，也有正在求职的毕业生和行政管理人员，我教的课程有应用三维机械设计软件SolidWorks和应用二维建筑设计制图软件AutoCAD。当我站在讲台上用我的第二语言英语讲课时，我感到非常自豪和骄傲。我公司的老板非常支持我兼任讲师工作，在美国，各行各业都有群组、协会，例如工程师之家、使用者群、经理人协会、运动俱乐部等等，这也是美国的传统文化之一。

接下来的几个年头里，我虽然换过工作单位和搬过家，但晚上的兼职授课却是断断续续地坚持着。2011年底，我被一间安检机械公司聘任为资深机械工程师，老板支持我兼职授课，而且还要求我向同事传授软件的使用技巧和专业知识，我非常乐意。由于我工作勤奋认真，很快受到老板的重用，被提升为高能量产品部的经理，负责集装箱货车的透视安检机（Portal）的机械设计和样机的制造。我多次前往一间在北京的安检制造厂，监督样机的制作和兼做中英文口语翻译，解决了大大小小的技术沟通障碍，使样机的生产和制作得以顺利地进行。

在样机的基础上，我找出它不足之处，做出全新的设计：拱门和射线源分体，采用 A 型支撑增加稳定抗飓风、使用 Z 字形的铅砖块代替铅墙减少重量和成本、使用先进的隔热材料和恒温设备等等。经过 3 年的研发，我设计和监制的首台 Portal（集装箱货车透视安检机）被发运到新丝绸之路上的哈萨克斯坦共和国边城霍尔戈斯（Horgos）。现在，我设计的 Portal 已销售到世界各地。

由于频繁的出差和加班，我不得不放弃难以兼顾的晚上讲师工作，全身投入白天的工作。

自从 2015 年起，公司不断向美国政府投标私家轿车透视安检机，但连续几年都没有被采用。老板于是委任我设计全新的私家轿车透视安检机。鉴于私家轿车透视安检机将会独立安放在边境地带，我把防撞、防晒、防漏、防飓风、防变形放在设计第一位，而且添加了维修工作平台和扶梯。经过 3 年的努力，从设计到样机的制作和测试，在 2021 年的中秋节，公司终于获得了大订单。我的设计与努力又一次被肯定，我心里是满满的成就感。

## 七、华工缘

来到洛杉矶后，我和华工一直有不解的缘分。1994 年我首次参加华工校友的聚会，认识了十几个打排球的校友，从此每个周六，我和校友们"球聚"，欢度快乐时光。2012 年，华工的美国南加州校友会成立后，我认识了更多校友，参与了更多的活动。2014 年华工南加州校友会应邀首次参加南加州高校松竹梅盛会，并勇夺草地排球赛的冠军。在接下来的 5 年松竹梅盛会中，我担任校友会排球队的领队，为排球六连冠出了一分力。我为我是华工的学子感到自豪！

# 我的留学生涯

### 77级外语师资班　谢建党（菲利普·谢）

## 一 "证"难求

1990年11月20日，我踏上了赴美留学的路程。这是我人生道路的关键性转折，从安逸稳定的生活进入了布满荆棘的未知世界。这次的留学机会来之不易，赴美签证经历了一波三折的过程。

事情是这样的，当时赴美留学是许多年轻人梦寐以求的事情，每天在通往广州东方宾馆的美国领馆的道路上站满了前来签证的申请人。当美国领事馆一开门，前来签证的人群便一拥而入，把整个签证大厅占得满满的。

我随着人流进入了美领馆的签证大厅，不知等了多长时间，轮到我签证了。我把预先准备好的文件通过窗口递给了领事。领事是一个高瘦的美国人，一副不可一世的样子。他在文件上胡乱地打了几个圈圈，把文件往前一塞——拒签。

出师不利，我怏怏而回。再仔细打听，原来这个长得像只鹰的领事叫 Stevenson，刁难中国留学生是出了名的。他动辄就用经济担保不够，有移民倾向等理由拒签无数留学生。说起他来，个个咬牙切齿，恨不能生啖其肉。

在以后的申请过程中，一连4次被 Stevenson 打了回票。Stevenson 就像坐镇一道天险的悍将，一夫当关，万夫莫开。

经历了接二连三的签证失败后，留学美国的远景似乎离我越来越远，遥不可及。可我心有不甘，为什么一个美国人凭着自己的好恶可以任意主宰无数年轻学子的命运？我决定给美国驻广州领事馆写信，状告 Stevenson 的独断专行的拒签行径。

我在公园小坐，思考赴美人生

在我的状告信中，我阐述了我赴美留学的愿望和崇高目的，陈述了我取得的雄厚的经济担保，进而阐明了我当时没有移民倾向的种种理由。最后对于 Stevenson 的武断拒签的理由给予了有利的反驳。我一连用了几个 "I am not convinced…" 的排比句，句句铿锵，气势如山。

信寄出的几周后，突然收到美国领事馆的电话，邀请我带原来的材料到美国驻广州领事馆重新签证……

## 生财有道

踏上赴美国的路程,向着一个陌生的世界走去。这个遥远的国度也许有车水马龙的闹市,有风景如画的海岸,有书声琅琅的学校。可对于我这个足不出户的年轻人来说,这些都是天方夜谭。在那里,我无依无靠,只有两个硕大的行李箱。

临行前,母亲拉着我去找邻居神婆三姑祈福。三姑寡居多年,专门从事求神拜佛的行当。她是远近闻名的神棍,徒子贤孙一大帮。

三姑端详了眼前这个懵懵懂懂的小伙子,然后在摆满贡品的神坛前,顶礼膜拜,口中喃喃自语。礼毕,她对着母亲说:"神灵佑护,吉人天相。"

有了"神灵"的保护,忐忑的心总算平服下来。一路上,没有遇到太大的麻烦,可是飞机越飞近美国,我的心越发不安。在异国他乡,人生地不熟的,也不知下了飞机后该往哪里走,到哪里去。

飞机抵达洛杉矶机场,突然发现在美的老同学陈青、陈蓬闻信接我来了。三姑求的神果然灵验!

陈蓬把我接到洛杉矶东面的小城镇柔丝蜜的一间公寓。公寓两房一厅,已经住了两位留学生,我只能住在客厅里,晚上把铺盖往饭桌一铺就睡了。生活安顿下来后,下一步是如何赚钱交学费和住宿费。

幸亏在来美前,我专门学了按摩推拿课程,获得了毕业证书。于是我在布店(Susan Fabic)买来了白洋布,铺在晚上睡觉的饭桌上,便成了我一张专用的按摩床。室友吴琼瑶帮忙将按摩开业的广告发到各大超市里,阿东在电视台工作的女朋友介绍顾客前来。

阿东是在电视台工作的摄影师,经常要扛着沉重的摄像机采访,造成腰背肌劳损。我给他悉心按摩,经过几个疗程的按摩推拿,居然缓解了他腰背肌的疼痛。

朋友相聚(后排左起:Sucy刘、陈蓬、陈青、菲利普谢,前排左起:赵美瑜、曾泳红、翁惠玲)

无独有偶，一位老太太看到超市的广告也找上门来。她的先生因为工伤造成腰肌劳损，需要按摩缓解疼痛。但她家住在洛杉矶市内，离柔丝蜜市有一个小时的车程。老太太补充说因为是保险公司付费，按摩费可以按20美金一小时来算。

这可是个肥差，当然来者不拒。接下了这几单生意后，那个月的收获颇丰。

### 劳逸结合

按摩推拿没有能继续下去，毕竟我来美的目的是求学。新的学期马上开始，必须到学校注册报到。

我就读的学校是美国加州州立大学洛杉矶分校，攻读工商管理硕士研究生课程，主修会计专业。

因为我本科学的是英语，没有会计基础，学院教务长要求我补修所有的会计基础课程。这样一来，别人两年能读完的硕士研究生课程，我需要用三年才能完成。

这样学费自然比原计划高30%，而且因为我不是本地学生，除了要缴纳跟本地生一样的学费外，还要交每学分126美金的国际学生费。比如说，如果每学季要修四门课16个学分，我需要缴纳约3000美金的学费。按每年12 000美金算，我整个硕士研究生课程需要花掉36 000美金，这是多么大的一笔费用啊！

既来之，则安之。学费的事以后再想办法，船到桥头自然直。就这样我开始了紧张的学生生活，学校的每个学季只有12周，有期中和期末考试，其中夹杂无数次的测验，时间过得飞快。一个学季下来，人都瘦了一圈。

好不容易挨到春假，老同学陈蓬邀请我到赌城拉斯维加斯玩，说是"劳逸结合"。说的也是，我也想到赌城去玩玩。

车开到了离赌城不远的 Buffalo Bills 酒店停下歇歇脚。进入酒店，我发现许多人在一种机器前忙着。人们往机器每塞一次钱，就拉一下机器上的拉杆。我在裤袋里掏出仅有的一枚25美分的硬币，照东瓜画葫芦地把硬币投进了一台机器里。突然，随着一阵咣当咣当的声音，80多个硬币从机器里滚了出来。

我被突如其来的金钱给吓懵了，心里像揣着个小兔子似的怦怦地跳。我平生没有到过赌场，更没有见过一下子出现一堆白花花的硬币。脑海里闪过偷钱的念头，一种负罪感令我不知所措。

我在美国赌城拉斯维加斯

这时老同学走过来给我解惑，我才如释重负地把金钱收入囊中。这次我真信神婆三姑的"神"显灵了！是啊，神法力无边，钱给谁，不就是他老人家一句话？

## 鬼哭"娘"嚎

12 000 美金的学费,加上约 8000 美金的住宿生活费和书杂费,一年下来便是 2 万美金。对于自费留学生来说,经济压力不言而喻。

来美前,我在一家在华的美国博克德电力工程管理公司工作,担任工地的管理员。每月除工资外公司还付我外勤的生活补贴,收入颇丰。我凭着这个工作,给我留学积攒了一笔钱。可是,交了几次的学费,我的钱像"水瓜打狗"不见了一大截。这样下去,前景堪忧。这让我想起太平洋彼岸的太太,虽然平时也想,现在快没钱了,更想。

我太太在中国工商银行工作,当计算机程序员。虽没有阔太太的那种养尊处优,也可以说清闲自在,换谁都不愿意来美国受苦。常言说:"老婆是要哄的",对,先把她"哄"过来再说。

我太太被"哄"到美国找到一份工作,是照看一位年近 80 岁的老太太。这工作说来也很轻松,早上用轮椅把老人推到公园晒晒太阳,回到家来照顾她的饮食起居,有空陪她聊聊天、看看录像带。每月工钱 1000 美金;可是必须跟老人住在一起,日夜照看她。

老太太有一个毛病,夜里睡着的时候喉咙里总发出一种"咕噜,咕噜"的怪声,在夜深人静的时候令人毛骨悚然。

有一天下午,老太太没事干,便找了部鬼片叫我太太陪她看。我太太平生害怕看妖魔鬼怪的影片,这次为了工作硬着头皮跟老婆子一起观看。

到了晚上,老婆子很快就睡着了,而太太满脑子都是鬼魂在游荡,耳边似乎还响着

我和太太曾泳红合照

影片里的鬼呻吟的声音,令她惊恐万分,久久不能入眠。突然,从老婆子那里传来了一阵阵叫声,像是老婆子在梦里嚎叫。

鬼哭声,老婆子的嚎叫声在寂静的夜里显得特别响亮,气氛惊悚到极点。

我太太缩在床头的一角,一夜没合眼⋯⋯

## 同工同酬

无巧不成书,我也找到一份照顾老人的工作。老人是一位 80 多岁的白人老先生,叫 Mr. Young,他身材高大,背有点驼。他和蔼可亲,是我们留学生的衣食父母。

这份工作在留学生中传承了许多年了,先由 Victor 传给了陈蓬,现在又传到我。工作

十分简单,每天早上帮老人擦身,然后开车把老人送到一个公园散散步,带他到处逛逛,下午带他回家。这样一份工每小时付6.5元美金;这在当时最低工资只有4.5美金的年代是一份非常不错的工作。

对于我们的工作,老人十分配合,早上擦身,他会机械地把身体伸直,完了又机械地翻过身来给你擦后背。Victor就擦身总结了三板斧:前一巾,后一巾,手脚又一巾,完事。为了这个工作,我花了500元美金买了一台手排挡的丰田汽车,陈蓬花了一个下午教我开车。到了晚上,我自己到公寓对面的Toys"R"Us商店的停车场上,自己来回兜圈,加紧练习。

很快到了见工的那一天,老头的老伴Mrs. Young很高兴因为我会英语。她告诉我以前干活有个叫Victor的留学生,没怎么说英语,有时甚至跟她讲一大串的中文,令她目瞪口呆的。

Mrs. Young问我"Can you drive?"我拍拍胸脯坚定地说:"Yes",可不由得一阵心虚。Mrs. Young让我把老头拉出去兜兜风,要到Santa Monica去。我的天啊!那老远的地方来回起码要开两个小时,还要换两条高速公路,其中一条是又急又窄的Pasadena的110高速公路。

我真后悔刚才为什么要说会开车,还说得那么信誓旦旦。但如果不这样说的话,这份工肯定会丢的。事到如今,只能硬着头皮上。我领着老头子上了他的又宽又大的雪佛龙老爷车,向着老头心目中的游览胜地开去。我紧握着方向盘,双眼注视着前方,心里怦怦直跳,汗流满脸。好不容易开到了目的地,又安全返回。

这下子老头子乐坏了,回到家来连忙跟Mrs. Young说:"Philip drove very safely。"第二天,Mrs. Young很放心地让我把老爷车从车库里倒出来。我心里一阵发毛,倒车我还是新媳妇上轿,头一回。

我鼓足了勇气开动了发动机,打上后退档,右脚慢慢松开刹车,车慢慢往后倒出来了。可是,车歪歪斜斜地往车道的右边的草地压去,把一排洒水喷头给撞坏了。

我刚学会开车,便要搭着Mr. Young长途出游

Mrs. Young大发雷霆,冲着我说:"I drove for 60 years, I never hit a thing!"当天她叫我走人。

这次"神明"都没法保佑我了,只好回家再谋生计。

可过了两天,突然接到Mrs. Young的电话说:"Mr Young think of you!"

## 另谋高就

虽然照看老人的工作不错，但也是权宜之计。学费和生活费像两座大山压得我们喘不过气来，急需找到更挣钱的活干。可是法律上留学生是不能打工的，有什么可以合法打工呢？我咨询了学院的留学生服务部。有一位管非移民学生的顾问同意给我出具一份校外实习的文件。有了这份文件，我就可以合法打工了。

通过朋友的关系，我认识了 Panda Inn 的大老板程正昌。程老板了解到我正在攻读工商管理学位，便安排我到他在 Pasadena 的老店当经理见习生。可培训必须从最基本的 Busboy 开始。

Busboy 的工作不外乎是整理餐桌，预备碗筷，或给客人斟茶、倒水等等的服务工作。工作很简单，几分钟就可以做完。可是不能干完了有无所事事的样子，必须没事找事做，没事干也得装着有事干，因为餐厅的经理盯着手下的人干活。

我常常感觉到背后总有一双眼睛在盯着，所以做完事后，我都得拿着水壶不停地走着，看看有没有客人需要倒水，就算没有，都得拿着水壶来回走动。每天下班后，腿都累得不行。这种没事找事干比有事干更难熬。

干了几个月，好不容易挨到升职为侍应生（waiter）。这工作有事做了，但不容易做得好。侍应生必须对菜谱、酒水熟烂于心，托盘技术要十分过硬才行。

在 Panda Inn 餐厅，侍应生使用一种非常大的托盘，把客人所点的菜式一股脑地给客人送上来。没有过硬的托盘技术，就有可能把所有的菜泼在客人的身上。我必须把这本领练好，免得被老板炒鱿鱼。回到家来，我把一块大木板当作托盘，把几个碟子放在上面，练习托盘技术。练了一定程度，再放几个装着水的饭碗。经常托板没端平，水就撒落地上，太太跟在后面把水用拖把拖干。

这样苦练了几个星期，托盘托菜的活得心应手，老板也放心让我当侍应生了。由于我服务态度好，总是笑口常开，客人都喜欢我的服务。有一位小姐对着我说："你服务态度很好，不过你最好让牙医修整一下你的门牙……"

我和太太曾泳红

### 结束语

经过3年多的砥砺磨练，我终于取得了由加州州立大学洛杉矶分校颁发的工商管理硕士学位。回想往事，感慨万千，真不知道当时是怎样走过来的。我想唯一能激励我们往前走的是对美好未来的憧憬。这次的留学为我以后的人生道路奠定了坚实的基础，为我能够跻身美国主流社会创造了条件。后来我就职于美国有名的航空工业制造商，在会计领域摸爬滚打20年，职位从普通成本会计师，提升到成本会计经理，财务总管（Controller）……

我的毕业照

# 四十年人生得失忧　二十载梦想俯仰求
## ——简记陈伟荣同学的人生奋斗历程

**77级电工师资班　霜梅、周伟民**

研究中外商业文明史的专家说，20世纪80年代开始的中国经济发展故事可能是有史以来最为宏阔和壮丽的经济诗篇，陈伟荣说起"大学毕业四十年"，虽感慨时光如电人生起伏，但因为恰巧赶上了中国经济最波浪壮阔的这一卷诗篇，又觉得人生有幸。"毕业四十年功成名就也好，坎坷风雨也好，这是时代给的机会或考验，如果说有什么值得称道的，那是坚持不放弃的韧性吧，我们广东人说的，'要捱得住'"，陈伟荣坦言。

### 第一个十八年：年少有为熠熠生辉

时间为1982—2000年，执掌企业：康佳集团。

1982年华南工学院电工师资班毕业的陈伟荣，拿着毕业报到证到了广州郊区一个学校，到那儿后，他没有掏出自己的报到证，只是坚持要求：请退回重新分配，因为我不适合做老师。

他后来笑着说，我是大学才学汉语拼音的人，这点普通话水平做老师，是要害死人的。他如愿揣着毕业证来到了深圳华侨农场下面的企业——当时的华侨电子厂，是第一家中外合资企业，也就是后来的康佳集团，那时还是一个给港商做电子表和收录机加工的小企业。

幸亏他普通话不够好，深圳才有了第一个过百亿的家电名牌。他从车间做起，他说："最初，让我管仓库。"

陈伟荣一直感念康佳给予他历练心智的机会："那时港方资金很缺乏，中方就更没有钱，所以对资金周转速度和库存要求很高，我记得经常原材料货柜一到，我就要跑到车上把一路冒着夏日高温运输过来的还烫手的各种器件迅速卸货下到产线，然后把做好的产品以最快速度装上货柜走车，都是跑着干活的。"

后来，他做了车间主任中方副总，市场上拿了订单和订金，他就去银行求资金，然后以最快速度生产出货，在高速周转中求生存求效益。"那时我只有90多斤，人非常瘦，旺季时加班加点，非常拼命，曾经在生产线累到晕倒。"陈伟荣说，这种完全面向市场找机会，同时以高速周转效率争取银行资金的经营模式训练了他的商业触觉和经营才能。这也是他后来自己创业时还奉为企业生存的基本法则。

作为中国改革开放后诞生的第一家中外合资电子企业，康佳和后来的很多合资企业一样，是两头在外的：采购在外方手里，订单也在外方手里。中方只是一个加工厂，即所谓的"三来一补"。

随着改革开放深入，人民生活的逐步改善，合资企业外销的产品在国内也有需求，国家给合资厂可以内销部分产品的政策奖励，康佳品牌开始在国内销售，中外双方矛盾也渐渐爆发。外方希望合资企业只是加工厂，研发和销售以及采购由自己控制，因此把深圳的研发中心都解散了。

陈伟荣1993年担任中方总经理,坚持合资企业要有自己的开发。他不断在董事会上申请,不断被否决。然后他迂回提出申请:由于国内广大农村市场基础设施不健全,电压幅度大不稳定,信号也不好,所以纯粹外销产品很难满足内销市场,可否成立个小部门做二次开发来满足内需产品需求?

于是,1994年只有十来个人的康佳研发中心成立了,开始了简单的开发。

很快,陈伟荣对技术的追求就压不住了:开发中心迅速壮大,从模具到外形到软件,占据整整一层楼。研发中心后来的负责人不无自豪地说:"陈总最重视我们部门,他每天没事都在我们研发中心转。陈总脾气很急,经常骂人,但他从不骂研发人员,很重视研发人员。"

很快,康佳的外观设计成为国内佼佼者,他们生产的新款电视经常是同行抄袭的对象。技术也日新月异,平均每三天出一个新产品,其中高科技、高附加值产品占40%以上。加上每年在营销上3%广告费的投入,康佳也从纯加工企业变成了一个知名品牌,和当时另外其他一直给国外品牌做加工的企业相比,完全走出了另一条自给自足的路。一个电子表加工小厂成为销售额过百亿的中国彩电巨头。

第一次创业,在康佳时的陈伟荣

到了1995年以后,国内彩电大战拉开,康佳成为国内市场巨头之一,就源于技术和品牌的支撑。

从1982年分配到康佳的前身——深圳华侨农场电子厂,到1994年他担任康佳集团党委书记兼董事总经理,陈伟荣说得上出道不久就迎来高光时刻。18年康佳生涯,历任华侨城建设指挥部副主任、康佳集团党委书记、董事局副主席兼总裁;当选深圳市"十大杰出青年企业家"、中国经营管理大师、全国"五一"劳动奖章、全国人大代表。

在陈伟荣手下,康佳以资本为纽带,国内积极投资中西部地区,实施低成本扩张,先后在黑龙江、陕西、安徽、重庆控股组建了4个彩电合资企业及其他多个关联企业;海外,在印度成立了海外合资企业,在墨西哥、印尼成立海外生产基地,分公司遍布美国、俄罗斯、澳大利亚、中东、印尼、印度等主要海外市场,产品行销售60多个国家和地区。

1999年陈伟荣(左一)在拉斯维加斯消费电子展康佳公司的展台旁

20世纪90年代中期,围绕着彩、降价、市场份额,中国三家公司:康佳、长虹、TCL,加上后来同为华南工学院毕业的黄宏生操盘的创维,展开了白热化,也是戏剧化的竞争。正是这种看似戏剧化的竞争,使得中国家电企业慢慢从稚嫩走向全球。

## 第二个十八年：潜龙在渊砥砺前行

是成于此，就止于此吗？人生还能有什么不一样的选择？

康佳资产过百亿元时，他萌生去意。原因很简单，他觉得自己是个心思简单的人，对于已经是百亿规模的国有企业始终有内心耗能的地方，他想回归初心：做一个简单的企业，做一个有价值的电子产品。他觉得40岁的年龄，正是可以做事的年龄。"我捱得起。"他说。

他选择的是还不被很多人熟知的多层陶瓷电容（MLCC）。他在康佳做手机时，发现电子产品的小型化得依赖元器件的片式化，其中用量最大的电容也得由插脚改为贴片式，中国未来一定是电子制造大国，那这个大国的崛起得依赖元器件的高端化。贴片元器件，这是未来的趋势，但由于制造精度高难度高，就是要坐得住冷板凳。只是他没想到，这冷板凳一坐就是快20年。

2000年年初，他正式离职，创立了深圳市宇阳科技，开始投身元器件行业。开始了他人生中最艰难的18年。

第一个难，融资难。此前看好他说要投资的朋友，等到项目正式开始，纷纷表现各种原因"今天没空、明天有事"。为了见一个此前承诺投资的朋友的面，他在番禺的小咖啡厅苦等一个下午，那个朋友反反复复各种"有事"，一直等到晚上。从百亿企业到创业公司，这落差他有心理准备，于是"一分钱掰成两半花"。股东会材料自己亲自打印装订，厂房的建设自己亲自在现场盯着，装修材料自己开车跑佛山。只有一个字，捱。他安慰自己的话：如果不是改革开放恢复高考，我就是在家乡采石场拉石头做体力活了，这个苦，算什么。

第二个难，做产品难。MLCC是把几十甚至几百层比头发丝还薄的陶瓷粉做成的片状膜叠压在一起，烧制定型，然后涂端头等，由于产品极其微小，如果做到手机里用的0201尺寸，甚至更小的01005，基本靠显微镜才能看清。由于产品极其微小而精度要求极高，生产过程涉及20多道工艺，国内企业一直鲜有涉足，一直是日韩企业垄断。

虽然成立之初企业面临资金缺、人才缺、客户缺的种种窘迫，但他对技术的追求却一开始就是最高的，陈伟荣不断给公司员工说："我们要做中国的村田。"村田是世界上做元器件技术最好、销量最大的公司，就像手机中苹果一样的神的存在。

理想是丰满的，但现实是骨感的。公司一开始就像癞蛤蟆要吃天鹅肉：要瞄准当时最高端的小尺寸0402做。这个尺寸太难了，合格率低得让人失望。整整一年下来，合格率还在20%左右，意味着根本没法量产。

第二次创业，在宇阳时的陈伟荣

他每天早上8点准时会出现在东莞的生产车间，那时机台不多，夏天炉室车间最高温度70℃。他能在炉口的窗子看着正在烧结的产品看很久，然后和技术人员讨论高温下产品烧结时如何控制卷曲。每天一身汗，他笑称自己在工厂的待遇是每天都可以蒸桑拿。

那时候东莞条件很艰苦，公司后面有个垃圾填埋场，在公司简陋的小食堂里，吃饭时苍蝇飞来飞去是常态，他能做到心平气和一边用手赶苍蝇一边安静地吃完自己碗里的饭，然后继续和生产技术人员一起讨论如何确保生产环境洁净度达到最高要求。为了尽快解决技术难题，陈伟荣自己带头，和技术骨干在公司所在地东莞凤岗附近租房住，居住环境差。

虽然公司资金很困难，但在技术上的投入却不含糊，不仅设备买最好的，而且一开始，就瞄准最好的技术人员。陈伟荣辗转托朋友，请来了曾经在日本顶级MLCC企业做过的已退休的工程师来工厂指导，每次日本工程师上课，他都会和技术员坐在一起听讲。

有一次日本专家在生产线上看到员工把生产过程中的产品往下一道工序一扔就走人，非常不满意，在会上请翻译跟大家说，"产品是有灵性的，我们对待产品，要像父母对待新生婴儿那样，小心翼翼去呵护送到下一道工序，这样呵护产品才能做得出好产品。"他的话非常触动陈伟荣，技术和设备谁都可以慢慢拥有，但是对待产品的理念，这是一个企业融到血液里的东西，这个是做好产品的真正核心所在。他为此不断地要求在工序中，包括设备管理维护中融入这些对产品的敬畏的理念。因此虽然没有那些上市公司在设备购买上豪掷千金的实力，但他领导的公司一直备受供应商称赞：设备维护得好，使用得好，而且会不断督促供应商一起改善进步。

没有合格产品就不可能有销售，但公司销售能力和产品能力是木桶理论，决定整个水平的是最短那块，所以不能等有了产品才开始培养销售能力。为了熬过产品成熟前没有销售额的漫长过程，他让销售人员先代理元器件。但一个师出无名的公司很难拿到像样的代理，所以第一步，是从最低端的台湾电阻代理开始。

陈伟荣也亲自上阵，大小客户一律认真服务。有一次他带三个业务员到中山去和一个DVD代工的客户喝酒，喝多了，在回来的高速路上停车到路边呕吐，销售经理是从外企挖来的，见了不仅有些难受：陈总这样的知名企业家还为一个小客户这样搏命，这在以前的外企是不可能的。陈伟荣却并不难受，说："客服应该是我们本土企业的优势，我们要做得更好才对。这样的难受是今后我们销售的竞争优势所在。"

到了2003年，公司成立整整两年才有了自己的产品销售，即便如此，由于行业知名度不够，开始的客户都是一些抵御市场风险能力很弱的小客户，客户一倒，意味着公司的货款就打了水漂。前面所说的那个DVD客户，以及公司第一个自产品上量的客户，先后都在竞争中倒闭，陈伟荣的公司也因此损失不少。

他安慰业务员，没有谁一来就可以做优质客户，我们只能咬碎牙齿和着血自己吞，争取产品越来越好，然后提升客户档次。

公司成立整整7年后才有微薄利润。这期间的煎熬，说起来容易，但身处其中，却异常艰辛。很多冲着创业来的伙伴，以及一些重点大学来的毕业生都熬不住，先后慢慢离开了。团队也有过动摇、怀疑,也走过歧路。只有他,不论多艰苦,从没有动摇过对制造业的坚持。每次开会,必说"我们要做中国的村田"。

因为利润不够高,公司选择了在香港上市。2007年上市,只融资到1亿元,对于这个年年都要更新设备的重资产行业,简直是杯水车薪。于是就一直靠微薄的利润,靠苦心维护的银行融资,他熬过了自己的中年时期。而他自己的房产常年都抵押在银行作为贷款质押物,他个人则为公司的银行贷款常年提供无限责任担保。这样的日子,他熬了整整18年。这是他人生中最艰难的18年。但这也是他人生最能积累心智力量的18年。直到2017年行业才迎来转机,MLCC价格暴涨,一个行业做了18年才有了像样的利润,其中甘苦,难与人言。

但更难与人言的,是他选错了资本市场,遇人不淑,一番折腾,在行业迎来丰收之际,只能把自己一手养大的"儿子"——深圳宇阳科技拱手让人,他选择了再次创业……

### 第三个十八年  微容科技:初心不变

2020年4月24日早晨七点半,在广东罗定。陈伟荣走在广东微容电子科技厂区道路上,和助手一一检查即将举行的微容科技高端MLCC科技大厦奠基仪式各项布置和准备工作。这是他最近10年来唯一的大型正式活动,也是他2018年创立广东微容电子科技有限公司(下称"广微")以来第一次正式露面。当晚他和嘉宾们谈到自己的感慨,近20年的寂寞创业,自己从小陈变成老陈,白发横生,唯一不变的是做好产品的初心,是做中国村田的梦想依然扎根在心。

此前广微供应的用于5G射频功放(PA)中的01005等高端微型电容进入被国际知名PA企业认证,这使得广微成为这个高端应用模块中全球三家供应商中唯一中国企业。广微的技术水平引起业界关注。那天从深圳前来参加庆典的OPPO CEO 陈明永说,从深圳开车过来,比我飞去重庆的工厂时间还长,陈总每周这样跑,年过60岁的人,这创业激情令人称道。来参加奠基典礼的嘉宾在广微参观时看到办公室很简单,食堂等设施是简易工棚,甚至简陋,但广微的制造设备和生产车间,却是按照生产芯片标准建造的,是世界最先进的。小米投资人孙昌旭说,"没想到在罗定这样偏僻的地方,竟然能看到这么先进的生产车间"。

第三次创业,在广微陈伟荣依然像过去一样充满信心

历经近40年康佳和宇阳的历练,他带领的广微轻车熟路:押上自己全部身家,购买最新设备,站在比宇阳高很多的起点,他带着广微快速发展:广微2018年、2019年建厂

房，拉产线，投产，2020年疫情中逆势发展壮大，到现在形成了月产250亿片产能，成为大陆产销量最大的MLCC供应商了。

相比过去，他做企业少了百米冲刺的成功追求，多了一点把东西做好的平常心态。一件事情，做好一次不难，难的是20年、30年，甚至一辈子天天去做好。犹如每天都吃饭一样。过去两年，广微在行业迅速崛起，获得了众多投资人的追捧，OPPO、小米、华勤等大客户先后入股，公司一时间一股难求。

虽已年过六旬，陈伟荣非常推崇稻盛和夫先生说的"心不唤物，物不至"，他相信只要怀着这样坚定的信念，广微一定可以成为"中国的村田"。

"成为中国的村田，我这二十年，就这一个梦想。"他说。

# 兴趣、爱和执着成就了他
## ——美国艺术和科学院院士、数学家侯一钊

**77 级数学师资班　陈志宏**

侯一钊

侯一钊是我在华南理工大学 77 级数学师资班的同班同学，现为加州理工学院（California Institute of Technology）的教授。2010 年 12 月底给他发新年电子祝福卡时，我有点开玩笑地祝他得个世界大奖。2011 年 4 月 19 日，美国艺术和科学院（American Academy of Arts and Sciences）公布了新增院士（Fellow）名单。看到侯一钊（Thomas Yizhao Hou）的名字在这份名单中，我开心地笑了，好像自己中了大奖似的。我在祝贺他当上院士的 Email 中写道"还记得新年的贺卡吗，那可不是开玩笑的！"

一钊当选美国艺术和科学院院士是对他多年的卓越研究工作的肯定。多年来，他获得的各种各样的大奖和荣誉是一个接一个的：1990 年他获得斯隆基金会年轻科学家研究基金奖；1997 年获中国科学院冯康科学计算奖；1998 年获美国物理学会 Frenkiel 奖，同年他受邀于柏林国际数学家大会上做 45 分钟报告；2001 年因"在计算流体力学，包括点涡方法的收敛性、流体界面问题的谱方法，以及多尺度问题上的多项理论与实际贡献"获得了四年一次的 SIAM 极具声望的数值分析与科学计算 James H. Wilkinson 奖；2003 年受邀在悉尼国际工业与应用数学家大会上做大会报告；2004 年获得首枚晨兴应用数学金奖，并获加州理工学院应用与计算数学 Charles Lee Powell 教授头衔；2005 年获美国应用与计算力学协会计算与应用科学奖。2018 年，一钊和他的博士后罗果博士合作完成的论文"*Toward the Finite-Time Blowup of the 3D Axisymmetric Euler Equations: A Numerical Investigation*"获得了国际工业与应用数学（SIAM）从每三年发表的文章中选一次的杰出论文奖。2019 年，他们这篇论文又得到了 SIAM Review SIGEST Award。2019 年，一钊还获得了南加州美籍华人教授协会杰出成就奖。

伴随着大奖和荣誉，一钊担任的各种各样重要的职务是越来越多：2000 年到 2006 年间，侯一钊任加州理工学院应用与计算数学系主任；2009 年当选国际工业与应用数学协会首届院士（SIAM Fellow）并担任该协会理事会委员（SIAM Council 2009 至 2014）；2010 年当选为美国科学基金（NSF）下的数学与应用研究所的科学决策与行政管理委员会委员（Board of Governors, Institute for Mathematics and its Applications），2012—2013 年被选为该委员会主席。从 1992 年起，一钊先后当过 10 多个数学和应用数学杂志的编委；

其中，2002年他创办了国际工程与应用数学协会（SIAM）属下的《多尺度建模与计算（Multi–scale Modeling and Simulation）》杂志，并从2002年至2007年底一直为该杂志的创刊主编（Founding Editor-in-Chief）；2008年他与黄锷院士合作创办新期刊"自适应数据分析进展"（Advances in Adaptive Data Analysis），从2009—2015年一直与黄锷院士一起担任该杂志的创刊主编（Co-Founding Editor-in-Chief）。从2014年10月至今，与5名数学家科学家共同担任著名期刊《数学科学研究》主编（co-Editor-in-Chief，Springer journal "Research in Mathematical Sciences"）。现在他仍担任7个杂志编委。

作为一钊的老同学，帮他数数获得的大奖和荣誉是一件开心的事。由于太熟悉了，有时觉得他怎么与印象里那些文学作品中有大成就的数学家不太一样。一钊是一个非常随和低调的人，他不是那种从小口口声声要成大名人的人。读书时他也没有什么咄咄逼人让人觉得聪明得可望却不可及的逸事，和现在"虎妈狼爸"们认为的只有在哈佛，MIT或在中国的北大、清华才能成材的大学相比，他毕业于一所非常普通的中国的重点大学华南工学院，可说是学术出身挺平民的。然而，没有世俗赞美的奖状和注目，也没有"学术贵族"的血统，他像一棵小树在自己的土壤和环境中自由自在地成长。一钊按照自己的兴趣和喜爱，默默无闻地付出自己执着的努力，不声不响地做出了让世人注目且不同凡响的成就。

一钊能取得今天这些成就，除了他自身的努力和天赋，如他所说，也得益于小时候受到父母的引导和培养、求学时良好的读书环境和气氛、研究时一流的科研条件和一路走来遇到的良师益友。

### 在"读书无用"的年代学会读书

了解一钊的人都知道，每当他谈起他父母，他总是充满深情和感激。是父母亲在他幼年时有声和无声的教导和潜移默化的引导，培养了他爱读书爱思考的好习惯。

一钊的整个小学、中学和高中教育是在"文化大革命"期间的农村度过的。那时身为医生的一钊父母被下放到边远的农村。虽然那时爱读书不被社会认可、称赞，但在一钊的家里，父母还是小心翼翼地引导小一钊读书，培养他好的读书习惯。一钊记忆中的小时候："那时虽然读书并不是一件时髦的事，可家里挺鼓励我读书，也挺高兴看到我喜欢读书。我年纪小时，父母亲帮我借书、陪我读书；年纪大一点了，许多孩子要帮家里干活，可我妈看我爱读书，也没让我干什么。家里挺支持我读书的。"

当时，尤其在农村，生活居住和读书条件都很差，能找到可读的书也不多。可就是在这样的环境和条件，爱读书的一钊练出了两个读书的特点（或说本事）。一钊母亲在谈到他小时候的事时说到"也不知从什么时候起，小小年纪的一钊就能自己一个人专心致志地读书。有一次，一同事看见他专心读书的样子，感叹地说'这孩子长大了可不得了'"。从他母亲这轻描淡写述说中，我们可以看出，由于从小就在一家人生活起居忙忙乱乱的小空间里读书，一钊练出了读书时有着不受外界干扰的本领，这就是他读书的第一个特点。难怪上大学时，他能在七八人一间，经常有人进进出出谈天说地拥挤的宿舍读书。他的另一个特点是：读书不赶，一定要读明白、读懂。想想也是，那时没什么书可读，由于爱读书，每本书他都精读，日久成习惯了。这一习惯说起来简单，但很多人做不到。因为很多人读书，只求读过，无意于深究。一钊并不一定意识到这些，可对他后来能做出这么多的重要的研究，这些可是他一种非常内在的本领。

1977年是中国近代教育史上浴火重生的一年，人们看到了读书的春天，学校也开始重视教学和学生的学习。"机会总是留给有准备的人"，一钊由于爱读书，顺理成章地成为学校成绩最好的学生。那一年，读高二的他被学校推荐参加了全国瞩目的"77年高考"。1977年高考大概是中国教育史上最"惨烈"的一次人才筛选。当年全国有2000多万适龄青年可上大学，但全国的招生名额只有20多万。高考前，教育部特意发了份红头文件，要各地各单位做好落选考生的工作，"不要为了20万，伤了2000万"。

那年广东省是大学、中专一起考，有将近100万名考生，但全省大学的名额不到3万人。我插队的公社广东省博罗县铁场公社，是当年广东省高校子弟插队的点。那一年，我们公社1000多名知青，考试后，大学、中专一起算，入围的只有29人，多么残酷的竞争。在这场"惨烈"的高考竞争中，一钊考上了华工数学系，他是所在的化州县当年在校和应届高中毕业生中唯一考上大学的。那年一钊只有15岁。在专业的选择上，当医生的父母或许有希望孩子读实用一点的专业的想法，但他们没有让自己的想法影响一钊。懂得爱的父母知道"兴趣是人生最好的导师"。他们让一钊自己决定，一钊选择了数学，而大学，他选择了华工。可能他是受了"工科大学更强调应用"的影响，也许那时的一钊就是喜欢应用数学吧。

## 在大学里自由自在的成长

1978年的3月，是我们77级大学生心中永远最明媚的一个春天。我们怀揣对未来无限的憧憬，带着那个时代赋予的只争朝夕的精神走进了华工（华南理工大学），一个绿树成荫、鸟语花香的校园。我们全班48名同学，一钊是最年轻的一个。我们在春天里相聚，又一起在知识的海洋里度过了难以忘怀的四年求学时代的春夏秋冬。

在大学里，一钊虽说是年龄最小的，可与当时报道的中国科技大学少年班的学生相比，他又大了两三岁；再加上那时一讲到"小天才"都是些小小年纪就能"吟诗赋词"的人，一钊没有享受到"小天才"的光环。当然，他也就没有那些"光环"所带来的负担。在我们班的同学中，有十几二十个读过中专，有十几个是中小学、高中或中专的数学老师，有的是"文化大革命"前省重点高中的数学才子。那是一个人才济济，个个都聪明的集体。

人们都知道学数学不可能是轻而易举的。那时大家学习都非常刻苦认真。但4年的大学数学没什么能难住我们。我们当中的许多人，学什么都是"逢山开路，遇水架桥"，考试从来就是"小菜一碟"。有的同学不论什么课，哪怕是最不喜欢的课，都能考个90多、100分的。如果说那时学习紧张的话，那是大家自找的，因为大家都想在有限的时间里学到更多的东西，而不仅仅是课堂上老师教的内容。一钊在这个集体里学习，他不可能太轻松，但也没有太大的压力。一钊的聪明才智融进了这个集体里，用一钊的话来说："那时班里的学习气氛和那些老同学对我——一个15岁的孩子的成长有很大的影响。"

一入学，一钊就被指定为班里的班委：负责班里的"急救箱"和每月给同学发饭票，分担班里的班务。每天，和所有同学一样，该学习时学习，该玩时玩。早上起床，在华工的西湖边跑跑步，下午4点以后，出去打打球。他喜欢打羽毛球，也和同学玩篮球、踢足球。对许多人，包括我们学数学的人，当人们谈到那些著名数学家或科学家时，总有一些让人惊叹、不可思议的典故，或常人不可理解的怪癖或造化。我对自己感到"失望"的是，我找不到一钊一些特别与众不同的小故事。什么"7步一词""5步一赋"，天才少年特有的才华他从来没表演过；既没听说过他小小年纪就会"砸缸"或解决过让人吃惊的问题，也没见过他干点什么"为了锻炼记忆力，强迫自己记住圆周率3.14后几十几百位数字的事"；至于指望一钊来点"头悬梁，锥刺股"的事，想都不要想；不过类似于"凿壁偷光""盛萤照读"的事一钊倒是干过，可这事几乎全班的人都干过，因为那些年时不时地会停电。反正，一钊和大家一样，大学四年，他就是一个脚踏实地，按部就班读书、学习、生活的大学生。

学习上一钊是挺优秀的，但让我记忆最深的不是他的学习成绩，而是一次在班里组织大家交流学习体会和经验时他说的一句话："做作业遇到做不出的题目时，我就把书多看几次，不放弃，努力把问题的相关概念搞明白了，尽量地通过自己的努力找到解题的方法，而不是急于通过看题解去学习解题的方法。"一钊说的看似稀松平常的体会，对许多人来说，大概能认识到却做不到。因为很多人只想学习解题的方法，过早地放弃了通过自己的努力去发现解题的方法。通过自己的努力发现的方法更深刻。但要想做到，首先要肯花时间，要有自信，同时还要不在乎眼前的成绩。我想他大学时自觉不自觉锻炼出来的这一学习习惯，让他有了后来能解决那么多重要的科研问题，获得那么多的成就所必须具备的基本素质。

学生的成长离不开老师的培养。如果说课程的学习，一钊从老师那儿学到了每一门课的数学知识，那么在华工的最后一个学期，一钊在当时卢文教授带领的拓扑和几何研究小组的学习和写毕业论文的经历，则让一钊得到了关于数学研究的启蒙教育。谈起那学期，一钊特别感激卢文教授的指导："那时，我们小组经常在卢文教授家听他的教导。卢文教授是早年从法国留学回国的数学家，他给我们讲的那些他所熟悉的大科学家和数学家的故事，和他所表现出来对我们充满信心的期望，让年轻的我有了想做出一番成就的信心。是卢文教授让我认识到人的潜能只有自己的不断地努力，才能被充分地发挥。他的教导让我有了做数学研究的信心。"但从学习数学到写数学论文的转化并不是一件轻而易举的事。回忆起毕业论文的事，一钊告诉我："当年是李德前教授直接负责我的毕业论文。那时我不懂得数学研究是怎么一回事，有力使不上，没认真对待，随便写了份东西就交给了李老师。后来，他把我叫到他的宿舍。他告诉我做数学研究创意的重要性，而我写的东西却毫无创意。这番谈话让我非常震撼。我感觉到他对我是'恨铁不成钢'啊，而我自己也特别的惭愧。或许李老师并不知道那次谈话对我的影响，但我一直记得那次李老师的谈话；他改变了我对数学研究的认识。我今天能做出'出人意料'的研究成果得感谢李老师的那次谈话。"

每一个人的成长，与他的天赋，努力，和经历过的环境有关。大学生活，一钊选择了

华工,或许华工就是最适合他的大学。一钊自己说过"我的大学生活充满了幸福和欢乐,我是在华工长大的。"在华工美丽的校园里,一钊学到了杰出数学家应该学到的知识,培养出了杰出数学家应有的素质和能力,提高了对数学研究的兴趣。

### 闯荡在世界应用数学的前沿

1983 年,一钊的父母用自己省吃俭用积攒出的一笔钱送一钊到美国加州大学洛杉矶分校(UCLA)深造。那时,几乎没有从中国到美国自费的留学生选数学专业,亲朋好友也认为读个比较实用的专业,毕业后找份工作也容易。但一钊虽"不知道进一步读数学学位后的发展前途是什么",可"知道最喜欢的是应用数学"。一钊按照自己的兴趣选择了 UCLA 的数学系。

那时 UCLA 的数学系正由世界著名的数学家 Bjorn Engquist 教授和 Stanley Osher 教授领导建立世界级的应用与计算数学专业,很多优秀的学者受邀访问授课。UCLA 数学系的研究生学位吸引了许多世界名校毕业生中的佼佼者。刚到 UCLA,一钊是读硕士学位的研究生,他凭着在华工打下的基础,很快就适应了在 UCLA 的学习并取得了优异的成绩。"机会总是留给最优秀的人",一个学期后,一钊就转为博士生,当上了 Bjorn Engquist 教授的第一位来自中国的博士生。

如果说一钊在华工学到了数学的知识,那么在 UCLA 他更多的是学到了数学研究的思想方法。他的导师 Engquist 教授把数学理论与物理直观相结合的研究方法对一钊有着深远的影响。在 UCLA,一钊从一个优秀的学数学的学生成功地转化为一个优秀的数学研究者。由于他优秀的研究成果,在他取得博士学位时,许多名校和数学研究所邀请他加盟。

这些年来,闯荡在世界应用数学的前沿,他走访过许多著名的大学和研究所。他曾在世界一流的柯朗研究所从事博士后的研究工作,随后又被聘请为助理教授;他在普林斯顿高等研究所当过访问教授;他以访问/客座教授的身份在欧洲和亚洲的许多著名的大学和研究所工作过。在漫长的科学研究之路上,他是博采百家又独树一帜。

关于一钊的主要研究成果在王元主编的《侯一钊——20 世纪中国知名科学家学术成就概览·数学卷(第四分册)》文中有比较详细的介绍。一钊能取得那么多优秀的成果,成为一位得到那么多学术奖和荣誉的世界著名的数学家,他一定付出了他人所不知的努力。在他的主要研究成果中,关于"二维与三维欧拉方程点涡法的稳定性和收敛性"问题的研究,是他早年比较有代表性的成果。他在解决这个问题的过程中的努力和付出,特别让我感受到"侯一钊研究的特点",让我看到他在孤独寂寞做研究时的坚韧不拔,同时,也让我想象到他发现自己解决了问题那一瞬间的喜悦。

关于"二维和三维不可压缩流体点涡方法的稳定性和收敛性"的问题,曾经是在应用数学界引起过争议的问题。该领域的主流观点认为点涡方法不可能稳定,因为那时有一些很有名的数学家曾做出了"为什么不可能稳定"的解释,所以很多人想当然地认为"证明点涡方法稳定"是不可能的。但是,在流体力学领域的一批应用数学专家却认为"点涡方法"有着很强的物理直观性,且"点涡方法"得到的数值解在物理上都非常有用,与实际应用很吻合。一钊在 UCLA 读研究生时就接触了这个问题。1988 年,一钊在柯朗研究所做研究时，他又开始思考点涡方法的稳定性和收敛性问题。"或许那时我还年轻，没别人聪明，反应那么快，很快就接受了那些名家的解释，我一直在想，或许人们可以证明点涡方法是稳定和收敛的"，一钊说。那时一钊同时正在进行另一个问题的研究，在做这些研究时，一钊越来越怀疑那些应用数学名家们的解释的正确性。他把自己的想法与当时在柯朗研究所的一位著名教授讨论，那时正是感恩节之前，一钊记得当时"我的想法马上被彻底地否定了。他非常耐心地给我解释点涡方法最多只能有短暂的收敛却不可能稳定"。这名教授的解释让一钊感到"自己怎么那么笨，居然没有想到他的解释"。

感恩节的到来，柯朗研究所的人都回家与家人过节去了。研究所里静悄悄的，连个说话的人也没有。一钊哪儿都没去，就待在所里。"利用这静悄悄的环境让自己更深入地思考问题"。一钊记得"那个感恩节，我就是想搞清楚点涡方法的问题。节前那位教授的解释似乎挺有说服力的，可还不是一个完整的证明。我努力地想搞出一个完整的关于'点涡方法不可能稳定'的证明。可就是做不出来。所以，我又回到了原来的想法：'点涡方法有可能是稳定和收敛的'。经过了不知多少个日以继夜的苦思冥想，我慢慢地把原来似乎毫不相关的点涡方法的各种特征连了起来。我突然间发现点涡方法就是稳定和收敛的"。功夫不负有心人，在这个美国万家欢聚的感恩节里，一钊静悄悄地做出了应用数学领域一个出乎意料又令人震惊的结果！那位节前否定一钊想法的教授看了他的证明后，对一钊说"这个结果将会引起轰动"。果然，"这项工作改变了整个领域的面貌，并引发了大量针对水波和界面流体发展稳定而高效的数值方法的后继工作"。

近年来，一钊把他的注意力放在解决 Navier-Stokes Equation 问题。列在克雷数学研究所（Clay Mathematics Institute）7 个"千禧年"数学问题中的一个。那上面的每个问题都是被认为当今"最深刻，最有难度的问题"，每个问题的解的奖励是百万美元。上面提到的一钊和他的博士后学生罗果博士 2018 年获得 SIAM 的杰出论文奖，就是因为他们在解决这一"千禧年"密切相关的数学问题上获得了让人们兴奋的突破！一钊告诉我"这是一充满挑战的问题。我一直非常努力着，最近，我们获得了令人鼓舞的可喜进展"。我想，一钊会不断地给我们许多他在数学研究的前沿上新的成功和惊喜的！

### 追求卓越，超越自我

一钊，一个我们如此熟悉的同学，从来没有得过什么中小学、高中，或大学的竞赛奖，也没享受过什么名校的光环。他从来不自以为比别人聪明，但却做出了我们曾以为只有天才才能做出的成就。

和一钊一起做过研究工作的同行是这么评价他的："侯一钊在科研上深具魄力，从不被主流的数学方法或者权威的观点束缚住手脚。他的很多研究方法都独树一帜，对问题的观察角度也与众不同，有时甚至是反传统的。凭着他独特的思维方式和对科研的热情与执着，侯一钊在很多别人认为难度很大甚至不可能解决的问题上都获得了出人意料的成功。"一钊曾说过"不论是求学还是做研究，我其实是跟自己竞争，我努力地向他人学习，但也从来不由于别人比我聪明或有名就盲从或对自己失去信心。有时，科学研究犹如在一条孤独而寂寞的路上跋涉，在这个过程中，是爱、勇气和执着让我不断地追求卓越，超越自我，一步一步地向前"。

在美国数学协会2012年3月的月刊①中有一篇纪念杰出苏联数学家Vladimir Arnold的文章，这篇文章中有Vladimir Arnold的一段谈话："许多奥林匹克数学竞赛获奖者后来并没有做出过什么成就，而许多优秀的数学家却没有在奥林匹克数学竞赛中得过奖。有各种各样的数学家：有的特别擅长解决15分钟的问题；有的擅长于1小时，或1天，或一个星期的问题；而有的擅长那些需要1个月、1年，甚至十几年的思考才能解决的问题。在奥林匹克数学竞赛的成功，需要的是一个人'短跑的'能力；但真正的数学研究需要的是'长跑的耐力'。如 B. N. Delaunay 说的'一个好的定理不是像奥数似的5小时就能解决，而是5000小时'。一个人没能成为数学家的原因有多种，但最主要的一个原因是对数学缺乏爱。"

这段谈话告诉了我们为什么一钊能取得今天的成就，成为一位杰出的数学家。是他对数学的爱和他执着的努力成就了他！

---

① Boris Khesin and Serge Tabchnikow："Tribute to Vladimir Arnold" Notices of American Mathematical Society，Vol 59，Number 3，March 2012，page 378-399.

# 启航华园　笃行不怠

### 77级化工原理师资班　梁坤

星霜荏苒，居诸不息，我们77级同窗毕业转眼已四十载。从40年前至今，我们始终铭记"博学慎思，明辨笃行"的华工校训，在各自的领域参与了国内外建设，见证了祖国由贫穷落后走向繁荣昌盛的历程，对此我深有感触。冥冥之中我们结缘于华工化工原理师资班，毕业后天各一方，各自奋力拼搏，全赖母校孕育奠定的基础，同学们在事业上硕果累累、收获满满。真心感谢母校，感恩华工！

华南工学院大门

华南工学院教学楼

## 激情岁月，梦圆华工

首次踏进华工校园的情景仍历历在目，那时的喧闹之音也仿佛就在耳边回响。记得1978年3月11日上午，我怀着无比激动的心情来到广东化工学院（后来与华南工学院合并）报到，走进华工大门，赫然可见上方悬挂的红色条幅上写着"欢迎你，未来的工程师"。我站在校门口，心潮澎湃、思绪万千。自1977年10月21日新闻媒体报道恢复高考的消息后，一直渴望拿到"粮簿"、摆脱贫穷的我（当时我已是一名民办教师）不假思索又重回学生时代，捧起同事多方搜集到的中学课本，在不到两个月的时间里，不分昼夜、废寝忘食地复习。12月，我踌躇满志地参加了高考，经过一番忐忑不安的等待，犹记得那天双手颤抖地接过梦寐以求的大学录取通知书，恍如隔世。来到华园，面对即将开始的四年校园生活，我暗下决心，一定要好好珍惜来之不易的机会，努力学习，立志成为一名合格的工程师，不辜负乡亲父老对我的殷切期望。

我们这一代人真的不容易，特别是来自农村的我，更加不容易。入学前虽然我已经是一名初中民办教师，在当时的农村每月拥有320个工分外加5元生活补贴，已经是不低了，但也仅仅能够解决最基本的温饱问题。因此，想最大限度地改变现状，通过一己之力为改变家乡农村的贫困局面贡献自己的一分力量，在当时唯有读书。当时的这份动力鼓舞着我，燃烧我的内心至今。更加值得庆贺的是，弟弟梁齐也在同一时期接到入伍通知，到中国人民解放军海军部队服役。参军是广大青年的志向，可以尽保家卫国光荣义务，也是当年大多数农村青年有望结束"脸朝黄土背朝天"命运的主要途径之一。说来也巧，我和弟弟还是同一天（1978年3月9日）离开家乡，各奔前程。父亲高兴之余倾其所有办了几桌薄酒，邀请亲朋好友一起为我兄弟俩饯行。一个家庭同时走出一名军人和一名大学生，我家因此一时在当地成为佳话，家乡电白县小良公社到处盛传我家同时出了"文武双状元"，虽然觉得有点夸张，但还是难掩内心的喜悦。

### 老干扶持，师恩铭记

当年华工紧贴社会、着重培养学生专业技能和解决实际问题能力的教学方法使我们受益匪浅。与今天很多大学实习少、学生离开校园即面对一个完全陌生的社会相比，我们有很多提前接触社会的机会，为我们踏入社会增加了几分自信。四年里，学校精心为我们安排了很多很好的实习机会，我们曾经到过学院校办工厂、南海县化肥厂、上海溶剂厂、上海金山石油化工总厂、广州石油化工总厂、广州化工厂、广州溶剂厂等生产企业参观实习。每次实习，必定离不开陈仲言、庄乃光、王红林等几位老师的跟随。老师们除了指导实习外，还为我们联系实习工厂、分配实习任务、安排衣食住行，极尽所能地为我们的生活和实习提供一切便利，我们在校外实习期间可以说是衣食无忧。特别是陈仲言老师，他鼓励我们在实习中要积极发现问题，同时他也耐心解释生产过程出现的各种异常现象，让我们获益良多。作为一名德高望重的教授，又是一位长者，实习期间他还和我们同学一起"打地铺"，每每忆起往昔，总是倍感温暖。

南海县化肥厂实习同学合照1

南海县化肥厂实习同学合照2

临近毕业之际，发生了一个小小插曲。按惯例我们毕业证书上的专业名称应该是填写"化工原理师资班"，师资班顾名思义就是培养教师的，但大家意识到，毕业分配可能只有部分同学能留校或从事教师职业，还有部分同学将会分配到企事业单位工作，在当时社会上普遍注重专业对口的情况下，毕业证书上的专业名称填写"化工原理师资班"无疑会给到企事业单位工作的同学带来

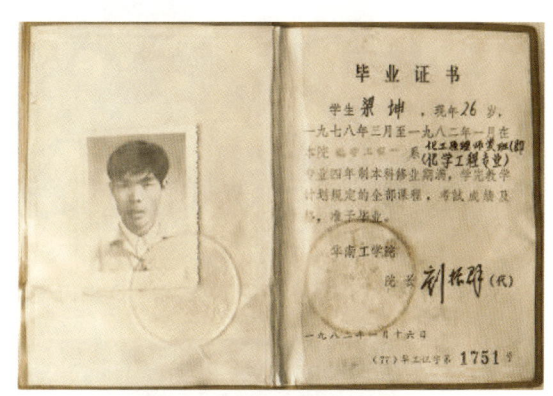

我的毕业证书

诸多不便。况且我们了解到所学的课程与78级、79级化学工程专业设置的课程几乎无异，所以大家一致推选伍钦同学为代表向学校反映情况，希望改为"化学工程专业"。经过伍钦等同学的不懈努力，学校最终的回复是，在毕业证书"化工原理师资班专业"的后面加注"即化学工程专业"。于是我们的毕业证书就出现了两个并列的专业名称，虽然显得有些"另类"，但此证书为大部分同学的就业提供了便利，回想此事还得特别感谢伍钦同学的辛勤付出。

### 学以致用，不负母校

毕业后我被分配到茂名合成纤维厂合成车间见习，在第一年的见习期内工厂就破例安排我担任工艺员。到车间见习还不到一个月，就遇上了合成车间环氧乙烷生产装置的第一精馏塔塔釜蒸汽加热夹套泄漏事故。当时正值赶产量时节，厂领导迅速组织技术人员深入现场召开专题会议，研究解决方案，制定了合成车间停汽更换塔釜的计划。当时我想，一旦合成车间停汽，势必导致与之关联的气体分离和电解两个车间同时被迫停产，届时工厂损失会更大。我经过认真研究分析，把从学校学到的知识与实际结合起来，找到了解决办法。为此，我满怀信心地找到车间书记，大胆地提出了利用精馏塔塔釜液位计安装倒 U 形管，运用化工原理中的虹吸原理稳定塔釜液位就可以维持继续生产，从而实现合成车间不停汽的设想。车间书记将我的方案报告厂部后，厂领导很快就组织相关人员对我的方案进行评估，最后同意采纳我的方案。问题由此得到了解决，避免了一次大面积停产损失。为此，我第一次得到了厂领导和技术人员对我的肯定。

本班同学在校时的照片 1

本班同学在校时的照片 2

记得毕业后的第二年，合成车间聚醚装置生产的 330 聚醚产品在精制过程中需要经过脱水、过滤两个工序，操作时间长达 30 多个小时，还需频繁拆洗滤布，由于该工艺脱水效果差，经常出现精馏后产品质量不合格，需要返工的现象，职工对此颇有微言。对此，我提出了国内首例聚醚精制先加水再脱水的工艺。该工艺实施后使精制工序脱水迅速且彻底，大大缩短了脱水周期，由原来的 30 多个小时减少到 8 个小时，既解决了长期困扰职工频繁清洗滤布的难题，降低了劳动强度，又保证了产品质量，从而赢得了各级领导和职工的一致好评。

我在企业工作期间，凭借在华工课堂学到的知识和实习锻炼打下的良好基础，实现了自我完善。我先后主持过环氧乙烷、环氧丙烷、聚醚、甲基乙醇胺等多套生产装置的开汽工作；主持完成了巯基乙醇生产工程技术的研发，并获得了广东省科技进步奖。1988 年我终于实现了入学时的夙愿，成为一名工程师，在 2011 年取得教授级高级工程师职称。

**发挥专长，砥砺前行**

20 世纪 90 年代后期，赶上国企改革以及部分国有企业关、停、并、转浪潮，我所在的企业也不例外，由于产品不能适销对路，不可避免地面临停产关闭的局面，无奈之下，我只有另辟蹊径，选择自主创业之路。1999 年初，凭着自己微薄的积蓄和从亲戚朋友处借来的几十万元，我创立了自己的公司。由于当时资金短缺，我跑遍了粤西地区几乎所有的废品回收站，哪里有废品哪里就有我的身影。我到处寻找遗弃的机器设备、阀门、阀兰、螺丝等，东拼西凑，组装成第一套聚醚生产装置。回顾那段经历，每天工作十几个小时，常常饥肠辘辘，身体上的苦还能咬牙坚持，内心的不安更是一种折磨，但当第一套装置建起来时，所有的辛苦都一扫而光。即使这套装置现在看来十分简陋，但凭借在华工学到的专业知识和十几年工作经验做支撑，生产出来的产品符合国家质量标准并且得到用户的认可，庆幸之余深怀感恩之情。创业初期虽然捉襟见肘，但我始终坚持以技术为导向的发展之路，把有限的资源优先投入到技术研发、技术创新上，为我公司能够在国内同行业中立稳脚跟奠定了良好的基础。时至今日，比起创业的初始，公司已经初具规模，营业额也已经翻了几倍。但前方还有很多路要走，很多困难需要克服。

公司成立初期主要以生产聚醚、醇胺类等精细化工产品为主。2009 年 4 月，建成了国内首套年产 6000 吨甲基乙醇胺连续生产装置并一次开汽成功。该装置由我公司自主研发，可以说在华工学到的"三传一反"等专业知识几乎全部都派上了用场，所学知识的有效运用确实收到了明显的效果。该装置与国内同行业其他间歇生产装置相比，能耗与物耗更低、更环保，操作更加便利，质量更加稳定，而且能同时生产甲基一乙醇胺、甲基二乙醇胺两个品种。这个研发项目共获得三项国家发明专利和六项实用新型专利，装置投产后造成了一批间歇生产小装置遭到淘汰，导致国内甲基乙醇胺市场重新洗牌，在当时的同行业中引起了不小的震动。

这么多年来，我把大部分精力集中在环氧乙烷衍生物技术研发上并取得了一些成果，广东省科技厅批准我公司成立了"广东省环氧乙烷衍生物与工艺工程技术研究中心"。从 2004 年起，我致力于高品质硫二甘醇及其生产工艺的研发。在我公司硫二甘醇新工艺投入使用之前，国内和国际上生产的硫二甘醇产品含量一般只有 98.5% 左右。2009 年 3 月份，我司的硫二甘醇新工艺开发成功并投入应用后，产品含量提升到了 99.5% 以上，填补了国内生产高档硫二甘醇的空白，国际质量标准甚至还采用我公司的质量指标作为参照标准，公司因此获得了国家工信部直接颁发的《监控化学品生产特别许可证》。

本班同学在笔者工厂合照 1

本班同学在笔者工厂合照 2

年产 25 000 吨醇醚装置是我公司自主开发的又一个项目，已在 2019 年建成投产。该装置可连续生产乙二醇甲醚、二乙二醇甲醚、三乙二醇甲醚、四乙二醇甲醚四种产品。在工艺设计时，再一次运用在华工学到的专业知识，进一步优化了配料、反应、精馏等生产环节的工艺条件，收到了节能降耗效果，特别在充分回收利用反应热方面走在了全国同行业前列。

目前，我公司主要以生产有机胺类、醇醚类产品为主，其中甲基一乙醇胺产品被杜邦、艾仕德指定为国内供应商，EM-31、甲基二异丙醇胺等产品被立邦、赢创、宝洁等外资企业指定为国内供应商。甲基一乙醇胺、甲基二乙醇胺、硫二甘醇、硫醚 1000、抗氧剂 1035、二乙基乙醇胺、乙二醇甲醚系列、乙二醇乙醚系列等产品深得市场信赖，部分产品还远销美国、日本、韩国、印度等海外市场。

笔者工厂生产装置一瞥

## 同学情怀，互勉互助

公司的发展还得到很多同班同学的大力支持和鼓励，他们发挥各自专长，集思广益，为我公司出谋献策、排忧解难。其中伍钦、朱光骏、梁文广、全炳新、吴仰伟、华清文、张志峰、林洪、曾朝霞、区岳洲、陈小杨、林洪、黄小宁、叶向东、郭复明、唐奕群、李帆、肖尤顺等同学还亲自到公司，就公司的发展方向、管理模式、市场开发、技术进步、环境保护等方面提出了很多合理化建议和独特见解，使公司的生产经营逐渐步入健康发展的轨道。

本班同学在笔者工厂合照3

本班同学在笔者工厂生产现场

2015年末，公司刚开始生产甲基二异丙醇胺产品时，产品质量虽然不亚于国外厂家产品质量，但国际采购商不知道从哪个渠道打听到我公司，认为公司规模不够大，对我公司能否长期稳定供货信心不足，提出要到我公司实地考察。梁文广、朱光骏、伍钦、全炳新等同学闻讯立即赶到公司，从各方面予以指导。特别是梁文广、朱光骏同学在国际接待礼仪、应答要点准备等方面提出了很多中肯的意见，公司最终顺利通过了赢创、宝洁两家公司的综合考核，成为指定的国内供应商。

我和梁文广合照

我和伍钦、全炳新在茂名荔枝园合照

全炳新同学把长期在国有企业工作中积累的管理经验带到公司,并结合公司实际,建立了一套符合公司经营发展的管理模式和管理方法,大大提高了公司的管理水平。

公司在开发硫二甘醇下游产品抗氧剂 1035 时,遇到不少技术难题,伍钦同学亲自到公司指导研发工作,并利用在华工工作的便利查阅资料、文献,带领研发小组进行小试、中试,经过无数次试验,项目终于取得了成功。抗氧剂 1035 中试产品含量已经达到了 99.3% 以上,产品各项质量指标达到了国际标准。目前该项目已完成工程设计,即将进入量产阶段。

本班同学在笔者工厂出谋献策

近日回到华园,在 1 号楼大门悬挂着的一幅标语让我感慨万千,"青春由磨砺而出彩,人生因奋斗而升华"。本人虽没有出彩,更没有升华,但也经过了磨砺和奋斗,也总算做到了践行校训、不负母校。

"青山在,人未老,同学情正浓;岁月增,水长流,情怀依旧深。"同学们,我前进的每一步,全凭有您!

古人云:"天行健,君子以自强不息。"人生短暂,光阴无情,我们虽然到了花甲之年,但依然雄心不减,阔步向前,在布满荆棘的道路上继续奋勇前行,不负韶华!

本班同学相聚华工合照　　　　　　　本班同学相聚茂名合照

# 馅饼是从天上掉下来的吗？

77级电工师资班　曾毅敏

## 喜从天降

1977年的高考，改变了一代人的命运。对于我们这群能够在1977年考进大学的学生，可谓喜从天降，就像捡了个天上掉下的大馅饼。在世人眼中，我们就是最令人羡慕的当之无愧的天之骄子！

作为当年最后一批下乡知青，我于1977年中学毕业后去了广州附近的郊区务农。今天那个地方已经是广州市区的一部分，高架的环城高速大转圈就在我们当年挑大粪、在寒冬腊月的清晨里光着脚下菜地淋水、接受贫下中农再教育的村子上面。

下乡后不久，我们就听到了关于改革高考制度，重新恢复高考的大好消息。对于我们这群从小到大没有接受过正规完整的文化教育，也没有认真思考过长大以后要成为什么样的人才的年轻人，当然也就一切随大流，人家报名我报名了。再说我们以前不管考试好坏甚至不考试也照样升学，所以根本就不知道考大学的难度。

回到广州，在挤破头的新华书店买了一套高中复习课本后就又返回到农村。白天继续挑大粪种菜，晚上则不再像以前那样侃大山、打牌、"偷鸡摸狗"了，而是坐在煤油灯前努力复习功课。值得庆幸的是几周后，当小学老师的母亲得知广州第八中学，也就是原来的培英中学，开了高考补习班，就给我报了名。我赶紧开小差偷偷地溜回家参加了补习班。在这大概一个多月的补习班里，我们要学习整个初中、

我当知青时在乡下养牛

高中没有学过的东西。我还记得，当时好多东西都是强化短期记忆，基本上没有好好理解就硬吞进去的。好在那时候年纪轻，记忆力好，精力旺盛，每天从早上8点到晚上9点连轴转的学习也不觉得累。一切来得那么的突然，又消失得那么迅速。我已记不清当时去考试的地方是哪里，也记不得考题是什么了。只记得我进考场时是一副无所谓的样子，做题也是无所谓的样子，考完后很多人围在操场上互相谈论考得如何，我也无兴趣参与，因为我根本就没觉得会考上。很快我又回到了原来的知青生活。

正当我做好了准备长期扎根农村的时候，一天一个骑自行车的年轻公社干部来到了我们出工的田头。一般干部到田里找知青，都不是什么好事，找的都是干过坏事的知青到公社接受检查。当我的名字被叫的时候，我一脸茫然，在众人诧异和鄙视（好像发现一个虚伪的假装好人的坏女知青）的目光下，坐上那个干部的自行车后座被"押"回了公社。

一到了公社办公室,他们递给我一个黄皮信封,打开一看,哇,原来是入学通知书,而且还是华南工学院的。我简直不能相信自己的眼睛,这太不可思议了,怎么会是我呢?天上真的掉下了一个大馅饼!

拿着入学通知书,我飞快地踏上自行车,蹬在了回家的路上。一家人欢天喜地地吃了一顿晚饭,第二天我又蹬着我那快乐的自行车在回生产队的路上。一路上,南方2月的春天是那样的美,天空是那么的蓝,田野是那么的绿,一切都好像梦里一样……正当我心花怒放想入非非的时候,突然一辆解放牌大货车从身边一擦而过,把我带了一下,整个人就往车的一边倒了下来。车辆瞬间即过,我就倒在了车的尾巴后面。解放牌货车根本没有觉察发生了什么事,继续扬尘而去。好一阵子我才缓过神来,突然意识到我是多么地幸运,我刚刚躲过了一场车祸,幸运之神又一次降临于我!而我也突然意识到我不能死,我还要上大学呢,第一次感觉到生命不再是无足轻重。

## 考试得了34分之后

天上掉馅饼似的我考上了大学后,走在鸟语花香、绿树成荫的大学校园里,就好像走进天堂一般:高耸入云的棕榈树、遍布绿植的百步梯、晨雾缭绕的东湖,无不是天堂里的一步一景。这人啊,就觉得头上戴了光环,走路都轻飘飘了起来。

可没想到,刚自我陶醉了没几天,学校就搞了一次数学的摸底考试。结果成绩一出来,蒙了!考了一个34分,应该是全班倒数第一吧?据说学校会留校观察6个月,如果不行,就会退回去。哇,这还得了,这到过了大学尝到了甜头还能回农村去吗?还有脸回去吗?吓得我看所有的东西都没有了颜色,每天就像有三座大山压着一样,透不过气来。可能是这个缘故,我已经不记得修防空洞时有什么事情发生,只记得是不停地一车一车的泥往外运;军训打靶的好成绩也无法让我高兴起

我们班里的女同学(后排中间者为笔者)

来。从此耷拉着头终日忐忑不安,生怕有一天突然学校的通知就递过来了。这摸底考试当然也让我好好地领教了我跟同学们的差距有多大。我还记得,当我在1号楼前苦背专业英语单词时,我们班的一些同学就已经在看 China Daily News 这类出版物了。当别的同学在问数学、物理、电路等课问题时,我常常连他们问的是什么问题都听不懂,更不用说能不能听懂老师的回答了。基本上所有的课程我都是在拼命地争取听懂老师上课的基本内容,尽量跟上进度而已。唯一我不用担心的就是体育课了,当时学校体育老师蔡慧明老师知道了我在中小学就打排球,拼命说服我进学校排球队。最后实在无法推掉,只好参加,可是又老觉得打球浪费时间,无法分秒用在学习上,打得心不在焉的。现在回过头来看,当时

真应该好好地享受当下,既然来了就应好好地打球。出国读书后才知道,能够进学校的球队那可是学校的明星呀!

很长一段时间,我在学校的生活范围是三点组成的一个三角形平面:课室—图书馆、宿舍、饭堂,夜以继日地努力跟在班上同学们的后面不掉队……在此我非常感谢我们班的张琳和丘晓华两位老大姐。她们关心我们的思想与生活,为我们解忧排困,处处以身作则,帮助我们建立正确的人生观。她们不仅仅是我们生活中的榜样,还是我们学习上的

我(中)和同学们大学实习后去爬黄山

好老师。常常当我苦于解不出题的时候,这两位老大姐就耐心地一步一步地引导解释,难题在她们手里好像变魔术一般就迎刃而解了。幸亏有这两位老大姐的帮助,我后面的两年才慢慢地跟上大家的进度。大学四年中还有很多难忘的记忆……当年我们像冲锋似地涌进图书馆、大课室晚上"喂蚊子"、挑灯夜读,等等,很多同学都记得并谈到过,在此就不再重复了。

## 出国学习转专业

大学四年,尽管学习上最后都能跟大家齐头并进顺利毕业,但是我始终对电工电子这种硬件的东西没太多的感觉,总之是兴奋不起来。毕业后分配到了广州业余大学,尽管得到学校的重视,但是我始终认为这种电工课教学的人生好像太无聊,最后选择了出国留学。

1985年春天我阴差阳错地得到了语言学校的录取和美国签证,没有考TOFEL,学校也不是一个提供硕士学位课程的学校。经过6个月像《北京人在纽约》一样的生活后,转学到了纽约上州的一个小小的州立大学分校,SUNY New Paltz。

新的学校地处纽约上州一个风景如画的大学小镇。每年到了秋天,遍布学校四周的苹果园挂满了红红的纽约大苹果、田野上金黄色的南瓜,还有那世界有名的美国东北部漫山遍野的红叶……山峦起伏,五彩缤纷,层林尽染,美得无法用言语来形容,至今我仍然认为它是全世界最美的看红叶的地方。这个小镇山上有一个像古堡一样的建筑物,古堡下面有一个碧绿碧绿的湖,叫Lake Mohonk,给人一种置身于欧洲阿尔卑斯山脉的感觉。当年我们一群留学生爬上山去,还可以从古堡的一些窗子爬进去。置身这么一个荒废的古堡,恍如隔世,就像在童话故事里一般。许多年后古堡被收拾一番,成了一个非常高端的度假胜地。别看这么一个山沟子里的无名小学校,当年还曾经有好些名人在那里上过学,我们那个年代的大明星陈冲也由此成了我的校友。

校园所在的小镇上的湖 Mohonk

我就在这样一个地方开始了我的勤工俭学。那时候，一句英文也讲不全，当然就无法听懂老师的课了。每天上课，我拼命地把黑板上潦草得看不清的内容抄写下来，下课后自己对照着书本自学。幸运的是他们教的电工学用的正好是王显荣教授给我们在大学用的英文版电路基础理论：Basic Circuit Theory，这可真是天助我也，一下子这门课就没有任何压力了。因为这个，我还用蹩脚英文比划着跟系主任解释我懂这门课，"骗得"了一个TA（助教）的工作，这样一个学期6个学分的学费就免了。这一切还得感谢王显荣教授给了我们一个这么跟国际接轨的电工课程，后来晓华大姐又给我寄来这本电路理论的题解，让我在当助教的时候更加方便了。

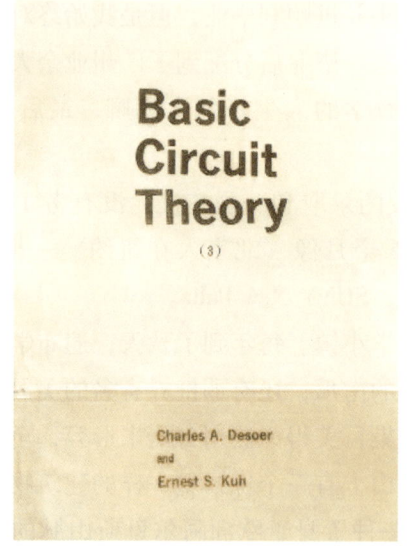
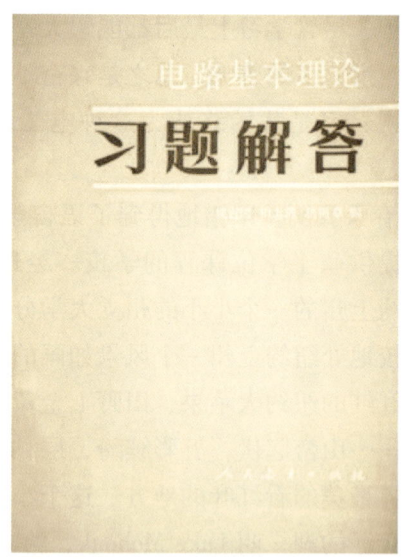

在华工和 SUNY New Paltz 读书时用过的教材和题解

一个学期后我渐入佳境，慢慢地老师上的课听懂了，也能用英语做基本的交流了。当然用英语不加思索地去骂人还得经过很多年在美的历练之后……

这个学校的电子工程与软件技术是同一个系的，那时候软件刚刚兴起，我们都可以上软硬件的课。当我第一次上 Unix 和 C 语言的时候，我才发现原来学习是那么的有趣，就像玩一样。那时候 Unix 和 C 是最新的技术，有点像今天的 AI、元宇宙、大数据等。从此编软件既是我的工作也是我的hobby。后来在美国工作后，我常常觉得这像玩一样地就把钱赚了，写出来的东西竟然有人用，还能对社会有点贡献，真是不可思议，这简直就是天上又掉下一个大馅饼！

当年在AT&T贝尔实验室工作，开会的时候坐在对面的竟然是大名鼎鼎的Unix和C的鼻祖：Brian Kernighan 和 Dennis Ritchie，如同梦幻一般。这么有名的大人物，创建了Unix和C并写了我们每天都放在手边的IT圣经一样的C语言工具书，竟然就像两个nerds（书呆子）一样坐在会议室里静静地，不出一声。他们两个就像今天我们看到很多在硅谷高科技行业的书呆子一样，智商极高却不善言辞，尤其不善于与人打交道。当年我们在AT&T Bell Labs专门负责给电讯电话的交换系统开发运营管理软件。真不知道当时自己像玩一样写的软件有没有给人家带来任何麻烦。不过这个从学电工电子改行到电脑软件还真是改对了，后来工作的20多年我

我在SUNY New Paltz取得了硕士学位

有幸见证了IT和软件行业的腾飞：从简单的单台个人电脑，到局部网络，到互联网，到今天的各种信息数据和应用。如今它又迈向另一个新高度：AI、元宇宙、区块链和虚拟货币、软件与各个领域的结合，等等。

## 创业

1995年AT&T Bell Labs决定创建Lab West，把我们一个部门搬到了世界互联网的前沿——硅谷。当时硅谷的互联网风起云涌，是弄潮儿们最爱的大江大河，无数有名高科技公司这方唱罢我登场：Netscape、Yahoo、eBay、Cisco、Juniper，等等，数不胜数。每天都有新公司涌现，也有公司落幕。但是它那种鼓励创新宽容失败的文化和精神是非常独特的。当时我们在Bell Labs West做的是非常前沿的工作——防火墙的研发。那时候人们还没有互联网的安全意识，等到大的安全事件，像Yahoo被黑客攻击后大面积宕机事件出来，那已经是几年后的事情了。当时市场上是没有防火墙产品的，所有的都要自己开发。AT&T是网络的鼻祖之一，这方面非常有前瞻性。1998年AT&T大裁员，竟然天上又掉一个馅饼：每年工龄有一个月的安抚金让我们提前退休。拿了这笔钱，一天没浪费的我跳槽到了隔壁风头正盛的网络大佬Cisco Systems公司。当时的Cisco就像前辈的AT&T Bell Labs，后辈的Google、Apple、Facebook一样非常有名，从此开始了我在硅谷网络安全领域的研发生涯。我们当时的工作是开发网络管理系统。

Cisco是大公司，客户无数遍布全球。在这里工作最大的好处就是可以接触到各种各

样客户和很多想都想不到的现实问题。当时很多客户向我们反映情况，提出各种需求。基本上所有的需求都围绕在无法看到和发现网络上的问题及威胁，就跟瞎子、聋子一样的问题上。大概是日有所思夜有所梦吧，一天半夜突然做了一个梦，梦中有一个解决问题的方法。醒来觉得不可思议。第二天再醒来，那个梦境还是历历在目。为了证明自己不是在梦幻中，便赶快找到当时公司的一个技术骨干交谈。还没谈到一半，他就已经兴奋得不得了，两人在白板上一阵涂鸦，很快白板写满了东西，一个解决方案的雏形出来了。后来这个技术骨干就是我的合伙人，我们一起创业。

有了这个想法后，我们就拼命地去了解如何去创业、去融资。记得当时去书店买回来了一大摞书，加起来有十一二本，都是与创业有关的：商业计划书、股权结构、公司架构、融资、财务报表、会计、公司法、知识产权法等等。因为是带着问题去学，一周就把这些书都读完了，差不多是自学了一个极速的 MBA 课程。

硅谷投资公司大多都在史丹佛 Stanford 大学旁边的沙丘路上。一条沙丘路，密密麻麻布满了几十到上百家创投（VC）。应该说除了华尔街，硅谷的沙丘路就是美国的第二大金融基地。我们当时是创业的菜鸟，没有上过 MBA，没有融资方面的关系。倒是硅谷创业的生态环境很成熟，各种律师事务所、财务事务所都跟创投有关系。创业第一步就是成立公司，所以我们接触的第一个就是律师事务所了。从过往的经验看，包括在世界最前沿公司工作的经验，我们知道要找就要找最好的，不能满足于简单地去完成一件事。所以我们找了当时最著名的几家律所之一，也看到那个律师手下有好几家成功的创业公司。这种"用最好的手段实现最好的价值"的观念始终贯穿在我们整个创业过程中。后来我们找的财会事务所也是美国的四大事务所之一，给我们提供全球运营财务税务方面的服务。好的东西表面上看起来很贵很容易令人却步，但实际上你最终得到的结果往往是物有所值的。当时我们很惊讶：他帮我们把公司成立后，不但不收我们律师费，还给我们一套完善的公司架构法律文件、知识产权文件、劳务人力资源管理文件等等，这等于一开场就是一个正式的公司架构。另外他还跟我们谈了很多有关知识产权方面需要注意的事项（这一点后来帮了我们一个大忙，此事后面再谈）。这样我们一开头就打好了一个可以融资包括以后并购上市的基础。他同时还给我们介绍了不少沙丘路上的创投，而这一切都仅以占有很小很小一部分的公司股权为回报。

我们在沙丘路上的进展并不如意。因为我们没有 MBA 的训练，也没有在公司商业部门运作的经验。到了风险投资人（Venture Capitalist：VC）面前，我们融资的 pitch（商业计划介绍）在那些见过无数名牌大学出来的精英们的 VC 面前显得那么的"二流"。后来很多的经历包括产品的销售、推介、融资，让我更加深刻地体会到做一个好的 pitch 是多么的不容易，就跟演讲一样，需要很多的历练。我也常常为自己半路子出家缺乏清晰简练高效的沟通技能而感到一点力不从心的无奈。

两个多月在沙丘路无果后，我踏上了回国融资的路。但是在 2002 年，珠三角地区尽管已经出了很多有钱的民营企业家，可观念还停留在实物和实用性上面，对于我们这种单凭一个 PPT 文件就来融资的，在别人眼里就像骗子一般，更不用提这个所谓的网络，所谓的安全，所谓的防火墙和监控了。防火什么？墙？啥？可想而知结果如何了。这种情况到了2009年已经大大改观，当我第二次创立公司再去国内融资的时候，长三角地区政府已经争相出台政策和资助来争取创业公司落户了。从当年的融资难到如今国内是钱多项目少，出现项目估值超高的怪现象……当然这是后话了。

在国内没有筹措到资金我又回到了美国。一位朋友打电话来说两个月前跟我提到的"有钱人"终于从国外旅游回来了，说可以一见。我当时不抱太大希望，因为我们这个项目实在是太技术性了，而且在当时很偏门。一个有钱的老先生能明白这些东西吗？我也就抱着死马当活马医的心态去了，见面地点是在硅谷的一个高尔夫球场咖啡小食店里，老先生在整个过程的90%的时间里都不问我要做什么，只是不停地聊家常：在哪里读书、何时毕业、哪里工作等等。到了最后，一个小时快过去了，才说你需要我帮你什么呢？我赶紧地尽量用日常生活的比喻来跟他解释这个项目。听完，老先生问我认不认识当时在硅谷创业成功的大名鼎鼎的邓锋，吓得我差点没从凳子上掉下来。没想到他竟然知道我们这行和这里面的人物，我赶紧说我知道邓锋，但他不认识我。然后他就冷冷地说，我们是邓锋的天使投资人。哇，我又差点从凳子上滑了下来。我想，天上又是给我送馅饼来了吗，怎么这么幸运？老先生然后拿出一支笔在一张餐巾纸上开始画画：先是画一个小人，然后就画两手两脚，说这就是邓锋他们干的：防火墙。然后再画一个小人头，说你们要开发的，目前缺的这个小人头，指挥监控，对吧？没想到人家外行比我们内行看得更透彻，解释得更简单明了，末了也不说行与不行，就说等我的消息吧。我当时觉得终于摸到芝麻开门的那扇大门了。

第二天老先生约我下午2点在他的办公室见面。我提前了5分钟到，一看来了一屋子的人，其中包括邓锋的合伙创始人柯严。一看这情形我就知道有戏了，听了不到半天就完事了，大家都很忙，没工夫啰嗦。然后老先生说"我带你看个地方"，原来是他公司一个空出来的办公室。他就说"我们决定帮助你，你看这个办公室如何？风水很好的，以前我们在这里办公公司干得风生水起……"

噢，原来这就是表示要投资我们了，我高兴得像做了美梦一般。

我和创业团队

我们马上招兵买马，开始创业。先是从 3 个人到 8 个人，再到 16 个人。半年做出来可以给投资人和早期几个潜在客户示范的产品界面，一年后样机出来。当时为了赶进度，圣诞节晚上都不许员工回家过节。一直干到晚上快 12 点产品样机出来后才让大家离开，为的就是保证承诺言出必行。回头看来，这实在是不近人情。但是当时大家都没有怨言，都抱着极大的热情，为了早日出产品，为了保住公司能继续得到融资生存下去。2002 年以前，融资是很困难的，不像今天投资早期高科技项目遍地都是投资人和钱。所以保证项目的进度和出成果，是我们生存下去的唯一保障。

产品终于出来了，当时还是 beta 版，我们就找了几家以前认识的公司让他们靠自己的关系把我们的机器弄进数据中心测试。对于他们来说也是担了极大的风险，因为数据中心不是你随便说放个机器进去就可以进去的，它承担着整个公司的运营，万一这机器引起网络出状况如何应对？他们也是苦于当时市场上没有好的解决方案，而且认同我们的方法才豁出去的。没想到机器一进机房，马上就发现了他们的安全风险和事件。用他们的话来说，就好像电灯一下子亮了，满屋子都看得见一样。从此一发不可收拾，每一台样机出去，名义上为借出去 beta 测试，实际上一去就无回，而这些机器还是没有商标没有产品名称的毛机。很快我们的钱就不够用来买组装设备的零件了，新的一轮融资马上开始。

当我们融 B 轮的时候，沙丘路的态度完全就是 180°的转变。我们就像红人一样，到处得到厚待。8 个 VC 公司的 pitches（推介）就得了 8 个 term sheets（投资条款文件）。还有更夸张的，一个 VC 晚上直接跑到了我的家里，就在厨房的饭桌上 present term sheet（推销他的投资条款），目的是希望我们能接受他们的投资。此时买卖方的地位反过来了，8 个投资商都在竞争，公司的估值不断上升，到了最后选定投资公司的前一天，杀出了一个程咬金：我们的老东家 Cisco Systems，他们也进来了。我问他们："你们也来投资吗？"他们说不是，我们是来买公司的。我说可是我们不卖啊，他们说世界上没有不成的买卖，只有不成的价格，价格开到了我们原来要价的两倍。这时候我们的天使投资人也认为我们是第一次创业，应该见好就收，希望我们同意卖给 Cisco。当时 Cisco 内部全球强大的销售团队都知道我们这个产品，因为他们需要销售的产品没有我们这个产品搭配，不好销售。就好像是顾客买了个脚与手但缺了个头一样。在每年两次的全球销售员工大会上，销售人员齐声高喊："买 Protego！买 Protego！（Protego 是我们公司的名字）"。可想而知高层的压力，也可想而知一个产品被需求的程度。

最后我们在投资人的要求下，决定出售。当做出这个决定的时候，我们两位合伙人坐在会议室里不禁潸然泪下，因为毕竟是自己的 baby 啊！好在我们知道这个 baby 要到一个更大的学校去，会更有出息，心里就安慰了许多。再说没有比我们的老东家更适合它了，不管是产品线上的无缝衔接，还是公司的文化。很快期待新的开始和各种可能性的那种兴奋心情就把这一丝丝的不舍冲得一干二净。

签订收购意向书只是收购的开始，后面还需要很多的步骤，包括技术、产品、公司状况的尽职调查等等。就在我们紧锣密鼓地开展这些事项时，一个最不愿意看到的事情发生了：法律诉讼！其实我们对这个一直是有担忧的，只是不希望它发生。一般来说很多公司都遇到这种问题，就是在它值钱的时候有人就跳出来告公司了。一个在最早期时候参加我们一起讨论的队员（那个时候公司还没成立），跳出来说这个公司的技术全是他的，他要得到这个公司的全部资产，要价比我们出售的价格还高。其实当时他只来了两个月左右，每周一两次，每次两三个钟头的讨论，大概加起来不到十来二十个钟头。可是不管怎样，有法律诉讼尤其是知识产权的诉讼都是收购、并购最大的忌讳。收购的公司往往就知难而退了，而被收购的公司可能就会因为说不清知识产权的问题而卖不出产品，这相当于在一个人的小腿三寸之处来一脚，让你不死也得趴下。

这时候早期律师的建议就显得非常重要了。他当时要求我们任何东西都要写下来，不管是会议记录还是白板上的涂鸦（设计方案）。在整个创业过程中，我写了整整10来本笔记本，我的合伙人大概也写了10来本。我们的老东家Cisco Systems在这以前已经收购了90几家公司，对这些事情司空见惯。他们只是跟我们要了所有我们能提供的文件，包括这些笔记本和所有的工程设计文件。经过了一个礼拜的审阅后，决定继续收购、并购的进程。后来听他们说，因为当年共事过，他们早就知道我们的能力和为人，也就更加不认为这是个问题了。后来这个诉讼就变成了此人与老东家Cisco的case（案子），一个无理的诉求遇到一个强大的公司，一年半后就解决了。尽管这个case的过程很复杂也牵涉到很多法律诉讼的策略（strategies）和技巧，我们也花了很多时间，但在此就不展开细说了。

因为这个诉讼，整个收购过程被拖延了两个多月。我们原来的现金流已经不够了。为了让公司能继续运营下去，我们只好跟外界说圣诞节促销，如果在年底能付全款，就可以打半折。这样稍微地缓解了一下紧张的现金流。可是到了1月还是没钱了，银行的钱只够坚持一周。好在这时候Cisco愿意给我们一个过桥贷款让我们延续两个月，到最后收购成功。真是一场有惊无险的经历，我们后来说，这就像一架千疮百孔弹尽油绝的飞机终于平安着陆一般。

当然有了Cisco这样的大公司做担保，一支庞大的全球销售团队，再加上一个无缝衔接的不可缺少的产品，它在收购后第一年销售额就翻了10倍以上，收购的成本一年就回来了。这应该是老东家一桩成功的买卖。

我和公司同仁们

我们在Cisco呆了两年后，因为已经习惯了充满活力的创业环境，又再次从老东家跳出来第二次创业。当时跟老板说要离开的时候，老板不是问为什么离开，或者劝你不要离开，而是第一句就问"要带多少人走？"然后就说不许多于 6 个人，由此可见 Cisco 及硅谷的这种创业的文化基因。当然就像所有投资招股书说的一样，过去的成功并不等于将来的成功，第二次创业就没有那么幸运了。原因很多，主要还是人的问题，在这就不再阐述了。

<h2 style="text-align:center">回馈社会和两地交流</h2>

2012 年我退出创业公司后，就一直以半退休状态专注于国内与硅谷的交流和项目人才的引进工作。早在 2006—2007 年两次创业的空档期间，花费大量时间致力于帮助硅谷的华人创业和事业的发展，以及中美两地的交流活动。此事源于当时华源科技协会的会长邓锋先生找上我，希望我在得到前辈创业者的帮助后能反哺后来的创业者。当然我没有任何理由可以推脱，就义无反顾地接了这个任务，当了一年的副会长和一年的会长，为社区提供志愿服务。当时的华源科技协会在硅谷非常有影响力。曾经在华源的年会上，促成了当年 Yahoo 投资阿里巴巴的案子。当时华源的活动经常会请国内有名的企业家来参加，包括阿里、联想、TCL、搜狐、网易等等。因此华源的影响力也在国内被关注，常常有很多国内的高科技园和投资机构来参加活动。

2016 年邓锋先生向我颁发华源年度最佳创业者奖

后来的许多年我们在硅谷接待了不少上海和其他地区的代表团，也为很多有志回国创业的创业者提供了很多国内的平台和联络信息，起到了桥梁的作用。回想起来 2005—2015 年这 10 年应该是中美交流最频繁的时期，特别是在高科技领域。

<h2 style="text-align:center">同学情</h2>

来美 30 几年，最难得的是一直以来珍贵的同学情。记得那时候办出国留学，家里找的担保人还没有确切同意担保，这让我十分焦虑。听说我这个难处后，王庆敏就特意写信请求她的表哥替我作担保。这可是一个非常大的帮助和责任啊。时至今天，我也不敢随便给一个不熟悉的人做担保，因为深谙责任之重大。尽管最后我还是用了我亲戚的担保，但是那份同学之情永远忘不了。

记得我和庆敏差不多同时到的美国，并且在纽约上同一间语言学校。我们那个年代出国，兜里都几乎没有钱的。当时可是真的穷，连中午的饭都没有。庆敏就常常从亲戚家里多带一点面包出来分给我，然后我们在学校餐厅里一起吃自己带的面包，涂一点从麦当劳蹭来的番茄酱就觉得挺美味的了。几年后我们都各自完成学业参加了工作，我在纽约，庆敏在宾夕法尼亚州，相隔颇远，难得见面。记得我们家女儿出生的那一年，我们夫妻俩带着小 baby 从纽约开好几个小时的车到庆敏那里过感恩节。远在异国他乡，在一个家人团聚的大日子里，当我们踏进她家看到她忙了一整天准备的满桌丰盛饭菜时，那份家人般的温暖油然而生。2009 年当我第二次创业要在上海成立分公司时，多亏了庆敏从华尔街来到上海担任办公室主任，一手一脚地把整个公司在上海的办公室撑起来：财务、HR、办公室事务、政府规章制度的遵循和各项流程的办理等等。没有这么一个可靠能干的大内总管，我们上海分公司就不可能正常运营。

还记得当年刚到纽约几个星期，庆敏就在寒冷的街头偶遇黄确同学，让人生地不熟的我们一下子就与在纽约的三位同学联系上了，从他们那里得到了不少资讯与帮助。随后我们被邀请参加黄确的结婚典礼。后来又被邀请到朱杰生太太家里庆祝他们女儿满月。能在茫茫人海的异国他乡碰到同班同学，可见我们同学缘分之深！如今他们的小孩都事业有成，杰生的儿子、女儿都成家立业，杰生夫妇也含饴弄孙了。后来我在 Cisco 兼管 3 个不同地区的团队，其中一个在德州的 Austin（奥斯丁），出差去奥斯丁顺道去杰生家拜访，得到他们两夫妇的热情款待。

在纽约黄确同学的婚礼上（右起：朱杰生、何健文、黄确、黄确太太、王庆敏、曾毅敏）

也还记得从纽约刚搬到加州，一平和炽基夫妇请我们去吃韩国店的烤黄鱼。当时美国东岸不像西岸有那么多的亚洲食物，这些美食让我们欢喜雀跃，那种美味至今齿颊留香。早年孩子小的时候，我们每年跟一平、炽基他们带着小孩去滑雪，去海边度假。一转眼小孩都已学业有成，各奔东西了。

其实来美的同学事业都非常有成就，每个人都可以写出一篇独立的回忆录讲讲他们的故事。像杰生，40 年在 IBM 一直从事电脑的 CPU 设计工作，为 IBM 设计了好几代 CPU。要知道这些大型机器的 CPU 是非常复杂的，不但需要技术也需要很多书本上没有的全凭累积起来的经验。像炽基，在 Cisco Systems 像皇牌军一样的部门工作，专门设计网络交换机。他跟着公司非常出色的一群创业者和工程师转战好几个 start-ups，成功地为 Cisco 保住网络设备的领先地位。他们设计的交换机硬件系统对各种指标如干扰、速度、密度等等都要求非常高，没有一定的实战经验很难胜任。像庆敏在华尔街著名的 Goldman Sachs （高盛）、Citigroup（花旗）等投行参与设计的 trading/pricing 软件，不但需要应用到各种复杂的金融衍生品的估值模型和算法，还要达到非常高的可靠性和灵活性以及能支持高速大量的运算，对软件设计的技能也是要求非常之高。可以说每一个同学都是他们行业里兢兢业业、身怀绝技的高手。

也记得每次回国，深圳、广州的同学们热情地款待，特别是大姐们带着我们出去各处旅游、品尝美食、享受人生！

我们从大学到现在度过了人生最重要的 40 年。在这 40 年的岁月里，有天上掉馅饼的惊喜，也有忐忑不安的焦虑；有创业成功的喜悦，也有失败挫折的烦恼……但更多的是值得怀念的美好时光。愿未来的岁月里继续充满惊喜；愿同学们平安健康，岁月静好。

# 从可能是全国最小的知青到数学师资班学生

77级数学师资班　王康

我们77级师资班的同学中，不少同学下过乡，可12岁就独自下乡当知青的，恐怕只有我一个人了。

1969年1月23日，一个不会忘怀的日子。小学毕业的我，可能由于营养不良，身高只有约140厘米。戴着"黑五类子女"的帽子，无奈被剥夺了上初中的机会。事实上，我的小学也只是上到三年级，读四、五年级时，由于"文化大革命"如火如荼进行，到处是武斗，我也多是呆在家里。那时，海南中学就进驻了300多名工宣队。两名工宣队天天抓住我不放，并警告：除了下乡，别无选择！

这一天，刚满12岁的我，背着"黑五类可以教育好的子女"的沉重包袱，正式成为一名光荣的下乡知识青年。穿着一身童装和一双凭知青证买的"劳动鞋"（用废旧汽车轮胎简单制作的一种凉鞋），操着满口的童声，背着一个小小的用煤油灯芯绳打的背包和一顶写着"坚决走与工农相结合的道路"字样配发的斗笠，登上了帖满红色标语的汽车。

10多辆汽车排成一列，车下人头涌动，锣鼓喧天，鞭炮轰鸣，口号声、哭声、笑声、嘈杂声混成一片。其他知青都有家人送行，可我没有，当时父亲还被关在"牛栏"中。只有一位发小帮我拿行李，送我上车，这位发小就是当今著名画家，广州美术学院教授——陈海，他父亲那时也被关在"牛栏"里。

跟着一群知青哥哥姐姐们一起下乡到海南行政区琼山县大致坡公社，却独自一人被分配到昌福大队龙马坡生产队。这是一个只有几户人家的小乡村，算我在内才13个劳动力。

晚上，生产队召开欢迎会，全村老少都到齐了。在昏暗的煤油灯光下，大家都以一种奇怪的眼光看着我，同情怜惜的感叹声声不断，生产队长却破口大骂……当然，肯定不是在骂我，用今天的语言描述，即为：讲真话，敢担当！

下乡第二年，在琼山县龙塘公社南渡江水轮泵站的水利工地劳动。

一起下乡的知青下乡前的合影
（不难猜出哪个是我）

我所在的队伍番号为："广东省海南行政区琼山县南渡江水轮泵水利工程指挥部大致坡民兵营二连"，全营驻扎在龙塘公社仁三村。

我几乎干过所有的工种：挖水渠、开山放炮、打料石、清基、砌石、扛石、挑土……但干得较多的是打炮眼炸石，这是非常危险的工种，而且没有任何劳保措施及劳保用品，

为此，我负过伤。有两位府城知青就牺牲在工地上，现在的年轻人很难想象，但只需看过纪录片《红旗渠》就明白了。那时的口号是："年老的拼老命，年轻的献青春。"

在工地上，我们看了纪录片《红旗渠》，唯一感受就是羡慕，因为他们有安全帽，有手套，还有垫肩……而我们，有的只是简单的工具。

那时的民兵营，用今天的眼光看，实际上是一支半军事化约束的、不发工资只管干活的民工队伍。在水利工地干了一年半，瘦弱的肩膀不知脱了多少层皮……刚满13岁的我，是大致坡民兵营的唱歌指挥兼唱歌教员。在水利工地，每五天（龙塘镇五天一集市）能吃上一小片肉，大伙都盼着能吃上肉的这一天。

后来，可能是资金出了问题，没钱买菜了。我们只能吃一种酱油渣下饭，每人每顿饭一小勺，这是酱油厂生产酱油剩下的渣，一角钱可买一坛，约10公斤，事实上，这东西是卖给农民喂猪的。

初期，饭管够，我们称之为"自由饭"，后来饭也定量，每人每顿半斤米饭，打饭时总是希望人家给多一点。对这种劳动强度高，饭菜没油水的年代，老是感觉肚子整天都是饿的。民兵营长告诉我们："想吃饱就要蹲着吃，还要多喝水！"

下乡第三年，从水利工地回到了龙马坡，过着平时每日"三刻工"，农忙每日"四刻工"的日子。我拼命地干着那力不从心的农活，经常是傍晚下工后，因为太累了，想坐在床边眯一会儿再煮饭吃，结果是当睁开眼时，已经是第二天出工的梆子在敲响了。现在回想起来，那个时候的睡眠质量真好。

冬天下水田干活，那真叫冷，有时冷得直哆嗦，上牙碰下牙，那可是"饥寒交迫"的切身体会，且两只脚的脚跟和脚背裂了许多口子，血流出来又凝固了，钻心的疼，整个冬天都没法痊愈。当时有两个美好的理想：第一，什么时候能有一顶像《南征北战》电影里解放军带的那种帽子，那该多暖和啊！第二，如果过年时不出工，不下水田的话，如果有一双袜子穿穿，那该多好呀！

生产队给我分了一块自留地，大约0.2亩。由于在龙马坡生产队只有我一个知青，挑水、碾米、做饭、拾柴等一切都只能由自己来完成，自留地种菜需要时间管理，所以我的自留地只能种花生、地瓜等作物。每次耕种时，乡亲们和其他生产队的知青哥哥姐姐们都会来帮忙！那年春，我种了花生，收获后拿去榨油，这样，我就有油吃了。记得第一次收获共榨得约3斤花生油，生产队长送给我5个玻璃瓶，装瓶后送给别村的知青两瓶，自己留3瓶，这是我一年的食用油了。

1993年，我在华南理工大学教书，回海南时抽空回村与乡亲相聚，生产队长告诉我："你那块自留地是用你的名字命的名，叫'小康地'，分田到户时分给了三叔。"

三叔，"大跃进"时读过一年初中，为村里文化最高者，是我最敬重的长辈之一。得知三叔喜欢喝壮骨酒，立马买两箱送他，他高兴得直掉泪，不停地说："谢小康！谢小康！"接着三叔还问了一个我绝对想不到的问题："小康，你都当教授了，是不是已经把世间的书都读完了？"哈哈！当时我只是副教授。

记得当年曾和三叔合力在我的小柴房里抓了一条约3斤重叫"过山龙"的蛇，吊在树上剥皮，在三叔家煮了吃。

村里一位妇女有一回说我是"牛鬼蛇神狗崽子"，三叔和村里一位老华侨合力把那位妇女骂得无地自容。哎！现在的年轻人可能无法理解，那个年代，无辜的人被政治歧视是什么一种感觉。其实，她也是好人，只是她似乎把"再教育"的实施者的身份摆在自己身上罢了。老华侨爷爷当时的一句话令我终生难忘："别欺负人，等着瞧吧，小康将来定有出息！"

说到老华侨爷爷，想起那年除夕，我一个人正吃着年夜饭（萝卜干＋白米饭），他小心地从我的窗口递进来用芭蕉叶包着的一个鸡腿，轻声喊道："小康，过年了，快！别让人看见！"

我们龙马坡生产队劳动力虽少，但战略战术得当，温饱不成问题。每个劳动力平均月口粮为70斤谷子，70斤谷子大约可碾得46斤米，而且自留口粮均为"珍珠矮"品种，这种稻米产量不太高但品质不错，口感很好，所以日常虽然只有辣椒盐送饭，但吃起来也很香。而"科六"则专门种来交公粮的，因为它产量高且为推广品种。龙马坡生产队那几年劳动每日计约为0.5元，在当时大致坡公社属中偏上水平。记得下乡的第一年年底生产队结算分红，我领到了9.6元钱，第二年16元，第三年18元。这与下乡到兵团的知青相比，简直是太羡慕他们了，因为他们每月都有固定工资，有食堂。那时总是想，什么时候能转到国营农场或者是兵团，那该有多好啊！

说到"珍珠矮"，想起一件有点心酸的故事。

那年，父亲写信与我约好回琼海老家看奶奶，因为老家缺粮，我背着新打的30斤"珍珠矮"大米，怀揣大队开的证明（兹有我大队知识青年王小康……），为了节省8角6分钱的车费，煮了几个地瓜当干粮，步行45公里到海口，再转乘车到琼海，当路经琼海县加积镇准备住店（第二天再乘万泉河客船回家）时，却被革命警惕性极高的旅店工作人员扣下，准备扭送保卫组（当时公安局叫保卫组），说是"这个小孩冒充知青！这么好的大米是去哪儿偷的？"我又哭又喊，极力争辩，他们才放过我，但不许住店。

我只好抱着我的大米，在万泉河客船码头的一个角落里蹲了一夜。小小的码头上寒风侵肌，一片黑漆漆，只有万泉河水那隐隐约约黯淡的光影，阵阵吹来的刺骨的寒风声响像在哭泣。

码头巡逻的"工人纠察队"看过我的大队证明，无不投来同情的眼光和感叹！但我还是感到了无助和恐惧！

回到家后，父亲含泪盯着我，半天才问了一句："你这条裤子原来是什么颜色的？"

奶奶见到我时就手不停地颤抖，眼不停地流泪。奶奶是一位不识字，非常善良、朴实、勤劳的农民，当时已70多岁。

一天夜里，电闪雷鸣，屋外倾盆大雨，屋内也小雨不断。我用所有能遮雨的东西保护着粮食和床铺。突然有念头一闪，在昏暗的小煤油灯下，我拿起了久违的笔，趴在床边，给县知青办写了一封信。记得开始是这样写的：

"尊敬的琼山县知青办军代表领导同志：

我是1969年1月23日下乡来大致坡公社昌福大队龙马坡生产队的知识青年王小康，虽说是知青，我却只是小学毕业，且下乡3年多至今仍不满16岁……"

令我意想不到的是10天后竟然收到回信："王小康同志：来信收悉，若有单位同意接收你，我们可再作研究……"我立即将回信寄给父亲。后来父亲告诉我，他拿着这封信到海南行政区革命委员会，答复是：转到农场或干校可以，但不能安排回城。

我要离开龙马坡生产队了，准确地说，是到屯昌县枫木五七干校三连，再准确地说，三连位于琼中县湾岭公社金竹大队坡寮村的大山脚下，已属五指山腹地。这里，用现在城里人的话说，"风景如画、天然氧吧！"但是他们哪里知道这里山蚂蟥的厉害！哪里知道伐木工的辛苦！

这时，我似乎长大了许多，下乡3年多了，仍未满16岁。而此时又要上山了，但不管怎么样，总归有人管饭了！上山下乡（上山和下乡）都干齐了！我发现一个众所周知的秘密，在大学的工农兵学员中，好像艺术类院校还保留"考"，所以，我拜著名画家关则驹为师，刻苦学习油画，同时，也得到何东老师的指导，练习小提琴。希望有朝一日，能上个美术学院或音乐学院。

我回城后在海口罐头厂当工人，干过罐头封口工、机械钳工，后来主要从事文秘和宣传工作。期间，被派往海口市轻工局举办工业学大庆展览，负责美术工作。刚开始，有人怀疑这个小年轻的绘画技能行吗？后来才知道，我是海口市轻工局系统中画画最棒的！

1977年恢复高考，我虽然只上过小学，而以"同等学力"的资格参加高考，顺利考上华南工学院高等数学师资班。那年，广东省包括本科、专科、中专在内，录取率仅为1.63%，可谓百里挑一。据说，我的高考作文还是海南第一名。父亲那年参加了高考评卷，得到消息后骑自行车直奔海口罐头厂，那天是我多年来见到父亲最灿烂的笑容。后来，听我的一位同事说，他高考时读过的高考范文中就有我的文章。

以前，可能由于只上过小学的缘故，有些人说我"不识字"，从此，再也没有人说我"不识字"了。后来还成为母校华南理工大学的一名教师，1992年担任华南理工大学应用数学系副主任，是当时全校最年轻的系主任。那肯定是算"识字"的了。

上大学后，我觉得我真是个"知识青年"了，但是我们的老师邓韵秋教授告诉我们：你们是知识分子了！经过寒冬，方知阳光的温暖！在大学校园里，我感觉一草一木都清香醉人，一切都那么可亲、温馨！

当年下乡时，怎会想到若干年以后我会站在大学的讲台上！有时讲课，虽弄得满身粉笔灰，但心里总是美滋滋的。

我在全国流体传动与控制系统学术会议上宣读论文

2004年春，北京一位首长为我写了一首诗（有艺术加工），发表于《支付清算》。

这时，我是中国现代化支付系统专家组成员。

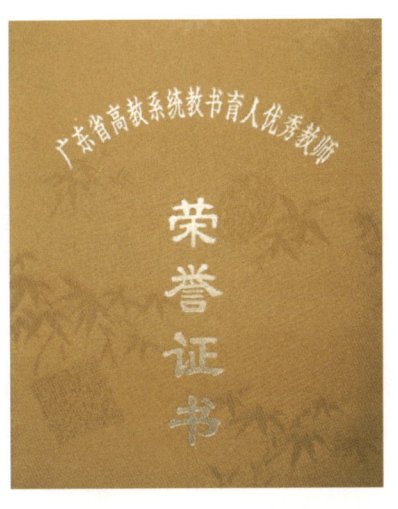

1992年我荣获广东省高教系统教书育人优秀教师

我辅导学生计算机编程

## 那年，你十三岁
### ——致支付清算战线一同志

■楷歌

去年秋，我到南方调研，听到一个真实的故事……

戴一顶破旧的斗笠，
背一卷薄薄的小被，
站在大哥哥大姐姐的队伍里，
眼含着离开爹娘的泪水。
没听懂生产队长的讲话，
只知道"我是知青插队"。
人们都散去了，
你还站在那儿等待分配。
那时，你才是小学生；
那年——
你十三岁。

独自走进那椰树下属于你的茅屋，
冷锅冷灶伴着凄凉孤独。
正该是享受母爱的孩子，
却在异乡异土挑起门户。
白天，噘着小嘴拾柴煮饭，
扛起锄头去挣工分；
晚上，听着涛声，数着星星，

编织着说不清的梦，沉沉入睡。
那时，你才是小学生；
那年——
你十三岁。

毕竟是喝海岛的椰子水长大的，
四十多岁了，你是这样的潇洒英俊。
你当了工友、工人，还参了军，
自修了初中、高中、大学全部功课，
又考入自控系研究生大门。
如今，你是一位支付清算专家和主任，
执掌着一方海天的网上风云。
从脸上读不出你不寻常的经历，
你只说浑身似有用不完的劲。
听着诉说，我理解你为何又眼含热泪，
因为，那时，你才是小学生；
那年——
你十三岁。

2004年春于北京华融大厦

北京一位首长为我写的诗

岁月如流，
似水悠悠。
该走的谁也无法将她挽留，
该留的谁也无法把她赶走！

感谢知青哥哥姐姐们！感谢乡亲们！感谢工友们！感谢我的同学！感谢我的老师！感谢所有爱护和帮助过我的亲们！

我对你们的思念就是一个无限循环小数，一遍一遍，执迷不悟。

有了你们，我的世界才有无穷大，因为任何实数，都无法表达。我对你的感情，就像以常数 e 为底的指数函数，不论经过多少求导的风雨，依然不改本色，真情永驻。

我们的心组成的是一个圆形，因为它们的离心率永远为零。

# 育人四十载　难忘华工情

78级机械原理与零件师资班　张东生

### 开　篇

*忽如久旱甘霖来，更喜高考又重开。*
*万千骄子弄学海，金银岛旁宜抒怀。*

难忘1978年，国家恢复了中断十几年的全国高考，全国学子无不欢欣鼓舞。我和其他同学一共44人考到华工的机械原理与机械零件师资班，并于当年10月份入学。可能是机械专业的缘故吧，班上男女比例严重失调，为10∶1，女生仅4人。因宿舍紧张，40名男生被安排住1间大课室。二年级时才转往西六宿舍，每9人住一间。后来又从湖南院校转了两名插班生到我班。我入学那年已24岁，原是在揭阳一间工厂当化验员和车工，已有近6年工龄，和我一样带薪入学的同学我班共有6人。我常想，如果没有恢复高考，我极可能还在家乡当工人。如今从华工毕业将近40年了，我依然工作在育人一线，在广东一所拥有全日制在校生3万多人的普通本科高等院校担任校党委书记兼省教育厅督导专员。因此，我说两句发自肺腑的话："感恩党与政府，给了我上大学的机会！感谢华工的老师和全班同学，给了我启迪培育和温暖的校友情！"

华工情，在我心中一直挥之不去。华工情，一直激励着我毕业后继续追寻梦想，四十载为育人而耕耘……

### 难忘的华工就学往事

难忘我作为新生到华工报到的当天晚上，我的行李被校车从车站接到校后不见了，班主任汪钦老师听说后，她不辞劳苦，带着我在偌大的校园里一处一处去找，折腾到深夜11点多，终于在甚为偏远的化机系找到了。汪钦老师一直关心机械零件师资班的发展，1979年的一个黄昏，她带着陈灵江班长和我等人，登门拜访深受师生爱戴的张进校长，为解决我班平稳发展的疑难问题而进言，受到了张校长的首肯与支持，使问题得到了完善的解决。

难忘我班全体同学，四年同窗，相处十分融洽。大家都非常珍惜来之不易的学习机会，早起绕着东湖、西湖跑步，到金银岛晨读，到图书馆"霸位"，抢占温习课程先机。我们常常是上午在文学院上第一、二节课，然后长距离赶路和爬百步梯，赶到法学院教学楼上第三、四节课。以陈灵江为班长、魏跃为副班长的班委会深受同学们的拥戴，组织了许多班集体活动和篮球赛。由我改编和导演，由冯穗心、陈涛、薛颂阳、张展飞和我等人参演的小品剧《出征路上》，获得了全校军训晚会的最佳表演奖。而生活委员王东山、学习委员李诚杰，每天勤勤恳恳地为每一位同学做好服务，更是受到大家称赞。1980年华工成立了机械一系，我当选为首届学生会主席，为同学们做了一些服务工作。如今即使毕业那么久了，班里仍是5年一大聚，每年几小聚，这离不开老班委的骨干凝聚作用和全班同学的热心参与，陈灵江老班长就是发挥这个凝聚功能的核心人物。

1995年10月，机械零件师资班同学毕业后到中山聚会合影
（第2排左六为班主任汪钦老师，左八为班主任吴中心老师，左三为陈灵江老班长，左一为笔者）

难忘班里的两件趣事：一是当时班里年龄较大的有黎学军、李诚杰、陈灵江等，已到而立之年，年龄较小的当数欧棠枝、谭平、何元华等，年龄仅十五六岁。令人忍俊不禁的是，最年长的黎学军与最年幼的欧棠枝住同一寝室，还形影不离地"出双入对"，不少人经常跟他们俩开玩笑说："真像是关系亲密的两父子啊！"二是班里女生中的大姐林怡青同学学习成绩特别好，考试常常名列前茅。教我们热处理课的老师有一次对着全班同学说，林怡青同学是"鹤立鸡群"，照老师这么说，她是"鹤"，男同胞们就是"鸡"啰？我这是歪解成语，哈哈……林怡青毕业后成长为广东工业大学教授，对于"鹤"这个比喻还是当之无愧的。两名插班生中的刘小康同学，也成长为华工机械学院的教授。

班里还有一件令人心痛唏嘘的事，程彪同学在1979年暑假因病英年早逝，我们少了一位好同学，愿他在另一个世界快乐无忧！

欣慰的是，现在不管是远涉重洋的十几位同学，还是守在故土的二十几位同学，我们45位学友均安好，且联系频密，在事业上相互支持，有相约出游的、一起小酌几杯的，其乐融融。1988年，我公派赴美国南加大做访问学者，班里最早出国的周青同学立即赶来看望我。2015年我偕同太太到澳大利亚旅游，旅居澳洲的陈涛、刘波、欧棠枝同学专程请我俩品尝珍贵海鲜澳龙，相谈甚欢。去年我身体微恙时，国内的杨伟同学多次嘘寒问暖，关怀备至，令人感动。

### 难忘的两代华工情

难忘1982年，我毕业留校，在华工党委办公室担任常委会议秘书工作。华工给了我许多锻炼成长的机会，还提前提拔我为副科长。我除了努力完成校领导交办的每项任务外，还经常深入到基层各院系对育人各项工作开展调研，写出报告供华工领导决策参考，当好领导的助手与参谋，为学校育人出谋划策。

1983年，我协助校长刘振群和党委书记古周全接待来校视察的开国上将、国家副主席王震将军，有幸亲聆他关于加强师资队伍建设和人才培养等方面的教诲。1984年我又陪同校党委庞正书记接待中共中央书记处书记、中央政治局委员胡启立同志，陪同参观华工的发展史展览和学生饭堂，并一起照相留念。

至1985年我申调到广东工业大学为止，我在华工学习工作的经历，是我人生具有转折意义的一个重要阶段。

难忘2006年，我和同样毕业于华工的太太一起，回到华工参加我儿子的毕业典礼，我应邀作为学生家长代表发言。我说："我们夫妇俩与儿子两代人都是华工人，将来第三代如果高考能上重点线，依然建议其报考华工，这就是我的华工情结！"更巧的是，当年我们班男生入住的西六宿舍，在2006年已推倒重建为研究生宿舍，我儿子保研入读期间竟巧合地入住此地，但已不是当年我们9个人挤一间的窘境了，而是一套宽敞的2人间宿舍，真是今非昔比啊！

我在华工上学、工作共7个年头，我儿子也在华工读本科、读研度过了7个年头。现在我们父子有着共同的华工情结，仍不时谈起华工的人和事，多了共同的话题。

我时常怀念培养我成长的华工班主任，任课老师和机械一系党总支书记谢粦，辅导员张河清、黄水等老师，怀念华工的老领导和在党办一起工作的袁文俊、陈明娟等好同事。

1983年，我（后排）陪同校领导刘振群校长、古周全书记等领导在一次接待客人的座谈会上

1984年，在华工发展史展厅，我（左一）陪同校领导庞正书记和李伯天副校长向客人介绍校史

## 华工师长与同学助我去扶贫

难忘1994年，我不甘长期只呆在校园里，主动报名去艰苦的边远山区扶贫，这样既能锻炼自己又能为社会做点事。我的愿望得以实现，被省委和广东工业大学派到了特困县——广东最北端、三省交界、每年冬天都下雪的清远市连山县扶贫，当了两年的科技副县长。华工党委书记庞正知道后，勉励我好好干，还对我说扶贫要扶到根子上。机械零件师资班的同学们得悉我要帮扶当地少数民族18名贫困儿童上学，纷纷慷慨解囊，每人捐助1名儿童完成学业。我班另一名插班生黄晓剑副老总一下子就捐助两名贫困儿童。有一名由我捐助的瑶族小孩写信向我汇报学习成绩，开头就叫："张爸爸您好！"

在华工师长与同学的鼓励下，我不怕连山险峻山路"九十九道拐"，没有周末，没有寒暑假，两年里办成了3件实事：一是与当地政府共创扶贫教育基金，不仅我自己和太太带头捐，我儿子也捐出了压岁钱，我还单枪匹马"闯"到省政府，找到卢钟鹤常务副省长"化缘"，为县教育基金募到一大笔款。我还回广东工业大学向全校师生分两批募到了近10万元。二是不怕跑断腿申请到了一笔笔世界银行贷款，利用当地资源筹建了连山香料厂。县委书记冯文光对我说"我们已经将你当成自己人了，你就挑起重担任实职吧"。我被委任为该重点工程总指挥和法人代表，天天穿着水鞋跑工地，又马不停蹄到南京、广西采购设备。工厂建成后，时任省长的朱森林专门为这个扶贫项目亲笔题写了贺词。三是我亲自授课，用现代管理理论培训当地干部与工人，我还向广工申请捐赠了30台电脑给连山的学校作为培训用。现在，该厂仍在正常生产，而连山已甩掉特困县的帽子。

我不畏艰辛完成了两年的扶贫任务。清远日报以头版头条《情系壮乡瑶寨——记连山副县长张东生为官一任，造福一方二三事》为题，分3个章节对我进行了专题报道。省教育厅副厅长兼广工党委书记区社能带着组织部部长、人事处处长、党办主任深入连山，对我进行了3天的背靠背实地考察，决定我回校后立即提拔到重要岗位。

1996年5月清远报专题报道我的扶贫故事

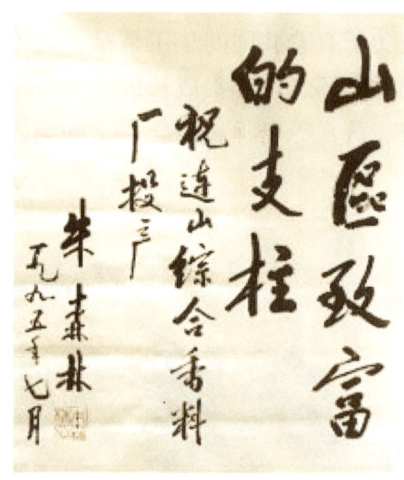
广东省人民政府朱森林省长为我扶贫项目题词

**华工治学之道的指引**

难忘2000年，广东工业大学决定将5个系合并组建为经济管理学院，由我担任党委书记。这个新建学院不仅在校学生多达8千多人，其中包括易建联、杜峰、朱芳雨这3名篮球尖子生，而且我还面临着学院发展的几大难题：138名干部教师来自3个校区、5个单位，矛盾分歧甚多；学科底子薄，仅有1个硕士点；教师学历偏低，科研能力弱。而广工对这个新建学院则寄予着很大期望。

如何在困境下开创顺境，破迷局而开新局呢？我和毕业于华工自动化的博士张光宇院长精诚合作，互补互帮，在广工人称"最佳拍档"。我们俩都决定用华工的治学之道——严谨、扎实、合作、创新，来指引来渗透，激励人心、凝聚人心，建设和发展学院事业，创建一流的二级学院。

在努力加强学院领导班子建设和排解干部教师的矛盾，大家齐心协力拧成一股绳的同时，我和院长一起出动，舞动了制胜的三板斧。其一，锻造师资力量，支持30多名年轻教师在职攻读博士。同时我飞赴全国许多大城市，到各985重点高校引进了40多名高质量的博士来任职，我亲自把试讲关，严把论文关，考察品德关，我通过这"三关"精挑细选。在应聘的博士中，往往录取率仅10%，以确保引进质量。我还在全校率先实施新教师导师制，由老带新，给每一位博士新教师配上导师，对其师德、讲课、科研进行全方位的指导，为期1到2年，这个办法后来被推广到全校。其二，提升科研力量，学院给每位老师都分派了科研任务，每年都将每位老师完成的科研任务情况"上墙"公布，并制订优厚的奖励办法给予激励。其三，我和院长每年召开一两次博士申报国家级课题培训会，协助博士们奋力攻关。围绕攻克一级学科博士点这一总攻目标，紧锣密鼓连续召开全院专家教授申报博士点研讨会，制订管理科学与工程为申报的重点学科，确定其下的4个学科方向，搭建学科团队，研讨今后主攻课题。紧接着，我和院长又赴中科院、清华、北大、天大、上海交大、西安交大、浙大、武大、北航和大连理工大，向中国工程院的刘经南院士、李经文院士、汪应洛院士以及中国管理学科的顶尖专家请教，得到他们的大力支持和热情指导，逐步提高了我院学科建设的水平，完善了向国务院学位办提交的申报书。

李京文院士（中）、张光宇院长（左）与我（右）合照（2004年于北京）

2005年，学院终于以全国评审专家投票第1名的好成绩攻下了管理科学与工程一级学科博士点。随后，学院的博士们以此为依托，奋力拼搏，每年都取得了10项以上的国家级自然科学基金和国家级社科基金项目，成为广东工业大学学科建设与科研的主力军之一。张光宇院长等5位教授由此成为我院第一批博导，张院长很快被提拔为广东工业大学副校长，并获得了广东省社科成果一等奖。后来学院经过百般努力，增设了第2个博士点和博士后流动站，硕士点增加至11个。我在学术上也没偷懒，人到中年还读了研究生，并在核心期刊发表了论文15篇，获得中国社科院、清华大学

我为本科生讲课（2021年3月）

的优秀论文奖，被评为管理科学研究员。

我从 2000—2013 年，一直负责全院研究生的管理与德育培养工作，我一手抓他们的德育、奖惩、文化活动，一手抓他们的"论文发表培训"，既请优秀导师和富有论文发表经验的师兄师姐给他们辅导，又亲自对论文写作的前期准备、参考文献与学术道德操守、标题的凝练、创新点的取舍及投稿方法给予指导，有效地推进了这两项工作。每年都有两名以上博士生或硕士生被评为"南粤优秀研究生"，全体研究生在核心期刊发表论文的命中率和质量有了较大的提升。此外，从 2013—2021 年，我每年都给本科生上大课两三次。我认真备课、生动讲课，深受学生的欢迎。

## 华工校训精神的传承

难忘华工校训给我的浸润与启迪，"博学　慎思　明辨　笃行"八个字，不仅深深印在我脑海中，还让我在后来任职的其他两所高校中得以弘扬，着力创建优良的校风、学风。

1996 年 9 月我结束扶贫回校后，任广工番禺学院书记，这是一所广工与祈福集团总裁、原隆辉集团主席彭磷基先生合办的中外合作办学的学院。我继承了华工的校训精神，努力加强师德建设与学风建设，全院师生都展现了良好的精神风貌。1997 年底，省委省政府授予我院"广东省文明单位""广东省百佳单位"和"广东省职业道德先进单位"。省教育厅还在我院召开了全省高校党委书记现场会，让我做主旨发言介绍创建优良校风的经验。

全省表彰大会上，省委、省政府授予我院"广东省文明单位"奖牌（1997 年）

2013 年 9 月起，我作为政府督导专员，担任广东理工学院党委书记兼副校长，这又是一段难忘的经历，也是我传承华工校训精神，致力广理工校风、学风建设见成效的重要历程。我初来乍到，见到的是学生懒散成风，到课率低至 50%～60%，来自不同地区的同乡会聚众互掐、打架伤人，许多宿舍门前垃圾堆成小山，有的学生晚上外出喝酒，夜不归宿。这哪像一座文明殿堂应有的景象？真的是有点触目惊心。

面对学风等诸多问题，我经过深入调研，发动全校师生大讨论，并和张湘伟校长团结校党政领导团队，形成合力抓校风，

我（左）与张湘伟校长（右，博导、中国力学学会教育专委副主任、广东省科协副主席、兼任校党委副书记）合照于 2019 年

广东理工学院新一届党委委员合照于 2017 年 3 月（左四为本人）

  首先凝练出了学校新校训——修德、求是、笃行、创新。同时采取三管齐下：一是推出创建优良校风、师风、学风八大举措，成立学生学风自律委员会自查学风，鼓励大兴勤奋学习之风。抓好干部的建设与培养，经我提议并通过学校党委，提拔了一批德才兼备、脚踏实地干事业的干部为各二级学院党总支书记和党委部门中层处级领导，同时抓好全校的师德建设，由我牵头制定了学校六项师德规范，主导评出全校的十大师德标兵。从 2013 年 10 月开始至今，8 年从不间断，我坚持带领各二级学院党总支书记每周两天深入到课室、宿舍检查巡查学风。及时解散了学生同乡会，逐步组建了 50 多个学生社团，积极开展健康向上的活动，并通过团委和各学院在全校组织了几十个学生创新团队，每年都积极参加全国全省的互联网+比赛、全国创新大赛和各类全国性高校专业比赛。二是开展万人志愿者创建文明校园活动，创建文明课室、文明宿舍、文明班级。三是自 2015 年 9 月开始，在全国高校中首创开展大学生"普法 修德 守纪"专项教育，每个学生从新生入校起就须学法、学纪、写学风承诺书，全校每年举办优良学风演讲比赛。

  广理工就是这样，从治标到治本，常抓不懈，加强校风建设，终于守得云开见月明，逐步、彻底地扭转了局面，在全校形成了优良的校风、师风、学风。我还重视抓全校的文化建设，做好顶层设计和分步实施，并负责主编了《广东理工学院年鉴》第 1 卷至第 7 卷。

  校风、学风建设犹如逆水行舟，不进则退。校风、学风既是校魂，也是办学软实力。如今在广理工，文明之风满校园，到处美丽洁净如大花园。全校学生到课率每天都保持在 95% 以上的高水准。每年我校都有 30 多名成绩优异的学生荣获国家级奖学金。我们重视科技创新工作，每年我校学生参加全国比赛均获得一等奖 5 项以上，全国二等奖 15 项以上。

我（右一）为全校 2020 年"普法 修德 守纪"创建优良学风演讲总决赛冠军颁奖

还与华工学生一起分别夺得含金量甚高的省挑战杯特等奖。中国工程院的院士们关心我校的科技创新，2016年6月23日，中国工程院院长、原教育部部长周济院士等3位院士联袂莅临我校考察科技创新工作，给予了悉心指导，令我受益匪浅。

2016年6月23日，考察我校的3位院士：中国工程院院长周济院士（右三）、中国工程院副院长陈左宁院士、华中科技大学校长李培根院士（左四）（右一为笔者）

2018年我校在肇庆市6所高校中，唯一获得了"广东省安全文明校园"称号。

我们着力为广东经济高质量发展培养输送合格的应用型人才，学生就业率也由原来居全省倒数之列，跃升为全省民办本科高校第1名，达96.4%。2020年为抗疫首年，就业率仍呈上升之势，达97.2%，2021年更达75.5%。

我还强调立德树人，培养学生的家国情怀与社会责任感，在我的鼓动下，各院系师生每年十几批组织到敬老院、残疾儿童福利院和农村贫困小学扶贫济困，如今这在广理工已成为常态。我校大批学生自愿无偿献血，2021年还有2名学生成功捐髓救人，我校于2021年4月获得了"全国红十字模范单位"称号，在全省首屈一指。

2018年我校获"广东省安全文明校园"称号

2021年4月15日，我（左）代表学校接受"全国红十字模范单位"奖牌

我校党委创新精准征兵模式，学生踊跃投笔从戎，2018—2020 年连续三年被评为"广东省征兵先进单位"，经省政府、省军区决定，我校作为省先进第一名，南方日报、广东教育头条于 2021 年 6 月首次刊登了记者对我的专访——"高校党委书记谈征兵"，给予了高度评价。

我校连续 3 年获省"征兵工作先进单位"称号

2021 年 6 月 22 日南方日报刊登记者对我的专访

专访题图：张东生检阅指导军训队伍

## 结语篇

时光荏苒，追梦不已；年轮圈圈，情愫依依。华工给了我许多培育和许多回忆，省委给了我许多荣誉。在全省 154 所大学中，有 2 名校党委书记获得了省委授予的"广东省优秀党务工作者"，我是其中之一，并被刊登在南方日报上。

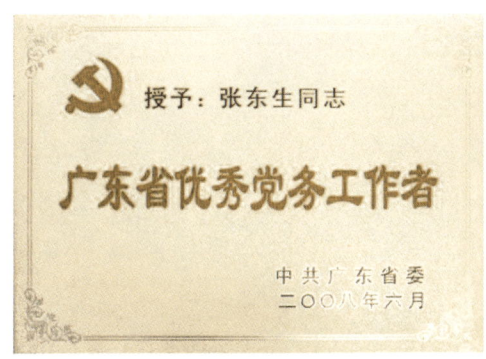

我获中共广东省委授予荣誉称号

2021 年 7 月 1 日我校党委荣获
上级授予先进基层党组织称号

我还获得了"广东高校抗击疫情先进个人"称号。在2018—2020年每年一度的全省高校党委书记向省委组织部、省委教育工委的现场述职考核中，我获得了难得的"三连优"。在庆祝中国共产党成立100周年的2021年"七一"表彰大会上，广东理工学院党委荣获上级授予的"先进基层党组织"称号。

我们班其他同学毕业后努力奋斗，工作更加出色，更有成就。大家无论身处何地，无论从事何种职业，无论是已退休还是在岗，都是踏实做事，真诚为人，默默耕耘，都有着可贵的华工情结，都在实现自己的人生价值。我们可以自豪地告慰我们的母校——华工，我们无愧于您！正所谓：四十春秋不虚度，感怀华工当无殊。

2021年3月11日我获省委教育工委考核"优秀"等级

# 最后的留守者

## 77级机械制图师资班　陈炽坤

师资班，是我国教育史上特殊时期的特殊产物。在华南理工大学的办学史上，大规模的本科师资班只有77级、78级师资班。在1977年恢复高考后，当时高校年轻教师奇缺，后继乏人。很多年近古稀的老教师也不得不再次走上讲台，最典型的莫过于当时中山大学的国学泰斗容庚教授，耄耋之年还重拾教鞭。当时全国很多高校都相继开设了不同类型、不同专业的师资班，华工的师资班也是在这种大背景下应运而生的。华工在"大跃进"时期办过三年制的师资班，成教学院和研究生院在不同时期也办过各种类型的师资提高班，这类师资班都不能算是真正意义上的本科师资班。

谈到师资班，我们不能不提到我国图学学科的创始人、当时的华南工学院教务长（相当于现在主管教学的副校长）朱福熙教授。我毕业留校任教后，和朱老聊起师资班的办学初衷。他告诉我，当时有两派意见，一派意见认为：教基础课的教师无需读四年，可仿照"大跃进"时期的办学方式，读三年足矣；另一派意见认为：并非全部学生都适合当老师，三年制会影响其就业前景。在朱老的力主下，最后学校决定开办四年制的师资班。当时我就暗自庆幸，决策者的一念之差，对师资班学生一生的影响不谓不大。我们教研室有几位老师，是我校三年制师资班毕业的，最后限于学历，全部止步于副教授职称。不过，留校任教的77级、78级师资班同学，后来大多修读了硕士或博士学位，也就淡化了其本科学历背景。

我还问过朱老师，师资班很多学生其实都没有报读其专业，是根据什么原则调剂到师资班的呢，是高考的成绩因素吗？朱老师告诉我，师资班学生的高考成绩和华工其他专业学生的高考成绩大体相当。从相关专业调剂时，一般还需要考虑考生的身高因素以及通过考生填写的档案了解其笔迹。在基本上采用PPT、投影仪授课的今天，可能很多人对这些要求不以为然。但在用黑板粉笔上课的年代，身高不够就意味着够不着黑板的高处，写字不好看就会影响教学效果，如此一来，对这种要求就容易理解了。当然，也会综合考虑其他因素，例如，入学前是否从事教师职业等。

"师资班"这种专业后缀，让师资班的同学又爱又恨。在大学读书时，可能大家没有任何感觉。毕业后从事教学工作的同学觉得没有什么影响，但毕业后从事其他职业的同学，以及出国深造或出国定居的同学，却或多或少地被这种专业后缀所拖累。社会上的人士，大多不知道何谓"师资班"，总是望文生义地将师资班和"四体不勤、五谷不分"的书生形象联系在一起，自动忽略了其所学的专业。如果当年按照师资班的培养目标培养学生，但专业名称不冠以"师资班"，对大家日后事业的发展可能会好得多。事实上，"师资班"有点名不符实，因为在教学计划上，诸如"教育学""教育心理学"等师范类必修课程完全没有涉猎。

师资班还有一种奇特的现象，就是华工的子弟特别多。当年的招生政策是允许对本校子弟适当照顾的，按理说，这些同学报读其他专业也会相对容易一些。造成华工子弟扎堆报读师资班的原因，我猜想不外乎以下理由，一是对高校比较了解，觉得当高校老师是一个不错的职业；二是当年大学毕业是由国家统一分配的，不服从分配很可能就意味着失业。如果分配到外地，调回广东是一件很困难的事。师资班的定位是为本校和当地高校培养师资人才，华工子弟乐于报读师资班也就成为顺理成章的事了。当然，高考报读什么专业每个人都会有其个人理由，不能一概而论，但总体的想法我想都是大同小异的。

毕业分配前夕，我找到了当时省教育厅的厅长，征询他对大学分配问题的看法。他说想留在广州，最保险的办法还是留校当老师。然后他问起我的学业成绩，我说我不知道在班上的成绩排名（当时在成绩管理上不像现在这样正规，并没有排名的统计数据），但我每门课的成绩都在90分以上。他听后就向我支招，他说你父亲常年在国外工作，你可以用照顾家庭的理由进行申请。

就这样，我就稀里糊涂地成为华南工学院教师队伍中光荣的一员了。我和同班的另外8位同学都安排在基础部的制图教研室，这时的制图教研室是华工制图教师人数最多的时期，加上教辅人员，总人数近70人。因为由华南工学院划分出去的广东化工学院重新合并回本部，两校的制图教研室也合并在一起，再加上我们刚毕业的9个人（后来78级师资班也有两位同学留校），从而形成了一个庞大的教研室，但其教师的职称结构极不合理，除朱老师和廖老师是教授职称外，绝大部分教师职称为讲师及以下。这也可以理解，在那动乱的年代，正常的职称晋升全部停止，出现这种现象就不足为奇了。我们自然是从助教干起，当时有一个规定，只有讲师以上职称的教师才有资格上讲台。所以毕业后最早的三四年，我们都是从事辅导学生、批改作业的辅助性工作。原有的制图教师工作量也不大，平均一个人也摊不上教一个班。在当助教的期间，教研室对我们新教师的要求是练好教学基本功，为日后上讲台做准备。故此一有空闲，指导老师就让我们在黑板上作图写字。朱老师还要求我们熟读一本经（学科经典）、做好一道题（用不同的方法做同一道题）、上好一堂课、画好一张图、辅导好每一个学生。这是我们制图学科著名的"五个一"工程，也是我们的"祖训"，直到今天，我们都是这样要求新教师的。

新教师很多都安排住进教师第四宿舍，习惯上我们都称其为教四宿舍。这是一幢从设计到建造都极为简陋的筒子间建筑。一切都打上了建造时的"大跃进"印记。墙面用手轻轻一碰就掉灰，楼面用竹子来代替钢筋（后来用钢筋混凝土梁加固过），木头做的窗户经过20多年的风吹雨打已经永远地关不拢了。每间房间的建筑面积约20平方米，一般安排住两到三人。公共的卫生间安排在宿舍的两头，男女共用。洗澡间只有中间半截门，上下均无遮无拦，只能有限地保护个人隐私，当有女孩在洗澡时，个子高的男同胞进到洗漱间都不敢东张西望，以免有"瓜田李下"之嫌。房间的隔音效果极差，楼道的老鼠大白天到处跑来跑去。同住教四的一位老师经常拿气枪去打老鼠，有时一天会打死好多只。他可没少被媳妇抱怨，说他不务正业，像小孩一样贪玩。不过我倒是非常支持他这种"为民除害"的做法。

吃饭就在附近的湖滨厅饭堂，倒也方便。有时候也自己煮点什么加一下菜，记得有一次物理师资班的一位同学煲排骨汤，我兴冲冲地要去分一杯羹，却发现汤里冒出很多泡泡，原来他错把洗衣粉当盐加进去，只好乘兴而去、败兴而归。

教四宿舍给我印象最深的一位老师是外语教研室的独身中年男老师。这位老师姓林，一个人住一个房间，人称"林妹妹"。林老师做事谨小慎微，说话低声细气，也许这就是他外号的由来吧！林老师虽然是教外语的，却有着和理工科老师一样的严谨，他每次问我时间时，总问："陈老师，请问北京时间几点钟？"我到现在也不清楚他为何要强调"北京时间"。传说别人给他介绍对象，对他说："你不好空手去的，最起码要带上两只香蕉。"他果然只是买了"两只"香蕉带去。记不清是哪一年的假期，放假回来后再也没有见到林老师。据说他在房间病逝，几天后才被搞卫生的阿姨发现。此事我只是听教四的邻居转述，并没有亲历。

当然，教四宿舍也是一个藏龙卧虎之地，在教四住过而日后大展宏图的也大有人在。比如，广州尚品宅配家居股份有限公司的创始人之一，公司总经理周淑毅（当时任职于华工制图教研室）就在教四住过很长一段时间。尚品宅配公司是一家在2017年上市的私营企业，其股票市值在峰值时超过200亿。另一个是曾任香港新世界发展公司执行董事兼联席总经理的陈观展（当时任职于华工化学系），新世界发展公司是香港有名的大公司，其创始人郑裕彤是和李嘉诚齐名的超级富豪。郑氏家族是香港四大家族之一，其名下的周大福珠宝更是遍布全国各地。时代发展到今天，大家的住房条件都得到了很大的改善。但回想当年在教四宿舍的岁月，感觉总是满满的，毕竟在那里留下了很多青春的记忆。

20世纪80年代，伴随着改革开放的浪潮，国内也掀起了出国热。我们班先后有10位同学出国留学或出国定居，留校的77级、78级同学中，也有5位出国去了。在那一段时间内，国内的经济迅猛发展，对比起其他行业，高校教师的经济、社会地位一落千丈。从"天之骄子"成为新一代的"臭老九"，当时很多高校的青年老师也纷纷下海创业或转行。我们留校的同学中，又有3位同学离开了教师队伍。加上78级制图师资班的两位同学，我们也就仅余4人了（加上后来通过考研留校的78级同学）。对比起现在的高校，现今教师的待遇有了很大的改善，应聘者如过江之鲫，其中不乏众多的"海归"，不禁使人有"三十年河东、三十年河西"之叹。

除师资班的同学外，教研室读研留校的青年教师也有好几位出国去了。看到青年教师流失严重，时任制图教研室主任的李成琚教授忧心忡忡。李教授平易近人，像父辈一样关心着我们的成长，我们和他算得上是无话不谈。对青年教师流失的现象，以他个人之力根本无法改变。为改善我们的待遇，他建议我们以劳务输出的方式到外面企业工作一段时间，顺便增加一下我们的实践经验。征求我们的意见后，他积极地和劳务公司以及学校人事处沟通，为我们争取了到大亚湾核电站工作的机会。其时我们在学校每个月的工资也就300元左右，到大亚湾工作，每月薪酬的合同价是4000港币（劳务公司和学校要收取一定的费用），在金钱的诱惑下，我们教研室青年教师中的一行三人，踏上了建设大亚湾核电站的征程。

大亚湾核电站是我国的第一个核电站，由法国的法马通公司和英国的斯比公司联合组成的法马通/斯比公司承建。承建合同中规定，承建商还附带一项义务，要手把手地带出一支国内的设计团队及一支建造团队。可以说，我国核电建设有如今的辉煌成就，大亚湾就是万里长征的第一步。我们到大亚湾拟聘于法马通/斯比公司，其工作语言为英语，全世界有几十个国家的工程技术人员在此工作。广东劳务公司驻大亚湾的劳务代表马老师是我校化机系的老师，他向我们详细地介绍了应聘的流程，并要求我们在一个晚上将所有的专业词汇背熟。第二天，由法马通/斯比公司工程部的法国主管对我们进行面试，他先是拿出一叠画满设备的图样，然后随机询问我们设备的英文名称。接着他又拿出一张管道设备的平面图，要求我们画成轴测图。这些都是我们平时教学生的内容，我们顺利地通过了面试。

这期间还发生了一段有趣的小插曲，当我们到劳务公司第一次面试出来，走到广州水荫路附近时，刚好碰到同住于教四宿舍、造船系的倪老师。倪老师一米八的高个子，是校排球队的队员。他正骑着自行车满城转悠，打算到外面碰碰运气，看看有没有合适的工作。我建议他随我们一起到大亚湾去，他听后十分感兴趣，马上到人事处了解具体事宜，最后也随我们一起到大亚湾去了。当他第一次拿到这样高的工资时，兴奋异常，我打趣地问他，准备如何花这笔"巨款"。他感慨地说："我要第一时间给我太太买一条金项链，结婚的时候一无所有，当教师收入也不高，感觉挺对不起太太的。"虽则说铁汉柔情，但也从侧面反映了当时教师在经济上的窘态。

因为我对个人电脑有一定的了解（当年个人电脑还不普及），我被安排在电脑上做管道及支架修改的质量控制工作。工作相对轻松，当施工现场提出修改要求时，我要在数据库中找出相应的文档、管道材料、焊条型号等，再生成质量控制文件。我觉得较为可笑的是，我在文档上用英文写出的审核意见，要交由翻译员译成中文。但这其中也有一个责任的划分问题，施工程序上是这样要求的，我们也只能严格执行。法国专家对待工程质量的严谨态度使我们获益匪浅。正因为有严格的质量控制体系，大亚湾核电站成为世界上施工质量最好的核电站之一。在1994年5月全面建成投入商业运行后，获得了国际电力杂志评选的"1994年电厂大奖"，成为全世界5个获奖电站之一，也是中国迄今为止唯一获得这一殊荣的核电站。1995年5月，大亚湾核电站被中共深圳市委确定为"深圳市爱国主义教育基地"，成为深圳市一日游的景点之一。2016年4月，在巴黎举行的2015年度国际同类型机组安全业绩挑战赛上，大亚湾核电运营管理有限责任公司荣获"能力因子"和"核安全/自动停堆"两项第一名。同年获得第十六届全国质量奖。

在大亚湾工作一段时间后，听说核燃料快要运抵现场，出于对核辐射的恐惧，我们这些"胆小鬼"也就撤回学校了。

时光荏苒，弹指间我们已人到中年了。这时老一辈的教授已悉数退休。十年媳妇熬成婆，我们也按部就班地从助教晋升到教授，师资班的同学也挑起了教研室的大梁。77级陈锦昌同学任教研室主任（后先后升任机械工程学院副院长和设计学院代院长），78级刘林同学任教研室支部书记。在很长一段时间内，我们教研室仅有的4位教授全部是制图师资班毕业的同学。这段时间也是我们在教学上收获最多的阶段。我们先后五次获得省级教学成果一等奖，两次获得国家级教学成果二等奖。可能有些不在教学线工作的同学对这类教学奖不太了解，我在这里简单介绍一下：国家级教学成果奖是教育部为了奖励取得教学成果的集体和个人，鼓励教育工作者从事教育教学研究，提高教学水平和教育质量而设立的最高级别的奖励。省级和国家级的教学成果奖每四年评选一次，我校每届（四年）国家级教学奖获奖数一般为 5 项左右，由于国家级教学奖对各类教学评估（如 985 学校、211 学校等）权重占比很大，所以竞争也就异常激烈。时任学校主管教学的副校长彭新一在一次会议上也对我们表达了谢意，他说学校仅仅是给我们投资了几支粉笔，我们就取得了这样大的成绩，他要代表学校感谢我们等等，他见到我们总是亲切地叫我们"四大金刚"。在 2009 年，我们还获得了"国家级教学团队"的称号，奠定了我们在全国同类课程中的地位（制图类的国家级教学团队全国共有 3 个，我校的各类国家级教学团队不超过 10 个）。多年来，我们还获得国家级精品课程一门、国家级视频公开课一门，编写教材 20 多本（其中国家级规划教材 8 本）。我们编写的教材《建筑制图》被全国 60 多所大学选用，累计出版发行超过 200 万册。

转眼间，40 年已过去，大部分同学都已退休。在这里我选取了毕业后所经历的片鳞半爪，以期让大家通过我们工作、生活的缩影对留校同学的状况有所了解。我们所取得的点滴成绩得益于师资班所学，也得益于师资班同学之间的精诚团结。当然，我们的经历不代表其他师资班留校同学的经历，他们的工作和生活也都各有各的精彩。在中华文化的传统习惯中，一个家族总会让富有闯劲的儿子出去闯荡天下，而留下一个"最没有出息"的儿子守在老家，只为把根留住，让远方的游子心灵上有所慰藉。不过这一切都是我们个人选择的结果，成败得失亦已尽付笑谈中。

# 那难忘的岁月

78 级机械原理与零件师资班　李赐云

我 1982 年 8 月毕业分配到深圳工作。刚到深圳时，只有建设路、和平路是修好的。深南路才扩修到市委地段。下了火车后，虽有几路公共汽车，但人多车少，加上拎着一个装满全部家当的木箱和一个铝合金水桶，来了好几趟车都挤不上去，只好从火车站步行到市府人事局。到那里时已是中午时分，工作人员已下班，只能在传达室坐到下午上班时才能报到。后来，我被分配到深圳市道路工程公司工作，成了一名名副其实的"开路先锋"。

公司办公楼是一栋两层的简易平房，位置在旧特区报社大楼对面的深南路边。宿舍在现在的岁宝百货大楼旁边的巴登街附近，用两层竹篱笆中间夹一层棕榈叶当墙，房顶则是用沥青纸（油毛毡）铺的。宿舍周围是一片沼泽地，长满一人多高的杂草。到公司办完报到手续安顿好后，我便回老家探亲。谁知探亲期间深圳刮了一场台风。我回到深圳后，整片宿舍篱笆房竟无影无踪，那只箱子也找不到。后来才知道，箱子被工友在附近的田埂角落捡到后放在了办公楼。

深圳深南路香蜜湖路段

后来公司根据我所学专业，安排我到修配厂工作，厂址在红岭路北与泥岗路交叉的东北角。于是我就搬到厂里去住了，宿舍还是篱笆房。当时深圳到处都在修路，推土机、挖掘机、压路机……汽车经常坏在工地上，我也就经常跟着老师傅跑工地，晴天满身尘土，雨天浑身泥浆。冬天要把拆下来的零配件放进废柴油里清洗（沾满油污的零件用水洗不干净），冻得满手通红、几近麻木，上下牙不由自主地发出很有节奏的"格、格"声；夏天钻进车底拆装零件，在气温30多摄氏度时，柏油地面的温度达到60多摄氏度，地面烫得像热锅，地上闷得像蒸笼，浑身上下衣服全湿透。有一天，我在工作时又热又累、又渴又饿，竟昏倒在工地上。工友把我送回厂里，躺在车间长椅子上，等到厂医过来时我已经清醒。医生看了一会儿，说我是低血糖，冲了一茶缸白糖水叫我喝下。我正好又渴又累，喝完糖水立马精神。医生看到此情景，觉得是他诊断正确，沾沾自喜。其实是不是低血糖，只有我自己心里清楚。

　　住简易篱笆房最难捱的是夏天晚上。当时流行一句俗语："南头苍蝇深圳蚊"（那时大家习惯把福田、罗湖叫作深圳，和南山区的南头分得很清楚。曾经在深南路深圳大学路段挂过一块交通指示牌，上面写着"离深圳××公里"。后被人诟病，说好像南头就不是属于深圳一样，后便把牌子撤了）。深圳的蚊子是出了名的又多又大，晚上不钻进蚊帐里无法看书。

　　有一天晚上工友先睡，不小心把胳膊贴在蚊帐边。只见蚊子从蚊帐外面叮上他的胳膊，密密麻麻，一只只吃得肚子又红又亮，简直像吹足了气的小红气球。我一巴掌拍过去，整个巴掌全是血。抖落下来的十几只蚊子在地上爬，竟然饱得飞不起来。我叫醒工友，他气得鼻子都歪了，把地上的蚊子一只只全捡起来放在桌子上，用小剪刀把它们的翅膀一只只剪掉，再把它们的脚也一只只剪掉。看着它们在桌子上痛苦地翻滚，折腾够了才把它们一巴掌拍扁。工友说，只有这样折磨折磨它们才解恨。

　　1983年春节，我已买好农历12月29日回老家的车票。但是一个在广州工作的老友于12月28日来深圳找我，准备跟我一起回老家过年。我对他说："你要和我一起回老家也不先打个招呼，我好提前买车票，现在匆匆忙忙的，我去哪里找票？"老友委屈地解释，他已在一个多星期前就给我发电报了。那时的深圳，交通很不方便，一封电报有时候10多天都送不到。那时候回老家的班车很少，就算是在春节期间，一天也只有一班车。两人只好一起在深圳过年。

　　春节期间，全厂都放假了。我反正没法回家，厂里就安排我值班。深圳在当时本来就没多少人口，小商小贩都回老家过年了，买不到新鲜的肉菜，只买到了几筒挂面，还要粮票。大年三十晚上，厨房里没有小锅，便找来一个直径大约40厘米的给职工煮水洗澡的铝锅。不会生炉子（烧蜂窝煤），就用宿舍的电炉，按一人半斤的量，放了一筒一斤装的挂面，放了两饭盆（在学校吃饭时用的饭盆）水，心想，没有新鲜的肉菜，就放点厂里发的年货吧。于是，我切了两根腊肠、一段腊肉，抓了一把冬菇、木耳、枸杞、金针菜，又放了一些糖冬瓜、糖莲子、糖马蹄、糖椰角，一股脑全放进锅里，最后放了两勺盐，放了点醋，盖上锅盖。没想到水还没怎么开，面就开始糊了，又加了一饭盆水，搅了几下又糊了，如此反复几次。锅大炉子小，我怕受热不均匀，有些焦了，有些不熟，就端着锅上下、左右地挪动，累得腰酸背痛，终于觉得面应该熟了，呼哧呼哧把锅端回宿舍。

　　朋友看了一眼这小半锅说不上是什么东西的东西，瞪大眼睛对我说："这就是你忙了两个多小时给我做的年夜饭？"我说："哥们儿，趁热招呼吧，别看卖相不太好，绝对货真价实不掺假。"虽然五味杂陈，我们每人还是吃了两饭盆，这才解决了锅里的一小部分。因天气寒冷,心想着面条放到第二天应该不会坏。加上市场上买不到东西,更是觉得此锅面食材料丰实,真心舍不得倒。第二天大年初一,两人皱着眉头吃了一天还没吃完的面条。将近 40 年了,很多事情早已不记得,但有一条始终不会忘,那就是煮面条时一定要等水开了再放面,否则会糊。这是年后上班厨房阿姨教的。

大年初二,两人无聊,决定去老街逛逛。两人各骑一辆自行车,从红岭路北经红岭路拐去老街。当时的红岭路正在修路,路基石块都还没铺,整条路基本都是泥泞。刚出门没多久,两人就骑不动了。下车一看,车轮与轮盖之间塞满了黄黏土。只好到旁边的工地上找到一根一尺多长的钢筋,把黏土挖掉再骑。骑了一会儿又下车挖,挖挖骑骑,骑骑挖挖,如是反复十几次,终于到达东门老街。商铺基本关门,街上冷冷清清,行人寥寥无几。两人决定去蛇口看海。

去蛇口的路同样是泥泞不堪。到了蛇口,身上已经里面是汗水,外面是泥水。一件留着过年才上身的新西装,后背全是单车后轮甩上来的黄泥点,看上去像梅花鹿似的。裤腿上也尽是泥浆,一双崭新的黑皮鞋已看不到本来面目。到了海边,两人迫不及待地先去水里把皮鞋洗干净。谁知过了一会儿,皮鞋一干,竟冒出一层白花花的盐霜。这时两个从未看过大海的"傻帽"不禁哈哈大笑,怎么就忘了,书上曾经讲过,海水是咸的。

一转眼几十年过去了,这些往事依旧历历在目。

深圳深南路车公庙路段

亲眼看着深圳从边陲小镇、农业县起步,经历了短短 40 多年的巨变,如今已发展成为极具国际影响力的现代化大都市,创造了举世瞩目的"深圳速度",创造了世界城市化、工业化和现代化的奇迹。40 多年,深圳面积变大了 6 倍,人口暴涨了 45 倍,财富飙升 12 000 倍。2018 年 GDP 超过香港;2019 年城市发展潜力跃居全国第一;2020 年常住人口达 1756 万，GDP 达到 27 670 亿元（预计 2025 年达到 40 000 亿），进入全国第三、亚洲第五……看着这一串串亮眼的数字，怎么也忘不了特区创建初期建设者们所经受的艰难困苦、所付出的艰辛努力。我们更要珍惜现在的幸福生活。相信在以习近平同志为核心的党中央坚强领导下，深圳会越来越好，在夺取中国特色社会主义伟大胜利新征程上发挥带头示范作用，再创让世界刮目相看的新的更大奇迹。

注：2001 年左右，我给上初中的女儿写了一篇作文，旨在让他们这些年轻人了解深圳创建之初父辈所经历的艰难困苦。本文是在该作文的基础上稍作了一些词句的改动完成的，因小外孙才 3 岁多、很磨人，所以也没有太多的时间和精力去做太大的改动。看机械零件班班群里发了几位同学的文章，长篇大论、文采斐然，毕业后很有成就。我这就两三件小事，实在不想献丑。因我此前把给我女儿写的作文原封不动地发到班群里给大家看过，几位同学都鼓励我说文章不在长短，各自的经历不同、感受不同，旨在能反映特区创建之初艰苦奋斗的历程，历经多年的艰辛，才成就了深圳今天的辉煌。所以才斗胆上传，重在参与。文中所述的几件事，全是亲身经历，绝非杜撰，都是日常琐事，毫无文采可言，让大家见笑了。请同学们斧正。

# 怀念张必佐

### 78 级工程力学师资班　余浩

我有两个很大的书柜，上面摆满了各种各样的书籍。30 多年来，这两个书柜跟着我走南闯北地搬了 8 次家，纵横行程数万里。虽然书柜里的书换了一茬又一茬，但有一本外表很不起眼、纸质甚至有点发黄了的平装书却几十年如一日地摆放在书柜的同一个位置上。这本名为《数值计算方法与 FORTRAN 语言》的书是电子工业出版社在 1986 年出版的，作者是华南工学院的郑咸义老师。翻开这本书，你会发现在书的扉页上写着几行钢笔字："张必佐同志留念　感谢协作！郑咸义 1987.6"。显然，这本书原来的主人是张必佐，但它是怎样落到了我的手里的呢？故事得从我在华工的大学生活讲起。

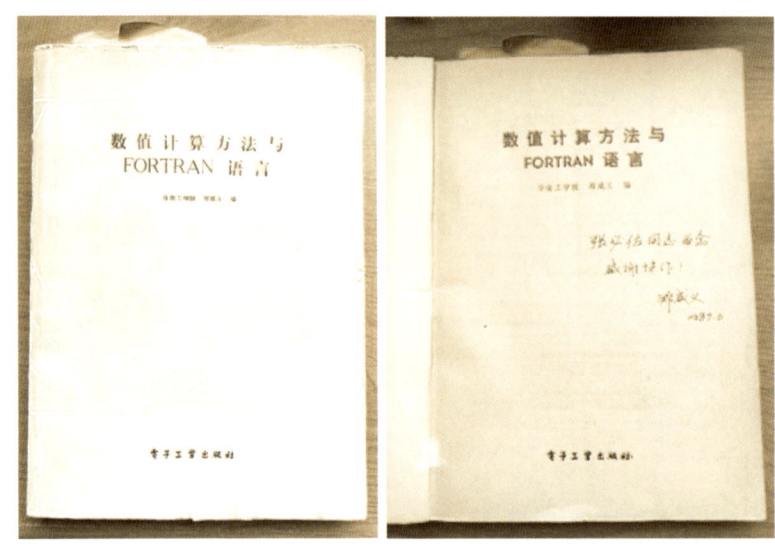

《数值计算方法与 FORTRAN 语言》教材

1978 年秋季，我到华工就读 78 级工程力学师资班时，比我早半年入校的张必佐已是华工 77 级高等数学师资班的学生了。我们所在的两个班虽同属数学力学系，但因为年级和专业不同，平时两班同学之间的交往不多，也许在全系学生大会和系学生运动会时才有互相见面的机会。那时的我对张必佐知之甚少，只是偶尔看过校队男篮比赛，知道他是篮球高手而已；而那时的张必佐，可能连我是谁都毫无印象。如果后来没有胡君佐老师来我家造访这一偶发事件，我和张必佐也许一辈子连擦肩而过的机会都没有，更谈不上成为好朋友了。

在大三上学期的一天傍晚，我从学校回到家时已经是 6 点多了。母亲对我说，你们华工体育教研室的胡君佐老师 5 点多来过家里，自我介绍说他是华工学生校队男篮的主教练，让我动员你参加华工学生校队男篮，你是怎么想的啊？母亲知道我上大学后只想抓紧时间学习，不想花时间参加运动队和搞社团工作。其实，我一直酷爱打篮球，下乡当知青时曾入选公社农民男篮;招工回城后一直打港务局男篮,参加过很多比赛,也因此经历过很多伤痛,嘴巴上还缝过针。入学后为了搞好学习,我只能忍痛割爱,平时偶尔打打球解解馋而已,校队男篮选拔队员时我没报名参加。胡老师是我很敬重的一位老师和篮球教练,他的来访使我不禁联想到几周前发生的两件小事。一天下午,我下课回家时路过华工体育馆正门的篮球架,正在打半场的几个伙伴热情地叫我加入,我刚好也球瘾发作,便放下书包和他们打起球来了。不知什

张必佐在上海留影(摄于1981年,张必佐的同班同学廖志坚提供)

么时候,有几位原来站在体育馆大门处闲聊的体育老师转过头来看我们打球。酣战之中,我听到胡老师向旁人打听我的名字……几天后的一个下午,我和几个同学从体育馆后门的一个篮球场旁边路过,胡老师正在那个球场上指导校队男篮训练。胡老师远远地看见我走过来时就对我说,你以后每周这个时间来参加校队男篮训练吧。我当时的表情是模棱两可,没正面回答胡老师的话就离开了那个球场。我以为这件事情就到此为止了,没曾想到后来胡老师没看到我去参加校队训练,于是就来家访了。虽然母亲知道我很为难,但她对我说,胡老师都上门来了,你若再不去怎样都说不过去吧?我觉得母亲说的话在理,即使心里有100个不愿意,我最后还是决定参加校队男篮了。

校队男篮每周四下午集中训练,我和张必佐因是同系+队友,相互之间的交往就多了起来。张必佐曾经是广东省少年男子篮球队队员,他身高1米80左右,皮肤白皙,身体结实,长得很帅,且技术全面,运球、传球、上篮、跳投、定位投球等的技术水平都很高。在打篮球的人中,他的个子不算高,但他的弹跳力很好,站在篮下双脚原地起跳,双手可以抓住篮筐。虽然他是校队男篮的绝对主力,但他为人低调。在训练场上,他每次都一丝不苟地完成教练布置的训练任务;在赛场上,他有很强的团队作战意识。组织进攻时,他总是把球分给处在最佳进攻位置的队友投篮。更难能可贵的是,我从未见过他在比赛中做过那种不易被裁判察觉的、被人们称为"肮脏"的犯规小动作,他的球品很好。球品好的人,人品也不会差。

张必佐给我的印象是聪明、幽默、善解人意、待人真诚。我与他交谈、聊天时常有"心有灵犀,不点也通"的愉悦。在球场上,

张必佐(中)与同班同学黄燕(左)、陈志宏在华工校园合影(黄燕提供)

我俩是配合默契的队友；在球场外，我俩是无话不谈的挚友。在与张必佐交往的过程中，我还了解到，他不仅学习好，而且与他的同班同学也相处得很好，我亲耳听过他的同学对他为人处事的赞扬。

张必佐（前左一）与同班同学在上海合影
（摄于1981年，黄燕（前左2）提供）

张必佐（前右2）与同班同学在北京合影
（摄于1981年，廖志坚（后左2）提供）

1982年大学毕业后，张必佐和我都留校工作，他在科研处，我在数力系，我俩之间的关系变成了校友+队友+同事，见面的机会也更多了。

在与张必佐相处的日子里，我一直都很好奇地想知道，他所具有的那些优秀素质是从何而来的呢？是来自家庭影响、社会影响，还是个人的修炼？或是三者兼而有之？一个偶然的机会，我与张必佐的家人有过一次近距离的接触，让我找到了部分答案。那是在1983年初，教研组派我到北京大学参加一个会议。我知道张必佐的家在北京，出差前就问他是否有事需要我办，他说要托我带一包东西给他的母亲。张必佐告诉我，他的父亲原是中国矿业大学的教授，数年前已经去世了，他的母亲、姐姐和姐夫住在北京，而他的弟弟则在江苏徐州读研究生。

我到北京后住在北大招待所，离张必佐在原中国矿业大学校园的家很近。那时，中国矿业大学已经迁往江苏徐州了，原校区内只剩下了一个家属留守区，张必佐的母亲就住在那个留守区里。一天下午4点多，我按地址找到了张必佐的家，但他母亲还没下班，只有他姐姐在家，我和她姐姐在客厅里聊了几句，就把那包东西交给了他姐姐。按理说，我的任务完成后就应该告辞了，但我实在是太想见到张必佐的妈妈了，于是就东凑西拼地找些话题继续和他姐姐穷聊，企图赖到他妈妈下班回家。等到5点多，张必佐的妈妈和姐夫都先后回来了，他妈妈见到我带来了她儿子的信息很开心，并热情地留我一起吃晚饭。恭敬不如从命，我正好可借此机会认识和了解张必佐在北京的家人，于是我毫不客气地答应了。那天晚上，我和张必佐的家人聊得很开心，他们待人热情诚恳，说话得体，给我留下了很好的印象。我觉得，张必佐的很多优秀素质来自于他的家庭影响。我从北京回到华工后见到张必佐，我告诉他，为了见他妈妈，我把东西交给了他姐姐后硬是赖在他家不走，还蹭了一顿饭，他开心地笑了起来。

两年后我到美国自费留学，从此我和张必佐天各一方。那时没有微信，国际长途电话费也很贵，我俩基本没有联系，但我们的友情没有因时空的变化而消失，我俩的心是相通的。

1988 年暑假，我回国探亲。那时，我正在美国一所州立大学的工程力学系读博士，系主任安排了我暑假后单独讲授一门"计算机辅助画图"的本科生课程，负责从讲课、改作业、答疑、出平时测验和期末考试题目到评定最后成绩的全过程。这门课要求教师向学生讲授 FORTRAN77 和 BASIC 两种编程语言以及一个画图软件，可这 3 样东西我都没学过，都要自学后现炒现卖，故我想提前做些准备。教好这门课对我很重要，因为它是我获得奖学金的来源。

回到广州后，我到华工科研处找张必佐，让他推荐一本 FORTRAN77 编程的书，张必佐转身从他办公室的书架上抽出了一本绿色封面的书（就是前面介绍的教材）递给我，轻轻地说，这本书不错，你拿去吧。我把书拿过来一看，简直太好了！真是"踏破铁鞋无觅处，得来全不费工夫"，这正是我要找的书。可当我打开书时，看到了扉页上有郑咸义老师写的赠言，我马上对张必佐说，这是郑老师送给你的书，我绝对不能要。他微笑着说，没事的，你有用就拿走。看似简单平淡的一句话，却蕴藏着浓浓的朋友情！我了解张必佐，他是一个心里总是装着朋友，愿意为朋友两肋插刀的人。于是我不再推辞了，收下了他的一片好意。借助于这本书，我连续 4 个学期顺利地讲授了那门本科生的课，并得到了系里和学生们的好评。

张必佐送给我的这本书弥足珍贵，30 多年来它一直伴随着我。睹物思人，它常常引起我对张必佐的深深怀念。

我每次回国，都会想方设法与张必佐联系。有一次我们通电话，他告诉我他结婚了，还故作神秘地告诉我他认识我妻子的弟弟，当我还在纳闷时，他在电话的那头笑着说，他的妻子与我的妻弟是蛮熟的朋友，这个世界真的不大。另一次，他在电话里告诉我，他们有了一个儿子……

我和张必佐之间的交往是那么的随意、清淡，就像玉兰花发出的那种清新淡雅的芳香一样，沁人肺腑，令人心旷神怡。我们做了 20 多年的朋友，竟然没有一起去饭店吃过饭，在一个很偶然的机会，我们只在一起饮过一次茶。那次，我回到广州的第二天就拨通了张必佐的手机，他问我人在哪里？我说我在广州市区。他说他和"葫芦"以及一个朋友正在东山口附近的一家餐馆饮茶，叫我马上过去一起聚聚。"葫芦"是原 77 级体育师资班胡活伦同学的绰号，在校时我们就互相认识。我二话没说，马上赶到了那家餐馆，见面时才知道张必佐和胡活伦正在与他们的一位朋友谈"生意"。如果知道他们在谈正事，我是绝对不会来搅局的。张必佐太了解我了，所以他啥都不说，只叫我过来见面。即使是饮茶这样的小事，张必佐也会为朋友考虑得十分周到，于细微处见真情。

那次饮茶与张必佐匆匆一面后，我因为工作等各种原因，连续 7 年没回广州。我总是以为，来日方长，以后还会有很多机会可以和他相聚。可惜的是，人算不如天算。2010 年我在回广州前与在美国的一位朋友通电话，突然得知张必佐在 2009 年因病去世了。这噩耗如同晴天霹雳般地把我打懵了，他还很年轻啊，老天爷为何如此的不公平？我欲哭无泪，心里很痛很痛。

时光飞逝，张必佐离开我已经十几年了，但他的音容笑貌常常浮现在我的脑海里。十几年生死两茫茫，不思量，自难忘，谨以此文寄托我的哀思和对张必佐的怀念。

# 忆兆湘

**78 级工程力学师资班　李翔**

打开德平（兆湘同学的夫人）那本书（《平民县长本儒生》）的序言看了数行，已然悲戚得热泪盈眶。

往事空明——我们朝夕相处的岁月、他富具亲和力的音容笑貌、他锲而不舍的学习精神、他的卓越功勋、他的光辉榜样、我跟蓝山父老乡亲交谈的点点滴滴……都历历在目。每一个场景想起来都会令我凄然惆怅。

如果说我想为这本纪念册写点什么的话，那么，我的写作动力是写他，尽管我肯定不是写他的最佳人选。

他，就是我们力学师资班的同学、后来因公殉职的蓝山县长张兆湘。

1980 年 3 月（也就是说在我们开学一年半后），教育部安排中南林学院从在读生中择优选送两位学生委托华工培养①，他就是其中一位（另外一位是陈一鸣）。

很幸运，入读时我和他等 6 位同学被分在了同一间宿舍。彼此间朝夕相处，也就多了些了解，多了些友情。

其实，要说什么情嘛也不是特殊到哪里去，因为他对每位同学都是那么亲和，那么热情，那么好——这也正是他的优点之一。

我们宿舍有三怪：一位几乎不去上课、敢吃老鼠的怪人；一位很少去上课、成绩不错的怪才；一位常常不去上课、床边养龟的怪物。其余都属中规中矩。我理解他的中规中矩——毕竟身负重托啊！谁不珍惜那荣誉？谁不好好地读好书？

兆湘的优点自然不只这些。谦虚、温和、勤奋、简朴、英俊、魁梧、有理想、有追求、总是笑容可掬——可以说是聚男性该有的一切帅气于一身，而且聚得令人羡慕，聚得令我黯淡无光。

我说的勤奋，自然是指学习。坦白说，起初我对他的学业基础不了解，有些好奇，想看看他是否能跟得上华工的课程。可一段时间过后，见他成绩常常跟我不相上下，便开始佩服起来，因为我知道那些成绩都是靠他自己刻苦学习换来的。显然，能被高校按教育部安排选送到华工师资班就读，本身就说明他肯定非同凡响，有别于通常理解的代培生。其"含金量"比通常理解的代培生要高很多②，也必须得能为中南林学院争气——这点他确实都做到了（一鸣亦然）。

我说的简朴，除了生活的朴，更是性格的朴。我见过他用针线补过衣服，也见过他用家里带来的一包包怪味豆招待大家——前者更多是简，后者更多是朴。而他的朴，是可以

---

① 穗华和一鸣的微信内容。
② 小欢微信内容。

让人信赖、让人感觉亲和的朴。我不知道怎样举例说明，因为那是一种感觉——一种没有油嘴滑舌、没有阴险狡诈、没有锋芒毕露、没有张扬狂妄、让人觉得可以放心、可以信任的朴。

有一年春节，79级某位同学半夜在宿舍走廊里放了一排鞭炮，气得被惊醒的留校同学们都想揍他，个个高声在走廊里大喊："有种出来！出来！出来！"（当然，结果还是没揍成）。兆湘也出来了，跟着喊了几句，回到宿舍里又笑嘻嘻地偷笑，可见他即使是在气极时心态也跟我们不同——他的气可以收发自如，他的喊也只是吓吓而已；而我们是动了真格的，就是气得想揍人那种。

我们班同学去无锡实习前，他和余浩（班副）先去无锡联系汽车等；吕涛先到上海等大部队。三人到达上海时已是傍晚，为了给学校省钱，兆湘带余浩去浦东他舅舅家住一晚。那时的上海浦东是农村，到处是农田，黑灯瞎火的。两人乘一艘机动渔船，开了很久才到了上海市区对岸的浦东，然后深一脚浅一脚地走了一大段田埂小路，到他舅舅家已是晚上10点多。由于床比较小，两个人只能一个头在床头，另一个头在床尾，半睡半醒地度过一夜。早上5点多起来，就又由原路过江，再赶去无锡。①

时光荏苒，我们毕业了。大家各奔东西——他遂了愿，去了湖南执教；我当不成老师，毅然西漂深造。

光阴似箭，转眼间就是10来年。到了有手机的年代，我才有机会跟他聊了一次天。记忆中也就只是那么一次，后来我的越洋电话就更够不着了，大概是因为他当了县长。而后因为不想打扰他，也就没有了联系。

再次听见他的消息之时，我瞬间泪目——他殉职了！

之后的泪目，却不是为他的死，而是为他的生；不是为他生得如何荣光，而是为他生得伟大，生得感天动地，生得问心无愧！

我曾经写过他，也曾经追踪过他生前的足迹（只是因为想听听蓝山父老乡亲们真正的声音）。有网友看了我的作品说："如果不是因为你，我很难相信。"而我，始终选择了相信。

我特意采访过蓝山的父老乡亲，得到的回答都是一致的赞美。原因很简单，因为他真心真意地为蓝山人的福祉做事，因为"张县长是位真正的共产党员，是为人民做实事的好县长"，因为"张县长不贪"！

我看过很多关于他事迹的报道和文章；我看过他的笔记、奖状、述职报告；我知道他立志改变的是湖南最贫困的边远山区小县；我知道熟悉大城市建设和企业运营②的他如何拼命工作、跟蓝山人一道将死气沉沉的破旧小城变成了生机勃勃的现代县城；我知道身为县长的他抽的是两块钱一包的红豆烟、吃的常常是方便面、抽屉里满满都是（治疗胃病和胰腺炎的）药；我知道身为县长的他简朴得连穿破的衣服都亲手补；我知道为了送他

---

① 余浩微信内容。
② 管宁的微信内容。

最后一程，上万群众如何自发地从四面八方踏着泥泞前往离县城5公里远的殡仪馆参加他的追悼会，冒雨在路边迎送①……

蓝山人心里雪亮雪亮——"红豆县长"是好官，清官，亲民的官，爱民的官！

在我心里，他就是现代的焦裕禄！

一个真正的共产党人②，几无利己的动机，勤勤恳恳地忘我工作，真心真意地把造福人民的事业当成自己的事业，这是什么精神？

难道不值得我们宣扬，不值得我们纪念，不值得我们讴歌？

今夜，我泪下如雨！

---

① 当年永州电台、报章均有大量报道，网上亦然。后收录于《平民县长本儒生》。
② 庭蕙的微信内容。

# 阿彪

### 77级电工师资班  李兆南

  岁月如梭，不知不觉，毕业已近40年了。于是，班群又热闹了起来，大家都在忙乎四十周年的纪念活动。这天早上，我习惯性地点开微信班群。看到曾毅敏同学问，有同学写写阿彪吗？短短几个字，却深深触动了我！我感动于曾毅敏同学的有情有义，时时把同学记挂在心。也感慨于人生无常，40年不长，竟已有两位同学离我们而去，令人唏嘘。

  40年前，我们在华园依依惜别，相约未来。40年后的今天，我们如约相聚，分享岁月的甜酸苦辣。在这个有意义的日子，不应有人缺席，包括阿旋、阿彪。吴毓犨同学已用他灵动的笔触，为我们重现了一个天资聪颖的阿旋。我想写写阿彪，也算是寄托一点思念吧。虽然近20年我与阿彪的交集很少，但毕业前后的互动却是深刻而令人难以忘怀的。我知道，我所记忆的点滴不足以窥全豹。但我也相信，见微知著，睹始知终。认识一个人，并非都要巨细无遗。我只期待，能在电工师资班的回忆空间，留下一些"老虎彪"的踪迹。

聚会江门合影

（左起：曾毅敏、庄虹、李兆南、黄智聪、冯穗力、戴文彪、张润森、丘百根）

### 两代人的情缘

  进入华工不久，还在兴奋期。一天，在毛巾厂工作的母亲问我，认不认识一个叫阿彪的人，说他也在华工念书。我说，华工好大的，叫阿彪的人可能很多，我不一定认识。不过，我们班倒是有位同学名字叫戴文彪，是不是这位呢？我母亲也不确定。只是说，她工友的孩子叫阿彪，也考上华工了。第二天母亲下班回来就跟我说，对了，你的同学就是我工友的孩子，他妈妈是工厂的工会主席。我想，这也太巧了！我母亲所在的毛巾厂是一个只有300多人，几十台织机的小工厂，说是麻雀工厂一点也不过分。而且相当部分女工是大字都不认识多少，这也包括我的母亲。居然在这样一个小厂，却有两个从来没有交集的子弟，在1977年同时考上同一间大学，还在同一个系同一个班念书，这应该还是比较罕见的。而且，我们还是同一个学习小组，同一个宿舍。写到这里，我不由得想起张国荣的《沉默是金》：是呀，原来冥冥中不单早注定你富或贫，冥冥中还早注定你的同学缘分。

阿彪昂藏七尺，气宇不凡，虎虎生威。加上名字上还有一个"彪"字，很自然，同学们就送阿彪一个雅号——老虎。若以身形而论，这雅号绝对贴切无比。可是回到现实生活中的阿彪，却完全没有老虎那种令人生畏的凶猛气势。相反，更像是一个忠厚老实，十分乖巧的好孩子。大学四年，我从未见过阿彪与人争吵。平常遇事，多以谦让为主。阿彪也是一个用情专注的人。吴毓犨同学曾举了一个例子。他说，阿彪给我印象最深的是他吃饭的饭碗，是铝合金的，一直用着，边上底部已凹凸不平，也不换，这反映了他的性格，不在乎这些。一直端着同一个饭碗，就像他以后也一直端着"空调"这个饭碗。说来也是，不记得从某年某日开始，阿彪在班群的发言，基本上都离不开"空调"二字。

阿彪是"60后"，入学前是高中毕业生，是我们班最年轻的那一拨同学。从学校到学校，未受过社会不良风气的污染，更显得纯洁无邪，朝气蓬勃。那时虽说是百废待兴，学校条件相对简陋，但在科技兴邦的春风鼓舞下，同学们学习都非常勤奋。阿彪也不例外，每天早早起床就跑去课室图书馆占位学习，十分用功。我当然也是努力学习的。不过相对懒散，喜欢宅在宿舍。因此，在学习上与同学们的交流就比较少了，也包括与阿彪的交流。

说起来，大学期间，我与阿彪最多的交集还是在足球场上。阿彪是一个注重德智体全面发展的好学生。在勤奋学习之余，也十分注意运动锻炼。那时我们班有一群足球运动的积极倡导者，其中就包括我和阿彪。每到下午四点多，阿彪就会从课室回到宿舍。换衣服后就和我们一起奔赴华农，那里有几块弃置的荒废之地，就是我们的足球天地。虽然我们的球技算不上高上大，但难得"钟意"二字，每次都玩得不亦乐乎，赶在饭堂打烊前尽兴而归。阿彪因为身材高大，在球场上，就是一堵铜墙铁壁，我从不敢从他正面突破，怕被碾压成泥化作尘。好在阿彪球风很好，如同他的性格一样忠厚。他会注意避免与我们正面冲撞，从不会倚仗强悍身体欺负我们这些弱小队员。说到运动装备，我比较随意。当天穿什么衣服，就用什么衣服上场。阿彪就比较讲究，通常都会穿上专门的运动短裤。因而在足球场上，他强壮结实的双腿就特别显眼，让人羡慕。

大学期间在华农草地上踢足球

(左起：李兆南、戴文彪、孙令泉、吴毓彝，被挡住了大半身体的是郑敏华)

我和阿彪做了同学，也让我们的家长走得更近了。之前，虽然两位母亲同在一家工厂，相互认识。但我母亲是纺织女工，阿彪妈妈是工会主席。用我母亲的话说，她是坐办公室的。部门不同，接触也就不多。但自从我们踏入华工成为同学起，我开始常常听到母亲提到阿彪妈妈的名字，提到与她相关的工厂事情。偶尔也会听到母亲跟我说阿彪在学校的事情，这当然是通过阿彪妈妈转达的。两位母亲的关系应该一直维系得不错，因为直到母亲退休多年，还常常听到她们在电话里相互问候和聊天，不时还相约饮茶、吃饭。

大学时的同学活动合影

(左起：何萌、戴文彪、李炽基、周伟民、冯穗力、李兆南)

## 数据库系统启蒙老师

大约在 1983 年，我第一次接触 AppleII 个人电脑。稍后，转用 IBM PC 兼容机，并尝试编写像工资管理这类简单的应用程序。开始用的是 BASIC 语言，很快就发现数据表很难处理，特别是数据表之间的关联，花了很多精神，效率却很低。那时没有互联网，也没有手机，通信基本就是写信与固定电话，比较封闭，遇到困难不太容易寻得外面支持。

一天早上晨运，居然碰到阿彪也在跑步。阿彪那时在物资局科技处工作，自然站在技术发展的前沿。我们两人边跑边聊，谈到电脑应用的开发。我诉苦说，做数据表好辛苦。阿彪问，为何不用 DBASE 来做呢？这是我第一次听到这个名词。阿彪见我一脸懵懂，明白我在这方面完全是白痴，就向我简单介绍了一下。我才知道，原来还有 DBASE 这样的关系数据库系统，专门处理应用数据。分手时，阿彪说，明天我给你一本书吧，看了你就明白了。

第二天早上跑步时，阿彪就给了我一本介绍 DBASE 编程的书，这本书还是油印版本。在 20 世纪 80 年代早期，技术书籍的出版严重滞后于实际应用的需求。于是，一些有技术实力的单位，往往会根据需要，自己翻译和印刷技术书籍，提供自己的技术开发人员使用。这类自己印刷的书籍，基本上都是油印的，数量不多，且只在单位内部使用，市面上根本找不到。所以，阿彪给我的这本书，可以说是弥足珍贵。多亏阿彪的先知先觉，更感谢他的慷慨赠予。此后相当长的一段时间内，我就是靠这本书解决了工作上的一大堆问题。

阿彪这本书，是一本完全实操型的书，非常适合开发人员学习。书中除了前面几页对 DBASE 做些概略介绍，马上就转入编程部分。这一部分内容，书中通过大量的实例介绍数据表的结构、建立、关联、SQL 指令的各种操作，让你很快掌握编程技巧，为开发实际应用系统奠定了基础。在这本书的帮助下，我在 1985 年就为单位编写图书管理程序，为图书馆开架借书创造了条件，大大方便了读者借阅，也减轻了管理人员的工作强度。因为当时广州用电脑管理的图书馆极少，一时间，我校图书馆门庭若市，引来不少参观学习者，为单位挣了不少面子。

以后，我又陆续编写了几个业务系统，都获得实际应用。可以说，我对数据库系统的认识，以及后来开发出来的应用系统，都全赖于阿彪的启蒙，全赖于这本书的帮助。

多谢阿彪！

## 兼职引路人

1989 年的一天，阿彪打电话给我，说有个汽配公司的进销存项目，问我有没有兴趣做？我想都没想，就说："可以呀！"因为经过几年的实践，我对基于数据库系统的应用程序开发，已是十分顺手，不担心有太大困难。

第二天，阿彪和我一起到了汽配公司。听阿彪和汽配公司老板介绍，这家公司主要经营进口汽车零配件生意，当时在广州是最大的几家汽配公司之一。为了扩大业务，老板在永福路弄了一座大楼。同时，委托一家电脑公司开发了应用系统，准备实施全面的电脑化管理。谁料在开业的第一天，电脑系统就崩溃了。电脑公司的工程师弄了几天都搞不好，让老板急得几乎吐血，最后找到阿彪，想让他们帮帮忙。介绍情况后，老板说，希望我们能尽快把系统修复，让业务重新跑起来。我对老板说，修复别人开发的软件是相当困难的事情，未必能做好还浪费时间，不如重新开发一个系统。老板担心重新时间太长，公司既然已经开业了，每天都要开门做生意，不然损失就太大了。这是可以理解的。我和阿彪商量了一下，提出一个解决方案：我先编写一个简单的数据录入程序，让公司员工把库存和每天的销售数据录入。然后，争取在一周内把销售和库存两个子系统交付使用，让公司销售业务用上电脑。赢得时间，再继续开发其他子系统。阿彪对老板说，这已经是最快的解决方案了。事实上，老板也不可能有更好的建议了。因为电脑公司开发了几个月的系统还不能正常使用，他也知道开发总需要时间。老板最后同意了这个方案。

当晚，我就留在汽配公司。老板和几个骨干员工也留了下来，帮助我了解公司业务需求。经过一宵的工作，我提交了数据录入程序，并辅导员工掌握了操作方法。

接下来的几天，我下班后就往汽配公司跑。在那里做到午夜三四点钟，睡几个小时又返回单位上班。一周之后，销售和库存两个模块终于可以交付使用了。上线那天，老板一直陪着我，观察系统的运行情况，看我指导员工操作。下班了，几个岗位和人工录入的数据都完全吻合，显示系统运行正常。老板非常高兴，当场打电话给阿彪，说感谢他找对人了。然后找了家饭店，大家开心庆祝了一番。

这个项目的成功，还让我与老板成为很好的朋友。接下来老板开了连锁超市，我又为他开发了电脑管理系统。这可能是广州最早的超市电脑管理系统之一了。也就在这个时候，我对民营企业产生了浓厚的兴趣，特别喜欢那种目标简单的工作氛围。

对我而言，这个项目还有一个更重要的意义，就是缓解了我家的经济困难。那时家人所在的国企深陷困境，停工欠薪。兼之孩子多病，我那份微薄的工资早已捉襟见肘了。幸好得到阿彪介绍的这个项目，解困来得实在太及时了。

多谢阿彪！多谢阿彪总在不经意的时候帮我渡过困境。

## 毅敏同学忆阿彪

在这篇文章快要完稿的时候，我收到曾毅敏同学发来的有关阿彪的一段文字。这段文字朴素无华，感情真切，阿彪的形象更加丰满实在，十分感人。这里，我把曾毅敏同学的写的故事复录如下：

阿彪是一个非常重感情的人。每年班上的活动，都会看到阿彪的身影。每次同学从国外回来聚会，阿彪一定出席，还不时地细心打听问候同学的情况，是一个外貌强壮内心柔软的老虎。

还记得好多年前我家父母和郑敏华家住在同一个小区。一次跟母亲打越洋电话的时候，母亲说你们班的同学过来看望我们了，说是华仔和另外一个高高大大的同学，后来才知道是阿彪。原来是阿彪去华仔处玩的时候还不忘顺便看望同学的父母，令我非常感动……

那些年记得他提到过从优越的国家机关物资局出来了，到了空调行业。尽管竞争激烈生意难做，可是他一干就从未放弃。这些年，我们总能听到他嘴上挂着"空调，空调"，可见他一生对人对事的执着和不离不弃。

我常年在海外，跟阿彪的交集不多，但是毕业的这些年，总能从这些同学的来往中感受到"老虎彪"的热情诚恳和厚道。一个人是否能成功，不应以他的事业成功与否或金钱地位来衡量，而应以他是否曾给人留下影响来衡量。我想阿彪就是这样一个用朴实无华的方法来给人留下影响的人。

2000年以后，因为工作变动太大，在工作和学习上与阿彪的联系少了。除了同学聚会，偶尔向他了解一下空调品牌的好劣，基本没有太多的互动。直到去年，班群里有人发现，阿彪很长时间都没有发声了，才知道他已离我们而去。曾毅敏同学知道阿彪不幸仙逝的消息后十分感慨："无法相信这么一个高高大大活生生的人突然就没了，不胜唏嘘。在感慨人生无常的同时，我们怀念阿彪，怀念每一个聚会里阿彪的身影和音容笑貌。"

人生无常！只有在听到非常熟悉的人突然离世，才会真切体会这句话切肤入骨之痛！

谨以此文怀念戴文彪同学！

# 我的桥牌缘

### 78级工程力学师资班　余浩

提起我与桥牌的缘分,那得把时钟往回拨几十年。上小学6年级时,我就开始学打桥牌了。我们打桥牌时都要讲英文,例如:把梅花称为"Club";方块称为"Diamond";红桃称为"Heart";黑桃称为"Spade";加倍时说"Double";再加倍则说"Redouble",等等。打桥牌不但可以培养敏捷的思维,还可以练习英文,好处很多。很快,我成了桥牌迷。

在上大学前的几年里,我除了经常和牌友们废寝忘食、通宵达旦地打桥牌外,有时还和邻居庄述鹿老师打桥牌。庄老师和他的夫人孟福坤老师1957年从北京大学毕业后分配到华工任教,庄老师不但书教得好,而且多才多艺,乒乓球打得不错,更写得一手漂亮的钢笔字和毛笔字。虽然庄老师的桥牌水平比我高出一大截,但他还是愿意"屈尊"与我们这些小辈们一起打桥牌,对我们言传身教,从不摆长辈的架子。有时候我们打牌"三缺一",他就叫孟老师来"填空",而孟老师总是马上放下手中的活儿,坐下来陪我们玩桥牌。没多久,我和庄老师就成了很铁的牌友。

庄老师不仅仅是我的牌友,他还是我的数学老师。下乡插队当知青前的我只念完了初中二年级,文化底子薄弱,数学只学到一元二次方程和韦达定理;物理只学了阿基米德定律和物体直线加速运动;化学、平面几何、三角函数、立体几何、平面解析几何等课程完全没学过。为了弥补自己的受教育不足,我到书店买了一套《数学自学丛书》,开始自学初、高中的数学。在做作业的过程中,我经常遇到一些疑难问题,于是就向我的牌友庄老师请教,庄老师总是不厌其烦地跟我解释。有时他工作忙,就让我把问题留下,等他有空时再帮我解答。我心里不禁感叹道:能得到一位名校毕业的全国重点大学老师指导我学习初、高中数学,我是何等之幸运啊!更令我感动的是,有时庄老师在晚上9点多抽空解答了我白天提出的问题后,马上叫他的女儿庄重来我家告诉我,让我去他家听他讲解。就这样,我花了几个月的时间恶补了初、高中的数学,就开始自学大学的微积分课程了。

因为打桥牌,我还结识了我的母校华师大附中的周任老师,在周末经常和他一起打牌。周老师是华师大附中物理科的高级教师,曾带领华师大附中学生队参加全国中学生物理竞赛,并取得了优异的成绩。

1978年高考前的几个月,我白天在单位上班,利用晚上和周末的业余时间和周老师打桥牌。除了打牌之外,我还常常向他请教物理知识,晚上到华师大旁听他主讲的高考物理补习课,做他布置的高考物理复习题。一切从零开始,我原来连一个斜面上的物体在重力作用下所受的力是如何分解的也不懂,经过速成学习,很快就掌握了不少物理知识。在准备高考期间,我是上班、学习和打桥牌"三不误"。周老师幽默地对我说:"如果你因为打桥牌考不上大学,那就说明你不是上大学的料。"当时听了周老师的这番话,我半信半疑,不置可否。现在回过头来看,我很赞同他的说法。

1978 年我参加了全国高校统考，并考上了华工。我因为打桥牌有幸和庄老师、周老师结缘，并得到了他们在学业上的指导和帮助，圆了自己的大学梦！

在华工读书期间，功课繁忙的我仍热衷于打桥牌，而且还在学生中找到了一些桥牌粉丝一起玩。有一天，我突然别出心裁地想到了一个主意：如果能举行一次华工学生队和教工队之间的桥牌友谊赛，那该多好啊！我把这一想法告诉了华工教工桥牌队的负责人简老师，他马上答应了我们学生队的挑战，并着手安排一次教工队和学生队的桥牌友谊赛。

几天后，简老师通知了我友谊赛的具体日期，地点定在湖滨路的教工俱乐部。听到要和师长们进行桥牌友谊赛的消息，我们学生队的几位同学纷纷摩拳擦掌，跃跃欲试，加紧练兵。

举行友谊赛的那天下午，我们学生桥牌队的同学如约来到教工俱乐部。当我正在漫天遐想地猜谁会代表教工队出战时，简老师带着几位老师出现在我的眼前，走在教工队最前面的竟然是誉文德教授。我又惊又喜，马上上前同誉教授握手问好，誉教授微笑着和我打了个招呼，我们就坐下来开战了。

经过一番激战，学生队赢得了这场友谊赛。此时此刻的我兴奋不已，百感交集。

此役的胜利，使我们学生桥牌队名声大振，简老师也开始对我们刮目相看了。一天，简老师约我晚上到东区教工俱乐部和教工们打桥牌，我答应了。

晚上华灯初上，我按约定时间来到了东区教工俱乐部。在一个房间里，我看到了简老师和几位年长的老教授，其中一位是我认识的杨倬教授。简老师正想开口向我介绍杨教授时，我的双手已经握住了杨教授的手问好了。杨教授和蔼可亲地向我微笑着，简短地和我交谈了几句，马上就拉近了我和他之间的距离，使我感到很温馨。我和杨教授同台打桥牌几小时，一起度过了一个非常愉快的夜晚。杨教授的牌技很高，为人却十分谦和，给我留下了非常深刻的印象。

1982 年，我毕业留校任教，成为一名华工教师。此时的我，第一件最重要的事就是参加教工桥牌队。

1984 年 4 月 14、15 日，广州市五山地区高等院校、科研单位桥牌联赛在暨南大学举行，参赛的有华工、华农、华师、暨大、中山三院、农科院、邮电学校等单位，一共有 60 多名教授、讲师、工程师、主任医师等参加米契尔 4 人复式团体赛。华工对此次联赛十分重视，组织了华工一队、二队和三队的庞大队伍参赛。我和我的大学同班同学、留校任教的黄广中老师是大学时代就开始合作的桥牌搭档，我俩被编进了华工三队。

暨大的桥牌联赛中高手如林，我和我的搭档以初生牛犊不怕虎的精神与对手斗智斗勇，在双人对抗赛中一路过关斩将。经过两天激战，我俩获得了米契尔南北区第一名；而我们所在的华工三队，则获得了团体赛亚军，双双登上了 1984 年 4 月 16 日的南方日报，为母校

**广州五山地区高校科研单位举行桥牌赛**

**本报讯** 广州市五山地区高等院校、科研单位桥牌联赛于本月14、15日在暨南大学举行，该区的60多名教授、讲师、工程师、主任医师等参加了米契尔4人复式团体赛。比赛结果，获得团体赛冠军的，是华南师范大学二队和华南工学院三队；获得米契尔南北区第1名的，是华南工学院的黄广中、余浩；东西向第1名为华南师范大学的李伟成、伍小龙获得。

（黎玛华）

1984.4.16 南方日报

1984 年 4 月 16 日南方日报的报道

华工争得了荣誉。

因为与桥牌结缘，我得以入读华工。在老师们的辛勤教育下和同学们的帮助下，我不仅学到了专业知识，还懂得了很多做人的道理，为以后的长足和进步打下了良好的基础。毕业留校工作后，经历了知青—码头工—大学生的我很想停下来歇一歇喘口气，可我的桥牌缘所产生的多米诺骨牌效应却让我欲罢不能，它一直推动着我继续向前。

最后，余浩博士为大家播放了波音737飞机装配线和介绍未来飞机的视频，把报告会推向高潮，让孩子们大开眼界，对航空工业提高了认识，提升了科学探究的兴趣。接着孩子们就视频内容提出了既有深度又有新意的各种问题，余浩博士耐心解答的同时，情不自禁地表扬孩子们思维活跃，富有创意，期待在不远的将来，孩子们可以设计出更多技术精湛、性能优良的新型飞机！

我回母校华师大附小做报告时回答孩子们的提问

（源自该校网页）

20世纪80年代中期，我赴美读研，仅用了1年3个月就获得了硕士学位。转校读博3年多后，我找到工作就离开了学校，一边在公司工作一边写论文。两年后以论文免答辩的优异成绩获得了博士学位，开创了我就读的那所美国州立大学成立130多年来博士论文免答辩的先例。近20多年来，我一直在世界高科技最前沿的大型燃气轮机、飞机发动机和大型飞机研发的领域里工作，曾先后在几家世界知名的跨国公司担任高级工程师、主工程师、部门经理和科学家等职位。我曾参与世界最先进的大型燃气轮机的研发设计；曾带领我的团队参加了世界最大的民航机空客A380的发动机的研发设计；曾先后参加了波音公司几个新型号大飞机的研发设计，并两次荣获波音公司最佳工程师团队成员奖。此外，我在国际学术期刊和会议发表了数篇文章，在世界著名的通用电气公司和波音公司都有一项美国发明专利。

我回母校广东实验中学做报告

为了让自己的专业知识和工作经验能发挥一点作用，我曾应邀到华师大附小、华师附中新世界学校、广东实验中学、华师大附中、广东省技师学院、广州航海学院等学校做报告或学术讲座；我还应邀到北京科技大学分别为青年教师和博士研究生举办学术讲座，并连续两年到该校讲授"海外专家短学期课程"的专题。

我回母校华师大附中做报告（源自该校网页）

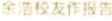

我在2012年华工60周年校庆的报告会上（源自华工网页）

## 波音公司科学家余浩校友来土木与交通学院进行航空领域学术交流

4月22日晚上,波音公司科学家余浩博士在土木与交通学院做了题为《New Development and Future Market of Airplane Industry》的专题学术讲座。讲座由力学系曾庆敦教授主持,工程力学专业六十余位师生参加了报告会。

2015 年回华工学术交流(源自华工网页)

## 美国波音公司科学家余浩博士来访并作学术报告

2016年4月18日,华南理工大学力学系78届校友余浩博士来访华工土木与交通学院,给广大学子讲述科研在飞机中的故事。土木与交通学院党委书记罗毅教授及工程力学系师生30余人参加了报告会。

2016 年我回华工做学术报告(源自华工网页)

2019年我在北京科技大学讲授"海外专家短学期课程"专题

我虽然是搞科技的专业人士,但多年来一直致力于弘扬中华文化。我曾担任美国纽约州罗彻斯特市中文学校校长,出席了1995年在俄亥俄州哥伦布市举行的全美第一届中文学校校长会议,并上台演讲。工作之余,我拿起了笔来爬格子。2015年,拙作《我愿你起舞》一书在国内出版了,该书荣获中国2015年冰心儿童图书奖,并被国内一些省、市图书馆所收藏;该书在2018年还被全国妇联列入推荐的亲子书目。2017年,我和庄述鹿老师的女儿庄重博士合作的中英双语书《那一年的冬至》在国内出版了,我用中文撰写的知青故事由在美国一大学英文系任教的庄重教授翻译成英文。该书荣获广东省第二届最美图书优秀作品奖,并已被美国的哈佛、耶鲁、斯坦福、普林斯顿、哥伦比亚、伯克利、杜克、达特茅斯、乔治城等11所名校的图书馆馆藏。

2016年,我应邀参加了广州黄埔区2016书香羊城全民阅读活动启动仪式。

广州黄埔区2016书香羊城全民阅读活动启动仪式(右五是笔者)

2018年，当我从当年曾与我同村插队当知青的张坤先生处得知，他所创办的东莞千分一团队及其志愿者几十年如一日地资助贫困地区的孩子上学时，我马上委托张坤先生及其团队捐赠了一批书籍给贫困地区的孩子们。

回顾个人的成长轨迹，我的桥牌缘让我在人生的道路上收获了很多，我很幸运，很感恩。

张坤（后排左四）、志愿者和部分收到捐赠书籍的孩子们合影（源自张坤）

# 感恩母校　感恩祖国

**77级电工师资班　刘焯铿**

2022年是我们大学毕业40周年的日子，也是母校华南理工大学建校70周年的华诞，我深深地感谢母校对自己的培养，也为自己有幸成为这所国家985高校和"双一流"大学的学子感到光荣和骄傲。

光阴似箭、日月如梭，40多年前我踏入华南工学院校门，在电工师资班学习的场景历历在目，非常怀念大学学习生涯的难忘时光。直到现在，上课的老师、班主任和当年同学的音容笑貌还常常浮现在我的眼前。

我们班在校时是一个团结友爱的集体，毕业后同学们分布在天南地北，四面八方，大家工作都卓有成效，为母校争得了荣誉。其中有在国内成为闻名全国的企业家，有在海外留学打拼创业的成功人士，有大型内资或外资企业的技术主管或骨干工程师，有走上领导岗位的干部，有大学副教授、教授；也有自由职业者或其他劳动者……无论同学们从事何种职业，都是伟大祖国在40多年来翻天覆地巨大变化的亲历者、建设者和见证人。

回想起个人的成长经历，更深深感激母校对我的培育。40年前，我有幸本科毕业后留校在教务处师资培训科当助教。两年后我调到初创的深圳大学担任教学和行政管理工作。得益于母校扎实的专业培养和深圳大学敢为人先的创新用人机制，1987年公开竞聘获任深圳大学教务处副处长，成为当时全国高校中为数不多的年轻处级领导。在深大期间的工作得到了学校领导和师生的充分认可。

1990年，深圳建立南山新区，如何让新区的教育水平赶超其他老城区成了当务之急。我作为南山区第一任教育局局长，深知要全面提高新区的教育水平，亟待走一条改革与创新的道路，才能获得比兄弟区发展更快的加速度。考虑到深圳是我国的经济特区，具有国际化的特点，英语作为国际通用语言，日益显示出它的重要性。我决定引进先进的英语教学模式，作为南山新区教育改革与发展的切入点。语言学习应该从小抓起，所以英语课程应该从小学一年级起就开设。当时，深圳所有小学的英语课程都是从四年级起才开设的，在一年级开设英语课程是一项异常艰巨的任务，尤其是对于像南山区这样刚成立不久且教育水平相对落后的新区，没有充足的课时，没有适用的教材，缺乏相关的教师，包括很多专业人士对一年级开设英语课都持有的不赞成态度。我决心迎难而上，和同事一起坚定开始着手南山新区的教育改革工作。

首先面临的是课时设置问题，由于小学低年级传统课时设置中没有安排英语课，因此很难将英语课插入已经定好的课表。对此，我提出了全新的"长短课"结合的课程设置方式，即将原来上午的四节课变为六节课，将部分长课变成短课，这样课程内容可以更加丰富，孩子们学起来也更有趣味。其次是没有合适的教材。适逢此时我力主调入了湖北省汉江大学外语系主任兰金仁教授，并就英语教育改革的问题与兰教授进行了深入的交流。与兰教授商讨制定英语教育的新模式，并大力支持兰教授建立南山区英语培训中心和组织编写了一套新的小学1—6年级的英语教材。

深圳南山区成立之初，师资相当缺乏，尤其是有经验的优秀教师、好的英语教师更是少之又少。对此我提出了引进"复合型"教师的思路，即利用有限的招聘指标，聘用既能教语文又能教英语的优秀教师，这样既解决了小学英语教师编制不够的问题，又有效地提升了教师队伍的综合素质，一举两得。小学一年级正是学生刚开始学习拼音的阶段，如何保证开设小学英语而又不会影响学生的中文母语学习是我们亟待解决的问题。我采纳了兰教授的建议，即低年级所开设的英语课程侧重听说方面的训练。这样做既能使学生的母语学习不受影响，又能使学生尽早建立对英语的感性的认识，从而提高他们学习英语的兴趣，从而收到了良好的效果。

我陪同省有关领导视察深圳南山区教育工作
（右三为作者）

我到南山区小学了解情况

在担任深圳市南山区教育局局长第三年的1993年，我深感继续学习深造的重要性，报考了华南理工大学工商管理（MBA）专业的研究生班，又一次回到母校的怀抱。并于1996年取得硕士学位顺利毕业。我把自己深圳教育领域的亲身实践工作体会和经验，通过总结提升，融入我的硕士学位论文《深圳教育人力资源优化配置》中。

在任深圳南山区教育局长期间，针对南山区中小学教师学历整体低下的状况，我力主中小学教师逢进必考，以提升中小学教师基本素质和教学水平。从那时起开始大规模向全国重点师范院校招录本科生和研究生，大举从内地重点学校和大学引进优秀的校长和教师。此举，为日后南山成为广东乃至全国的教育强区打下了坚实的基础。我深深地感悟到教育乃提升本地文化素质和发展基础之根本，引进优秀人才胜过财富积累。

1994年我调任深圳市教育局任副局长。1997年，我曾参加了深圳市委组织部组织的后备干部培训班，赴香港调研考察半年。回来向市政府提交了《深圳教育面向21世纪的思考》约8万字的论文，其中提出"教育也用未来钱"的大胆思路。举例提到20世纪80年代中期建设深圳大学约为3亿元，如果晚十年才建，势必造价数倍增长。如果创新让各区教育向银行贷款，超前建设中小学校舍或改、扩建校舍，由于货币贬值，实际上仅用若干年后当年教育经费的一小部分即可偿还前些年的银行贷款。该思路的基本原理是借用发展经济的做法实现教育的超常发展。

得益于母校培养的人格、学识与实干精神，得益于在师资班打下的良好工程基础和研究生期间学习的工程数学和数理统计方面的知识，我在任深圳市教育局副局长期间，牵头研发了深圳高考评价系统软件，将以往"上线人数/参考人数"的简单评价方式改为以三年前的中考成绩为前提，综合评价三年后对各分段学生加工能力，从而形成若干不同中考分数段对应高考业绩评价体系。这一创新举措，极大振奋和激发了各种不同生源学校教师的积极性，对重点学校形成较大的冲击。这本质上就是评价对学生的提升及加工能力。这一评价机制至今一直沿用。

我在深圳市广播电视集团时的工作照

我后来又调任了深圳市文化局（含广电和新闻出版）副局长，以及深圳市广播电影电视集团党组副书记等领导职务。2008年至2015年在深圳广播电影电视集团期间，直接分管集团广告创收工作，与同事们共同努力奋斗，创下了约27亿元的集团广告年收入巅峰。

40年间，不管是在什么工作岗位上和遇到什么困难，母校对我的基本素质和能力的培养使得我能够有勇气和能力面对各种压力和挑战。

感恩母校！感恩祖国！

# 组织思想教育课程与学科建设的回顾

### 77级马列理论师资班　肖伟昌

1984年9月，华南工学院创建思想政治教育教研室，我被任命为专职副主任，具体组织思想教育课程与学科建设工作。至1989年，6年过去了。

这6年，我们依据中共中央、教育部（后为国家教育委员会）关于加强和改进高校思想政治教育工作的指示，在上级党、政主管部门关心指导下，在学校党委、行政的领导支持和有关部处以及各系党、政大力协助下，克服了各种困难，排除了来自各方面的干扰，积极、主动地推进我校的思想政治教育学科建设，开辟了一系列新的思想政治教育阵地，协助学校抓好思想政治教育教师队伍建设，在组织思想政治教育学术科研和学术交流方面也取得了一定的成绩。与此同时，还积极配合学校做好各项日常学生思想政治教育工作，从而在学校学生思想政治教育工作中发挥了重要的作用。《南方日报》《广州日报》等新闻单位都曾报道过我们的有关工作和取得的成果。在1989年学校组织评选"1978—1989年学校优秀教学成果奖"中，我申报的"思想政治教育学科与课程建设"成果，获"校级优秀教学成果奖"（全校获同级以上奖仅20项）。

1984—1989年这6年我具体组织思想教育课程与学科建设所做的主要工作和体会如下：

## 一、明确指导思想，抓好学科建设

1984年9月教研室刚组建时，既没有办公室，也缺乏师资（仅我1名专职干部，以后才逐年补充）、教材、资料，更没有从事思想政治教育学科和课程建设的经验。然而，我们以"拓荒牛"的精神，紧紧依靠党委、行政领导，依靠集体的智慧和力量，依靠专职干部教师的主动性和创造精神，不断明确了创办教研室的指导思想，把抓好思想政治教育学科建设作为主要任务，积极创造条件，逐步在我校开设了3门思想政治教育课程：

（1）1984年10月，我校以专题形式开始开设"大学生思想品德修养"课程。至1987年，课程转入正规化，并使用广东人民出版社出版的由张裕良同志（当时任学生工作部部长兼教研室主任）和我一起主编的教材《大学生思想品德修养》。1988年8月，学校教务处发文正式确认本课程为必修课，计1.5学分。到1989年为止，我们先后在84级至89级6届共12500多名本科生中开设了本课程，平均每届完成教学学时为42学时（含课堂教学26学时，观看德育录像片12学时和期末考试4学时等），89级为48学时（含形势教育课）。

（2）从1986年秋开始，我们积极筹备"法律基础知识"课程的建设，并组织了一系列法制教育专题讲座。至1988年9月，正式按必修课要求开了"法律基础知识"课。至今，开课学生计有87级、88级两届共4600名。其中，87级授课30学时，计1.5学分；88级授课48学时，计3.5学分（含形势教育课）。

（3）从 1988 年秋季起，我们逐步在全校各年级以专题讲座形式比较正规地开设了"形势与政策"课。学校规定学生在校 4 年时间应完成 48 学时的学习，平均每学期 6 个学时。本课程主要由思想政治教育教研室协同有关部门制定教学计划，编印辅导课，并聘任党政干部和思想政治教声课教师任教，期末组织考核工作。1989 年国内外发生政治风波以后，我们积极配合学校党委组织政治形势与法制教育、革命人生观教育，组织学生观看《血与火的考验》《新中国 40 年》等教育录像片，对促进学生思想认识的转变起到了积极的作用。

我们在组织"大学生思想品德修养"和"法律基础知识"课程教学工作中，坚持做到了有计划、有教材、有作业、有期中检查、有期末考核，且成绩计入学生业务档案等"五有"。1988 年起得到了学校重视，增加了"有学分"，达到了"六有"。此外，学生参加课程考核的成绩还作为年度"三好"评定的成绩之一。

在组织教学过程中，我们坚持了四条基本要求：一是严格要求各任课教师在政治上必须与党中央保持一致，旗帜鲜明地坚持四项基本原则，坚决反对资产阶级自由化；二是在指导思想上必须坚持以马克思主义的辩证唯物主义和历史唯物主义作指导，坚决反对背离、贬低和否定马克思主义的错误倾向；三是在教学方法上强调必须坚持理论联系实际的原则，紧密结合时代的特点和当代青年大学生的特点，既要注意教学的思想性，又要注意教学的知识性，既要注意教学的科学性，又要注意教学的针对性；四是在教学形式上，既坚持以课堂教学为主，发挥教师在教学中的主导作用，保证教学的质量，又充分运用青年学生喜闻乐见的形式，开展各项教学辅助活动，例如组织学生观看德育录像片（近 6 年来，共组织学生观看德育录像片 400 多场，观看人数达 142 500 人次）、组织百科知识竞赛、组织参观革命纪念地等。

由于坚持了"六有"和"四条基本要求"，使我校几年来思想政治教育学科和课程建设顶住了资产阶级自由化和各种错误思潮的干扰，克服了一个个困难，没有大起大落，没有"形同虚设"，而是健康发展，稳步前进。对此，国家教委、广东省高教局及学校党、政领导均给予了充分的肯定。

## 二、坚持"专、兼、聘"三结合的方向，抓好教师队伍的建设和提高

那几年，我们在抓好思想教育学科和课程建设的同时，坚持"专、兼、聘"三结合的方向，采取了"七项措施"，认真抓好教师队伍的建设和提高：

一是按照国家教委和上级有关部门的指示，积极争取学校人事部门的支持，及早做好了教研室专职教师的定岗定编工作（1986 年学校为我室定编为 10 人），保证有一支相对稳定的专职教师干部从事思想政治教育课程建设的组织和管理工作。

二是依据德才兼备的原则，选择有志于思想政治教育学科建设的教师不断充实专职教师队伍。那 6 年，思想政治教育教研星先后选留和调入我室工作的干部教师共 9 人。

三是协助学校依据中共中央和国家教育委员会有关文件，1987 年制订了《华南工学院学生思想政治教育专职人员聘任教师职务实施细则》，并受校思想政治教育职务聘任小组委托，具体负责思想政治教育的职务聘任的业务工作。聘任了副教授 1 名，讲师 28 名，

助教 70 名，并逐步建立健全教师的教学工作的管理和考核工作。

四是积极争取社科系、管理工程系等单位支持，先后从这些单位聘请了 12 名兼职教师。他们以自己丰富的教学经验，在思想教育课教学中较好地发挥了传、帮、带的作用。

五是逐步建立、健全教师的集体备课、期中教学检查、期末总结考核等制度，及时发现和纠正教师在教学工作中出现的问题，不断改进教学方法，提高教学水平。

六是配合学生工作部组织思想政治教育教师参加"工业经济管理"第二专业班的学习，参加国家教委、中央党校、中央教育行政学院以及有关研究会举办的各类短期培训班。送出学习教师达 20 多批，参加学习达 60 多人次。

七是创办资料阅览室，为思想政治教育课教师借阅资料提供了方便。

### 三、积极开展思想政治教育学术科研和学术交流工作

我们还积极抓紧思想政治教育的学术科研和学术交流工作，具体说来，主要工作有：

（1）1986 年以来，坚持每学年召开一次校学生思想政治教育学术研讨会，至今已召开 4 次，在研讨会上共发表论文（含书面交流）72 篇。

（2）积极争取学校党委、行政和学术委员会支持，于 1988 年 10 月创办了《思想教育》校级学术刊物，出版了 3 期，共发表思想教育学术论文和调查报告等 63 篇。

（3）积极向各级报刊和学术研讨会推荐优秀思想政治教育学术论文。先后在国家和省级学术刊物和学术研讨会推荐发表（或交流）的论文 43 篇，其中国家级 9 篇，省级 34 篇。我和张裕良、黄建榕同志合写的论文《对当代大学生思想特点的重新认识和评价》获省 1987 年优秀论文奖。

（4）抓好思想教育课教材建设，先后由广东人民出版社、广东高等教育出版社等国家出版部门公开出版了由我室组织专、兼职教师编写的教材和辅助教材 8 本；计有张裕良和我主编的《大学生思想品德修养》《高校品德课参考读物》；我主编或选编的《中外名人论人生》《中外名人论爱情》《社会主义理论与实践》《大学生与法律》《法律基础知识》《大学生成才修养学》等。由国家教育委员会中央电教馆委托我主编的《思想品德电视教材汇编》一书，也顺利完成并由广东人民出版社于 1987 年 3 月出版。这些教材或补充教材均得到了有关领导专家的好评，并在教学工作中发挥了较好的作用。《南方日报》《广州日报》，以及广东电视台等新闻单位也对这些成果作过报道或推荐。

（5）与校电教中心密切配合，完成了《春风吹绿珠江岸》《当你步入大学》《爱情与事业》《改革之歌》《难忘的一课》《志在四方》6 部德育电视片的摄制工作。这 6 部片均由我主笔编剧。其中前 4 部片经中共中央宣传部教育局、国家教育委员会政教司等主管部门审查通过后，由中央音像教材出版社等单位公开出版向全国发行。《难忘的一课》《志在四方》分别于 1990 年 5 月 4 日、6 月 8 日由广东电视珠江台"岭南教育"专栏节目播出。

### 四、积极配合学校做好日常学生思想政治教育工作

我室虽然专职教师为数不多，然而在努力推进思想教育学科和课程建设的同时，积极

配合学校做好各项日常学生思想政治教育工作：

（1）配合党的中心，积极宣传党的路线、方针和政策，主动配合学校开展各项政治形势教育活动，1984—1989年，先后承担了4次具体组织全校学生进行政治形势方面的知识竞赛或测验、统考工作。

（2）主动承担组织全校学生普法教育活动，并分别于1986—1987年间组织全校学生学习《宪法》《刑法》《治安管理处罚条例》《婚姻法》《兵役法》等法律知识活动。1987年还负责组织全校学生参加了"广东省大学生学习宪法知识有奖测验竞赛"，并在竞赛中获"集体优胜奖"。1988年3月，我还代表教研室参加了由国家司法部、国家教委在湖南长沙市召开的全国高校法制教育经验交流会，并递交了有关经验材料。1989年，根据形势要求和上级指示，我还配合学校组织学生学习了《集会游行示威法》，为稳定大局起到了积极的作用。

（3）从1985年起，每年抽调干部、教师参加组织入学新生军训，并较好完成了任务。

（4）1985年4月至7月，张裕良同志和我还被省高教局抽调参与广东省第二届大学生运动会筹备工作。

（5）积极协助党委组织部、各系党支部抓好大学生发展党员工作。1987年，我和黄建榕同志协助党委组织部组织参加了"广州地区大学生党员学习党的基本知识竞赛"，获第一名，为学校争得了荣誉。

（6）配合学生工作部做好日常学生思想教育工作和毕业生的思想教育和派遣工作。

（7）积极组织学生思想状况调查和分析工作，几年下来，先后组织了"学生思想状况调查""高校学生学风状况调查""西方文化思潮对大学生思想的影响"等较大规模的调查，并将调查情况整理成文向学校领导及有关部门报告。有些调查报告还被省高教局作为重点科研项目，并推荐参加了有关研讨会，得到有关专家的好评。

（8）创办了《德育简讯》，共出版了9期，向上级有关部门和校领导汇报了我校思想政治教育学科建设的情况及学生的思想动态，介绍了一些国内外开展德育教育工作的信息，为校领导和有关部门起了一定的参谋作用。

（9）我室教师经常到学生宿舍、饭堂了解学生思想状况，做个别学生的思想工作。1990年，我室还实行教师下系、班挂钩联系蹲点的制度。其中，我挂钩蹲点的自动化系自动化专业90（甲）班被评为1990年度校"三好先进班集体"。

那6年我为学校思想教育学科和课程建设及学校日常学生政治教育做了一些工作。但由于各方面条件的限制及本身能力与水平有限，使我室的工作与党和学校师生对我们的要求差距仍很大，比如教师的业务水平尚待提高，教学的手段仍比较单调、教学效果仍未尽人满意，教研室的工作制度建设及各项管理工作仍未达到正规化和科学化的要求等。所有这些，日后进行了改进和完善。

# 人生如梦

78级机械原理与零件师资班　姚日土

## "田园生活"梦

我的家乡位于广东省吴川市鉴江出海口处。中华人民共和国成立前,这里的土地长期受到江水和海水的冲刷,潮水涨时白茫茫一片,潮水退时到处是滩涂。祖辈们主要是靠抓螃蜞和捕鱼为生,或通过租耕土地获得粮食,住的是篱笆茅草屋。

中华人民共和国成立后,20世纪50年代中期,在政府的领导下,通过千万群众日日夜夜的艰苦奋战,终于筑起了长达15公里的吴阳堤围,我们把它简称为吴阳围。后来又搞起了水利建设和农田规划,吴阳围内万亩滩涂终于变成了自由灌溉的良田,这些水利基础设施也就成了我们出入的要道。

1958年初,我出生时刚好碰上罕见的寒流,那时我们家是跟三伯父家一起住的,已换上了好一点的坭砖稻草屋,防寒功能较好。跟我一起出生的这批小孩,由于气温太低,有不少都没法活下来。不久又遇上了我国的经济困难时期,许多地方闹饥荒。我们家乡幸亏周边河流多,虽然大米等粮食缺乏,但鱼虾不缺,相比其他地方的人好多了,我们一家总算挺过了困难时期。

1963年镇教办给我村安排了一位老师,我们终于有书读了。在此之前,村里只有私塾,前辈们很少有人能读上书,我父母都没有读过书。1964年我入学读书时,由于村子人少,全班只有十多个同学,年龄大与小的相差3岁。后来隔年才招一个班。所有各班各门课程都是由同一个老师在同一个课室里轮流给我们上课,天热的时候干脆把"课室"挪到树荫底下。

我从小热爱劳动,主动帮父母做些力所能及的事情,如养牛、割草等,在割草时,由于不熟练,也因为年纪小动作毛躁,经常割到手指头,但总是表现出很勇敢的样子,无所畏惧,一如既往。那时农村虽然没有什么娱乐,我却乐趣多多,整天忙个不停,也经常去捕鱼抓虾,每次都收获不少。晚上和村里小孩一起听父亲讲故事,什么西游记、薛仁贵征东、武松打虎、杨家将等,父亲讲得头头是道,我们听得津津有味。

我们班六年级是到吴阳中心小学(以前叫培秀小学)插班读书的,与下一届五年级合拼读初中,后来小学改为五年制。初中两年也在吴阳中心小学读,学校离我们村约3公里远,这三年都是走读的。

到了读初中才感觉到自己真正开始读书了,那时我的求知欲很强,敏而好学,孜孜不倦,对数学和物理特别感兴趣,经常有些疑难问到老师都无法回答,老师说我爱钻牛角尖。我初中毕业考试时,物理只考得99分而懊恼了很久。

1972年初中毕业,这年恢复了初中升高中考试,我村只有我一个人考上了高中,高中是在吴阳中学度过的,高中两年是住校读书的,生活需要自理。住的是木板架起来的双层大平铺,饭是自己用瓦盅放米放水然后放到大锅里集体蒸饭。每到饭点大家都争先恐后地涌向饭堂，生怕迟了别人会把自己的米饭拿走，菜是大锅菜，各种各样的青菜，5分钱一份。有些经济条件好的同学带来鸡蛋放在饭里面一起蒸，有些经济条件较差的同学只有自己从家里带来咸菜就饭，这样吃一个星期，一到夏天，有时还没吃完就发霉了。

读高中时，我个子小，坐在前排。在劳动时，我积极肯干，大家给我封了个"人小志气大"的美称。由于我数理化成绩突出，所以经常有不少同学向我请教有关作业上的疑难问题。学习对我是一种爱好，觉得题目越难，越有吸引力，解题是一种乐趣。

高中两年转眼间就过去了，1974年高中学业结束后，我也没有其他的选择，静悄悄地回到了村里，跟大伙一起务农。

高中毕业后适龄当兵时，我也去参加过体检，但由于体重不够，第一轮就被淘汰了。

干一行爱一行，我很快便对农作物产生了浓厚的兴趣，为了提高粮食的产量，我和一个志同道合的兄弟一起搞起水稻选种、育种和繁殖研究，还搞过水稻杂交的试验。但育种和杂交水稻并不是件容易的事，没有人指导也没有什么实验条件，后来我们就放弃了。

为了提高生活品质，需要有现金收入，我们在自留地里面做文章。种植一些经济价值较高的作物，比如辣椒、番茄、瓜菜，甚至药材等等。那个时候还是集体计划经济，国家每年都会下达一些收购任务，国家需要收购什么，我们就种什么，这样一来，整天就忙个不停了。经济效益也不错。

开始的时候都很好种，没有什么病虫害，但是重复种多了，病虫害越来越多，处理不好的话，种下的经济作物甚至会整片整片地死掉。怎么办呢？于是我千方百计地买来了相关的书籍，刻苦钻研蔬菜的种植技术和病虫害防治，有空就在地里观察，施药，不断总结经验，在大家的共同努力下，终于取得了较好的效果。

有些农田的地势比较高，灌溉不方便，要用人力和水车来抽水，费力费时。我想如果能够利用风力抽水不就能解决问题了吗？想干就干，马上用木材做了一个风车，然后按照自己的思路把整个抽水架构做好了，当时心里很激动，以为成功了，谁知当风力较大时，风车转得太快，一下子风叶就散架了，以失败告终。

1976年7月28日，唐山发生大地震，人心惶惶。由此之后我们这里也要防震，有的搭建简单的防震棚，有的干脆在晒谷场那里露天睡觉，数星星看月亮。防震还没结束，9月9日又传来了毛主席去世的坏消息，在人心悲痛之时，此时老天又下起了倾盆大雨，很快把整个吴阳围内万亩良田全部都淹了，犹如一片汪洋大海。全部农作物都被水淹没了，我家里的水也有到大腿那么深，因为已经更新为红砖瓦房，水浸不坏，所以房子没有倒塌，有些还没更新的坭砖稻草房子全部倒塌了。后来又传来了更坏的消息，说高州水库快要崩塌了，得赶紧撤离。但到处是水，怎么办？在不知所措之际，我们看到有两艘船向我村驶来。原来是镇政府把出海捕鱼的船调配过来救灾的。当时风还比较大，看到载满人的船摇摆着行驶在茫茫的水面上，真是有点害怕。不过经过大家的共同努力，还是顺利地把群众全部都安全地转移了出去，剩下我们为数不多的青年人留守家乡。后来有直升飞机来投饼干，还投下了救生圈。我们留守的青年看哪里有饼干、有救生圈就到哪里去捡。水有胸脯那么深，有些地方更深，但我们都会游泳，这些都难不倒我们。小时候盼望飞机丢饼干的梦想竟然是这样地实现了……

后来高州水库并没有垮，大水慢慢排到了大海，但这年的庄稼全部绝收了。我们并没有被天灾压倒，政府拨来了救灾物资。在政府的关怀和帮助下，大家的共同努力，我们很快又恢复了生产。我们把部分农田种上大麦和玉米以及红薯，以弥补损失的水稻，补充后期粮食的不足。

那时农村的"田园生活"梦很简单，虽然艰苦，却也很充实和开心，整天忙得不亦乐乎。我一直对农作物的植保培育保持浓厚的兴趣，即使后来读了大学，在假期回家时，我依然会兴致勃勃地跑到田间与乡亲们交流，了解出现的新情况新问题。有些我们自己实在解决不了的疑难杂症，我便干脆利用在假期结束回校时，把一些病苗带到学校邻近的华农找专家求取医治解决的方法。

2020年航拍我家乡田地村新貌

## 大学梦

1977年全国高考恢复了，虽然耳有所闻，但对我来说并没有什么特别的反应。因为我们村地处偏僻，消息很不灵通，我知道时已经很晚，不但没时间准备，连怎样报考也不清楚，所以对高考未加理会。

要过年啦！那时最使我高兴的是我终于有了自己的自行车了。这是我的小学老师卖给我的，那时他正准备调离我村，换了新自行车。这是一辆农村人特别喜欢的可负重的那种双杆红棉自行车，我很快就学会了骑车。后来这辆自行车竟然成就了我的大学梦……

过完年不久，那是1978年的3月上旬，我们吴川县（市）有些地方下了大冰雹，而且伴有大风大雨，受灾严重的地方被冰雹打坏了很多瓦房和庄稼。我们村还好，没有受灾。一方有难，八方支援。政府号召我们这些不受灾的各乡各村支援灾区，我们村的任务是把稻草送往谭巴镇王村港。当时我们的交通运输工具只有自行车，很快我们村就组织起一支自行车救援队伍，由好几个人组成。我刚好有车，而且又学会了骑车，于是也积极参加了这支救援队伍。王村港离我们村有30多公里，他们具体在哪里，我们其实也不太清楚，但是我们知道要经过县城，到了县城再说，到那里总是可以一边走一边问路的。

吃过早饭后，我们这支自行车救援队伍载上满满的稻草浩浩荡荡地出发了。虽然大家都没出过远门，而且道路崎岖，但我们那时正是小年轻，身手敏捷，也自我感觉车技高超，所以一路上你追我赶，争先恐后，勇往直前。我虽然是刚学会骑自行车，但也不甘示弱，凭借着自己的一股牛劲，也时时领先。

到了县城吴川长途汽车站，我们大概已经走了一半的路程，大家停了下来稍作休息。就在此时，张贴在路边墙上的一则广告吸引了我的眼球——高考补习班招生，哇！我立马瞪大眼睛，快速阅览，真是欣喜若狂。之前只感觉高考离我好遥远，就像是一种奢望。今天机会终于来啦，就在我的眼前。我要抓住它，抓住它！就在那一刻，开启了我的大学之梦。当我还沉浸在梦想之时，不知道谁喊了一声"走"！把我从梦中拉回了现实，我们又开始赶路了。我们边走边问，在大家的共同努力下，终于到达了目的地，完成了我们的救援任务。这一路虽然又累又饿，但大家还是非常的开心，因为大家心里都明白自己做了一件有价值有意义事情，而我更是收获了一个梦想。

回到家后，大学梦一直环绕在我的心头。经历了几年的工作实践，虽然自己已很努力，但很多事情还是做不来，或做不好，所掌握的知识和技术远远不能支持自己想做的事情。想当年，读中学的时候，对知识的获取是多么的感兴趣啊。现在机会来了，我需要在大学里完成我的梦想。我渴望学习，渴望提升自己，渴望有能力做更多的事情。但是转念想到自己的家庭状况，几个弟弟还在读书，父母需要我帮忙，我是家里的主力，他们会同意吗？思前想后，决定先跟伯母商量，看看伯母意见如何。从小我们就与三伯父一家住在一起，后来随着两家的孩子越来越多，才分开家住，但依然是上下屋，所以两家人亲如一家人，而且伯母是一个非常有主见又有魄力的长辈。我把心思告诉伯母后，伯母非常高兴，让我大胆地去实现梦想，以后家里有事她一定会相助。在伯母的鼓励和支持下，我鼓起来勇气向父母说我想考大学。没有想到，父母不仅没有反对，还给予我坚定的支持。他们说，我们没有读书，不识字，那是我们这代人的不幸，但我们的孩子不能这样。时代不同了，你们不仅要读书识字，只要有机会，不管多难，都要让你们学得更多，学得更好，让你们的路能够走得更远更宽。父母虽然没有文化，但人生的阅历让他们看得通透，深刻感悟到"知识能够改变命运"。

有了家人的大力支持，我立刻报名参加高考补习班的招生考试。这个补习班是由吴川一中举办，面向全县社会知识青年招生，只招一个班，60个学生。可见要进入这个补习班也不是一件易事，学员需要入学前考试，全县统考择优录取。我高中毕业已经4年了，很多东西已模糊不清，甚至忘记了，资料也不齐全。所以首要的问题是找资料，复习功课，为自己快速补充知识。时间紧迫，只有10多天的复习时间，时间就是金钱，要与时间赛跑。在兄弟姐妹的帮助下，很快找到一些相关的资料，立即投入紧张而又快速的复习中。虽然当时我的家庭条件比较差，没有书桌，架起床板当书桌，当时没有电灯，晚上靠点煤油灯照明。但这些丝毫影响不了我的学习热情和高考的决心，劲头十足。功夫不负有心人，经过自己的努力备考，终于成功考进了补习班，为我的大学梦迈出了第一步。

进入补习班后，虽然学习依然非常紧张，但有精心策划的学习计划，有老师的用心教授和辅导，有比较充分的学习资料，彷徨、焦虑、迷茫的心态逐步消除，各科复习有序地推进。经过3个月的艰苦奋战，终于迎来了高考。虽然不知道结果如何，但我是满怀着憧憬地走进考场的。理想的信念、梦想的动力，最终让我考进了华工。我的物理居然考了98分，非常有幸成为"机械原理与机械零件师资班"的一名学生。当手里拿着入学录取通知书时，心里久久不能平静，一次援灾竟圆了我的大学梦。

在大学里，我刻苦钻研，努力学习，连续三年被评为"三好学生"。由于我来自农村，家庭收入低，每年的助学金和奖学金同学们都评给我最多，同学们的关心和帮助，深感温暖。在学习上，和同学们一起研究解答有关难题，相互学习，共同提高。那时的大学生活甚是充实和开心。我对学习更是热爱有加，大二时便开启了我考读研究生的梦想。暑假期间,我没有返回家乡,留在学校,努力学习下学期的课程。

进入大三时,我学习更加用功,为自己定下的考研目标而刻苦努力。但后来由于个人原因,最终放弃了考研梦想。

在1982年毕业分配时,我放弃了留校机会,被分配到广东省湛江机械厂。

1980年暑假期间我(右一)和广州同学到石化厂陈涛家里玩

我(右三)和大学同学在上海实习时合影

## 下海经商梦

一、香蕉北运与进口蕉业务开展

1987年,在改革开放大潮的驱动下,经商的人越来越多了,我家乡的兄弟们也坐不定了,大家都想参与,我也积极参与其中。经过大家的研究决定,成立了"吴川县吴阳南方果菜购销站",专门做香蕉北运生意。我们乡下亲密的叔侄兄弟们以户为单位,一户一份,加上要好又有能力的几个亲朋好友,共16个股份组成,每股出一个人,大家没有工资,只有年终分红。那时我还在湛江机械厂,暂时还没出来跟他们一起专职干,由一个比较有魄力的堂兄做头领取营业执照。我主要是做策划之类的工作,把好技术关。主要的包装技术、保鲜技术和运输技术均由我一人负责,同时负责监督货物装车与质量抽查等。为了将就我的时间,我们都安排在晚上装车。

我们初出茅庐,对这个领域是一无所知,又无借鉴,全凭着想象去做。首先第一个问题,香蕉应该怎么打包装?我们参照进口蕉的包装方法,用纸箱里面套上塑料袋包装香蕉。纸箱的规格及塑料袋的大小及材料的选择等,都得靠自己根据有关资料去考虑和设计,为了操作方便,结合实际情况,我们不像进口蕉那样,用上箱盖下箱的双层箱包装,而采用普通的单层纸箱包装,并用包装带捆绑的。当时运往北方全靠铁路运输,从收购、包装后到达北方,要历时10天左右,火车运输途中一般在一个星期以上。由于没有经验,第一年我们只在兰州市开了一个销售点。因为我叔叔是兰州空军部队转业的,那时他也停职出来跟大家一起做生意,他对那里熟悉。就这样,兰州那头有我叔叔,湛江这头有我,凭大家的勇气和胆识,硬是把生意做起来了。整个过程全靠一边做一边摸索,不断总结经验。

我们的香蕉是通过湛江火车站装车发运的,车皮调配也很关健。我们采用人工沿途押

运,需要木板棚车(整个车厢周边都装有一层木板,像房子一样,车顶有盖,有门有窗),便于保温材料的安装。通过熟人的指引,我们打通了车皮调度这一关,车皮使用有了保障。

当时,香蕉都是分散在粤西山区各地的百家蕉,我们只能采取分散设点收购,分别打好包装后由专车统一拉回湛江火车站装车。

中秋节过后天气稍凉时,我们开始营业,刚开始,有一个蕉园数量较多,我们干脆把这部分香蕉砍下来后直接拉回湛江自己打包装,当时有些香蕉已经熟了,我们不以为然,只是把熟的挑出来,剩下的就打包装。结果这车香蕉到兰州后,很多香蕉都熟了,甚至烂了不少。第一车就烂了,听了犹如晴天霹雳,第二车我们收成熟度低一点的,货到兰州后还是熟了不少。当时我们的资金只不过几万块,而且很多人包括我的钱都是借来的,继续这样亏下去,那不是很快就"完蛋"了吗?

那时信息很不灵通,一般联系都靠发电报。有急事要打电话必须通过邮电局排队打,接听方则必须住旅馆通过柜台接听,沟通很不方便。刚开始时有一次,有个电话来了,我弟弟从旅馆骑自行车到机械厂宿舍叫我去接电话,因为他们讲的普通话弟弟根本就不会听……

后来经过上面的反映,由于纸箱包装保温好,运输途中货温难降下来,容易熟,但没有熟的香蕉加工出来的颜色比别人的漂亮好多。别人是用箩筐包装香蕉的,而且是用冰保车(冰保车顶上有7个冰箱,可装7吨冰,香蕉通过加冰降温,保温运输。加冰多少得看货物温度,或凭经验而定。冰加少了,货温降不下来,香蕉容易熟烂,冰加多了,温度过低,冻坏香蕉)装运的,香蕉容易受寒,催熟后颜色不漂亮。肯定了我们的香蕉还是有潜力的,需要的是解决问题所在。于是我们坚定信心继续干下去,在具体操作上,首先在收购时严格控制香蕉的成熟度,并把收到的香蕉尽快装车发运,另外最主要的问题是怎样把香蕉温度尽快降下来。针对我们这里温度高,路途远及北方温度低的特殊情况,于是我设计了一个方案,就是想办法一边装货,一边用竹杆等材料装成车厢内的"通风巷",便于空气通过火车皮的门口和窗口进到里面流通,进行通风换气降温。每一个车皮都配有两个随行人员管理车厢的通风工作,前期需要降温的时候,把窗口和车门都打开,让行车时大量的风吹到里面,把香蕉温度尽快降下来,后期把温度控制在理想的范围内,这样有效地保证了香蕉的质量。每车都有一张我编制好的押车管理表,要求他们按表进行,每天早中晚都要测量和记录天气温度和香蕉箱内的温度。押运人员每次回来时都必须把记录好的押车表交还给我,一方面监督他们的工作,另一方面据此不断总结经验加以完善。这样我们终于获得了成功,很快就把局面扭转过来,扭亏为盈。

后来在装车检查香蕉时,有时发现有熟香蕉,但货到北方他们都说没事。以至后来在冬天,不管成熟度多高,只要当时还没熟的我们都收,深得蕉农的好评。在北方市场,我们的纸箱包装香蕉是独家生意,面对极度寒冷的北方市场,我们的香蕉占绝对优势,既肥大又漂亮,纸箱包装保温又好,又易于搬运,于是深受客商的喜爱。

到了清明时分,气温开始回暖了,为了保险起见,我们决定收队了。收队后,大家集中起来总结这一年的经验和教训。经过对时节的分析,结合我们的优势,我们决定只做半年，即只做寒冷的冬季和春季，夏季和秋季就让别人去做。

经过半年的休息，到了秋末我们又开始出发了，这一次我们派出大部分人进军东北市场，首先在哈尔滨果品公司开设一个销售点。有了上一期的经验，我们又成功了。随后扩展到长春和沈阳。

面对零下几十度极度寒冷的东北，我们的经验是，在装火车皮时，要根据上面的气温进行保温材料的安装配备，最寒冷的时候，车皮周边要挂一层薄膜和3层棉被，车厢底面上还也要铺上一层厚厚的谷壳，上面也要准备好保温棉被，由押车人员进行使用。

为了更好地了解全国各地的气温变化情况，我每天晚上七点半，都收看中央电视台的全国天气预报，并用笔记本进行记录，并描成曲线，依此来安装配备各车的保温材料。在大家的共同努力下，这一年终于又获得了成功，并取得了很好的经济效益。

经过不断的扩大，东北三省很多地方我们都有销售点，哪里最寒冷，我们就去哪里，比方说黑龙江省就有哈尔滨、佳木斯、鸡西、齐齐哈尔、牡丹江等，还有长春、沈阳、抚顺、海拉尔等也开拓了。收购网点我们也开拓到了广西的浦北张黄等地。此时，货源收购、车皮调配、香蕉销售等，各方面的工作顺利展开，一切得心应手，那时我们的吴阳南方香蕉驰名南北。后来有不少东莞和高州的香蕉北运老板干脆这样操作，当我们做时他们就休息，我们休息时他们又做。

经过几年的努力，入股的兄弟们都收获不少，1990年至1992年各户相继建了三层楼房。我也辞职出来跟大家一起专职干。此后，乡里很多人都坐不定了，纷纷相继投入了香蕉北运生意，村里有个原来做辣椒北运的家族也转行做香蕉北运生意了，甚至有个帮我们打工的人，也另立山头，招兵买马。他们出高价挖我们的熟练工人，抢用我们的包装保温材料，就这样，他们很容易就成功了。从此，这门生意进入了白热化的竞争时代。

为了寻求质量新突破，减少机械伤，我们曾多次尝试直接到蕉区地头打包装。野外露天作业，需要防晒防雨，有时为了赶时间，要夜以继日地工作，工作十分艰巨，一时难以推广。

1995年春节休息期间，有一股强大的寒流袭击南方，持续时间长，香蕉叶子都冻坏了。大家都知道，寒流冻过的香蕉不易催熟，而且颜色也不好看。过完年后大家都按兵不动，广西香蕉价格从年前的一块多钱跌到了4毛钱，4毛钱都没人收。又过了几天，香蕉的叶子基本上都干了。我们看到机会来了，于是调动所有人，大量收购，一扫而空。我们把所收到的十几个车皮香蕉全部都放在站台仓库里，然后等待气温回升，并等香蕉箱里面的温度回升到13度以上时，我们才逐一逐一发上去（因为当时货温低，气温又低，发上去会冻坏的）。虽然这批香蕉的质量不比以往，但是后期货源稀缺，基本上是我家的独家生意，这下子就多赚了几十万，打了个漂亮的大胜仗。

由于强寒流的影响，这年国产蕉货源十分紧缺，因此，进口蕉不断增多，以前主要是中粮集团在做进口香蕉，现在又有香港老马进来了大量的菲律宾香蕉，一船几百吨，国内大量客商都跑到码头那边装货了，那时是进口蕉的天下。国产蕉已无货源，我们又不甘心去码头拿别人的货，于是跟哈尔滨果品公司商量，双方合作，由北京交远属下的劳动服务公司作为我们的进口代理商，进口厄瓜多尔香蕉。经过我们的共同努力，于中秋节前在丹东码头进了第一船进口蕉,一船货 3000 吨,相当于 100 个火车皮的量,在码头销售,一抢而空。1995 年底和 1996 年清明前又分别在丹东和秦皇岛码头各进一船,销售也很顺利,利润可观,顺利地开展了进口蕉的生意业务(厄瓜多尔香蕉运输要经过太平洋,必须要装几千吨的大船,才能经得起风浪)。

在 1995 年 10 月大学同学聚会时,原来的班主任吴中心老师那时也已经下海经商了,做烟花出口生意。得知我在做进口蕉生意时,吴老师也感兴趣,也想办法帮我去做进口蕉。

1995 年 10 月我们班同学在中山聚会(第二排中间位为班主任吴中心老师,后排右七为笔者)

1996 年年度生意结束后,大伙得知我的老师可以代理进口蕉时,大多数人都主张另立门户,只有堂兄及其至亲少数几个人跟原来哈尔滨果品公司合作。因此我们的进口蕉代理转由吴老师负责。我们重新设立公司,扩大经营范围,为了增强实力,我们采取大量增加股份和扩大销售网络的办法,以经营进口蕉为主。

这年中秋节时我们开始营业,开始时我们选择菲律宾的地门香蕉,每船只有几百吨,以自销为主,一切按计划进行,进展顺利。到了后来我们的年货改为厄瓜多尔香蕉,由于当时的进口蕉利润丰厚,而且只要有资本就可以运作。因此,引来了不少资本大鳄的参与。现又多了新加坡老板余大中,还有不少国内的大公司如粮油贸易公司,电子公司等也来参与。进口蕉蜂拥而至,仅是秦皇岛码头就靠了三大船,每船 3000 吨。客户见状都不肯下手,大家只能打价格战,顿时"天下大乱"。

虽然我们在全国各地有十多个销售点,但单靠我们自己也消化不了那么多。更主要的是全国各地都有大量的进口蕉,销售点都卖不动了,销售点仓库也挤满了。当时的首要任务是找库房按时把香蕉从船上卸下来。在码头当地,我们租了一个大库房,把剩下来的大半船香蕉都卸到了里面去。

卸完货就要过年了,因为看管货物责任重大,我亲自留守在码头。年宵还未过,变黄的香蕉越来越多了,我们只能尽快向各个销售点疏散。由于货源太多,各地行情很差,我们只能再开发多些代销点帮忙销售,力求尽快把香蕉销售出去,减少香蕉腐烂。

当进口蕉处理差不多时，我到中山市沙仔香蕉收购市场，临时收购些箩筐香蕉以补充货源。一方面希望能从国产蕉找到突破口，重整旗鼓，扭转局面，另一方面利用这段时间逐步回笼资金，结清做进口蕉的外账。由于那些外国资本大爷还穷追猛打，有老板扬言，要拿两个亿来砸中国这个市场。生意一直处于混乱状态，直到年中，还没见转机，于是决定收队。

1996年底我（左二）与队友游览秦皇岛山海关

面对当时情况，应何去何从？很多人不甘心，还想继续干。但由于股东太多，人员复杂，意见很难统一，单做国内生意难以管理。加上生意亏损，又有几十万代销货款难以回收，人心有所不齐，市场危机四伏。虽然心有不甘，我还是决定结束生意，由大家自谋出路。

二、媲美进口蕉业务开发

1997年下半年，曾经支持我们资金做进口蕉的机构，欲做国产香蕉生意，邀请我帮忙收购香蕉，由于我的"仿进口蕉"梦想还没实现，于是应邀加盟。我们的目标是仿照进口蕉的收购包装技术，通过精加工，把国产蕉做成与进口蕉质量媲美的香蕉。

我们选择乌鲁木齐作为销售点，因为乌鲁木齐路途遥远，地处偏僻，特别是远离港口码头，受进口蕉影响较少，因此价格高。货源方面，选择海南作为主要收购市场，因为海南气温高，香蕉不易受到寒流的影响，春季出产的香蕉品质好。那时越南归侨也开始大面积种植香蕉，这给我们做高品质国产蕉提供了良好的生产基地。

由于海南香蕉出产主要是上半年，而中山蕉是下半年居多，且品质也很好。因此，一开始我们只能先去中山市沙仔收购香蕉。他们这里的蕉棚都是建在河边水上的，香蕉都是由小贩在珠江口河冲或堤围里收购蕉农的香蕉后用小船运到蕉棚的。这里一贯以来都是用箩筐装香蕉的，因此，还得自己亲自去找纸箱厂，按照进口蕉纸箱规格订制纸箱、胶袋等。参照国外的生产流程，自行设计了一条简单可行的加工包装生产线，还要亲自培训指导包装人员的具体操作，一切得从头开始。由于这里的香蕉要用船集中运输和经过几次搬运，机械伤还是不少，因此销售市场优势不大。

1998年春，我们开始进军海南，要做出高品质的香蕉，必须打破传统的坐在收购点的收购方式，以前我们也尝试过到香蕉地头打包装，但操作起来难度是相当大的。

开始时我们设想用周转箱把香蕉运回加工站集中打包装。香蕉砍下来后，就地马上开疏，把一疏疏的香蕉装到周转箱里，然后集中用车拉到加工站打包装，希望可以有效解决机械伤问题。但实际操作起来工作量很大，而且质量也很难得到保证，后来就放弃了这个方法。

由于周转箱行不通，只能到香蕉园里打包装了。香蕉由人工一串一串抬到生产线旁边，然后由我们开疏打包装，这样加工出来的香蕉质量有了保障。但操作起来困难真不少，我们的装备除了加工香蕉生产线外，还要配备发电机、钉箱机、抽水机、抽风机等，

由于露天作业，还要防晒防雨，搭建临时棚，经常搬运这套设备出入，开始还不太适应，是一件艰难的事。所以后来尽量选择大蕉园，减少搬运次数，这样才能减轻负担，但当时质量好的大蕉园还不好找。

海南香蕉结束后，刚好家乡附近有一个大蕉园正准备上市，品质很好，价格也低。又有蕉棚，一切可按自己的要求进行。我重新设计了一条生产线，既灵活又方便，摆放香蕉的是一个旋转圆台，便于分贴商标和挑选香蕉过称，水池是可装拆的，方便搬运，可谓先进。当年6月，我们开始进入这个蕉园。那时香蕉还不是很成熟，所以开始时货量不大，基本要三天装一个火车皮，质量很好，很受欢迎，利润也大。此时，我们的操作也很顺利，一切得心应手，这时真正实现了我的国产蕉质量媲美进口蕉的梦想。大家都高兴极了，只恨当时货源不多。

我们是采用冰保车装运的，根据气温情况，通过合理加冰降温保鲜香蕉运输。装有十多个车皮，到了7月上旬，有一车皮差不多20天才到，好在香蕉没问题，大出我所料。正常情况下是10天到达。这车20天到而且没事，于是放心去大展身手了。由于香蕉质量好，上市多少都一抢而空，于是我们拼命地打包装，争取一天一个车皮。进入夏末秋初时节，不但气温越来越高，而且雨水频下，香蕉成熟加快，货源由原来的供货不足变成了供大于求。就在我们大干快上时，坏消息突然传来，洪水冲断铁路，有一批香蕉20天左右才到，这批是4个车皮。这批香蕉几乎全烂掉，我们派人到沿途加冰站监督加冰，亦于事无补。无奈洪水不断，铁路继续被冲断，整个铁路运输处于瘫痪状态。后期的车皮几乎都是20天左右到一批，分几批到，损失惨重。于是这个机构决定收队不做了。

1999年春节后，中山沙仔代收老板约我合伙进军海南，给香蕉老板代收和包装香蕉。他带来大批客户，此时，我们这支包装队伍操作熟练，设备齐全，这年顺利地打开了海南香蕉的代收和包装业务。那时长途运输也在蓬勃发展，货物好多可以通过公路运输，大大地方便了货物的流通。这回我们得心应手，如鱼得水，大获全胜。

此时台湾老板也看好海南香蕉这一块肥肉，在各产区分别建起了几条大型的香蕉加工生产线，准备大量收购香蕉，一个水池有几十平方大，声势浩大，但只干了一个回合，就以失败告终。因为各地蕉园的香蕉得用车拉过来，货源复杂，机械伤多，质量得不到保障。另一方面清洗池多天不清理，后来清理池时才发现有几千斤香蕉沉在池底，有的已经腐烂（通常大多数香蕉是浮在水面的，但有些是沉水的）。

上半年海南香蕉收购结束后，下半年又到中山沙仔这里，为了提高香蕉质量，我把香蕉装运到广州火车站装车的货船，在船舱上面架上一层木板，安放上包装生产线，变成可加工包装香蕉的水上平台，直接把船开到珠江口堤围蕉园码头收购包装香蕉。香蕉一边挑到船上一边打包装，完成了一火车皮的量后，直接开到广州火车站装车。整个运输路线刚好三点一线，可谓灵活方便。在中山市沙仔这里，我们终于又可以做出了高品质的国产香蕉。

到了2001年，海南香蕉货源充足，这年是海南香蕉发展到顶峰的一年，全国各地客商和种香蕉老板云集海南。本地人也成立了许多打包装专业队，效仿我们的操作方法给老板打包装，纸箱厂也蹬点销售纸箱。此时，老板来海南收蕉不用找代理帮忙了，直接找蕉农要货，由专业队打包装即可。甚至有些实力雄厚的大公司，从种蕉到出蕉管理先进，生产包装出来的香蕉品质达到了进口蕉的水平，客商只要前往提货装车即可，不用收购和打包装了。但也有好多临时上马的种蕉老板由于经验技术不足，管理不善，加上货源多，供大于求，在砍蕉阶段不知所措，于是纷纷把蕉园转手卖掉。那时蕉区人头攒动，热闹非凡，看似一片繁华景象。但物极必反，盛极必衰，此时海南香蕉已经进入一片混乱状态，也正是海南香蕉走向衰退的开始。加上很多老区已经不能再种香蕉了，新区已很难寻找。因此，有些先知先觉的老板已去云南西双版纳开发种植了。我也决定在年中收队，结束海南生意，从此离开香蕉收购包装市场。刚好，在收购最后一车香蕉时，蕉农老板喜欢我这条生产线，于是我就卖给了他，从此给香蕉收购包装业务划上了句号。

2000年我（右）与齐齐哈尔种蕉老板在海南江边合影

那几年，我亲眼见证了海南香蕉的高速发展，通过自己不懈的努力，开创并见证了国产蕉赶上甚至超越进口蕉质量的全过程。

### 三、重返田园

海南生意结束后，当时有朋友邀我去云南种香蕉，我不想去，亦有朋友建议我改行做建筑，我也不感兴趣。最后还是决定回家乡发展，把海南香蕉的高品质种植管理方法在家乡加以推广。

当时家乡好多兄弟都在种香蕉，但他们对香蕉质量意识不高，为了省工省钱，香蕉挂果后一般都不套袋，或只套一个塑料袋，防寒能力差，香蕉长大后表皮质量不好，品质不高。

在兄弟的帮助下，终于租得了50亩地，并于2003年春季种下了香蕉。功夫不负有心人，终于种出了既肥壮而又漂亮的好香蕉，旗开得胜，获得了亩产近万元的好收成，在乡里获得了头名状。更可喜的是，当年我大女儿参加高考，获得了湛江市理科状元，真是双喜临门！

我种香蕉那几年，风调雨顺，没有台风，连续三年获得好收成，大家都说沾了我的福气。因为以前经常打台风，打到他们都怕了。当时我选择回乡种香蕉时，第一个担心害怕的人就是我母亲。

我种植的香蕉在挂果

那几年间，香蕉成为我们家乡的产业支柱，种植与收购一片繁荣，吴阳围内几千亩香蕉一望无边，有效地带动了家乡的经济发展。但不幸的是，2008年后，香蕉黄叶病在我家乡到处为害，最终导致曾经兴盛多年的香蕉产业就这样地退出了历史舞台。

在黄叶病初期，我也研究过用药物治疗，但都没有效果，于是在抗菌苗方面下手，几经周折，终于在广州组培厂得了一些抗菌苗，效果不错。那时组培厂正在研究抗菌苗，但由于试管苗质量不稳定，难以成功推广开来。但我通过自己留芽繁殖，优胜劣汰，终于成功繁殖开来，虽然产量和质量都比不上常规苗，但我还是抱着希望一直繁殖下去，希望香蕉不至于绝灭。但那些种植专业户对付黄叶病的办法却采取不断搬迁的办法，这里种几年，又到别的新地方种几年。有些实力雄厚的专业户，早就已经跑到国外老挝那边种了。我这几十亩香蕉园后来交由我弟弟管理，通过留芽繁殖，一直保留到2018年才清理掉。

由于黄叶病的危害，家乡不能再种香蕉了，有些人都纷纷跑到外地去种香蕉。我也不甘寂寞，于2011年春，和其他两个兄弟共三人也到隔壁镇租了150亩被荒废的耕地种香蕉。此地以66米宽、100米长为一单元，刚好10亩一个单元，用红砖砌起来的机耕路，井井有条，一片配一个水井，有喷灌系统，每个单元独立供水，基础设施齐全，可谓先进。只是被废弃多年，年久失修，需要维修和完善设施。

据说以前国家投入大量资金搞牛蒡种植基地，是出口日本的，由于种植失败而被荒废。后来也有老板租种过其他农作物也失败了，以致无人租种而长期被荒废。

经过我们的精心规划、维修，把所有各片都用布管连接起来，实现全蕉园统一供水，一片现代化管理的喷灌蕉园终于建成，当时心里感觉乐滋滋的。

在我们精心管理，耐心呵护下，蕉苗终于健康成长起来了。到了夏天，雨水越来越多，当下大雨时，发现蕉苗生长不正常了，知道是积水所至。原先这些地只做基耕路，没有排水系统，下雨时多余的水不能排走，只能靠慢慢地渗回地下，对农作物生长极为不利。以前他们种植牛蒡及其他作物失败就是这个原因。于是我们又增设排水系统，每片分别挖排水沟，破开机耕路埋管连接起来，把雨天多余的水排走，这样香蕉才得以健康成长起来。

到了初冬，当香蕉刚开始抽蕾时，刮起了一场大台风，把香蕉几乎全打倒了，所剩无几。凭我们的经验，清理残枝后留芽再来，希望寄托来年。几经艰难，到了下年秋天，香蕉开始有收获，就在此时，一场特大台风正面袭击吴川，我们的香蕉全部被打倒了，真是老天爷作弄人。此后，我的堂兄退出不干了，我和亲弟弟仍坚守下来。留芽再管理，功夫不负有心人，第三年终于迎来了希望，由于我们管理先进，产量不错，加工出来的香蕉品质也好，可与进口蕉媲美，得到客商的喜爱，因此价格非常好。但当香蕉刚收获过半时，此时偏偏又刮了大台风，把剩下的香蕉全部打掉，此后我弟弟也退出不干了。

由于租期没到，于是我继续坚守下来，留芽再管理。无奈这年香蕉黄叶病大发作，最终没有多少收获。最后只能清理香蕉残枝，平整耕地，种上辣椒红薯等农作物，于2015年农作物收获后，完成租约。就这样离开了田园，从此结束了生意。

我的人生，也就正是这样，就像一场一场的梦，一场一场奋斗的梦……

## 结语

回想人生几十载,弹指一挥间。亲身见证了中华人民共和国在共产党的英明领导下,从贫穷落后一步一步走向繁荣昌盛。祖国山河锦绣美丽,国富民安。

如今我村很荣幸被湛江市授予乡村振兴精品示范村,现正在大力建设打造中……

正所谓:

沧桑岁月催人老,欣喜家乡易旧容。
不负韶华勤奋斗,只争朝夕论英雄。
小楼庭院安居乐,孙弄饴含爱意浓。
名利淡泊心筑梦,华工华夏满堂红。

乐享天伦

# 情倾职教　锐意进取

### 77级机械制图师资班　姜蕙

　　1975年7月，我从华南师范学院附中毕业，到博罗县铁场公社插队落户当知青。1978年3月，作为"文化大革命"后恢复高考的首届大学生，我进入华南工学院机械制图师资班学习。在大学四年期间，我与全班同学一起如饥似渴地学习学科理论知识和各类专业绘图技能，较好地训练了逻辑思维和空间思维能力，为日后走向社会发挥作用打下扎实的基础。1982年1月毕业后，我到广东机械学院制图教研室当教师，后来因为家庭的缘故，我于1989年3月从广东机械学院调往顺德工作。在顺德工作期间，我曾任顺德工业中专副校长、顺德成人学院院长（同时兼任顺德电大校长、顺德职院筹建办主任）、顺德职业技术学院（顺德职院）常务副院长（主持工作）、顺德教育局副局长、佛山市教育副总督学等职务。在顺德工作期间，我于2000年初获高教研究副研究员资格，2003年初获工程制图副教授资格。2003年10月至2006年7月就读香港国际商学院"人力资源管理"硕士毕业，获管理硕士学位。2004年9月至2006年3月就读北京师范大学"教育经济与管理"，获博士专业结业证书。

　　我的一生都是在教育战线上辛勤耕耘，也取得了一些可喜的成绩。

## 一、主持筹办顺德职业技术学院

　　顺德一直处在我国改革开放的潮头，20世纪80年代初制定了"工业立市"的发展规划，经济结构发生巨大变化。全县产业从传统农业迅速转变为以制造业为主力，急需补充大量的技术人才，迫切建设一所培养技术人才的高校。顺德之前曾两次申请筹办高校，但在当时必须是地级市以上的政府才能举办高等教育学府的"铁律"限制下，两次申办均未获批。1996年8月，顺德再次启动申办高校的进程，我受命担任顺德职业技术学院筹建办公室主任，成为顺德第三次筹建高校的主要负责人。当时，筹建工作面临着许多问题：其一，在1996—2000年，我国掀起了一波高校合并潮。这一轮合并大潮，几乎完全改变了中国高校的格局，也改变了很多大学之间的实力对比，目前全国39所985大学，有大部分都是在这个时期由几所大学或者科研院所合并而来。在高校合并高潮期，我们却要新建毫不起眼的高职院，要取得教育部的批准，谈何容易。其二，我对高等职业教育知之不多，缺乏高等教育管理经历，也没有筹建高校的经验，可以说是无从下手。其三，顺德成人学院当时占地才60亩，总共只有40名教职工，与教育部专科院校的设置标准差距太大。这可怎么办？

　　为了完成建院任务，我采取"多路并进、齐抓共管"的筹建方针。首先是理清建院思路及方案，结合实情，充分利用成人学院可以转制的政策，提出"以顺德成人学院为龙头、合并组建顺德职院"的建设方案，以"起点要高、体制要新、办出特色"作为筹建要求，得到政府赞同并积极推进。其次，主动学习，深刻理解职业教育内涵。组织领导班子成员分头到深圳职院、邢台职院（国内最早成立的两所高职）考察，走访港台有关高校，考察英国、德国职业院校，学习国外先进职业教育经验。2000年10月至12月，我还参加教育部组织的"中国高职高专校长赴澳培训团"，担任副团长及悉尼组组长，前往澳大利亚进行了3个月的TAEF学习研究；2001年又到清华大学做访问学者，师从清华大学常务副校长杨家庆和教务处处长袁德宁教授，学习教育教学管理，收获良多。再次，采取有效措施积极引进人才，组建高水平教师队伍。同时加大投入，按照职业教育规律添置教学设备设施，打造实训中心，实训场地由原来6个很快发展到近60个。这两项措施使得学校办学实力得到极大提升，办学质量明显提高。而后，将院内干部、教师组成若干小组，分派到全区行业企业进行深入调研，寻求紧贴产业需求的职教专业。在调研的基础上，我们很快在全国率先创办首个家具设计与制作、制冷工程、高级护理等紧贴区域产业需求的专业。同时，聘请专家常驻学院指导工作，并注意加强与教育部、省教育厅的沟通联系，教育部规划司、职成司和高教司的领导以及省教育厅的领导多次到校指导，给予我们很大帮助。1997年6月，顺德政府向广东省人民政府递交筹建顺德职院请示报告，10月得到省政府批复同意筹建顺德职院，聘请五邑大学原校长叶家

1999年6月30日，顺德职业技术学院成立挂牌仪式上的领导合影（从左到右：顺德市市长冯润胜、教育部职成司副司长刘占山、姜蕙、广东省副省长欧广源、广东省教育厅厅长许学强、顺德市常委招汝基）

康担任名誉院长；1998年7月，顺利通过广东省高校设置委员会专家组评议，同年11月又顺利通过教育部全国高校设置委员会专家组的论证。1999年3月12日，当我接到时任省教育厅厅长许学强从长沙打来的电话，告知教育部高校设置委员会会议通过批准建立顺德职业技术学院时，不禁喜极而泣，总算是完成任务了。顺德职院首届党委书记、院长由市委书记陈用志兼任，我担任顺德职院党委副书记、常务副院长，主持全面工作。同年6月30日，学院正式挂牌，顺德人实现了拥有自己大学的梦想。

回顾顺德职院筹建过程，最重要的是顺德区委、区政府的高度重视和全力支持，给我很大信心。建校初期，我提出"立足地方、以人为本、高职为主、全面发展"办学理念，走"校企结合培养人才"的高职教育教学改革道路，学院发展很快，成效显著。1999年我成为教育部高教司高职高专人才培养工作委员会主要成员之一。2000年12月，顺德职业技术学院家具与制冷两个专业成为全国高职首批教改试点专业（广东省仅6个专业）。

为了适应顺德"工业立市"的战略目标，当时顺德市政府下大决心把自己的大学办好，当职院成立获批后，立即启动异地新建顺德职院工程。1999年底，我动笔起草新校园设计要点，邀请华工建筑设计院、广州市城市规划设计院等5个单位做设计方案。最后是华工建筑设计院何镜堂团队的设计方案中标。2000年3月26日，在政府统筹下举行了

建设新校区大型筹款活动——"建设顺德大学万人行",共筹集建校资金 2.85 亿元。2001 年 10 月动工兴建,2003 年 3 月,一座占地 1802 亩、首期投资 7.45 亿元、建筑面积超过 25 万平方米的环境优美、设施良好的顺德职业技术学院投入使用。新校落成之际,因我已连任两届超期服役,政府实施与名校"攀亲"措施,聘请清华大学原教务处副处长陈智担任院长,2009 年 9 月,又聘请我们的校友、华工原科研处处长夏伟教授出任顺德职院院长至今。

顺德职院是全国第二所由县级市举办的公办性质地方高校,办学 20 年来一直名列前茅,2005 年以"优秀"成绩通过了教育部高职高专人才培养工作水平评估;2010 年被教育部财政部确定为"国家示范性高等职业院校建设计划"骨干高职院校第一批立项建设单位;2016 年成为"广东省一流高职院校"立项建设单位;2019 年成为中国特色高水平高职学校和专业建设计划 B 档建设单位,现正向职业本科学校迈进。

## 二、积极开展教学改革和教育研究工作

(1) 2006—2009 年,为解决经济欠发达地区贫困家庭子女完成高中阶段学业,实现教育扶贫,我组织顺德 5 所中职学校积极参与了广东省教育厅改革试点工作,以半工半读、工学结合的模式进行积极探索、大胆尝试,创新形成了独具特色的"双零模式——零学费入读、零距离上岗"的中职人才培养模式,在理论和实践上为职业教育开辟了一条新的人才培养之路,实现了学生、家庭、企业、学校、政府五方共赢,获得高度好评。2009 年 6 月,全国政协教科文卫体委员会副主任(教育部原副部长)赵沁平、教育部职业教育与成人教育司副巡视员张昭文、广东省人民政府副省长宋海、省教育厅厅长罗伟其等领导前来参加首届"双零模式"毕业典礼,"双零模式"成为典型案例报送中央政治局常委会。

(2) 2009 年,为了贯彻广东省政府《关于大力发展职业技术教育的决定》(粤发〔2006〕21 号)文件精神,在广东省教育厅、广东省教育考试院等上级部门的领导下,组织顺德中、高职院校按照"科学发展、先行先试"的要求,积极探索技能型人才纵向贯通衔接培养机制和选拔制度。在没有任何可借鉴经验情况下,主持制定中高职衔接自主招生方案,采取"职业技能考核+文化素质考试"招考方式,其

2001 年 1 月 16 日我陪同教育部副部长周远清到顺德乐从镇家具企业调研

中文化素质分为综合文化知识、专业综合理论两张卷考核,圆满地完成了"2009 年中高职衔接培养高技能人才自主招生"工作。该中高职衔接自主招生方式从 2010 年起在 10 所高职院校推行,2021 年已推广至全省 56 所高职院校、71 所中职学校的 183 个专业应用。

（3）在教材开发方面取得如下成果：

①国家职业技术教育机电类规划教材《机械制图装配体测绘》，主编，1999年8月，机械工业出版社出版。

②广东省高职高专机电工程类规划教材《工程制图》，副主编，2001年7月，机械工业出版社出版。

③广东省高职高专机电工程类规划教材《工程制图习题集》，副主编，2001年6月，机械工业出版社出版。

④全国高职高专机电类规划教材《机械制图》，主审，2009年7月，机械工业出版社出版。

（4）主持和参与的教育研究课题：

① 2002—2003年，主持教育部"高职高专教育专业教学改革研究与实践"项目研究。

② 2002—2005年，主持广东省重点课题"我国高职教育课程建设发展策略研究"课题研究。

③ 2003—2006年，参与教育部人文社会科学研究2003年度项目"珠江三角洲中职制造业类专业发展的研究"，担任副主持。

④ 2004—2007年，参与国家社会科学基金"十五"规划（教育类）国家重点课题"职业教育与中国制造业发展研究"。

⑤ 2007—2008年，参与广东省教育科学"十一五"规划课题"经济发达地区教育优质均衡发展问题的研究"。

⑥ 2008—2010年，主持佛山市教育科学"十一五"规划2008年课题"构建区域现代职业教育体系研究"。

⑦《广东职业教育条例》主要起草人之一，2018年5月31日广东省第十三届人民代表大会常务委员会第三次会议通过，2018年9月1日实施。

（5）出版的专著

①《当代国际高等职业技术教育概论》，主编，2002年，兰州大学出版社出版。

②《顺德现代职业教育发展研究》，主编，2012年，华南理工大学出版社出版。

③《电气自动化技术专业中高本贯通人才培养体系的构建与实施》，副主编，西安交通大学出版社出版。

（6）发表的论文

①改革奋进　办出特色（《高教探索》1997年第4期）。

②正确把握高职教育内涵（《机械职业教育》1999年第1期）。

③珠江三角洲地区发展高职教育的研究与实践（《高等职业教育》2001年第2期）。

④澳大利亚TAFE的人才资源管理（《机械职业教育》2001年第3期）。

⑤高等职业技术教育的社会属性探讨（《教育理论研究与实践》2003年第11期）。

⑥高职院校构建HRM体系的探讨（《职业技术教育》2004年第4期）。

（7）所获教育教学成果奖

①主持"主动适应地方经济 促进高职教育发展"项目，2001年获高等教育国家级教学成果奖二等奖。

②主持"主动适应地方经济 促进高职教育发展"项目，2001年获广东省高等学校第四届省级教学成果一等奖。

③参与"电气自动化技术专业'中高职贯通、专本衔接'人才培养体系的构建与实施"项目，2017年获广东省教育教学成果奖（职业教育）二等奖。

④参与"创意引领技术创新提升价值：'包班搭课'动漫专业人才培养模式改革与实践"项目，2018年获国家级教学成果奖二等奖。

我的一生在教书育人道路上奋勇向前，取得一些成绩，也有过诸多遗憾，但已尽最大努力，充实而有意义。40年过去了，谨以此向母校做个汇报。感谢华工的滋滋润育！感谢老师们的精心教导！感谢同学们的友爱相助！最感谢的是40年来陪伴我经风沐雨、相濡以沫的同学伴侣谭莹！

# 从被赏识到学会赏识——我的职业人生路

### 78 级机械原理与零件师资班　冯穗心

我大学毕业后分配到了广州市轻工业中等专业学校（现在的广州市轻工职业学校，以下简称轻校）。我的整个职业生涯都是在这所学校里度过的……

有一年的"三八"妇女节，具体哪一年我已经记不清了，广州市教育局组织了一次局属女干部的"三八节座谈会"，那时我在轻校已担任领导工作，也属于所谓的局属干部，所以也被通知参加座谈会。会前，市局组织人事处专门给我打了一个电话，希望我在这个座谈会上做重点发言，题目不限，最好是围绕女干部的成长说说自己的故事或是感悟。当时我很想推辞，因为自知并不是一个能说会道的人，而且重点发言需比较有充分的准备，不能三言两语应付，但又不能不服从组织安排，只得硬着头皮接下了任务。

当时我正好与学校的同事在一次旅途的车上，我正发愁着说些什么好呢？我突发奇想，何不问一问我身边的与我工作多年的同事呢？他们对我都非常了解，有些也是与我一起在学校成长的。当我把事情的原委告诉大家，片刻，我们的教育研究室主任冲口而出：赏识！您常说的人生格言：赏识是一种智慧！咦，这个主意不错，真有一语惊醒梦中人的感觉。车上其他的同事也兴奋起来了，七嘴八舌地附和并提供了不少事例，都认为是一个好建议。就这样我的发言主题终于确定了。虽然赏识不是一个新鲜的话题，但在我的工作和生活中，不仅得到一定的感悟，也确实成为自己的工作习惯和生活态度。

为什么我对赏识颇有感悟呢，这得从我的职业生涯说起。

### 一、将被赏识作为一种前行的鞭策

1982 年，我从华工机械原理与零件师资班毕业后，被分配到轻校任教。学校创建于 1958 年，1981 年搬迁至现在的校址：天河区长福路 173 号（华工北校区旁边）。虽然 39 年过去了，但我还清晰地记得我任教的第一门课程是《液压传动》。当我接到这个教学任务时，异常高兴，因为这是我大学期间最喜欢的课程之一，特别是液压基本回路和液压系统部分，很感兴趣。我还记得当时是刘树道老师（后来的华工校党委书记）教我们的。当时刘老师的课上得很好，虽然课时不多，但印象深刻。刘老师不仅口才好，而且思路清晰，重点突出，没有废话，很有魅力。而我呢，也学得兴致盎然。然而喜欢归喜欢，真到了备课的时候，就有点挠头了。因为我们虽然是师资班毕业，其实我们并没有像师范生那样进行过教学实习，也没有学过教育学和教育心理学（这些缺失是后来在华师大进修时充实的），所以如何实施教学还是很不专业的。当时就是凭借着对课程的熟悉和热爱，也因为有大学时老师教学方法的潜移默化，并且把握住学生易学易懂的原则进行课程规划和教学设计，同时根据教学内容的特点引导学生带着好奇心去学习，最终还是非常顺利地完成了教学任务。当时由于学校刚刚搬迁，还没有建起相关的实验室，我们学生的相关实验课是在华工的液压实验室完成的，当时得到了刘树道老师的热情帮助和母校的大力支持。

因为能够见识著名高校的实验室，并且能够有机会在里面学习，同学们都非常兴奋，也格外珍惜。说到这些学生，我情不自禁地要多说两句。那个年代的中专生都是高中毕业，虽然没有考上大学，但综合素质都很不错，勤奋好学。校园内学习氛围浓厚，晚自习教室里座无虚席，大家都低着头潜心看书学习，即使有人说话，也是在讨论学习上的问题，只要有老师走进教室就会被学生缠着提问，这个时候老师想脱身没那么容易了，真是一批非常可爱的年轻人。

我在一线教学一干就是15年，得益于在华工的学习，夯实了我的专业基础，先后给学生教授过《液压传动与气动》《机械原理与机械零件》《机械基础》《机械制图》《轻工机械》等多门课程，而且每年都指导学生的毕业设计。此外，在走上管理岗以后，因为对外联系的工作多了，便意识到社交礼仪的重要性，为了熟悉这方面的常识，我又主动为学生开设了《公关礼仪》的选修课，与学生共同学习，提高修养。为提升自己的教学质量，我常备一本笔记本，把自己平时教学过程的经验、灵感和教训一点一滴都记下来，既作为提高教学质量的手段，也成为教学研究和撰写教学改革论文的素材。

要取得好的教学效果，首先要得到学生的欣赏，我除了注重教学方法以外，还特别注意自己的着装和仪态，努力用美好的形象和饱满的精神状态让学生第一印象就喜欢上我这个老师、喜欢上我的课，从而达到学好我教授的课程的目的。由于我注意到方方面面的细节，我的教学效果还是不错的，在很长一段时间里，每学期的学生教学测评，我都是名列学校前茅。学生评价越好，我越发用心，从而形成了非常好的良性循环。从被学生欣赏到被同行和领导的赏识，广州市机械教研会还在我校举行了一次我的教学公开课，并在1994年获得了由广州市教委和广州市教育基金会联合授予的"羊城教育新秀"的荣誉。

在15年的一线教学工作中，我的职称也从初级、中级到高级。之前我从来没有考虑过从事管理工作，从师资班毕业后，我的人生理念就是像自己的父亲一样，当好一名教师。20世纪的90年代，学校的各级干部也还没有竞争上岗的选拔机制，大多数的中层干部，都是在一线的优秀教师中选拔。学生评价高、教学质量好的老师自然也容易进入领导的视野并得到赏识。我也就是这样被推上管理岗位的，自己也没有想到在管理岗位一干就是19年，直至退休。在这19年里，我都是努力做好当下，不钻营，但这并不意味着按部就班，而是在工作中有想法、有主见、有开拓、有进取。也正是这样的工作态度一路被同事和领导赏识，这也成为自己不断进步的动力。从机械教研室副主任、主任、教务科副科长、科长、到校长助理、副校长，一步一台阶，最后走上学校校长的领导岗位，同时兼任广州市机械教学研究学会理事长等多个社会兼职。

在我刚走上管理岗位不久，接二连三地迎来了学校上层次的多次评估：从省二级学校，省级重点学校，到国家级重点学校。对于我们来说，第一次的省二级学校的迎评工作特别辛苦，因为学校好久没有接受过评估了，起码在我的记忆里已经没有任何印象了。时间跨度如此之大，可以想象迎评的准备工作量是相当大的，当时全校教职工都动员起来了。而我初到教务科任副科长，没有经验，更是压力山大。因为就教学工作而言，我们需要根据设定的指标，不断地完善学校的教育教学体系，包括教学计划管理、教学组织管理、教学质量管理，以及专业建设和课程建设等内容，须从整体上提高学校得办学层次。

同时还需要呈现反映教学管理和质量监控的过程性资料,以及教师的授课计划、教案、学生作业等被查资料。所以在大半年的时间里,几乎每天的下班后和双休日都在加班。尽管如此,因为有目标,所以那时整个人就像上了发条一样,总觉得心里有一股劲儿支撑着自己。评估过后依然感觉辛苦的付出是值得的。只是现在回想起来有点不可思议,也许是老了吧。经过第一次的评估,学校的整个体系都得到了全面的系统的完善和提升,所以后面两次就轻松顺利多了。三次评估让我对教学管理工作有了全面的了解和认识,加速了自己的成长,也从副科长升任为科长。经过评估学校虽然上了台阶,但我们没有停止发展的步伐,为了适应职业教育发展形势的要求和社会对技能人才的需求,我们一直在不断改革的路上。

我们研究探索由学年制向学分制改变,用了两年的时间,学校所有专业全面实施学分制,充分调动了学生的学习积极性,更加适应了学生个性化的发展。积极开展特别适合职业教育的"以行动为导向,工作过程系统化"教学模式的探索和研究,整合相关专业课程,重新设计"在做中学"教学模式的新课程,以及对应的教材的编著,其成功经验形成了不少具有推广价值的教学研究论文,发表在有关的期刊上。以点带面,带动了学校所有专业相关课程的改革,同时也转变了老师的教学观念,让学生在学习过程中,不仅学到知识,习得技

我(左二)与参加演出的学生在一起

能,同时培养匠人精神。每一次的改革和实践都在修剪着自己的"枝叶",不断地改变和完善自己,全面提升自己的综合素质和能力。同时也更加得到了同事和领导的肯定和赏识,我在2009年获得了广州市优秀教育工作者荣誉。

走上校长岗位以后,我们通过分析学校的历史、现状和优势,确立了学校新时期的办学理念:"崇德树人、强技育人、生利成人",以及学校今后一个时期的发展思路:"一体两翼、五通并举、+互联网"。一体是指:以智能制造专业群为主体;两翼是指以具有轻工特色的绿色食品工程专业群、印艺传媒专业群为一翼,另一翼为传承、发展非物质文化遗产的岭南文化艺术专业群;五通并举是指校企通、文化古今通、育人家校通、学历中高通、办学中外通。+互联网是指促进信息技术与学校教育和管理的深度融合,促进师生在新一代信息技术迅猛发展背景下共同成长。

着力专业建设,定期开展社会调研,根据广州地域经济发展对人才的需求,调整专业设置,

我(右二)到企业调研

优化专业结构，与相关企业合作开拓新专业，例如，电梯安装与维护保养、机器人应用与维护、3D建模与打印技术、数控技术应用（智能制造方向）、数字印刷、物业设备维护与管理、网络营销、食品营养与检测、食用香精调香技术、岭南文化艺术专业群（广彩、玉雕、木雕）等专业。

努力创新人才培养模式，在普及人文素养社团的基础上，大力推行反映行业新技术的学生专业社团的建设，例如，数控技术应用社团、3D打印技术应用社团（校企合作）、企业订单培养社团（该类社团主要由相关企业的技术人员按照人才的需求进行职前教育和培训）、工业机器人技术应用社团（该社团经常由行业中已获成功的优秀毕业生与学生互动）、物联网技术应用社团等等，跨专业的学生都可以

教育局的领导参观我校的烘焙实验室品尝学生制作的美食（左二为笔者）

参加。专业社团的特点在于：第一，把学习和教育由课堂延伸到课外，使学生对自身潜能的开发充满信心，有能力的同学可以学得更多更深。第二，可以培养高精尖的技能人才，后面会提到的小陈同学就是一个典型的例子。第三，定期邀请优秀毕业生回校与学生互动，以他们事业奋斗的感悟教育学生，同时及时反馈行业的新技术新知识。第四，为新专业的开设做前期的研究和探索。第五，可以按照企业的要求，为学生的就业提前做好准备。

在开拓新专业的过程中，有两段经历比较难忘，因为发挥了我的人大代表的重要作用，积极促进了校企合作，助力学校发展和企业人才的培养。那是2012年，我被推选为广州市第十四届人大代表。在一次参加荔湾区人大会议时，其政府工作报告中提出荔湾区政府将积极支持位于荔湾东沙的广州3D打印产业园的建设，大力发展3D打印产业……

听到这消息，我很兴奋，因为我校正在筹备建设"3D建模与打印技术"专业，并且正在寻求广州地区相关的合作企业。会后我便通过人大的相关负责人与该产业园取得联系，没想到的是，他们也正在寻找合作的职业院校，我们一拍即合。紧接着我们两家就展开了相互的参观和考察，并进行了多次的深度沟通和研究，很快我们就签署了校企合作共建人才培养方案和人

校企合作签约仪式（左三为笔者）

才培养基地的合约。产业园还帮助我们建起了3D打印实验室，为了更好地探索和研究专业建设的内涵和正确定位的人才培养方案，产业园还与我们一起首先建立了3D打印技术应用专业社团。次年我校的3D建模与打印技术专业便开始招生。

第二个经历是自己亲自主持创建的岭南文化艺术专业的建设过程。那是在2013年广

州市第十四届人大第二次会议上,有代表向教育局提交了关于加紧培养岭南文化非遗技艺传承的专门人才的建议,原因是很多非遗项目的传承人年事已高,面临断层危机,需要加紧后备传承人的培养。而且,在广州市政府当年的工作报告里也专门提到:"传承历史文化遗产,加强古城历史文化的保护利用……加大"三雕一彩一绣"等非物质文化遗产的保护利用力度。"

会议期间,我和我校主管教学的周副校长(当时他是政协委员)遇到了时任市教育局职称处的余副处长,因为他对我们学校教学改革成果的印象深刻,也很赏识。他问我"你们学校能否担起这个重任"。收到这个信息,当晚我就回校召开学校领导班子会议,共商此事。虽然我们没有这个专业基础,也没有相关的师资力量,但大家都认为这是我们职业教育的使命,我们应该担起这个责任。就这样领导班子达成共识,接受这个挑战。接下来,我们成立了建设"岭南文化艺术"专业群的筹备小组,自己亲自挂帅。非常有幸的是,刚好有一个国家级非遗项目广彩传承人谭广辉大师也是市人大代表,并且在人大与我同在一个小组。他对我们的计划设想也很赏识,我们又是一拍即合,在他的引荐下,我们参观走访了玉雕高兆华、牙雕张民辉、广绣陈少芳、剪纸李笑玲等大师的工作室,当然少不了谭广辉大师的工作室。我们还远赴安徽行知学校等地学习取经,并选派了3名美术老师全脱产到谭广辉和高兆华大师工作室做学徒,跟大师学习,提前做好师资队伍的建设和培养。经过近两年的充分调研,2014年秋季广彩、玉雕两个专业方向首届招生,次年木雕方向也开始招生。这三个专业方向我们分别聘请了国家级非遗广彩项目传承人谭广辉、国家级非遗广州玉雕代表性传承人高兆华、广州美术学院副教授尹秋生为我校岭南文化艺术专业大师,同时还聘请了多项岭南文化艺术非遗项目的大师为我校的客座教授,并与广州工艺美术行业协会签订了合作协议。每一届新生学校都会举行拜师仪式,甚至我们的美术老师也参与拜师。在拜师仪式上,学徒们齐声诵读拜师帖、敬拜师茶,大师也给学徒回礼、并颁发收徒帖。拜师活动的意义在于不仅宣扬尊师重道,而且从拜师结束的那一刻起,就确定了师徒名分,做师父的要教好徒弟,竭尽所能、倾囊相授;做徒弟的则要尊重师父,尽徒弟的本分,潜心学艺,持之以恒;师徒共同为传承、弘扬非遗文化而努力。

拜师仪式 学生敬拜师茶

我(左二)与专业大师和上级领导合影

在教学计划里,专业大师每周都有一天6节课的时间亲临课堂教授学生,学生也定期到大师工作室实习,所以我们的学生,包括老师是非常幸福的,可谓是得到了大师的技艺真传。现在我们已有 3 位美术老师成功转型，分别成为玉雕、木雕、广彩项目的优秀人才。这个专业的建设和发展也得到了政府的大力支持，广州教育局每年都有专项资金支持，广州市文化广电旅游局也拨款支持。与此同时，我们还开设剪纸、押花、乞巧文化社团，这些社团同样也有相关的大师定期进行指导，不仅学生参加，我们的老师也踊跃参加。岭南文化艺术在轻校开花结果，真的是硕果累累。我们学校学生的作品多次在广州市工艺美术菁英赛、广州市青少年工艺美术大赛、广州市中职学生技能竞赛等各级各类竞赛中斩获众多奖项，并多次在广州白云机场展厅、北京路等广府非遗文化系列活动中展示。此时我也在中国陶行知研究会非遗教育专委会担任副理事长，随后学校获批成为广州市非物质文化遗产传承基地。我们与非遗大师一起走出了一条探索现代学徒制人才培养模式的试点之路。

## 二、让赏识作为一种领导艺术和学校文化

被赏识中成长，它像一种"润物细无声"的无痕教育潜移默化着我，不经意间赏识他人成为自己工作和生活的习惯。

以赏识提升自己的领导管理决策力。在我成为学校校长之后，在领导班子里，虽然我是"班长"，因为有了自己的成长的经验，我特别注意尊重和赏识我们班子的每一位成员。其实他们能够到达这个管理岗位，通常都是能人、强人。他们每个人都有各自优点：有的资历老，经历多，工作经验丰富，政策水平高；有的则年轻，工作有热情，容易接受新的事物，敢想敢干；有的工作踏实勤勉，为人诚恳，人缘基础好。所以我始终坚持用赏识、谦虚、宽容、友好的心态与他们共事，放手让他们既各司其职，又团结合作开展学校的各项工作。我们的领导班子可以说是一个团结、积极、进取的集体。

以赏识待人处事，不吝啬的赞美身边的人。有一天，刚上班，一个年轻的老师走进我的办公室，当时她穿了一套新衣服，一眼望去，端庄优雅，又不失时尚，十分适合老师的身份。虽然现在的学生在穿着打扮上喜欢前卫时髦，但他们内心其实还是更认可穿着得体、举止优雅的老师，这是因为对不同的身份和在不同的场合会有不同的美的品味。当时我情不自禁地大大赞美了她，她非常开心。她回到自己的办公室，同事也在欣赏她的新衣服，她颇自豪地回应她们：冯科长也说我的衣服漂亮，很适合我（当时我还是教务科长）。事后，有同事把这事转告了我，她说老师们都很在乎你的赏识和赞美的。我听了以后也觉得很开心，正所谓赠人玫瑰，手留余香。可以想象那一天，这个老师一定是以美好的心情面对她的学生，完成她的教学任务。平常我确实习惯赞美别人身上的亮点，所以人缘比较好，很容易与大家沟通。

赏识让我更容易发现人才和爱惜人才。当年有一个老师申请调入我们学校，因为当时我们并不缺相关专业的老师，所以我是持反对态度的，后来由于种种原因，这个老师还是调入了学校，暂时被安排在教育研究室。按常理她不是学校急需的人才，不会吸引我的注意力，但工作中，我却发现了她身上的优势，写作能力强，而且效率高，更难得的是对于具有挑战性的工作，她不仅没有畏难情绪，而是总能自信地去挑战。从此，我开始注意并

支持她开展工作，她也在工作中更加凸显出她的工作能力和组织能力。在原教育研究室主任退休后，虽然她来学校不久，但我依然鼓励和支持她竞聘这个岗位。在教研室主任的岗位上，她更是把学校的教研工作和教师队伍的建设推上了新的高度，并在学校的多项重大工作和重要报告中发挥了重要的作用，成为学校的重要骨干。她曾感慨对我说："冯校，是您的赏识和重用，让我将自己的所学和所能都'卖'给了学校，也很感谢学校给予的平台，让自己也得到了锻炼和发展，体现了自身的价值（这个'卖'是我们的俗语，是指贡献，不想显得自己有多么的伟大，所以是低调用词）。"她就是我故事开头提到的，建议我在座谈会上以"赏识"作为发言主题的教育研究室主任。

让赏识教育融入校园文化。在制定学校"十三五"规划的时候，在学校文化建设部分，我特地把"赏识"融进了校风建设，即赏识·善教·乐学。让我们的老师都能拥用一双慧眼发现每一个学生亮点，挖掘他们潜在能力，发展其优势，提升自信；也让学生学会赏识身边的同学，取长补短；学会欣赏他们的老师，敬重老师，驱动他们的学习热情和动力，从而在教学环境中形成相互赏识的氛围。赏识能使人保持正能量，足够的正能量能使人保持乐观、积极的人生态度和工作热情。

我（左三）陪市领导参观学校工业机械手实训室

我们学校2008级机电专业的同学小陈是湖北农村的孩子，他曾经因为沉迷于游戏，高中也只能肄业。小陈高中肄业以后，因为年纪尚小不能参加工作，所以只能呆在家里，既没有学习目标，也没有工作任务，可以想象在这样的状况下，他只会更加肆无忌惮地沉迷于游戏，如此下去，这孩子真可能就完了。他父母最后决定把他从湖北送到了我们学校，希望他能够在新的环境和新的学习模式下有所改变。在这里，他有幸遇到了他的伯乐，我们学校智能控制部的蔡主任，也是他的专业课老师。蔡老师正是用赏识的眼光，发现了他身上闪光点：聪明、专注、逻辑思维能力强。于是把他招进到他旗下的机器人社团。在社团里，他从比照图纸接线开始，慢慢接触编程，在老师的精心栽培和不断的鼓励下，尽管接线和编程是一个很枯燥的练习和调试过程，但他这个原来心智不成熟的小男孩在老师的鼓励下坚持下来了。经过不懈努力，他的学习不断深入，技能也突飞猛进，在同学中成为佼佼者，并在省市"机电一体化设备安装与调试项目"技能竞赛中多次获得优异的成绩。毕业的时候，他以中专学历被佛山某机器人系统有限公司聘用，打破了该公司招聘员工时以学历大专以上画线的一贯标准。入职后不久，他很快便凭借他的能力被公司重用，他组织、主导公司多项重大项目研发。仅半年的时间，他带领团队研发的"利迅达机器人打磨拉丝系统"，被评为广东省高新技术产品，并在2011年勇夺上海国际工业博览会"ABB机器人全国应用大赛"冠军。短短一年时间，他就被聘任为部门主管，随后组织团队研发的机器人醒狮表演程序，在北京举办的"2012全国信息化与工业化融合成果展"中，被时任的国务院副总理李克强评价称"这是广东的特色，也是中国的特色……"蔡老师对他的赏识和磨砺，让这个差点被埋没的金子，重新发出光芒。

陈同学设计的机器人舞狮

以赏识化解心中的不悦和抱怨。关于这一点，如果在这里聊起同事间的矛盾我以为不太合适，那就拿自己的先生说事吧。我记得有一次因为下班晚了，回家前还要去买菜。到家时天已经黑了，提着在市场买的菜，心里想，如果自己的先生能够把饭先煮好就好了。但是当我打开家门的时候，映入我眼前的景象是，两父子正窝在沙发上看电视，也不知道他们看的是什么，还在开怀大笑，再看看厨房，漆黑一片，冷锅冷灶。哇！我的火一下子冲上心头，好想发作呀，但还是忍住了，我还算是一个比较理智的人。但憋着一肚子气也不是办法呀，还是需要缓解。这时我就想起先生的好来，他非常疼爱我们的儿子，他对儿子的关爱甚至超过我的母爱，但是在为人做事的人品方面，他会严格地要求儿子。每当儿子在学校犯事，要见家长时，总是他去面对老师的训斥，即使让他这样难堪，他也不会迁怒于儿子。出了学校，他还会给我电话，告诉我儿子在学校的事情，并再三叮嘱，回家后,不仅不能骂儿子,甚至不要再提这件事了。因为儿子已经知道错了,他心里也不好受,不要再增加他的心理压力。如果有必要,也要再过一段时间,让他心情平复了,再对他进行教育……我很欣赏先生的这种既严格又宽容的教育方式,以及过犹不及、事缓则圆的处事方法,让我这个做教育的人都自愧不如。想到这些,我的火烟消云散了。我儿子也得以在这种环境中健康地成长。

同样在工作上,免不了有与同事之间发生矛盾或误解的时候,每每冷静下来时,我也是通过这种方式化解矛盾。赏识,让我努力以微笑面对工作和生活。

话又回到前面的广州市教育局的"三八"妇女节座谈会,我将赏识的作用归纳了几点:

(1)赏识能够完善和提升自我。赏识有内在美的赏识,也有外在美的赏识,还有对性格美、气质美的赏识,对能力强、智慧高、方法好、执行力强、作风好……的赏识。赏识其实是"一面镜子",关注他人的优点,有助于帮助自己取长补短、形成积极的人格特征,培养自身良好的形象。

(2)赏识与赞美能够成就他人。心理学研究表明:人类本质中最殷切的要求是渴望被肯定。所以赏识需要用赞美来表达,赏识他人要说出来。把真诚赞美的阳光温暖他人,她能够使人发现自身的价值,增强自信,唤起内心的热情和积极性,并激发其潜能,而这个潜能会像一粒种子发挥出人的超常遐想。这也是赏识和赞美能够使他人的闪光点得到不断放大的动力作用。

(3)赏识可以让人变得宽容,减少抱怨。当你是一个有赏识之心的人时,你会更加容易发现别人的优点,并记住他的好。例如当因某些原因或某些事情与人发生矛盾和冲突的时候,生气和抱怨是一种自然反应。消除这种情绪,人们通常都会说,首先要反躬自问,是否自己有不妥的地方。但我觉得同时还需要,而且更有效的方法是换位思考,尽量理解他人,特别是想想他的好,想想他曾经对你的帮助和支持,你便会在最大程度上减少抱怨,原谅他人,从而避免情绪走向极端,这里实际上还有一种感恩之心在同时发挥着作用。耿耿于怀只会加深对自己的伤害,宽容别人就是善待自己。

(4)我们也要注意赏识与赞美的关系。赏识他人应该成为一种习惯,但赞美却要讲究方式方法。单独的时候,赞美他人要热情洋溢,毫不吝啬;但众人面前的时候需要考虑场合和把握分寸,过多过火的赞美容易招来其他人的不满或嫉妒,这就会造成被赞扬的人承受莫名的压力,由此甚至可能会产生消极的作用。

座谈会上,我的发言得到了大家的共鸣,局党委的潘副书记还调侃说,早知道也让自己的爱人过来听听,让她也学会在生活中赏识自己的先生。哈哈!潘副书记的幽默,把大家逗乐了……

总之,在我的职业生涯中,我最大的感受就是:赏识是一种积极的人生态度,也是一种智慧。

最后,以朋友送的一首诗来结束我的故事。

**如梦令·赏识万岁**

何谓人间智慧，
相处真心不累。
处地设身思，
理解几多万岁。
平粹，
平粹，
赏识云蒸霞蔚。

感谢我所有的老师和华工给我的教育，为我夯实了人生的基础！感谢轻校人对我的赏识、帮助、支持和栽培，给予我平台，实现我的人生价值！感谢所有关爱我的人！

# 迎接人生新挑战

### 77级机械制图师资班　许怀升

1966年5月，在我高中毕业之际，全国开展"文化大革命"运动。1968年11月，我随着知识青年上山下乡的大潮，来到海南屯昌县国营南吕农场。我在农场经受了高强度的劳动锻炼，曾经挥舞铁锄开垦荒山种橡胶，也曾经头顶烈日赤脚下田种水稻。在连队劳动3年后，我被调入农场中学当物理教师。我在农场中学工作三年后加入中国共产党，并任学校教导主任。1976年初，我调任农场机关政治部宣传干事。1977年底喜逢国家拨乱反正恢复高考制度，我得以在高中毕业经历12个年头后参加高考，并以361分（满分为400分）的成绩被录取至华南工学院机械制图专业师资班。1978年3月，我踏入华工校门时，已经过了三十而立的年龄。

在大学四年中，我们学了机械制图、电子制图、船舶制图、建筑制图和计算机制图等制图专业课程，也学了较多的机械制造专业课程。我还担任机械制图师资班的班长和学校基础部（含两个年级八个专业的师资班）的学生会主席。当年大学毕业生由国家统一分配工作。我们班的同学大部分分配到高校或中专学校当制图专业教师，另一些同学分配到工厂、企业当机械工程技术人员，而我被分配去机关当干部。在毕业前夕，班主任江厚祥老师对我说，国家教委有文件，要在恢复高考的第一届毕业生中，挑选一部分优秀学生干部留校担任学校管理干部。学校决定安排我留校到成人教育函授部工作。没过几天，又逢广东省委、省政府文教办学校教育处需要在中大和华工各招收一名应届本科毕业生。文教办干部处派人到学校来物色人选，我被学校列为推荐人选之一，经过面试考核后被录用了。大学毕业后到省委机关工作，这是我人生道路的一个新起点。

## 在工作实践中锻炼成长

广东省委、省政府文教办是省委机关中分管全省教育、卫生、体育工作的一个机构。我在文教办学校教育处的岗位职责是协助一名副处长分管普通中小学教育的工作。具体的工作任务是对全省普通教育改革发展的基本情况开展调查研究，为省委领导进行教育决策提供理论和实践的依据，并做好各项为领导和为基层服务的工作。1983年，省委机构改革撤销了文教办，学校教育处并入省委宣传部。虽然机构变了，但我们的办公室和工作任务一直没有变动。那时实行一周6天工作制，周一到周五晚上还要上班。我们新来的人员常常参加各种会议，做记录、写简报、写总结。领导对我们的要求也比较严格，写文稿要又快又好，经常是完成任务不能过夜。校对错了一个字，都要被严厉批评。省委机关工作的严格要求，培养了我们刻苦顽强的工作精神和精准严谨的工作作风。在工作中，我逐渐体会到，要适应机关的工作，一是要认真学习党和政府的大政方针，深刻领会上级文件的精神精髓，二是要全面了解和把握基层工作的具体情况，三是要不断提高自己的思维能力和文字水平。在20世纪80年代，广东改革开放刚刚起步，教育的发展严重滞后，特别是农村学校，普遍存在较多的困难。我在教育处副处长余潮波同志的带领下，经常出差到各市县调研普及义务教育的情况。在短短的几年时间内，足迹遍及全省大部分县市。在领导的带领和指导下，我较快地掌握普教系统全面的情况，进入正常的工作状态。我多次深入南雄县和阳山县调查普及义务教育工作的情况并写了两份调研报告。每年参与组织评选表彰南粤优秀教师以及筹备召开全省教师节大会的工作。中央召开重要会议后，省委宣传部组织编写宣传资料，我多次负责执笔撰写关于教育部分的内容。在省委、省政府文教办和省委宣传部工作的8年里，我从一名新人逐步适应和胜任岗位的工作并得到领导的信任和肯定。

## 做好高等教育调查研究工作

1989年底，为了进一步加强高校思想政治工作，省委成立了高等学校工作委员会。我被任命为省委高校工委调研室副主任。调研室同时挂广东省教育工作领导小组办公室和广东省教育基金会秘书处两块牌子，其工作职责除了进行教育调查研究工作之外，还分管高校保卫工作、全省每年评选表彰南粤优秀教师的工作以及筹措教育基金开展教育扶贫的工作。1996年3月，省委高校工委和省高教厅合署办公后，我任调研室主任。在调研室任职8年期间，我完成了以下三项重要的工作任务。

一、参与组织我省大学生社会实践活动

1990年初，省委领导认为，大学生对我国改革开放以来取得的成果缺乏足够的了解，省委决定组织全省10万名大学生参加社会实践，并以此作为加强高校思想政治工作的突破口和重要途径。

组织大学生参加社会实践，每批安排100人，时间为一周。省委分管教育工作的常委方苞同志亲自组织和参与了首批大学生到深圳市宝安区开展社会实践活动的试点工作。为了全面推开这项工作，省委高校工委安排我负责做好大学生社会实践的基地建设工作。具体任务就是要联系相关的市县党委和政府，落实大学生一周参观考察的行程以及食宿的安排。在省委常委方苞同志事先跟有关市县领导打过招呼后，由我与有关市县对接落实。我几乎是单枪匹马跑了近20个市县，最后在宝安、东莞、中山、珠海、佛山、顺德、惠州、肇庆、江门、开平、台山和曲江等12个市县落实了建立大学生社会实践基地的任务。筹建每一个大学生社会实践基地，我要与当地领导共同商定大学生社会实践活动一周的考察行程和生活安排。各市县接待大学生社会实践活动的行程安排中，都有市县领导介绍总体情况和参观考察当地先进企业和富裕农村等项目。每一个参观点都要事先踩点，与接待单位负责人讲明目的要求，确定向大学生介绍情况的内容和重点。每个市县基地接待第一批大学生开展社会实践活动，我都全程参与，以便能及时发现和处理临时出现的问题。各市县党委和政府对接待大学生参加社会实践的工作大力支持，一般每个月接待一批大学生，一年安排十批。学生和带队教师安排在党校免费入住，在党校食堂用餐，大大节省了学校和学生的开支。

经过充分的准备，我省大学生社会实践活动如火如荼开展起来了。我负责与各市县以及高校的联系，每年编制广州地区部委属和省属高校大学生社会实践活动的统筹安排表，使这项工作有条不紊地持续开展，并取得较好的成效。各地市属高校大学生社会实践活动由当地政府就近安排。大学生通过参加社会实践活动，进一步了解国情民情，看到了我国改革开放后社会经济发展取得的丰硕成果，加深了对坚持中国共产党的领导，坚持改革开放，坚持建设中国特色社会主义道路必要性的理解，增强了大学生的社会责任感和历史使命感。每名大学生在参加社会实践活动后都要写一篇心得体会文章。1990年秋，调研室将大学生生活实践优秀心得体会文章汇集编印《来自社会大课堂的报告》一书。1995年3月，省委高校工委组织开展广东省大学生生活调查征文比赛，调研室将优秀文选编印了《社会大课堂启示录》一书。

我省大学生社会实践活动在全国高校中产生了积极的影响。1991年4月，中宣部、国家教委和共青团中央在广东召开全国大学生参加社会实践工作座谈会，推广广东省组织大学生社会实践活动的经验。省委常委方苞同志和省委高校工委书记杜联坚同志在会上介绍情况和经验，受到与会代表的充分肯定和赞扬。

二、做好高校内部管理体制改革调研工作

1992年春，在邓小平同志南方讲话的指引下，我省掀起加快经济发展，力争用20年时间赶上亚洲"四小龙"的热潮。当时的广东高等教育发展落后于全国平均水平，远不能适应广东社会经济发展的要求。为了学习部分国家教委直属高校实施内部管理体制改革的经验，根据省委领导的指示，省委高校工委书记杜联坚同志和省高教厅厅长李修宏同志带领华南师范大学、广东工学院等6所高校的党委书记和校（院）长，于1993年3月赴天津大学、清华大学、南京大学、东南大学、华东化工学院和北京师范学院等高校，考察学习他们开展内部管理体制改革的经验。我被领导选定为考察组的秘书全程参与。我们所考察的学校以人事制度和分配制度的改革为突破口，引入竞争机制，重新定编、定岗、定责，打破"大锅饭、铁饭碗、铁工资"，从而调动广大教职工积极性，促进学校学科建设、科研工作和科技开发，提高教学质量、学术水平和办学效益的经验，给了我们很多的启发。考察学习后，根据领导的要求，我草拟了本次考察学习的调研报告，并协助省委领导起草了关于加快我省高校改革的讲话稿。这两份报告均成为1993年6月在广州召开的全省高校改革座谈会的主要文件。

三、组织开展高等教育重大课题研究工作

1996年3月，我任调研室主任，同时担任广东高教学会第四届理事会常务理事兼秘书长、核心期刊《高教探索》副主编，负责我省高等教育改革与发展重大理论研究工作。我走上这个岗位，是组织上对我的信任，给我压担子。这也意味着今后要独立承担许多新的任务，迎接新的挑战。当时的广东教育理论研究工作正遇上一个高峰期，一是要对接1997年香港回归，开展"粤港澳人才交流与合作研究"。二是要参加广东省委宣传部主持的为迎接我国改革开放20周年的《邓小平理论与广东实践研究丛书》（第二辑）编写工作。三是要参加国家教委组织的国家级重点课题《21世纪的中国高等教育》研究。时间非常紧急，任务十分艰巨。

在1996年，我先后担任广东省政府研究中心"粤港澳人才交流与合作研究"教育课题组组长、广东省"邓小平理论与广东实践"丛书高教课题组组长和国家教委"21世纪初高教发展战略与结构布局研究"广东课题组组长。三大课题如同三座大山压在头上，特别是"粤港澳人才交流与合作研究"教育课题，起点是一张白纸，要从零开始。面对艰巨任务，我只能是咬紧牙关，挑起重担，不负使命，迎难而上。

我积极着手思考调研提纲，准备资料，组织队伍，发动各高校高等教育研究所共同参与。我负责统筹布局，把控主线，理顺文字，啃硬骨头。在一年多的时间里，我多次带队下高校调研了解情况，收集第一手资料。在办公室经常加班加点，做文字处理工作。经过高强度超负荷的艰苦努力，终于按时完成了任务。

我主持编写的《粤港澳高等教育的交流与合作》和《邓小平教育思想与广东广东教育实践》分别于1997年和1998年出版发行。"21世纪初高教发展战略与结构布局研究"广东课题组的系列论文也于1998年分别登载于由辽宁大学出版社出版的《21世纪初中国高等教育的发展战略与结构布局》一书和核心期刊《辽宁高等教育研究》（1998年增刊）。我撰写的论文《试析广东积极发展高等教育的依据》在1999年获得由广东省委宣传部、广东省社科联和广东省社科院联合评选的"广东省第六次社会科学研究优秀成果奖三等奖"。我担任广东高等教育学会秘书长职务，每年按时组织召开一次广东高等教育学会年会，召集全省高等教育研究专家开展学术研究交流活动，获得大家的一致好评。

由于我在高教研究方面取得的成绩，1998年11月我在广东省专业职称评审中，破格获得高等教育学副研究员职称资格。

## 走上高校领导工作岗位

1998年初，根据工作需要，我经组织安排调到广州美术学院担任党委副书记、纪委书记，直至2007年底退休。我在学校里分管思想政治工作、工青妇、保卫、纪监审以及成人教育工作。

走上高校领导工作岗位后，组织上安排我先后到国家教育行政学院和中共广东省委党校的领导干部培训班进修学习，每一期培训学习两个月。经过培训学习，我在政治理论和教育理论方面有了新的提升，进一步增强了做好学校领导工作的信心。在学校面对几千名学生和数百名教师，方方面面的工作千头万绪，我担负的最重要的职责是抓好学生思想政治工作。我在分管学生思想政治工作的过程中，逐渐形成了以邓小平理论和"三个代表"重要思想为指导，以公民教育为基础，以思想理论课教育为主渠道，以发展学生党员为突破口，以学生骨干队伍建设为桥梁，以校园文化活动为载体，以解决学生的实际困难为辅助，以加强学生思想政治工作队伍为保障的总体工作思路，并在实际工作中认真抓好各项措施，确保学生思想政治工作落到实处。2004年11月，全国美术院校学生思想政治教育研讨会在湖北美术学院召开。我在会上介绍工作经

1999年3月我在国家高级教育行政学院
参加全国第十四期高校领导干部进修班

验，获得与会同行们的一致好评。2005年，我主编的《传承与创新——艺术院校思想政治教育探索》一书正式出版发行。

2003年初，广东省在广州市番禺区小谷围岛建设广州大学城。广州美术学院是进驻大学城的10所高校之一。学校党委安排我担任广州美术学院大学城校区建设领导小组负责人，代表学校与省教育厅和大学城建设指挥部进行工作对接与联系。2003年底，省教育厅厅长罗伟其同志带领10所大学城高校的分管领导赴英国和美国考察学习信息化建设的情况，我是考察组成员之一。我们在12天的行程里到了英国伦敦和美国纽约、洛杉矶的14所高校进行考察与交流。学习国外高校的经验有效地扩展了我们建设大学城的视野和思路。2004年秋，广州美术学院大学城校区交付使用，当年进驻新录取的1300多名学生。当时的大学城校区只是建成了校内教学和生活设施，环境建设尚未完善，校园外围依然是一片荒凉。大学城校区远离广州市区，学校领导班子还要兼顾老校区，不可能马上转到新校区办公。为了保证大学城新校区各项工作正常开展，学校党委决定由各部门抽出骨干成立大学城校区综合管理办公室，由我担任办公室主任。在新学期开学后，由我主管学校大学城校区的工作，我深感责任重大，丝毫不能放松。我带领综合管理办公室成员以及一年级新生辅导员经常深入课室、食堂和学生宿舍检查情况，及时处理萌芽的问题。新生在新校区的第一个学期终于平稳度过。2005年春，学校领导班子主体进入大学城校区办公。我的办公室主任的使命也到此划上一个完美的句号。

2003年11月19日我主持广州美术学院建校50周年庆祝大会

在学校工作期间，领导班子认为我对高等教育发展研究有较好的基础，与教育厅各部门的联系也比较方便，安排我分管学校成人教育工作。后来学校成立成人教育学院，安排我任院长。广州美术学院是全国知名美术学院，具有较强的社会影响力，学校的成人教育也有较大的社会需求。在大力扩展学校全日制本科教育和研究生教育的同时，发展学校美术设计成人教育也同样大有可为。我们积极挖掘校内教学资源，提高现有课室的使用效率，充分调动教职工的工作积极性，同时开辟校外教学基地，举办了多形式、多学科、多学制的美术设计成人教育。在短短的几年内，学校成人教育办学规模由初期的1000多人发展到后期的近5000人。我们还通过改革内部管理制度，调动教职工的工作积极性，不断提高教育教学的质量。成人教育学院的学生有多人考上研究生。环艺专业的学生作品多次参加全国设计大赛年展获得多项金奖。

## 退休后发挥余热作奉献

一、担任广州美术学院关心下一代工作委员会主任工作

2009年至2018年，学校党委决定由我担任学校关心下一代工作委员会（关工委）主任。学校关工委的职责是在学校党委领导下，围绕学校培养学生的中心任务，组织离退休教职工做一些力所能及的工作。广州美术学院有一批在国内外美术界享有盛名的老艺术家，他们的艺术风格和为人处世的品德，堪称学生们习艺做人的楷模，这是学校关工委开展工作的优势资源。

多年以来，学校关工委在学校团委和离退办的协助下，开展艺术人生系列讲座和名师访谈活动。活动内容是组织老艺术家举办艺术人生系列讲座和组织学生深入老艺术家工作室进行访谈。广州美术学院关工委开展艺术人生系列讲座和名师访谈活动，发挥了老艺术家引领学生走正确的艺术人生道路的积极作用，成为我省学校关工委培育与践行社会主义核心价值观的工作亮点和品牌。

2018年，我组织学校关工委编写了《艺术与人生——广州美术学院名师访谈录》一书。该书收编了在"名师访谈"活动中，学生采访潘鹤、郭绍纲、梁明诚、潘行健、蔡克振、郑爽、陈金章和郑餐霞等8名老艺术家的访谈记录和各位老艺术家的优秀美术作品。该书宣传了学校老艺术家德艺双馨的感人事迹，在全校学生中产生了积极的反响。

二、参加广东教育扶贫助学工作

2009年初，由我的老领导推荐，经教育厅领导批准，我到广东省教育基金会担任副秘书长，协助秘书长开展工作。广东省教育基金会是我省动员社会各界资助贫困地区教育事业发展的公益性慈善组织。自1990年成立以来，基金会面向贫困地区农村学校开展的扶贫助学项目有：援助新建和维修校舍，捐赠图书、课桌椅、电脑和多媒体教学设备，培训校长、教师，奖励优秀教师、学生和资助家庭经济困难学生等。

2015年9月，广东省教育基金会成立第四届理事会，我担任秘书长，负责主持基金会日常工作。在基金会理事长雷于蓝同志（广东省人民政府原副省长）领导下，基金会第四届理事会自2015年至2020年9月底，共收到社会各界捐资共3.4亿元，还接受社会各界捐赠新旧电脑等一批教学设备共计1.33万台（件）。基金会接受捐赠的款物，全部用于扶贫助学的项目。五年来捐助的农村学校累计达到1000所以上。2020年底，广东省教育基金会接受广东省民政厅社会组织管理局评估，再次被评为5A级基金会组织。

三、组织编写母校抗战时期历史

我当年就读的中学是海南华侨中学，其前身是抗战时期1939年在云南昆明成立的暹罗联立育侨中学与之后在云南保山和重庆江津成立的国立第一、第二华侨中学。三校经合并后，于抗战胜利后1946年迁往海南海口继续办学至今。这是抗战时期华侨学生回国求

学奋斗的一段独特的历史。为了完整记载这一段历史，传扬当年华侨学生的爱国主义精神，我在退休后组织校友收集资料，整理编写母校抗战时期的历史。在2015年纪念中国人民抗日战争暨世界反法西斯战争胜利70周年之际，我组织编写的30万字的校史专辑《归来》（抗战时期华侨学生回国求学奋斗纪实）一书正式印发。我还在《归来》一书资料的基础上，编写了反映抗战时期母校历史的剧本《归来》。我们还在母校旧址重庆江津市夏坝镇继侨学校重建"国立华侨中学校史馆"，并为海南华侨中学新建校史馆提供了宝贵的历史资料。

　　人生岁月匆匆，时光飞驰而过。从华工毕业后四十年弹指一挥间，回首一生中走过的路，随着岗位和职务的变动，我多次承担新的工作任务。每项新的工作对我来说都是新的挑战。每次挑战实际上都是挑战自我，都是在考验我的素质和能力，考验我的意志和品格。我深深感到，一个人无论在什么岗位，要有所作为的话，一是要始终怀有为国为民为社会做贡献的事业心和责任感。二是要始终保持积极上进，奋发进取，敢挑重担，不怕困难的精神状态。三是要始终坚持努力提高自身的工作能力和综合素质。我取得的每一点进步都离不开党组织的培养，离不开学校教育和社会实践打下的基础。中学的教育夯实了我的文化基础，上山下乡十年的经历磨练了我的意志和毅力，大学的教育则给了我开阔的眼界，严谨的思维能力和高起点步入社会的平台。党组织的信任给了我成长的机遇和奋斗的勇气。我从华工毕业后，虽然不是从事所学专业的工作，但是各级领导的指导和鼓励以及华工人的精神和底气一直鼓舞我勇敢直面各种挑战，激励我不惧困难砥砺前行，努力把各项工作做到最好。我衷心感谢华工和海南华侨中学，同时也衷心感谢各级领导和同事们在工作中对我的信任和支持。

## 人生幸事　莫若得遇良师
——谨以此文纪念我最尊敬的陈世雄老师

77级电工师资班　李兆南

2014年初春的一天，我接到班领导丘晓华同学的电话。她告诉我，陈世雄老师去世了，让我写一份纪念悼文，寄托全班同学的哀思。消息令我十分震惊！因为大约一年前，我们班几位同学还去陈老师家中探望他老人家，陈老师当时虽然略显清瘦，但精神很好，十分健谈。大半个小时没有丝毫疲意，直到家人劝他休息，我们才离开。想不到这么快就驾鹤西去，生命的脆弱，令人嗟叹不已。

大学的岁月，早已在几十年的生活奔波中几乎淡忘殆尽。然而，奇怪的是，当我提起笔时，那些早已尘封的往事，特别是陈世雄老师的授课片断，一片片自然地跳到眼前。尽管有些残缺和零碎，却依旧亲切而感动。

人们常说，人生幸事，莫若得遇良师。于我而言，陈世雄老师便是我此生不可能忘怀的恩师！

陈世雄老师是我们的数学老师，教授我们高等数学和工程数学。当年，我们电工师资班和物理师资班是合班在大课室上课，两班合起来应该超过百人。相信大多数同学会如我一样，早已把陈世雄老师讲课的特有形象，深深刻记忆中了。

陈老师上课，讲的是一口粤语普通话，让我这个土生土长的广州仔倍感亲切。他讲课时声音洪亮，200人的大课室，每一个角落都听得十分清晰。如果不是面对讲台，很难相信，这么高的声音会出自一个单薄的身体。

陈老师讲课的高明之处，是能把单调枯燥的数学知识，讲成如故事般趣味盎然。数学课有大量的推导分析求证。陈老师在推导求证时，基本不用看

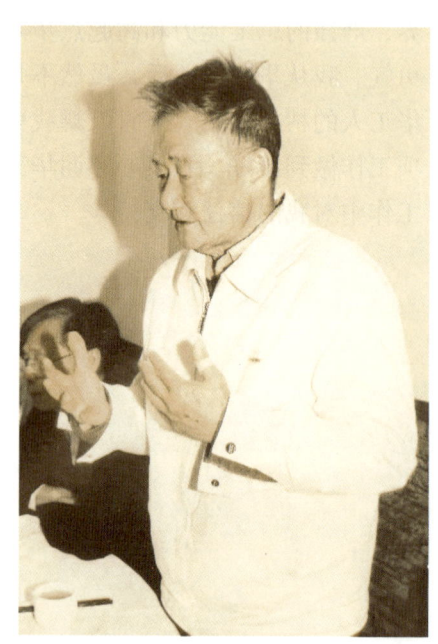

陈世雄老师上课时常用的手势

教案，边讲边写，不多时就写满上下两块大黑板。其间重点之处，他会特别强化提示，不时还会插入几句笑话调节气氛。整个过程自然流畅，我们想分神都有点难。思维很容易就跟着他的推导分析走，该慢时慢，该快时快，不知不觉地就得到最后结果。陈老师这种授课方式，让我大为受落。感觉就像聆听山中的溪流，顺着它轻快的韵律，带着我的认知蜿蜒而去。当时就想，这就是以后我当老师时上课要用的方式了。几年以后，当真有机会给学生上课时，才知道，要做到这一点有多难！

毕业后，作为老师的第一堂课，我用了足足两个晚上来演练！台词背了 N 次，公式更是推演了 N+1 次。自以为可以倒背如流了，信心满满不心虚。谁料天不遂人意，第二天上课时，上到一半，还是卡壳了。课堂突然安静得令人恐惧，几十双眼睛定定地向我投射出质疑的目光。那场景，真是要有多尴尬就多尴尬！这时我才真正明白，如果不是对自己教授的知识彻底弄懂，直到滚瓜烂熟，不可能上好一门课。以其昏昏，何以使人昭昭？只能是误人子弟罢了。而且精通教授的内容还不够，真要脱稿讲课，还要有很好的语言修养，才能把要教授的知识流畅地组织起来，让别人愉快地接受。陈老师正是那种兼备了知识和语言高超能力的大师，才能把课讲得令人如痴如醉！

晚年的陈世雄老师

陈老师有一句经典名言"这是不行的"。这本来是一个非常普通的句子，但经过陈老师浓重粤腔的渲染，每每在关键时刻喊出时，却是一句震聋发聩的警语，让人深深地刻在脑袋里。

在数学的分析推导中，往往会遇到一些似是而非的结论。这个时候，我们就会听到陈老师的这句名言：这是不行的。陈老师是在提醒我们，不要被伪证欺骗了自己。这个提醒太重要了！何止是在知识学习上，在日常工作生活中，我们都会不时遇到很多似是而非的事情。当大条大条的所谓事实或数据摆在我们面前时，像我这类的工科生，就很容易相信所谓以数据说话，认可由此而产生的可能是错误的结论。而陈老师提醒我们，很多事实、数据及由此而导出的结论，需要特定的必要条件才成立。当这些条件不能满足时，这些数据和结论也不会成立。

当且仅当这个概念无数次出现在数学课本中，本来早已让我有点麻木。是陈老师的无数次提醒，最终让这个概念成为我在后来的工作中纠正思维偏差的利器。

在网络公司工作的时候，我们承担过不少网络工程项目，也积累了不少经验，多少有点自以为是了。有一次，我们承担了一个机构的整体网络建设项目，在工程快要结束时，甲方提出要在其中一个房间增加近 10 台电脑。工程队负责人来和我商量，说如果要为这些机器加装供电线路的话，工作量较大，而且会拖慢工程，不能按时交付使用。负责人问能不能直接扩展房间的电路就算了。我重新核对了工程进度表，留给我们的时间确实不多了。又想到，三相不平衡的情况还是蛮多的，这几台机器也多不了多少功率。为了赶进度，就同意了工程队的意见，没有重新平衡供电电路。

机构如期开业了，一切正常。不幸的是，到了第三天，我就接到客户的电话，说整个机构都断电了，现在一片混乱。对方在电话那边气急败坏斥责我们的工程质量，声称要我们负责全部的经济损失。不敢怠慢，我马上带着工程队狼狈赶到现场。原来，当时是市电电网突然停电，UPS（不间断电源）系统启动后不到 10 分钟就崩溃了。而崩溃的直接原

因，就是三相供电不平衡。工程队立即敷设了临时电缆以恢复正常供电，又用了几个晚上，加班加点，重新调整了供电配置，保证了三相供电平衡。还好，甲方是长期合作的客户，没有再提经济补偿，事情算是解决了。

可是，我却无法原谅自己，因为这是一个非常低级的错误，实属不可饶恕。市电电网之所以能容许一定的三相不平衡，是因为有较大的后备功率余量，而且配备了调节能力很强的补偿系统。而 UPS 系统的功率冗余很小，平衡调节能力非常低，根本不具备调节三相不平衡的必要条件。可怕的是我竟然就轻率地把 UPS 与电网相提并论，"这是不行的"，陈老师的提醒又一次在耳边响起，只是大错已经无法挽回了。

这次事故从此成了我心中一块去不掉的伤疤，上面醒目地刻着：这是不行的！

记得有人曾问我，大学到底学到了什么？我想了想，回答说"打好了基础，掌握了学习的方法，知道了如何做人做事"。当时只是随意的闲谈，后来再认真思考了一段时间，却也未能跳出这三条。于是我确信，这就是我付出四年时间的主要收获了。

如何做人做事？课堂上各位老师的言传身教，给了我们很多启示。其中陈世雄老师教给我的是一套严密的思维逻辑。陈老师上课时，从起题到得解，整个过程一环紧扣一环，前后呼应，逻辑性极强，富有节奏感。享受的同时，启发良多。凡事都有自身的内在逻辑，依据严密的逻辑来做事，可以有效地发现漏洞，及时纠错，避免了南辕北辙的结果。几十年的工作生活，凭着这套思维逻辑，我从中获益不少。那时在学校当老师，同时兼任一些行政职务，经常要与公文打交道。记得有一次，接到兄弟单位同行的电话，急急索要我们的经费申请报告。当时觉得好生奇怪，我们的需求与他们大多不同，有何参考价值呢？细问之下，原来他们的申请报告不合格，需求不清晰，被打回来了。上级要他们参考我们的报告，重新拟写再递上去。这事听来好笑，一份枯燥无味的工作报告，居然被别人推荐为范文。后来看了同行先前的报告，确实内容发散，轻重不分，前后脱节。方才知道，即使是公文写作，也是需要训练的。而我能写出还算像样的报告，正是得益于陈世雄老师对我们严密的逻辑训练。

各类公文虽然五花八门，说穿了，其实就是现代八股文。每种公文都有自己大致的格式、规则和要素。自从有了谷歌、百度后，同质性就更加泛滥了。从这方面来说，公文大多都是格式死板，索然无味的。但是，如同八股文一样，从破题到束股，每部分都有严格的先后顺序，起承转伏，因果相承。大多数公文的各个部分也都有非常严密的逻辑关系。把这个关系搞清楚顺溜，才能写出合格的公文，至少不会"被退货"。比如前面说的经费申请报告，首先得提出要做什么项目，采购什么设备，然后，就是必要性，要让上级知道这是刚性需求，把效益利弊说清楚。接下去，就是可行性，说明项目和设备都可以如期实施的，向上级保证，这些投入绝不会打水漂。再下去，提交一个简单的实施计划，说明这个项目和设备都是经过深思熟虑的，绝不是头脑发热，人云亦云。最后，还得告诉上级，申请报告提交前，已做了大量的前期调研，申请的经费已经是最节省、性价比最好的方案了，免得领导以经费虚高为由，发回重做，白白耽误了派钱的时机。

不难看出，公文其实也是相当严谨的。写好公文，需要有很好的逻辑思维。恰恰在这方面，我十分幸运，得遇良师。两年的数学课，陈世雄老师把一套严密的逻辑思维方法，根植到我的脑海中，让我终身受益。工作多年，写过的公文难计其数。因为思维方法合理，从未让写公文成为我的思想负担。不但很少误事，偶尔还会得到领导的赞赏。经常听人说，工科生不太会写文章。我不太认同，这要看写什么。如果写公文，认真学过数学的工科生，一定比文科生好，因为后者没有系统地学过严谨的高等数学，逻辑方面往往会有所欠缺。

如果追究一下，读大学前后有什么改变？我觉得，其中之一就是处理事情的方式态度发生了重大改变。入学前我是一个相对粗糙的人，很多时的处事态度就是"大概五个零"（粤音），意思就是过得去就算。这也可能是与自己过去当过知青，有些散漫的习性有关吧。大学毕业后，我更习惯遇事时先花点时间了解来龙去脉，分析事物的内外逻辑关系，预测可能的发展结果。然后再着手处理，尽量避免犯错。事实证明，严密的逻辑思维，不但在公文写作中发挥作用。在日常生活工作中，显得更加重要。因为犯错少了，更容易赢得别人的信任。认真、靠谱，是很重要的做人本钱。

说来惭愧。那时大学宽松的学习生活环境，自己并没有好好珍惜，反而为自己的懈怠打开了一条门缝。我很少去课室晚自习，不时还会逃逃课。也不懂得师恩如山，下课后几乎与老师没有什么交集。所以，我与所有老师的个人关系并不相熟，也包括陈世雄老师。相信在路上遇到了，叫一声老师好，他可能都不知我是谁，最多只能想到我可能是上过他的课的一个学生而已。只是在后来的工作生活中，实践出真知，我才愈来愈体会到陈老师的言传身教带给我的深刻影响。是的，一个好的老师，可以影响学生的一生。

转眼几十年过去，我自己也已是两鬓斑白。但谈到当年的学习岁月，陈世雄老师的课堂形象就仍会闪现在我脑海中。还是那样博学睿智，思维敏捷，开心风趣！用现代的话语来说，就是满满的正能量！他总能把课堂气氛调动得十分活跃，让你在"嗨"起来的状态下，开心地吸取知识的营养。

一直以来，我印象中的陈世雄老师总是无忧无虑，充满阳光的。只是多年以后，我才从同学那里知道，陈老师的个人经历十分坎坷，曾遭受过常人难以想象的痛苦。我听后不禁感慨万千！是什么信念和意志，才可以让一个老师置个人荣辱不计，仍把全部心血放在他的学生身上呢？

我不敢随意揣测，但在我心中，已耸立起一个真正的人民老师的丰满形象！

终于，悼文写完了。文稿虽然不长，却倾注了我对陈世雄老师的深切怀念！我把稿件发给了丘晓华和冯穗力两位班领导看。他们看后对文稿进行了一些完善，又传阅给物理班班长李中铎同学过目，得到李班长的认可。后来，这份悼文就代表电工和物理两个师资班同学，在送别陈世雄老师的追悼会上宣读，寄托我们对陈老师的无限敬意和哀思。

任务完成了，但我的心却未能平静。写这篇悼文勾起太多的思绪，总有些言犹未尽的感觉。于是，我又重新拿起笔，以一首小诗，记录下自己当时的心情。

### 悼念陈世雄老师

2014 - 3 - 5

甲午恩师未肯留,
东湖烟雨半含愁。
重翻旧卷音容在,
再读真言涕泪流。
匠笔甘承天下任,
韶华尽为汉家谋。
蓬莱漫说无多路①,
但哭人仙不共游。

---

① 陈老师是我班大学期间公认最好老师之一,不少金玉良言,至今仍犹在耳。奉命撰写悼词,事毕,不禁唏嘘。引自李商隐《无题·相见时难别亦难》:蓬莱此去无多路,青鸟殷勤为探看。

# 情怀浓烈写春秋
## ——回忆在华工读书与科研的岁月

### 78 级机械原理与零件师资班　王树华

菁菁校园湖滨秀，莘莘学子汗水流。
岁月难忘师恩厚，情怀浓烈写春秋。

### 引言

忽如一夜春风来。1978 年，可以说是新中国实行改革开放的起始之年。国家恢复高考的决策，改变了我们这一代人的命运。1977 年冬和 1978 年夏的中国，迎来了历史上最大规模的考试，报考总人数达到 1160 万人，我就是其中一个。

回顾过往的四十多年，历经改革开放浪潮的洗礼，中国的综合实力、人民生活水平及国际地位发生了翻天覆地的变化。我们华南理工大学师资班的同学们，既是普通的大学生，也是一个特殊的群体，与改革开放的历程密切相关，在激荡的大时代成长，经过了恢复高考后振奋人心的考试、入学、毕业，到进入工作的历程，也从青葱少年步入了知天命的年龄，为祖国的改革开放，繁荣富强做出了种种贡献。

我常想，能与华工师资班的同学们有缘同窗，这是怎样的幸运啊！这种天定的缘分值得我好好珍惜。恰逢今年是我们入学 43 周年，借着"师资班"故事征文之际，我虽工作繁忙，仍愿以拙笔记录几段难忘的往事，惜念我们在华工共读四年的同窗之情，回眸我留校八年教学与科研工作的岁月。

### 从省实考入华工

我出生在广州，在中山四路的家度过了童年和中学时期。我家附近一带是广州有名的文化中心区，广东实验学校（省实）、农讲所（番禺学宫原址所在地）、鲁迅纪念馆、大东门、德政路等都在那里。我在广东实验学校（简称省实，当时设有附小）读书 10 年（5 年小学＋中学 5 年）。1977 年底，恢复高考的消息传出后，省实马上组织我们积极准备。由于"文化大革命"期间学制缩短，课本有很多内容被简化或者删除了，我们掌握的知识缺漏太多，学校把 78 级学生分成理科重点班和文科重点班，组织补习，迎战高考。同学们非常珍惜来之不易的机会，如饥似渴地补习，参加模拟考，积极准备高考，我也不例外。记得在考试之前几天，正在家里不分昼夜复习的我突然晕倒了。家人立即把我送到医院，医生给我做了检查，医生检查后说"没事，只是疲劳与低血糖"，我回家稍微休息后又重新投入复习。

78 级的高考时间是 1978 年 7 月 20 日至 22 日。我清楚地记得，那三天的天气非常晴朗。每天一早,我和一位同学约着一起步行到广州53中考场去考试。考场上,到底有多紧张,又有多兴奋,现在已经难以描述了。前段时间,我在老家的抽屉找出当年的准考证——1978年广东省高校招生准考证,发黄的小纸片上清晰地记载着考试的地点、日期、科目。这是多么珍贵的纪念!

广东实验中学

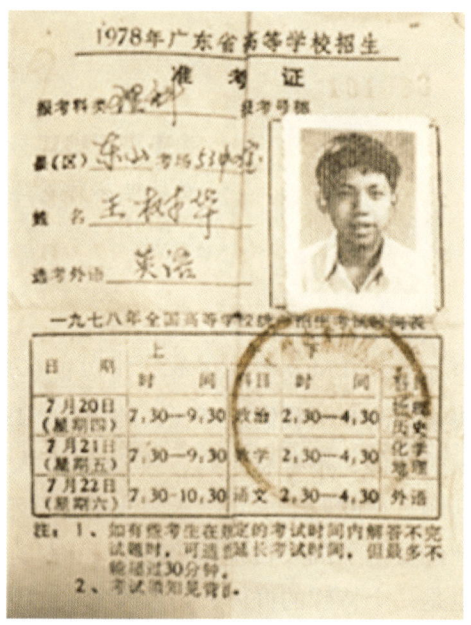

当年我的准考证

省实毕竟是老牌名校,师资底子厚实,经过短时间的冲刺,78级应届生高考一举取得广东省高校录取率的第一名,我也金榜题名考上了华工。我所在的3级组理科重点班有6人同时考上华工,这个成绩放在今天也是很厉害的。

考试完后,我和大家一样,焦急地等待着。大概8月上旬,我们收到了成绩通知。我考得最好的是化学89分,最差是语文57分,总分达到了华工、中山大学等重点大学的录取分数线。我的第一志愿报了华工的机械系汽车专业,但在8月下旬接到录取通知书的时候,才知道我被华工机械系机械原理与零件师资班(简称零件班)专业录取了。刚开始我因为专业没有如愿而感到一点点失落,但能上华工也是实现了自己的梦想。父母亲当然也特别高兴。就这样,1978年秋天,我开始了在华工12年的奋斗生活。

### 难忘的大学宿舍生活

1978年10月初,南国的广州依旧有些炎热。入学报到那天早上,我把行李系在自行车上,跨上车座,打响一串清脆的铃声,兴致勃勃地骑着车出了家门。

从中山四路骑到石牌五山,我只用了50分钟,速度相当快了。到了华工新生报到的集合地点。笑容可掬的班主任汪钦老师已经等候着了,领着我到了机械系11号楼宿舍。

11号楼是一个教室与实验室混合的旧式大楼。恢复高考后录取人数大量增加,宿舍不足,零件班的男生宿舍房间临时安排在11号楼西面的大课室里。零件师资班学生共有

44人，40个男生、4个女生，大家来自广东各地，同学们交流以广州话和普通话为主，偶尔还有汕头话和客家话。40个男生住在一个大课室里，两层高低架床把房间摆得满满当当，热热闹闹，我们过上了大集体的共同生活。

在课余时间切磋棋艺（左起：王树华、司徒毅）

同窗共读的生活情景至今历历在目，我的床在房间中间的上铺。白天，我和同学们一起去上课，晚上基本去课室预习、做功课，有时候也会和同学一起留在宿舍复习，讨论功课。课余时间，我很喜欢听大家聊天，听他们谈各自家乡的趣事。到了周末，我也经常留在学校，和同学下棋、打扑克等。这种大集体共居一个大房间的生活体验，现在想起来让我感觉特别值得回味。在陈灵江班长、魏跃副班长为首的班委会带领下，班里的集体活动丰富多彩，40个男同学很快互相熟悉起来，经过共同的学习和交流，大多成为相处融洽的学友。第一年同宿舍的大集体生活，为我们零件班同学后来结下的深厚情谊奠定了良好的基础。

一年后，从大学二年级开始我们搬到了西六宿舍，我与李诚杰、曹铭东、张东生、薛耀雄、周树达、邓云映、黄韩华、陈志民等9位同学一起住在西六东一楼的114房间，直到毕业。在西六宿舍，我们9个人挤在一个20多平方米的小房间，共5张高低架床，空间非常窄小。宿舍的中间走廊光线很暗，共用洗澡间没有热水供给，如要洗热水澡，得用水桶到热水房去提。我通常怕麻烦，就洗冷水澡。西六宿舍最大的好处是离学生食堂很近，从宿舍出来走2分钟，过了西湖中间的三眼桥就是西四学生饭堂。我们一日三餐都是在食堂吃，最初用的是有指定日期的薄纸饭菜票。每人4两白饭一素一荤，节日有加菜。后来，饭票和菜票是分开的小票，量可以按自己需要购买。那时粮食是定量供应的，为了保证我们这些未来的知识分子的营养，国家配给我们大学生每人每月一定的生活补助金和35斤粮票（一般工人是28斤）。这在当时经济并不富足的年代，可以说是相当好的待遇。现在回想起来，心里仍充满感恩的心情。

西六宿舍还给我留下一个深刻的印象，就是经常有外来的小贩在黑暗的走廊里叫卖，记得有一个女小贩常用广东话在叫卖："有球裤鸡蛋卖！有烟仔火机卖！粮票换鸡蛋球裤！"有同学笑着说，不知道这个"球裤鸡蛋"到底是什么滋味的啊？原来，那个女小贩是把"球裤"和"鸡蛋"连着一起喊出来，就成就了一种特别的"鸡蛋"了。

宿舍生活是大学生活的缩影。那个年代物质生活并不富裕，课余生活却别样有趣的生活特色，恐怕在今天的大学校园里是不会再有的了。

**爱运动的书呆子**

我们零件班44位同学的年龄差很大。其中有因"文化大革命"没有参加高考过的中学毕业生，像陈灵江、黎学军、李诚杰、王晓宁、林怡青、王东山等大哥大姐，也有从高一跳级考进华工的谭平、薛颂阳、吴瑞坤、陈志民、程彪等跳级生。78级的应届高中毕业生占比大概是二分之一,但何元华、欧棠枝二位同学,因在地方中学没有经过初三就直接读高中,是全班最年轻的大学生。不管是哪一届毕业的,我们这群刚刚恢复高考后入学的同学,几乎个个都是热爱学习的读书迷,大部分人又都喜欢运动,是一群"爱运动的书呆子"。

我很喜欢学数学、物理、力学,是物理科代表。教我们高等数学的是儒雅斯文的钱澄鉴老师。基础课一般是大教室上课,俗称"大课",一堂大课有学生一两百人。钱老师讲课声音嘹亮,课讲得很好,给我留下了深刻的印象。记得当年我们是采用同济大学樊映川编写的《高等数学》教材。我自己又买了一套苏联数学家吉米多维奇的习题集,我一有空就自己做题。我喜欢的另一门课程是机械制图,尤其是课程中的画法几何与空间画法几何,对提高我的空间想象力有很大的帮助。讲授机械制图的是李诚居老师,他是我班李诚杰同学的哥哥,虽然是亲兄弟,长得却不是很像,但李老师的制图课讲得非常好。还有我班谭平同学的父亲,风度翩翩的谭文宪教授是我们弹性力学的老师,他的课也讲得很精彩。

由于宿舍狭窄,我基本上是到课室去做作业与预习。我通常去1号楼自习,后来也常去法学院的12号楼。常与曹铭东,陈志民一起,互相帮忙用书包或笔记本"霸位"(占位置)。大一、大二的课程比较紧,基本上就是上课、饭堂、上课、图书馆、饭堂、晚上到课室做作业、预习,活得像个书呆子,哈哈。

大三、大四主要学的是专业课,课堂里一般是同一个班的学生。零件班的新任班主任是教机械零件的吴中心老师,吴老师是行星齿轮的专家,课讲得很好。复合的行星齿轮机构减速比计算是比较复杂的,在机械原理课程设计中,我自己反复推导计算公式,

我在当时的华工图书馆前

对一个复合行星机构推导出一个简单的计算方法。吴老师对我的这种计算方法很赞赏,曾笑着对我说:"你推导了一个'王氏公式',很好!"受到吴老师赞赏,我不禁暗自高兴了一番。后来吴老师离职了,据说到香港做生意去了,接替班主任工作的是年轻的高宗水老师。

大三、大四的课程相对轻松了些,傍晚,许多同学都去运动。班长和大个子王晓宁、杨伟等同学喜欢去打篮球。我也常去踢足球,虽然踢球技术不好,却喜欢和大家一起玩。如果找不到轮空的足球场,我们就在西六宿舍旁边的空地上,摆两块砖头当龙门,偶尔胡打乱踢也能射入一两个球。我们班的刘波、司徒毅、李诚杰、薛耀雄、李赐云等同学的技术都不错。记得有一次系际比赛,帅气的司徒毅同学在发角球时,就用一个"香蕉波"

把球直接踢进对方的球门，名噪一时，誉满机械系。

我喜欢跑步，中长跑的能力还不错。傍晚5点左右，我经常到操场跑步锻炼。大四那年，我参加了华工校方举办的全校1万米长跑比赛。那时长跑比赛不是很流行，大概只有几十人参加。从东湖的湖滨路开始，经过西湖边跑入去化机系的校道，又从化机系转回东湖湖滨的起点。我以37分多几秒的成绩拿到了全校万米赛跑的第六名。我刚到终点，气还没喘顺，工作人员就向我递来一个手提皮包，说

喜欢踢足球的同学（前排左起：陈志民、作者、李诚杰，后排左起：陈观荣、陈均宝、司徒毅、陈涛、薛颂阳）

"奖品、奖品"，那时的情景，到现在还深深印在我的脑海中，哈哈！是啊，能拿第六名也是真不容易的，我比赛的时候，李诚杰同学骑着单车全程跟着我。用这么快的速度全力跑，我确实是头一次。跑到中途时累得差点坚持不住了，想要停下来。诚杰兄不停地鼓励我，不停地帮我加油，让我咬着牙终于跑到终点。多年后，每当我回想起来，都特别想对杰兄说一声感谢，"杰兄，感谢你一路的陪伴和支持鼓励，有你真好！"

曹铭东和吴瑞坤同学游泳技术很好，是学校游泳队队员。曹铭东同学还常去冬泳。为了锻炼毅力，我也跟着他去游。慢慢地，我爱上了游泳。后来我在日本工作，每天都在俱乐部的恒温池游泳。这两年我到了富士康龙华科技园工作，这边没有恒温池，但我依然坚持冬泳。如果没有大学时的锻炼，我恐怕不能坚持到现在。

大学四年，我爱学习、爱运动。1981年11月被评为学校的"三好学生"，成为一个地地道道的"爱运动的书呆子"。有评分数的考试课程的总平均分是88.87分，在零件班算是名列前茅。何丽莲、姚日土同学的成绩也常常是数一数二的，但成绩最好的还是林怡青同学，是我们零件班的榜样。在学习上，我们经常互相鼓励、互相帮助，又暗中较劲，"明争暗斗"，学习充满了斗志。

1981年华工"三好学生"的喜报

### 愉快的毕业实习

1982年5月初零件班到上海进行毕业实习，这对我们来说也是一次毕业研修旅行。那是我第一次出省，感觉很新鲜、很兴奋。那时候没有高铁，从广州到上海，坐绿皮火车要一天一夜，20多个小时。我们也可以在沿途经过的地方签票下车，游历体验后再继续重新上车。

我们以114房间成员为主的实习小组，毕业设计是搞大型减速机的优化设计，被安排到上海水泥厂毕业实习。在上海水泥厂，我们在现场看到巨大的齿轮减速机的实际传动，工厂技术人员给我们讲解巨大减速机的机能，实际传动状况及维修保养的知识。时隔40年了，当时实习的详细内容已经淡忘得七七八八，倒是实习期间我们在休息日到上海附近的杭州、苏州、无锡等地的游历体验，留下很多美好的回忆。

在上海，看到了南京路的繁华、外滩的哥特式钟楼、古典的欧式大厦、黄浦江上来往航行的各种船舶，我细细体会着这座中国经济大都市的繁华景色。

在杭州，我又见识了"上有天堂，下有苏杭"的杭州西湖，恰逢春暖花开的季节，苏堤上百花盛开，桃红柳绿梨花白，湖碧花艳满堤春，西湖的春天真的非常美丽。

我在"三潭印月"前沉思

到了无锡太湖，山清水秀，层峦叠翠，碧水涟漪，在湖滨远望太湖如大海般的浩瀚无际，近看湖畔则如杭州西湖的纤丽秀美。那天，恰巧天气非常好，蓝天白云，一幅幅江南山水画般的美景令人陶醉。

回程中，我们实习小组又一起到了庐山，领略到"横看成岭侧成峰，远近高低各不同"的庐山之美。我们到了香炉峰下，望庐山瀑布，见到了"飞流直下三千尺，疑是银河落九天"的壮观景色。

## 留校工作

随风潜入夜，润物细无声。1982年8月我们大学毕业了。大学四年，华工哺育了我们的成长。四年中，我们班的同学也出现了一些变故。大二时，程彪同学因病去世了，同学们都非常痛心。周青、黎学军同学先后在华工退学，去了美国留学。后来，刘小康和黄晓剑两位同学从湖南来插班读书，故毕业时我们班是43人。由于我们是师资班，有6人留校，还有多人到其他学校去当老师，从事与教育相关的工作。留校6人中，张东生同学到党委办公室，谭平同学到管理工程系，曹铭东同学留在机械系热处理专业。杨青、黄韩华同学和我都留在机械系机械原理与机械零件教研组。我从此开始了在华工8年的教师及科研工作。

那时，曾经作为宿舍居住过的11号楼西面的教室，改为机械原理实验室，后来又在实验室内装修了一个计算机房。我担任教师并同时兼任了实验室主任，给学生上机械原理的实验课。

虽然我家在广州，但像学生时代那样，平常我还是住在华工。那时的教师宿舍条件比较艰苦，我和杨青同学，还有液压专业夏群强老师三人同住西六宿舍408房。我们的邻居、汽车专业的陈炳坤老师一家人住在我们旁边的406房。他经常找我下象棋，下棋时间长了，也曾留我在他家吃饭。窄小的西六宿舍没有厨房，他就在走廊上架起炉灶煮饭炒菜。尽管生活条件艰苦，但陈老师对人很亲切，他性格幽默、诙谐，经常和我们谈笑，苦中作乐，还给自己起了一个外号，叫"陈西六"。我们4位年轻的老师有一次一起去有名的羊城八景之一的"萝岗香雪"景点郊游，欣赏梅林中梅花盛开的美丽景色。

3年后，我搬到了教二宿舍，一间约12平方米的单人房间，这样一来自己学习和备课就方便了许多。

萝岗香雪
（左起：夏群强、陈炳坤、我、杨青）

几年助教工作之后，我开始登上教坛，正式给学生上课了。那时我是给化机系的学生讲授机械原理课程。当时我非常年轻，有个别学生就跟我差不多大。记得第一次去给学生讲课，有些学生就叫了起来："哇，好年轻的老师啊！"经过几年的机械原理的教学，我对机构和机械运动的理解也加深了，包括机械原理中基础的机构知识，如连杆机构、凸轮机构、齿轮传动等的运动原理，课程的详细内容我到现在还依然记得很清楚。

通过教学工作实践，我深深感到，要做好教师、讲好一门课程是很不容易的。首先自己对课本的知识要非常熟悉并深度理解，如自己都没有理解好课程的内容就去给学生讲课只能是照本宣科，讲课很难做到精彩。尽管我后来转职做自动化与机器人的开发工作，但当年机械原理的教学为我后来的职业生涯奠定了坚实的工业基础知识，让我受益匪浅。

教书育人是一项复杂艰巨的工作，备课、讲课和批改作业都需要付出很多的时间和精力。

2017年我回校在教二宿舍前的留影

教师不但要教授知识，还要注重培养学生的道德品质和思维方式。教师工作如蜡烛，燃烧了自己，照亮别人。

### 科研与获奖

改革开放的巨浪，推动中国经济的发展，也推动中国科学技术的进步。为了适应新形势的变化，1984年机械系机械原理与机械零件教研室分开成机械原理和机械零件两个教研室，谢存禧教授领导机械原理教研室，同时成立了机器人研究室，招收机器人机构学硕士研究生，我们班的黄晓剑同学后来考上了这个专业的研究生。

我有幸参加了谢教授领导的工业机器人性能测试的研究工作，专业上得到了谢存禧教授、郑时雄教授的悉心指导与栽培。研究过程中，我们团队也受到了空间机构与机器人机构学权威、北京航空航天大学张启先院士的悉心教导。从此，研究与推动自动化与机器人技术的发展成为我毕生追求的目标。

1985年以谢存禧教授为首的研究团队受机械工业部委托，主持"中国机器人标准化示范工程"的863研究项目。我作为团队的主要成员，与研究室同事张希灿老师参与制定中国最早的机器人标准化规程的编写工作，及研发中国自己的工业机器人性能测试系统。我负责工业机器人测试系统的总体设计与机构设计，装置制造总监，并引进了一台作为测试对象用的日本产的工业机器人（PT-300V）。

1986年我（左一）与张启先院士的合照

在这个长达4年的项目研究中，我倾注了大量的心血和精力，先是到全国各地的有关大学及研究所去调研，也经常到省科技厅图书馆查找资料。那时候网络没有现在发达，要申请国际联机检索，搜索有关的参考资料。在系统的设计阶段，我常常在研究室全神贯注地做方案检讨与绘图设计，工作到深夜，直到东方拂晓时才回宿舍。我更多的是在宿舍研读资料，在案前度过了无数个不眠之夜。测试系统制造完成后，我与张希灿老师一起做调试、做实验、采集数据、进行分析，改善和提高了系统的性能。

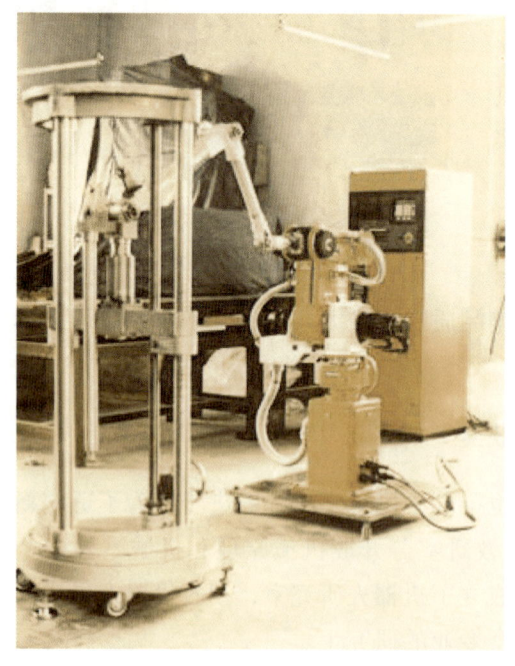

工业机器人性能测试系统

我在广州机床所做测试的现场

星光不负赶路人。辛勤的研究终于结出了硕果。1988年3月，这个研究项目通过了机械工业部专家评审团的鉴定。我把项目的研究成果写成两篇论文，发表在"第一届全国机器人学术讨论会"上。这个项目填补了我国工业机器人性能测试技术的空白，超过了当时同等装置的国际先进水平，因而获得"1988年广东省科学技术进步奖二等奖"。

1988年广东省科学技术进步奖二等奖证书（工业机器人性能测试系统）

我代表团队到广州中山纪念堂出席广东省科技进步奖表彰大会，接受时任广东省省长梁灵光颁发的奖状和奖金。这是我在华工科研八年中最值得骄傲的一件事。可以说，我有幸成为中国第一代工业机器人标准化技术与测试技术研究的先行探索者。华工八年的科研工作，磨砺了我的意志，培养了我不畏困难、潜心钻研、探索创新的精神。

从1988年到现在，34年过去，弹指一挥间，如今中国的国民生产力与1988年相比已不可同日而语，中国已成为世界制造业的大国。当今中国，广泛的市场需要已成为中国机器人发展的巨大推动力，我在为自己是探索队伍中一员而欣慰的同时，特别向当年为研发中国机器人技术而呕心沥血的中国科学工程院张启先院士、华南理工大学谢存禧教授、郑时雄教授等老一辈机器人研究先驱们致以崇高的敬意。因为有了你们做出的巨大贡献，才有了中国机器人今天的发展。

岁月匆匆，师恩难忘。忘不了在华工工作的八年，谢存禧老师对我的谆谆教导与栽培，对我的亲切关怀与爱护。1987年初，我被学校机器人研究室委派到日本进行技术考察。1990年，我又被谢老师推荐到山梨大学牧野研究室留学。师恩如海，真情厚意，此生铭记。

## 师从牧野洋教授

日本是机器人技术最先进的国家之一。牧野洋教授是世界著名机构学及机器人学专家、"SCARA"机器人的发明者、山梨大学教授。1986年，谢存禧教授作为访问学者到牧野研究室对机器人机构学进行合作研究，这一年，他与牧野洋教授、郑时雄教授三人合著《空间机构与机器人机构学》一书。

1987年，为了进行工业机器人性能测试研究，研究室派我和梁建生老师到日本去做技术考察与研修。在山梨大学访问期间，我认识了牧野洋教授。后来再经谢存禧教授推荐，1990年9月我以访问学者身份到日本山梨大学牧野研究室留学。1993年开始在牧野洋教授的指导下攻读博士，1996年取得博士学位。

世界著名"SCARA"机器人的发明者、
山梨大学教授牧野洋先生

1987年到山梨大学牧野研究室访问
（右起：梁建生、我）

牧野洋教授是我的博士导师，是我非常尊敬和爱戴的一位日本老师。牧野老师对中国留学生非常友好，温柔而重感情。我在山梨大学留学期间，他每年都让我约上几个中国留学生去他家过新年，让我们体验日本新年的风俗习惯。牧野老师喜欢古典音乐，他家里有一套高级音响，每次我们到他家，他都播一些古典交响乐或歌剧让我们欣赏，像斯特拉文斯基的《火鸟》组曲，让我至今记忆犹新。

我在牧野老师身边留学的5年半时间，学习上得到牧野老师数不清的教导，甚至在生活上我也得到他很大帮助。为了解决我异地恋的困境，牧野老师以担保人身份帮助我的女朋友、华工82级电机专业毕业的师妹成功申请留学日本山梨大学，读电子信息专业硕士。后来我们要结婚了，他又以婚礼主办人的身份为我们举行了婚礼。

我在日本工作和生活多年，牧野教授待我如亲人一样，无微不至地关怀、鞭策、鼓励，可以说是恩重如山。牧野老师严谨的治学态度和实事求是的做事风格，对我的人生产生了很大的影响，而这一切都因我的母校华工而结缘。我感恩牧野老师，感恩谢存禧老师，更感恩华工。

1995年元旦，留学生们在牧野教授家过新年，
体验日本文化（右一为笔者）（牧野教授拍照）

2019年底我（左一）在东京
拜访牧野教授夫妇

1996年我从山梨大学博士毕业后，先后在两家日本半导体装置公司做开发工作。

1998 年进入机器人四大家族之一日本安川电机集团公司，担任研发主管一职。2015 年转职入富士康科技集团，从事企业的自动化、数字化、智能化的推进工作。我在富士康的自动化推进工作期间，也得到过牧野老师的亲切指导。

2018 年开始，我一直在深圳富士康工作。期间，我曾不时回日本去看望老师。2019 年底，我去牧野老师家拜访。由于新冠疫情影响，一直都没有机会再去探望他了。那次探访成了最后一次见面。2021 年 10 月 5 日，牧野洋教授因病医治无效，在东京与世长辞。我深感悲痛。牧野先生是世界上最普及的工业机器人 SCARA 机器人的发明者，也是日本自动化推进协会的会长，多年来对世界的工业自动化与机器人业界做出了巨大贡献。他是一位世界公认伟大的机构学与机器人学者和研究家，也是一位伟大的老师。牧野洋先生以他对科学的贡献赢得了世人长久的尊重。

1989 年 5 月我和谢老师一起陪同牧野教授夫妇到桂林观光（右起：我、谢存禧教授、牧野教授夫妇）

永远怀念我敬爱的牧野老师！

## 结束语

十年树木，百年树人。教育是国家未来的希望。78 级机械原理与零件师资班无愧于时代和使命，人才济济，硕果累累。毕业后，我们班的同学在多个岗位各有建树，如张东生同学担任广东理工学院书记、李诚杰同学担任广东省轻工职业技术学院校长、邓云映同学担任广东省南方技师学院书记、冯穗心同学担任广州市轻工职业学校校长、林怡青同学任广东工业大学教授、刘小康同学任华工教授……还有更多毕业后从事教育工作的同学，都对祖国的教育事业做出了许许多多的贡献。谨此，我对 77 级、78 级师资班毕业后从事教育工作的各位同学表示深深的敬意！

2017 年底我（左一）和韩华同学一起回华工探望谢存禧教授

华工西湖美景（拍摄于 2017 年底）

2017年底,我和韩华同学到华工五山探望恩师——原机械与汽车工程学院院长谢存禧教授。谢老师将近80高龄,仍然神采奕奕,非常健康、健谈、思维敏捷。他带我们再次走进华工校园,到东湖、西湖、原机械系办公室的19号楼、西六宿舍等处,故地重游。经过40多年的建设,华工校园有了很大变化,设施更齐全,环境更优美。校园风景秀丽,绿树繁花掩映在湖光山色之中;红墙绿瓦、古朴典雅的民族风格建筑与线条简约、色彩明快的现代建筑相互衬托,交相辉映;漫步其中,令人心旷神怡,有如在画中之感,产生无限的校园遐想。

特赋诗一首:

### 颂华工

五山牌坊,文光胜境,源远流长。
东湖榕韵,西湖岛影,水碧风光秀。
庭院深深,绿瓦红墙,古楼阵阵书香。
忆当年,莘莘学子,夜读灯火通明。

邓公改革,一声春雷,学府重新开放。
同学少年,华园寻梦,求索钻研忙。
博学慎思,明辨笃行,校训精神谨记。
看今朝,华南理工,名扬四海。

最后,要特别感谢《梦想·求索·年轮》编委会及零件师资班原班委会陈灵江班长和魏跃副班长,感谢你们发起及组织这次有意义的活动,和为这次活动默默奉献的工作。也特别感谢我的省实师妹、知名女作家张蔚妍对本文提出了许多宝贵的修改建议。还要特别感谢我亲爱的女儿对本文的校核、感谢夫人从家里提供那么多的珍贵老照片,使文章更加生动形象、丰富多彩。

岁月回眸,情怀依旧,同学友谊,万岁千秋!

# 77级，一个时代的名字[①]

77级电工师资班　刘川

30年前，我考上了华南工学院，成为77级大学生。由于特殊的历史原因，我们77级的同学入学时在年龄、知识层次、知识面、社会经历等方面都有极大的差别，这是77级的共同特点。

我们班入学时年龄最大的"老三届"已30多岁，最小的是高中未毕业就考上的才15岁。大多都经历过上山下乡当知青的磨练，也有当过工人、教师，很多人有丰富的社会经历和经验。知识层次上也是参差不齐，"老三届"的知识基础和层次远高往后各届的同学。有些同学ABC没学过多少，有些同学则能用英语对话了，所以我们当年的英语课程不仅分快、慢班，有些同学还同时选修了第二外语。而这些差别恰恰对77级同学们的学习起到非常大的激励作用，并成为学习的动力。

重新走进校园之后，同学们都非常珍惜来之不易读书机会，不管是"老三届"还是应届生，每一位同学都在争分夺秒地学习，学习刻苦用功几乎是空前绝后的，甚至可以用"疯狂"学习来形容。

成绩优秀的同学成了大家学习和追赶的目标，也成为学习的动力，并带动整个班级的学习。同学们不仅按教学要求完成规定范围的学习，还普遍自己加码，扩大学习面，提高学习要求和难度，老师看到学生这么勤奋好学也乐意增加教学内容。当时我们的高等数学课程，同学们都自己选数学专业用的教材《数学分析》和吉米多维奇的《数学分析习题集》作为参考书，老师出的考试题型也会出这样难度的试题，做课本的题目简直是小儿科了。于是，后来的工程数学课程老师就选用另一套教材来授课，而不是用教学要求指定的课本，例如线性代数课程我们用的是数学专业的《高等代数》作为教材。当时我们的数学老师是这样评价我们班的，他说他教大学那么多年还没有教过这么优秀的班级。

可以说，77级的优秀并不是个别学校或专业，而是普遍现象，77级同学不仅勤奋好学，走进社会之后更是精英辈出。

我们班的精英人才陈伟荣、旋永南、曾毅敏等同学都是77级的佼佼者。陈伟荣同学曾经是广东三大彩电巨头之一，曾与同是华工77级的同学李东生、黄宏生一起被媒体誉为"华工三剑客"，为康佳品牌的创立和发展做出重大贡献。旋永南、曾毅敏同学2006年曾被广州媒体作为硅谷重量级人物报道：曾毅敏与几个志同道合的创业者，利用600万美元的风险投资基金，两年半创造6500万美元的财富，旋永南成为世界500强企业副总裁级别的高级fellow，奠定了该企业整个无线事业部的产品基础。他们造出了新生代华人在硅谷创造财富和神话。当时媒体这样描述，"两个故事的主角曾毅敏、旋永南有一个共同点：他们都来自广州"。我们班的同学都说媒体漏了一个更重要的共同点：他们都来自华工77级，并且是同班的同学。

---

[①] 原文为纪念恢复高考30周年征文，发表于2007年7月30日《新快报》，修订于2021年8月15日。媒体报道见附图2006年2月4日《广州日报》。

# 650万美元两年半变6500万美元

从一个半世纪前的卖身到旧金山淘金到今日的到硅谷创业 广州籍新移民创造出新传奇

## 两年半创造六千万美元财富

## 世界500强的高级"fellow"

## 广州叻仔"闯荡"旧金山

### 美国名流向本报读者拜年

### 旧金山也能读到《广州日报》

### 陈伯的移民故事
### 不懂英语 三藩市成了"心烦市"

### 游客不能进园 引发千人对峙

## 香港迪斯尼致歉

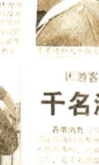

### 千名游客硬闯香港迪斯尼

## 澳洲房产展示会登陆广深 开发商现场讲解

### 旧金山：美国西海岸门户

### 旧金山唐人街：美国最大华人聚居地

### 硅谷：全球高科技的心脏

### 美国铁路华人有一半功劳

## 如歌的岁月　精彩的人生
### ——2012年在我班同学毕业30年聚会的致词

**78级工程力学师资班　余浩**

在欢庆母校成立60周年之际，我们78级工程力学师资班迎来了毕业30周年的纪念日。阔别了30年的我们，分别从全国和世界各地回华工相聚，共叙30年来的惜别之情。

30年前，我们满怀着热情和理想，告别了学习生活了4年的华工校园，告别了含辛茹苦地教育了我们4年的老师，互相握手道别，义无反顾地走向社会，走向全国，走向全世界……

回顾我们30年的历程，尽管个人的际遇、经历不尽相同，但每一个同学都以自己独特的方式和创造力，活出了一个多姿多彩的人生。无所谓好坏，无所谓对错，重要的是我们已经努力了！

如果说岁月如歌，78级力学师资班的55个人就像同台演奏的55种乐器，用美妙动人的旋律合奏了一首充满活力的青春之歌，纵情地诉说着我们的人生故事，赞美着阳光、向上，永不言败的78级力学师资班精神。

如果说岁月如画，78级力学师资班的55个人就像55个运动着的质点，用55条迂回曲折、色彩斑斓的生命轨迹，既杂乱无章，又有条不紊地在人生这块无边无际的画布上描绘了一幅五彩缤纷的亮丽图画。

如果说岁月如河，78级力学师资班的55个人就像55条潺潺流淌的小河，不畏艰难，百折不挠，历尽千山万水，闯过激流险滩，汇成了一条奋力向前、势不可挡的大河，日夜奔腾，流向生命的海洋。

如果说岁月如矢量，78级力学师资班的55个人就像55个分矢量，不管它们的大小、方向如何变化，但它们合力的方向却始终不变，永远指向华工这个令我们魂牵梦绕、难以忘怀的精神家园。

在30年漫长的人生路上，虽然有的乐器停止了演奏；有的质点终止了运动；有的小河不再流淌了；有的分矢量大小为零，但他们永远是78级力学师资班中的一员，永远伴随着我们一同前行。

亲爱的同学啊，你可曾记得我们一起迎着朝阳，在洒满阳光的湖滨路上跑步的早晨？你可曾记得我们一起在上课的铃声中走进教学大楼的课室，比邻而坐，聚精会神地聆听老师授课的一天？你可曾记得我们一起在寝室里肆无忌惮地谈古论今、指点江山的快乐时光？你可曾记得我们一起踏着晚霞，在西湖的林荫道上漫步的傍晚……这遥远的一切仍是那么的熟悉、亲切，仿佛就发生在眼前。

惜30年过去，弹指一挥间。唯我心依旧，同窗之情永存。

78级力学师资班的同学们，在这欢聚一堂的时刻，让我们举杯同饮，放声高歌，歌唱我们的如歌岁月，祝愿每一位同学在下一个30年里再接再厉，活出一个更加精彩的人生！

78级力学师资班的同学们，在这终生难忘的时刻，让我们举杯相约，在下一个30年的今天，不论我们身在何处，魂在何方，我们一定再回来相聚，不见不散，直到地久天荒，沧海桑田……

2012年我班在清远新银盏温泉度假村的毕业30年聚会主会场

带着羽毛球拍参加聚会的同学在温泉度假村同场竞技

2012年我班在母校的毕业30年聚会分会场

饮水思源，我班同学（穿蓝衣者）回母校给学生颁发奖助学金

感恩母校，我班女生到湖滨路查看我班捐赠的石凳

77级、78级同学毕业30年后喜相逢

# 从运动菜鸟到骑行达人

### 77 级化工原理师资班　郭复明

四十多年前,我有幸搭上恢复高考的头班车来到了华园。当时的我们每个人都还没从极度喜悦中缓过气来,便全身心地投入到大学的学习中去,大家都格外珍惜这来之不易的学习机会,像一块块海绵,浸泡在知识的海洋里,贪婪地吸收着各种各样的知识养分。由于历史的原因,我们这批学生的基础比不上 65 年之前入学的大学生,下更比不上后来的师弟师妹们,但从刻苦程度上看,我们却是空前绝后的。每个人都恨不得每天有 48 小时用于学习。在华园,我结识了同来自汕头市的许维和苏勇捷同学,他俩就读于物理化学师资班。毕业几十年间,我们一再相聚。

在如此高强度的学习压力下,没有强壮的体魄是肯定不行的,所以我们每天下午下课后,大家都不约而同地到操场上开展各种各样的体育活动。由于我天生运动

1979 年许维、苏勇捷、郭复明合影

2002 年许维、苏勇捷、郭复明又合影

2017 年许维、苏勇捷、郭复明再合影

天赋不高，很多集体性的球类运动都没有我下场的份。乒乓球甚至还打不过班里的女同学，大一军训时手榴弹也因为无法掌握要领而扔不到及格线，开始时很苦恼，后来想，技巧类项目现学已然来不及了，为了锻炼身体，我开始每天早晨去西区运动场跑5圈，风雨无阻，一直坚持到毕业，每天下午下课后别人打球我就跑去学六食堂门口练杠铃，这两项不需要太多的运动技巧，非常适合我这种天生不具运动天赋的人，也让我从中找到了自己的乐趣，重拾信心。

大学生活，不光教给了我知识，更给了我强壮的体魄，毕业后的前30年，为事业、为生活、为家庭，我们努力过，奋斗过，经历过高峰低谷，尝遍了酸甜苦辣，靠的全是大学四年攒下的身体本钱。最近十年，我爱上了骑行，几乎骑遍了广东的每一个角落，无论是崇山僻径，还是羊肠小道，都留下了我们欢快的印记。湖南郴州小东江看雾、大学城跑圈、火凤线拉练、增城从化的绿道、南沙的大堤，到处都留下我这并不矫健的身影，每一次骑行归来，都仿佛在提醒自己：你尚未老去，还能为社会工作，于是，我想起了前辈们的豪言壮语：健康地为祖国工作50年！我想这也是我的目标。

2000年12月6日骑行惠阳

时光荏苒，白驹过隙，当年的懵懂少年，如今已是鬓发渐白，但我们依然对生活充满热爱，活力不减。2015年秋，卢小平同学从美国回来，我们相约骑行游广州。

2019年12月13日骑行广州天河凤凰山

2021年12月4日骑行花都

1980 年我与卢小平同学（左）合影　　　　　　2018 年我与卢小平同学（左）合影

　　半生的奔波劳碌，无论我们走到哪里，百步梯的斜阳、金银岛的垂柳、湖中亭的微风、西湖边的碧波荡漾永远都陪伴着我们，愿生活在世界各地的老同学们珍重！母校就是我们的家，曾经鲜衣怒马，归来仍是少年！计划的今年年初的毕业 40 周年聚会因疫情而暂时搁置，衷心希望生活在世界各地的老同学们珍重，相信雨后见彩虹，疫情过后再相聚！

　　华园见！

# 身为华工人，就要为华工争光彩[1]
## ——记广东省林业局纪检组组长肖伟昌校友

华工校友会　陈旭静

【简介】肖伟昌，男，1952年4月生，广东梅县人。中共党员。1970年7月高中毕业后回乡任民办教师和农村基层干部；1977年考入华南工学院马列主义理论师资班，1982年1月毕业于华南工学院，获文学学士学位；1987年1月被评为华南工学院讲师；1982年1月至1991年3月先后任华南工学院校团委宣传部部长、德育教研室专职副主任和行政副科、正科、副处级等职务；1991年4月经中共中央组织部批准调往北京当代中国研究所参加中华人民共和国国史研究工作；1992年1月调入中共广东省纪委工作至今，先后任副处级纪检员、正处级副主任、省委巡视组副组长、副厅级巡视专员等职务；现任广东省林业局党组成员、省纪委派驻林业局纪检组组长、监察专员、直属机关党委书记、省林业工会主席。2008年被授予全国农林产（行）业五一劳动奖章，同年光荣当选为中国工会第十五次全国代表大会代表，并光荣出席中国工会第十五次全国代表大会。

### 怀抱理想来华工

人生最宝贵的是生命，生命对于我们只有一次。一个人的生命应当这样度过：当他回忆往事的时候，他不致因虚度年华而悔恨，也不致因碌碌无为而羞愧。在临死的时候，他能够说："我的整个生命和全部精力，都已献给世界上最壮丽的事业，为人类的解放而斗争。"——奥斯特洛夫斯基

肖伟昌校友1970年7月高中毕业时处于"文化大革命"时期，因此失去了继续升学的机会，于是回到家乡梅县任民办教师和农村基层干部。这期间曾5次被评为县优秀共青团干部、1次被评为地区优秀共青团干部。就在"文化大革命"刚刚结束的1977年，全国恢复高考的关头，领导提出有机会给他转正时，却受到了肖伟昌的婉言谢绝。肖伟昌说："当初因为大形势令我失去上大学的机会，这一直令我感到深深的遗憾。要知道，我当初高中毕业五科总分486分，完全可以考上大学的。现在恢复高考了，号召有志青年勇敢站出来接受祖国挑选。这是党和国家的召唤，我要去上大学，寻求人生新的出路，施展自己的才干，报效祖国！"

原来，正在人民公社机关工作的他像那个时代许许多多的青年一样，深受共产主义伟大精神的熏陶，深深地崇拜着《钢铁是怎样炼成的》中主人公保尔·柯察金的名言："人

---

[1] 本文写于2007年，原载于2009年11月华南理工大学校友会编的《华工人》。

生最宝贵的是生命，生命对于我们只有一次。一个人的生命应当这样度过：当他回忆往事的时候，他不致因虚度年华而悔恨，也不致因碌碌无为而羞愧。在临死的时候，他能够说：'我的整个生命和全部精力，都已献给世界上最壮丽的事业，为人类的解放而斗争。'"他说："放眼世界，解放全人类，为共产主义事业奋斗。这是当时美好的理想，这和我上华工有很大的关系。"

当时考大学口号是接受党和国家挑选，为四化建设贡献力量。为此，肖伟昌非常刻苦地学习。白天在公社上班，忙到晚上10点多才开始复习功课；一有休息的时间，他就拿出课本学习，除了温习以前学过的知识，还自学了很多课程。最后考上了华南工学院。

来到华工之后，他所在的班是很特殊的，叫作马列主义理论师资班，全班只有16人，目的是培养政治教师。政治教育很严格，他深刻地记得一进大学校门时他的班主任冯敬阳教授所说的"做学问犹如建高楼大厦，只有基础打得牢，将来才能在自己的专业上著书立说，有所建树"。所以他学习尤其努力，并没有因为已经考上大学而有丝毫的懈怠；相反，他更加鞭策自己，往更高的水平发展，"只有打好基础，将来才能更好地发挥自己的才干，对得起国家和人民，对得起社会的培养"。

## 难忘母校培育恩

"我为母校贡献青春的一腔热血，母校为我开辟人生的万里征程。"肖伟昌说。

1982年，肖伟昌校友顺利拿到学士学位，留校工作。在校任职期间，正如他所写的诗一样"我为母校贡献青春的一腔热血，母校为我开辟人生的万里征程"，他为母校尽心尽职，努力工作。也正因为他在母校出色的工作，成就了他未来的一番事业。

肖伟昌校友是个特别懂得感恩的人，提到自己的成就，他不忘华工很多教师对他人生的影响。他能把他感激在心的教师如数家珍般地一一道来，且都能说出一段故事。

肖伟昌校友首先说起的是冯海燕教授——当时广东省的第一位中共党史教授。而他们之间又有着深厚的渊源："第一，冯教授是我们马列班教研室的领导和任课教师；第二，大学工作期间冯教授指导我出了几本著作；第三，冯教授是我大学毕业论文的指导教师。"然而，不仅仅是这样，"他又是我们家乡梅县梅北中学的首任广州校友会会长，他不幸病逝之后是我接他的班，并且一做就是20多年！"在冯教授的身上，肖伟昌校友说自己学到最多的就是教师的严谨精神，不仅仅体现在教学上，在生活中也是如此。他感慨地说："老师的这种精神影响了我一辈子！我做什么事都有点像我的老师那样，就是讲究认真，不管做什么事，安排我做的事我都尽力做，不计较个人得失地把它做好。"

第二个对他影响很大的教师是原广东省人大常委会副主任陈坚——当时在华工担任主管学生工作的校党委副书记。那时候，肖伟昌校友担任校团委宣传部部长和德育教研室副主任，而陈坚书记刚好分管学生工作，给了他很多的锻炼机会。肖伟昌校友至今难忘陈坚书记随和的个性，这一点在以后的岁月里对他为人处事方面影响很大！

接着肖伟昌校友谈到了庞正书记——原来是电力系的党支部书记，后来当了校党委书记、省委高校工委书记，再后来又当省人大的教科文卫委员会副主任。"庞书记很关心年轻干部，也很严格要求年轻干部。我很感谢他，因为他当党委书记时，把我放在具有开拓意义的德育教研室工作。由于我在华工德育教研室干得不错，我才被调到中央去研究中华人民共和国国史，这才让我有机会调到省委来。"肖伟昌校友认为正是因为当初庞书记的安排，成就了他在华工的多项事业，而且对他以后的发展起到了相当大的作用。

说到这里的时候，肖伟昌校友说起一个典故——"伯乐相马"。原来他是要说另一个对他影响深刻的教师廖军文——当时担任华工的校团委书记，后来担任了深圳团市委书记、深圳市政协副主席等职。肖伟昌校友把廖书记比作是相中了自己这一匹快跑的马的伯乐。正因为廖书记的推荐，当时刚毕业的他才有机会留在校团委，开始了他在华工的一切工作。他说："他对我有知遇之恩，虽然我在他身边才工作了两年，但是他很信任我。他很有魄力，什么事情都敢放手让我去干，我也很支持他的工作，编了很多华工团委的简报。那时候我们校团委的工作一直受到共青团广东省委的表扬。"

铭记在心的不仅仅是这些教师，还有郭仁义书记、张裕良书记、陈昌盛副校长、袁家广老师等，是他们的关心带领，使肖伟昌校友参与组织过一届非常成功的广东省大学生运动会，拍摄过6部德育电教片，等等，在华工的生活经历对于肖伟昌校友来说非常重要。"那是一切事业的起步，是未来征程的练兵阶段，这一点，师弟师妹们要以后才能深刻地体会到！不管是1991年在北京编史还是后来分别在省委、省政府机关工作，我始终觉得我是华工的学生，要为母校争光，不给母校丢脸！"虽然离开华工多年，肖伟昌校友仍然时刻心怀母校的发展，为母校的发展说出了一些自己的肺腑之言。

"首先，华工一定要保持理工科的特色，我们是华南地区最有名的理工院校，一定要朝这个方向去发展。其次，华工要发展，就是要根据华南地区，特别是珠江三角洲地区的发展方向，根据广东经济发展、社会发展的需要，及时做一些适当的专业调整，使华工更好地适应社会经济发展。最后是期望所有'华工人'，不管是教师还是学生，都要维护华工的声誉！教师们要树立教书育人、为人师表的思想意识，保证教学的质量，严严谨谨，对学生负责，对社会负责；学生则要踏踏实实地秉承'华工人'的精神，刻苦认真地学好自己该学的本事，更好地去适应社会的变化，做一番事业为华工争光！"

### 对后辈叮咛嘱咐

"人贵有自知之明，人贵有自强之志，人贵有自立之才，人贵有自恃之德，人贵有自警之识，人贵有自爱之心。"肖伟昌说。

肖伟昌校友总结了自己几十年的人生体会，他将自己的人生信条与华工师弟师妹们共勉："人贵有自知之明，人贵有自强之志，人贵有自立之才，人贵有自恃之德，人贵有自警之识，人贵有自爱之心。"除此之外，还对师弟师妹们以后的人生道路提出了6个建议，以助后来者可以少走一些弯路。

一是人生最重要的是有理想，理想可以支撑一个人走完一生的历程。他引用了原中共中央政治局委员、中共广东省委书记，时任中共中央政治局委员、国务院副总理张德江同志讲过的一句话："理想的动摇是最危险的动摇，信念的滑坡是最致命的滑坡。"嘱咐我们不管什么时候，守住自己做人的底线，坚持自己的理想信念。他说："你们还年轻，将来要走的路很长，会遇到问题也很多，但是，不管遇到多大的困难、多复杂的事，对人生的信念和理想都不要动摇！"

二是青年时期要尽早树立报国之志。正如肖伟昌校友在他的个人文集《呼唤新的一代》中所提到的一样，青年学生应具备爱国之情、建设祖国之才、报国之志和效国之行，要将这四者统一起来，为祖国多做实实在在的贡献。

三是要认识到个人在社会上是很渺小的。所谓"沧海一粟"就是这个道理。所以大学生要自觉地融入社会，及早根据社会需要确定自己的方向，然后及时地调整自己成才的方向，脚踏实地地工作，多干实事。他说："人不可能一条路走到底，每个人都有自己的道路，而且大多数道路是曲折的。就像屈原所说的'路曼曼其修远兮，吾将上下而求索'，人生确实就是这样。"

四是要学会正确对待人生道路上的曲折，正确对待逆境。一个人的人生道路总有起伏的时候，荣誉的光环戴在头上的时候，要记得谦虚；面对逆境的时候，要学会坚持，不能被一时的挫折给击败。"生活中到处都有压力，年轻人更应该学会在压力中生存。"

五是要珍惜时间。这一点肖伟昌校友自己是深有体会的，他是尤其珍惜时间的人。从他在文学方面的成就就可以知道，时间对于他来说是如何宝贵。他主编出版了《大学生成才修养学》等著作15部，个人文集《呼唤新的一代》《春雨的奉献》《心灵的火花》，主编、导演《春风吹绿珠江岸》《当你步入大学》《爱情与事业》《改革之歌》等6部电视片，在各级报刊（或研讨会）发表论文110多篇、短文120多篇，主编出版各类内部期刊300多期。我们难以想象一个人如何有这么多的时间和精力去完成这么多的事情！最重要的是这些大部分都是他在工作之余的时间完成的！所以他尤其劝诫现在的年轻人要懂得"一寸光阴一寸金"的道理，千万不要虚度黄金般珍贵的岁月。

六是要摆正自己的位置。只有真正做到尊重他人，才能得到别人的支持。毕竟，个人的力量是渺小的，要做成一件事单单靠自己是不行的，而能够取得别人帮助的前提是应该取得别人对你的理解和信任。在这个过程中，自己要好好处理与周围同事朋友的关系。

# 岁月如歌　人生当存诗意

### 78 级工程力学师资班　林练

本文是在 2012 年 11 月 12 日工程力学师资班毕业 30 年聚会上分享所用稿子修改而成。并非系统性回忆，不过朝花夕拾、雪泥鸿爪而已。

现在回想当年，自然是一片混沌，至今懵懂依然。幸而，人生路途有诗意如歌，让心绪可以抒发，也如秋水自洁心田。

父母坚决反对我读文科，我的诗词爱好，纯粹业余，远未及熟读唐诗三百首，仅止于照板煮碗之水准也。

无论赏读经典或自己习作，每有感悟如清风吹尘、净水涤垢，荡除胸中块垒。平素以自娱为乐，今不揣冒昧献丑于老同学前，倚赖老脸皮够厚耳。

## 高考前经历背景

我小学读了五年级，正当"文化大革命"时期，根据最高指示学制要缩短，小学改为五年制，初、高中分别各两年制。小学五、六年级同学一齐毕业。六年级同学去了中学校园，五年级的留在小学读初中班。

初二，升到广州市第五中学，整个学年都是乱哄哄的，课堂纪律很差，基本上老师在讲台上自顾自讲，学生在下面自由活动。

1972 年 7 月初二学年结束就迎来又一次学制变动，小学重新六年制、初中重新三年制，高中保留两年制。当年的初二级学生（包括了小学五年级和六年级毕业生）经过学校筛选，分成两批，学习成绩比较好的直接上高一级，其他的读初三级。我直接升读本校高一级。

高中两年，学习氛围比初中显然好得多，老师教得认真，同学们也比较努力。但是，学工、学农、学军的任务还是很重，花费时间比较多。当时广州第五中学（下简称五中）高中生分期分班轮换，有一半时间是在位于花县（现花都区）牛心岭的分校度过，我们从一片荒地上亲手建成一座颇具规模的分校。

我初二到五中就读时就进入校田径队，选我进去的是体育老师张法，他后来担任过广东省体委副主任。我主项 110 米跨栏，参加广州市中学生运动会平了少年组记录。由于近视戴眼镜，跑起来很不方便。初二毕业的暑假就跟随我二弟林醒，参加海珠区业余体校游泳班训练，发挥练过田径的长处，主攻蛙泳，后来增加了蝶泳、混合泳两个主项。

1974 年 7 月高二毕业，师傅梁锦新叫我当助教，先是边带一些后备队员，边介绍我去广州市中心体校观摩学习。每天吃完早餐就骑自行车从宝岗体育场附近家中出发，到瘦狗岭的中心体校观摩训练，持续了大约半年。

9 月份小学一年级新生入学，游泳项目学校扫盲结束，我选了一批三四十人（经过一

年筛选,最后稳定成组的约 20 人,包含了四五间学校的学生),独立带 1968 年龄组,其中有个别为 1967 年、1969 年出生的学生。

这批运动员我带了三年多,成绩还好,区里三所体校比赛中有优势,市里比赛都拿得到名次、分数。其中,黄骏是我高中班主任李梅仙老师的儿子,后来他升读五中,转项踢足球。再后来黄骏也在 1986 年入读华工工业企业管理系,其后以担任广州富力足球队领队闻名。

这三年多,我每天下午学校放学时分,就到宝岗体育场内的游泳场训练游泳运动员。全年只有春节休息 5 天,当运动员时是,当教练时也是如此。

早晨则每天早上 5 点半起床,6 点到海幢公园太极拳辅导站教拳一个小时,当年全国各地掀起学习太极拳的热潮,广州市内有多个辅导站面向社会开放。

我与太极拳的缘分来自于父亲,他见我刚刚高中毕业时,吃完早餐就靠在床边看书,常常没多久就昏昏入睡。批评我不成样子,有颓废倾向。于是在家附近的海幢公园太极拳辅导站为我报了名。

我跟从简桂妍老师学习太极拳。因为我在游泳训练之外,还有师从梁锦新师傅学习武术的功底,所以学习太极拳一个星期之后,就被简老师抽去担任助教,负责在台上摆姿势,而简老师则在台下走动边讲解边纠正学员的动作。

简老师后来担任广州市武术馆副馆长、市武术协会副主席、市太极拳研究会名誉会长,成为杨氏太极第五代传人。

当年每周 6 天工作制,太极拳辅导站也是每周 6 天开班。每个星期天上午,简老师把下一周的教学内容先教我一遍,然后我便当 6 天示范背景板。由于我摆姿势基本上不能动,全神贯注下基本功倒是练得比较扎实。这种教学模式,直到我学会了简化太极拳 24 式、48 式、杨式大架 88 式、太极剑 32 式等套路为止。

1974 年秋我在广州市太极拳比赛上获得太极剑第一名,之后便独立带班教太极拳了。

## 高考

1977 年恢复高考,我将手下运动员移交给师傅梁指导。大约在 10 月份,我通过李老师回到五中参加复习班。当时在五中正楼西边阶梯教室上课,人挤满了,连走道上都挤得相互紧靠着。我曾经被身旁同学的狐臭熏得头昏脑胀,几欲窒息,只能屏息减少减慢呼吸,咬牙死撑。

12 月份二弟林醒也参加了高考,春节之后陆续派发录取通知书。有一天省招生办打电话找我,说我过了重点录取线,但是志愿表上三所志愿学校都没有录取,而我没有填写服从分配,现在华南师范学院想录取我,问我是否愿意。我当时不太愿意当老师,与父母商量,觉得 1978 年高考没多远,我宁愿再考一次。于是回绝了省招生办。二弟林醒因为上山下乡务农身份(务农地点就在宝岗体育场旁边的新滘公社前锋生产队),所以选择立即就读,进入广东省电视大学全日制电子技术专业学习。

备战 1978 年高考的复习班正规了许多,报名手续相当严格,非应届生需要单位同意报考证明或者街道办事处户籍证明。办事处主管干部不肯写证明给我，理由是我近视，属于残废人（当时没有残疾并非残废的观念），不能参加高考。

我父亲跟市六十五中何校长说了这件事，何校长马上说："来我们这里报考，跟班上课！"因此，春节过后下学期开学，我就到了位于郊区江高镇的六十五中住校，跟随应届毕业班学生一起上课复习。

在我三兄弟都读了大学之后，有街道干部对不肯写证明给我的那个人说，"你不肯写证明给周姨（我母亲姓周），家下人地三个仔都读咗大学喇"（现在人家三个儿子都上了大学），此系后话。

高考复习的一个学期，生活十分单调，除了吃饭睡觉，时间表全被学习填满，只有每日早晨太极拳锻炼，是不多的生活点缀。没多久，六十五中的体育老师，就跟着我练习太极拳了。

是年4月，紧张复习中，踌躇满志写下了一首四言古体。

### 生日自况

练兮练兮，今岁几何？
廿年世际，时日流多。
有武未用，爱文求博；
平生意气，好为鹏歌。
恭谨从师，无吝教我；
问难质疑，信得其乐。
学成自许，惜愚恶浊。
囊锥倩谁？敢甘冷落！
天与大任，后功先磨；
风物高览，养志不惑。

在六十五中考场参加高考，成绩仍然过了重点线。填报志愿时本想跟随父亲的专业报读医学，被已入读华南工学院77级电工师资班的丘百根兄怂恿报读华工师资班，他是我小学同班同学丘诺铭的堂兄。

我高中时，丘百根兄牵头组织了一个学习小组，成员除了他兄弟俩，我拉上高中同班同学符一夫参加，还有一位丘百根兄的胡姓同学。丘百根兄主导以研究现实主义文学为小组活动主旨。我记得研学的第一篇作品是上古歌谣《弹歌》。

### 弹歌

上古·佚名
断竹，续竹；
飞土，逐宍。

注：宍（ròu），肉之古字。

百根兄拼命游说我，谓国家要大力发展高等教育，而目前高校师资青黄不接，华工办学规模要在一个五年计划内达到1万名学生，更是缺乏师资，而当高等学校老师很高尚等等。

懵懵懂懂地在百根兄"忽悠"下填报了华南工学院第一志愿，中山大学第二志愿，中山医学院第三志愿。而在华工师资班专业中，百根兄又帮我选了工程力学为第一志愿，说是理工科必学的，既是基础学科又高端大气上档次什么的。

1977年不想读师范大学，1978年却被"忽悠"进了师资班，孰料与"教育"之缘分竟持续了一生，似乎冥冥中有定数。

高中同班同学中，只有符一夫和我两人读了大学。一夫兄就读华工78级无线电技术专业。

当年读大学相当稀罕，同班同学冯国强高中毕业分配到海珠区建委工作，热情地骑自行车载着行李，陪我入学报到。

亲朋好友亦多所表达厚爱与祝福，殷殷寄予期望。

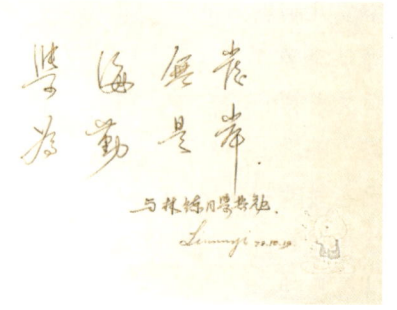 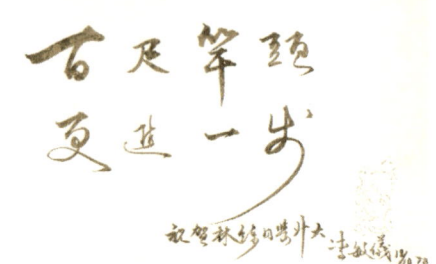

小学班主任李敏仪老师题词

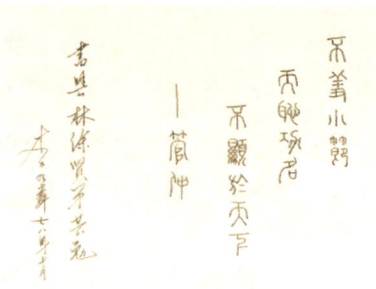

小学工宣队李公乃麟赠诗及题词

**小学工宣队李公乃麟赠藏头诗**

林中自有栋梁材，
练艺还需高师栽。
勤学用功天天是，
奋将旧国面貌改。

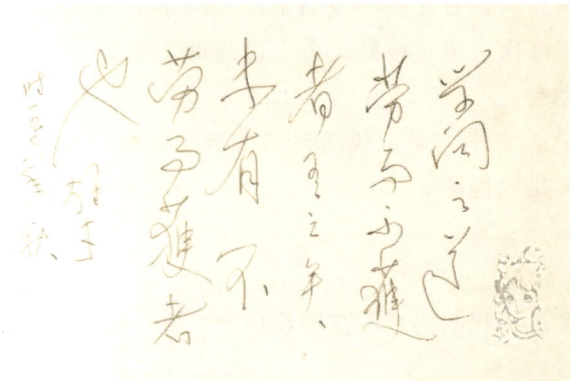

师傅梁锦新摘名人句题赠

岭南画派黎雄才大师题词

考虑到学习需要，托一夫兄的父亲在香港帮我买一块手表，符爸爸在远洋公司当船长，给我带回来日本西铁城新出的精巧型动能手表，无需手动上发条的。当我要给钱时，一夫兄说："送给你的。"这是我第一块手表，也是仅有的手表，一直细心保存着。表面边缘有些擦痕，是因有一次骑车撞入前面卡车尾部造成，我觉得并不影响使用，外观也无大碍，宁可保留原装，舍不得维修更换。

### 连任4年学生干部

刚入学时，所有师资班全部归在一起称为基础部，第一学期未结束便分拆，我们工程力学与77级、78级两个数学师资班组成数力系。张宏礼老师入学时是我们班辅导员，数力系成

符爸爸赠送的西铁城手表，是我至今唯一拥有的手表

立是团总支书记兼辅导员。估计因我档案中有担任教练方面的材料，所以入学后即被物色当班干部。张老师先是叫我当团干部，我吃了一惊，告诉他我不是团员，他似乎也吃了一惊。后来就安排我担任临时班委体育委员，系学生会体育委员。此后四年，我一直连任这

两个职务。

张老师这四年里给我的印象是十分亲切随和，不徐不疾，有时候同学犯事，急起来也会骂人，过后却会缓和补救。闲话聊天时，也像是平辈，不端架子。在张老师指导下工作，现在回想起来是如鱼得水。

### 再作冯妇当运动员

入读华工前，我有三年运动员、三年多教练的经历，这三年多教练时光已经没有算得上运动强度的训练了，肌肉都有些退化。

进了华工，学校有各种体育比赛，我除了组织同学们参加外，自己又重新披挂上阵，参加学校游泳比赛拿了名次，进了校队，重新过起每天放学后训练的日子，并代表华工参加了广东省大学生运动会。

1981年三弟林敬入读暨南大学，我两兄弟在当年省大学生游泳比赛上代表各自学校碰头，有记者采访，算是段佳话。

### 军训

新生军训时长一个月，我们仍然住在学校宿舍，就在操场、湖滨路练站姿、队列、军体拳、匍匐前进等项目。

军训期间午、晚餐分班围餐，此时的"班"是部队的班，非学校的班，即力学班这个教学班变成军训的一个排，下面分4个军训班。就餐时，菜是每个班几盘，饭则几个大桶装着，个人不限量，吃完一碗可再添饭。

平时伙食油水少，而我们正是年轻力壮，军训消耗体力又大，饭桶很快见底。我告诉同学们体校集训时教练传授的经验，一松二紧三扎实，即装第一碗时松松地，趁别人未吃完第一碗就去装第二碗，第二碗装得稍紧，赶在别人未吃完第二碗就去装第三碗，这时把饭有几实就扎几实，装得满满的。

张同学牛高马大，饭量自然也大。他性颇诙谐，好开玩笑，促狭地故意进餐时大讲特讲咸菜加工，尤其强调赤脚踩使得更加入味。女生叶、曹同学一脸纠结，更惹得伍同学大发娇嗔，卒之女同学都匆忙舀几勺菜避之则吉。

其实张同学性格开朗，热心助人，情商不低。他毕业后结婚时，特地寄喜糖给我班同学，用手工缝制的小布袋包裹，很有心。

军训最后由校领导检阅集体队列操，还要实弹打靶，每人10发子弹。

我右眼视力比左眼差，训练时虽然两只眼都练习，实弹打靶却不敢用左眼瞄准。我持枪姿态是左肩抵枪托，闭右眼，左眼瞄准，却右手扣扳机。班长余浩见我姿势怪异，过来问我："不是左利？"我答："不是，是视力问题。"我告诉余浩，连报靶都看不清楚，只能凭感觉乱打算了。旋即灵机一动，问他我先打一枪，是否可以帮我报靶，让我校准误差。站在我身后的教官同意了。

于是，我凭感觉瞄准之后，打第一枪，教官叫报靶员报靶，余浩转告我偏左上，十点钟方向，10环。我调整瞄准之后打完余下9枪。最后成绩85环，还算不错。

教官笑说带兵多年,没见过这样打靶的,看来今后回去训练新兵可以多条路子。

几年后,也是近视眼的许海峰亦靠感觉瞄准,在奥运会上一鸣惊人。我看奥运会转播时说起军训打靶往事,旁人不信,认为我吹牛。

这种方法不敢说是我首创,而许海峰却不能先打一枪报靶,再调整瞄准,所以实在是许的技艺真的高强。

### 老师的口音

大学老师的口音基本上都带着各自乡音,我们私底下有时免不了模仿老师口音开玩笑,而更开心的是,我们在讨论各门功课时,不自觉地就带有该门课任老师的口音。

### 青春热血

当年还没有国歌法,大约二年级时,学校运动会奏国歌,会场上人们走动、谈笑、吃零食,随意得很。我觉得太不严肃,回宿舍跟系学生会主席,也是力学班老班长李东升同学谈起,他也觉得不以为然。

见他无异议,我起草文稿,翁纪捷同学毛笔字写得好,帮我抄写成大字报,拿到学校办公楼二号楼前公告栏贴出来,批评这种现象。

与管宁同学的剪影留照,多少反映了时代心声。算不上指点江山、激扬文字,庶几不远矣。似乎世界真的就有待我们这一代有为青年了。

与管宁同学的剪影合照

### 宿舍守则与公款

刚进校时,男同学住在原实验楼 11 号楼顶楼,楼梯西边住机械师资班,楼梯东边尽头是 78 级数学师资班,全班几十人一个大通间。其门口开在中间,门前走廊,我班就分成两部分住在走廊两边,是临时砌起半截墙的大通间,各 20 多人,墙只比"碌架床"上层高出大约半米,我睡上床,探头就可以看外面走廊。

一段时间之后,我们和数学师资班男同学一起搬进东六宿舍四楼。我们相邻 4 张"碌架床"同学觉得相处融洽,就商量还是一起住,于是梁敏、常志刚、陈展强、钟连荣、吴志华和我,一起分在 410 宿舍。我还是跟梁敏上下床,不过换了他上床我下床。宿舍有 4 张"碌架床",名单上还有黄广中的名字,不过他是华工教工子弟,不住宿舍,但按照名单参加以宿舍划分的活动。空出来的那张床便成了我们放置行李、脸盆、漱口杯、饭盆等杂物的地方。

我们商定了宿舍公共守则,安排值日扫地、轮流打开水等,还规定晚上必须 10 点熄灯,有事晚归也不能开灯,只能摸黑洗漱,也不能发出太大声音。违反者罚款,我们都很自觉,坚守到毕业,罚款很少。

宿舍免不了有些公共开支，例如窗帘什么的。我们又商议建立了宿舍公共基金，基金来源三个：一是违反宿舍守则的罚款；二是按照考试成绩分数交纳，考 100 分就交 1 元钱，余类推；三是获得的现金奖励充公。公共基金就放在门旁的一个空罐头盒里。

有一次广州市运动会征文，我获得一等奖，奖励 20 元，当时算是一笔巨款。大家觉得放在罐头盒里不保险，提议我请客，于是去五山吃了一顿，花了 30 多元，我不由得叹息亏了。

家在外地的同学每次放假都会带些当地的特产回来，吴志华同学家在吴川，近海，我们第一次认识他带回来的鲎这种蓝色血液的古老奇特动物，至今印象深刻。

### 毕业实习逸事

那个年纪，并非只唱高调，也有些个诙谐游戏之作，例如这首《浪淘沙》。不过当时没好意思曝光，毕业 30 年聚会时征得吕小欢同学许可，与同学们分享了。

### 浪淘沙

<small>毕业实习在无锡，同学吕小欢醉酒，戏作</small>

平素乏酒香，
却非孤寒。
可恨老窦严束管。
如今离家出来也，
放胆伴狂。

地上吐一滩，
有甚难堪！
且拥毛毯入梦乡。
明朝别过太湖月，
再觅小欢。

我班毕业实习在无锡七机部 702 所，位于无锡郊外，乘坐公交车车票需要 2 分钱，同学们还有点惊奇，因为广州已经是 1 角钱起步了。

我班同学绝大部分是广东人，虽然广东人素以口味刁钻著称，虽然 702 所饭堂的口味有点偏咸、偏甜，但还能入得我班同学的口。

反映当地物价比广东便宜的不仅是车票，还有饭堂的菜品价格。当时季节是春夏之交，刚好是竹笋还是芦笋什么的新上市，有一次肖杰同学见菜色可口，就打了两份。谁知 702 所职工议论纷纷，谓之资产阶级作风，反映给带队老师，批评了肖杰。我猜其实可能是新上市菜品数量有限，肖杰打多了一份，职工就少了一份而已。

人言江南多美女，实习期间男生蠢蠢欲动，不外想饱饱眼福而已。平日在无锡本地、周末去苏州游玩，大家都大感失望。

这种知慕少艾其实很正常很自然很美好。之前在学校时，我因为担任班委，时不时因为工作到访西五女生宿舍。男生对女生宿舍是什么样子总是很好奇，好些男同学就或直接或婉转地向我打听女生宿舍情况，不过我没怎么透露。其实我在女生宿舍里，并不敢明目张胆东张西望，差不多算是目不斜视。

毕业实习结束，带队老师班主任谭维平、团总支书记张宏礼信任我们，照顾同学们趁机旅游的愿望，就地解散，自由组合，各自安排回程返校。学校和系领导也都同意。

我和管宁、罗健卿到上海，管宁同学联系了复旦大学朋友，去他们的研究生宿舍落脚。我有位表舅，两夫妻都在江南造船厂当工程师，所以离开无锡时特地买了著名的肉骨头做手信去拜访他们。

跟我同龄的表妹小时候随着她爷爷奶奶，即我长公长婆（外公最小弟弟，乡俗称长公）来过广州住在我家。表妹刁蛮任性得很，硬说我的彩绘版《十万个为什么》是她的，最后被她拿走了。怕表妹难搞，根本不敢请同学和我一起，只能单独去表舅家。

表舅家在四川中路，离外滩不算远。吃完晚饭，告辞回五角场复大宿舍，表舅要送我到外滩公交车站，我推辞，表舅坚持要送。拗不过，只好边走边聊，表舅陪着我直到公交车来了。我根本不敢说其实想在外滩逛一逛，看看有无机会观赏到美女，好弥补一下在无锡、苏州的遗憾，企图未能得逞，心下颇为懊恼。

### 毕业分配

四年大学生活结束，毕业分配时，张宏礼老师问我去不去军队某院校？我去信向军训教官请教，教官帮我分析了一番，又说他自己正在考虑是否要转业。我于是婉拒了这个选项。

我想从事运动力学方面的工作，跟校游泳队教练伍建章老师（伍老师相貌堂堂，可以说是老师中的男神）讲了，他亲自带着我骑自行车拜访了广东省体委、广州市体委、广东省体育科研所、二沙头体育基地等单位。省体科所答复说有打算开辟运动力学研究项目，但是规划要两年之后了，我说我可以先搞情报做准备啊，体科所说眼下没有指标。其他单位则似乎对运动力学不甚了解。

有一天我在图书馆外面碰到了校学生处嫣老师（嫣老师温婉美丽，是当时学生心中眼中的女神，尽管当年没有女神、男神这种形容词，她实在很被同学们仰慕），她问我工作分配怎样了？我告诉她情况。嫣老师说省轻工厅来要人，你不如先去看看。于是我去了省轻工厅，厅教育处、办公室温处长、奚副处长等共4位领导给我介绍了情况，相互询问了解，交谈了2个多小时，我有点受宠若惊。我回到学校，向嫣老师汇报，又回家跟父母商量。隔了一天就拿着报到证去轻工厅报到了。

广东省轻工业发达，省级行政机关甚至设立第一、第二两个轻工业厅，通常称省轻工厅的指一轻厅，主管国营轻工业企业和省轻工设计院、甘蔗科研所、造纸研究所、食品研究所等事业单位，而主管手工业和集体制企业的直接就简称二轻厅。

1982年毕业时，已经改革开放3年了，广东经济开始起飞，人才需求高涨。当时有轻工业部属广州轻工业学校，其管辖权几上几下，有段时间甚至下放到广州红旗机械厂代管。省轻工厅下决心再办一所专业学校。我到轻工厅就在筹建处郭主任手下帮忙，工作证是第4号，前面3位是郭主任、廖总工程师、政工科陈科长。

<h3 style="text-align:center">再度出山当教练</h3>

海珠区体委得知我毕业，正式聘请我出任广州市第九届运动会海珠区代表团游泳队教练，师傅梁锦新是少年组主教练，我是儿童组主教练。

市第九届运动会1985年9月8日才开始，为什么足足要提前三年就组团了呢？梁指导告诉我，第八届市运会海珠区总分输给了番禺县，降到第四名，区领导大发雷霆，所以体委和教育局决定提早组团集训。

既然有三年充足时间，我便以各游泳项目学校为主，着手从6月份报名入学的小学一年级新生中遴选，整个暑假协助各校体育老师扫盲，9月份开学挑选了初步学会爬泳、仰泳约60人，集中到区体校由我教蛙泳及身体素质训练，一个月之后筛选一半。接下来两个月边搞测验比赛，边教蝶泳，入冬前完成四种姿势教学，再筛选一次，留下20人左右转入冬训。

这批人是今后三年的儿童组基本队伍，包括3所项目学校的4人接力队及非项目学校个别队员，年龄组是1975年和两三个1974、1976年出生的。

我第三次转换身份，由运动员转回当教练，梁指导笑话我"你呢个名（这名字）起得应"。于是，我过起了上午到轻工厅上班，下午下班后到宝岗游泳场训练的日子。

1985年九届市运会游泳比赛，海珠区儿童组拿了7块金牌，银、铜若干，整个代表团成绩也不错，体委领导很高兴，赛后组织教练和工作人员去特区旅游作为奖励。

这几年当然并不是只有市运会这个比赛，每年都会参加区级两次、市级一次的比赛，还有一些选拔赛、友谊赛、对抗赛之类。这些比赛中，1975年龄组的主要竞争对手就是钟南山女儿钟惟月，她代表越秀区。钟惟月运动上有遗传天赋优势。

我这批徒弟中，有两人后来进入省队集训，最终一人坚持到底走专业运动员这条人生路，退役之后分配到学校当了体育老师。

这三年中，我与广州市青少年健康研究所合作，开展了体校学生选才（体质形态及机能）研究，并结合这三年的教练实践经验，总结了儿童选材的标准。

1986年上半年我下沉到几所开展幼儿游泳教学的幼儿园，帮助他们训练。其时，体委和教育局系统，已经在每年春秋两次区级游泳比赛中安排有幼儿组的比赛，当然比赛最长距离只有50米。

到六七月份，根据总结出来的经验，我在幼儿园将升读小学一年级的大班学生中，精挑细选了5个小朋友作为试点，游说家长，安排他们入读游泳项目重点学校。

其中一名学生家长不同意孩子走体育这条路，拒绝了。另外4名进了项目重点学校的学生，有一人中途退出。其余3人，后来也进入省队成为专业运动员。

除了选材，我还整理了训练体制的一些想法，写成建议书呈递给体委领导。不过，梁指导转告我，目前实施不合适。此是后话。

### 继续进修

刚刚毕业，我就报名中国逻辑与语言函授大学参加了逻辑、语法修辞、写作三门课业学习，一年后通过了闭卷考试取得结业证书。

1984年8月有一天郭主任告诉我，省高等教育厅（当时分设高等教育厅、教育厅两个省级行政机关）有个培训通知。我接过一看，是高等教育厅举办计算机师资培训班，在华南师范大学开课，便马上跟郭主任说我要去。

之后几个月里，我上午骑自行车到华师上计算机师资班的课，中午在华师宿舍休息，下午一节自习课，就骑车赶回宝岗游泳场训练。

当年在华工学习计算机课程，计算机是大型机，实验室占地整整一层楼，输入方式用的是穿孔纸带，编写一段小程序需要在打孔机上咔咔咔打个半天，一不小心打错了，就要重新打孔，麻烦得很。

高教厅办这期计算机师资培训班，是中国改革开放之后，在杨振宁、李政道教授建议下，为在高校和专业学校开展微型计算机教学做准备的。

1985年广东省轻工业学校新校舍建成招生，是全国第一批将微型计算机专业课纳入教学计划的学校。当时什么可供借鉴的经验都找不到，我独立筹建计算机实验室，只能自己摸索，从电路布局设计、后备电源设备安排、通风、照明、防尘、卫生保洁措施（那时候计算机可娇贵了），到装修工程队招标施工、电脑桌设计、委托生产，以及教学计划拟定、教学大纲编制、教材选择，统统白纸一张，自己画自己实施。幸而不辱使命，完满完成，如期开课。

因为电脑实验室算得上有模有样，虽然学校只有我一个计算机老师，还是能够承办省财厅与中南财经大学合办的总会计师培训班，办了两期，脱产全日制上课，培训内容是会计电算化，学生来自两广省属大中型企业，专业老师由中南财经大学派遣，我负责计算机基础理论及上机实验课。

现在回想起来，如果我向校领导争取脱产跟班听课，也拿个结业证书的话，可能就是另外一条人生路了。当时的确曾经有过一闪念，不过顾忌到学校只有我一个计算机老师，没法完全脱产，才按捺住这个念头。

1988年我参加了深圳大学国际公关证书班学习了两年。1990年参加了广州市政府外事办和广州市社会科学院联合举办的国际公共关系高级学习班，美国教授授课经营管理与公共关系，取得结业证书。

### 换了专业多面拓展

华工毕业后，我其实等于是换了专业，除了1982—1983学年在部轻校教了两个学期高压容器理论（是省厅属下企业在职技术员集中脱产培训）。

说来好笑，在华工的本科学习，工程力学师资班有很多门力学课，如弹性力学、断裂力学、热力学等等，就还没有见过高压容器。如今开课，我也没有见到高压容器，只是在部轻校图书馆找到几本参考书，便编写讲义上了讲台，颇类纸上谈兵。教务科长还有些担心，在我编制了考试试卷之后，悄悄地拿了试卷找了两个老教师审阅，方才放心。

期末考试之后，学校才组织学生去几个大厂参观动力车间，这时候我才第一次见到高压容器——动力锅炉，并且反过来由技术员学生给我对照讲义内容，指认动力锅炉的实际部件，变成了一段笑谈。

此后，除了按照自己身材设计了一张人体工学书桌自用外，我再也没有从事过力学相关的事务。

由于我毕业于华工数力系，学校新办师资不足，校长叫我加开一门管理数学课，教财会、企业管理两个专业的学生。因此，我初级、中级职称都是计算机、数学两个专业，反而没有力学专业。

1990年我拿到了国际公共关系高级学习班结业证书后，学校便让我开了公共关系课，教企业管理专业的学生。

我之所以1988年参加深大公关证书班学习，1990年参加市外事办、市社科院公关学习班，应该归因于华工同班同学谭邦的推动。1988年某天，谭邦跟我说"广州电视台组织了个公共关系竞赛，我帮你报了名"。我大吃一惊，不过还是好奇心占上风，硬着头皮参加了。虽然选不上公关先生，拿了个聊以自慰的优秀奖。

赛事结束，广州公共关系公司来招揽人才，看中了我。当时公共关系的概念随着外资中国大酒店、花园酒店等企业设有公共关系部，后来电视剧《公关小姐》的热播，逐渐传播开来。

于是我在广州公共关系公司兼职业务主理，在珠江公共关系俱乐部担任常务理事，参与了中国首届青年时装设计大赛、七届全国美展开幕式、孙道临作品回顾展、沈小岑个人演唱会等活动，以及某些外资品牌的市场调查和推广活动，主要负责策划和项目执行。

后来我与朋友组织了春秋策划群，为广州市委统战部、广州市慈善基金会、教育基金会、治安基金会等，做了基金百万行等活动策划。

这些兼职活动的同时，我没有耽误学校的教学任务，最多一天上过9节课，上午4节、下午3节、晚自修2节上机实验课。那时学校实行工作量记分制度，很多同事会找我利用计算机做些事情，这些帮忙都会记分由当事人签名。所以我工作量是学校最高的，月工资也是最高的，直到有一天校长找我说有人有意见，是否可以将那些不是学校布置的工作量减半记分？我同意了。

1990—1991年我担任轻工厅《广东省志·一轻工业志》调研小组组长，对工业企业的发展有了比较宏观的认识。

1993年某股份制试点企业用7部机床给学校建立实习车间，换取借调我到珠海，出任总经理助理兼公关部经理。参与外资企业工业城总体规划，引进了当时亚洲最大的电子线路板厂。

1999年我参与广东有线广播电视台全国第一家卡通专业频道组建,是创立团队成员。

概括言之,20世纪80年代我主要在体育界,90年代主要在传播界、公关界,跨界打滚。21世纪之后进入外资顾问公司当了高级顾问,给省港两地上市公司、企业做顾问,就在顾问咨询界里晃荡了。

20世纪90年代末,我之兴趣点开始瞄向了新技术新产品研发,参与了好几个最终取得发明专利的项目。

### 公益活动

参与了不少公益活动,下面是我做公益活动的有关照片:

阳山扶贫助学

2008年策划台山迎奥运活动

2008年代表手抄报比赛主办单位到澳门培华中学颁奖

2009年任羊城晚报手抄报比赛评委与获奖学生留影（后排右一为晚报副总编陈心宇）

做过班主任的班级学生毕业十三年后合影

## 我之诗词观

能够承受高强度的本职、兼职工作，托赖于正当年轻力壮，又有少时运动训练打下的老本加持。而待人处事的乐观平和，以及身处氛围的和睦愉快，没多少精神压力是主要的。诗歌的抒发、排解作用也很有助益，从这个角度看，有点功利性。

我是兴致来了才写作，平常并不刻意搜肠刮肚拼凑成篇。所以，我赞同不以辞害意，格律从宽。宁可不协格律，也要保持原意。大不了近体不合，那就用古体罢了。

有友谊、山河揽胜、抒发心意诗作，如下：

### 赠志刚毕业

一九八七年七月

志刚才气豪，爽朗美风姿。
传授自惭愧，解惑雨未滋。
影艺宁轻弃？转益成我师。
两载缘分浅，可怜催新诗。

### 赠别冠强

一九八八年九月

四载同窗谑笑多，肯把文章共切磋。
祖认比干心七窍，锦江诗侣曾唱和。
跳槽愿得解忧愁，信念难能治沉疴。
游刃商场祝趁手，豪雄疏朗莫消磨。

## 无题
### 一九八七年

心花一瓣曾向春，沐浴东风布香浓。
蜂腰懒惰未赏识，蝶翅殷勤乃奏功。
欣荣共伴韶阳舞，天涯芳草不相同。
雀口无稽疑鹏翼，恬淡襟怀耳半聋。

华工毕业五年后与谭邦、熊炳贤同学一起旅游

## 游记

蜀道崎岖路迢迢，九寨幽僻黄龙遥。
风雨侵骨红原冷，都江鱼嘴浪气萧。
八日周游曾轮病，三千颠簸玉颜憔。
辛苦过后愿重到，细品湖山天然娇。

（注：1987年8月13日至20日六人同行，九寨沟、黄龙、草原八日游，行程一千七百余公里）

## 长江慨咏

此是长江万里波，污浊足已比黄河。
流失几多中华血，默默哀涛叹奈何。
应急文明挽清漪，须殪愚昧奋金戈。
待当山水长毓秀，欣欣神州尽韶歌。

（注：九寨沟之后到重庆，朝天门码头上船，顺流而下，江水浑黄，洗脸毛巾染成脏黄色）

## 毕业十年有感打油
### 一九九二年十月

十年光阴真易过，白驹过隙快逾梭。
立业成家谈何易，未曾大用徒高歌。

有机会，怨懒惰，人间伯乐不识我。
虽然亦可暗自足，小小成就算什么。

（注：毕业十年之际自嘲，现在回看，颇有无病呻吟之感）

也有风花雪月的题材的诗作，如下：

### 题照
#### 一九八六年秋

一寸心期百尺楼，玉人思绪未曾休。
凭高怕对孤云远，春色那堪破春愁。

### 答赠
#### 一九九一年二月十五日

朵云飞颂仙泽香，双羽凌波志趣长。
寒风斜雨不寂寞，海阔天高任翱翔。

### 无题
#### 一九九一年三月

书生从来厌自夸，惯乘长风驰天马。
不羁鸡毛蒜皮事，向往蓬瀛神苑葩。
昆岗妙眼迷脉石，星海凡心醉仙霞。
无边芳草年年绿，回看枝头又新芽。

### 无题
#### 一九九二年三月二日

明眸依然最动人，笑靥如花春正殷。
匆匆见，匆匆分；年来心绪话未深。
转恨缠绵湖畔雨，阻挠韶日意沉沉。

### 题照
#### 一九九二年十二月二十八日

欲将周郎顾，回眸亦大方。
眼里乾坤广，眉间意味长。
丝丝怨秋雨，缕缕盼春光。
心声向谁诉？情真莫彷徨。

### 无题

一九九四年

料得年华似酒浓，
何以叹东风？
六年心事已证空！
春光勾惹恨无穷。

是处断肠催人老，
陌上旧游踪。
唯将思绪付流水，
载过江山千万重。
旧梦一般同。

写 20 岁生日抒怀时想过，即使不每年写，那么每十年写一次，也很有意义。但 30 岁时写得不满意，要继续改，直到现在还没有改好。

### 自度曲

三十抒怀

忆昔少年狂，
多少事、甚荒唐。
名家大师，不在话下；
道德文章，挥斥虚妄。
仇对市侩，恶随庸俗，
管他白眼青眼看。

而今老大，血气方刚；
雄心胜比匹夫强。
有一分聪明，两分本事，
三分脾气，四分修养；
添了些许，圆融伎俩。
行善仗义，当仁不让；
也偷学人，作势装腔……

曾几何时，出现了悼念之作：

### 悼黎伯伯雄才

二零零一年十二月二十八日

乘鹤青山绿水间[①]，英雄乐章送远行[②]。

畅写欣荣全心愿，笑揽奇胜炼精神③。
彤管有情随吟旅④，金彩无愧誉平生⑤。
文艺开蒙宛如昨⑥，化雨春风感铭深。

（注：①岭南画派大师以"黎家山水"驰名天下。②告别仪式没有哀乐，而是播放贝多芬的《英雄交响曲》。③大师推崇写生，坚持身体力行，笔墨与写实融合。继20世纪50年代巨作《武汉防汛图卷》，80余高龄创作《珠江长卷》，已画60多米长，却因腿疾不得不中止，是其未竟之志。④大师随葬品有伴随勤奋创作多年的画笔。⑤大师在2001年7月荣获首届中国美术金彩成就奖，是国画界获此顶级殊荣之第一人。⑥笔者非画界中人，也无艺术细胞，有限的文艺知识，托赖大师启蒙。）

## 无题

### 二零零四年春节

心泉盈掬己所珍，清洌甘醇最怡人。
凝聚大千成一滴，渲染彩虹志凌云。
无情映照巫山峡，有幸旁听伯牙琴。
智士锋芒奔涛急，仁长襟怀抱海真。

## 挽梁师锦新联

### 二零零九年八月六日

行脚匆忙，孜孜不倦怠，追求艺术无止境
师心长铭，耿耿是肝胆，受业桃李可成林

## 教师节有感

### 二零一五年九月十日

题记：今天一早企管8801梁同学发来祝教师节快乐短信。开微信，企管8601群、8801群贺节留言纷拥而至，手机顿陷堵塞，重启方得解。

天色晴朗无尘，心旷神怡，而廿多年前的学生的祝颂更觉心暖，遂口占七言四句，急就章耳。

磨碟沙头旧影踪，青春曾照朝霞红。
桃李仍思当年雨，祝颂如云暖春风。

## 游鼎湖山

### 二零一八年五月八日

题记：五月四、五日，恰值立夏，与海珠体校泳班师兄弟姐妹，访同门鼎湖山人，游山得句。

微雨徐行入山深，苔阶百折过庆云；
岚气清凉吸润肺，鸟啼婉转觉灵音；
泉涧泠泠洗俗耳，花树幽幽醒凡心；
思量抛却尘外事，换取浮生日日闲。

后记：两日共计走39967步、28.22公里、消耗849千卡热量。

老当益壮，不坠青云之志。虽然还不认老，大概算是抱着残梦聊以自慰罢。诗兴渐少、惰意渐多，2012年11月12日我班毕业30年聚会时，曾经以这首赠我的学生毕业的旧词，与老同学分享共勉。

### 诉衷情

愿有豪气胜旧时，
不但仅能诗。
风姿绰约潇洒，
才干任驱驰。

甜酸苦，
寸心知，
别依依。
从今抖擞，
同来演绎，
几多新奇。

# 在那遥远的地方

77 级电工师资班　吴毓燊

## 喀土穆

我国重视发展与非洲等第三世界国家的友好关系，随着我国对外开放的深入和综合国力的提高，中国公司越来越多地在非洲国家承建项目。但由于当地的金融环境特殊，常造成我驻外公司财务运行方面的困难。需要加强这些公司与中国银行的协调，由此有了我这次遥远的非洲之行……

苏丹是最大的阿拉伯国家之一，20 世纪 70 年代中期开始大规模勘探石油。我这次到苏丹的主要工作是，向有关中资公司介绍中国银行伦敦分行的海外产品；和苏丹银行建立清算关系；拜访中国驻苏丹使馆。

喀土穆有世界火炉之称，是苏丹的首都。

1998 年 8 月中旬，我从伦敦到开罗，又从开罗起飞，4 个多小时后飞机停在了喀土穆机场的停机坪。下了飞机没走多远就到航站楼。机场很小，航站楼也就地面一层。

今天天空晴朗，可谓酷热，地面温度 43 度，还不算是最高的。我还没办理出关手续，隔着栅栏就能看见来接机的中资公司朋友，我们聊了几句。启程前听朋友的建议，准备了一些清凉油，过关时给工作人员一点。还真好，机场工作人员当场打开涂抹，清凉效果明显，哈哈大笑露出洁白牙齿，仿佛是欢迎远方来的朋友。

出了机场先去了中资公司的工地。驻外人员的工作、生活条件很辛苦。一间面积不大的平顶房，工作、做饭、休息全在里面，再热的天也就一把电扇。炙热的阳光下，窗外一片褐色的泥土，大风不时带着细土飞了进来。

苏丹首都喀土穆

回酒店前又先到一个木雕地摊市场。苏丹盛产黑木，木质坚硬，比重远高于我们常见的普通木材，放进水中，会直接沉入水底。地摊的木雕主要是动物如羚羊、大象、野牛等。还有一些夸张的人体造型，这种表现手法，体现他们把人类的繁衍视为神圣。地摊木雕看起来工艺比较粗糙。其实，当融合当地的自然环境和他们对信仰的虔诚去审视这些作品，就不能惯用我们一般的艺术审美标准了，它超越一般，是"大巧若拙"。

本想多看看，实在太热，也不见汗流，因为刚冒出一点就蒸发了。我挑了几件就回酒店，那里有空调。

第二天上午到苏丹银行谈业务。当地人的时间观念很特别，约个会面时间，早到或迟到个半小时一小时都很正常。但礼拜的事却丝毫不含糊，每天准时5次礼拜，严格按有关拜时的教法规定，不可提前，也不可推迟。也许会谈内容对他们来说本来就没有紧迫感，当远处的高音喇叭传来了诵经声的时候，主人礼貌地向我们示意，就离开会议室，去朝着麦加的方向卧拜……

苏丹疟疾、伤寒等传染病高发，中国政府自1971年起就向苏丹派遣医疗队，从未间断。我下午到市区西北面的一家医院探访医生。说是医院，就是大诊所的规模。和我想象的差不多，这里条件十分简陋、患者又很多。正好迎面见到一位中国医生，就寒暄了几句，他们在这里太忙。从当地人的言谈举止中，可以看出他们对中国医疗队医生的肯定、尊重乃至于崇拜。我们的医生每天为多少患者的康复而鞠躬尽力。我多想在医疗队工作的地方留个影，但喀土穆街上禁止拍照。

当年我在伊拉克—科威特边境上

晚上我和几位使馆的朋友在住处的酒店用餐时，突然从不远处传来轰隆隆的爆炸声，随之是尖叫声，气氛顿然紧张起来。事后很快知道，两架美国远程轰炸机飞临喀土穆上空，向制药厂，发射了多枚导弹，摧毁了这家制药厂，并至少造成5人伤亡。由于局势不明，我提前结束行程，第二天中午去机场，一路上军警林立，不时被拦下来盘问，幸好我脸上不是蓝眼睛和高鼻子，不然会耽误更多时间，赶不上飞机。

我匆匆离开苏丹，也想起有一次在科威特，使馆的司机带我到科伊边界。那时海湾战争结束多年，但还有一个叫什么"沙漠风暴"正在进行。边境有很多美军的坦克，天上也有战机。可能是我太靠前，呆的时间太久，被美国军警赶走。这次却是直接被美军的导弹轰走。

## 大马士革

今天先后到大马士革两家中资公司推介银行产品，并签了合作意向书，这次到叙利亚出差的事就算办好了。

叙利亚是当时极少的没有可口可乐的国家，不富裕，民风朴实。大概是多少有些欧洲混血的原因，少男特别帅，少女天生丽质。

据说俄罗斯派到叙利亚的工作人员，要挑选表现好的。本意是要照顾表现好的，还是表现好的比较守纪律，那就不得而知了。

大马士革是世界上最古老的城市之一。游客参观的景点也不少，像倭马亚大清真寺、萨拉丁陵墓、大马士革城堡、凯桑门、亚拿尼亚的住宅等等，其中倭马亚大清真寺为伊斯兰教最主要的清真寺之一，伊斯兰教的第四大圣寺。我去了其中的一两个地方参观，也就手里拿着买票时给的一张"游客须知"，东瞧瞧西看看，除了留下几张多年后发黄的照片，别的也没什么了。

我漫步在叙利亚大马士革街头

倒是平凡处的不期而遇，日后也许还有些回味。

下午，我和我的同事在郊区的街边散步，不远处有七八个少年儿童在玩耍，见到我们就亲热地凑了过来，东问西问的。其中年纪最大的是个十七八岁的少女，落落大方又略带羞涩，说到她家里玩，她老爸会很高兴。我们还在迟疑，这帮天真烂漫的小孩簇拥着我们，我们只好跟着走了。也不大留意，慢慢地其他小孩都不见了，只有少女带着我们往前走。荒山野岭的，有只鹰在空中盘旋，这不像是附近有人家的地方。我心里在打鼓，仿佛出现《西游记》里的情节，我的角色是猪八戒。

很快转了个弯，前面一片橄榄树。我喜欢吃橄榄，也认识橄榄树，但成片的橄榄树也只在照片中见过。少女回头对我说，这片橄榄树是她家的，主要是她父亲在打理，她放学后也会帮忙，走过了这片树就到家了。在阳光和橄榄树的陪衬下，少女不仅外表美丽，其天然的农村女孩特有的羞涩和恬淡，朴拙和厚重的内在美也油然而生。我也说，橄榄树真漂亮，橄榄又是健康食物，而且全世界的橄榄树都起源于叙利亚。此话虽有此唱彼和之嫌，说的却也还是真的。

少女的老爸正好在地里干活。这老头看起年龄在五十开外，头上扎着围巾，肤色黝黑里带红，虎背熊腰，显得很有力量。见了我们，微微一笑，便放下背在身上的喷洒器，领我们回家。我不懂农活，不知道这老头是在给果树喷药还是在施肥。

农家房子很旧破，很像我们早期的农村土坯房，如果门框贴上副对联，还以为回老家了。屋里还算宽敞，但没什么摆设，都是些实用的家具和用品。少女用我小时候很熟悉的热水瓶和大口杯，泡大马士革玫瑰花茶招待我们，后就出去干农活了。

老头话不多，也没太多手势，几乎没有客套，聊什么都是一个表情。只是说到有6个孩子，最大的不到20岁，最小的还不满周岁，脸上微微流露自豪。虽然看起神情冷漠，但却能感觉到这老头一种憨厚的热情，像鲁迅小说里的闰土。倒是我们像是在做社会调查，不停地问，老头也很乐意，简单而没保留地回答。

老头家除了有一片橄榄树，还有各种各样的蔬菜，像土豆、茄子、胡椒、菠菜和欧芹等。产量基本能满足全家的需求，有时还有富余就分给一些亲戚。

我在欣赏憨厚老头的同时，也有点纳闷，对陌生人怎么不存在一点存疑，不问我们的来历，是不是在他看来，普天下都是兄弟姐妹。聊着聊着，我们渐渐有了宾至如归的感觉，已不像是初次见面，而更像是多年不见的朋友的一场邂逅。

最后他们要留我们吃晚饭，说女儿在菜地摘蔬菜回来了。我们还是觉得不能太打扰人家，老头也不多留，好一个来去轻松。临走，我送一套精致包装的英镑纪念币，他回送我一条用过的头巾，还拍了合影。老头和少女陪我们走到大路，挥手道别，此时已经夜幕降临。

小姑娘为我和她父亲照的照片

多年过去了，我再次翻开这篇日记时，深感人间无常。叙利亚持续多年的战乱，使本来并不富裕的民众雪上加霜。甚至流离失所，有500多万民众逃离家园，前往邻国及其他国家寻求避难。逃难中造成大量的伤亡，当看到3岁小难民不幸溺亡后被冲上土耳其海滩的照片时，我忍不住默默地流下了眼泪。

保佑叙利亚民众，保佑老头一家。

### 尼罗河

从伦敦去非洲的很多地方，基本上都在开罗转机。也有不需要转机的，比如利比亚首都的黎波里，但从伦敦直飞的票价比转机多出几倍。利比亚在铺设石油管线，地中海海底部分由意大利承建，地面部分由中国公司承建。我那次去的黎波里就选在开罗转机，因此埃及去过好多次。

初到开罗，自然就要到离市区十几公里的胡夫金字塔。第一次是我单独去，那是1998年的春夏之交。几个月前发生了针对外国观光客的无差别攻击的"路克索"恐怖事件，造成重大伤亡，埃及的旅游业几乎全部停顿，开罗的观光车也没有运行。但还有私人的马可以租用，很快找到一家谈妥。我不会骑马，就僵硬地跨坐在马背上，由马的主人拉着缰绳带我走进沙漠。到了金字塔前，几乎没有其他游客。

我远近观看了金字塔后，就想钻到里面去。入口小，稍弯着腰就进去了。昏暗的灯光下走完上坡通道和下降通道，过程中左右各有几个侧向通道，栅栏关着，里面黑黑看不清有什么，最后到了中心的国王墓室。室内也一样昏暗，50 多平方米的墓室就我一个人，还有一具空的没有盖子的石棺，模糊地看出墙壁上刻一些文字和图案。还好，不久进来一个法国年轻人，学考古的。他刚进来时没发现我，我在角落看什么突然站起来，吓着人家大叫一声，几乎要扭头往外跑。惊魂未定，说他原本也知道石棺里没什么的，刚才怎么突然……我也连忙说了几声对不起。年轻人像是在做功课，拿着手电筒和笔记本，偶尔也和我说几句，临走还都帮对方拍了照片。我真有点后怕，假如出口的门被谁随手关上……

走进沙漠

我在胡夫金字塔内

开罗有很多当地美食，可我每次就吃同一道菜，中文叫苦莎瑞（Koshary）。说是美食，其实就是由米饭，通心粉或意大利面条，加扁豆和鹰嘴豆混合而成，上面加些带有辛辣味的番茄酱，适合素食者食用。

我期待的还不是看什么古建筑和吃什么美食。

每到一个地方，只要有河流，我都一定要去看看，只要环境允许，还一定要光着脚接触河水。

每条河都通向远古，是哺育生命的源泉。在南美，我会去看亚马逊河，在欧洲，多瑙河、莱茵河、泰晤士河都看了，在非洲，我和尼罗河还有亲密的接触。

想象中，尼罗河很神秘，20 世纪 70 年代末期英国侦探电影《尼罗河上的惨案》留下深刻的印象。时隔二十几年，我终于走近它。

我白天在开罗走近它，一切都那么平常，就像在广州走近珠江。夜幕降临了，还没走近，远远就听见河边飘来的声音，那是阿拉伯音乐，自然纯朴。我对它开始有感觉了，河水有乐曲作伴，那神秘就生动起来。

我上了艘不算豪华的游船，一边欣赏音乐舞蹈，一边品尝非洲果仁。河水就在下面，跳肚脐舞女郎就在旁边，我注视着河水，河水无声地在流动。偶然发现跳舞女郎对我弄眉挤眼的，说来也怪，此时不会感到低俗，那分明是尼罗河水上的青春活力。

次日，我乘坐小型螺旋桨飞机从开罗起飞，飞向中南部城市卢克索（Luxor），坐落在开罗以南670多公里的尼罗河畔。整个航程都是低空飞行，下面的景色有一种陌生的自然美。撒哈拉沙漠，地球上最大的荒漠，茫茫无边。就在这茫茫无边的沙漠上，有一条细长细长的绿带，绿带包裹着世界上最长的河流。

我在飞机上翻阅杂志，尼罗河由布隆迪高原出发，流入地中海。这是一条非常古老的河流，约在6500万年前的始新世就已存在。它流经9个国家，全长6600公里，流域面积为280万平方公里，相当于非洲大陆面积的1/10，是世界上……

我轻轻地把杂志放回原处，不想知道这些数字，只要茫茫无边，只要源远流长。我感叹水的不可思议，我感叹水的神奇和伟大，在死一般的广袤荒漠，居然开启了一条长长的生机。

这是一片原始的土地，我从远处来到河边。因为见客人需要，我还是系着领带穿着皮鞋，突然觉得很不协调，把领带扔了，还不协调，把皮鞋扔了，还是不协调，又把衬衫扔了。

河水并不很清澈，但很平静，水温不凉。远处河弯道有一片小森林，倒影把水染成深绿色。对面岸边，清晰可见几头非洲象在喝水，有大有小，像是一个家庭，很安详。突然，近处一只粗粗的眼睛盯着我，哦，一头河马，长得不好看，但憨厚，只要自身不受到威胁，还算温和。

我在尼罗河畔

我静静地在感受大自然，此时，人类赞美语言是多余，文字更是苍白无力，我要去掉身上的伪装，赤诚拥抱河水，拥抱通往远古的尼罗河。

# 在境外工作访学的经历与见闻

### 77级电工师资班　冯穗力

## 在香港理工当RA

一、机缘

20世纪80年代到90年代，是内地高校与香港高校交流比较频繁的时期。1991年夏日的某一天，香港理工学院萧允治教授应邀到华工作学术交流报告，末了参观我们无线电工程系的实验室。当时省科技厅刚刚鉴定完我的研究生导师叶梧教授主持的一个广东省科技攻关项目：扫描电镜图像处理系统，我是这个项目的主要完成者之一。萧教授是做数字信号处理研究的，我发现他很关注我们这个项目，全神贯注地听我讲解，仔细看了我们的实验装置和实时信号的降噪处理演示，还问了不少问题。他回到香港不久，就发了一封信给叶老师，问是否能让我到他那里做一年的RA工作。所谓的"RA"，是英文Research Assistant的缩写，对应的中文就是"研究助理"。

在那个年代，出境（包括香港、澳门地区）访问或学习还是比较稀罕的事情。叶老师很支持我去开开眼界，我也希望有机会到外面看看。于是叶老师马上回信萧教授，表示愿意让我到他那里工作一段时间。原来萧教授之前接了一个100万港币的"多处理器系统"的研究项目，据说之前先后请过两个香港本地的RA来开发，但都没有做出什么结果。RA通常是临时性质的工作岗位，在香港本地只有大学刚毕业的学生才会去应聘。一则这系统的硬件开发工作比较复杂，刚毕业的大学生难以胜任；二则这曾经受聘RA不知道是否他们找到更好的工作就辞职走了。时间已经过去一年多了，萧教授心里有些急，他来到华工后看到我们展示的系统，眼前一亮，就发出了邀请。

1991年香港还在英国的管制下，去那里需要凭护照出入。拿着萧教授发的正式邀请函，我很快得到了系里和学校的批准，由学校外事处主管教师出访工作的胡健科长替我到省外事办公室办理了护照，又送英国大使馆申请签证。还好，签证不需要到北京面签，把材料寄给他们审批就行了，很快就完成了所有的出境手续。

二、初到香港

因为我从小到大生活在社会主义社会环境，对资本主义社会很陌生，我去前多少有点忐忑。好在去的是香港，对我来说语言没有问题。另外我们教研室的林东升老师那时常驻香港，他是被香港中资的珠江船务公司从华工借调过去的。他和另外的两位华工计算机系的老师，在那个公司负责管理他们的计算机系统。我去前已经联系上林老师，通过林老师，后来又联系上华工在香港理工也是当RA的骆雪超和吴升琪两位老师，华工还有一个造船系的王冬姣老师在那里读博士。后来进一步了解到华工还有不少老师也在香港其他大学当RA。

我是经深圳的罗湖桥进入香港的，那时广州和香港的发展还有很大差距，一进到香港界内，感觉环境和设施的方方面面与广州相比都高了一个档次，难怪那时的港人自我感觉特别良好。在20世纪80年代到90年代初，香港与内地的收入差距还是很大。

林老师接到我后先安排我在珠江船务的招待所住了一天，熟悉一下香港的氛围，然后就带着我到香港理工学院去报到。我找到萧允治教授，他让实验室的技术员阿康领着我很快办好了入职手续，并在实验室落实了工作位置。

初到香港，感觉这里的办事效率还是挺高的，无论你进入到系的办公室还是学校的办事机构，立马就会有人迎上或站起来处理你要办的事情。在政府的机构也是如此，那时我们的护照本子都比较大，天天携带在身上以应付检查很不方便。港英当局有规定，凡是在香港工作一年及以上的人士，都可以办理一个便于携带的"香港身份证"（注：港人所持的是"香港永久居民身份证"）。办理证件也很快，证件照也是在办证机构那里拍摄的，不用花钱，而且很专业，在我所有的证件照中，这张应该是人脸各种细节拍得最清晰的。

比较麻烦的是要找到一个合适的住处。内地高校到香港的RA主要住在几个比较固定的地方，这是多年来来港的RA相互介绍形成的。这些地方的房子主人通常都把房子交给内地移居到香港的人做二房东，这些人熟悉国内的情况，讲普通话也容易与内地不同地方高校来的人沟通。二房东们为了多赚钱，会尽可能地让每间房子多塞进几个人，搞得每个套间都人满为患。住在一处的内地RA通常就会约定：尽量不要介绍其他人进来，有新的校友什么过来的，就推荐他们给别处的二房东……因为这个原因，我折腾了一阵，换了一处房子才稳定下来。我住的那房间，上下铺一共住了四五个人，每人实际上就是一个床位，每月750港元，水费、电费、煤气费另外再平摊。我深知内地初到香港的高校老师的难处，后来只要我那住的地方还可以再住进人，我都毫不犹豫地带他们过来，也懒得去征求其他人的什么意见。华工的博士生老蔡，来香港理工学院做"访问讲师"时，就是这样住进我那里的，后来我们还经常一起做晚饭，成了无话不谈的好朋友。

三、日常工作与生活

生活基本安顿下来以后，我就开始工作了。来时只知道是做有关多处理器系统的研究，至于具体做什么还不太清楚，来到之后才知道是做多处理器系统的硬件开发，难怪当时萧教授参观时对我们做的设备这么感兴趣了。我看了一下前面两个RA做的工作，只有一块实验电路板，因为是两个大学刚毕业的本地RA做的，连电路板中电源线和地线应有的布设结构都没搞清楚，没有什么参考价值，一切工作必须从零开始。

萧允治教授主要是做信号处理理论研究的，当时他在香港学术界的这个领域还是很有些名气的。萧教授布置任务时只是跟我提了一些基本的要求，主要是希望将16块80386的PC机主板组成一个可以随时交互信息的计算机"并行处理系统"，每个主板就是一个相对独立的处理器。80386的PC机主板是当时最先进的个人

我背后就是香港理工学院

计算机主板，应该说萧教授的这个构思还是不错的。基本的思路是参照当时英国出的一款 transputer 芯片传输数据的信号方式，实现处理器间的信息交互。按照这样的要求，我做了一个基本的设计，其中包括插在 PC 主板上的接口卡和一个数据交换系统，该交换系统类似一个矩阵结构的电路，可以根据指令要求，实现任意两个处理器之间的数据传输。按照整个系统的物理结构大小，要把这些东西全部封装在一个机柜中，差不多有两个小的电话亭般大小，考虑到各方面的因素限制，最后决定先实现一个 8 个处理器的系统，一个立式的大机柜可以容纳所有的东西。

开始工作后，我才发现整个硬件系统的实现主要工作全部落到了我一个人身上，其中包括系统设计、逻辑电路图的绘制、电路板结构设计、可编程逻辑电路的设计与调试，甚至包括焊接等等。这里与原来在华工的工作环境完全不同，没有什么人可以与你详细讨论技术问题，也没有学生的力量可以借助。实验室 technician（技术员）王伟康有他自己的日常工作，他能够帮助我的就是元器件采购，电路板发外加工。一个人要在一年内把系统做出来，压力之大可想而知。但我依然信心百倍，这种研究主要是靠"熬"的毅力。从读硕士研究生开始，自己基本上一直在做硬件系统的开发，对可编程的逻辑电路设计也很熟悉。那时还没有用上硬件描述语言，完全是用逻辑电路对一个个功能单元进行搭建。开始一般每一周或两周，我会单独到萧教授办公室向他汇报工作进展，进行系统设计方面的讨论，后来这样单独的讨论越来越少，他基本上完全放手让我自己去做了。

开始的两三个月，为了赶进度，我几乎每天，甚至包括周六、周日都是在实验室度过的。除了早餐是在回学校的路上买的之外，午餐和晚餐都在学校的学生餐厅吃，每餐大概 7 到 9 元港币。这餐厅由谁经营是由学校的学生会决定的，他们选中了一家叫"大家乐"的连锁店。开始觉得这里的饭菜还不错，慢慢地就受不了了。在菜谱中基本上没有绿叶菜，以马铃薯和鸡腿为主，还有的就是一些沙拉之类的东西，吃着吃着就完全没有了胃口。教师的餐厅稍微好一些，但比较贵，一顿下来要二十多港币，除非有比较特别的朋友过来，否则一般我们都舍不得在那里吃。每天除了吃饭几乎都在实验室里头干活，时间一长，就感觉到人越来越麻木，渐渐地有些精神要崩溃的感觉。后来改变了策略，找个同伴，基本上就是老蔡，晚餐回去住的地方做饭，途中在市场买菜买肉，吃完晚饭再回实验室，晚上 10 点左右在学校洗完澡后才回去睡觉。虽然回去做饭来回一趟要两个多小时，但可以吃到青菜，出来走走也可以透透气，这成了我生活的常态。

最初我一般是晚上回去才洗澡睡觉，洗澡洗衣成了一件麻烦事，10 多个人住在一个套间里，轮着排队洗澡洗衣服，水压又很低，极其不方便和耗时。后来我们 RA 中不知道谁发现在学校有个职工的冲凉房，主要是给从事体力劳动的职工使用的，地方宽敞，有热水，水压又足够大。有了这个地方，我就很少在住的地方洗澡了。每天晚上 10 点多，那时职工们早已下班，在冲凉房洗澡的基本上都是我们内地高校过来的 RA，洗完澡接着洗衣服，然后用个塑料袋把洗好的衣服带回去晾晒。

晚上回去时，我们常常结伙一起走，好几次，碰到巡逻的警察，他们一般三个人一组。警察迎面过来时，他们一听我们讲的是普通话，动静也不像本地港人，一般先不动声色，等到与我们擦肩而过之后，他们突然转过身来，喝一声"吾好郁！"（别动！），然后他们两个人按着腰间的手枪，一个人上前来检查。重点是查看我们手上提着的东西，伸手一摸，哇！塑料袋里装着湿漉漉的衣服！心想：这帮人是不是刚刚游泳偷渡过来的？接着会说，请出示证件！我们一般随身带着"香港身份证"，他们仔细盘查完后，才会让我们离开。

香港那时已经实行每周5天半的工作制，通常周六午饭时间一到，应该就是自己的时间了，实验室其他老师的研究生早早就收工了。但萧教授通常都是接近在11点的时候才开每周一次的学术交流例会，一般他的研究生们和我都被要求参加这些会，因此我们都心知肚明，不敢擅自提前去吃午饭。开完会通常已经接近下午一点多钟。然后萧教授又会对大家说："好，一起去外面饮茶（吃午饭）。"饮茶通常是AA制，每人都大致出自己的份额，不足部分和小费由萧教授负责兜底。有时快到中午12点了，还没有接到开会的通知，往往直到快12点半了，才收到萧教授的电话，今天他有些事情，例会就不开了，大家这才敢自由活动。

实验室是我半个家，因为住处没有什么柜子，人多手杂，我把所有重要的东西，包括护照、存折等，全部锁在实验室的柜子里。

四、香港的研究生和同事

那时在香港理工学院的教师岗位由低到高是这样分级的：lecturer、senior lecturer、principle lecturer 和 professor，对应的中文为讲师、高级讲师、首席讲师和教授。港人讲粤语时通常夹带英语单词，讲到职称时从来没听他们说过中文的。按照当时英联邦的学校体制，教授不只是职称，也有某种管理岗位的意味，每个系只能有一位教授，通常是系主任就是教授。我所在的电子工程学系，因为教授位置已经由系主任占了，萧教授的学术地位应该已经超越系主任了，但也不能当 professor，由此专门增加了一个叫 reader 的岗位，地位与教授相当，萧的名片上的职称，英文印 reader，中文印教授。在教师中，只要你有项目支撑研究生培养经费和对等的学位，就可以带相应学位的研究生，没有分什么硕导、博导。比如有位从英国获得博士学位回来不久的 lecturer，他有经费，就可以招收博士生。但如果本人不是博士，那就对不起了，不能带博士生。

按照英联邦教育体制的研究生学位，分为 Master of Science、Master of Philosophy（M. Phil）、Doctor of Philosophy，第一种是层次最低的硕士，主要修够学分基本就行了，论文比较次要。而后两者不用修课程，主要是做研究、写论文，能否毕业由最后的答辩结果决定。

在我坐的大实验室的小隔间里，有一位跟萧允治教授读 M. Phil 学位的研究生佘培健，他很有个性，耿直憨厚，讲话直来直去，在萧教授面前也是这样，萧教授常常会感到有些不适应，但也拿他没有办法。实验室还有两位其他老师的研究生。香港本地的研究生们都很时尚，因为研究生的奖学金都比较高，基本上和我们 RA 的工资持平。他们一有钱就热衷学习各种新的技艺，如考驾照、考快艇执照什么的。他们几乎人手一部 Walkman（随身听），更时尚一点的就配备一部 Diskman CD（随身的 CD 播放器），一出门就带上耳塞沉浸在音乐中。在实验室与我经常有工作联系的，除了王伟康，另外还有一位姓李的管理大实验室的 technician。

这些学生和同事都很友善,大家相处很好。他们经常问我一些有关内地的过时问题,比如,现在红卫兵是不是还是很厉害呀,我告诉他们那已经是"牛年马月年代"的事情了,现在已经没有什么红卫兵了。可能也是受本地媒体影响的原因,他们普遍对内地官员的看法很负面,经常问我官员是不是很腐败,反正可以解释的我都向他们"耐心地"加以解释。因为那时香港1997年后将回归祖国已经是铁定的了,香港不少人都"惶恐不安"。李姓的technician获得了移民澳大利亚的资格,他一直很纠结,他在香港已经有房有车,要不要离开此地?到国外之后如何谋生?等等,他不时会与我探讨一下这方面的问题。

在香港理工学院,我发现他们的教职员之间还有一层微妙的关系。通常实验室的主管都是教师,管实验室设备和杂务的工作人员是technician,technician们是受教师管理和节制的,久而久之,就会有矛盾,形成了两种不同"阶层"的人。圣诞节前系里组织一些活动,如一起聚餐之类的,technician们有自己的协会,这些活动他们会自己另外搞,就是不参加系里与教师一起的活动。

五、在港同学

去香港前,因为要到一个陌生之地,自然会看看有什么亲戚、同学之类的,准备好相应的联系电话等。曾找到一个远房的亲戚,之前从来没有来往过。我印象中到香港之后,只是打过一个电话,双方问候了一下,连面都没有见。倒是同学之间的情谊还保留着。

刘春球是我初中、高中的同班同学,我们那时就十分要好,经常课间一起练习单杠、双杠,切磋各种动作要领。我下乡插队落户时,同学中只有他专程到广州的东校场送我。据他说一次在香港港岛上的一处公园里,那地方有单杠双杠等器械,他在上面做了几个我们中学时经常玩的"高难度"动作,结果引起很多人围观和喝彩。春球同学那时在香港已经混得有些名堂,他不时在周末会约我去饮茶吃饭。走到茶楼门口,伙计们一看他到了,立马会迎上来说:"球哥来了!快,这边请,这边请。"马上给我们找到一处上好的位置用心侍候。春球同学十分豪爽,用餐后留下给伙计的小费往往是其他客人给的好几倍。他几乎每次都指着我有些自豪地告诉那些伙计,我的这位同学是位"读书人"来的哈。在香港"读书人",是民间对有知识有文化人的一种别称。我们在一起饮茶吃饭,聊我们的往事,彼此都有许多感慨又十分惬意。

张健骏同学是大学读到一半时辍学移民到香港的,他到香港后接父亲的班做餐馆生意,本来健骏同学应该是个书生,因为出生在乡下,能吃苦,把餐馆经营得井井有条。他很讲同学情分,我太太到香港探望我时,他主动在家里腾出一间房间让我们住,省去了我们租旅馆的一大笔开支。大学同班的李建东同学原来是大学班里年纪最小的学生,本科毕业后留在华工当老师,他读完研究生后却选择回了老家江门,恰好那段时间被公

刘春球同学(右一)和他大姐在香港

司派驻香港，经过两三年的历练，建东同学已经十分稳重老练。我到他尖沙咀东的公司驻地有两三次，聊天吃饭自然不在话下。

在香港的研究生同学也有两位，一位是同年级的罗文夫，他也在萧允治教授这里当RA，但具体做什么项目我一直不太清楚，文夫同学在香港有亲戚，所以一般很少与我们这些内地来的RA在一起活动。另外一位是罗小珍同学，比我高一届，因为我们的导师都在无线电工程系的通信与电子系统教研室，所以也比较熟悉，她是到深圳工作后又应聘到香港的一家公司工作的，一个女生，独自闯荡到香港也不太容易，所以华工校友在港RA有什么集体活动我也会通知她参加。

六、香港大学中的内地RA和"访问讲师"

去到香港后才发现，香港的各大学中有许多中国内地各高校的老师和中科院的研究人员在做RA，其中包括香港大学、香港中文大学、浸会大学、香港科技大学、香港理工学院、香港城市学院等，后面的这两所学院就是现在的香港理工大学和香港城市大学。原来RA在香港通常是本科大学新毕业生层次的工作，精明的香港大学老师发现，他们用一个在当地只能聘到本科毕业生的薪金，可以聘到内地的硕士、博士，他们当中大多数是高校中的讲师，有些是副教授，有些还是教授。

据说当时很大一部分香港人心目中，都认为港人的素质要比内地人高许多。为了防止香港的有关部门压低工资聘用内地人士到港工作，抢夺本地人的饭碗，港府规定如果聘用内地人，相同的岗位必须支付相同的工资。却没有料到香港大学的教授有另外一手，他们用聘RA的薪金找来的都是内地的高层次人才。20世纪90年代初内地高校老师的工资水平还很低，工资就是几百块人民币。而一个香港RA的月薪金近9000港币，比国内的高了一个多数量级，这自然成了我们心目中的香饽饽。镇江农业机械学院（现在的江苏大学）的一位老师也在香港理工学院做RA，他跟我住一个套间，有一次他跟我说，他接到聘书后，学校的同事看了一眼，因为聘书是英文的，没看得太仔细，以为是一年给9000港币，已经有些惊讶。对他说，哇，这么多，一年9000呀！他不敢纠正他的同事，怕说出来同事的心理不平衡。

去香港工作的RA，绝大多数都是做纯学术研究，基本上没有像我这样必须研制出一部机器的。通常他们一年有两篇，甚至一篇国际会议的论文就可交差，虽然名字排在"老板"之后，有名有利，何乐而不为？港英当局的这一规定，我们自然是非常欢迎的，这意味着"老板"们不能克扣我们的待遇。当然也有例外的，香港理工学院有位香港姓梁的教授，他对国内的经济状况非常了解，他知道即使把薪金减半，国内的人也照样会趋之若鹜。为了使得他的做法合法化，他自己创造了一个新的岗位，叫作"visiting lecturer（访问讲师）"，听名字比"研究助理"高级多了，但给的钱却只有后者的一半。因为RA已经几乎是专业人士的最低层次的岗位了，所以给visiting lecturer的钱只能叫津贴。津贴一下来访问的"讲师"，方方面面都似乎说得过去，但他们做的却和RA们完全一样的工作。华工的裴博士和蔡博士就是以这种身份到香港的梁教授处做研究工作的。

我们华工到香港各大学的RA不定期地会组织一些聚会活动，比如一起去爬爬山或者到香港的一些离岛走走。在香港我们理论上都是接受新华社香港分社管理的，那时新华社香港分社在港人心目中是一个非常神秘的机构,有一次我不知道要办理什么事情要去一趟新华社香港分社。坐车到达分社附近问路时,被问的港人一听,什么?去新华社香港分社?眼睛瞪得很大,表情颇有些惊异……

### 七、结束工作

尽管我在港期间非常努力地工作,工作也在顺利开展,但还是太乐观了一些,毕竟庞大的硬件软件工作量摆在那里。眼看在有些力不从心,在距离我一年的 RA 聘约到期还有 3 个月的时候,我的老师,华工的尹俊勋教授也到香港理工来做 RA 了,他是萧教授手下的一位叫林健文的讲师聘请过来的,我们都叫他林 Sir。可能萧教授为了确保我这个项目的完成,让林 Sir 安排尹教授先和我一起做这个多处理器系统的项目,完事之后再做林 Sir 原来计划的课题。

尹教授是我读研究生时《随机信号与噪声》和《微机原理》这两门课的老师,我的微处理器开发能力很大程度上就是通过尹老师《微机原理》这门实践性很强的课程培养的。尹老师理论水平和动手能力在学校里都是一流的。有了尹老师的加盟,什么具体的技术问题都可以在我们师生之间讨论解决,我悬着的心终于可以放下了,项目进度开始加速……终于在我合同期将满,准备离开香港的前一两周,系统搭建起来并可以顺利工作了。整个设备包括研制的一块数据交换板和 32 块接口卡;与 8 块 80386 的 PC 主板和外置的一台 PC 主机共同构成一个多处理器系统。在主控的计算机上发出连接命令,任何两个处理器(PC 主板)之间就可以实现数据的交互,一个处理器可以同时和其他的四个

我身旁就是即将研制完成的多处理器系统

处理器通信。系统启动运行时,控制屏幕上不断翻滚的数据显示着多处理器的工作状态良好。看到这些,那种成功的愉悦除了我们开发人员,旁人是很难体会的。

在这个多处理器系统设计中采用的数据交换方式我觉得还是有不少巧妙之处的,后来我把其写成论文,以我、尹俊勋和萧允治的名义,发表在 1993 年 9 月的《华南理工大学学报》上,题目叫作"一种多处理器系统内部数据交换的实现方法"。

在 1992 年 8 月合同期满,我告别香港理工学院时,萧允治教授专门给我写了一封评价我工作的信,相当于对我工作表现的"鉴定",充分肯定了我的工作。确实我在香港这段工作取得的成果为萧教授完成了一项他原来非常棘手的研究课题。临走前,萧教授对我说,他现在带的研究生太多,已经没有什么资源了,如果我想在香港任何一所大学申请读博士研究生,他都会为我写推荐信。萧在香港也算是很有名的教授,能够对我这样说应该也是难得的了。这一年我在香港理工学院的工作使我感到非常疲惫,但也是一种历练。我

非常感谢萧教授,这段经历打开了我很多的眼界。特别是知道了对于一个高校老师,在学历上继续深造的重要性,回到华工的第二年,1993 年,我开始在学校攻读博士学位……

学校领导看望在香港理工学院的华工 RA,尹俊勋(后排右四)、我(后排右二)

多年之后,王伟康,实验室的那位 technician 还告诉我,那台像一座小电话亭般大小的多处理器系统还一直摆放在实验室的原来那个地方。

## 在美国做访问学者

一、出国的努力

五六年前,过了一个甲子之后,有了更多的人生"感悟"。我常常根据自己的体会对研究生们说,你们毕业以后,一定要树立一个比较远大的理想,持之以恒地努力,就可能会有比较大的成就。许多或许你能够达到的目标,如果连想都没有想过的话,要实现是几乎不可能的。争取出国进修学习,曾经就是自己的一个小小的没有放弃的努力目标。

大学毕业后我留校当助教,1983—1984 年间,学校曾经组织过出国留学英语水平考试的培训学习,我们班里同样毕业留校的旋永南同学和我参加了这个培训班,培训结束后参加全国考试,结果旋永南同学直接考上了国家英语水平考试(English Proficiency Test:EPT)的"派出线",之后很快得到了到英国做访问学者的指标,而我则名落孙山。后来,我读研究生,再度留校,到香港理工学院做研究助理……一晃就过去了近 10 年。但我一直没有放弃出国学习的努力,1994 年又参加了一次 EPT 考试,这次终于考上了"培训线",按照当时的规定,考上这条线的考生,经过教育部指定的培训中心培训半年,考试合格后,即可获得国家留学基金委资助出国做访问学者的资格。我就是这样得到此资格的,但得到这种资格还不等于得到指标,还必须经过申请,经过竞争,幸运者才能得到指标。

因为那时申请去美国做访问学者是大多数人的愿望，我担心竞争过于激烈，就选报了英国，此时已经到了 1995 年。那时国内对互联网这"新生事物"刚刚才有概念不久，第一个全国性的计算机网络是中国教育科研网。我在申请书中阐述了出国学习信息网络新技术的必要性。但最终结果是没有获批，也不知道那年申请去英国的人是不是太多了。按照那时的规定，第二年还可以再申请一次，第二次申请没有想太多，直接报去美国。我心想成就成，不成就拉倒了。没想到这次很顺利，我拿到了去美国的指标，这个指标在两年内出国有效。那时我读的博士学位还未答辩，必须先完成学业，所以一直拖到 1998 年才开始联系美国的学校和办理签证等手续。

因为在学校要给学生上课，那时也在学校的网络中心参加中国教育科研网的建设工作，有些项目在做，所以一直没有联系美国学校。最后到有效期的截至时间已经很短了，才匆忙联系了美国的两三个教授，最后选定了南佛罗里达大学（USF：University of South Florida），联系上的是 R. V. Sankar 教授，是位印度人。

我拿着国家留学基金委的资助证明和 R. V. Sankar 教授发给我的接收函件，到广州沙面的美国领事馆申请签证。在我面签队列前面有一个福建某大学的老师，我看到他专门还带上他的一本专著和许多其他材料，以佐证他是一个有成就的专业人士。而我则什么都没有准备，轮到我时，那签证官先用中文对我说："早上好！"我回应他："Thank you! Good morning!"之后，他马上就转为用英语跟我对话了。他看了我的材料，问我你是通过什么关系得到出国机会的？我告诉他，我是通过英语的选拔考试，有经过竞争才取得指标的。那时中美关系还很好，有资助证明和对方学校的接收函，签证一般都不会有什么障碍。我很顺利地拿到了签证。

二、到美初期

1998 年 10 月中旬的某一天，终于成行。这是我第二次出境，第一次就是前面说的到香港当 RA，那时心情还有些紧张，不知道资本主义社会是怎么一回事，而且去当 RA 与做老板的教授间是一直雇佣关系，担心不知道自己能否胜任工作。而这次去虽然会有些语言方面的问题，但毕竟有国家的资助，工作干多干少主要是尽人事，因此没有太大的压力。

机票是国家留学基金委预定的国航—美航联运机票，我从洛杉矶入境美国，中间在洛杉矶机场转机等了有 6~7 个小时，然后换乘美航到佛罗里达州坦帕市。因为事前已经通过 R. V. Sankar 教授联系上了南佛罗里达大学中国留学生和访问学者联谊会的秘书长，他是一个 USF 在读的博士生，接机工作是联谊会的基本责任之一。那天飞机是半夜到的坦帕机场，秘书长自己一个人开车到机场接我。在机场找行李时，糟糕，我的大件行李箱找不到了，天呀！包括衣物、菜刀砧板等主要的生活用品几乎全部在这里面。我们把此情况报告给机场有关方面，留下了联系的地址。谢天谢地，第二天下午，机场派专车把我的这件重要的行李运了过来。原来，在洛杉矶转机的过程中，他们把它送错了地方，发现出了问题后又重新转运回坦帕机场。

因为去之前还没有找到房子，秘书长就把我直接拉到他住的公寓（apartment），他和一个印度的留学生合租一个两房一厅的单元，临时就把我安置在厅里。

来到才发现我来的时间对找房子来说时机不好。一般留学生们到校或离校都是在学期末或开学前，这时容易找合租的人，此时是一个"中不溜秋"的时间，对找房子不利。这样寄居在别人的客厅住了应该有个把月。和秘书长一起住的印度博士生也是个好人，在这期间，除了水电费是我们三人平摊外，他坚持不收我一分钱的房租费。他说这是印度留学生间形成的默契，如果他因为我住在厅里收了我的房租，会被其他印度人耻笑。我有时候也在想，这是不是正是印度人在美国相互善待比较抱团的原因呢？他是一个素食主义者，他要求我不要做煎炸类的菜肴，以免这些肉的味道在房间内弥漫影响到他。有一次我没有注意，煎了一批鸡腿，结果他回来闻到气味后大发脾气，我反复道歉才算平息。后来我们一直关系都还不错，我离开后路上见面还会彼此热情地打招呼。在我找到房子离开前为了答谢他，很正式地请他和秘书长到外面的餐厅吃了一顿饭。

那时为了寻找合适的房子和同伴，也了解了不少学校周围的情况。在学校附近就有好几个不同的区，贫民区比较混乱，经常有三三两两的人在那里闲荡，虽然那里的房子租金比较便宜，一般留学生和访问学者都不会轻易住到那些地方。就隔着一条四车道的马路，就是所谓中高阶层人士住的地方了，这里道路整洁，草坪灌木修整得很好。一般小偷都不敢轻易在这些地区作案，因为他们一出现，就很显眼，显得与此地格格不入。

终于我发现有一个学交通管理专业博士生东北人梅小宇也在找房子，我们两人一拍即合，租下离学校只有一条马路之隔的一个公寓群中的一个两室一厅的单元，每月房租约500USD，租金、水电等费用大家平摊。我和梅小宇一起合租房子直到我离开坦帕，他是一个豪爽很好相处的人，期间他给了我不少关照。

梅小宇（左）和我

开始我们一个国家公派的普通访问学者每月只有500多美元，租房子去掉了一半。中国驻休士顿领事馆每个季度给我寄一张支票，直到最后的一个季度，我们的经费才涨到了750USD每月。

梅小宇的太太也是一个留美的博士研究生，在马里兰大学学生物，马里兰大学比南佛罗里达大学高一个档次，他们为了能够在一起，梅太太放弃了马里兰大学的学籍，转学到了南佛罗里达州大学。梅太太告诉我，她在国内已经硕士研究生毕业，但到了美国，所有学生物或生物医学类的研究生，他们在国内研究生阶段所修课程的学分统统不被认可，所有课程都必须重新学，这意味着他们的学习时间会更长。而一般其他理工类的研究生，他们在国内硕士阶段的课程学分基本上都可以被承认，读博士时这些学分可以豁免。

我们那时在美国租到的公寓房子基本上都是空的，除了空调、做饭用的电炉、热水器、冰箱外，一件家具都没有。搬离时，必须按照原来的状态把房子交还公寓的管理处，自己的什么东西都不能留下。我的一个旧床垫是别人送的，估计之前那人也是捡回来的。因为要看新闻，所以买了一台旧电视机。

坦帕的气候与广州差不多。国内改革开放后，各种小型的工业企业如雨后春笋，但河流和大气逐渐被严重污染，直到近几年，情况才开始明显改变。相反美国那时已经把大量的这类企业迁移到国外，到美国后一下飞机，就感觉到蓝天白云，天空特别透明。留学生们都说，通常国内初到美国的人，在一年半载内连感冒都不会有，因为相比与国内，这里的环境好很多，抵抗力特别强，也都不知道是否有道理，反正我确实是没有得过什么感冒之类的，但医疗保险是必须买的，这是这里的学校所要求的。

三、南佛罗里达大学（USF）

到坦帕的第二天我就去学校报到，南佛罗里达大学（USF）是美国的一个一般的州立大学，学生有约4.5万人，只有这里的癌症研究中心在美国很有名，其他都比较普通。我见到了R. V. Sankar教授，因为事前他已经在学校办好了各种接收一个访问学者的手续，所以没有太多的事情要办。系里的女秘书带我到预先安排好的一间独立办公室，这办公室就在R. V. Sankar教授办公室的斜对面。办公室里为我配了一部电话、一台计算机。Sankar教授专门带我去与系主任见面，打了一个招呼。后来他跟我说，系主任也是个教授，但大多数教师都不愿意坐那个位置，因为美国高校中资源的分配都很公开透明，系主任并不能得到什么特别的利益，反而有很多行政的事务，就像是系办公室的一个主管，一般教授都不愿意把时间花在这上面。

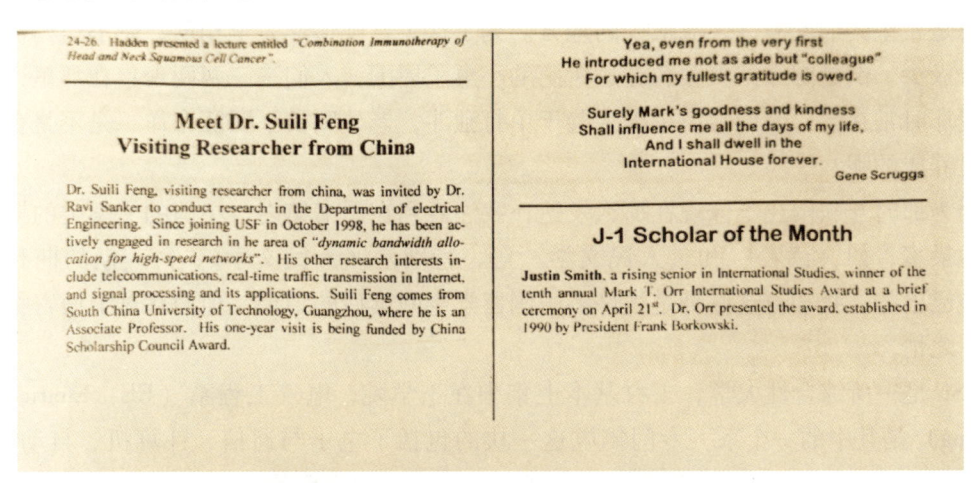

USF校刊上发的一则我到该校做访问学者的简报

秘书给我的办公室钥匙很特别，特别长，可以同时打开自己办公室和系办公室的门，教职员的信箱在系办公室内，里头也有咖啡茶水之类的东西。这钥匙上刻有"no-duplication"字样，一般外面的五金店铺看到这样的字样就不会为你复制钥匙。这里工作的环境还是很不错的。系办公室的教师职员信箱格架中多了一个贴有我名字的格子，所有寄给我的信件、领事馆每季度给我生活费用的支票都会放到这个格子中。另外还到学校的外国留学生和访问学者办公室备案办个登记手续，这里的秘书态度特别好，她看我来自华南理工大学，她说USF与华中理工大学结为了姊妹学校。在USF的校刊上，还专门发来一折我到该校做访问学者的简报。

USF坐落在坦帕市的郊区，校园面积很大，旁边有一片森林，据说也是属于这所学校的，森林中有大片的湿地，依稀可见这里几百年前这里有大片的参天巨木，现在只剩下成片的古老半腐朽的树桩。湿地上建有木的高架栈道，沿着栈道行走经常可以看到在湿地的小湖泊上有鳄鱼在水中游弋。在这里给我印象最为深刻的就是他们的图书馆，图书馆除了圣诞节几天外，全年都开放，每天好像是从早上8:30开放到次日凌晨1:00，几乎没有什么节假日，只是假

USF是一所没有围墙没有校门的大学

期或周末每天开放的时间稍微短一些，会提前到晚上10:00闭馆。图书馆里各种书籍期刊都非常齐全，当然复印资料还是要付钱的。图书馆当然不可能包含所有的杂志，有一次我在计算机上检索到某期刊上的文章，而这份期刊图书馆没有，告诉他们情况，他们让我填个表，随后他们联系其他与其连锁合作的图书馆为你寻找这些资料，几天后这些资料会复印装订好送到了我办公室的信箱中，此时连复印费也免了。他们认为，既然你研究的工作需要的资料连他们这么大的图书馆都找不到了，他们有责任替你找到并送到你手上。

在图书馆我发现了一个与我在大学里读书时完全不同的现象，过去我们读大学时自习，总是希望到最安静、人流最少的地方。到了这里发现情形完全相反，图书馆内僻静的地方人极少。倒是图书馆大厅和旁边树荫的小桌子周围，人们三三两两聚集在那里讨论问题。我那时常在想，人们常说中国人善于单打独斗，老外则长于团队合作，是不是在大学学习时养成的呢？

因为那时互联网还不像现在那么发达，我注意到在图书馆内，中国的文学类的期刊被翻阅地最多，如《读者》和《人民文学》等，特别是《人民文学》，每一期的期刊都被翻得皱巴巴的，我知道这些都是被许多中国留学生阅读后的结果，他们在这上面寄托了多少思乡之情。

USF是一所综合性大学，工科基本上集中在工学院，电气工程系（EE：Eletrical Engineering）是其中的一个系，专门搞电这一块的包括了电子与通信、计算机、自动控制、电力等等，教师加起来共有60多人。应该来说，这样的规模比起国内的工科大学是很小的。像我们华南理工大学，上述的每个领域都有一个专门的学院（计算机类的还分为两个学院：计算机科学与工程，软件工程），每个学院都有一百多位教师，电类专业的老师人数加起来比他们多近一个数量级！近年来有各种大学的排名，经常看到华工在世界的工科大学中排名50多位，甚至更靠前，我对此并不感觉到奇怪。

我因为在香港理工学院做过研究助理，对英联邦体制下的研究生培养有一定的了解，到了美国后，发现美国的体系与英联邦的体系有很大的不同。以USF为例，修满30个学分就可以获得硕士学位，这与英联邦学位体制下的MSc学位很类似。但要取得博士学位，如果从本科起点，则需要90个学分，其中约60个学分是通过学位课程学习考试取得的，博士论文只占30个学分。美国的博士学位要求学生知识面要广博，必须修完足够多的课程学分才行。而在英联邦学位体制下，博士生可以不修课程，主要考核就是你的博士论

文，博士论文答辩对博士生来说就是一场决定命运的考试，一锤定音。此外，美国高校的博士论文通过与否是本校的培养小组决定的，不同高校出来的博士可能差别很大。英联邦高校的博士论文需要在英联邦范围内聘请若干校外的专家参与答辩。对比之下，我们中国的博士学位培养方式介乎这两者之间，一是要修满足够的课程学分，二是博士论文主要由3位校外专家盲审评定，采用一票否决制，校外评审如果不通过或者指出需要"重大修改"，则该生没有了答辩资格。之前国内一度曾经将博士学位的培养与职称建立了某种联系，副高以上职称者可以越过硕士阶段直接进入博士生学习阶段，现在不行了，直接攻读博士学位者也必须修完相应专业硕士研究生的课程，这一点与美国的培养模式很相像。

四、R. V. Sankar 教授

R. V. Sankar 教授很高很瘦，讲英语带有浓厚的印度腔调，他带有两三个硕士生和一个博士生，会定期或不定期组织学术讨论，与我在香港理工学院时萧允治教授搞的活动形式上基本一样，我也向他们介绍了我在国内做的研究工作的情况。Sankar 教授没有给我布置什么非常具体的研究课题，但不时会让我到他的办公室进行一些讨论。他在 USF 是做通信和信号处理方面研究的。

Sankar 教授自己有一个小的实验室，里头有两台圣路易斯市的华盛顿大学研究开发的两台异步转移模式（ATM）交换机，那时 ATM 交换技术是通信领域的热点，曾经认为是未来主干网络的主要交换方式，但最后的发展因为技术太复杂，价格高昂，得到不太广泛的应用，且已经逐步被淘汰。这两台交换机虽然连起来可做一定的小实验，但因为不是自己开发的，在上面要进行深入的信元流量调度控制的研究几乎是不可能。因此我在 USF 的研究工作很大程度上还是延续我在国内的有关研究，所以压力不大，因为 Sankar 教授并不用支付我的各种费用，也不会对我做什么特别的要求，因此大家也合作愉快。

树涛是叶梧教授99届的硕士研究生，是一个比我低很多届的小师弟。通常在叶老师和我的实验室中，硕士生阶段的学生的研究课题主要是做工程项目，博士研究生则做理

Sankar 教授和我在圣路易斯市

论研究。但树涛读硕士时就比较有想法，一心准备出国读博士，他希望叶老师让他做理论研究，能出点文章好在国外留学时申请资助，叶老师也同意了。他很用功，在硕士阶段在我们国家的通信领域最好的学术期刊《通信学报》上发表了一篇学术论文。他及时联系上我，请我帮他寻找有国外"老板"资助的留学的机会。

我跟 Sankar 教授介绍了树涛的情况，按照树涛的能力，我认为他是一定不会使

Sankar 教授失望的，我极力说服他。Sankar 教授那时手上也没有多少经费，他说那就试试申请学校全额的优秀学生奖学金吧。这种类型的奖学金，在 USF 通常整个工学院每年只有一个半个指标。我们并不抱太大希望，但还是认真地把树涛的材料整理好送上去，或许那一年恰好竞争不激烈，结果居然真的批下来了。但等了相当长的一段时间，却一直没有拿到学校正式的资助函。树涛

树涛（左）和我在我 USF 的办公室

很急，Sankar 教授也没有办法，他让我到学校的有关部门去问问。我径直找到相关的部门，最直接的感觉就是这些办事部门对把美国纳税人的钱，这种宝贵的全额奖学金指标给一个外国学生都不太热心，甚至颇有些推诿抵触，似乎是想把此事拖到不了了之。但不管怎样，经过我们不懈的努力，终于把这个落实指标的函件拿到了。我马上寄给树涛，他很快就申请到了签证，在我准备离开 USF 的前几天，他终于顺利到了 USF 并安顿下来。

回到国内的一个月左右，我又联系 Sankar 教授，他有些生气，他说树涛已经放弃这奖学金和学籍回国去了，他说我们千辛万苦申请到的指标，就给他浪费了。我急忙联系树涛问这是怎么回事。原来他出国后，他母亲一直思念儿子，担心他在一个陌生的资本主义社会会不会出什么问题，结果之后一直茶饭不思，病倒在床上……树涛没有办法，只能回国。当然我是不敢再向 Sankar 教授推荐学生了。我想作为印度裔的 Sankar 教授，一定会想，多少印度留学生在盼望这样的奖学金机会，现在把它给了一个中国留学生，已经够可以的了，但却没有料到是这样一个结果。

但树涛终究是一个有志有为青年，他回来后次年考上清华的博士生，清华博士毕业后再度到美国，此时他的心智应该已经非常成熟，在另外一所美国大学又拿了一个博士学位，现在美国的奥本大学当教授，此是后话。

### 五、教会活动

20 世纪八九十年代，中国到美国的留学生并不太多，初到异国他乡的中国人往往都会有孤独感。此时当地的基督教会会"及时"伸出援助之手，他们会很快接触上你问寒问暖，免费为你提供一些旧的家具，希望你加入教会的"大家庭"。不少留学生就是这样入会的。

在美的基督教会，我看到的似乎大都按照人种或原来的国籍来划分的，华人有华人自己的教会。到美国后，也有教会的人找过我，出于好奇，我和一位毕业在美工作的毕业留学生路波先生参加过一两次他们的活动。大家集中在一起吃晚饭，聊聊天，然后是华人牧师很正经地用中文诵经。因为理念信仰不同，以后就再也没有去了。回想在香港理工学院当 RA 时，有好几次在取饮用水时都遇到一个虔诚的基督教徒，慢慢有点脸熟了，她问我是否愿意参加教会的活动，我说我是内地到港临时工作的 RA，聘请结束后就要回去的，她说没有关系呀，教会的教友对发展"组织"还是挺积极的，但我还是婉拒了她。

我总体的感觉是那些虔诚的教徒通常都是乐于助人心地善良的人，但也有个别信教之后，变得有点"数典忘祖"了，春节期间遇到个别的教徒，他们会说："有圣诞节就行了，还过什么春节呀！"这些人给人感觉是比老外还要老外，但有时也觉得他们很可怜，没有了自己祖国的文化寄托，老外也不一定看得起他们。

六、在美结识的中国人

路波先生是我到坦帕后认识的一个比较谈得来的朋友，长沙人，原来是北京理工大学计算机专业的毕业生。他在南科达州大学硕士毕业后应聘到了一家咨询（consulting firm）公司，是被这家咨询公司派到坦帕的一家电讯公司当工程师的。在美国所谓的咨询公司通常是专门为大公司提供临时工程技术人员的机构。大公司有些项目是短期的，他们不想因此长期雇人，因为一旦雇人之后短期内炒人是比较麻烦的，他们宁可出高价"借调"短期的工程师。咨询公司看准了这一点，简单地说就是吃差价。通常他们会储备一些他们分析后认为社会上会有短期需求的工程师，先把他们招募进来，然后"委派"到那些有需求的大公司。大公司因为是短期聘用，需要支付较高的费用，而咨询公司支付给这些工程师的是正常的价格，他们就吃中间的差价。当然他们一旦发现某些人招进来后一段时间内派不出去，他们就会把此人炒掉，因为不可能长期白养着。咨询公司招募的大多是毕业不久，暂时又无法找到工作的留学生。

路波说起他的留学经历也颇有一番感慨，在读书期间为了筹钱，经常到酒家饭店里打工，很不容易。在美国七八年的生活，改变了他很多原来对国内政治的负面看法。一到周末，经常就由他开车到处转转，吃饭聊天。他也喜欢开车到处跑。他从来不锁车门，他说这么旧的车没有什么人感兴趣，再说没有车钥匙怎么偷呢？他

路波（左）和我

说在读书期间，就经常开着两百美金买来的二手破车穿州过府去打工。后来他找了另外一份工作离开了坦帕市，在相当长的一段时间里我们还保持着联系。

我已经忘了是如何在校园里认识一位老华侨的了，他应该有60岁了，只身一人。他开着一部非常旧的车，比路波的车旧多了，但每次停车都把方向盘锁得严严实实，车门就更不用说了，锁上后还要反复拉几遍以确保无误。他是从南美牙买加移民到美国的，因为已经在牙买加已经是若干代的中国移民的后代，因此一句中文都不会讲，但对中国却有一份发自内心的炽热感情，尤其是谈到中国有了原子弹、氢弹，其脸上的自豪感溢于言表。我跟他说中国的核武库还是非常有限的，他完全不认可，绝对不允许说中国的一个"不"字。我想那时因为中国贫穷落后，他受到的欺凌和白眼一定不少，而中国的日益强大，也一定是他直接感受到的。有一次他跟我说他家里的电话坏了，那时即便在美国，移动电话也还不普及，家里的电话是至关重要的通信设备。我说那我们去看看吧，原来是墙上插座里头的电线松了，我接好后电话自然又恢复如初，他非常高兴，找一个专门的维修工上门那是要付钱的，他一定要请我到啤酒厅喝啤酒。推辞不过，被他带到一家典型的老美啤酒

厅，里头几乎全是中年以上的白人，厅里播放着美国经典的乡村音乐。我们一进来，周围的人可能都感觉有些突兀。我想这些地方，如果不是他带我来，自己是肯定不会想着进去的。

我还遇到了一个商务签证进入美国的中国人，他叫什么名字我也已经忘记了，估计也有40岁了，他还买了一部代步的车，他听我说我在这里没有车也不会开车有些吃惊。因为通常就连一到美国的留学生，也会立马学车，然后无论有钱没钱，都设法买一部二手车再说。我来美之前，应该说基本上没有做什么如何在这里生活的"功课"，也没有想过在美国长期逗留，访学结束后就回国，所以基本上没有学车、买车的打算。这位中国人当时正处于一个极度苦恼的状态，所以遇到每一个中国人都会了解一下有无什么可以帮助他的门路。原来他的签证已经快到期了，像他这种在国内经商还有一点身份的人士，因为没有美国的学历，高不成低不就，想找到一份工作设法转变身份是很困难的，他很痛苦很想回国。但他在国内的太太死活不让他回去，她太太是指望他在美国立足后全家移民的，让他一定要坚持，坚持再坚持……我看他真是挺可怜的。

前段时间看到一段视频，说的是杨振宁教授不建议在大学阶段把小孩送到国外留学，因为此时小孩的心智大多还不成熟，一旦顶不住诱惑，染上坏的东西或习性，就很容易鸡飞蛋打，害了小孩一生。我也接触了一个中学就随父母到美国的中国小伙子，但这个小孩很懂事，在美国中学毕业后在一所大学读计算机专业，父母给他的钱不足以完成大学学业，他大学读了一半，就申请休学出来打工，帮一些公司编写一些小编程，攒够了学费后又重新复学，最终大学毕业出来工作。我和他挺谈得来，与他还去了一趟奥兰多迪士尼乐园游玩。但与他交流时，发现他的思想已经非常"西化"了，处事和对世界上各种事情的看法就像是一个地道的美国人。我感到他很有投资的头脑，他告诉我投资稳妥的话就选基金，约多少多少年后本金就可

小伙子（右）和我在奥兰多迪士尼乐园

以翻一番，讲得头头是道。我问他为什么，他告诉我，基金是糅合了多种重要的股票，不可能每一支这类股票都下跌，除非国家崩盘。

USF 因为规模比较大，两岸都有不少留学生。中国驻休斯顿领事馆不时会送一些国内电影的录像带给学校的中国留学生和访问学者联谊会，每逢中国的传统节日，联谊会就会借用学校的大会议厅进行播放。平时我们一般跟台湾地区的留学生没有什么交流，但每次播放录像节目时，都会邀请他们一同参加，此时两岸的中国人就聚到了一起。到现在已经过去 20 多年了，不知道两岸的学子是不是还像以前一样地交往。

### 七、三辆自行车

到美国后，有一点则完全出乎我的预料，前面说过心想只在这里生活一年，也没有打算在学车和买车。但超市离住处有些远，买一部代步的自行车还是必要的，否则每周买的

生活物质要手提回来还是不行的。所以一到坦帕不久，我就到二手的自行车店花了 50 美元买了一辆七八成新的可变速的运动型自行车，在国内我都没有用过这么好的自行车。没有想到，骑了两三周左右，在一个人比较少的周末上午，车在学校被人偷走了。

人们告诉我，自行车必须锁在有栏杆固定的地方，否则小偷一扛上汽车后箱，就被偷掉了。我后来注意到，有些高级的自行车，为了防贼，人们会把两个车轮拆下，连同车架并在一起用一个大锁锁在固定的铁架上，车把则带走。我想或许是我的车也太好了，成了小偷重点关注的目标。此时恰好有个 USF 毕业的留学生要离开坦帕，他有辆很旧的自行车以 5 美元卖给了我。我想这破车应该没有什么人注意了，但没过多久，一天在路波住的公寓内一起聊天和做饭吃，车就放到门口，前后不过两三个小时，准备回家时出门一看，自行车又被人偷了。这前后还不到一个月，被人偷了两辆自行车！小偷的猖獗完全超出了我的想象。

这事情我闲聊时跟 Sankar 教授讲了，他摇摇头苦笑了一下，接着说他有一辆自行车，在家里放很久了，没有什么用，可送给我。我后来一直是用这辆自行车，平时倍加小心地看护，一直到我离开 USF 都完好无损。后来我的师弟树涛来 USF 时，顺便也把这辆自行车送给了他。在树涛回国后，这部自行车究竟最后去向如何，就不得而知了。

八、生活感受点滴

美国有不少的事情我们是很难理解的，除了政客之外，本地百姓似乎对美国以外的事情基本上不关注，我想是他们习惯了美国政府会为他们争取最大的海外利益，他们自己不必操心。但是在自己社区关系到切实利益的事情就不同了，鸡毛蒜皮的事情可以在新闻节目中讨论很长一段时间。比如中小学生是否要穿校服的问题，在我的印象中电台的有关节目对此讨论了很长时间，最后好像还是没有什么结论。这可能也是美国民主的一部分吧。

1999 年发生了科索沃战争，北约轰炸塞尔维亚，塞尔维亚人死了有一两千，美国人没有什么感觉，但一架美国的隐形轰炸机被塞尔维亚击落，死了几个美国人，这事情就大了。美国的导弹还袭击了中国驻贝尔格莱德大使馆，中美关系一度紧张。

当地的新闻，报道中国的内容通常都是负面的。你会感觉到有事无事，负面的东西能够与中国扯上关系的，都会设法添油加醋。比如有一则新闻，报道某地发生了枪击事件，特别会提到凶手所用的步枪，是中国生产的。我感到莫名其妙，这难道也是中国的责任？美国普通百姓中对中国的负面看法，我想很多就是通过这些日积月累的宣传形成的。

在美国我还注意到了一个现象，但凡在中国读完本科，然后到美国学习、生活和工作的中国人，平时大多还是在中国人的社交圈子内，比如教会是在华人的；周末聚会在一起的一般都是中国人；国内去的华裔大学教授所带的研究生大都是中国人，当然也会招个把本地的美国人作为点缀。这个实际上也不难理解，少时成长的背景不同，尽管语言问题解决了，深层次的"文化障碍"却难以克服。我看印度人似乎也差不多，Sankar 教授的学生基本上是印度人，当然他也有一个伊朗籍的博士生。Sankar 教授邀请我参加过一两次他的家庭朋友聚会，来的几乎全是印度人。

在坦帕期间，我平时除了听听 Sankar 教授的课外，真正接触本地的美国人的机会实际上也并不多，只有在超市商场、银行、图书馆、系和学校有关的办公室等地方，会有一些短暂的交流。

我所在的办公大楼有个身材很高大的保安，年纪也已经比较大了，不时见面我会与他闲聊两句。他说他年轻时到过朝鲜战场，作为侦察兵曾经潜入过中国境内，我不太相信，因为只有极少量的美军曾抵近过鸭绿江边，要过江显然是不太可能的，当然也没有去与他争辩。

有一次我是一个人去超市买东西，门口坐着一个黑人青年，他伸出两个指头对我说"Two quarters，two quarters"，我看他是一个有手有脚正常人，也知道他在向我索要钱。但感觉他也并不比我强壮多少，我说："No！"随后径直进入超市。

我平时的生活用品、肉类通常在超市买，我感觉最便宜的就是鸡腿，有一次可能是折价，3美金买了一大袋，足足有八九磅重。在超市里通常上好的牛肉最贵，这些牛肉时间稍长卖不出去就会降价。所以有钱人和穷人都可以大口吃肉，只是不同的类型和品质。我们的青菜、瓜果则一般都是每周去自由市场买一次，自由市场比较远，通常是跟留学生的车子一起去，一般每人各买一箱回去，你买一箱黄瓜，我买一箱西红柿或者灯笼辣椒，然后回去三四个人交换着分。在自由市场的小摊上接触的多是越境过来种菜的墨西哥人，他们的英文比我们还差，与他们交流是用手势加简单是英文数字。如指着一箱黄瓜，问："5 dollars？"对方答："No，6 dollars"，接着通常我们会说："OK"，于是成交。

九、东部旅行

路波因为工作的原因离开坦帕市之后，我生活就变得十分单调了，开始访学时的工作还是比较认真的，按照我在国内工作的节奏，天天准时回学校办公室做点研究工作，或者到图书馆查资料。我那时已经40多岁，与年轻的留学生们也玩不到一起，加上学校的许多体育设施因为学生们交了学费，对他们是"免费"的，而对我们这些访问学者则要另外收费，因此一起活动也不太方便。想想时间已经过去了不少，对美国却没有多少了解，于是我在USF中国留学生和访问学者电子邮件群中询问有无人愿意结伴去旅行，结果真的被我找到了几个计划自驾游的访问学者，他们恰好还需要一个同伴一起共摊租车费和油费等各种费用，因此一拍即合。

因为正值学校的暑假，我跟Sankar教授说计划去自驾游，他马上就欣然同意了。这次组队总共6人，四男二女，其中有一对夫妻，里头有些是访问学者，有些是在美工作的中国人，年纪都在40岁上下。后来跟我比较熟的是一个来自长沙湘雅医学院的一个访问学者，闲聊时我问他湘雅医学院水平怎么样，他说可能比你们广州的中山医学院略好一些吧。我有些不太服他，因为中山医培养的临床医生是全国有名的，当然我对此领域也不熟悉，就随他说吧。除了我之外，他们几位男士都会开车，我就担任了一个记账的角色。我们租了一辆7座的旅行车。他们原本自己都有车，但大都是老旧的二手车，开这种车远足风险是很大的。租的车通常都是只有一两年车龄的新车，而且经营租车业务的公司大多是全美国连锁，有问题可以随时通知他们更换。

我们开着这部车从佛罗里达沿着美国的东海岸一直北上，穿州过府，先后经过佐治亚州、南卡罗来纳州、北卡罗来纳州、弗吉尼亚州、马里兰州、新泽西州、纽约州，一直到达美加边境的尼亚加拉瀑布，沿途自然经过了大西洋城、华盛顿和纽约等著名城市。回来时则绕行了一些不同的州，如宾夕法尼亚州、俄亥俄州、肯塔基州和田纳西州等。这次旅行的收获很大，真正领略了美国东部的主要大自然风光，唯一感到不解的是尼亚加拉瀑布的水不是那么清澈，好像带有一种不太自然的浑浊绿。因为这是在美国的"911事件"之前，到处是一派祥和景象，参观也没有什么限制，在华盛顿，美国的国会大厦、白宫和五角大楼，包括纽约自由女神像的内部，都进去看了看，在纽约的帝国大厦顶层和自由女神岛上，我们都以不远处的双星子金融大厦为背景拍照留念。怎么也不会想到两年后的2001年9月，这两座大厦会被恐怖分子驾驶飞机撞击而轰然倒下。

在我看来美国的城市都大同小异，市中心（downtown）是若干高楼大厦的区域，周围是各种有巨大停车场的综合商场（mall），里头有超市、电影院、麦当劳、肯德基等等，在外围就是住宅。因为美国地皮很多，住宅通常是独家独户的别墅式建筑，站在稍高的地方远眺过去，小屋一座接着一座随着地势起伏延绵，视野很好，没有什么压抑感。但每个地方的感觉

在纽约，背景是纽约世贸中心大厦

差不多。唯有驾车旅行，才能看到广袤的森林，金黄的麦地、碧绿的草原和起伏的山峦。

有关旅行过程中的人文景观，有大量的书籍介绍，这里就不费笔墨了。有两件事印象比较深刻。在高速路上行驶时，我发现同行的男同伴驾车技术都不是太好，估计他们都是没有进过正规的驾校培训，开车方式都是野路子。因为紧张，车开得不够快，也不敢随便切换车道，对美国高速路上的规矩也不太熟悉，结果是经常占据着超车道行驶。通常美国人开车时当后面的车逼近一段时间后，就会让出车道，但我们却不知道要让，结果常常是他们从右侧赶上来，打开车窗，高声呼喊让我们让道，随后又退回去看我们的表现，连续几次看我们都没让，才狠狠地骂我们几句，然后从我们右侧加速一驶而过。这时我们的司机还在牢牢地握住方向盘眼睛紧盯着前方，可能根本就不知道发生了什么事。在我们右侧超越我们的大货车的司机也常常投来一些带诧异的不满眼光。这种事情发生了很多次之后，我们才慢慢醒悟过来。在美国生活时间稍长之后，你就会发现美国人的维权意识都很强，一旦发现他们的个人权益受到一点侵犯，往往都会怒不可遏。

到了美国后，这里的中国人往往都会告诉我，在美国一般人都很循规蹈矩，犯了什么事情在你的社会安全号档案中就留下记录，你在贷款租房找工作等方方面面都会非常麻烦。在坦帕，除了我的自行车被偷两次外，确实也没有发现其他什么问题。但当我们这次旅行到达纽约后，感觉这里的氛围发生了某种微妙的变化。那天早上还很早，我们就乘地铁往自由女神像方向去，站里没有什么人。我们几个人掏钱买票，那地铁站只有一位售票的工作人员，他瞄了我们一眼，听我们讲话就知道我们不是在美国常住的外国人，收钱后也不给我们票，直接带上我们打开员工通道让我们进去，当然我们也知道这是怎么回事，但在异国他乡，自然不会去管什么"闲事"。

十、中部旅行

在坦帕期间的另外一次旅行是随 Sankar 教授到美国中部的圣路易斯市华盛顿大学参加一个有关 ATM 交换机技术交流会。华盛顿大学是美国的名校之一，不知道哪个大财团资助他们开发了一款 ATM 交换机，当时 ATM 交换机被认为是未来核心网上节点交换设备的不二选择。他们研制完成后给美国许多高校都送了实验样机，不时还邀请这些高校到圣路易斯做技术交流。

1999 年的那次交流 USF 就是 Sankar 教授和我一起去的，全程他安排得都很好，先自己开车到机场，飞达圣路易斯后，已经租好一部自己开的小车，然后直奔旅馆，一切都驾轻就熟。第二天开了一天会，余下的一天就在该市游览。

圣路易斯是美国建国初期向西进军的门户和重镇，是一座美丽的城市，密西西比河穿城而过。这里建有一座巨大的半径高达 192 米的巨型不锈钢拱门作为地标，是美国开发西部的象征，人们可以花几美金通过电梯上去观光。但在圣路易斯，给我留下更深刻记忆的却是另外一件事情。在准备离开酒店结账时，柜台服务人员说我消费了房间冰箱里的食品可乐之类的东西，要另外计费。因为冰箱里的东西我根本就没有动过，我坚持说没有，争执了一阵，酒店方面还是让步了，按照我的说法没有额外扣费。

此事我一直非常费解，照我的理解，美国人办事向来都比较"严谨"，这么会出这种差错呢？直到后来我去加州见到小学同学司徒维亮，他才向我揭开了此"秘密"。原来在美国住酒店都有付小费的习惯，因为打扫卫生的服务员收入微薄，小费是他们固定收入的一部分。我是一个当过农民的人，对体力劳动者感同身受，从来都是非常尊重的，也非常愿意付该付的各种小费。主要是之前从来没有人跟我讲过这些，所以我忽略了，我住了三天，房间搞卫生的服务员都一无所得，所以他忍无可忍了，干脆在冰箱取点东西作为补偿，他的"诬陷"算是对我小小的教训吧。

十一、研究工作成果

在 USF，有关的研究工作都是我和 Sankar 教授边讨论、边开展的，很大程度上也是延续我在华工之前一直开展的网络传输业务流的特性分析与资源调度策略等方面的研究。这类的软课题没有什么实验，主要是做一些计算机仿真，因为没有什么特别指定要达到的目标，因此相对与在香港理工学院当 RA 时期来说就轻松得多了。开始还是很认真的，中午的饭都是早上做好带过去，在学校的微波炉热一热就吃。后来发现步行回自己住的公寓也就是 10 多分钟，干脆就不带午饭了，中午回去吃新鲜做的，午饭后休息一阵后再回自己的办公室，要不就到图书馆查查资料。后来也不知道什么原因，Sankar 教授组织的自己学生的学术讨论会也少了许多，因此更多的讨论是我和他在他的办公室两人对话。

Sankar 那时在给研究生讲一门数字信号处理方面的课，我也去旁听。我发现在 USF，学生上课比较随意，吃东西喝饮料的都比较普遍，据说其基本的原则就是你不要影响别人，也就是说你如果使用餐具的话，不发出响声就行了。在 USF 的工学院，不时也会有一些小的学术讲座和研究生答辩会可以随便参加，通常这些活动都备有披萨、水果和饮料等。每当上午有这种活动，基本上午餐就不用带了。

在我结束在 USF 的工作前，我投到 IEEE GLOBECOM' 99 学术年会的两篇以我和

Sankar 教授共同署名的论文，都被会议录取了。1999 年的 IEEE GLOBECOM 会议将在巴西的里约热内卢（de Janeiro，Brazil）召开，时间是在那年的 12 月份。因为我 10 月份就访学时间到期了，Sankar 教授建议我参加完这个会议才回国，他说可以资助我后面两到三个月的生活费用，以及参加学术会议的开销。我向管理我们这个片区访问学者的中国驻休斯顿领事馆申请延期两到三个月，但领馆方面不同意，他们说如果我不按期回国的话，那么回程的机票国家就不负责了。此时已经到了 1999 年 9 月的中旬，因为在 USF 已经没有什么工作了，剩下的时间还是要到美国别的地方走走，见见在美国的老同学。我放弃了 Sankar 教授的建议，剩下不到一个月的时间，我让领事馆替我预定了一张先飞到三藩市，在加州湾区逗留一段时间，然后再经洛杉矶回国的机票。

USF 给我留下了许多美好的记忆，不仅认识了许多新的朋友，去了佛罗里达的海滩、奥兰多的迪士尼和环球影城等附近的一些有名的地方。特别是 10 多天的结伴自驾游，使我对美国也有了更深的一些了解。另外，有一部分当时还没有总结的研究成果，在回到国内后，经过进一步的完善，整理成论文，以我、Sankar 教授等人的名义，发表在国内的学术期刊《通信学报》上，论文发表后，我还专门寄了一份该期的杂志给 Sankar 教授。

十二、在美同学

在离开坦帕前，我已经和在美国的同学事先取得联系并安排好了行程。

我首先联系的是小学和中学同学司徒维亮，司徒是 20 世纪 80 年代中期移民到美国的，在国内他原来就是一个心灵手巧的机械技师，到美国后更是得心应手，一直从事数控机床模具加工方面的工作，后来老板干脆把最重要的、外面送来的需要加工物件的定价工作也交给了他。因为我们小时候就是很要好的发小，所以他专门储备好了年假，等我一到三藩市就和他一家四口自驾游旅行。他专程到机场接我到他家，那时他方方面面如日中天，有一个贤惠的太太和一双儿女。家里有一辆红色的宝马轿车和一辆崭新的越野车：丰田巡洋舰。久别重逢，我们见面后自然非常高兴，聊天更是无所不谈。他带我到三藩市的各个主要的有特点的地方都转了一下，让我长了不少见识。

我印象最深的是他给我讲的有关"人性"的话，他说他到美国十几年了，不要看美国人的文化背景与中国人似乎完全不同，实际上人就是人，是人就有基本的属性，跟普通的美国人打交道时也没有必要过多地揣摩他们的心思，用平常人的常识判断和做法与他们打交道就行了，没有什么复杂的。比如，美国的很多汽车加油的油站都是私人的，里面的洗手间等设施原则上都可以免费供他人使用。但是一般来说，如果你有内急，但又不去那里加油，那就至少在他们的小店买几罐可乐或一两包香烟。否则白占用人家

我（中）和司徒维亮同学一家

的资源，虽然他们不说，内心也会嘀咕和对你有些鄙视。毕竟洗手间的水、手纸和卫生的

维护，都是要费用的，将心比心就很容易理解了。回想我们之前在坦帕结伴自驾游的经历，确实有许多地方做得不妥。有关我在圣路易斯酒店的遭遇和问题，他也顺便给我释疑了。

司徒在美国生活10多年，自然结识了不少朋友，其中还有一个是日本厨师。在美国，实际上东亚人，如中国人、韩国人和日本人基本上都没有什么太大差别，可能人与人交流也没有了过多的历史问题的芥蒂。那个日本人的太太是个中国人，司徒带着我去他们家做客，厨师专门做日本的寿司招待我们，这应该是我吃过的最正宗的寿司了。这个日本厨师特别喜欢枪，等他的小孩睡觉之后，他小心翼翼地打开他平时锁得严严实实的枪柜。哇！总共有三支步枪和三支手枪，还有一些子弹的填药装置，打过的子弹壳修整处理和重新填药后，还可以重新使用。厨师告诉我们，他从来不杀生，也就是说不会去打猎，他用枪时只会去打打靶。

在司徒家里小住两三天后，他就驾驶他那霸气的"丰田巡洋舰"带着他一家和我沿着美国西海岸的一号公路南下洛杉矶，沿途我们参观游览了不少名胜和"古堡"，虽然这些"古堡"与我们国内的古迹比较起来太年轻了，但也可窥察一番早年美国富人的生活痕迹。在洛杉矶，我们少不了又去了一趟这里的迪士尼乐园，这样一东一西美国的两个迪士尼都去过了，给我的感受是：这是中小学生的乐土，对于我们成年人，就是见识一些它的名气。恐怕以后不管到哪里，自己是肯定不会再去此类公园了。到了洛杉矶，自然就一定会到"中国剧院"、日落大道等打卡的地方转一圈，也会远眺一下有"HOLLYWOOD"这几个大字和看看比华利山的富人区。随后我们直奔内华达州的拉斯维加斯，领略这座奢华的赌城风光。当然我们进到赌场中，也仅仅是象征性地投几个硬币看看这赌博机有什么反应。因为司徒的儿子和女儿那时都还很小，他就让他太太和两个小朋友留在拉斯维加斯，我们两人则花了一天的时间，乘坐旅行大巴游览了美国亚利桑那州著名的大峡谷。这里的大峡谷还是很有特点的，真的就像平原上的一条突然下陷的深邃裂谷。这与我们国内西南西北崇山峻岭中的峡谷还是有很大的不同。

这次旅行的所有费用，都是司徒同学支付的。司徒跟我说，原来还想请我一起去乘一趟墨西哥邮轮的，游玩一下墨西哥的，但因为预定船票的过程中出了一些问题，结果没有成行，有些遗憾。我心里一直非常感激司徒维亮同学，他对我的这份发小加同学的情谊太难得了。实际上，我们高中毕业以后就各奔东西，已经极少见面了，但我们的友情还是那么的真挚，使我永远也不能忘怀。

旅行回来后按照计划，我转到了我下一"站"，我大学同学旋永南的家。永南同学大学时就是我们班里的学霸，那时就曾经被选派出国留学了，但不知道什么原因，那批计划派出国的同学最后都没有成行。大学毕业留校后，永南同学终于获得到英国顶尖大学之一的利兹大学（University of Leeds）深造的机会。果然，在英国他展现出极高的天赋，两年时间就获得通常别人要用四年时间才能取得的博士学位。有关他学习事迹的照片和简介，在他离校后在该大学的优秀博士毕业生展示栏上挂了很多年。博士毕业后他先到了加拿大，后来又辗转到了美国的伟创力公司，成为开拓该企业无线事业部的首席科学家。

我在路易桑那州大峡谷留影

我和旋永南同学（右）

随后又联系上在硅谷和湾区的李炽基、黄一平、曾毅敏、林朱浦、饶启周和梁耀基等同学，他们大都是在美国读完研究生后留在美国发展的。我们在斯坦福大学校园进行了一次聚会，老同学重逢，大家见面后都非常高兴，借助同学们的关系，我有幸到许多久负盛名的美国大公司参观，应该说是大大开了眼界。

同学相聚在斯坦福大学校园（由左到右：旋永南、冯穗力、林朱浦、李炽基、黄一平）

旋永南同学就职的伟创力公司是当时全球最大的代工企业，那时我还没有听说过什么富士康公司。永南同学带着我参观了他们的工程设计部和部分生产车间，整洁的实验室和巨大的生产车间给我印象深刻。虽然说伟创力是一家代工企业，他们却也有很强的设计开发能力，在他们的业务范围内，你可以提出商品的要求，他们可以提供从设计到生产的一条龙服务，为你贴上牌子后直接送到卖场。永南同学作为公司无线领域的首席专家，工作时间是弹性的，尽管是工作日，他也可以带着我到处转，甚至到其他同学的公司走走。他后来一直做到公司副总裁级别的高级研究员（fellow）。

李炽基同学那时在美国的希捷硬盘公司工作，他带着我参观他们的实验室，有许多大容量的硬盘正在测试。硬盘是一种利用磁介质中记录和读取数据的机械和电磁综合设备，高速悬浮飞转的磁头可达每分钟几千转，精密复杂。炽基同学告诉我，硬盘数据的记录和读取过程，所经历的场景就像通信的发送和接收过程一样，因为各种复杂因素的存在，其中还必须包括类似无线通信时信号的纠错编解码过程……经他这么一说，我们立马有了许多专业上的共同语言。炽基同学那时已经是该公司高级别的工程师，他说实验时如果这地方必须连接上一根测试线，马上就有技术员为他进行相应的操作。因为炽基同学对硬盘的工作机理有深刻的理解，我特别记得他一再叮嘱我，机械硬盘的磁头每分钟几千转，虽然技术成熟应用广泛，但不可预测的因素依然很多，重要的数据一定要多重备份，避免磁盘崩溃后损失无法挽回。

曾毅敏同学当时是思科公司（Cisco Corporation）的项目经理，带领着一个项目开发团队，那时互联网在国内才兴起没有多少年，思科是一个在世界上生产交换机和路由器如雷贯耳的大公司。她带着我参观她的实验室，实验室很大，进去后发现有普通房间的两层这么高，机架上摆满了各种高级的测试仪表，令人眼花缭乱，这种架势令我有些吃惊，在国内从来没有见过。她还领着我在外面看了一眼公司的一个巨大实验室，里头有几十台大型的路由器在工作，实时仿真着全美互联网运行状况，很是震撼。毅敏同学后来离开思科，和几个志同道合者一起打拼创业，几年后公司成功上市，成为硅谷的一段小小佳话。

李炽基同学（右）和我

曾毅敏同学带我参观思科

那时的中国，可能才刚刚摆脱上亿件衬衣换一架波音飞机的窘境不久，相对还比较落后。2000年，我们与华为有个小的合作项目，我到过当时华为在深圳的多媒体实验室，当时他们的实验室工作场地还是租别人的，所看到的开发技术和工作条件与美国大公司相比差距真的太大了。却怎么也没有想到，到了2010年前后，因为另外一个与华为合作项目验收的关系，到他们的无线事业部实验室参观时，高大的实验室整齐划一，一侧是工程师的办公桌，坐着不同肤色的工程师。另外一侧是实验的机架和测试设备，比我当年在思科看到的场景还要壮观。这种巨大的变化，我再次感到震撼，经过了几十年的不懈奋斗，中国确实在有些领域重新站立在了世界之巅。

林朱浦同学10多年来在美国一直在集成电路设计领域工作，积累了丰富的经验，已经可以独当一面。恰逢我们大学班里陈伟荣同学领导的康佳公司计划设计开发自己的电视集成电路芯片，两人联手，由康佳公司投资，朱浦同学领衔，在硅谷湾区开设了康佳的集成电路设计中心。我去看这个中心时，他们已经有了相当好的工作成果。我过去对集成电路的设计的开发过程没有完整概念，通过与朱浦同学的交流，了解了其前端设计的整个流程。因为我之前也做过不少规模较小的可编程阵列的设计开发，很快就知道了集成电路的前端的设计是怎么回事。这次参观，为我日后回到学校时为华工申报广

林朱浦同学（左）带我参观康佳与他合作的
集成电路设计公司

东省集成电路设计中心报告书的撰写起了很大的作用。在后来的那次项目申报过程中，我

还专门建议学校的杨晓西副校长把朱浦同学请回来，作为学校的专家参与申报，直至最后项目的申报成功。本来我是希望学校把朱浦同学聘回来作为中心的首席专家领导这个集成电路设计中心开展实际工作的，因为我深知集成电路的开发设计，没有像朱浦同学这样在该领域浸淫了多年有丰富实际经验的工程师支撑，是绝对成不了气候的，但很可惜这件事情最后没有办成。

在加州的湾区逗留了半个多月，感觉收获很大，就像我当年大学毕业实习期间到杭州上海等地实习一样，大大开阔了视野。

终于到了回国的时候，永南同学把我送到三藩市机场，经洛杉矶转机回国，我们约好在中国再见。我的两件行李中有一个超大的皮箱，过磅时有些超重，那搬运工嘀嘀咕咕，但那机场负责托运的工作人员还是比较友善，没有叫我重新开箱调整，一挥手让我通过了托运流程。我登机回国，此时距离我出国已经整整过去了一年。

# 登富士山
## ——记在日本留学时与同学们一起登富士山的故事

78级机械原理与零件师资班　王树华

### 引言

1990年9月，我离开了读书与工作12年之久的华南理工大学（简称华工），开始了我在日本山梨大学长达5年半的留学生活。本文先简单描述日本山梨县及山梨大学的人文风情，再记述我在山梨大学读博士三年生活、与牧野研究室的多国留学生和日本学生组成的国际登山队、一起去登富士山的一段趣事。

### 山梨大学与牧野研究室

山梨大学是日本著名的国立大学，在山梨县甲府市，是山梨县唯一的国立大学，有机化学研究和精密工学研究在日本很出名。值得一提的是，2015年诺贝尔生理学或医学奖获得者、中国工程院外籍院士大村智（Satoshi ōmura），是山梨大学1958年的毕业生。

山梨大学正门

世界著名机构学及机器人学学者，山梨大学教授牧野洋先生（Makino hiroshi），1966年从松下电器退职后到1999年的33年间，在山梨大学精密工学科教授机械原理及机器人机构学，带领及指导牧野研究室的学生做工业自动化与自动装配机器人的研究与开发。著名SCARA工业机器人就是1978年由牧野洋教授发明并主持开发成功的，是全世界自动化生产线上采用最广泛的工业机器人。

我（左）和牧野洋教授

SCARA机器人2号机（日本国立科学博物馆）

日本的综合大学由工学部、文学部、教育学部等学部组成，学部下面有不同的学科，每个学科下面有数个研究室。通常日本的大学都是研究室制的，即研究室是日本大学的最小单位。一个研究室通常由一个教授作主导，并可能附有副教授和助教组成研究室教师团队，带领研究室的学生做课题研究。本科生进入四年级后，可以选择自己喜欢的研究室做毕业论文。牧野研究室也是山梨大学最具人气的研究室之一，有博士、硕士和本科生，共有20～30人研究团队。因为牧野洋教授在工业界很出名，所以学生毕业时容易找到大公司的工作，也是牧野研究室比较有人气的原因。下图中合影是在1992年4月30日牧野教授请研究室的全体人员（有教授助手、客座研究员及部分学生）到他家聚会时的留影。

牧野研究室的人员在牧野教授家的合照（前排右四为牧野教授；二排右一为笔者）

1985年9月—1986年9月，华工机械工程系主任谢存禧教授作为日本山梨大学访问学者，与山梨大学牧野洋教授合作研究空间机构与机器人机构学，同年谢存禧教授、郑时雄教授与牧野洋教授合作的著作《空间机构与机器人机构学》至今仍是中国和日本大学的机器人机构学的教材之一。

1990年9月，我离开了读书与工作12年之久的华工，经机械工程系主任谢存禧教授推荐，以访问学者身份到日本山梨大学工学部精密工学科牧野研究室留学，开始了我在山梨大学长达5年半的留学生活，并在牧野洋教授的指导下攻读硕士和博士，1996年3月取得博士学位。毕业后，一直在日本工作与生活。2018年回国到深圳富士康科技集团工作。

20世纪80年代，在日本经济高速成长时期，日本首相中曾根康弘在国会提出了招收10万名留学生的计划。21世纪初，日本留学生总数已经超过10万人，现在将近30万人。我在山梨大学读书的时候，学校每年都招收一些留学生，大部分的留学生是从中国来的，也有从东南亚、中东、非洲来的，有70多人。

校方一年一度举办体验日本文化的留学生研修旅行活动，即去日本名胜景区观光旅行和参观日本有名的大公司的活动。下图是在 1993 年 10 月 4 日山梨大学的留学生去研修旅行的时候参观富士胶卷公司后的合照。

山梨大学留学生在富士胶卷公司参观学习的合照（第二排左三为笔者）

## 山梨县与富士山

山梨县是日本本州岛中部地方的一个县，是日本三大都市圈之一东京都市圈的组成部分，属于日本地域的中部地方。其位于东京圈内并和东京邻接，是一个内陆县，是富士山所在的县之一。夏天七八月时白天天气非常炎热，是日本有名的葡萄之乡。

富士山是日本最高、最大的山峰，别称芙蓉峰，它横跨了山梨县和静冈县。富士山被日本人民誉为"圣岳"，是日本民族的象征。作为日本的国家象征之一，在全球享有盛誉。富士山的剑峰海拔为 3776.12 米，是日本的最高峰。富士山也是世界上最大的活火山之一，目前处于休眠状态，山顶上有一层终年不化的积雪，远看好似一把悬空倒挂的扇子，日本诗人曾用"玉扇倒悬东海天""富士白雪映朝阳"等诗句赞美它，因此也有"玉扇"之称，这也是富士山的奇妙之一。2013 年 6 月世界遗产大会批准将富士山列入《世界遗产名录》，富士山从而成为日本的第 17 个世界遗产。

山梨大学所在的甲府市是一个盆地，周围一圈都是山，北面有北阿尔卑斯连峰，西面有南阿尔卑斯众岳，南偏东 40 多公里就是富士山。在秋冬季节，在山梨大学的教学楼上，远望南偏东方向，经常可以看到山顶积雪的富士山，在蓝天的衬托下显得十分美丽。到了夏天，不少山梨大学的学生都有一种登富士山的欲望，三五成群结队去登山。

富士山下的北面有五个火山湖，称富士五湖，从东向西分别为山中湖、河口湖、西湖、精进湖和本栖湖，都属于山梨县。山中湖是五湖中最大的湖所属的富士吉田市，与甲府市很近，这里交通十分便利，已成为五湖观光的中心。而富士山五合目及坐落在顶峰上的浅间神社也是游客常到之地，每年夏季到富士山五合目观光及登山到山顶神社观光的国内外游客数以万计。

山中湖边拍照的富士山

登山路上的合众之光形成的天河

在我读博士一年级的时候，1993 年的夏天，和几个日本同学去富士山风景区旅行。晚上在山中湖边观赏湖的夜色时，往富士山的山顶上看，看到富士山从山顶往下有一列闪亮着的曲折回旋的灯光，像是在黑暗的山坡上弯曲盘旋着一条灿烂的天河，美极了。当时很奇怪，就问当地人，是登山的路上有灯吗？当地人回答说不是，那是登山人头顶上的登山头灯和手上拿着的手电筒发出的光。我一下子明白了，那是登山路上的合众之光，顿时似乎感觉眼睛有点湿润了，有一种莫名的感动。从我站着地方到灯光的距离应该有 10 公里以上，一盏小灯的光根本不可能传得那么远，看起来那么亮。那瞬间，我深深顿悟到一个道理：一个人的力量是微小的，然而合众起来的力量是巨大的。当时就想，一定要在夜间去登富士山一次，体验一下这个合众之光的奇迹。

### 登富士山的计划

旅行回来后，我一直惦记着登富士山的事。1993 年 4 月我开始攻读博士，因博士课程学习与研究都比较忙，没有时间去计划登山的事情。到了 1995 年 4 月时我读博士三年级的时候，博士课程的学习已经结束了，研究课题也有一些成果，我就跟研究室的同学谈起想在夏天晚上去登富士山的事。二年级的日本硕士研究生寺岛君说："好哇，每年允许登山的时间是 7 月初，我们在暑假组织一个牧野研究室的登山队，好好规划一下。"寺岛君告诉我，日本人有一个玩笑的说法："富士山に一度も登らぬ馬鹿、二度登る馬鹿"（意思是一次也不登富士山是愚蠢的，两次登富士山也是愚蠢的），所以我们要做一个完美的规划。从富士山底下到山顶有十合目的路程，约 18 公里，我们从一合目开始登山，平均每登一合目路程需要两个小时左右，我们要在山顶上看日出，而 7 月底的日出时间大概是早上 4 点半左右，晚上去登山是来不及看日出的。我们要在半山腰以上的七合目住一个晚上，从凌晨开始再登山，赶在日出之前到达山顶。

日本学生做计划时很认真仔细，很快寺岛君就给我们做出了一个详细完美的计划，用两天时间去登山，第一天的早上从富士吉田市浅间神社吉田口登山道开始，到下午 6 点到达七合目，傍晚在七合目的山中小旅馆住下，休息几个小时后，从凌晨开始再登山，赶在日出之前到达山顶（十合目）。在什么时候、到什么地点、要做什么事、要带什么东西，都写得一清二楚。嘱咐我们最必要带的是御寒用的厚衣服、雨衣、手电筒、手套、毛巾、干粮、饮料水，还有嘱咐我们一定要穿比较新的运动鞋。

就这样，牧野研究室国际登山队组成了，我和我的妻子李淑勤（也在山梨大学留学攻读硕士），还有从中国哈尔滨工业大学来读博士的邢英杰与李冰梅夫妇，从菲律宾来读博士的萨尔瓦多（Salvador）同学，及在牧野研究室攻读硕士的4个日本学生（寺岛、司东、金子、岩崎），还有1个在牧野研究室做毕业论文的本科生，共10人，由寺岛君作登山队队长。富士山每年允许登山的时间是7月初到9月中旬，而山梨大学的暑假大概是7月中旬才开始，所以我们准备在1995年7月27日—28日花两天的时间执行我们的登山计划。

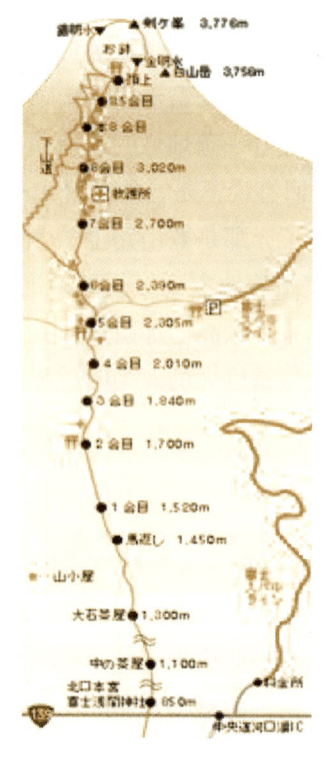

吉田口登山道（各合目的高度）

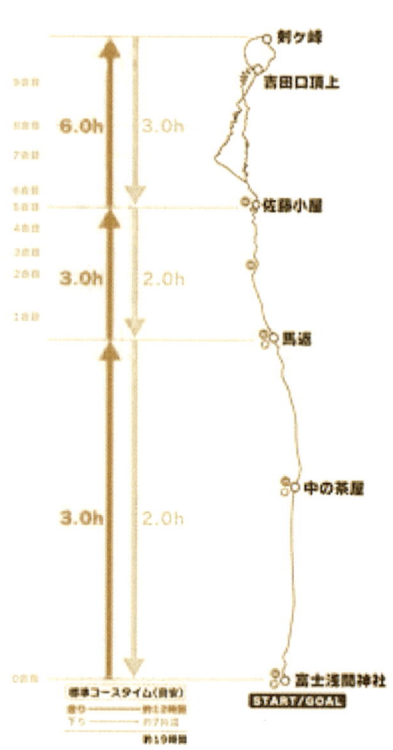

需要时间（上山12h，下山7h）

### 登富士山

7月27日，天气非常晴朗，我们登山队10个人早上6:30在山梨大学门口集合，分开三辆小车，载上行李（登山用的双肩包等），兴高采烈地往浅间神社方向出发了。开车40公里，大概一个小时我们就到达了浅间神社的停车场。早上7:30我们登山队在参拜神社，祈祷登山平安后，在浅间神社后面的吉田登山道口（标高850米）开始登山。

从吉田登山道口到一合目是一段比较平缓的山路。富士山的山下树木非常多，有很多杉树、松树与榉树，可谓大树参天，到处郁郁葱葱的。虽然在盛夏，像是在森林中也不感到热。大约在上午11:00，我们登山队到达了一合目，海拔1520米。约在正午12:00，又到达了二合目，海拔1700米。这里仍然到处都是青青绿绿。由于连续登山4个多小时了，开始感到有点热了,也有些累了,看菲律宾的萨尔瓦多同学赤膊上阵的样子就知道当时的情景了。几个日本同学都是刚20岁出头,年轻有力,一点都不累。

登上一合目时的合影(右一为笔者)

登上二合目时的合影(左二为笔者)

大概在13:00,我们登山队到达了三合目,海拔1840米,虽然少了一点参天大树,但仍然树木种类繁多。也许感到肚子饿了,队长让大家坐下来,做一个稍长时间的休息,吃点干粮,喝水,活动一下筋骨,以准备继续登山。我们从13:30再出发,大约在14:30,到达了四合目,这时大家都感觉又热又累,带来的水也差不多喝完了。

登上三合目时的合影(右五为笔者)

登上四合目时的合影(左三为笔者)

四合目的高度2010米,这里山高草绿。我们在这休息了一会,并在山上的小卖部买了点水,就继续登山,约在15:30,我们登山队到达了五合目,海拔2305米。

吉田五合目是一个很出名的富士山观光点,这里有很多商店、旅馆。旅行团的观光巴士可以开到这里,所以人很多。大部分的登山者都是从五合目开始登的。

从五合目开始,登山的坡度开始慢慢变大,树木开始变疏了,但仍然有不少不同种类树木。约在17:00,我们到达了六合目,海拔2390米。从六合目开始,已经没有正式的车道,一般车是不能上的。树木种类也变得越来越少,开始见到一些高山植物。在登山路上有很多地方都是碎碎的火山石,登山的难度也慢慢变大了,山上的气温也逐渐变低了。但从一合目到六合目,大家说说笑笑、互相鼓励、互相帮助,可谓一路欢声笑语,斗志高昂。

登上五合目时的合影(左二为笔者)　　　　登上六合目时的合影(左四为笔者)

寺岛队长对留学生们也很体贴,十分照顾我们几位留学生,每登完一合目的路程都要大家坐下来休息一下,喝点水以恢复体力,并在每个地方都给我们拍照留念。

登山不以艰险而止,则必臻乎峻岭矣。约在18:30,我们登山队到达了七合目,海拔2700米。在这个高度,有队友开始感到缺氧,要吸氧补充了。大家都很疲劳了,已经有点筋疲力尽的感觉,好在这里是我们计划住一个晚上的地方。

登上七合目时的合影(左二为笔者)　　　　登上八合目时的合影(右三为笔者)

我们找到了订好登山住的小旅馆(日语叫作山小屋)住下来。旅馆的设施非常简陋,没有分开房间,大家都在一个大房间里。但旅馆的餐馆有卖荞麦面、乌冬面和拉面等,也可以淋浴。登了一天山,身上衣服已经被汗水湿透,山上温度又比较低,很不舒服的感觉。可以想象在筋疲力尽又饥寒交迫中,洗个热水澡,吃碗拉面,是多幸福的事情啊。洗完澡,吃完晚餐后,已经是晚上8点了,大家聊一会儿天,回顾一下白天登山中有趣的事情后,大家都感觉又累又困了,就躺下休息。我们开始铺开旅馆给的睡觉垫子,盖上棉被,不分男女,一字排开地平躺在房间地板上睡觉了。

大概睡了3~4个小时之后,凌晨时我们就起来了,穿好衣服,再出发登山。从七合目到十合目才是真正艰难的道路。从这里到山顶的山路崎岖,需要4个小时,尽管是在夜里,但希望登到山顶上去看日出的人很多,所以山路上很多人,组成了一条登山长列。很多登山者都是带着专用的登山设备,拿着登山用的手杖,戴着头灯,穿着登山用的衣服、手套、鞋。留学生基本没有这些东西,用的都是日常的衣服与手电筒。

在登山路上、登山长列的合众之光把漆黑的山路照得很亮。但由于山路崎岖，大家还是比较小心，非常礼让，所以长列的行进速度比较慢，像一条巨龙慢慢地挪动。约凌晨3:00，我们才到达了八合目，海拔3020米。从八合目到九合目，山路上挤满了人，登山长列几乎走不动了。凌晨4:30，登山的人都停下来了，一齐望着东方等着看日出。

在八合目上夜间的登山长列　　　　　　　　在将近八点五合目富士山的日出

大家都在耐心地等着，在我们站着八点五合目附近的山坡周围还是漆黑一片的时候，东方的天空已经泛起了鱼肚白，接着天边线上升起了一条暗红的曙光带，慢慢变得越来越红，随后一轮红日冉冉升起，先是看到半圆，慢慢升起变成耀眼的金色的太阳，发出万丈光芒，照亮了整个东方上空，登山中的人情不自禁地欢呼雀跃，太阳升起来了。

太阳升起来后，我们周围黑暗的山坡也慢慢明亮起来，山路也开始看得清楚了。登山长列也开始再移动，也基本不需要打手电筒照路了。约在早晨6:00的时候，我们已经到达了九合目，海拔3580米。富士山的这个高度已经看不到任何的树木，也看不到有高山植物，大部分都是火山熔岩化成的红蝎色和黑蝎色的中小碎石，可以说是寸草不生。我们站在九合目山坡上看了一下周围的风景，早晨富士山上的雾还是很浓的，往山下看好像是乌云覆盖，很难看得清下面的景色。

登上九合目时的合影（左三为笔者）　　　　　登剑峰碑上的合影（左五为笔者）

此时，九合目已经完全天亮了，我们几个留学生都感到有点体力不支，脚也有点发抖了。有个别的队友因为缺氧有高山反应，有人头晕，有人呕吐。寺岛队长吩咐大家不要急，必要的人登一段路就吸一会氧，休息一会。大家咬着牙继续登山，约在8:00，我们登山队全体 10 人都到达了富士山的山顶十合目,并在剑峰(海拔 3776 米)上合影留念,欢呼"在 1995 年 7 月 28 日 8:00 牧野研究室登山队胜利登上日本最高富士山剑峰"。

在 8:00—10:00,我们登山队在山顶芙蓉峰上自由活动。7 月份山上的早上气温大概是 5℃左右,有非常寒冷的感觉。富士山山顶是一个火山口,几百年前火山爆发后形成了山顶中间的一个大锅口,锅口的直径大概 780 米,深度 200 米,很多地方表面像凹凹凸凸的乱石堆一样,看上去有点可怕。沿锅口转一周大概 3 公里,需要一个半小时的时间。

山顶上大锅口的周边有卖纪念品的商店,还有卖拉面、乌冬面、荞麦面、关东煮等热食的餐馆,还有邮局。我们在餐馆上吃了点东西,再去邮局,寄了一个明信片回家作纪念,然后在山顶上大概玩了两个小时后,就准备下山了。

约在 10:00,我们登山队开始下山了。从山顶到六合目之间的下山路比较陡,路上还有很多碎石头,容易打滑,我和妻子两个人搀扶着走,下山的速度比较慢。到了六合目后,开始可以走快一点了,约下午 17:00,我们登山队回到了登山的出发地点吉田浅间神社。至此,十人登山队活动,十全十美,圆满结束了。

我和妻子在山顶上(左为笔者)

浅间神社前的登山队合影(前排右二为笔者)

### 结束语

借这次师资班故事征文的机会,应魏跃同学的建议,我写了这篇"登富士山"的文章,回忆记述了我在 27 年前在日本留学时登富士山的故事,感觉还是挺有意思的。这个从一合目开始,花两天时间的登山计划是日本同学精心规划的,虽然登山很辛苦,但这是留学生活中的一次非常难得的体验,可谓收获满满的,也是中日人民友好交流的一次见证。在这里,再次特别感谢和我们一起登山的几位日本同学。以下特赋诗一首以纪念这次登山活动。

### 登富士山

富士名山风景秀,白雪圣岳映朝阳。
遥望玉扇悬澄空,欲上芙蓉迎曙光。

合众之光山路亮,崎岖激起斗志昂。

回眸同学登山日,齐达剑峰意气扬。

回想起我在山梨大学5年半的留学生活,虽然学习与研究艰苦,但也是非常愉快、美好的。仅以这篇文章纪念我在山梨大学读博士的那段美好的时光,在留学5年半时间里,我在学习与研究上得到牧野洋老师数不清的教导和种种无微不至的关怀,也得到牧野研究室的村田老师、明老师、寺田老师,以及众多的日本学生和留学生的种种帮助与鼓励,借此文深表感谢!

唐风和月,碧海苍梧,一衣带水,千里婵娟!

## 第四篇

梦想·求索·年轮
MENGXIANG QIUSUO NIANLUN

# 人生美好如画卷

题字：张健骏　作图：陈少锋

# 激流勇进·力争上游

78级机械制图师资班　曾庆雄

# 师资班同学缘感怀

77级数学师资班　赖洪健

雪鬓常怀华工缘，
岁月无改谢师心。
不见龙河花鼓夜，
却乐天涯仗剑时。

## 金色的摇篮

77级机械制图师资班　陈炽坤

传说在那珠水之滨的五羊城，
五位仙人化作了地灵人杰的五山。
五山环抱着一个金色的摇篮，
那是孕育了一代代工程师的摇篮！
当恢复高考的号角响起，
八方儿女齐聚这梦想开始的地方。
你也许曾是"修理地球"的知青，
他可能来自热火朝天的工矿。
你是历尽风霜的新中国同龄人，
他是未谙世事的懵懂少年郎。
为中华崛起而读书，
这是我们共同的愿望。
琅琅的书声迎来东湖畔最早的一抹朝晖，
苦读的身影披上金银岛最后的几片霞光。
要把被"四人帮"耽误的青春夺回来，
这是一代读书人发自内心的呐喊。
破土的幼苗在摇篮中吸取养分，
长成了扎根中华大地的参天栋梁。
涅槃的凤凰从摇篮里一飞冲天，
在广袤无边的环宇尽情翱翔。
到如今我回望这毕生难忘的摇篮，
有多少温馨的记忆在我心头回荡……

## 百字令·忆同窗
### ——华工78级力学师资班微记

**78级工程力学师资班　李旺祥**

忆
同窗
心荡漾
笑语绕樑
皆风华正茂
竞相不息自强
东六西五①遥相望
引男生女生神飞扬
挑灯蹈励赶柯西牛顿
谁不情豪志壮尽露锋芒
一晃四年即扬帆启航
能者为官强者建房
半数儒生当夫子②
八仙过海闯洋
各将神通亮
百花争芳
心依旧
满腔
浪

注：
①当年男生住东六，女生住西五，分别坐落于东湖东、西两侧。
②班里同学过半为人民教师（古时称夫子），约四分之一出国留学。

# 咏华园

### 77级电工师资班　丘百根

有感华工母校十景：凤山雅筑、西湖倒影、红楼映翠、古石生辉、黉门晨光、平湖钟声、百梯砺步、北湖晚照、伟人丰姿、灵石育英，故仿柳永《望海潮》之格而作。

东北形胜，五马饮泉，华南文化根脉。①
云山环侧，珠水绕前，黉门广纳英才。②
衡山旁伴左，凤凰山居右，伟人卓立。③
冈峦起伏，湖水荡漾，林木秀。
建筑错若置棋，有灵石育英，百梯砺步。④
博学慎思，明辨笃行，百年校训石铭。⑤
山蕴凌云志，水汇融百川，星河灿烂。
时待鲜衣怒马，复兴我中华。

注：

①国立中山大学原址位于当时城郊东北方的嵩山、茶山、黑山、象岗山、凤凰山之处，五座山丘形成盆地山塘，故有"五马饮泉"之说。

②黉门是校门之意，"黉门晨光"是指华园南大门之景象。

③在孙中山塑像左边的山岗名叫"衡山"建有"文学院"，右边的山丘名叫"凤凰山"建有"法学院"，"凤山雅筑"是指凤凰山"法学院"的建筑。

④"灵石育英"是指逸夫科学馆旁边草坪的"致远石"，"致远"二字出自诸葛亮《诫子书》：非淡泊无以明志，非宁静无以致远。颇合华工"低调务实"之校风。"石梯砺步"是指位于中山广场西侧登凤凰山的百步梯，在此上课要先来个"百步登梯"，为日后勇攀高峰而磨炼。

⑤早在1924年孙中山就立下"博学、审问、慎思、明辨、笃行"的校训，并且以高约3米，长约5米巨石铭刻，现为"古石生辉"一景。

# 圆梦　索求　迅跑

### 78级工程力学师资班　陈展强

圆梦。
我，本来没有这个梦。
你，美梦似被现实无情打破。
他和她，美梦中何去何从还在疑惑中。
是中央招手，是小平把舵，
让我们一起圆了大学的梦。

索求。
我，已经忘了勾三股四弦五，
你，想学习牛顿但却在树上摘苹果，
他和她，在园丁指导下摆弄三角几何。
虽然我们肩负重任，可是，知识不足，
为使命，必须奋力在知识的海洋中索求。

迅跑。
过去，十年"文革"留下一个大空挡。
今天，师兄师姐早已冲到远远的前方，
今后，历史使命授于我们特权：接上振兴中华民族的接力棒。
为了我们的光荣使命，
为了中华的迅速复兴，
我们，接下历史的接力棒一起迅跑。
迅跑，朝着我们共同的奋斗目标。
迅跑，我们没让母校和老师失望。
迅跑路上，交了接力棒我们在鲜花丛中笑、也为丰富多彩的人生而自豪。

# 读稿有感

### 78级工程力学师资班　林练

　　拜读同学们投《梦想·求索·年轮》的稿件，班群讨论热烈，感慨系之、会心笑之、恍然悟之——解四十年前旧谜也，不一而足矣。

　　钦服同学虽届退休，然在世之心仍炽，且志兴勃勃焉。我辈亲历、见证大时代，不失谓弄潮一代也。乃得七言四句：

共许才华肯闲抛，情心功业欲新描。
师恩窗谊毋轻负，世海人潮浪未消。

# 从"天下无贼"到"草木皆兵"
## ——有感美国机场安检的演变

**78级机械制图师资班 刘幸**

许多年前，因为工作的关系，我常常乘飞机。我往往是星期日傍晚飞出，星期五或星期六飞回家。

那是"9·11事件"前，美国经济一片繁荣，航空公司生意兴隆，飞机成了很多人出行的交通工具之一。

要乘飞机，一个电话或者上网，机票就能定下来了。只要在飞机起飞前半个多小时去到登机口，报上名字和出示证件证明身份，就可拿到登记牌登机。飞行时间如果超过一小时的航班，通常都有一份丰盛的早、午或晚餐。

"9·11事件"前乘坐飞机，极为方便和舒适。

给我印象最深的旅行是我从伦敦飞往加拿大。当时乘坐英航，一路上，漂亮而有礼的乘务员，按早、午、晚不同时候，换上不同服装送上可口饭菜。让我觉得，漫长的路途，只是在享受美味食品和欣赏电影。

"9·11事件"后，江河日下，在美国本土飞行的航班，常常只给一份小吃。铁质的餐具也改成塑胶质的了，据说是提防恐怖分子利用餐具劫机。

提到安全检查，"9·11事件"前是形同虚设。机场从来不认真检查证明身份的证件，我的一个朋友有一次去乘飞机，机票上的名字明显拼错了，安检时也没被发现。而另一个朋友甚至上错了飞机，他上到机上发现重位，才知上错飞机，因为那架飞机也飞同一城市，只是不同机场，乘务员居然允许我的朋友留下。要是在今天，绝对不会出现这种情况，人没上机就会被发现。然后，乘务员会送你去机场安全部门，把你的身份查得一清二楚，行李翻个底朝天。

再说飞行安全，那时真像"天下无贼"。一次在飞往加拿大的航程中，乘务员说此时可看到北极光。因为飞行航向问题，要进驾驶舱才能看见。乘务员竟然让乘客进入驾驶舱看北极光。而现在，驾驶舱的门早已换成防弹钢板，飞行全程是关得死死的。机上还常常有便衣保安巡视，预防不测。我的同事Jack（杰克）警告我，在飞机上千万不要和他打招呼。我不解其意，他说你在飞机上和我打招呼，你不就是说："Hi，Jack（你好，杰克），而这不恰好就是hijack（劫机）吗？（Hi，Jack与hijack（劫机）同音），小心被便衣一枪打爆你的脑袋。"我听了他的解释，吓了一跳。看来以后乘机，可真要小心自己的言行。反恐中的美国，已从"天下无贼"变成了"草木皆兵"。

"9·11事件"后我回国探亲，真正尝到美国航空业被重创下草木皆兵的滋味和给乘客带来的麻烦。

出发前，我知道机场查得很严，就做好准备，比如我的箱子都不上锁。这果然是一正确的决定。我一到机场，就被告知所有的箱子都不能上锁，托运的行李也要过机检查

（以前，托运的行李直接送入机场去托运）。幸好安检查员经验十足，一看我的两个包，还没上检查机检查，就被告知要到开包区等候。果然，其中一个包一过机就被拿到出来开箱检查。还好，安检员稍作检查就放行了。后来我想，一定是安检员经验丰富，一看就知道其中一个包的结构是用金属制造的，无法过机，所以行李没有上检查机就叫我去开箱区等候。

在国内乘国内航班，只查随身携带的行李，托运行李是不用检查。但美国机场的反恐手段，看来已输出到其他国家了。在北京机场乘机回美国的时候，第一道关卡就是开箱检查托运的行李。在北京机场的安检和美国不同，托运的行李没用机器而是用人工检查。其原因可能是这种机器近来供不应求，也可能是北京机场不想出钱买这种机器。国内是请人一个个箱子检查算了。检查我的箱子的安检员经验不足，连我的箱子也打不开。一开始，我以在美国的经验，不敢出手帮忙。在美国，安检员查箱子的时候，你只能在旁边看着，是不允许你碰行李的。我看安检员实在打不开，我就上前帮忙。他不但不生气，还放手让我开箱。箱开了以后，他稍翻一下，拿起我的VCD左看右看。难道VCD也是安全隐患？以我看来，与其说这是安检，不如说查盗版光碟。幸好，他查看的光碟全是正版的。这样，安全检查顺利通过了。比起美国机场的安检，北京机场的安检就松多了。在美国，常常要脱鞋和解裤带，检查十分严格。

我飞到底特律国际机场后，从机场时间表知道，转乘的班机要晚点半个多小时。起初我觉得并不奇怪，圣诞节嘛，就像中国的春节，乘客和班机都多了，不准时是常事。后来随着时间的推移，晚点和取消的班机越来越多，机场一片混乱，我才觉得不妙。更奇怪的是，机场广播里居然广播寻找机组人员的消息。这给我一种不祥的预感，难道又是恐怖活动？

这时，有人传说是机场电脑系统坏了，有人传说是飞机加不到油，机场加油车或油出了问题。不知哪样是真的。这时大家都有一种莫名其妙的恐惧感，莫非恐怖分子破坏了电脑或加油系统？还是要劫机？不管那样，都是极为致命的。这时我又庆幸自己是在实实在在的地面而不是飞机上，要不，我定是害怕极了。

这样胡思乱想过了很久，广播终于请我们登机了。看来是虚惊一场，能平安到家，等几小时又何妨？

可是，我这种愉快的心情，很快被冲得一干二净。当所有乘客登机完毕，正吃着乘务员送来的小吃，人人都以为要起飞时，广播又响了。广播中，机长要我们下机，因为这班机已被取消了。机长还说，他早就想按时起飞，只是机场不让上客。上客后又取消航班，都是机场的决定。他只能对我们说声"对不起"了。

那时，大多数的乘客也许和我一样已不再有埋怨，而是庆幸又一次脱离险境。你想一想，迟了几个小时，总比冒险飞上天更好吧。

但不管怎样，家还得回，明天还得上班呢。你说乘飞机危险？坐火车也一样，西班牙的火车不也是被袭击过么？纽约世贸大厦的人，坐在办公室里，谁想到会被炸得粉身碎骨？谁又保证你每天所喝的、吃的和用的东西是安全的？连收到的信，也许也有威胁生命的病毒在里面……所以，如果有恐怖袭击，是防不胜防的。现在，我想很多人都对美国恐

怖袭击的警告系统（黄色，橙色）不作反应。更何况现在被困机场，不乘飞机，又怎样回家呢？听天由命吧！

我不知道其他人怎么想，只看到人人都毫不犹豫地再去订位。我也按指示去重新订位。客服电话的小姐告知我，电脑已自动为我订好明天早上7点多的班机。而等机时认识的其他几位乘客，他们都订到了即日的班机。真令人泄气。我不甘心，再打订位热线电话，可是得到同样的答复——对不起，即日的班机已全部满座。无奈，只好以侥幸的心理，找航线服务员，把自己的名字加入即日的等机位的名单上。但愿有乘客放弃乘坐即日班机，好让我这个疲惫不堪的人快些回家吧。

真是"山穷水尽疑无路，柳暗花明又一村"，在我去乘客服务处要求安排免费客房时，刚好遇到一个部门经理，她一看我是一个国际乘客，就问我是否想乘坐当日航班。"我当然想，只要你能给我找到机位。"我回答。想不到她在电脑上按了几按，真给我找到了座位，使我喜出望外。

我又等了两个多小时，飞机终于起飞了。不到一个小时，飞机就到达了目的地。我一到行李处就傻眼了。那里人山人海，所有的乘客都集中在一个出口取行李，其他行李出口却已经变成了存放行李的地方。我还发现，比我早两小时到的乘客还在行李处。一问才知，他们也在等行李。我们左等右等，还是不见行李。无奈之际，我们只好去登记报失，让航空公司代找吧。我想到机场上堆积如山的行李，就知道这是"冰冻三尺，非一日之寒"，真不知机场能否找回我的行李。我的行李虽然不值几个钱，但是里面的东西是我的一片心血和亲人们的一片热情，许多东西都是用钱无法买回的，但愿我的行李能找回。

回家后一看新闻，我才知道是航空公司劳资矛盾引起的麻烦。劳方不满意资方，于是集体在圣诞节时请病假使得机场大乱，和恐怖活动无关。可这一折腾，航空公司又不知要花多少钱才能把滞留的行李送到乘客手中，这无疑是给在"生死边缘挣扎"的航空公司雪上加霜。

三天后的一个早上，我开门去上班，惊喜发现盼望已久的行李已经放在门前。我在家里一点动静都听不到，真不知这行李是昨天晚上还是今天早上送来的。也许送行李的人实在太忙了，把行李放在门边就走了。幸好我居住的地方治安好，并没有像美国经济那样起伏不定，行李安然地在门边等候着它的主人。

拿回行李，真有失而复得的感觉。但愿世界和平，人人都像小鸟般拥有可以自由飞翔的蓝天。

# 学者自白

78级机械原理与零件师资班　林怡青

学者死后进入天国，见到了神。

神对它说："尊敬的教授，请允许我提个问题，当一名学者须具备何种条件？"

"学者，学习之人也。只要智力正常便可以。"学者说。

"世间正常者众，何以有成者少？"神不解。

"缺的是真爱。"学者说。

"如何才是真爱？"神问。

"打开书本之时，若看到的是金山，你便会尽力挖掘，以求富有。但有一天你也许会感到付出太多，所得太少。而如果看到的是高山上的一顶皇冠，你也会尽力攀登以求得到它。但终有一天你会发现，求权还有别的捷径。"

学者停顿了一下，深情地说："但是，如果你看到的是一位情人，你自然会进入那如诗的境界。你忘记了自己遭受的种种不幸，开始与他交谈，痴心不倦。终于有一天，你感动了他，你们结合在一起。他成为你生命的一部分，给你智慧、勇气和力量。"

神说："我总觉得，学而有成须掌握某种诀窍，或方法？"

"如果说有，最重要的诀窍便是爱。科学发现和技术发明是一个艰苦的过程，没有人会告诉你是否会成功。只有无条件的爱，才能使你一往情深。你为它献身了，你无所求，你的心如洁净的溪水，随着岁月的流动渗透到宇宙自然中，去溶化、吸收……只有这样，你有可能得到自然的真谛，掌握你所需要的成功的'诀窍'。"

"学者生涯苦么？"神问。

"非也。科学理论、事实、定律或公式构筑的是美丽的宫殿，你是天国里的爱丽丝，漫游在字里行间，随意采集智慧的花朵。终于有一天，你猜出了刻在正中宝座上的谜语。于是，你拥有了这里的一切。宫殿的后门为你打开，你进入另一座更加美丽的花园……"，学者脸上充满了幸福。

神说："我遇到过一些学者，他们一生烦恼。来到天国后，还在为争名斗誉的事纠缠不休。"

"你错了，这些人并非学者。学者，应以学为先。你被驳倒了，终于发现自己从谬误中走出，心中大喜。你辩胜了，为真理终于得到承认而如释重负。邂逅资深者，庆贺自己得良师；遇见求知者，倾尽己所知，如菩萨渡生。虚怀若谷能容五湖四海之水；心平如镜可映日月光辉。有了这样的心境，学识便会畅通无阻、源源不断地流入你的心田。"

神又说："很多人向我抱怨说，他们曾下了决心要当学者，但终不能成功。"

"世人对学者一词有太多的误解。"学者说，"首先，学者不一定要有为人所认的成就。他不一定能找到真理，他很可能得到的是谬误，使后人引以为戒的谬误；他不一定成功，他很可能失败，是后人成功的序幕。他也许小有心得，因而倍受赞扬；他也许拥有伟

大的发现，但却在身后才获得承认。不管什么人，只要如刚才说的，努力去寻找真理，他便是学者。其次，学者并非要有其位。他不一定是教授、医生、工程师……他也许是农民，毕其生劳作于田间，而学识不浅。不管是什么人，只要如刚才所说的，钟情于学问，在追求之中得到幸福，他便是学者。"

神又问道："如果当学者不可以带来金钱地位甚至成就感，它的意义又何在呢？"

"尊敬的神，请允许我冒昧地说，你有所不知了。人的幸福是在他的心中的。学者，凭自身的能力而自给，得着人间真善美而自足。化贫穷为富有，变寂寞为超凡，于心灵深处得到回报。"学者回答。

"我明白了。怪不得那么多来到这里的人不能理解没有金钱权势的世界，痛苦不堪。而只有溶自身于宇宙之中的人，无论在什么地方都生活得那么自得。十分感谢您，我的教授。"神说。

# 旅途感悟

77级电工师资班　丘百根

## 中国儒商第一家

一部《大红灯笼高高挂》电影,张艺谋把昔日晋商居住的大院"炒作"得大红大紫。现在外地人到山西旅游,更有兴趣参观的或许就是"乔家大院""王家大院""渠家大院""曹家大院"之类旧时巨贾官僚的故宅。

我对山西大院感兴趣并不是接受了张艺谋的炒作,而是偶然在网上看到一篇名叫"触摸常家大院的历史"旅游介绍,文章附有几张令人心动的照片。当时正在太原出差,决定抽空造访这称为"清代儒商第一家"。

记得那天中午时分从太原火车站出发,转乘了两趟公共汽车,花了一个多小时,终于来到了"晋商故里第一院"的常家庄园。刚下车就见常家大院如一叶城池孤零零地屹立于旷野之中,凛冽的寒风在城门前宽阔的广场上卷起了漫天的尘土,在午后的阳光照射下,高大的城楼与逶迤的城墙格外醒目。门楼两侧的城墙上分别雕刻了欧阳修的《丰乐亭记》和《醉翁亭记》两篇传世美文,正是这两幅巨型的砖雕艺术品使人感受到这庄园和居住这里面的人物确实是不同凡响。如果打开这扇城门,走进这庄园是不是会有更多精彩的故事呢?

根据游览指引介绍,常家庄园占地60万平方米,如此规模是山西民居建筑之首。常家庄园位于太原市郊的榆次,榆次当地有句老话"常家一个院,乔家两条街",说的是常家庄园内一个院落就可以抵得上两个乔家大院的大小。但是常家庄园并不是依仗占地面积出名,而是在山西素有"书画世家""茶叶世家""外贸世家""金粉世家"的美誉。百多年前,中国民间有两大商帮派系,即源自安徽的徽商和出自山西的晋商。徽商好附庸风雅,大多会诗赋酬唱。而晋商的形象不太好,常被人形容成"穿得烂、走得慢、怀里揣着几百万"。事实上有不少晋商是神话般地暴发,很快又像泡沫般地破灭,唯独这常氏家族能够兴盛两百多年之久,究其原因,不能不归功于其家族的儒学传承。正是这种亦儒亦商的家族文化,就如现代企业具备了一个好的企业文化一样支撑起整个常氏商业王国,使其长时间得到成长发展,最终取得所谓"晋商十分宝,三分在常家"的辉煌业绩。

走进常家书院——石芸轩,对常氏家族深厚的文化底蕴油然产生了钦佩。虽然常家数之不尽的金银财富已经灰飞烟灭了,偌大的庄园也人去楼空,但是石芸轩保留下来众多石刻、碑帖、字画件件皆是传世珍宝,这些文物瑰宝至今仍然能够泽惠后人,如此的历史功德恐怕连常氏后人自己也始料不及。

常家浓厚的儒家文化和超凡的艺术品位还可以从庄园构建和园林设计得到充分的体现。整个庄园完工时,房屋有5000多间,楼阁50多幢,园林有13处之多。在如此庞大的建筑群当中,每个飞檐、挑角、门式、窗饰都是精雕细刻,每幅彩绘、砖雕、石雕、木雕无不独具匠心。每一楼、每一阁、每一轩、每一亭都显示出主人高雅的艺术品位，与众多晋商大院不同的是，整个常氏庄园既充满儒雅的书卷气息，也飘逸出清新脱俗的艺术风韵。

常家出道之前以农为本，初时修筑的园林就有杏园、枣园、桑园、花园、菜园、槐园。后来这些园子连同发迹之后才建的遐园、可园、狮园打成一片，成为北方最大的私家园林，冠名为"静园"。从"静园"的这个称谓就可以看出主人谙悉古典园林艺术之道。有学者说，在中国古典园林艺术中，无论何种门派，都要以静作为韵律。有了静，全部的构体才能形成一种古筝独奏般的淡雅清幽。古人认为：静可修心养性，静宜陶冶情操。常家园林以"静"为主题，既反映了道家文化的精髓，也符合儒家宗旨的真谛。春光明媚，繁花似锦的杏林到处可闻鸟语莺啼。盛夏之际，骤雨打在荷池的莲叶上，临湖的听雨轩就如上演一场琴筝合奏。秋风送爽，登上楼高五层的"观稼阁"，远眺万亩金黄麦田，耳闻周围的庄稼随风沙沙。寒冬腊月，在知味亭里添上一盆暖手的炉火，风雪中可聆听到雪压枝头的细响。静品人生百态，静观世途变幻，静思成功得失，或许就是常家族人的处世理念。

常氏家族有一个癖好，喜欢收藏石狮子，在一个颇有江南韵味的园子里面，收藏了从唐朝以来一百多尊大小不同、神态各异的石狮子，名为"狮园"。常家为何爱好石狮子，还专门修一个园子"圈养"这百多头石狮子呢？据说常家虽然行商，也出了不少商业奇才，但是还有众多子弟仍师从儒学，都希望有朝一日能够"仕途通达"。狮园中的石狮有老有少，其寓意是读书的子弟可以官列"太师少师"之位。另外，狮与"事""嗣"同音，门口双狮摆设，就是"好事成双"，老狮与幼狮抱在一起是表示"子嗣昌盛"，如果是狮子耍绣球，则好事在后头。

日落黄昏，我走出了常家庄园，待我再次转头回望的时候，在夕阳照耀下的这座古老的庄园，使我悟出这样的道理：常氏商业王国，能够屹立 200 多年不倒，其背后就是依靠一个深远流长的家族文化传承。常氏家族世代注重教育，自办的私塾就有 17 个，从咸丰到光绪半个世纪，常家子弟先后考取进士、举人、秀才者达 176 人，占常家当时总人口的三分之二以上，因此而获得"中国儒商第一家"的美誉。常氏家族文化的最大特色是：以儒学为德，行商业之道。把儒学观念与经商理念和谐地结合在一起，于是儒家学子与商业奇才层出不穷，确保了其商业集团能够持续地发展，从而铸造出辉煌的经商业绩。纵观历史之变，细察兴亡之理，其实世上许许多多的百年老店，无不是既驰骋商场，也经营自己的文化。

## 再访绍兴

2009 年 12 月中旬我在杭州出差，抽空去了一趟绍兴。1981 年大学毕业前夕在上海实习，周末与同学一道游历过绍兴。当时绍兴是风景秀丽的江南水乡，街道上处处可见小桥流水，当地人戴着乌毡帽、撑着乌篷船、满载着乌干菜穿梭在河道上。当时的绍兴还是一座古香古色小城，多是粉墙黛瓦的砖木建筑，偶见一些民居的大门上还有"状元"或"及第"的字样，留下一些可以炫耀的历史遗迹。时隔 20 多年，社会的变迁，绍兴消失了应该可以保留下来的风韵，但是那些曾经星光熠熠的人物仍为这座古老的城市留下特有的魅力。

沈园是绍兴一个著名的景点，不少游人是慕其名才到绍兴的。当年行程匆匆，未能造访沈园，耿耿于怀20多年之久。当时有同学为了一睹沈园的芳容，决意独自在陌生的民居里留宿了一夜，并有了沈园的照片留念。依稀记得照片上的沈园：一口水塘和一座石板桥，大概几亩菜地模样。现在的沈园占地54亩，成了一座纪念南宋诗人陆游的主题公园，以表彰他崇高的民族气节和非凡的文学贡献，但是人们谈论更多的是陆游与其表妹唐婉的爱情故事。

虽然沈园已经挖掘出多个朝代的历史遗迹，也建有不少亭台楼阁，但是最多游人围观拍照的仍是那堵题有陆游和唐婉《钗头凤》诗词的砖墙。陆游和唐婉是一对表亲夫妻，婚后花前月下、夫妇酬唱，本是美满姻缘，无奈遭陆母棒打鸳鸯，陆游被迫另娶她人，唐婉也改嫁了南宋皇族的赵士程。离别10年后的一个春日，陆游在当时绍兴城外的沈氏花园与赵士程、唐婉夫妇意外相遇，相思离愁，欲说还休。伤心不已的陆游在沈园的墙壁上写下《钗头凤》一首：

红酥手，黄滕酒，满城春色宫墙柳。

东风恶，欢情薄。一怀愁绪，几年离索。

错，错，错。

春如旧，人空瘦，泪痕红浥鲛绡透。

桃花落，闲池阁，山盟虽在，锦书难托。

莫，莫，莫。

据说唐婉知道后也含泪和了一首《钗头凤》：

世情薄，人情恶，雨送黄昏花易落。

晓风干，泪痕残，欲笺心事，独语斜阑。

难，难，难。

人成各，今非昨，病魂常似秋千索。

角声寒，夜阑珊，怕人寻问，咽泪装欢。

瞒，瞒，瞒。

不久唐婉便恹恹撒手人世。

其实陆游是一位"枕宝剑，思遐征"的热血男儿，一生理想是"上马击狂胡，下马草军书"。他既能写出"铁马冰河，一统中原"的豪迈诗篇，又能浅唱低吟："小楼一夜听春雨，深巷明朝卖杏花"。而他的那句"山重水复疑无路，柳暗花明又一村"更成为千古绝唱。

绍兴是一个名人辈出的地方。除了绍兴师爷闻名于世，远古有大禹、勾践，近代有蔡元培、马寅初，书画大家有王羲之、徐渭，文化名人有朱自清、范文澜等。时至今日，大作家鲁迅仍然是这座历史名城的显赫名片。鲁迅祖居和故居、百草园、三味书屋、咸亨酒店等众多与其有关的历史建筑和活动地点皆成了一个规模更大的主题公园。而巾帼英雄秋瑾的纪念碑仍然屹立在这个城市的中心位置——古轩亭口。

## 杭州品桂

因工作关系,我曾多次到过杭州,每次必到西湖一游,而且喜欢傍晚时分出发。此时外地的游人尽散,本地人也回家吃饭,西湖暂离了纷扰与喧闹。夕阳斜照,湖风伴随,从西泠桥的苏小小墓,走至断桥,一个人独自漫步在人迹稀少的白堤上,看看湖边的垂柳起舞,听听碧绿的湖水拍岸,那是忙碌之余难得的享受。还有另一惬意的享受,就是到"平湖秋月"吃西湖藕粉,一碗下肚,既解渴也解疲乏。其实西湖的藕粉并无过人之处,但拌入桂花糖后,就别具风味了。吃时香气沁人肺腑、令人心旷神怡,吃后留在舌尖上的桂花还可以咀嚼回味。

桂花拌藕粉是杭州著名的小吃,除此之外,人们还喜欢把桂花入肴做菜,酿酒泡茶,甚至可以做出几十样的桂花糕点,全赖桂花的芬香具有点睛之功效。

桂花的香味很特别,初闻时觉得清幽淡雅,闻久之却浓郁得令人陶醉,这种近淡远浓的奇香,可算是百花中一绝。古人认为桂花是来自月宫的天外之香,有宋词为证:"人间尘外,一种寒香蕊。疑是月娥天上醉,戏把黄云挼碎。"大概桂花与月宫的传说太多了,因此人们把天上的月亮称之为"桂宫",把地上的桂花称之为"月桂"。

"枝生无限月,花满自然秋",因此有人说"桂花是秋天的魂"。桂花开在三秋,盛放之时,就是栽种在深院大宅内,那醉人心肺的香气还是飘逸出高墙之外,弥漫在平常百姓家,给人们增添了多份舒畅与愉悦,也是整个秋天最能陶醉人们心灵的气息,因此人们又称之为"秋香"。

初秋的杭州,路边已见冠瓣四开的桂花傲立枝头。到了中秋,正是金桂、银桂、丹桂绽放的日子,金黄色、银白色、橙红色的花朵密密麻麻地簇拥在城里的千层绿叶间,亦淡亦浓的芬芳远逸四方,有风香十里,无风也十里香。深秋,树枝上的桂花就会随着阵阵秋风轻轻地飘落,纷纷点点,像洒着一场绵绵不断的桂花雨,人在树下经过,犹如行走在朦胧细雨中,落下一身花蕊。这节令观赏桂花最佳之处是位于虎跑泉附近的满觉陇,那里是杭州种植桂花最多的地方。这时候的满觉陇应是:"叶密千层绿,花开万点黄"。此处的桂花多呈金黄色,花落后形如细小的粟粒,每当花农收获桂花时,桂花就被人用力摇落,纷纷扬扬,犹如一场淅淅沥沥的金粟雨,遍地金黄,曾有诗曰:"满觉陇旁金粟遍,天风吹堕万山秋。"自从1984年起,"满陇桂雨"就成了杭州西湖十景之一。

杭州四季群芳竞妍:春有桃李、夏有莲荷、秋有菊花、冬有腊梅。与之相比,桂花其貌不扬、色不诱人,但却深得杭州人普遍的喜爱,并推举为市花,究其缘由,除了杭州人具有种植桂花的传统之外,恐怕是普罗大众更为欣赏桂花那种不争俏艳、隐藏在万绿丛中、默默无闻地奉献芳华、惠泽世人的高尚品格吧。在杭州,桂花之所以名冠花魁的另一个原因,是与历代骚人墨客对杭州的桂花赞颂不绝有关,在其数不胜数的诗篇里面,桂花成了杭州的标志景物。比如白居易的:"江南忆,最忆是杭州。山寺月中寻桂子,郡亭枕上看潮头,何日更重游!"唐代诗人宋之问当年游灵隐寺时留有的佳句:"桂子月中落,天香云外飘。"一代词人柳永,在其描写杭州的千古绝唱《望海潮》也有:"三秋桂子,十里荷花。"与之相比，曾经客居杭州的李清照对桂花却有一番细腻的品味：

　　　　　　暗淡轻黄体性柔，情疏迹远只香留。
　　　　　　何须浅碧深红色，自是花中第一流。
　　　　　　梅定妒，菊应羞，画栏开处冠中秋。
　　　　　　骚人可煞无情思，何事当年不见收。

　　在这首《鹧鸪天》里面，李清照从桂花品味出人生。

# 阳叠岭弈记

### 77级物理师资班  吴少丰

潮州有座山岭叫洋铁岭，但估计旧时应该是叫"阳叠岭"，因为你到了这个山岭，你就知道所以然了，我少年时代就住在那个阳叠岭的山坳里面。

小时候的一个冬天，我跟母亲在潮州登塘趁圩（赶集），要走十来里的田野山林，母亲到了热闹的市场购买地瓜讨价还价老半天，我不喜欢那嘈杂的声音和肉菜市场味道，就在百货商店附近水泥地看江湖棋局等母亲，蹲了老半天，太简单的江湖棋局我是不走的，其中有一个棋局，被我看着，看出了门道，是一个和局，有21个回合，我现在还记得。大多数的棋局走对的话，结局是一将一停，江湖赌局中，约定这种结局是不分胜负的，棋摊上写着"红黑任选，举棋无悔，红棋先行，军立两开、和棋红胜"，我就选这局和棋的，反正没有限制我不动棋子思考的时间。我一蹲下来，托着腮帮，盯着那局比较复杂的21回合棋局，最后被我整明白了，但后怕有错，又反复思考了两回，确认无误了，我就问一局输赢要多少钱，他伸出食指说："一包'丰收'。"摊主是个瘦弱的中年人，深深的眼窝，挂在狭长高耸的鼻梁边，看得出，是个棋痴，而不会是一个棋痞。他对我这等小孩，也像对大人那般很客气，他送了一片玉米纸和一小撮烤烟丝给我，我就拿在手上，双手老半天卷不成烟卷，他笑了，就用一只手，耍杂技般神奇地将纸片和烟丝，三两下就搓成"棺材钉"，我被逗笑了。我拿出身上的5毛钱，跟摊主说"跟你学几招"，摊主竟然不收，他说下一局，看输赢。可能摊主就是想看到我贪胜输棋的狼狈相，好，我就选那二十一回合的棋局下。不管他三七二一，"军！"（将）第一步没错，他马上应了一步，"再军！"杀声马上引来了几个嘴上也叼着"棺材钉"（香烟）的大人围观，又"军"了几步，哈，我还没"死"，这时摊主有点紧张了，估计他已经感觉到我的力度了，圩日人多，一旦发生某处有几个人围观，很快就会变成"里三层外三层"了，百货公司门口被人群堵住了，人们也不知道是打架还是斗殴，还是抓了小偷！总之不明事由，纯粹是"凑热闹"好奇围观了。

这时，我感觉摊主嘴边的"棺材钉"有点瑟瑟微抖。里三层的人估计也是棋痴，就想看有人如何破这位大侠的棋局，兴奋异常！为我精彩的博弈连连喝彩，光着急的是外三层的人，他们看不到里面的"精彩"，就问是谁在破局？回话说"一个熊孩子"。外面的人一阵激动，大有为他们报了一箭之仇的快意！这个棋侠敢在这里登塘摆摊设擂，应是当地山川方圆几十里地的棋坛独霸。"刀下不知有多少冤死鬼"！二十一回合下来，和棋成了定局！我执红，和棋红胜！摊主一脸惊愕，立刻在包里掏了包丰收牌香烟出来给我。这时里三层的人，一片唏嘘，外三层的人更是议论纷纷，争相一睹这位少年英雄——我的风采！英雄不问出处，摊主也没问我是哪里来的，姓甚名谁？但还是有人认出我来了，哦！这是矿山吴某个仔（潮州话）。下来摊主又继续摆了个好像叫三星什么的棋局，我有本钱了，妈妈还没来找我，我就继续蹲在哪里。摊主可能"棺材钉"抽多了，加上天气寒冷身体瘦弱，说话都有点颤抖。里三层的人见我继续在思考的样子，也跟着我盯着棋局，指手画脚的，还教我怎么走。摊主有意见了，指着棋摊上的一对子的半联：观棋不语真君子，说："好马你来一局！"叽叽喳喳嘈了10多分钟，我静下心来，不久就看清了这局三星的兵行诡道。这局棋是一将一停，没有输赢。中午快到了，估计我妈要来了我立刻果断执红走到终局，一将一停，妈妈到处找我，在人群外面大声喊，我立刻将丰收牌的"奢侈品"和还握在手心上的不成样子的"棺材钉"还给摊主，摊主苍白的脸立刻变得潮红，我将口袋里的5毛钱也给了他，说："谢谢你教的杀招，我学了不少！"

后来，在我居住地一里地外有个叫大铺亭的风雨亭，过往从来没见过摆棋摊的，那些天三头两天的有一个人坐在那里摆着棋摊，也没人帮衬，何况这里不是圩集。这个人我以前见过，好像叫陈柴彪，是古巷公社象棋第一人，但我从来没有见过他摆过棋摊，见他满脸杀气，分明是是来"杀人"的。要"杀"的人很可能就是我，因为登塘打擂踢摊事情才过去不久，江湖上议论纷纷。柴彪肯定是被人唆摆了，一山不容二虎，阳叠岭上岂能有二日！听说柴彪研究棋局，曾吐血要死，远在暹罗的姑妈怕他生命危殆，寄来不少钱让他治病，他是个敢拿命来赌横的真正的棋疯子，而我只是个好奇贪玩的少年，觉得不好跟他争雄，只能远远地瞄他一眼。让他继续做阳叠岭的孤家寡人吧，反正我的乐子多的是。

后来我也没有什么传奇，能读个中专足矣，也学着报个华工，其实就是为了吃口干饭而已，无惊无险地到了华工，又遇见了江湖上的更多棋侠。许多江湖逸事才刚刚开始。

# 周游列国越境记

**78级机械制图师资班　　刘幸**

我在国外生活多年，周游列国，自然有不少跨越国境的经历。本文记录几次有趣的越境故事，供大家作为茶余饭后的谈资。

话说我这少同学在华工混成了老同学后，决定漂洋过海见见世面。在英国读博士快要毕业时，我决定去欧洲大陆一游。当年欧盟还未成立，从英国去欧洲大陆任何一个国家都要签证。我于是申请了Schengen签证，即欧洲大陆多国有效的签证。我从伦敦乘长途客车，渡过英格兰海峡，直奔向往已久的巴黎。

玩过令人流连忘返的巴黎后，我就按计划乘长途客车去比利时。当我从巴黎车站登上开往比利时的车时，只有人检票而无人查证件，令我觉得十分惊奇。我想，这可是跨国旅行，起码像在伦敦那样，有人查看一下护照。难道到边境才查证件？

后来我才明白，欧洲有些国家间的国境线，早已名存实亡。这就是为何后来欧盟成立的历史原因。

话说坐上了开往比利时的布鲁塞尔（Bruxelles）市的长途客车，正当我还以为在欣赏法国的乡村风光时，突然间我看到一写有"欢迎来到布鲁塞尔"字样的路牌。我简直不相信自己的眼睛。难道我早已进入了比利时？为何汽车跨越国境线时，我一点感觉都没有。难道法国和比利时之间的路上，连一个像收费站那样简单的边防站也没有？

还没容我搞清楚，客车已到了布鲁塞尔车站停下。车站里果然什么关卡也没有，市容也看不出同法国有什么大区别。那么我来布鲁塞尔看什么呢？况且我还要换比利时钱和找旅馆。我想我倒不如赶紧去荷兰。于是我决定放弃在布鲁塞尔市下车的计划，继续乘坐该班车到其终点站——荷兰的阿姆斯特丹（Amsterdam）。

客车在布鲁塞尔稍作休息，就继续风驰电掣地疾驶往荷兰。这次我是在睡梦中跨越比利时和荷兰的国境线。更奇妙的是，我到荷兰的阿姆斯特丹后，不但没有人查证件，甚至找不到人补买从布鲁塞尔到阿姆斯特丹的车票。这样我就糊里糊涂地连过3个国家，坐了一次国际霸王车。

欣赏完阿姆斯特丹那多彩多姿和令人陶醉的郁金香花，我登上了开往德国的火车继续我这次欧洲大陆之行。

连日的劳累使我很快进入梦乡。突然，一声严厉的女中音打断了我的美梦。朦胧中我看见一个穿着一套黑色笔挺制服，鼻上架一副黑色四方框眼镜，手拿一个笔记本且表情严肃的女人瞪着我。这人简直神似我小时从电影中看到的德军女电报员，我被她吓了一大跳。我想，难道像电影中的无辜犹太人，我要被德军当成非法越境者拉出去枪毙不成？你可不要像电影中木偶般的德军士兵，只会执行命令。你可要搞清楚，我是有合法的证件和签证的，不是非法越境者。

不容我从梦中清醒过来，这"女电报员"又厉声说："护照，票。"这时我才明白过来，原来火车已到了德国边境的车站。车停下来改挂德国的火车头，德国人上车查票和证件，然后继续开往德国。

瑞士雪白的冰山和镜面一样的湖泊好像不断向我招手。可是我持有的欧洲多国签证不能进入瑞士。我不甘心，决定去位于法国、瑞士和德国三国交接处的巴塞尔（Basel）碰碰运气，看能不能闯关。

我打听到巴塞尔火车站分东、西两站，东站是德国的而西站是瑞士的。如果假装坐过站不就有机会进入瑞士了吗？

我料想不到事情就是那么简单。车到西站我赶紧下车随人群出站。出口处，只见一个身穿制服笑容可掬的女士和出站的人打招呼。我从她身边过时，也壮起胆子同她微笑地点点头。我想不到这样果然能安然过了关，我成功地踏上了瑞士的大地。真不知那身穿制服的女士是移民官、海关官员、警察，或者还只是一个铁路工作人员。她的工作好像就是站在那里点头微笑，从来不查出站人的证件。那么瑞士的海关、移民局或者国门在哪里？是不是作为中立国的瑞士，国门大开，欢迎所有的人来参观和旅游？

两日后，我依法炮制想再次进入瑞士时被人发现。原来瑞士也像德国一样派人上车查证件。我这次没像上次那样马上下车，于是在车厢里被查出。穿制服的人只要我坐上站台对面往反方向开的火车回德国即可，并没有兴师动众要问罪的意思。

美国、加拿大两国拥有世界上独一无二的又长又直的国境线。在这长长直直的国境线上，自然有像"中英街"般的情况。如著名的尼瓜拉大瀑布，就是美、加各占一半。还有一个名为国际和平公园的地方，公园的左边是美国的，而右边是加拿大的。当中有一教堂，当然也是美、加各占一半。不知其教堂中的神父，他是否拥有双重国籍？听说还有一户人家，房子建在国境线上，于是他就在美国煮饭，拿到加拿大去吃。饭后他左边屁股坐在美国而左边屁股坐在加拿大上去看电视。然后去美国洗澡，再回加拿大睡觉。当然，可能这只是搞笑的传说，但它的确传神地概括了美、加两国人民频繁来往的事实。我知道不少中国到加拿大的新移民就居住在加拿大的温莎，每天开车跨越国境去美国的底特律上班。

我进出美、加远不如上面所说的那班人频繁，但次数也不少。有几次开车从加拿大进入美国，移民官甚至懒得伸手接过送到他面前的护照看一眼。相反，从美国进入加拿大时，移民官反而次次都极奇八卦，问东问西，把证件看了又看。有一次，我从美国去多伦多出差。海关官员不认真看移民官已盖印认可的表格（表格国籍栏上清楚地写着"加拿大公民"），居然多管闲事问我去多伦多干什么。海关官员听我说是去多伦多出差时，要我回移民局申请工作许可。我反问，加拿大公民回加拿大工作还要工作许可？海关官无语，索要公民证看过后才不得不放行。

几年前我在加拿大居住，一次我开车去美国玩，返回加拿大的路上已是半夜。当时路上静悄悄的漆黑一片，前后看不到一辆来往车辆。当时汽车的汽油已不多，在这里前不靠村后不靠店的地方，不要说是加油站，就是房子也看不到几间。更令人害怕的是在黑暗中出没的各种大小动物，它们的双眼在车灯的照耀下闪闪发绿，猛然一看真像电影中的恶鬼，常常把人吓个半死。这时候我恨不得马上回到加拿大，万一汽车死了火也好打电话求救（因为我的汽车保险只在加拿大才有效）。否则，在这荒无人烟地方和野兽为伍过夜，那可是不死也得脱层皮。

正在提心吊胆担心能否安全返回加拿大的时候，我惊喜地看到"至加拿大"的路牌，于是我没有多想，方向盘一摆就从高速公路转下这条通往加拿大的小路。

没多久果然就到了美、加的边防站。所谓的边防站，实际上只是路边的一所小房子，连像收费站那样的栏杆都没有。

我一看这里乌灯黑火，就觉得不妙。我下车到小房子一看，果然看到"已关门"的牌子。我敲门，自然没人答应。

怎么办？车的汽油马上就要用光了，往回开车去找另一个关口进入加拿大是绝对行不通的了。如果不想坐以待毙，勇往直前是唯一的选择。

我定下来神仔细观察周围的情况，发现拦在我前面的路障只不过是几个修路工地里常见的塑料圆锥。这不是只挡君子不防小人的玩意吗？如果我作一回小人，拿开路障不就可以把车开过去了吗？

这时我管不了那么多了，拿开一个塑料路障就把车开过去。

其实我当时也很害怕，心想这美、加边防站不会就这样不设防吧，会不会有红外线等高科技保安设施，对胆敢越雷池半步者，黑暗中杀出几个全副武装的特警，把一支黑洞洞的枪口指到越境者的头上。如果没有特警出现，至少也是铃声大作吧。

我把车开过路障就停下来，忐忑不安地等着边防站对我私自越境行为的反应。等了半天，什么事都没有发生。边防站周围除了我汽车发动机的声音和车灯外，一片宁静和黑暗。

看来这个美、加小边防站，当时还真是一个不设防的空站。于是我下车去把移开的路障放回原处，对几步路远的加拿大边防站的路障，也如法炮制。就这样我顺利地越过了国境回到加拿大。

上班后我同一位同事讲起此事，他大吃一惊。他说我这是非法入境。汽车过境时，车牌早就被照了相。同事接着说，他有一个亲戚，前几年也是像我一样非法入境。他刚回到家，警察就来请他到警局去，告他非法入境和怀疑携带违禁品入境，连车都被拖走做检查。

我想这次糟糕了，当时我为什么没想到会被照相这一招呢？得了，现在后悔都晚了，只好等警察来了再说吧。

以后的一段时间里，我一听到电话响和敲门声都心惊胆战，以为那一定是警察来了。幸好每次都是一场虚惊，于是我渐渐地就把这件事给忘记了。

现在想来，警察没来找我麻烦，可能是看我像个迷途羔羊，只想找到回家的路而被迫非法入境。而且我过境后，不是一溜烟开车走而是停下来束手待捕的样子。看来不像坏人就不追究了。也可能那关口确实是一个唱空城计的小小边防站。其实，要不是那晚我慌不择路误入偏僻小路，顺着高速公路往前开，就有全天候的大边防站。我无须上演这出惊心动魄的"非法越境"的戏。

最后值得一提的是柏林墙。我到德国一游时，柏林墙早已被推倒，只剩下一段作为警戒后人的文物。看着高墙上的铁丝网和墙前的深坑，我总觉得这才是我印象中的国境线。过去不知有多少人为了自己的理想和自由，冒着生命危险越过类似柏林墙的国境线，甚至为此而送命。这真是人类的悲剧，但愿历史不再重演。

# 力学的扩展

### 77级物理师资班　吴少丰

### 前言

几十年前，当我读完物理课程后，就对其中的力学体系有一些个人的体会：一方面感受到了牛顿、麦克斯韦、爱因斯坦、波尔等这些力学先贤所创立的力学的逻辑之优美，并为之所折服和深深的赞叹，一方面又有许多令我困惑的问题。带着这些对力学之美的欣赏，和萦绕在我脑海、挥之不去、若隐若现、浮云般的谜团，我断断续续地进行了几十年的独自思索，我相信有不少类似我这般的人，但从未有过力学学术思想的交流。现在，我想将我的研究思想与关注力学的同学们分享，或许会成为学界一种力学研究的新方向。此文只是我对力学扩展的一些看法，详细的内容，以后我会以各种形式逐渐推出。

力学发展的历史久远，但自从爱因斯坦所创立的相对论力学后，虽然发展了一百多年，其基础基本上没有多少的进展。

为了扩展新的力学基础，有必要比照一下迄今为止人类得到部分实证的基础力学，以明确已有力学所涉及的内容，以及未能解决的疑问，从而明确新力学所要解决的问题。

### 现有力学基础概况

一、牛顿力学

1. 基本假设：牛顿三大运动定律
2. 基本内容：①伽利略变换；②牛顿万有引力定律；③其他
3. 适用范围：宏观尺度、常速运动、经典时空
4. 时空计量工具与计算办法：尺子、光线（或光束）、时钟
5. 数学方法：欧几里得几何

牛顿三大定律是描述宏观世界物质运动的基本规律，牛顿力学的思想是全部力学的发端。

伽利略变换是反映牛顿力学的真理相对性、普遍性、唯一性、局限性的集中表现。

事实上，牛顿万有引力定律的有效实证，是通过太阳系中的天体运行而得到的，但远离太阳边缘天体的运动，沿用万有引力的计算结果就与实际情况存在不容忽视的偏差。表明主导其运动的原因不单是所习惯沿用的"引力"。其次，太阳系的物质分布、起源问题，万有引力起不到主导作用。

为了解析星系外缘天体运动的特点，如果沿用万有引力去估算，必须在星系中加入数量巨大的"暗物质"。是否可以质疑万有引力在这个问题上，起不到主导作用呢？况且星系结构、起源等问题的解析，万有引力也起不到主导的作用。

## 二、狭义相对论

1. 基本假设：①相对性原理；②光速不变原理
2. 基本内容：高速相对运动、惯性系条件下。①时空理论；②力学理论；③电磁理论
3. 适用范围：宏观尺度、高速运动
4. 时空计量：尺子、光线（光束）、时钟、惯性系
5. 数学方法：欧几里德几何（闵可夫斯基空间）

狭义相对论的基本假设的思想其实来源于麦克斯韦的电磁波方程，从麦克斯韦电磁波方程中可以看到光速是常数。这个方程是通过实证的电磁定律综合推理归纳整理而得到的，因而对于一切惯性系具有相同的表达形式，但容易验证，伽利略变换所表达的惯性系不合用。洛伦兹就制造了一个适应于麦克斯韦电磁波方程的坐标变换，这个变换被命名为洛伦兹变换。

闵可夫斯基将麦克斯韦电磁波方程简单地变成形式上的泊松方程，其中含有三维空间的实变数和一维含有时间与光速的虚数变量，四个变量构成一个复数时空，这个时空形式上与欧几里德四维空间雷同，但有所区别，后被命名为闵可夫斯基空间，闵可夫斯基用几何的办法也轻易推导出洛伦兹变换。爱因斯坦就讨论了闵可夫斯基空间的特性，并创立了适用于闵可夫斯基空间上的力学，即狭义相对论力学。从数学角度看，伽利略变换是洛伦兹变换的特殊情况，即当参照系相对速度远小于光速的时候的情况，两者有包含或扩展的关系。狭义相对论解决了物质运动接近光速情况下的力学问题。

## 三、广义相对论

1. 基本假设：①等效原理；②广义相对性原理
2. 基本内容：非惯性系条件下，①时空理论；②力学理论；③电磁理论
3. 适用范围：宏观、高速运动、非惯性参照系
4. 时空计量：尺子、光线（光束）、时钟
5. 数学方法：黎曼几何

狭义相对论是惯性系前提下的力学，广义相对论是狭义相对论的扩展，即将惯性系的力学扩展到非惯性系。其中重点讨论了引力场中的力学问题，也得到了一些实证。但引力的本质是什么？其适用范畴的实证未能完全。引力规律只是个定律，如果"引力"有其他的内涵，找到"引力"的本质，广义相对论的内容将会一进步得到扩展。目前有关广义相对论许多研究结果，不少超出人类的实证可能的范畴，已变成一种与实证科学关联不大的数学。

牛顿力学、狭义相对论力学、广义相对论力学，三者在数学上的表达形式均是几何，研究客体的物理量均是可决定的，属于"决定论"的范畴。

## 四、量子力学

量子现象即微观粒子的波粒二象性，解答微观系统状态的力学称为量子力学，其中包含非相对论与相对论微观系统状态函数。

1. 基本假设：①态函数；②力学量与算符；③薛定谔方程（常速）、狄拉克方程

（高速）等；④态叠加原理；⑤泡利原理；⑥全同粒子状态假设；等等

2. 基本内容：若干微观系统状态问题的求解
3. 适用范围：微观系统，惯性系，经典时空（薛定谔方程），狭义相对论时空（狄拉克方程）
4. 时空计量：尺子、光束、光子、时钟
5. 数学方法：几率、欧几里得几何、希尔伯特空间等

牛顿力学、狭义相对论、广义相对论所研究的对象均是宏观的物体，而量子力学的研究对象是微观粒子。微观粒子的"物理量"具有不确定性，所以微观粒子的状态只能由几率的办法进行描述，属于"非决定论"的范畴。由于发现微观粒子具有波粒二象性，微观粒子在时空的行为具有波动性，可以用"波动"进行描写，其不确定的物理量可通过几率统计的办法决定其平均值。依据描述量子波函数的特点，与宏观概念下的力学量的规律联系起来，从而建立微分方程，如薛定谔方程（适用于伽利略变换）、狄拉克方程（适用于洛伦兹变换）。微观粒子系统物理量的不确定性来源于宇宙的随机性本质。

## 现有力学基础存在的问题

物质宏观运动的规律，基本上是可在其适用的范畴，用牛顿力学、狭义相对论、广义相对论解决，但如上所说，牛顿万有引力定律的本质未能在更广泛的内涵上得到实证。"暗物质"问题的出现，本质上是对万有引力超出其主导范围的一种猜想。诸如太阳系、星系等的构造明显具有一定的规律性、其起源、演化的过程，单纯用牛顿万有引力和现有的力学知识是无法完成解析的，明显，牛顿引力不是起到主导的因素。

再者，宇宙红移现象的发现，导致后来对宇宙的状况的各种猜想，如宇宙大爆炸、宇宙膨胀是否是真实的呢？这是一个人类尚无法在严格意义上实证的问题。

## 力学的扩展

上述问题反映了一个事实，目前的力学不能解析上述诸多现象，或者说，要解析这些现象，就必须超出现有力学所能的范畴，建立新的力学方有可能实现。

这个新建立的力学其所适用的范围是现有力学所适用的范围的扩展，或者说，其逻辑体系的内涵包容现有的力学，正如广义相对论包容狭义相对论，而狭义相对论又包含牛顿力学那般。

基于对宇宙物质分布的无穷性认识，宇宙中任何一个物质运动的影响因素是无穷的，因而宇宙中的物质的运动，本质上是随机的。按照这个思路，我设立一个反映物质随机运动本质的随机函数，以及反映这个随机函数变化规律的方程。

目前，这个力学的扩展，可取得的成果包括：

（1）揭露了引力更深层次的内涵，并有所扩展。扩展的"引力"暂且称为"广引力"；

（2）解析"暗物质"问题；

（3）解析天体系统构造的成因，从而对于天体系统的起源、演化有个"一统化"的

解析；

（4）有望解决力学"大一统"问题；

（5）解析"暗能量"问题；

（6）新的宇宙模型；

（7）广义相对论延拓；

（8）扩展电磁理论。

……

这些"成果"，是同一个逻辑系统下的简单数学演绎结果，新力学含有对人类社会有用而迄今未能涉足的科技内容。所以，新力学不单只是一种纯粹逻辑，而是一种兼有人类精神文明和物质文明双重意义上有价值的理论。

## 结　语

这个力学扩展理论能对当今力学存在的若干困惑的大问题进行"一统化"的解析，我相信，会是一个成功的逻辑系统。但目前，这个新力学的发展状况只是处于基础、起步阶段，未来将会在这个新力学的基础上建立众多相关的力学分支，其工作巨大，不是个人的能力、精力可以全部完成的。其所涉及的问题又是一个人类科学界共同渴望了解、解决的问题，所以，希望今后得到大家能对新力学及时地关注、跟进。同时，希望得到大家各方面的大力支持，同心合力地推动新力学的发展。

# 我们一起走过

### 77级电工师资班　冯穗力、李兆南

退休以后,空闲时间多了,免不了会回忆往事,抒发感慨。其中,特别令我们深感幸运的是:我们生活在一个科学技术突飞猛进的年代,亲眼见证科学技术带给我们生活的巨大进步。在短短一百多年里,成果绚丽多彩,目不暇给!尤其在近五十年,我们沐浴着自然科学的阳光,享受着惬意美好的生活!我们是学电子技术的,三五好友相聚时,离不开自己专业的话题,从电子管到虚拟世界,懂或不懂,一样津津乐道!既然如此,何不把自己的见证记录于此,不时回味呢?

## 电子管

现代年轻人认识电子管,大多是从谍战片上的收发报机上认识的。而我们这代人,则是从收音机上认识的。20世纪60年代以前的收音机,大都是以电子管做信号放大器件的。电子管的个头比较大,就是最小的花生管,也比我们的大拇指粗壮。一台收音机通常用五六只电子管,所以做出来的收音机体积都很大。虽然如此,电子管收音机那时绝对是高级家电,普通人家里是很难看到的。

李(李兆南):记忆中的电子管收音机,音质都很好。比如邻居的上海牌六灯收音机,里面传出的粤曲,就常让我们不肯移步。至今还记得收音机右上角那盏发出绿色荧光的指示管,随着声音上下跳动,犹如一个快乐的舞者。

电子管

电子管应该算是电子放大器的鼻祖了!

1883年,那个发明灯泡的爱迪生,发现放在灯丝旁的铜丝,无须接触,居然产生了微弱电流,这就是爱迪生效应。

1904年,世界上第一只电子二极管在英国物理学家弗莱明的手下诞生了,这使爱迪生效应具有了实用价值。弗莱明也为此获得了这项发明的专利权。

1907年,美国发明家德福雷斯特(De Forest Lee),在二极管的灯丝和板极之间巧妙地加了一个栅板,从而发明了第一只真空三极管。这是关键性突破!从此,人类终于可以把电子信号进行放大了!

今天,当我们在KTV引吭高歌时,是否还有人知道,20世纪初的时候,人类是无法把自己的声音喊到震耳欲聋的。

现在已是21世纪了,作为电子放大器的鼻祖,电子管本来早就应该退出应用市场,放在神台上让人祭奠。可是现实偏偏不如我们所想,有一群音响发烧友,也就是对音响的音质追求极致的音乐爱好者,无限留恋电子管放大器发出的温暖厚实的声音,折腾着用电子管做出各种音频放大器。其专注精神令人钦佩。

## 矿石收音机

20 世纪五六十年代的无线电爱好者，应该都做过矿石收音机。

那时，对大多数普通家庭来说，用电子管来做收音机，是一件十分奢侈的事情。单单电子管和变压器，就可能让他们的父母破产了。所以，想都不敢想！于是，简单的矿石收音机就成了爱好者探索无线电技术的入门垫脚石。

矿石收音机的所谓矿石，其实就是用一根细铜丝，接触在一块矿石的光滑平面，从而让其产生单向导电的性能。说穿了，就是一个粗放的 PN 结。矿石有固定矿石和活动矿石之分。固定矿石性能较差，可调节的空间有限。活动矿石的细铜丝接上一个摇杆，可以较容易地调整铜丝与矿石平面的接触点，方便获得到较好的单向导电性能。缺点就是比固定矿石贵得多。好像是 4 毛钱一颗，相当于半个月的早餐钱了。

李：矿石收音机原理也很简单。天线接收的电磁信号通过电容线圈组成的调谐电路选出电台信号，经过矿石检波出音频信号，送入耳机聆听。矿石收音机不用供电，绝对是最绿色环保的电器设备。儿时做矿石收音机的难度工作，可能算是架设天线了。为了收到尽量强的信号，天线必须在楼顶架设。好在当时高楼大厦不多，只要不直接被房屋阻挡，一般都能收到电台信号。难的是那时很多房屋都是瓦房，房顶不耐踩踏。多踩几回，房顶就会漏水。邻居一旦投诉，一顿痛打可能就跑不掉了。

矿石收音机虽然简单。但对我们这代人来说，它却有非常重要的意义。首先，矿石收音机把一大群爱好者引进了无线电的大门，促进了无线电运动在青少年广泛开展。更重要的是，它让我们中的很多人，自然而然地踏入电子技术领域

矿石收音机

的一个伟大时代——半导体器件的辉煌时代。当第一次用黄豆大的锗二极管代替活动矿石时，那种难以名状的兴奋，至今依旧未能忘怀。

## 晶体管

1947 年，美国物理学家肖克利、巴丁和布拉顿三人合作发明了晶体管——一种有三只管脚，具有电流放大能力的半导体固体元件。这一重大发明，展露了半导体辉煌年代的曙光。

晶体管在中国进入实用领域，大约是在 20 世纪 60 年代初。

冯（冯穗力）：说到晶体管，我常常想起我的老师叶梧教授给我讲过的故事。叶老师是 1962 年清华大学毕业后到华工任教的，他在大学阶段的时期是一个我国从真空电子管到晶体管过渡的年代。电子管是一种尺寸比一号电池略小的电子元件，当他和大学的同学第一次看到只有小指头般大小的晶体管时，感到十分惊讶：这么小的东西居然也有电流放大作用。

李：开始的时候，晶体管都是进口，非常珍贵！我的第一只三极管是香港同胞带给我的。到后来，三根管脚都齐根断掉了还舍不得丢掉，硬是用细铜丝焊上去又用了好长一段

时间。不久，国产晶体管也出现了。在广州起义路口和中山六路都各有一家广州半导体厂家的门市部，成了无线电爱好者的打卡地。一次，我怀揣替别人装收音机的 20 块钱挤入中山六路的门市部，不到 10 分钟就被人打了荷包（被偷了钱包）！欲哭无泪，节衣缩食了好几个月才还清这笔零件债。这事让我郁闷了好长一段时间，怪就怪无线电爱好者太多了，让贼人有了可乘之机。

早期的三极管

## 集成电路

我们是在大学期间开始接触集成电路的。模拟电路学的是运算放大器，数字电路学的是 D、JK 等触发器，都是由几个晶体管组成的极小规模集成电路。毕业设计时，我们俩分在同一个小组，课题是设计一个低失真度高稳定度的低频信号发生器，我们就是用运算放大器加场效应管实现的。设计成果还得到了实际应用。

20 世纪 80 年代中期，小规模的集成电路开始大量的获得应用，有各种组合与时序逻辑电路，如选择器、计数器、锁存器，等等。有基于双极型晶体管的 TTL 器件，有基于场效应管的 CMOS 器件。获得最广泛应用的应该是 74 系列的芯片了，这 74 系列还分普通速度低功耗的"LS"系列，高速功耗较大的"S"系列，CMOS 工艺的"HC"系列，等等。

74LS – TTL 系列芯片

74HC – CMOS 系列芯片

冯：我在做硕士论文时研究的图像处理系统，其中的数字滤波器就是用 74 系列的芯片搭建的，一个简单的可实现递归运算的"加乘法"运算单元，用了 30 多片这种小规模器件，因为调试过程经常要更改电路，最常用的工具就是刻刀、烙铁、万用表和示波器，调试过程的艰难只有自己知道。

李：在日常生活用品领域，小规模集成电路有很多应用场合。比如，应对当时市电不稳定而生产的调压稳压器、风扇遥控器、电机调速器等都使用了这类小规模集成电路。除了这些通用集成电路外，还有大量的专用集成电路在电视机、收录机、音响等家用电器中应用。当年业余时间常要做义工替别人修理家电，为扑（找）一只专用 IC 跑遍惠福路一带是常有的事。

冯：1986—1987 年间美国哥伦比亚大学的周昌教授到华工讲学，强烈建议学校要开展集成电路技术的研究。周昌教授特别强调，要做集成电路设计软件的研发。他的观点是：只有自己开发的设计软件，才能通过持续改进来适应未来技术的不断发展。可惜，那时学校还没有对未来技术高瞻远瞩的敏感性，很多老师还沉浸在"人工神经网络"研究之中，因此我们学校错过了这一宝贵的发展集成电路的时机。

冯：20世纪90年代初，中等集成规模的可编程可擦写阵列芯片也开始广泛应用，一片这样的芯片可以顶好几片74系列的芯片，我在香港理工研究"多处理器系统"时，用了许多这样的芯片。因为是"可擦写"，芯片的电路结构可以更改，所以设计过程中出现错误，调试期间修正原来的电路设计就方便很多了。

光擦写可编程阵列

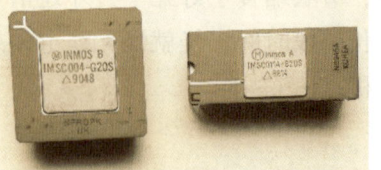

电擦写可编程阵列

现在常用的微处理器、单片机、数字信号处理器等应该都是规模甚至超大规模的集成电路芯片了。这些器件通常是厂商做好的芯片，可以在其中运行程序，要改变其内部的电路结构一般是不行的。进入21世纪，大规模甚至超大规模的可编程阵列（FPGA）也开始获得应用，当然这种芯片价格昂贵，通常是在集成电路芯片研制过程中用于逻辑功能验证的。

冯：我们实验室在2005—2007年间承担了一个与华为合作的粤港澳重点领域技术突破的项目，采用了Altera公司的Altera-EP2S40/EP2S60芯片，在一块这样超大规模集成电路的可编程阵列芯片上实现了基于WiMax标准的宽带无线通信系统中除射频功放外的全部功能，这在过去是完全不可想象的。

Altera-EP2S60（散热风扇下的芯片）
大规模集成电路芯片的评估板

我们设计构建的WiMax协议宽带无线通信系统

### 计算机

大学期间，整个华工可能只有计算中心的一台进口的小型电子计算机，那台计算机的硬件电路有几大部分，一台机器占据了小半个房间。我们开始学习的是 Fortran 语言，编好的程序必须通过打孔的纸带才能输入到计算机。等到我们班上机时，恰好这台计算机坏了需要修理，我们因此错过了上机运行程序的机会，留下的是一条记录程序的穿孔纸带的记忆。

冯：大学毕业后，20 世纪 80 年代初，学校那时终于开始普及"微型计算机"。我所在的电子技术教研组终于有了一台苹果计算机，专门用一个有空调的小房间安置它，那时的苹果计算机只有英文的字符输入功能，用大的软盘记录保存自己的数据。

李：我也是在毕业后不久，单位派我和另一位同事回母校华工学习计算机。现在想来，颇佩服单位领导站得高看得远，对个人计算机的发展浪潮有强烈预感！我在华工学习用的个人计算机是 TRS-80，一台以 Z80 为 CPU 的机器。这是我第一次与计算机亲密接触，既新奇，又有一种自来熟的亲近感。一个月的时间，我对计算机的操作大致掌握了，还用 BASIC 语言编写了几个小程序。不过当时并没有特别高上大的感觉，觉得它就是一个可以计算的大玩具而已。可是，当我回到单位后，情况就大不同了。领导告诉我已订购了一台苹果 II 计算机，让我管理，并看看能不能让它做点事情。真是压力山大！也就是从那时起，我的工作从未离开过计算机了。

早期个人计算机：TRS-80（上左）苹果计算机（上右）和 IBM PC（下中）

冯：不久后，微处理器在国内也开始得到广泛的应用，在学校里风行一时的是 Z80 单板计算机，单板计算机的硬件很简单，硬件主要由一片 Z80 的 MCU、一片可擦写的存储器件 EPROM、几片小容量的随机存储器芯片 RAM、一个小键盘和 6 只发光二极管数码显示器组成，包含所有东西在内的单板机像一张 A4 纸张大小。系统软件是一个简单的操作系统。那时做一个"小型"的设备，往往就直接把整个 Z80 的单板计算机作为一个主控部件。

冯：20世纪80年代中期，IBM个人计算机（PC）在国内开始风靡一时，我后来所在的通信与电子系统教研组拥有两台PC机，也用一间带空调的房间小心地维护着它们，这房间叫作"微机室"。PC机平时只有研究生们使用，这时计算机已经有了图形界面和游戏功能。那时计算机还是非常"神圣"的。有一次研究生论文答辩，老师问研究生："你这结果是如何得到的？"研究生答："是计算机算出来的。"老师听后点头："哦，计算机算的，那应该没错了。"

Z80单板计算机

李：我也是在1984年下半年开始使用IBM PC兼容机的。由于MS-DOS的亲和性，也由于基于BIOS开发的技术资料更容易找到，大大方便了开发人员。所以，很多人一旦用过IBM PC及兼容机，就不想再回头去用苹果机了。从1985年开始，我为单位开发了几个应用程序，是副业，也是兴趣，反响好像还不错。

### 局域网、互联网与移动互联

个人电脑开始时都是以单机运行为主。两台计算机之间要交换数据，只能通过软盘来传递。随着计算机的应用日益广泛，互联的需求也日益迫切。于是，在20世纪80年代后期，Novell公司的局域网操作系统Netware开始在中国得到迅速发展，行内人都把它称之为Novell网（挪威网）。

印象中Novell网有两个特别招人喜欢的优点：一是联网很容易。用一根50欧姆的同轴电缆＋T型头，连接到每台机的网卡上，就可以把所有的计算机连成一个网络，布线非常简单。二是对联网的计算机硬件要求不高。Novell网的服务器支持文件服务，可以把运行程序和数据通通都存放在服务器上。联网的计算机只要安装支持启动的网卡，就可以在启动后直接运行服务器中的程序，调用服务器中的数据。因此，联网计算机连硬盘都不需要安装（也就是常说的无盘工作站）。既节省了硬件成本，也提高了数据和程序的安全性。

无可置疑，Novell网在促进那时的企业信息建设过程中，发挥了极其重要的作用！

20世纪90年代初，互联网已经在发达国家风行，不久这股风就吹到了国内。由清华大学、北京大学、北京邮电大学、上海交通大学、东南大学、华中理工大学、华南理工大学、电子科技大学、西安交通大学等高校为主节点形成了华北、东北、东南、华中、华南、西南、西北等几大区域构成的中国教育科研网（CERNET），成为首个覆盖中国的计算机网络。CERNET开通在高校给人们的最大感受就是，我们与世界的知识库几乎没有什么距离了。

学校的计算机接入互联网后，就像当年欧阳景正教授讲的那样——做理论研究，国外主要依靠的是一台计算机，一张互联网，现在国内与国外已经没有多大的差别了。随着科研条件的改变，以前在学校，如果有人能够在国外的顶级期刊上发表一两篇论文，是会引起小小轰动的，现在工程技术领域，学校的几乎每一个博士研究生都能够在这样层次的杂志上面发表论文。人们慢慢地终于也明白了，学术期刊，那只是一个学术讨论的平台。

不久电信运营商的商业互联网也开始迅速发展，互联网上的各种应用逐渐呈现爆发性的增长，由此有了我们今天看到的几乎无所不包的互联网应用的场景。

在电子领域的研究从模拟技术转到数字技术的过程中，在通信领域，一度有关无线技术的研究似乎陷入的低潮，人们热衷的是有线的局域网、光纤的主干网。早期模拟的移动电话"大哥大"的功能还十分有限，更多的是小老板的身份象征。那时对未来每人一部智能手机，甚至两部手机那样的情形是不可想象的。

数字通信概念的提出，数字技术与无线技术的结合，很快唤醒了一个巨大的产业，第二代以数字通信为代表的移动通信技术的发展使得手机迅速地普及。随后人们又迎来了第三代的移动通信技术，加上移动通信与互联网的结合，社会进入了"移动互联"时代。正所谓十年一代，现在我们正处在"第四代"与"第五代"的交接处。第五代移动通信系统，将是一个"万物"互联的系统。

不同时代的手机

"移动互联"的概念与日常生活工作、与工业与农业、与资本与商业的结合，催生了涉及各行各业几乎无所不包应用，我们的日常生活现在已经很难离开它了。

### 人工智能·大数据

早在20世纪80年代中，人工神经网络曾兴旺过一段时间，那时高校里头很多原来搞通信和信息的老师都转到这个研究方向，尝试用人工神经网络的模型去抽象难以用数学公式表达的运算、去解决各种识别和控制问题，相关的研究耗去了大量的资源。但到了80年代末90年代初，人工神经网络的研究又慢慢趋于平静，因为那时的计算机和集成电路，基本上还没有并行处理能力，用串行计算的微机去模拟需要进行并行计算的神经网络效率是很低的，人们感觉这一方法距离实际应用似乎还有些遥远……

Intel的创始人戈登·摩尔提出的"摩尔定律"揭示了一个"规律"：每18个月，集成电路上的晶体管数翻一番，微处理器的性能提高一倍，而价格则下降一半。摩尔定律继续在发挥作用，集成电路和计算机技术的发展，最终催生了在更高层次意义上的人工智能（AI：artificial intelligence）。进入21世纪，用人的大脑产生的脑电信号控制机器的简单动作已经成为可能。

以2016年阿尔法狗（AlphaGo）在围棋上战胜李世石为标志，在许多领域的某一特定能力方面，计算机战胜人类已经不再奇怪。当然这种比赛在某种意义上来说并不具备公平性，比如，人的大脑消耗的功率只有 20 多瓦，仅仅是支撑 AlphaGo 计算机所消耗能量的约 5 万分之一。

互联网与各类数据的聚合，形成了所谓的大数据。原来是或分布的、或综合的各种各样的数据，汇集到互联网上，当有某种手段收集到这些数据时，就变成了大数据。之前看似信息量非常稀疏的、没有多大作用的这些数据，经过适当的统计、梳理和分析，则可以得到诸如网络流量分布、商品需求趋势、舆情动态等重要的信息；长期的针对某个人的通信行为的采集，对此人的一举一动，可以勾画出相当准确的轮廓。

我们在大学上数学课时，曾经听老师提及有数学家通过微分方程建模，通过数学的方法影响舆论，我们那时还感到有些难以想象。今天，通过建立在基于互联网平台上的数学模型，尤其是加入资本的因素，影响社会舆论已经是我们看到的现实情况了。

## 虚拟世界

基于人工神经网络的深度学习算法、高性能计算、互联网、高清晰度显示等技术结合，孕育出了包括人工智能（AI）、虚拟现实（VR：virtual reality）、区块链等一系列新的概念……目前最时髦的词汇莫过于虚拟世界或所谓的"元宇宙（MVS：Metaverse）"了，元宇宙是源于 1992 年科幻小说《雪崩》的新词汇，指的是利用科技手段进行链接与创造的、与现实世界映射与交互的虚拟世界，是某种具备新型社会体系的数字生活空间。

有关元宇宙的概念提出后，与数字加密"货币"、区块链等新颖的事物一样，首先受到国际上互联网巨头的关注和资本的追捧。也有一种通俗的关于元宇宙的解释，叫作"数字孪生"：假定虚拟世界的平台建立之后，可以在其中构建一个与你关联的"孪生兄弟"，在现实空间中有一个你，在虚拟空间中也有一个"你"，这两个"你"在两个不同的空间中生活。你在现实社会中可能是个外卖小哥，在虚拟空间中的你则可能是一个白马王子，或者是一个统领千军万马的将军。

未来也可能有多个不同的虚拟世界平台，在不同平台定义的元宇宙中，你可能具有不同的角色。你在一个元宇宙中可能拥有一座光鲜亮丽"江景别墅"，而在另外一个元宇宙中你可能蜗居在一个"贫民窟"中。总之，类似高逼真度的游戏，可以让你有各种生活体验。未来的元宇宙或许与现在的游戏不同，它不一定需要你亲自全时"沉浸"在其中，不同平台内的"你"，或许甚至可以各自"独立"地生活。

有关虚拟世界和元宇宙，据说在许多国家已经上升为"国家战略"，显然如果它只是具有上述的高级游戏功能，是不可能受到这样的重视的，未来他们不能起的作用可能主要受限于构建这种空间的成本，包括平台的运算能力和人们的想象力。

比如，我们现在正提倡共同富裕，具体如何实现共同富裕是我们要探索的目标之一。我们可以考虑在一个新设立的虚拟世界平台上，重新定义资本与劳动的价值或它们的权重，这样资本运作的"付出"不是像现实社会这么值钱，而打工一族的劳动价值可以提高，这样是否合理，是否行之有效？我们就在虚拟世界中运行一下。失败的话损失的成本很低，而可行的话我们就在现实世界中推广。

又比如，作为一个学工程的人，我们常常会想，这类的虚拟世界可以为我们的工作带来什么帮助呢？假定虚拟世界可以模拟我们现实生活中许多方面。首先我们想到的是仿真，当人类把现有的大多数知识都汇集融入某个虚拟世界后，可以使它成为进行各种模型仿真的平台。比如，现有科技文献中的提出的许多方法，都是在许多假设和严苛的条件下才能成立的，是不是具有物理可实现性的，可期待通过在虚拟世界中进行一定程度的检验。

另外，未来许多工程的设计方案，是否可行，如果虚拟世界中可以很大程度上模拟现实的系统，而通常模拟的成本的花费比物理实现的成本可以大大降低，我们就可以先在元宇宙中做"虚拟实现"，先在虚拟世界中看看是否可行。元宇宙系统如果能够在绿色能源的支撑下运行，这个地球一定会变得十分美好。

现实世界上各大国依然在研究各种大规模威慑的武器。未来因为上面提及的虚拟世界的原因，研制也或许变得简单了。但以后可能也不需要真刀真枪地对垒了，在虚拟世界中干一场就行了。毕竟在核时代，在现实世界中大国间真打起来，就意味着人类家园的毁灭，而在虚拟世界中就可能可以避免这些问题。只是在进行力量对比时，当年中国人民志愿军那种气吞山河的英雄气概，不知道能否在虚拟世界中得到完美体现。

……

写到这里，我们常常会想起尹俊勋教授当年讲过的一句话：在当今的信息社会里，一天不学习你都会感觉到落后。

# 附录

梦想·求索·年轮
MENGXIANG QIUSUO NIANLUN

## 师资班同学毕业照

华南理工大学77级马列主义理论师资班毕业留念

第一排（前排）左起：陈为民、陈小玲、冯敬阳（老师）、冯海燕（老师）、关其学（老师）、张兆森（老师）、蒙永莉、张素霞

第二排左起：顾作义、吴铁远、王鸿茂、翁绍杰、林伟健、刘九龙、李鸿庄、肖伟昌、李梁泰、谢树浩、黄理稳

华南理工大学77级化工原理师资班毕业留念

**第一排（前排）左起：** 姚汉权（老师），潘大年（老师），蒋中坚（老师），陈仲言（老师），梁应昌（老师），李旭和（化学系总支书记），龙惕悟（老师），张进（校党委书记），袁孝鹄（老师），王斯竹（化学工程一系总支总书记），庄乃光（老师），杨升康（老师），张宁安（老师），冯国德（化学工程一系总支副书记），王红林（老师）

**第二排左起：** 黄小宁，陈小扬，林兰，曾朝霞，黄小仪，梁玉兰，张木全，朱德怀，庄国雄，林江，张志峰，梁坤，伍钦，卢乃平

**第三排左起：** 方启源，全炳新，陈川海，郭复明，林洪，朱光骏，吴仰伟，华清文，叶少华，唐奕群，梁文广，叶向东，李帆，刘达明，区岳州，唐卫国

注：杨小平同学因事缺席合照。

华南理工大学77级电工理论与技术师资班毕业留念

第一排（前排）左起：庄虹、丘晓华、张琳、曾毅敏、郭观聆、张少玲、陈婉华、黄一平、王庆敏、张润森、刘焯铿、陈伟荣

第二排左起：黄万宁（班主任）、巫观发（老师）、陈世雄（老师）、莫全梅（老师）、陈广顿（老师）、王显荣（老师）、赵世勤（老师）、钟诗勤（老师）、陈贤瑞（老师）、王定中（老师）、刘文彪（老师）、戴文彪

第三排左起：李建东、刘转州、王辉、旋永南、梁炳钊、周卫源、饶启周、刘川、吴乾民、赵英伟、陈允熙、万豫廷、王时雨

第四排左起：郑敏华、李兆南、张国良、钟伟桐、吕永明、吴毓舞、李洪辉、周伟民、梁耀基、孙令泉、黄智聪、冯穗力

第五排左起：林禾浦、吴建伟、庄友科、谢新民、张红兵、丘百根、侯跃生、方思宁、李炽基、王德俊、何萌、郑宾、林雨

华南工学院一九七七届外语师资班全体教师学员毕业留影 1981.12.

华南理工大学77级外语师资班毕业留念

第一排（前排）左起：赵宝铣（老师）、魏力行（老师）、王剑琴（老师）、彭文明（老师）、李学平（老师）、Judy Manton（老师）、陈衍光（老师）、黄伟山（老师）、尤俊生（老师）、黄仲宜（老师）、黄捷年（老师）

第二排左起：林华宝、吕冰、林芝、潘燕莉、陈晓萍、陈载颐、吴仲坚、鄂小刚、陈蓬、杨穗春、谢建党、叶梅生

注：77级外语师资班建制16名，其中杨廷、贾谊声和王阳海3名同学提前离校。

华南理工大学77级体育师资班毕业留念

第一排（前排）左起：莫强（老师）、胡谦正（老师）、胡君佐（老师）、郭仁义（副校长）、何达元（老师）、赵稱晃（老师）、伍建章（老师）

第二排左起：林杰、罗志尧、陈冠豪、李向强、胡活伦、汤小康、陈奕元、何应凯

第三排左起：叶兆雄（老师）、郭岳（老师）、孙武（老师）、吴广其（老师）、孙允雨（老师）、李锦荣（老师）

华南工学院机械制图师资班八一届毕业合影 1981.12

华南理工大学77级机械制图师资班毕业留念

第一排（前排）左起：程运容（老师）、林文彬（老师）、徐育强（老师）、江厚祥（老师）、廖德辉（老师）、朱福熙（老师）、叶秉均（老师）、区熙燊（老师）、李成琚（老师）、苏国雄（老师）、何方丈（老师）

前二排左起：姜蕙、吴莹、鲁惠珍、叶云平、黄惠群、陈芳、李思嘉、陈玲玲、何小萍

第三排左起：卢健民、吴国伟、张业桓、吴远剑、陈建戈、范艺、钟启龙、陈楚源、蔡永根、马传方、徐治康、黄英乐、许怀升

第四排左起：周活林、贝思源、何启川、巫庆平、李新柏、王跃、谭莹、陈炳周、欧里荣、陈泽明、陈锦昌、陈炽坤、卢永生、廖欢潮、宋天海

华南理工大学77级物理师资班毕业留念

第一排（前排）左起：陈向红、钟卫星、唐穗安、黄穗萍、陈星宇、谢超然、李颖、周健、洪晓云

第二排左起：覃江帆（辅导员）、麦咏贤（老师）、陈世雄（老师）、温坤璘（老师）、杨瑞莲（系总支书记）、郑茵（系主任）、黄卓璇（系副主任）、周佐平老师、区广连（系总支副书记）、丘月明（班主任）、伍尚英、刘炎豪、黎中焕

第三排左起：王启豪、陈伟、温卫国、蔡云庄、张小明、孔龙、郑晓明、申军、徐柏洪、曹一平、林建雄、林涛、刘慕健、林泽生、李中铎

第四排左起：吴少丰、林德纬、梁经锐、肖克波、曾仕勤、张启芳、周皓生、李维刚、李苏、黄悟生、许棠、黄少潮、苏佳伟、刘岳超、关中

华南工学院化学系物理化学专业八一届毕业班师生合留影 1982年元月

华南理工大学77级物理化学师资班毕业留念

第一排（前排）左起：李才斌（老师）、胡纪华（老师）、邓建敏、王晓平、李超芳、刘奕玲、黄小鹏、陈小春、范筠苑、曾榕兵、姚敏

第二排左起：赵彦华（老师）、梁镰鎏（老师）、邹敏嫦（老师）、张秀娟（老师）、钟心泰（老师）、桂一枝（老师）、龙杨瓦（老师）、誉文德（老师）、李旭和（系总支书记）、宋清（老师）、莫之光（老师）、关义真（老师）、李海清（老师）、傅正芙（老师）、霍瑞贞（老师）、刘金壁（老师）

第三排左起：杨开乔、梁方使、林潮平、陈世荣、谢旭生、丘浩坚、许维、杨高、苏勇捷、林永平、梁振江、李朝杰、谭文杰、陈桂雄、黄水成

第四排左起：张江洲、黄延德、梁福荣（老师）、罗慎宏（老师）、曾惠典（老师）、邝耀棠（老师）、朱伟新、王向德、黄颖文、刘建伟、杨兆禧、黄坤荣、刘业望

华南工学院数力系高等数学师资七七班毕业留念 1981·12

华南理工大学77级数学师资班毕业留念

第一排（前排）左起：陈小莹，陶志穗，凌志英（老师），张芸礼（老师），罗家洪，袁子强（系总支副书记），郭仁义（副校长），邓韵秋（老师），王进儒（老师），王康廷（老师），张正黄（老师），廖芹，罗群星

第二排左起：方苹，丘晓平，唐雪卿，苏庆民，雷钦华，甄勃，邝英强，罗达理，叶民辉，陈建平，姚仰新，侯一钊，卢永全，胡敏嘉，廖志坚，黄燕

第三排左起：陈小虹，梁平，吴伟钧，何晖，王康，洪世越，张炯才，冯百明，梁学明，王正，黄达文，陈志宏，梁耀辉，罗希

第四排左起：沈文雄，钟建宁，王健飞，方伟棠，林健良，陈家发，庞志，张必佐，姚志明，赖洪健，田力，许金泉，马国胜

注：冯惠钊同学因事缺席合照。

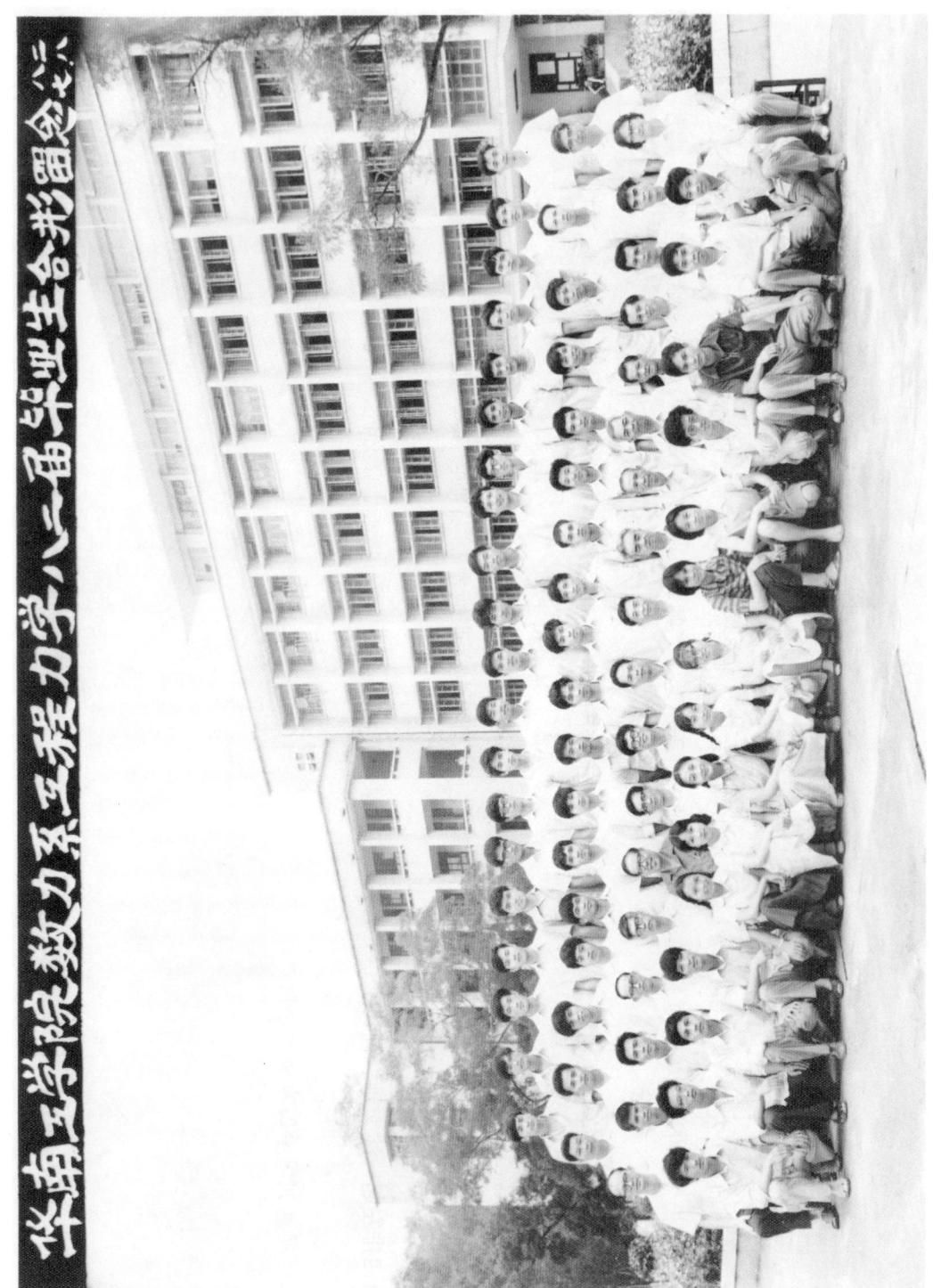

华南理工大学78级工程力学师资班毕业留念

**第一排（前排）左起：**陈一鸣、杨兆彬、吕小欢、曾庆敦、胡德华、梁耀凤、叶芷芬、何庭蕙、刘自珍、曹洁英、伍建平、张军令、钟坚、杨志勇、周群

**第二排左起：**田乔其（老师）、姚佐球（老师）、黄志标（老师）、顾学甫（老师）、冯剑虹（老师）、谭文宪（老师）、岑人经（系副主任）、吴锦全（系总支书记）、刘振群（校党委书记）、何技宏（老师）、朱锦年（老师）、谭广泉（老师）、丘益元（老师）、陈正宗（老师）、范赋群（老师）、高文秀（老师）

**第三排左起：**谭维平（老师）、李东升、吴晓平、饶德军、郭继康、谭邦、黄冠佳、钟连荣、陈展强、常志刚、李旺祥、黎又平、管宁、魏南滨、熊炯贤、吴志华、余浩、卢光盛（老师）

**第四排左起：**黄林波、肖杰、丁克义、钟其威、卢伟光、陈奕柏、林练、骆小勇、谢晓东、刘宝森、罗建卿、钟建瓴、张兆湘、吕涛、黄一山、袁兵、彭宇飞、梁宁、梁敏、黄广中

注：翁纪隶同学因事缺席合照。

华南工学院八二届机械原理师资班毕业合影留念 1982.7.8

华南理工大学78级机械原理与零件师资班毕业留念

**第一排（前排）左起：** 王翠萍（老师）、李羡真（老师）、冯穗心、何丽莲、谭平、刘小康、林恰青、何小河、薛耀雄、邓云映、张东生、刘耀维、陈观荣、高宗水（老师）、梁建新（老师）、陈灵江

**第二排左起：** 汪钦（老师）、李树彪（老师）、崔汉森（老师）、陈永溢（老师）、何乐炯（老师）、谭恩颂（老师）、钱澄鑑（老师）、谢犇（机械系总支书记）、刘振群（校长）、古周全（校党委书记）、熊文修（教研室副主任）、黄川（机械系主任）、范中志（教研室主任）、谢存禧（老师）、陈东（老师）、李纪仪（老师）

**第三排左起：** 涂帼芳（老师）、黎桂英（老师）、何悦胜（老师）、陈焕宜（老师）、周德光（老师）、任刚辉、吴瑞坤、李赐云、周树达、曹铭东、黄韩华、王树华、杨伟、卢峰、李诚杰、张展飞、潘伟文

**第四排左起：** 汤志伟、黄晓剑、刘波、王东山、姚日土、陈均宝、陈建威、薛颂阳、陈涛、谭明、王晓宁、魏跃、陈志民、张伟雄、欧堂枝、何元华、杨青

华南理工大学78级机械制图师资班毕业留念

**第一排（前排）左起：** 罗思芳、陈为真、黄和培、尤辛基、李　辉、黄锦荣、王德民

**第二排左起：** 曾庆雄、龙凤强、张　坚、罗会恰、梅　斌、刘　幸、邓学雄

**第三排左起：** 刘　林、鄢　毅、林　山、张小峰、周卫华、陈德洪、张业程

华南理工大学78级数学师资班毕业留念

**第一排（前排）左起：** 吴颖映、谢虹、钟小慧、李大红、黄跃梅、林复华、陈潮填、陈建祥、符应彬、蔡广基、邵永恒、蔡莘鹏

**第二排左起：** 何穗智、林峯翰（老师）、张鸿亮（老师）、李德前（老师）、钱澄鎰（老师）、王康廷（老师）、吴锦全（系总支书记）、孙述环（老师）、古周全（校党委书记）、邓韵秋（老师）、张正黄（老师）、岑人经（系副主任）、许护佳（老师）、罗家洪（老师）

**第三排左起：** 彭广陵、王少敏、陈朝荣、陈小锐、冯镜祥、方伟夫、孙海迢、姚瑞华、吴竹科、钟廷昭、张俊强、庄翔、黄向阳、韩玲展、何建中、周志坚

**第四排左起：** 焦奉平、佘止君、严树森、任志强、陆子强、彭启鹏、徐建宏、陈维汉、丁一凡、洪熹、马辉、刘家宁、朱树华、袁毅枫、黄国伟、李向光、钟伟荣、郑光强

华南理工大学79级体育师资师班毕业留念

**第一排（前排）左起：** 刘伟鸿、支建明、吴秋富、胡均佐（老师）、何达元（老师）、李锦荣（老师）、伍建章（老师）、黄勤、魏 平、张玉明、黄泉博

**第二排左起：** 谢忠克、刘 理、任跃舟、温兆安、黄 忠、王 铁、罗少领、胡 骥、叶 声、祈佳亮、伦海宁

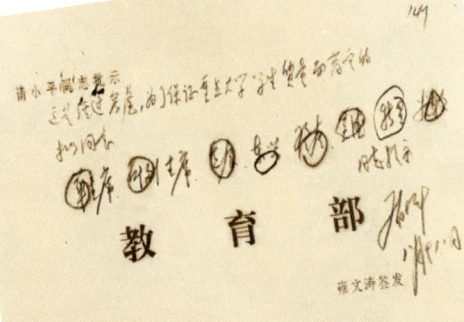

# 后　记

感谢华南理工大学77级、78级、79级师资班全体同学对本书编撰出版的大力支持！本书的出版经费，是由师资班同学捐赠资助的，他们是：

陈伟荣、张东生、李赐云、管宁、外语师资班全体同学、梁坤、曾朝霞、廖志坚、杨兆禧、杨高、冯穗力、李兆南、吴少丰、赵英伟、李炽基、林雨、黄一平、钟伟桐、吕永明、刘转州、刘焯铿、李建东、吴乾民、吴毓粦、张少玲、张国良、张润森、张琳、陈婉华、周伟民、郑敏华、郭观聆、曾毅敏、力学师资班朋友圈、丘晓平、王东山、王树华、方伟棠、申军、冯穗心、刘岳超、苏佳伟、李中铎、肖克波、张小明、陈观荣、陈灵江、陈建平、庞志、林怡青、林涛、林德伟、姚日土、黄晓剑、曹铭东、梁耀辉、曾庆敦、甄勃、蔡云庄、廖芹、魏跃、李诚杰、黄水成、王庆敏、丘百根、丘晓华、刘川、庄友科、庄虹、何萌、郑宾、黄智聪、梁耀基、孔龙、伍尚英、陈一鸣、林建良、钟卫星、黄穗萍、黄悟生、谢超然、许维、陈小春、姚敏、黄颖文、黄延德、谢旭升、王向德、朱伟新、刘奕玲、刘健伟、陈桂雄、陈世荣、张江洲、李朝杰、苏勇捷、林永平、范筠苑、杨开乔、梁方使、梁振江、黄少鹏、黄坤荣、谭文杰、张红兵、梁炳钊、林练、陈向红、黎中焕、罗希、刘业望、曾榕兵。

对上述同学的大力支持表示衷心的感谢！

编委会